COLLECTION
FOLIO CLASSIQUE

François de Chateaubriand

Itinéraire de Paris à Jérusalem

et de Jérusalem à Paris

suivi du
Journal de Julien

*Édition présentée, établie et annotée
par Jean-Claude Berchet*

Gallimard

© *Éditions Gallimard*, 2005.

INTRODUCTION

Itinéraire de Paris à Jérusalem et de Jérusalem à Paris, en allant par la Grèce, et revenant par..., etc. *C'est sous ce titre interminable, et à première vue saugrenu*[1], *que Chateaubriand publia en 1811 le récit du voyage qu'il avait accompli, de juillet 1806 à juin 1807, autour de la Méditerranée, sur la trace imaginaire des personnages des* Martyrs *qu'il était sur le point de terminer. Venant du romancier des «Amours de Deux Sauvages dans le désert»* (Atala, *1801) ou du chantre des «Harmonies de la Nature et de la Religion»* (Génie du christianisme, *1802), une semblable affectation de prosaïsme avait de quoi surprendre : elle pouvait même passer pour une véritable provocation. Mais en même temps qu'il reconnaissait avoir eu du mal à trouver un intitulé plus «convenable à (son) sujet», Chateaubriand laissait entendre que c'était un moindre mal, car son entreprise avait un caractère si personnel qu'elle ne pouvait être définie par aucun des termes en usage dans la littérature de voyage habituelle. Malgré (ou à cause de) sa nouveauté, le livre fut un succès de librairie, et il demeura longtemps le «favori» de son auteur. Mais on ne saurait aujourd'hui en aborder la lecture sans tenir compte de cette initiale étrangeté.*

---

1. Il suscita aussitôt de nombreuses parodies, souvent anonymes. Voir les exemples cités par Maurice Regard dans son édition de la «Bibliothèque de la Pléiade» (t. II, p. 693).

Il ne faut pas oublier que Chateaubriand avait débuté sur la scène littéraire comme un professionnel du voyage. À Rivarol, rencontré à Bruxelles au mois de juillet 1792, il avait déclaré fièrement qu'il arrivait de Niagara. Dans son Essai historique sur les révolutions, *publié à Londres en 1797, il avait inséré une description de la célèbre cataracte, ainsi que de nombreuses «anecdotes» américaines, avant de conclure son ouvrage par une somptueuse «Nuit chez les Sauvages» du nouveau monde. De retour en France au printemps 1800, il ne fut pas fâché, pour obtenir sa radiation de la liste des émigrés, de laisser croire qu'il avait passé outre-Atlantique les années sombres de la Terreur. En somme, le futur «auteur du* Génie du christianisme*» (c'est ainsi qu'il a signé son premier article dans le* Mercure de France*) est encore sans identité, qu'il a déjà une profession: voyageur; et une spécialité: le Canada. Ce que vont confirmer successivement* Atala, René *et le* Génie du christianisme. *Par sa sensibilité comme par sa géographie personnelle, ce Breton de vieille souche est demeuré, à trente ans passés, un homme du Nord. Il a pu célébrer le génie du christianisme sans avoir vu Rome, ni la Judée. Mais il ne tarde pas à le regretter et à reconnaître qu'il en est résulté pour son ouvrage de graves insuffisances, en particulier dans le domaine des arts. Or, en octobre 1802, il est amené à faire un voyage dans le midi de la France. À Lyon, avec des vestiges de la romanité, il retrouve la mémoire vivante de la primitive Église. En Avignon, c'est le souvenir de Pétrarque et de Laure, mais aussi de la cour pontificale évanouie, qui font respirer une italianité diffuse. À Marseille enfin, Chateaubriand découvre pour la première fois la Méditerranée. Depuis Notre-Dame de la Garde, il contemple avec émotion cette «mer que bordent avec leurs ruines les côtes riantes de tous les pays fameux de l'Antiquité*[1]*».*

---

1. *Mémoires d'outre-tombe*, XIV, 2 (éd. Berchet, «La Pochothèque», t. I, 2003, p. 662).

De cette rencontre initiale avec le mare nostrum, *date sans doute une conversion à une autre forme de voyage qui va prendre consistance au cours du premier séjour à Rome (juin 1803-janvier 1804). De la lointaine Amérique septentrionale, Chateaubriand avait rapporté des images de nature à peu près vierge : océans, fleuves, savanes, forêts à perte de vue. Certes, une pareille immensité avait le pouvoir de rendre sensible la grandeur inconcevable du Créateur. Elle ne donnait pas moins au moi solitaire le vertige exalté de la pure étendue : son imagination pouvait régner sans partage sur des espaces démesurés. À cette horizontalité sans limites, mais de surface, le paysage méditerranéen ajoute une autre dimension : la profondeur temporelle qui, en Italie comme en Grèce, imprègne un espace humanisé depuis longtemps et pour ainsi dire historicisé. C'est la leçon que développe la « Lettre au Citoyen Fontanes sur la campagne romaine*[1] ». *Lorsqu'on est jeune, la « pure nature » suffit à satisfaire les besoins du cœur qui, rempli de lui-même, ne cesse de répandre au-dehors la surabondance de ses sensations et de ses désirs. Mais pour que celle-ci nous intéresse encore dans un âge plus avancé, il faut que lui soient associés « des souvenirs de la société : nous nous suffisons moins à nous-mêmes ; la solitude absolue nous pèse ». C'est parce qu'il a perdu un être cher que le Chateaubriand de 1804 souhaite réunir autour de lui des présences amicales. Mais ce vieil idéal humaniste de sociabilité a déjà vocation à se prolonger dans un dialogue avec les morts. À Rome, le voyageur trouve « pour société une terre qui nourrira ses réflexions et qui occupera son cœur, des promenades qui lui diront toujours quelque chose. (...) La poussière que le vent élèvera sous ses pas renfermera quelque grandeur humaine ».*

Au wilderness *américain, la terre classique va pouvoir désormais substituer un autre désert : un univers de ruines où règne une autre solitude bruissante de mille*

---

1. *Mercure de France*, nº 140, 12 ventôse an XII/3 mars 1804 (t. XV, p. 485-509).

échos, qui ne demandent qu'à être réveillés. C'est le domaine des « voix du silence », et c'est à leur écoute que le voyageur se dispose à se mettre. Il découvre du même coup qu'au-delà du désir juvénile de posséder le monde, il existe un espace plus vaste à approfondir : celui de la solidarité avec une Humanité plus ancienne que celle des apparences éphémères et peu significatives de la modernité. Il serait donc vain de vouloir poursuivre, avec Chateaubriand, je ne sais quel « rêve oriental » au sens romantique du terme. Rien ne lui est plus étranger que les exotismes de bazars ou de harems. Son voyage en Orient se programme comme une remontée dans le temps, c'est-à-dire une anamnèse *qui ne le conduira pas à la rencontre de fallacieuses altérités, mais à la recherche de ce qui fonde, depuis toujours, sa propre identité. Au terme de cette évolution, le tableau de la nature a tendance à disparaître au profit du paysage historique.*

À peine est-il arrivé à Rome (le 27 juin 1803) que Chateaubriand laisse percer son insatisfaction et songe à repartir, comme en témoigne sa correspondance. Dès le 16 juillet, il écrit à Molé : « Je resterai à Rome un an ; au bout de cette année (...) je donne ma démission, je passe en Grèce où je demeure trois mois. » Même son de cloche dans ses lettres à Chênedollé (« Je fais un saut à Athènes »), à Élisa Bonaparte, au Premier Consul, à Fontanes (16 août). Le 31 août, il confie à Gueneau de Mussy un plan déjà plus détaillé : aller en Grèce au printemps 1804, se rendre ensuite à Constantinople, puis revenir en France avant la mauvaise saison. Il a commencé « des études relatives à ce dessein », lorsque le décès de Pauline de Beaumont, venue mourir dans ses bras, le 4 novembre 1803, puis sa nomination à un nouveau poste en Suisse, viennent compromettre la réalisation de ce projet. À son retour en France, il est pour ainsi dire forcé de reprendre la vie commune avec sa femme venue le rejoindre à Paris. C'est alors que la brutale exécution du dernier des Condés, le 21 mars 1804, et la démission que donne aussitôt, en signe de protestation, le diplomate amateur, vont lui rendre sa liberté et le renvoyer du même coup à la littérature.

Au printemps de 1804, Chateaubriand songe à écrire un roman historique à sujet antique, censé se dérouler à la fin du IIIe siècle de notre ère. La scène initiale se situe en Crète, au bord de la mer. Un jeune Grec nommé Eudore raconte son histoire: il évoque successivement son existence dissolue à Rome et à Naples, son dégoût des voluptés faciles, son engagement dans la guerre contre les Francs, sa passion orageuse pour la druidesse Velléda, enfin son repentir et sa conversion au christianisme. Un titre provisoire a déjà été retenu: Les Martyrs de Dioclétien. *Ce nouveau projet littéraire ne manque pas de relancer le désir du voyage en Orient, auquel il sera désormais associé. Mais, si le roman avance, le voyage semble sans cesse remis à une date ultérieure. En octobre 1805, le huitième livre («La Druidesse») est achevé. Chateaubriand semble avoir oublié la Grèce, lorsque commence la nouvelle année 1806. Bien plus, le 8 février, il annonce à Chênedollé son intention de faire, en avril, un voyage éclair en… Espagne: «Je resterai tout au plus deux mois. J'irai voir les antiquités mauresques.» Qu'est-ce à dire? C'est qu'entre-temps une nouvelle idole est venue prendre dans son cœur la place jusqu'alors occupée par Delphine de Custine. Chateaubriand a rencontré Natalie de Noailles dans les jardins enchantés de Méréville, quelques mois plus tôt. Mais son Armide se dérobe. Elle a quitté Paris pour aller retrouver en Espagne son frère, Alexandre de Laborde, qui travaille à un* Voyage pittoresque *de ce pays. Or leur séjour se prolonge et cette absence est insupportable à Chateaubriand qui brûle de rejoindre, au moins pour quelques semaines, la dame de ses pensées. Encore fallait-il pouvoir donner le change, ne serait-ce que pour détourner les soupçons. C'est dans ce contexte compliqué, et sans doute dès le mois de janvier 1806, que germa dans son esprit une solution originale propre à concilier des postulations contradictoires. Ce serait de donner à son voyage en Orient une plus grande extension et de le concevoir* *comme un périple dans lequel Athènes et Grenade ne seraient plus que des étapes («en passant par...», «et revenant par...»), sur le chemin de Jérusalem. Cette introduction tardive de la Terre Sainte dans le programme, alors qu'elle deviendra centrale dans le futur livre, ne doit cependant pas faire illusion. Le voyageur avait bien un autre objectif — une quête amoureuse, qu'il cacha soigneusement à ses amis et qu'il ne reconnaîtra que bien plus tard, dans le secret de ses* Mémoires : «*Mais ai-je tout dit dans l'Itinéraire sur ce voyage commencé au port de Desdémona et d'Othello? Allais-je au tombeau du Christ dans les dispositions du repentir? Une seule pensée m'absorbait; je comptais avec impatience les moments. Du bord de mon navire, les regards attachés sur l'étoile du soir, je lui demandais des vents pour cingler plus vite, de la gloire pour me faire aimer: j'espérais en trouver à Sparte, à Sion, à Memphis, à Carthage, et l'apporter à l'Alhambra. Comme le cœur me battait en abordant les côtes d'Espagne! Aurait-on gardé mon souvenir, ainsi que j'avais traversé mes épreuves?» Sainte-Beuve fut le premier à divulguer cette «feuille détachée» révélatrice, écrite en 1834 au Lido de Venise*[1]. *Mais, à son habitude, il en suggéra une explication réductrice. En réalité, le détour par Jérusalem avait lui-même un sens dans la stratégie amoureuse de Chateaubriand. Pour une imagination aussi romanesque que la sienne, imbue de littérature courtoise, le pèlerinage au saint Tombeau devenait une épreuve propitiatoire, mise au service du «fol amour». C'est en effet seulement après avoir accompli tous les rites et affronté tous les risques du voyage outre-mer que le chevalier pouvait revenir exiger une ultime récompense de la souveraine de son cœur.*

Il ne reste plus, en ce printemps de 1806, qu'à régler la

---

1. Sainte-Beuve, *Chateaubriand et son groupe littéraire* (1860), Garnier, 1948, t. II, p. 58. La citation est conforme à la version primitive du passage (voir *Bulletin de la Société Chateaubriand* n° 15, 1972, p. 39-40, avec fac-similé). Il fut ensuite abrégé dans le manuscrit de 1845 des *Mémoires*, puis supprimé avec une partie du livre sur Venise (voir éd. Berchet, t. II, 2004, p. 1407).

question du financement. Ce ne fut pas chose facile. Chateaubriand a prétendu que son voyage lui avait coûté cinquante mille francs (environ 150 000 euros). Le chiffre est peut-être un peu arrondi, mais représente un ordre de grandeur crédible. En effet notre écrivain ne se déplacera pas avec le faste de grand seigneur qui sera, par exemple, celui de Lamartine en Orient. Toutefois, sa répugnance à marchander (voir infra, *p. 117), sa générosité native (en particulier la largesse de ses dons à toutes les communautés religieuses de Terre Sainte qui le recevront), la nécessité de changer sans cesse de moyen de locomotion sans pouvoir discuter des conditions faites, enfin la longueur imprévue de son absence (onze mois) ont sans aucun doute grevé son budget. Comment réunir une somme aussi considérable? Il faut se rappeler que le Chateaubriand de cette époque ne se trouve pas sans ressources. Au mois de juillet 1804, sa femme a vendu la maison et les terrains qu'elle possédait encore à Saint-Malo et à Paramé. Lui-même a bénéficié en 1805 de rééditions rémunératrices de ses œuvres: au mois de juin, Le Normant publie un petit volume illustré réunissant pour la première fois* Atala *et* René*; Ballanche prépare une nouvelle édition du* Génie du christianisme*. Toujours est-il que, le 20 septembre 1805, il est en mesure de proposer à Molé un prêt de quarante mille francs. Ce dernier ne donna pas suite à cette offre amicale, et nous ignorons si Chateaubriand disposait encore de la somme huit mois plus tard. De toute façon, il pouvait lui-même emprunter ou compter, le cas échéant, sur une avance du futur éditeur des* Martyrs de Dioclétien, *sans parler de la contrepartie des articles qu'il avait promis à Bertin pour les* Débats *ou le* Mercure. *Quoi qu'il en soit de ces conjectures, il est certain qu'il ne quitta pas la France sans argent, et qu'il en dépensa beaucoup au cours de son voyage.*

Les dernières indications reçues par Joubert le 6 juin 1806 sont assez précises: «Je serai le 10 juillet à Trieste, le 1ᵉʳ août à Athènes, le 15 du même mois à Troie, le 1ᵉʳ de novembre à Jérusalem, le 20 de décembre en Italie ou *en France.»* Ce programme idéal a le mérite de présenter les étapes importantes pour le voyageur; mais celui-ci ne pourra respecter ni son itinéraire ni son calendrier, en raison des difficultés du parcours. Au premier rang des obstacles rencontrés figurent les incertitudes de la navigation. La Méditerranée est alors le domaine incontesté de la marine anglaise. Les Français ne peuvent donc utiliser que des bâtiments neutres: il faut aller prendre à Trieste un navire autrichien à destination de Smyrne; se faire débarquer à Algésiras par un navire de guerre américain. Entre-temps, Chateaubriand aura dû recourir à des barques levantines de tonnage variable, mais jamais très sûres par gros temps. À terre, en revanche, les avanies de la soldatesque turque ou albanaise, les incursions des Bédouins, les imprévisibles attaques de toute sorte obligent à se tenir sur ses gardes, et prêt à faire le coup de feu. En dépit de ces difficultés, la marche du voyageur est à peu près conforme au plan initial, du moins jusqu'en Égypte. Mais à partir de là, le rythme de la progression semble enrayé: une dizaine de jours se passent, à Alexandrie, à attendre un vent favorable pour reprendre la mer; c'est ensuite une interminable et périlleuse traversée de cinquante-six jours jusqu'à Tunis; il faut y patienter encore une cinquantaine de jours avant de pouvoir se réembarquer pour Algésiras où Chateaubriand arrive enfin le 30 mars 1807. Le trajet du retour en Europe aura pris quatre mois et demi.

En comparaison de ce temps «perdu», celui que le voyageur aura pu consacrer à la découverte des villes et sites célèbres, à la visite des ruines ou des sanctuaires, a été des plus limités. La rapidité de son passage a suscité des commentaires sarcastiques ou attristés, non seulement de la part des critiques modernes mais aussi de la part des archéologues qui le reçurent avec bonne grâce à Argos, puis à Athènes. Pour un Avramiotti, ou même un Fauvel, la visite de Chateaubriand prenait des proportions de petit événement. Ils se faisaient par avance une joie de faire les honneurs de leur localité à un hôte aussi intéressant, de lui exposer les recherches qu'ils poursuivaient, *de lui montrer les découvertes qu'ils avaient faites. Mais celui-ci avait la tête ailleurs. Contre la vision de près de ces spécialistes du terrain, il a toujours revendiqué le droit à une vision de loin, ou plutôt de haut : vision à la fois panoramique et personnelle. Pour bien décrire le lever du soleil sur l'Acropole, le peintre a besoin de rester seul face au motif. Obligé parfois de supporter la présence du cicerone ou simplement de son escorte, Chateaubriand a du mal à garder son sang-froid. Il comparera rétrospectivement le docteur Avramiotti, « ce médecin rancunier et pointilleux » qui avait publié en 1816 un méchant libelle contre son* Itinéraire, *à une véritable sangsue. Ce « compagnon incommode » attaché à ses pas ne lui fit grâce de rien : « Il a poursuivi mes rêves un à un : quand j'errais dans les ruines avec l'ombre d'Agamemnon, il voulait me faire mesurer des pierres*[1] *! » Désormais le voyageur a autre chose à faire qu'à prendre des mesures.*

Le nouveau type qui est en train de naître avec Chateaubriand est en effet aussi un écrivain, et c'est pour faire œuvre littéraire qu'il se lance sur les chemins. Il a du reste été identifié comme tel par la société tout entière et bénéficie à ce titre de la bienveillance officielle. La veille de son départ, lui ont été remises des lettres de recommandation, dans lesquelles le ministre des Affaires étrangères, Talleyrand, le place sous la protection de nos agents diplomatiques en Orient. Or les critères retenus pour justifier ce soutien des autorités ne doivent rien à la tradition : « Les amis des lettres, écrit le ministre, le voient avec plaisir entreprendre ce voyage ; ils espèrent qu'en visitant ces contrées célèbres, M. de Chateaubriand éprouvera le besoin de noter ses propres impressions et que la littérature française sera quelque jour enrichie du résultat de ses observations[2]*. » Cette missive est révéla-*

---

1. Comte de Marcellus, *Chateaubriand et son temps*, Michel Lévy, 1859, p. 438 (c'est moi qui souligne). Choiseul-Gouffier avait de son côté averti Fauvel en ces termes : « Son unique objet étant de voir les lieux, de les décrire en masse, je ne crois pas que vous le possédiez longtemps. »
2. Cité par Malakis dans son édition (t. I, p. 179).

trice de la nouvelle « demande » qu'on adresse au récit de voyage. À peine le grand écrivain est-il né dans la conscience européenne, qu'il se trouve mandaté par la collectivité et pour ainsi dire rentabilisé. Dans cette perspective, la littérature apparaît comme une valeur sûre dans laquelle il faut investir pour enrichir le patrimoine commun. On rencontre un langage « économique » analogue dans la presse. Ainsi le Mercure de France, qui avait donné des nouvelles intermittentes du voyageur, annonce son retour en ces termes : « M. de Chateaubriand est arrivé à Paris (...) après avoir parcouru les contrées les plus célèbres dans l'histoire du genre humain. On imagine facilement quels trésors un voyageur tel que lui a dû rapporter (...). Nous sommes autorisés à annoncer aux lecteurs du Mercure qu'ils jouiront les premiers des fruits d'un voyage si noblement entrepris et si heureusement achevé [1]. » Le nouveau voyageur se présente donc comme une espèce de chargé de mission culturel, voué à « reconnaître » des régions fameuses de la planète plutôt qu'à découvrir des mondes inconnus.

Sur le voyage lui-même, nous sommes assez bien renseignés. Nous disposons des lettres que Chateaubriand adressa, en cours de route, à ses amis et, pour certaines séquences de son Itinéraire, de versions antérieures à celle de 1811. En outre, son domestique Julien Potelin a tenu lui-même un journal du voyage, qu'il mettra en 1826 à la disposition de son ancien patron, que celui-ci utilisera partiellement au livre XVIII de ses Mémoires et que nous connaissons aujourd'hui dans son intégralité. À quelques divergences de dates près, faciles à rectifier, les indications ainsi fournies sont concordantes, à une exception pourtant : la traversée du Péloponnèse de Coron à Athènes, puis le séjour à Keratia jusqu'au départ pour Zéa [2]. Les affirmations de Chateaubriand à propos de

---

1. *Mercure de France*, n° 307, samedi 6 juin 1807 (t. XXVIII, p. 470).
2. Voir les cartes que nous donnons à la fin du volume, ainsi que le *Journal* de Julien.

cette section de son voyage sont contredites par un témoignage externe impossible à ignorer: celui du consul de France à Athènes. Selon le voyageur, il aurait quitté Coron le 12 août de très bonne heure, serait arrivé dans la matinée du 23 à Athènes par voie de terre, en serait reparti dans la nuit du 26 au 27; il aurait alors été obligé de patienter jusqu'au 29 (trois jours) à Keratia avant de pouvoir gagner le promontoire de Sunion. En revanche, les lettres de Fauvel à Talleyrand et à Choiseul-Gouffier nous apprennent que son hôte serait arrivé à Athènes le 19 août, et de surcroît par mer, en serait reparti dans la nuit du 22 au 23 (sans avoir pu voir Éleusis), puis serait resté sept jours immobilisé à Keratia (jusqu'au 29). De Coron à Sunion, la durée est la même, quelle que soit la version, ainsi que celle du séjour à Athènes (quatre jours). Mais, dans son Itinéraire, Chateaubriand abrège la longueur de son séjour à Keratia pour allonger de quatre jours la durée du trajet de Coron à Athènes. Même de la sorte, il en résulte un calendrier très serré pour son itinéraire supposé (voir la chronologie). Sans pouvoir entrer ici dans le détail de la discussion, on suggère dans les notes de ce volume une solution qui consiste à considérer comme un «remplissage» a posteriori le détour par Tripolizza, ainsi que le chemin de Corinthe à Athènes, par Mégare et Éleusis. En réalité, Chateaubriand serait allé directement de Coron à Mistra puis, arrivé à Corinthe, il aurait traversé en bateau, par Égine, le golfe Saronique pour se faire débarquer au Pirée le 19 août 1806. Quoi qu'il en soit de cette hypothèse, il faut bien avouer que pour cette partie du voyage, qui fut improvisée au dernier moment et qui fut pour lui la plus épuisante de toutes, il est impossible de parvenir à une certitude, ni concernant son calendrier ni concernant son itinéraire. La malchance veut que, pendant ce temps, notre témoin le plus fiable, le «compagnon d'Ulysse», attendait son maître à Smyrne, en se demandant de son côté ce que celui-ci pouvait bien fabriquer.

Malgré les fatigues du voyage, et ses inévitables désillusions (en particulier en Grèce), Chateaubriand ne regrette rien. Il éprouve plutôt le sentiment du devoir accompli. C'est ce qu'expriment ses lettres de Constantinople : « J'avais un besoin réel de faire ce voyage pour compléter le cercle *(c'est moi qui souligne)* de mes études » (à Mme de Talaru) ; « Si je suis à Paris à Noël, ayant vu la Grèce et la Judée, (j'aurai) complété ainsi le cercle de mes voyages et de mes études » (à Joubert) ; « J'aurai vu tous les grands monuments élevés par les hommes et tous les lieux fameux par quelques souvenirs » (à Molé). Cette insistante figure du cercle révèle un besoin de totalité qui a trouvé dans ce périple un premier accomplissement [1]. Compte tenu de son voyage en Amérique, maintes fois rappelé dans son Itinéraire, Chateaubriand aura parcouru, à moins de quarante ans, les quatre parties du monde, et acquis ainsi un statut de véritable arpenteur planétaire. Son destin de voyageur a pris fin. Il ne lui reste plus qu'à revenir dans ses foyers pour raconter son histoire.

Il a beaucoup travaillé en cours de route et déjà noirci force papier. Non seulement il a tenu un journal [2], mais il a sans doute amorcé la rédaction de passages plus développés. Le 30 mars 1807, à peine arrivé à Algésiras, il écrit à Joubert : « Il est inutile de vous dire que j'ai un gros paquet de bonnes notes *pour me payer mon voyage. Dites cela à Bertin.* » Et il répète la même chose à Molé le 2 avril. Le directeur du Journal des Débats était associé à Le Normant, le futur éditeur des Martyrs, et le

---

1. Une « carte de la mer Méditerranée dressée pour le voyage de M. de Chateaubriand, par P. Lapie, géographe, 1811 », orne le frontispice des éditions anciennes. Cette carte dépliante représente une vue entière du bassin méditerranéen, mais comporte aussi des gros plans sur la Morée (ou Péloponnèse), la Troade et la Judée. Elle a été reproduite par Malakis dans son édition (t. I, p. 145).
2. De ce journal manuscrit, ne subsiste plus que la section allant du séjour à Constantinople au départ de Jérusalem. Il a été publié sous le titre de *Journal de Jérusalem*, par Georges Moulinier et Amédée Outrey (Librairie Eugène Belin, 1950). Voir mon analyse de ce texte : « Les enseignement du *Journal de Jérusalem* » dans *Manuscrits modernes, Sortir de la Révolution*, Saint-Denis, Presses Universitaires de Vincennes, 1994, p. 237-257.

copropriétaire du Mercure de France. *Est-ce à dire que Chateaubriand envisageait de publier dès son retour quelques «bonnes feuilles» de son ouvrage à venir, dans une revue où lui-même avait des intérêts? Le projet semble au moins avoir eu un début de réalisation puisque, dans ses numéros du 4 juillet, puis du 1er août 1807, le* Mercure *publia deux articles signés de son nom, où prédominaient les considérations historiques, sociales et politiques, et où il se posait, avec une violence inattendue, en adversaire résolu du régime impérial. Les conséquences de cette provocation ne se firent pas attendre: suppression de la revue, dure semonce au trouble-fête, suivie par une interdiction de séjour dans la capitale. Retiré à la Vallée-aux-Loups, brutalement renvoyé à la littérature par un pouvoir qui ne supporte pas le mélange des genres, Chateaubriand plia sous un orage qu'il avait lui-même déchaîné. Il consacra une dizaine de mois à reprendre* Les Martyrs de Dioclétien *pour faire du roman initial une épopée en prose. Ce fut une malencontreuse initiative. Le texte remanié fut publié au mois de mars 1809, avec un nouveau titre:* Les Martyrs, ou le Triomphe de la Religion chrétienne. *Mais, sept ans après le succès du* Génie du christianisme, Les Martyrs *reçurent un accueil mitigé et suscitèrent de nombreuses critiques. Chateaubriand fut à la fois déçu et désemparé. Il avait néanmoins eu soin de se ménager un recours. Dans une note de la première édition, après avoir mentionné la variété des observations recueillies au cours de son voyage, il annonce: «Ce journal, dépouillé des descriptions qui se trouvent dans* Les Martyrs, *pourrait encore avoir quelque intérêt. Je le publierai peut-être un jour.» Et il indique aussitôt le titre qu'il a déjà retenu pour cela. Ce futur* Itinéraire *offre donc en 1809 une occasion de prendre sa revanche auprès du public et de la critique, mais aussi de tourner le dos à de périlleuses contraintes de genre. Quand il ajoute, en janvier 1810, des* Remarques *justificatives à la troisième édition de son épopée chrétienne, il ne manque pas de faire une large place à des citations de son prochain ouvrage, qui se présentent comme des souvenirs personnels destinés à garantir la véracité du décor où se meuvent ses personnages. Leur présence instaure, dans certains cas, une énonciation « stéréophonique » où le héros (Eudore) se trouve doublé par le narrateur, promu soudain au rang de personnage, en voix -off. Après avoir ainsi préparé le terrain selon une technique publicitaire efficace, Chateaubriand publie enfin, au mois de février 1811, un* Itinéraire de Paris à Jérusalem *qui, de son propre aveu, a pour sujet « une année de (sa) vie ».*

Il en résulte une œuvre beaucoup plus complexe que ne le laisse entrevoir la neutralité objective du titre et certains ont même incriminé son caractère hétéroclite. C'est que Chateaubriand ne se soucie guère de se conformer à un modèle générique du reste assez flou. Le nouvel horizon qu'il propose dégage une formule inédite, où se mêlent des perspectives diverses, jusqu'alors tenues pour exclusives les unes des autres. Le pèlerin de Jérusalem revendique cette démarche syncrétique. Il commence par expliquer, dans la préface de la première édition, qu'il est allé en Orient non pour « faire un Voyage » mais pour achever une épopée. Avant de leur donner, dans Les Martyrs, leur physionomie définitive, il désirait voir les sites où il avait situé ses personnages, afin de se bien pénétrer de leur esprit. C'est le sens de la formule : « J'allais chercher des images ; voilà tout. » Cette méthode ne lui avait pas mal réussi lorsque, quinze ans plus tôt, il avait traversé un océan pour aller recueillir en Amérique du Nord les « vraies couleurs » des Natchez. Le voyageur de 1806 ne se comporte pas autrement qu'un réalisateur de cinéma qui voudrait procéder à des repérages avant de tourner un scénario. Chateaubriand évoque lui-même ce travail préliminaire lorsqu'il parle de « journal de voyage » ou de « notes originales », destinées à demeurer inédites : écriture résiduelle produite en marge des Martyrs, et qui aurait pu donner lieu à un « Journal des Martyrs », comme il existe un « Journal des Faux-Monnayeurs ». C'est du reste un peu le rôle *qu'avaient joué les* Remarques *de 1810. Bien entendu, cette écriture se trouve en défaut par rapport à ce que pourrait offrir un Voyage scientifique: « Je ne marche point sur les traces des Chardin, des Tavernier, des Chandler. » Mais ce manque dégage une issue vers une autre perspective à laquelle il apporte cette fois la garantie du vrai: « Je parle éternellement de moi et j'en parlais en sûreté puisque je ne comptais pas publier ces* Mémoires. » *La conclusion va de soi. Sous un titre qui semble annoncer un récit de voyage, on trouvera en réalité une autobiographie: « Je prie donc le lecteur de regarder cet Itinéraire moins comme un Voyage que comme des Mémoires. » La solution qu'adopte Chateaubriand est toute provisoire mais elle présente un double avantage: se donner la possibilité de « lancer » une démarche autobiographique qui ne passe plus par le détour de la fiction, sans toutefois lui accorder une autonomie véritable. C'est en somme la justifier par un double alibi: parler de soi dispense de faire un Voyage selon les règles (« Un moment suffit au peintre de paysage pour crayonner un arbre, prendre une vue, dessiner une ruine; mais les années entières sont trop courtes pour étudier les mœurs des hommes, et pour approfondir les sciences et les arts »); en revanche, parler de « soi en voyage » dispense de répondre à la question: pourquoi parler de soi? Sans doute est-ce à cette absence de pacte autobiographique sincère qu'en a Henri Beyle lorsqu'il observe dans son propre journal (14 décembre 1829): « Au lieu de faire connaître le pays, il dit* je *et* moi *et fait de petites hardiesses de style. »*

Cette émergence du moi dans le récit de voyage est peut-être le caractère le plus sensible de son évolution à la fin du XVIIIe siècle[1], *et la consécration que Chateaubriand apporte à cette métamorphose ne va pas peu contribuer à accélérer le mouvement*[2]. *Vers 1750, après*

---

1. Voir Francesco Fiorentino, *Dalla Geografia all'Autobiografia: Viaggiatori Francesi in Levante*, Padoue, Antenore, 1982.
2. Voir Jean-Claude Berchet, « De Paris à Jérusalem ou le voyage vers soi », *Poétique*, n° 53, février 1983, p. 91-108.

une longue période faste, qui correspond en gros à la seconde moitié du règne de Louis XIV, la littérature de voyage a mauvaise réputation. On lui reproche de mêler, dans le plus grand désordre, des observations recueillies sur le terrain, mais sans discernement, et des affabulations invérifiables. Le récit de voyage serait donc par nature touffu et mensonger. Pour accéder à la dignité littéraire, il lui faut gagner en lisibilité et faire la preuve de sa véracité. C'est seulement à ce prix qu'il pourra satisfaire à toutes les exigences du voyage «philosophique», telles qu'elles commencent à se formuler vers le milieu du siècle. Parmi les protagonistes de ce processus de réhabilitation du Voyage auprès du public lettré, figurent les prédécesseurs immédiats de Chateaubriand en Orient. Le plus célèbre est Volney qui se situe dans le droit fil de la tradition encyclopédique. Son Voyage en Égypte et en Syrie *(1787) est demeuré longtemps un ouvrage de référence. Son auteur ne cherche pas à plaire mais à instruire. Chez Volney, la visée didactique est prédominante. «J'ai rejeté les aventures personnelles», écrit-il dans sa préface. Loin de vouloir séduire son lecteur à travers un récit personnalisé (une histoire chronologique du voyage), il revendique une approche scientifique qui ne repose que sur «un amour impartial de la vérité». Son livre présente un exposé synthétique, organisé comme un tableau encyclopédique et disposé selon un enchaînement logique de rubriques. Déjà se profile une difficulté: un jour viendra où il faudra choisir entre le témoignage (forcément incomplet) et le tableau (forcément de seconde main).*

 Lorsqu'il dénonce les dérives romanesques de certains de ses confrères, Volney vise en particulier le Breton Claude Savary, arabisant et traducteur du Coran, dont les Lettres sur l'Égypte *(1785) venaient de remporter un vif succès, mais peut-être pas auprès du même public. Ce dernier avait lui aussi tracé le portrait du voyageur idéal, en lui donnant une coloration bien différente: «Il remettra à la vérité le soin de conduire ses pinceaux. Mais qu'il évite de se placer (...) sur le devant de ses tableaux (...). Qu'il se montre sans affectation (...) pour donner du poids aux faits qu'il expose.»* Toutefois, la multiplication des métaphores picturales nous laisse pressentir que, pour Savary, la vérité du lieu ne se limite pas à un ensemble de connaissances objectives qui résulteraient des observations faites sur le terrain ou de la consultation des ouvrages de référence. Elle suppose encore des réactions émotives appropriées. Le voyageur est aussi requis de posséder *«cette sensibilité vive, profonde, pénétrante qui seule fait voir et écrire avec intérêt»*. Il ne doit certes pas négliger les sciences exactes, mais celles-ci, de nature plus archéologiques (histoire, géographie), ne sont plus que des moyens pour animer les objets, pour accéder à leur sens intime: *«Les marbres, les ruines, les montagnes parleront à son esprit et à son cœur.»* Savary ne tourne pas le dos au présent; mais s'il est capable de le savourer comme un dispensateur de jouissances, comme le prouvent ses évocations célèbres des jardins de Rosette ou des bains du Caire, il ne pousse pas très loin son analyse des structures et des causes. Il préfère assigner au voyageur la fonction de *«transmettre à ses semblables les grandes impressions que doivent produire les grands objets»*. Cette directive ne renferme pas seulement le germe de toute une poétique du cliché; elle installe pour longtemps le voyageur dans le rôle de spectateur sensible et de témoin privilégié, tourné vers la résurrection du passé et propre à le faire parler. Lorsque Savary termine, à la première personne, la préface de ses Lettres, c'est pour affirmer: *«Je crois avoir senti ce qu'il faut pour rendre un voyage intéressant.»* On a compris que la voie est désormais ouverte au psychodrame culturel [1].

Malgré les mises en garde de Volney, cette revendication de la valeur éminente du *sentir* se généralise à la

---

1. Voir une étude plus approfondie de ce corpus dans mon article: «La préface des récits de voyage au XVIIIe et au XIXe siècle» dans *Écrire le voyage*, Presses de la Sorbonne Nouvelle, 1994, p. 3-15.

fin du siècle. Le voyage est de moins en moins conçu comme une enquête et de plus en plus comme une «rencontre», plus ou moins bouleversante, et susceptible de mettre en jeu toutes les facultés : ce qu'on pourrait appeler une expérience personnelle. Sans doute on trouverait des différences dans les stratégies ou les positions des uns et des autres, mais dans tous les cas, le voyageur affiche son optimisme intellectuel et la certitude qu'il a du bien-fondé de sa démarche. Non seulement il est convaincu de participer à une œuvre collective et de travailler à enrichir un trésor commun, mais s'il est sensible, il est non moins persuadé de partager avec ses semblables un rite de communion émotive qui a une valeur aussi universelle que le règne de la raison. Pareille ambition ne pouvait manquer de transformer en profondeur la littérature de voyage. Avec son Itinéraire, *Chateaubriand va lui prêter de nouvelles séductions et lui conférer un prestige littéraire inégalé.*

Dans son article du Mercure *(juillet 1807), il avait défini le Voyage comme un genre mixte : à la fois Histoire et Poésie. Néanmoins, lorsqu'il en arrive à son propre texte, c'est pour revendiquer sans aucune gêne une écriture elle-même «voyageuse» et par définition libre de toute contrainte générique : «Dans un ouvrage du genre de cet Itinéraire, j'ai dû souvent passer des réflexions les plus graves aux récits les plus familiers : tantôt m'abandonnant à mes rêveries sur les ruines de la Grèce, tantôt revenant aux soins du voyageur, mon style a suivi nécessairement le mouvement de ma pensée et de ma fortune. Tous les lecteurs ne s'attacheront donc pas aux mêmes endroits : les uns ne chercheront que mes sentiments ; les autres n'aimeront que mes aventures ; ceux-ci me sauront gré des détails positifs que j'ai donnés sur beaucoup d'objets ; ceux-là s'ennuieront de la critique des arts, de l'étude des monuments, des digressions historiques. Au reste c'est l'homme, beaucoup plus que l'auteur, que l'on verra partout.» Après avoir rapporté les genres littéraires à «certaines époques de la société», il est logique de considérer qu'ils subissent les conséquences des grandes fractures historiques. La crise identitaire produite par la Révolution est aussi, dans une certaine mesure, une crise du destinataire. À un public désormais hétérogène, il est inévitable que vienne correspondre une écriture de la pluralité des voix. La prétention encyclopédique à proposer un savoir objectif et hiérarchisé se fragmente et se subjectivise. Ce caractère hybride est plus facile à développer dans la littérature de voyage. Celle-ci emprunte à la fiction la plupart de ses techniques narratives (usage de la première personne, description, portrait, lettre, méditation, récit intercalé, etc.) qu'elle combine avec des types de discours issus de la littérature didactique : relevés, notice, dissertation ou mémoire, éloge, etc. À quoi il faut, dans le cas de Chateaubriand, ajouter un usage immodéré de la citation*[1]. *Le livre se déroule bien comme un récit, mais, au cours de ce «voyage», le lecteur est souvent invité à faire halte au bord de la route pour tirer profit des commentaires du guide qui va lui-même les prendre dans une bibliothèque bien fournie : Pausanias au premier chef; mais aussi la Bible, les historiens et les poètes latins ou grecs, et même les compilations du Bas-Empire comme Aulu-Gelle ou Athénée. À cet égard, il semble que le principal modèle de Chateaubriand fut un Voyage imaginaire, mais auquel la France avait réservé un accueil enthousiaste : le* Voyage du jeune Anacharsis en Grèce *qu'avait publié, en 1788, le savant abbé Barthélemy.*

Dans un premier temps, Chateaubriand ne manque pas de multiplier les gages de son allégeance à la visée didactique du récit de voyage. Comme il le dit dans sa préface : «Je sais respecter le public.» Mais, plutôt que par un véritable esprit de recherche, cette attitude se manifeste par une ostentation de références érudites. Il est certain que pour préparer son voyage, pour rédiger Les Martyrs, *puis son* Itinéraire, *il a beaucoup lu. Mais*

---

1. Dans la première édition, certaines étaient excessivement longues. Elles furent dès la troisième regroupées à la fin du volume (ici p. 543-575).

de ces lectures ne résulte qu'un savoir de seconde main. Le livre est précédé par une longue introduction bibliographique[1] qui donne une idée du vaste corpus de textes anciens auquel il emprunte la matière des notices qu'il aime à accrocher à chaque lieu traversé, pourvu que le nom de celui-ci soit quelque peu évocateur. Il affronte pour cela avec intrépidité les arcanes de la géographie historique, qui ne repose pas encore, à cette époque, sur des bases archéologiques très solides. Il est toutefois des cas où le voyageur revendique la primauté de la découverte : il a donné la première description précise des ruines de Sparte, il a retrouvé un tombeau à Mycènes, proposé une nouvelle lecture de la dédicace de la colonne de Pompée à Alexandrie, éclairci la topographie du site de Carthage. Il pense sincèrement que ce sont là des titres à la bienveillante reconnaissance du monde savant. Il présente du reste volontiers ses observations sous la forme de petites dissertations ou mémoires académiques. En somme, pourquoi ne pas admettre que, pour un amateur éclairé — on devrait plutôt dire un autodidacte de bonne volonté —, Chateaubriand ne se débrouille pas trop mal sur le terrain ?

Cette fonction documentaire ne fut pas négligeable pour le public de 1811, et les comptes rendus firent une large place à la discussion érudite (voir les réponses de Chateaubriand dans les préfaces ultérieures). Mais elle passe inévitablement au second plan pour le lecteur moderne, davantage intéressé par le portrait de lui-même que nous a laissé le voyageur, ainsi que par le récit de ses aventures. Rappelons qu'il a déjà une image publique de grand écrivain voyageur, et que son passé « américain », sans cesse rappelé dans le livre, joue un grand rôle dans celle-ci. Le texte de son Itinéraire procède néanmoins à une individualisation supplémentaire du narrateur, en rappelant par exemple des épisodes de sa petite enfance. Ces brèves incursions sur le territoire

---

1. Voir éd. Regard, « Bibliothèque de la Pléiade » (t. II, p. 712-767).

privé de la mémoire ont pour effet de creuser dans le récit un volume temporel qui excède de beaucoup la durée du voyage. Temporalité qui, à son tour, confère à la première personne de la narration une consistance proprement autobiographique et contribue à créer un effet de « présence » encore inhabituel dans la littérature de voyage.

Du reste, une mise en scène insistante du corps du voyageur ne cesse de souligner cette présence dans ce qu'elle a de plus physique : son visage est bronzé ou hirsute ; la poussière recouvre son pittoresque costume ; il est armé comme un Bédouin, tour à tour épuisé de fatigue ou excité comme un enfant. Rien ne lui (ne nous) est épargné : coup de soleil, malencontreuse chute de cheval, insomnie, fièvre, délire. C'est aussi à travers le langage du corps qu'il manifeste ses émotions les plus profondes : « Les larmes me vinrent aux yeux, en fixant mes regards sur cette misérable cabane » (à Mistra, p. 126) ; « Je restai immobile, dans une espèce de stupeur, à contempler cette scène » (à Sparte, p. 130) ; « Le cœur me battait de joie et j'étais honteux de me trouver si jeune » (à Athènes, p. 172-173). Ainsi toute description finit par être « vécue » sur le mode de la rencontre, non seulement parce que le contenu du tableau est médiatisé par un regard, comme un spectacle, mais aussi parce que la présence in situ *du narrateur est là pour attester la réalité de la scène, qui se présente dès lors comme une véritable épiphanie : « J'ai vu, du haut de l'Acropolis... »*

Le narcissisme de Chateaubriand a toutefois ses limites. Depuis toujours, il existe entre voyage et destin, entre voyage et écriture, un tissu de relations allégoriques, ou simplement métaphoriques, propres à faire du voyageur-écrivain une figure emblématique, à plus forte raison lorsque celui-ci revendique la qualité de « pèlerin de Jérusalem ». On ne sera donc pas surpris de voir son Itinéraire *privilégier un certain nombre de « postures » qui finissent par donner au personnage du voyageur une portée plus générale. C'est que, malgré son incontestable « individualité », le récit de son périple est pris en charge par toute une rhétorique préexistante qui contribue à le configurer comme un jeu de rôles. Inséparable des aléas de la vie de voyage, la veine picaresque est présente de manière continue, qu'elle affecte la personne du héros ou certaines de ses aventures. Voici un écrivain « reconnu » dans son pays et qui, arraché au cadre ordinaire de son existence, affronte le risque de ne plus être reconnu par personne. Chateaubriand aime à souligner, dans son récit, les plaisantes variations de son aspect ou de son costume, et le burlesque inattendu de certaines situations. La consultation pseudo-médicale qu'il délivre, à Mistra, chez Ibrahim Bey, évoque le Molière du* Malade imaginaire, *tandis qu'on pense à* Tartuffe *lorsqu'on lit le portrait de son éphémère domestique Jean, aussi modeste glouton que discrète personne (infra, p. 267). C'est en revanche le Platon du* Protagoras *que le voyageur pastiche sur le mode enjoué lorsqu'il retrace la promenade du consul Fauvel au milieu des Athéniens en prenant modèle sur celle du célèbre sophiste entouré de ses disciples (p. 172-174). Il ne cherche pas du reste à grandir outre mesure son propre rôle, médecin « assez ridicule » à Mégare, capable endormi de tomber de son cheval sans se réveiller, inapte au marchandage jusqu'à la « stupidité » et se faisant rouler partout. Il aura fallu, en somme, attendre la forme narrative plus libre du récit de voyage pour voir Chateaubriand céder enfin à un instinct comique, ou satirique, auquel il donnera libre cours dans ses écrits politiques et dans ses Mémoires.*

Outre le réalisme humoristique de toutes les « choses vues » (en particulier dans la deuxième partie et au début de la troisième), c'est la construction même du récit, relancé par le hasard des rencontres et la succession imprévue des événements, qui se rattache à la tradition picaresque : « C'est une singulière destinée que celle du voyageur! Le matin il quitte un hôte dans les larmes, le soir, il en trouve un autre dans la joie; il devient le dépositaire de mille secrets. » Pour exprimer cette mobilité du personnage qu'il incarne, Chateaubriand a recours de préférence au vocabulaire théâtral du « changement à vue ». Il enchaîne ainsi les épisodes par un lien léger, sans articulation contraignante. Le vécu est ainsi intégré dans un univers spectaculaire, dans lequel le narrateur est toujours mis en scène, sans cesse représenté : « *Me voilà donc monté sur un créneau du château de Misitra* », *etc. Le voyageur aime occuper ce genre de position dominante (citadelle ou acropole) pour mieux saisir les grandes lignes du paysage ou de la topographie urbaine. Mais son lieu de prédilection demeure le tillac de ces navires chargés, au milieu des orages, de le conduire à bon port. Élevé comme* « *le compagnon des flots et des vents* », *Chateaubriand se plaît à associer son image à son élément natif. Piètre cavalier, il se montre en revanche un bon marin, à la fois averti et résolu, toujours disposé à conseiller ou à diriger la manœuvre lorsque c'est nécessaire. Or, depuis ses lointaines origines médiévales, le pèlerinage de Terre Sainte a été un voyage* « *au péril de la mer* » ; *et celui-ci ne manque pas à la règle. Depuis Trieste jusqu'à Jaffa, puis de Jaffa jusqu'à Algésiras, le récit se déroule comme une* Odyssée *contemporaine, accumulant des réminiscences de la littérature épique. Le nouvel Ulysse a beau réclamer* « *des vents pour cingler plus vite* », *il ne cesse de se heurter à un Destin contraire, toujours menacé de redoutables épreuves, jusqu'à cette effroyable tempête qui précéda son arrivée à Tunis :* « *Notre navigation ne fut plus qu'une espèce de continuel naufrage de quarante-deux jours* » *(p. 482). Le passager infortuné lance alors un message à la mer : son nom, écrit sur un morceau de papier, et enfermé dans une bouteille. Le geste a une double signification : c'est une offrande propitiatoire à un Dieu irrité ; mais dans la mesure où il passe par une* « *écriture de soi* », *ce don symbolique est aussi un gage de survie.*

Se sachant soumis à une Puissance qui les dépasse, les gens de mer sont enclins au fatalisme. Sur le pont de son vaisseau en perdition, Chateaubriand ne minimise pas les risques encourus ; il participe, avec les autres, à la lutte contre les éléments déchaînés ; mais il ne cherche ni à jouer les héros ni à se mettre en valeur dans une attitude avantageuse[1]. *Par ailleurs, il se trouve à plusieurs reprises engagé dans des «affaires» où il lui faut payer de sa personne ou même faire le coup de feu; et son* Itinéraire *abonde en épisodes mouvementés. Mais c'est un autre aspect, plus intériorisé, de sa personnalité qu'il préfère souligner dans le texte. Dès le départ de Trieste, il se représente comme le compagnon taciturne du pilote, occupé à écrire ou à rêver: «Je restai presque seul auprès du matelot qui tenait la barre du gouvernail (...). Je me promenais (...), et de temps en temps je venais crayonner une note à la lueur de la lampe qui éclairait le compas du pilote (p. 79)». C'est à cette image contemplative du* veilleur, nocturne et solitaire, *que Chateaubriand identifie le plus volontiers son* personnage de voyageur, *quelle que soit la situation dans laquelle il se trouve*[2]. *Seul éveillé, sous les étoiles, dans le silence de la nuit: c'est la posture qu'avait déjà retenue Volney pour mettre en scène le narrateur des* Ruines *(1791), lequel, vingt ans plus tôt, avait développé ses considérations sur le destin des sociétés humaines à la vue du désert de Palmyre. Dans son* Itinéraire, *Chateaubriand se réapproprie cette image récurrente, qui situe le voyageur dans un écart propice à la réflexion. Avec lui, le récit de voyage ne se fixe plus comme unique objectif de réunir des informations ou de séduire par des descriptions pittoresques: il ouvre un espace à la méditation, à la contemplation. Il contribue, en quelque sorte, à élargir la perspective du voyage «philosophique».*

Les épigones des Mille et Une Nuits *ont mis en circulation de multiples fantasmes sensualistes ou érotiques que le Byron de* Childe Harold *(1812) ou le Hugo des*

---

1. Lorsque la confrontation avec le *Journal de Jérusalem* est possible (par exemple pour la traversée de Constantinople à Jaffa), on constate que Chateaubriand, loin de chercher à se mettre davantage en valeur dans le texte imprimé, oriente au contraire celui-ci vers plus de discrétion.
2. Voir par exemple dans ce volume les pages 91, 113-115, 213, 283, 318...

Orientales *(1829)* ne vont pas tarder à enrichir des teintes flamboyantes du romantisme. Cette imagerie orientaliste qui connaîtra son apogée au XIXe siècle est à peu près absente du livre de Chateaubriand. Ce dernier sacrifice bien peu au pittoresque facile[1] et veille à ne jamais donner dans la simple accumulation de « choses vues », sinon pour en tirer un effet parodique. Le voyageur a plutôt tendance à dénoncer ce que Louis Bertrand appellera, un siècle plus tard, le « mirage oriental[2] ». Il expédie en une page les grandes métropoles modernes qui bientôt enchanteront encore un Nerval ou un Gautier. Pareille indifférence se retrouve en ce qui concerne la religion et le culte des musulmans, qu'il ignore à la fois en homme des Lumières et en chrétien. Il est même capable de ce tour de force : avoir séjourné une dizaine de jours à Alexandrie au début du Ramadan, commencé cette année-là le 12 novembre 1806, sans dire un seul mot de ce mois de jeûne et de fêtes si caractéristique du monde oriental ! C'est que, malgré des observations pertinentes, quoique faites un peu au hasard, la réalité vivante des pays qu'il traverse intéresse peu Chateaubriand. Celui-ci ne se passionne guère pour cette « immensité charmante de la terre » que célébrera Larbaud, et encore moins pour cette altérité ethnographique du monde qui est pour Segalen la pierre de touche du véritable *exote*. En vérité, et à la lettre, il regarde ailleurs, comme il le confesse ingénument à un saint homme qui lui demande les raisons de son voyage : « Je répondis que je voyageais pour voir les peuples, et surtout les Grecs qui étaient morts. Cela le fit rire : il répliqua que puisque j'étais venu en Turquie, j'aurais dû apprendre le turc. » Autant dire qu'un pèlerinage en cache un autre. En reprenant la tradition de la pieuse visite au tombeau du Christ, Cha-

1. On cite toujours à ce propos les mêmes passages : la description du cimetière turc p. 94, celle de la caravane de Menemen, p. 239-240, enfin la scène de bivouac au bord du Jourdain. Ces exceptions ne font que confirmer la règle.
2. Louis Bertrand, *Le Mirage oriental*, Librairie Académique Perrin, 1910.

teaubriand lui associe un autre rite, qu'il inaugure : celui du voyage culturel en Grèce, à son tour sacralisé comme un acte de «piété poétique». Son Itinéraire *révèle ainsi son vrai visage : un voyage initiatique vers la double source de la morale et de la beauté.*

C'est donc par le pèlerinage culturel que le voyage a commencé. En décidant soudain de débarquer dans le Péloponnèse pour le traverser ensuite jusqu'à Athènes, Chateaubriand accorde à la Grèce une primauté symbolique, au moins dans son récit. Il aborde la «patrie des arts et du génie» avec une ferveur toute religieuse. Certes, il a éprouvé sur place une forte déception, comme peuvent en témoigner ses lettres de Constantinople, et même ses articles de 1807. Mais dans le texte de son Itinéraire, *avec le recul du temps, il redonne libre cours à son enthousiasme initial. Celui-ci porte sur une grécité diffuse qu'accompagnent toutes les séductions de la fable, Histoire et Poésie confondues. Le XVIIIe siècle avait inventé le culte des grands hommes, dans une perspective morale et civique* [1]. *Aussi bien est-ce le Panthéon de Plutarque qu'est venu revisiter le nouvel Anacharsis ; mais sa ferveur néo-classique honore les «illustres» dans tous les domaines : arts, littérature, mythologie. C'est là que réside pour lui la vérité. De ce rêve archéologique, il ne subsiste sur le terrain que bien peu de «monuments». Mais les noms de lieux suffisent à déclencher la dérive imaginaire. Comme signes du texte, ils ont la particularité de posséder une double référence : ils commencent par désigner un lieu géographique, situé dans un espace topographique ; mais ils peuvent renvoyer, dans certains cas, à une dimension historique ou mythologique, c'est-à-dire littéraire, du lieu. C'est la référence seconde (à la lettre, le contexte) qui pour Chateaubriand représente la réalité : à la limite, il préfère des noms sans ruines à des ruines sans noms. Son* Itinéraire *vise moins à localiser des sites ou à les décrire en détail qu'à élaborer une anthologie de textes appropriés : c'est un voyage au pays*

---

1. Jean-Claude Bonnet, *Naissance du Panthéon*, Fayard, 1998.

de la mémoire. À elle seule, la toponymie confère au paysage une valeur esthétique [1]. Plus besoin dès lors de lignes ou de formes: le pouvoir du nom se suffit à lui-même.

Le devoir qui incombe au voyageur lettré consiste à faire resurgir, derrière la présence immédiate des hommes et des choses, une écriture effacée: « Le seul moyen de voir un pays tel qu'il est c'est de le voir avec ses traditions et ses souvenirs. » Le paysage historique se donne moins à percevoir qu'à déchiffrer, comme le palimpseste de la mémoire humaniste. Certes, il y a peu de chose à voir à Sparte, à Corinthe, à Salamine; mais c'est là que Chateaubriand a rendez-vous avec Léonidas, saint Paul, Thémistocle. De ce vide initial comme une page blanche, le narrateur saura tirer une des ressources les plus sûres de son écriture, avec sa manie des évocations négatives (« Je ne voyais pas, j'aurais préféré voir ») ou supputatives (« J'aurais pu, je croyais voir »). Se généralise ainsi un étrange procédé de substitution qui remplace les descriptions par des ondes de citations. En effet les ruines peuvent être décevantes; mais pas la puissance émotive de ces paroles magiques que les siècles se sont transmises comme un patrimoine commun. Rêverie sur des noms de lieu, réécriture passionnée de textes canoniques, le récit de voyage se propose bien comme un guide (« le livre de postes des ruines »), mais c'est dans un espace littéraire qu'il introduit son lecteur: « J'allais chercher les Muses dans leur patrie » (p. 80). Chateaubriand invente de la sorte une forme de pèlerinage littéraire qui se déroule comme une série de « rencontres ». Celles-ci sont autant de « scènes de reconnaissance » à travers lesquelles le voyageur est amené à se réapproprier un héritage culturel ou spirituel. Page après page, dans son Itinéraire, il réitère un acte de foi en la littérature. C'est elle qui exprime la vérité du monde. Elle seule est réelle,

---

1. Voir Jean-Claude Berchet, « Chateaubriand et le paysage classique », *Atti del Colloquio Chateaubriand*, Rome, Accademia dei Lincei, Quaderno n⁰ 133, 1969, p. 67-85.

puisqu'elle seule résiste au temps: «Il ne faut pourtant convenir que des noms qui survivent à des empires et qui immortalisent des temps et des lieux, sont quelque chose» (p. 130-131). Ce prestige du verbe qui conjugue Histoire et Poésie existe depuis Homère. De villes évanouies en campagnes désertes, de tombes en tombes, et jusqu'à ce Sépulcre vide où se prolonge sa quête, Chateaubriand va en éprouver la force et la puissance. Il y a même quelque chose de fascinant dans la passion anachronique qu'il apporte à sa célébration: «Il faut que la gloire soit quelque chose de réel puisqu'elle fait ainsi battre le cœur» (p. 86).

Mais pourquoi, dès lors, quitter la Bibliothèque pour se rendre sur place? C'est que, pour restituer au Texte occidental sa véritable portée, il est nécessaire de se replacer à la source de son éclosion. On sait quelle importance Chateaubriand attache à la relecture, faite sur le terrain, des textes canoniques du patrimoine. Il récite Athalie, le visage tourné vers le temple de Jérusalem, comme il a relu Euripide et Virgile en passant au large de Troie. Il cherche ainsi à renouer avec une écriture psychopompe qu'il envisage comme un rituel de résurrection. Si le sacré désigne la manifestation du divin dans un temps et un espace humains, grâce à la médiation de réalités sensibles, le meilleur moyen de le rencontrer réside dans des pratiques de reconnaissance (culte, ou pèlerinage) où se puisse opérer la conjonction entre un aspect du monde et une mémoire. Au cours de son voyage, Chateaubriand ne cesse de vérifier ce pouvoir régénérateur du lieu célèbre par de véritables rites de dévotion: visites, méditations solitaires, inscription de son nom sur les monuments, immersion dans certains fleuves, prélèvement de leur eau, récolte fétichiste de souvenirs-reliques, etc.; mais loin de réactualiser de la sorte la tradition religieuse du pèlerinage en Terre Sainte, il le détourne de sa fonction archaïque pour lui donner un nouvel enjeu. La force du sacré ne diminue pas, mais se déplace vers un parcours humaniste où chaque nom suscite une émotion particulière, en même temps qu'une litanie de citations. Le voyage en Grèce, en Palestine ou en Égypte est désormais vécu comme un exercice de relecture, puis de récitation, à point nommé, des énoncés de la mémoire collective qui sont attachés à chacune de ces contrées, et qui prennent ainsi valeur de paroles de consécration. Ce qui est en question, c'est bien de faire revivre, c'est-à-dire de réincarner des textes menacés de mutisme (de ne plus rien dire à personne), afin de pouvoir communier dans un rite de célébration. Il en résulte une écriture « liturgique », dans laquelle se transfère, hors de toute référence religieuse, la signification symbolique de la Messe. Le pèlerinage littéraire se transforme ainsi en une variante du culte des ancêtres, avec la même fonction : réactiver des forces vitales. Le voyage en terre classique se trouve jalonné de stations plus ou moins miraculeuses (voir ce qui se passe à Troie), où se révèle soudain un temps immémorial, qui préserve en nous la survie des grandes voix du passé. Le narrateur invite à un nouveau baptême humaniste, grâce auquel chacun dépasse son éphémère individualité pour accéder à un ordre de la culture.

Cette résurrection se heurte néanmoins à un obstacle de taille, de nature politique. En Grèce, en Asie mineure, en Syrie, en Égypte, dans toutes ces provinces de la romanité où la religion du Dieu unique avait pu se greffer si heureusement sur la souche grecque, règne aujourd'hui un Empire ennemi de toute civilisation et de toute dignité humaine. C'est du moins la vision de Chateaubriand qui, parti à la rencontre des illusions du passé, découvre une réalité bien différente : « Dans ces pays jadis célèbres où les ruines vivantes détournent votre attention des ruines de marbre ou de pierre, le cœur est flétri à chaque pas », écrit-il dès le 4 juillet 1807 dans le Mercure. *En vain voudrait-on se renfermer dans des souvenirs littéraires : « La triste vérité vous poursuit. » Cette actualité déprimante est la conséquence du système politique détestable que les Ottomans ont depuis toujours appliqué en Orient, et auquel la philosophie des Lumières a donné le nom de « despotisme oriental ».*

Théorisé par Montesquieu, il avait de nouveau été « démonté » par Volney. Chateaubriand développe à son tour, dans le récit de son voyage, une réflexion approfondie sur le problème de la liberté politique, non sans indiquer avec clarté dans quel camp il se range : « À Dieu ne plaise que nous tombions aujourd'hui dans ces déclamations sur la liberté (...), qui ont fait tant de mal à la patrie ! Mais si nous avions jamais pensé avec des hommes dont nous respectons par ailleurs le caractère et les talents, que le gouvernement absolu est le meilleur des gouvernements possibles, quelques mois de séjour en Turquie nous auraient bien guéri de cette opinion » (Mercure de France, 4 juillet 1807). *Cette profession de foi publique implique un retour sur lui-même. Il avait jusqu'alors joué le jeu du parti catholique : collaborer, pour la bonne cause, avec le pouvoir issu du 18 Brumaire. La publication de son* Itinéraire *va lui fournir une occasion de prendre ses distances avec le régime impérial et de se désolidariser, sur ce point, de ses anciens amis du Mercure, devenus les apologistes de la servitude volontaire.*

Le moment semble mal choisi pour cette mise en accusation. La puissance de Napoléon est alors à son apogée. C'est bien le cas de le répéter : « Néron prospère » ! Soutenu par une police très efficace, le régime impose une implacable censure dont la mise au pilon du livre de Mme de Staël sur la littérature allemande, en octobre 1810, est venue rappeler à Chateaubriand les contraintes, alors même qu'il corrigeait les épreuves de son propre ouvrage. Ayant décidé de se faire entendre quand même, il lui a fallu se plier à certaines exigences minimales. Il multiplie les précautions verbales, ne se refuse pas à quelques flatteries sans conséquence, se prête au jeu des allusions ou du non-dit, mais il conserve une grande prudence. La formule du récit de voyage, dont le narrateur souligne de surcroît le caractère autobiographique (« Je parle éternellement de moi »), est du reste commode pour présenter (« habiller » sans dissimuler) un enjeu politique réel. Par ailleurs, Chateaubriand ne manque pas une occasion de rendre hommage à Volney, idéologue du bord opposé au sien, mais respecté de tous. Il renvoie souvent à son « excellent voyage », qu'il juge, en particulier, « bon sur le gouvernement des Turcs » (lettre à Guizot du 12 juin 1809). C'est qu'il partage dans ce domaine la plupart de ses convictions, au point de reprendre à son compte de nombreuses analyses de son prédécesseur. Mais si leur hostilité commune au despotisme oriental utilise parfois la même argumentation, Chateaubriand le dénonce avec une passion, voire une hystérie qui lui sont propres. On est, aujourd'hui encore, déconcerté par le radicalisme de ce refus : il implique un dégoût si viscéral qu'il excède toute tentative de rationalisation. Certes, le despotisme oriental représente pour sa génération une sorte de monstre polymorphe qui incarne le mal absolu. Mais sans doute correspond-il aussi chez lui à un fantasme de terreur plus particulier : une angoisse de la perte de soi dans un système qui programme la dissolution de toute identité personnelle et la disparition même du sujet.

Dans le jugement sévère qu'il porte sur les Ottomans[1]*, Chateaubriand se garde de confondre les personnes avec le régime qu'ils doivent subir. Mais il montre aussi qu'il leur est difficile de ne pas être corrompus par lui. De toute façon, même s'il existe, en Orient, des vertus individuelles, cette « humanité » demeure inopérante, car le propre du despotisme est de la confiner dans un espace privé. En revanche, le voyageur souligne la décrépitude des moyens de communication et la décomposition des institutions civiles : il traverse des pays sans routes ni auberges, ravagés par le brigandage et livrés de surcroît au caprice de la soldatesque la plus déplaisante. Le récit multiplie ainsi les anecdotes, les portraits, les témoignages destinés à persuader le lecteur de la véracité du tableau. Mais il ne faut jamais oublier que ce ne sont que des exemples destinés à illustrer une thèse. Car le*

---

1. Je résume ici les conclusions de mon article : « Chateaubriand et le despotisme oriental », *Dix-huitième siècle*, n° 26, 1994, p. 391-421.

détail psychologique ou pittoresque est dépourvu de valeur intrinsèque. Ce qui importe à Chateaubriand, c'est de reconstituer la totalité du mécanisme : il cherche à décrire un système, par une analyse de son fonctionnement. Encore une fois, ce serait une erreur que de se laisser prendre au leurre du caractère individuel pour comprendre un régime dans lequel les individus ne sont rien. Car le despotisme oriental ne doit pas être confondu avec un arbitraire occasionnel, ni même avec les abus du droit de la guerre. Le proconsul romain a sans doute pu être aussi avide qu'un pacha, et les « soldats républicains » commettre des exactions dignes des « satellites (du) despote ». Il est cependant une différence essentielle : « Les Turcs ne sont pas des oppresseurs ordinaires, quoiqu'ils aient trouvé des apologistes. Un proconsul pouvait être un monstre (...) ; mais tous les proconsuls ne se plaisaient pas, par système et par esprit de religion, à renverser les monuments de la civilisation et des arts, à couper les arbres, à détruire les moissons même, et les générations entières ; or, c'est ce que font les Turcs tous les jours de leur vie » (p. 221-222). Son souci de vérifier sur le terrain le bien-fondé de sa théorie porte Chateaubriand à généraliser trop vite, sans tenir compte de la moindre circonstance atténuante dans le procès qu'il mène : ce serait pactiser avec le Mal ! En réalité, il se borne à reprendre une argumentation mise au point par les philosophes. Car parler du « système destructeur que les Turcs suivent naturellement et comme par instinct » (p. 441), c'est bien naturaliser une sorte de (mauvais) « génie » politique, qui aurait trouvé en Orient son site idéal. C'est déjà ce que pensait Aristote.

Dans son Itinéraire, Chateaubriand qualifie souvent les Turcs de « Barbares » ou de « Tartares ». C'est vouloir rappeler que le pouvoir ottoman est né de la conquête, qu'il est dépourvu de légitimité historique, qu'il a mis fin à une civilisation autochtone sans la remplacer par une civilisation neuve. À la source du despotisme, il y a une usurpation militaire. Celui des Turcs, comme tous les autres, a bien pour origine le mépris du civil désarmé, *puis la réduction par la force des ennemis vaincus. Mais il ne résulte pas de ce droit de conquête une quelconque « race de maîtres » comme celle qui, née des invasions franques, a constitué la chevalerie européenne. Le système militaire des Turcs a donc ceci de paradoxal que, loin de produire aussi des hommes libres, il se borne à étendre la relation de servitude, pour la diffuser par délégation à tous les échelons de la société. Elle a du reste un caractère réversible : tous finissent par devenir à la fois esclaves et tyrans. Chateaubriand insiste sur cette duplicité perverse du despotisme : « Si j'avais reconnu dans les Turcs des citoyens libres et vertueux au sein de leur patrie, quoique peu généreux envers les nations conquises, j'aurais gardé le silence (...) : mais retrouver à la fois, dans le même homme, le tyran des Grecs (...) et la servile créature qu'un pacha peut dépouiller de ses biens, enfermer dans un sac de cuir, et jeter au fond de la mer : c'est trop aussi, et je ne connais point de bête brute que je ne préfère à un pareil homme » (p. 222). Ce monstre est en effet parvenu au dernier terme de la corruption ; aliéné, dénaturé, le voici désormais complice de sa propre servitude.*

Arrogance et servilité, cruauté et lâcheté peuvent donc coexister dans la mesure où le sentiment, je ne dirai même pas de la dignité, mais simplement de la responsabilité personnelle est inconnu. Chateaubriand observe avec perplexité le réel égalitarisme qui est de règle dans les mœurs orientales. On retrouve sans doute dans cette égalité morale quelque chose de la notion chrétienne de prochain, *mais comment ne pas voir que, transposée sur le plan politique, elle constitue la base même du despotisme ? Conformément à la tradition du libéralisme aristocratique, Chateaubriand subodore en effet dans ce bouleversement ou cette disparition des hiérarchies sociales la perspective niveleuse propre à séduire le despote, dans la mesure où elle facilite la réalisation de ses desseins. Dès lors, le pouvoir absolu ne doit plus aucun compte à personne, faute de reconnaître une instance susceptible de régler, dans un « espace public », les droits* *et les devoirs. Le « fondé de pouvoir » ne se comporte donc pas autrement qu'un particulier. À partir du moment où les gouvernés ne peuvent plus compter sur la protection du souverain, c'est le pacte social lui-même qui se trouve remis en cause, c'est la notion même de patrie, donc de vertu civique (*amor patriae*), qui se trouve anéantie. Pour Chateaubriand, le despotisme oriental efface de la vie publique la dimension spécifique du politique.*

Cela entraîne de graves conséquences économiques. Dans ce domaine, le pèlerin de Jérusalem ne renouvelle guère les analyses de Volney, mais il les confirme. Ce dernier avait formulé le principe de la gestion orientale de la manière suivante : « En Turquie, on détruit sans jamais réparer. » Chateaubriand accumule à son tour les exemples de la surprenante incurie qui règne dans une administration qui ne gouverne plus personne, mais que chacun se dispute parce qu'elle est source de profit. Comme chez son prédécesseur, c'est une litanie de vergers saccagés, de ponts écroulés, de maisons délabrées, de villes envahies par les décombres, les chiens ou la puanteur des immondices. La population manifeste une indifférence générale envers la chose publique ; mais à la passivité des gens en place, il faut ajouter un esprit de lucre à la mesure de leur inaction. Leur avidité est phénoménale ; la moindre prestation se paie. La pression fiscale, excessive par elle-même, se double des exactions les plus révoltantes. Dans ces conditions, ni agriculture ni commerce ne peuvent subsister très longtemps : « sous le gouvernement turc, le terrain le plus fertile devient désert en peu d'années » (p. 303). La Grèce occupée présente un spectacle de désolation (p. 214-216), tandis que la Judée, après le passage du pacha de Damas, ressemble à un corps exsangue (p. 441-444). Le vampire du despotisme absorbe en effet les richesses sans jamais les redistribuer, les remettre en circulation. Absence de communications sûres, minceur des échanges, misère des paysans, médiocrité des citadins, repli sur soi de tous, précarité constante, économie de survie dans une société atomisée : le bilan est lourd. Ainsi se déploie, sous la plume de Chateaubriand, un « espace du despotisme » qui, faute de suffisante irrigation, se dessèche, se désertifie, se vide ; au terme du processus : la décomposition, la dégénérescence, la mort.

On a déjà compris que cette violente dénonciation du despotisme « oriental » vise de manière indirecte, mais assez claire, celui qui règne alors à Paris. Le système continental établi en Europe par Napoléon, régime policier générateur de marasme économique, pourrait bien relever de la même analyse : double jeu imposé par la censure, mais détour indispensable, en 1811, pour amorcer une critique « libérale » du Grand Empire.

Faut-il désespérer ? Certes pas. Le voyageur ne se borne pas à pousser au noir un tableau que lui a transmis toute la tradition occidentale ; il suggère aussi des solutions qui ne sont pas moins intéressantes, dans le contexte politique de 1811. Volney avait proposé de sortir du despotisme oriental par la réforme des institutions. Rendue maîtresse de son destin, cette fraction asservie du genre humain serait capable de retrouver le chemin de la prospérité, donc de recouvrer la plénitude de son « humanité » : idéal de gestionnaire éclairé, porté par nature à minimiser les résistances ou la pesanteur des mentalités, convaincu des vertus prométhéennes du libéralisme économique. Chateaubriand adopte un parti inverse de confrontation idéologique, remis en honneur par la Révolution avec une redoutable efficacité : il faut viser au cœur pour conquérir les âmes. Or, pour lui, le « mahométisme » dans son ensemble est une menace pour les plus hautes vertus de notre espèce. C'est « une religion (...) qui se fait un mérite de fouler aux pieds les hommes, et de mépriser souverainement les lettres et les arts » (p. 372-373). Le Coran ne renferme à ses yeux « ni principe de civilisation, ni précepte qui puisse élever le caractère : ce livre ne prêche ni la haine de la tyrannie, ni l'amour de la liberté » (p. 221). Voici le grand mot lâché ! La religion islamique ne saurait former des citoyens ou des hommes libres, puisque son esprit même est celui de la soumission. Or, pour Chateaubriand, le bonheur est impossible sans la liberté. Ce sont les gouvernements libres qui font les peuples heureux.

La « morale des intérêts » ne suffit donc pas à qui désire combattre avec succès le despotisme. Il faut se réclamer de son antagoniste le plus radical : une véritable philosophie de la liberté. Or voici un récit de voyage en Orient qui dédaigne avec ostentation Constantinople ou Le Caire pour préférer à ces prestigieuses cités des bourgades au passé presque oublié, mais dont le nom recèle une formidable charge symbolique : Athènes et Jérusalem. Le coup de génie de Chateaubriand a été de les associer et de faire de ce nouvel « axe » une référence majeure de notre imaginaire et de notre idéologie démocratique. En effet, pour la génération de 1789, c'est dans la Grèce antique qu'avait pris naissance le modèle du citoyen. Mais celui-ci ne pouvait être universalisé, c'est-à-dire faire oublier son origine esclavagiste, que si le droit politique parvenait à se fonder sur une morale, et donc sur une religion égalitaires. Or, selon Chateaubriand, là réside le principal apport « social » du message évangélique. En effet, dans la mesure où il accorde à la personne humaine une éminente dignité, le christianisme est aussi une religion de liberté. C'est à ce titre qu'il est permis de parler du double héritage de la Grèce et de la Judée dans la pensée politique de Chateaubriand.

Cela ne va pas sans quelque stylisation. Le voyageur catholique partage la répugnance de ses contemporains (voyez Voltaire) pour le monde byzantin : il ne différencie guère « la patrie des Phocas » de celle des Bajazet. Par ailleurs, le voyageur de 1806 est encore bien éloigné du philhellénisme effervescent qui sera le sien à partir de 1825. Il se demande au contraire avec une lucidité inquiète s'il existe encore des chances de régénération chez un peuple (les Grecs modernes) qu'il a vu si déchu de sa grandeur primitive. Pourront-ils échapper à une décadence qui a commencé sous la République romaine ? C'est une question qui angoisse Chateaubriand : « Quand ils seraient débarrassés de la tyrannie qui les opprime, *ils ne perdront pas dans un instant la marque de leurs fers. Non seulement ils ont été broyés sous le poids du despotisme, mais il y a deux mille ans qu'ils existent comme un peuple vieilli et dégradé»* (p. 220). *Mais qu'importe la défaite provisoire de la liberté? C'est vers la Grèce éternelle que se tourne Chateaubriand pour chercher des armes contre la Barbarie: vers les ancêtres « mythiques », les « hommes illustres » qui, lors des guerres médiques, surent préserver la fleur de la civilisation hellénique. Une longue tradition humaniste a idéalisé leur histoire, dans laquelle le voyageur puise, à chaque pas, des images simples, mais fortes. De Sparte, il ne conserve que des exemples de vertu « républicaine »; tandis que la ville incomparable de Périclès lui rappelle la miraculeuse alliance de la liberté, des lettres et des arts. Par ailleurs, les pauvres moines qui, dans Jérusalem asservie, veillent sur un tombeau vide ne sont-ils pas les témoins du «plus grand événement » qui, « même humainement parlant », « ait changé la face du monde: je veux dire la venue du Messie»* (p. 277)? *Or la résurrection du Christ, comme son message de charité, font de lui le Libérateur par excellence; dieu incarné qui aurait ancré dans le Ciel la découverte trop humaine de la démocratie grecque. Le poète des* Martyrs *a précisément imaginé un héros à même de jouer dans la fiction ce rôle de relais entre le « dernier des Grecs » libres et les premiers chrétiens: réfugié dans une Arcadie pastorale, à une époque de persécutions où Lacédémone ne brille plus que par le courage de son évêque, Eudore est le descendant de Philopoemen, mais c'est dans la foi nouvelle qu'il trouvera la force morale de braver les oppresseurs ou les tyrans. Il est donc incontestable que le voyage en Orient amène Chateaubriand à politiser davantage sa pensée religieuse; il esquisse déjà le thème du «nouveau Génie du christianisme» qui ne sera développé qu'à partir des années 1820: la doctrine évangélique est la religion même de la liberté. C'est au nom de cette thèse qu'il se livre à une vigoureuse défense des Croisades, destinée à prendre le contre-pied de la vulgate encyclopédique. Il montre bien (infra, p. 373) que, loin de se réduire à de superstitieuses rapines, elles eurent un enjeu planétaire: il s'agissait « de savoir qui devait l'emporter sur la terre, ou d'un culte ennemi de la civilisation, favorable par système à l'ignorance, au despotisme, à l'esclavage, ou d'un culte qui a fait revivre chez les modernes le génie de la docte antiquité, et aboli la servitude? » (p. 372). Sans doute est-ce la récente expérience de la Révolution qui éclaire Chateaubriand sur le véritable enjeu de ces entreprises de conquête: le pouvoir idéologique. Cette vision moderne du choc des impérialismes implique une question plus actuelle: le moment ne serait-il pas venu de recommencer, pour en finir avec le despotisme oriental? Le livre ne la pose pas directement, mais il évoque à maintes reprises le problème de la présence française en Orient, pour tracer une sorte de continuité idéale entre les* Gesta Dei per Francos *et la récente expédition de Bonaparte en Égypte. Certes, c'est une manière de flatter le maître à peu de frais que de souligner combien le souvenir de ses exploits est encore vivace chez les Bédouins de la Palestine. Mais c'est aussi un prétexte pour le convoquer, sinon le compromettre, dans un «espace de consensus» où la victoire des Pyramides vengerait la défaite de Saint Louis, où les chevaliers des Croisades tendraient une main fraternelle aux soldats de la Grande Armée.*

Le séjour en Grèce fut enfin une étape décisive dans la formation de la sensibilité esthétique de Chateaubriand. Jusqu'en 1802, son approche des arts plastiques avait laissé à désirer. Sans doute, à cette date, les saisies révolutionnaires avaient-elles déjà transporté sur les rives de la Seine les peintures et les sculptures les plus prestigieuses des collections pontificales. Mais il semble qu'il se soit désintéressé de ces événements muséographiques. Il éprouvait alors une grande répugnance envers cette nouvelle culture du musée qui voulait que les plus belles réalisations des artistes du passé fussent arrachées au cadre pour lequel elles avaient été faites, pour être ensuite offertes au public comme des «œuvres mortes». Dans ces conditions, son arrivée à Rome, par un beau soir de juin 1803, fut une expérience bouleversante : « Toute ma froideur s'est évanouie, écrit-il à Joubert. Je suis accablé, persécuté par ce que j'ai vu. » Au cours de ce premier séjour en Italie qui dura sept mois, le jeune écrivain se passionna moins pour une histoire archéologique des arts qu'il ne se familiarisa avec une atmosphère. Certes, il visita, et saura décrire avec exactitude les monuments antiques et les palais romains, la Villa Adriana ou les ruines de Pompéi. Mais il fut davantage sensible à la beauté de la campagne environnante, à la grandeur de ses lignes, à son ciel et à sa lumière qu'ont si bien su rendre les peintres français du XVIIe siècle. Il ne cessera de vanter leur compréhension intime du paysage historique de Rome. En revanche, les arts de la capitale impériale, le style de son architecture ou de sa sculpture le laissèrent un peu perplexe. Il lui faudra encore attendre trois ans pour être comblé. C'est en effet à Athènes que le voyageur rencontra enfin son chemin de Damas esthétique et accéda à la contemplation de ce Beau qu'il avait jusqu'alors adoré sans le connaître.

Ce fut une révélation. La première chose qui frappa Chateaubriand fut la qualité extraordinaire de la lumière. Le paysage entier lui sembla baigner « dans une rosée de lumière dorée, transparente, volage, que réfléchissaient les mers, que répandaient comme un parfum les zéphyrs de Salamine et de Délos » [1]. *Et ce ciel a vu naître un art incomparable. Jusqu'au début du XIXe siècle, en dehors des ouvrages didactiques de référence (Pausanias, Pline, Vitruve), on ne connaissait les créations de la Grèce antique qu'à travers le « filtre » romain. Les statues redécouvertes en Italie depuis la Renaissance étaient à peu près toutes des répliques tardives de types plus anciens dont le modèle original (en général en bronze) avait été perdu. Avec le chantier du Parthénon, Chateaubriand fut envahi par la soudaine intuition qu'il était enfin arrivé à la source, et c'est la certitude qu'il désira faire parta-*

---

1. *Mémoires d'outre-tombe*, VIII, 4 (éd. cit., t. I, p. 409).

ger à ses lecteurs. Le décor sculpté du monument avait disparu dans sa presque totalité, déposé et emporté de 1801 à 1805 par lord Elgin. Il ne reste plus sur place, en 1806, qu'une partie du fronton occidental, quelques métopes plus ou moins endommagés et des fragments de la frise. Cela suffisait pour donner une idée assez précise du style de Phidias et de son atelier. En outre le voyageur bénéficia, en la personne de son hôte, du meilleur des guides. Le consul Fauvel était en effet à la fois un archéologue averti et un artiste. C'est par exemple lui qui avait acheté, en 1784, pour le compte de Choiseul-Gouffier, le relief des Ergastines, aujourd'hui au Louvre. Il avait aussi conservé, dans sa résidence athénienne, quelques moulages des plus belles sculptures prises par lord Elgin. C'est dire que Chateaubriand avait à sa disposition, sur place, les éléments nécessaires pour se faire une opinion. Il la résumera dans une simple phrase de son Voyage en Italie: «Les métopes du Parthénon offrent seuls la sculpture grecque dans sa perfection[1]».

C'est une ère nouvelle qui commence dans l'histoire du goût. Le règne des œuvres «canoniques» du Belvédère, qui avait été consacré par Winckelmann, est désormais terminé. Même le trop célèbre Apollon est jugé par Chateaubriand comme ayant été «beaucoup trop vanté». À ce type figé de «grandeur sereine» va succéder un idéal plus naturel. La Grèce de la bonne époque a en effet réussi à produire un art où la simplicité, la sobre élégance, le délié des lignes sont mis au service de la réalité vivante. Cette vision que Chateaubriand a été le premier à suggérer, les spécialistes comme Visconti, Quatremère de Quincy ou Canova viendront la confirmer lorsqu'ils auront pu voir à Londres, en 1814, les marbres de la collection Elgin. Ils ont tous partagé la même conviction: cette «vérité de la nature» que le classicisme européen a si longtemps poursuivie, c'est dans la Grèce du temps de Périclès que nous devons chercher son modèle. C'est

---

1. *Voyage en Italie* dans *Œuvres*, «Bibliothèque de la Pléiade», t. II, p. 1462.

encore à lui, par exemple, que Chateaubriand rattache la *Vénus de Milo*, découverte en 1820 et qui remplira le vieil écrivain de la plus totale admiration: «*C'est la beauté par excellence, la beauté divinisée... Chaste dans sa nudité!... gracieuse et déesse... élégante et dominatrice... Type essentiellement grec... Elle fait rêver sans fin*[1].» Chateaubriand ne cessera plus de se réclamer de ce classicisme rajeuni, qui transfigure la nature sans rien lui ôter de sa vie profonde, sans compromettre non plus la séduction de sa troublante présence.

Sans doute est-ce davantage encore par son architecture que la Grèce classique a fasciné le voyageur; et il lui aura suffi pour cela des trois temples visibles à Athènes, sans compter les «quatorze colonnes de marbre blanc» du cap Sunion. Celles-ci se dressent sur un promontoire qui témoigne du souci qu'avaient les Anciens de choisir des sites appropriés. Chateaubriand se plaît à imaginer «la beauté incomparable» des côtes ainsi décorées comme par autant de «fabriques» pittoresques. Il a longtemps cru, en revanche, que ces édifices manquaient vraiment de grandeur. Il avait même, dans le Génie du christianisme, *incriminé la «petitesse» des monuments athéniens! Mais une fois sur place, il a été vite détrompé. En effet, dans le domaine architectural, le Parthénon incarne lui aussi une espèce de perfection. Ce serait une erreur de se représenter «un édifice agréable, mais petit, et chargé de ciselures et de festons à notre manière». Le monument donne au contraire une impression de force, à égale distance de la gracilité du style Louis XVI et de la pesante majesté du style Empire. Comme on est loin du colossal à la romaine que, par contraste, le temple de Jupiter Olympien, consacré par Hadrien, illustre trop bien. Là encore, le verdict est sans appel: «Les monuments de Rome me semblent barbares à leur tour depuis que j'ai vu ceux de la Grèce.» Au Parthénon, le voyageur est émerveillé par la justesse des proportions, par la «sage économie» des moyens, par la convenance réci-*

---

1. Marcellus, *op. cit.*, p. 142.

proque des parties. Harmonie et grandeur dans la simplicité, ainsi peut-on résumer le caractère de ce monument inégalé. Par la science de sa construction, il révèle un art du calcul et de la maîtrise intellectuelle du monde. Mais il représente aussi un art naturel parce que, par son matériau, il est enraciné de manière organique dans son site : « Le ciel clair et le soleil brillant de la Grèce répandent sur le marbre de Paros et du Pentélique une teinte dorée semblable à celle des épis mûrs, ou des feuilles en automne. » Nous voici ramenés, par le détour inattendu de cette « couleur locale », à la politique. Car un aspect du miracle grec, c'est peut-être que sur le même sol aient pu naître et vivre côte à côte un Ictinos, un Phidias, un Sophocle, un Socrate, un Périclès. Ce fut le privilège de la démocratie athénienne que de permettre cette heureuse « rencontre ». La beauté aurait-elle quelque chose à voir avec la liberté ? C'est en définitive la question que pose cette « Prière sur l'Acropole » qui, sans le savoir encore, inaugure une longue et riche série.

De ce monde hellénique à peine entrevu a subsisté dans la mémoire du voyageur une trace indélébile, un rayon de lumière jamais éteint. Nous lui laisserons pour finir la parole. À travers son émouvante nostalgie de vieillard, nous arrive un écho lointain, celui de la jeunesse et de la vie éternelle des formes :

« Je vois aujourd'hui, dans ma mémoire, la Grèce comme un de ces cercles éclatants qu'on aperçoit quelquefois en fermant les yeux. Sur cette phosphorescence mystérieuse se dessinent des ruines d'une architecture fine et admirable, le tout rendu plus resplendissant encore par je ne sais quelle autre clarté des muses. Quand retrouverai-je le thym de l'Hymète, les lauriers-roses des bords de l'Eurotas ? Un des hommes que j'ai laissés avec le plus d'envie sur des rives étrangères, c'est le douanier turc du Pirée : il vivait seul, gardien de trois ports déserts, promenant ses regards sur des îles bleuâtres, des promontoires brillants, des mers dorées.

Là, je n'entendais que le bruit des vagues dans le tombeau détruit de Thémistocle et le murmure des lointains souvenirs [1]... »

JEAN-CLAUDE BERCHET

---

1. *Mémoires d'outre-tombe*, XVIII, 1 (éd. cit., t. I, p. 796).

NOTE SUR LE TEXTE

L'*Itinéraire de Paris à Jérusalem* a été publié pour la première fois à Paris, chez Le Normant, à la fin du mois de février 1811 (3 volumes in-8°). Une nouvelle édition, à peu près identique à la précédente, devait paraître deux mois plus tard. Elle comporte un « Avis sur cette seconde édition ». En avril 1812, Chateaubriand publia enfin une troisième édition de son ouvrage, soigneusement revue et corrigée, avec une nouvelle préface. Certaines citations excessivement longues, jusqu'alors dans le corps du texte, passèrent en fin de volume (A, B, C, etc.). Ce texte fut réédité sans aucun changement en 1822, avant de venir prendre place, avec de minimes retouches, dans la collection des *Œuvres complètes*, chez Ladvocat (tomes VIII, IX et X, 1826). C'est lui que nous reproduisons ici, exception faite de sa longue Introduction historique et bibliographique et de pièces justificatives (voir p. 57, note 1) que nous avons été obligés de « sacrifier ». On les trouvera dans la « Bibliothèque de la Pléiade », édition Regard, 1969, p. 712-767 et 1215-1298. Sigles utilisés pour les variantes : A (première édition) ; B (seconde édition) ; C (troisième édition).

La transcription des manuscrits observe les règles habituelles : les crochets droits [...] encadrent les mots ou les segments de phrases qui ont été biffés ; les crochets aigus <...> correspondent à des ajouts ; enfin les parenthèses simples (...) servent à rétablir un mot ou une phrase omis.

Références

Lorsqu'il cite la Bible, Chateaubriand renvoie au texte latin de la Vulgate, ou à sa traduction par Le Maistre de Sacy, en usage à son époque. Or, la Vulgate présente successivement quatre livres des *Rois*, numérotés de I à IV, là où les éditions modernes (par exemple la Bible de Jérusalem) alignent deux livres de *Samuel* (I et II), suivis de deux livres des *Rois* (I et II). Les équivalences sont donc les suivantes :

I *Rois* (Vulgate) = I *Samuel* ;
II *Rois* (Vulgate) = II *Samuel* ;
III *Rois* (Vulgate) = I *Rois* ;
IV *Rois* (Vulgate) = II *Rois*.

Dans les notes, nous donnons chaque fois la référence selon la Vulgate (avec entre parenthèses la numérotation actuelle) ; les indications de chapitres et de versets sont bien entendu les mêmes.

Chateaubriand se réfère assez souvent à Plutarque. Il ne possédait pas moins de trois éditions (et traductions) des *Vies parallèles* : Amyot, Dacier, Ricard. Dans celles-ci, chaque *Vie* présente une division différente de celle du texte grec original : les chapitres sont plus courts et leur nombre plus grand. Nous avons conservé cette numérotation traditionnelle dans nos renvois, en nous bornant à indiquer ensuite entre parenthèses la référence correspondant au texte original, telle qu'elle figure dans la récente édition Quarto (Gallimard, 2001, traduction Anne-Marie Ozanam).

Présentation

Dans sa dernière édition *ne varietur*, l'*Itinéraire* date de 1826. Les habitudes typographiques de cette époque diffèrent des nôtres ; il nous a paru convenable de les respecter dans la mesure du possible, quitte à revenir à nos usages modernes dans les textes de présentation. C'est ainsi que nous avons renoncé à unifier ou à normaliser les noms propres (Koran/Coran, Misitra pour Mistra, Jafa pour Jaffa, Sélim/Selim, Neret/Néret, le Caire, Péloponèse) ou les noms exotiques kan ou khan, kiervansera pour caravansérail, pilau ou pilaw pour pilaf, etc.

En outre, Chateaubriand a pour habitude de laisser en romain les titres des ouvrages auxquels il renvoie en particulier lorsque ce sont les siens (les Martyrs, *passim*).

Itinéraire
de Paris à Jérusalem
et de Jérusalem à Paris[1]

PRÉFACE
DE LA PREMIÈRE ÉDITION[1]

Si je disais que cet Itinéraire n'était point destiné à voir le jour, que je le donne au public à regret et comme malgré moi, je dirais la vérité, et vraisemblablement on ne me croirait pas.

Je n'ai point fait un voyage pour l'écrire ; j'avais un autre dessein : ce dessein je l'ai rempli dans *les Martyrs*. J'allais chercher des images ; voilà tout.

Je n'ai pu voir Sparte, Athènes, Jérusalem, sans faire quelques réflexions. Ces réflexions ne pouvaient entrer dans le sujet d'une épopée ; elles sont restées sur mon journal de route : je les publie aujourd'hui, dans ce que j'appelle *Itinéraire de Paris à Jérusalem*, faute d'avoir trouvé un titre plus convenable à mon sujet.

Je prie donc le lecteur de regarder cet Itinéraire, moins comme un Voyage que comme des Mémoires d'une année de ma vie. Je ne marche point sur les traces des Chardin, des Tavernier, des Chandler, des Mungo Parck, des Humboldt[2] : je n'ai point la prétention d'avoir connu des peuples chez lesquels je n'ai fait que passer. Un moment suffit au peintre de paysage pour crayonner un arbre, prendre une vue, dessiner une ruine ; mais les années entières sont trop courtes pour étudier les mœurs des hommes, et pour approfondir les sciences et les arts.

Toutefois je sais respecter le public, et l'on aurait tort de penser que je livre au jour un ouvrage qui ne m'a coûté ni soins, ni recherches, ni travail : on verra que j'ai scrupuleusement rempli mes devoirs d'écrivain. Quand je n'aurais fait que donner une description détaillée des ruines de Lacédémone[1], découvrir un nouveau tombeau à Mycènes, indiquer les ports de Carthage, je mériterais encore la bienveillance des voyageurs.

J'avais commencé à mettre en latin les deux Mémoires de l'Introduction, destinés à une académie étrangère ; il est juste que ma patrie ait la préférence.

Cependant, je dois prévenir le lecteur que cette Introduction est d'une extrême aridité. Elle n'offre qu'une suite de dates et de faits dépouillés de tout ornement : on peut la passer sans inconvénients, pour éviter l'ennui attaché à ces espèces de Tables chronologiques[2].

Dans un ouvrage du genre de cet Itinéraire, j'ai dû souvent passer des réflexions les plus graves aux récits les plus familiers : tantôt m'abandonnant à mes rêveries sur les ruines de la Grèce, tantôt revenant aux soins du voyageur, mon style a suivi nécessairement le mouvement de ma pensée et de ma fortune. Tous les lecteurs ne s'attacheront donc pas aux mêmes endroits : les uns ne chercheront que mes sentiments ; les autres n'aimeront que mes aventures ; ceux-ci me sauront gré des détails positifs que j'ai donnés sur beaucoup d'objets ; ceux-là s'ennuieront de la critique des arts, de l'étude des monuments, des digressions historiques. Au reste c'est l'homme, beaucoup plus que l'auteur que l'on verra partout ; je parle éternellement de moi, et j'en parlais en sûreté, puisque je ne comptais point publier ces Mémoires. Mais comme je n'ai rien dans le cœur que je craigne de montrer au-dehors[3], je n'ai rien retranché de mes notes originales. Enfin, j'aurai atteint le but que je me propose, si l'on sent d'un bout à l'autre de cet ouvrage une parfaite sincérité. Un voyageur est une espèce d'historien : son devoir est de raconter fidèlement ce qu'il a vu ou ce qu'il a entendu dire ; il ne doit rien inventer, mais aussi il ne doit rien omettre ; et, quelles que soient ses opinions particulières, elles ne doivent jamais l'aveugler au point de taire ou de dénaturer la vérité.

Je n'ai point chargé cet Itinéraire de notes ; j'ai seulement réuni, à la fin du troisième volume, trois opuscules[1] qui éclaircissent mes propres travaux[a] :

1º L'Itinéraire latin de Bordeaux à Jérusalem : il trace le chemin que suivirent, depuis, les Croisés, et c'est pour ainsi dire le premier pèlerinage à Jérusalem. Cet Itinéraire ne se trouvait jusqu'ici que dans des livres connus des seuls savants ;

2º La Dissertation de d'Anville sur l'ancienne Jérusalem : dissertation très rare, et que le savant M. de Sainte-Croix regardait, avec raison, comme le chef-d'œuvre de l'auteur ;

3º Un Mémoire inédit sur Tunis.

J'ai reçu beaucoup de marques d'intérêt durant le cours de mon voyage. M. le général Sébastiani, MM. Vial, Fauvel, Drovetti, Saint-Marcel, Caffe, Devoise, etc., trouveront leurs noms cités avec honneur dans cet Itinéraire[2] : rien n'est doux comme de publier les services qu'on a reçus.

La même raison m'engage à parler de quelques autres personnes à qui je dois aussi beaucoup de reconnaissance.

M. Boissonade s'est condamné, pour m'obliger, à la chose la plus ennuyeuse et la plus pénible qu'il y ait au monde : il a revu les épreuves des *Martyrs* et de l'*Itinéraire*[3]. J'ai cédé à toutes ses observations, dictées par le goût le plus délicat, par la critique la plus éclairée et la plus saine. Si j'ai admiré sa rare complaisance, il a pu connaître ma docilité.

M. Guizot, qui possède aussi ces connaissances que l'on avait toujours autrefois avant d'oser prendre la plume, s'est empressé de me donner les renseignements qui pouvaient m'être utiles. J'ai trouvé en lui

---

a. Dans la troisième édition, on a rejeté en notes, à la fin de chaque volume, les longues citations qui se trouvaient insérées dans le texte.

cette politesse et cette noblesse de caractère qui font aimer et respecter le talent[1].

Enfin, des savants distingués ont bien voulu éclaircir mes doutes et me faire part de leurs lumières : j'ai consulté MM. Malte-Brun[2] et Langlès[3]. Je ne pouvais mieux m'adresser pour tout ce qui concerne la géographie et les langues anciennes et modernes de l'Orient.

Tout le monde sait que M. Lapie, qui a tracé la carte de cet Itinéraire, est, avec M. Barbié du Bocage, un des plus dignes héritiers du talent de notre célèbre d'Anville.

Comme mille raisons peuvent m'arrêter dans la carrière littéraire au point où je suis parvenu[4], je veux payer ici toutes mes dettes. Des gens de lettres ont mis en vers plusieurs morceaux de mes ouvrages ; j'avoue que je n'ai connu qu'assez tard le grand nombre d'obligations que j'avais aux Muses sous ce rapport. Je ne sais comment, par exemple, une pièce charmante intitulée : *le Voyage du Poète*, a pu si longtemps m'échapper. L'auteur de ce petit poème, M. de Saint-Victor[5], a bien voulu embellir mes descriptions sauvages, et répéter sur sa lyre une partie de ma chanson du désert. J'aurais dû l'en remercier plus tôt. Si donc quelques écrivains ont été justement choqués de mon silence, quand ils me faisaient l'honneur de perfectionner mes ébauches, ils verront ici la réparation de mes torts. Je n'ai jamais l'intention de blesser personne, encore moins les hommes de talent, qui me font jouir d'une partie de leur gloire en empruntant quelque chose à mes écrits. Je ne veux point me brouiller avec les neuf Sœurs, même au moment où je les abandonne. Eh ! comment n'aimerais-je pas ces nobles et généreuses Immortelles ? Elles seules ne sont pas devenues mes ennemies lorsque j'ai obtenu quelque succès ; elles seules encore, sans s'étonner d'une vaine rumeur, ont opposé leur opinion au déchaînement de la malveillance[6]. Si je ne puis faire vivre Cymodocée[7], elle aura du moins la gloire d'avoir été chantée par un des plus grands poètes de nos jours, et par l'homme qui, de l'aveu de tous, juge et apprécie le mieux les ouvrages des autres[a].

Quant aux censeurs qui, jusqu'à présent, ont parlé de mes ouvrages, plusieurs m'ont traité avec une indulgence dont je conserve la reconnaissance la plus vive : je tâcherai d'ailleurs, dans tous les cas et dans tous les temps, de mériter les éloges, de profiter des critiques, et de pardonner aux injures.

a. M. de Fontanes[1].

PRÉFACE
DE LA TROISIÈME ÉDITION

J'ai revu le style de cet Itinéraire avec une attention scrupuleuse, et j'ai, selon ma coutume, écouté les conseils de la critique. On a paru désapprouver généralement les citations intercalées dans le texte ; je les ai rejetées à la fin de chaque volume : débarrassé de ces richesses étrangères, le récit marchera peut-être avec plus de rapidité[1].

Dans les deux premières éditions de l'Itinéraire, j'avais rappelé, à propos de Carthage, un livre italien que je ne connaissais pas. Le vrai titre de ce livre est : *Ragguaglio del viaggio compendioso di un Dilettante antiquario, sorpreso da Corsari, condotto in Barberia, e felicemente ripatriato. Milano*, 1805. On m'a prêté cet ouvrage : je n'ai pu découvrir distinctement si son auteur, le Père Caroni[2], est de mon opinion touchant la position des ports de Carthage ; cependant, ils sont placés sur la carte du *Ragguaglio*, là où je voudrais les placer. Il paraît donc que le Père Caroni a suivi, comme moi, le sentiment de M. Humbert[3], officier du génie hollandais, qui commande à la Goulette. Tout ce que dit d'ailleurs l'antiquaire italien sur les ruines de la patrie d'Annibal, est extrêmement intéressant : les lecteurs en achetant le *Ragguaglio* auront le double plaisir de lire un bon ouvrage et de faire une bonne action, car le Père Caroni qui a été esclave à Tunis, veut consacrer le prix de la vente de son livre à la délivrance de ses compagnons d'infortune ; c'est mettre noblement à profit la science et le malheur : le *non ignara mali, miseris succurrere disco* [1] est particulièrement inspiré par le sol de Carthage.

L'*Itinéraire* semble avoir été reçu du public avec indulgence : on m'a fait cependant quelques objections auxquelles je me crois obligé de répondre.

On m'a reproché d'avoir pris mal à propos le *Sousoughirli* pour le Granique [2], et cela uniquement pour avoir le plaisir de faire le portrait d'Alexandre. En vérité, j'aurais pu dire du conquérant macédonien, ce qu'en dit Montesquieu : *Parlons-en tout à notre aise* [3]. Les occasions ne me manquaient pas ; et, par exemple, il eût été assez naturel de parler d'Alexandre à propos d'Alexandrie.

Mais comment un critique [4], qui s'est d'ailleurs exprimé avec décence sur mon ouvrage, a-t-il pu s'imaginer qu'aux risques de faire rire à mes dépens l'Europe savante, j'avais été de mon propre chef trouver le Granique dans le *Sousoughirli* ? N'était-il pas naturel de penser que je m'appuyais sur de grandes autorités ? Ces autorités étaient d'autant plus faciles à découvrir, qu'elles sont indiquées dans le texte. Spon et Tournefort jouissent, comme voyageurs, de l'estime universelle ; or ce sont eux qui sont les coupables, s'il y a des coupables ici. Voici d'abord le passage de Spon.

« Nous continuâmes notre marche le lendemain jusqu'à midi, dans cette belle plaine de la Mysie ; puis nous vînmes à de petites collines. Le soir nous passâmes le Granique sur un pont de bois à piles de pierres, quoiqu'on l'eût pu aisément guéer, n'y ayant pas de l'eau jusqu'aux sangles des chevaux. C'est cette rivière que le passage d'Alexandre le Grand a rendue si fameuse, et qui fut le premier théâtre de sa gloire lorsqu'il marchait contre Darius. Elle est presque à sec en été ; mais quelquefois elle se déborde étrangement par les pluies. Son fond n'est que sablon et gravier ; et les Turcs, qui ne sont pas soigneux de tenir les embouchures de rivières nettes, ont laissé presque combler celle du Granique, ce qui empêche qu'elle ne soit navigable. Au village de *Sousighirli*, qui n'en est qu'à une mousquetade, il y a un grand Kan ou Kiervansera[1], c'est-à-dire une hôtellerie à la mode du pays, de quoi M. Tavernier nous donne une longue et exacte description dans ses Voyages d'Asie.

« Ayant quitté le village des Buffles d'eau, car c'est ce que signifie en turc *Sousighirli*, nous allâmes encore le long du Granique pendant plus d'une heure ; et, à six milles de là, M. le docteur Pierelin nous fit remarquer de l'autre côté de l'eau, assez loin de notre chemin, les masures d'un château qu'on croit avoir été bâti par Alexandre, après qu'il eut passé la rivière[a]. »

Il est, je pense, assez clair que Spon prend comme moi la rivière du village de *Sousighirli*, ou des Buffles d'eau, pour le Granique.

Tournefort est encore plus précis :

« Ce Granique, dont on n'oubliera jamais le nom tant qu'on parlera d'Alexandre, coule du sud-est au nord, et ensuite vers le nord-ouest, avant que de tomber dans la mer ; ses bords sont fort élevés du côté qui regarde le couchant. Ainsi les troupes de Darius avaient un grand avantage, si elles en avaient su profiter. Cette rivière, si fameuse par la première bataille que le plus grand capitaine de l'antiquité gagna sur ses bords, s'appelle à présent *Sousoughirli*, qui est le nom d'un village où elle passe ; et *Sousoughirli* veut dire *le village des Buffles d'eau*. »

Je pourrais joindre à ces autorités celle de Paul Lucas (*Voyage de Turquie en Asie*, liv. II, page 131) ; je pourrais renvoyer le critique au grand Dictionnaire de la Martinière, au mot *Granique*, tome III, page 160 ; à l'Encyclopédie, au même mot *Granique*, tome VII, page 858 ; enfin à l'auteur de l'*Examen critique des Historiens d'Alexandre*, page 239 de la deuxième édi-

---

a. Voyage d'Italie, de Dalmatie, de Grèce et du Levant, par S. Spon et G. Wheler, tome I, pages 285, 86, 87, édition de Lyon, 1678.

tion : il verrait dans tous ces ouvrages que le Granique est aujourd'hui le *Sousou* ou le *Samsou*, ou le *Sousou-ghirli*, c'est-à-dire que la Martinière, les encyclopédistes et le savant M. de Sainte-Croix s'en sont rapportés à l'autorité de Spon, de Wheler, de Paul Lucas et de Tournefort. La même autorité est reconnue, dans l'*Abrégé de l'Histoire générale des Voyages*, par La Harpe, tome XXIX, page 86. Quand un chétif voyageur comme moi a derrière lui des voyageurs tels que Spon, Wheler, Paul Lucas et Tournefort, il est hors d'atteinte, surtout lorsque leur opinion a été adoptée par des savants aussi distingués que ceux que je viens de nommer.

Mais Spon, Wheler, Tournefort, Paul Lucas, sont tombés dans une méprise, et cette méprise a entraîné celle de la Martinière, des encyclopédistes, de M. de Sainte-Croix et de M. de la Harpe. C'est une autre question : ce n'est pas à moi à m'ériger en maître, et à relever les erreurs de ces hommes célèbres ; il me suffit d'être à l'abri sous leur autorité : je consens à avoir tort avec eux.

Je ne sais si je dois parler d'une autre petite chicane qu'on m'a faite au sujet de *Kirkagach* : j'avais avancé que le nom de cette ville n'existe sur aucune carte ; on a répondu[1] que ce nom se trouve sur une carte de l'Anglais Arrowsmith, carte presque inconnue en France : cette querelle ne peut pas être bien sérieuse.

Enfin, on a cru que je me vantais d'avoir découvert le premier les ruines de Sparte. Ceci m'humilie un peu : car il est clair qu'on a pris à la lettre le conseil que je donne dans la Préface de la première édition, de ne point lire l'*Introduction à l'Itinéraire* ; mais pourtant il restait assez de choses sur ce sujet dans le corps même de l'ouvrage, pour prouver aux critiques que je ne me vantais de rien. Je cite dans l'Introduction et dans l'Itinéraire tous les voyageurs qui ont vu Sparte avant moi, ou qui ont parlé de ses ruines. Giambetti, en 1465 ; Giraud et Vernon, en 1676 ; Fourmont, en 1726 ; Leroi, en 1758, Riedsel, en 1773 ; Villoison et Fauvel, vers l'an 1780 ; Scrofani, en 1794 ; et Pouqueville, en 1798. Qu'on lise dans l'*Itinéraire* les pages 75, 76, 77 du premier volume[1], où je traite des diverses opinions touchant les ruines de Sparte, et l'on verra s'il est possible de parler de soi-même avec moins de prétention. Comme il m'a paru néanmoins que quelques phrases, relatives à mes très faibles travaux, n'étaient pas assez modestes, je me suis empressé de les supprimer ou de les adoucir[2] dans cette troisième édition[a].

Cette bonne foi, à laquelle j'attache un grand prix, se fait sentir, du moins je l'espère, d'un bout à l'autre de mon Voyage. Je pourrais citer en faveur de la sincérité de mes récits plusieurs témoignages d'un grand poids, mais je me contenterai de mettre sous les yeux du lecteur une preuve tout à fait inattendue de la conscience avec laquelle l'*Itinéraire* est écrit : j'avoue que cette preuve m'est extrêmement agréable.

S'il y a quelque chose qui puisse paraître singulier dans ma relation, c'est sans doute la rencontre que je fis du Père Clément à Bethléem. Lorsqu'au retour de

---

a. Au reste, je ne sais pourquoi je m'attache si sérieusement à me justifier sur quelques points d'érudition ; il est très bon, sans doute, que je ne me sois pas trompé ; mais quand cela me serait arrivé, on n'aurait encore rien à me dire : j'ai déclaré que je n'avais aucune prétention, ni comme savant, ni même comme voyageur. Mon ITINÉRAIRE est la course rapide d'un homme qui va voir le ciel, la terre et l'eau, et qui revient à ses foyers avec quelques images nouvelles dans la tête, et quelques sentiments de plus dans le cœur : qu'on lise attentivement ma première Préface, et qu'on ne me demande pas ce que je n'ai pu ni voulu donner. Après tout, cependant, je réponds de l'exactitude des faits. J'ai peut-être commis quelques erreurs de mémoire, mais je crois pouvoir dire que je ne suis tombé dans aucune faute essentielle. Voici, par exemple, une inadvertance assez singulière qu'on veut bien me faire connaître à l'instant : en parlant de l'épisode d'Herminie et du vieillard dans la JÉRUSALEM DÉLIVRÉE, je prouve que la scène doit être placée au bord du Jourdain, mais j'ajoute que le poète ne le dit pas ; et cependant le poète dit formellement :

Giunse (*Erminia*) del bel *Giordano* a le chiare acque[3].

N'ayant pas été instruit assez tôt de cette erreur, elle est restée dans cette présente édition ; mais il suffit au lecteur qu'elle soit indiquée ici.

mon voyage on imprima dans le Mercure un ou deux fragments de l'*Itinéraire*, les critiques, en louant beaucoup trop mon style, eurent l'air de penser que mon imagination avait fait tous les frais de l'histoire du Père Clément. La lettre suivante fera voir si ce soupçon était bien fondé. La personne qui me fait l'honneur de m'écrire m'est tout à fait inconnue :

À Monsieur,

Monsieur de CHATEAUBRIAND,

Auteur des MARTYRS, et de l'ITINÉRAIRE DE PARIS À JÉRUSALEM ET DE JÉRUSALEM À PARIS,

à Paris.

Au Pérai, 20 juin.

« En lisant votre Voyage de Paris à Jérusalem, Monsieur, j'ai vu, avec une augmentation d'intérêt la rencontre que vous avez faite du Père Clément à Bethléem. Je le connais beaucoup : il a été mon aumônier avant la révolution. J'ai été en correspondance avec lui pendant son séjour en Portugal, et il m'annonça son voyage à la Terre-Sainte. J'ai été extrêmement touchée de l'idée qu'il a été oublié dans sa patrie ; mon mari et moi avons conservé pour lui toute la considération que méritent ses vertus et sa piété. Nous serions enchantés qu'il voulût revenir demeurer avec nous ; nous lui offrons le même sort qu'il avait autrefois, et de plus la certitude de ne jamais nous quitter. Je croirais amener la bénédiction sur ma maison si je le décidais à y rentrer. Il aurait la plus parfaite liberté pour tous ses exercices de piété ; il nous connaît, nous n'avons point changé. J'aurais le bonheur d'avoir tous les jours la messe d'un saint homme. Je voudrais, Monsieur, lui faire toutes mes propositions, mais j'ignore comment les lui faire passer. Oserai-je vous demander si vous n'auriez pas conservé quelque relation dans ce pays, ou si vous connaîtriez quelque moyen de lui faire passer ma lettre ? Connaissant vos principes religieux, Monsieur, j'espère que vous me pardonnerez si je suis indiscrète, en faveur du motif qui me conduit.

« J'ai l'honneur d'être, Monsieur, votre très humble et obéissante servante,

« Belin de Nan. »

À Madame de Nan, en son château du Pérai, près Vaas, par Château-du-Loir, département de la Sarthe[1].

J'ai répondu à Madame Belin de Nan ; et, par une seconde lettre, elle m'a permis d'imprimer celle que je donne ici. J'ai écrit aussi au Père Clément à Bethléem, pour lui faire part des propositions de madame Belin.

Enfin, j'ai eu le bonheur de recevoir sous mon toit quelques-unes des personnes qui m'ont donné si généreusement l'hospitalité pendant mon voyage, en particulier M. Devoise, consul de France à Tunis : ce fut lui qui me recueillit à mon arrivée d'Égypte. Mais j'ai de la peine à me consoler de n'avoir pas rencontré un des Pères de Terre-Sainte, qui a passé à Paris, et qui m'a demandé plusieurs fois. J'ai lieu de croire que c'était le Père Muñoz[2] ; j'aurais tâché de le recevoir avec un cœur *limpido e bianco*, comme il me reçut à Jafa et je lui aurais demandé à mon tour :

Sed tibi qui cursum venti, quae fata dedere[3] ?

La carte de la troisième édition de l'Itinéraire a été revue par M. Lapie. Il y a ajouté une multitude de noms ; et c'est maintenant, sur une petite échelle, un des meilleurs ouvrages de cet habile géographe[4].

J'oubliais de dire que j'ai reçu trop tard pour en faire usage, des renseignements sur quelques nouveaux voyageurs en Grèce, dont les journaux ont annoncé le retour ; j'ai lu aussi à la suite d'un ouvrage, traduit de l'allemand, sur l'Espagne moderne, un excellent morceau intitulé : *les Espagnols du quatorzième siècle*[5]. J'ai trouvé dans ce Précis des choses extrêmement curieuses sur l'expédition des Catalans en Grèce et sur le duché d'Athènes où régnait alors un prince français de la maison de Brienne. Montaner, compagnon d'armes des héros catalans, écrivit lui-même l'histoire de leur conquête[1]; je ne connais point son ouvrage, cité souvent par l'auteur allemand: il m'aurait été très utile pour corriger quelques erreurs, ou pour ajouter quelques faits à l'Introduction de l'Itinéraire.

PRÉFACE DE 1826
(édition des *Œuvres complètes*[1])

Lorsqu'en 1806, j'entrepris le voyage d'outre-mer[2], Jérusalem était presque oubliée ; un siècle antireligieux avait perdu mémoire du berceau de la religion : comme il n'y avait plus de chevaliers, il semblait qu'il n'y eût plus de Palestine.

Le dernier voyageur dans le Levant, M. le comte de Volney[3], avait donné au public d'excellents renseignements sur la Syrie, mais il s'était borné à des détails généraux sur le gouvernement de la Judée. De ce concours de circonstances, il résultait que Jérusalem, d'ailleurs si près de nous, paraissait être au bout du monde : l'imagination se plaisait à semer des obstacles et des périls sur les avenues[4] de la Cité Sainte. Je tentai l'aventure, et il m'arriva ce qui arrive à quiconque marche sur l'objet de sa frayeur : le fantôme s'évanouit. Je fis le tour de la Méditerranée sans accidents graves, retrouvant Sparte, passant à Athènes, saluant Jérusalem, admirant Alexandrie, signalant Carthage, et me reposant du spectacle de tant de ruines dans les ruines de l'Alhambra.

J'ai donc eu le très petit mérite d'ouvrir la carrière, et le très grand plaisir de voir qu'elle a été suivie après moi. En effet mon Itinéraire fut à peine publié, qu'il servit de guide à une foule de voyageurs. Rien ne le recommande au public que son exactitude ; c'est le livre de postes des ruines : j'y marque scrupuleusement les chemins, les habitacles et les stations de la gloire. Plus de quinze cents Anglais ont visité Athènes dans ces dernières années ; et lady Stanhope[1], en Syrie, a renouvelé l'histoire des princesses d'Antioche et de Tripoli.

Quand je n'aurais eu en allant en Grèce et en Palestine, que le bonheur de tracer la route aux talents qui devaient nous faire connaître ces pays des beaux et grands souvenirs, je me féliciterais encore de mon entreprise. On a vu à Paris les *Panorama* de Jérusalem et d'Athènes ; l'illusion était complète ; je reconnus au premier coup d'œil, les monuments et les lieux que j'avais indiqués. Jamais voyageur ne fut mis à si rude épreuve : je ne pouvais pas m'attendre qu'on transportât Jérusalem et Athènes à Paris, pour me convaincre de mensonge ou de vérité. La confrontation avec les témoins m'a été favorable : mon exactitude s'est trouvée telle, que des fragments de l'*Itinéraire* ont servi de programme et d'explication populaires aux tableaux des *Panorama*[2].

L'*Itinéraire* a pris par les événements du jour un intérêt d'une espèce nouvelle : il est devenu, pour ainsi dire, un ouvrage de circonstance, une carte topographique du théâtre de cette guerre sacrée, sur laquelle tous les peuples ont aujourd'hui les yeux attachés[3]. Il s'agit de savoir si Sparte et Athènes renaîtront, ou si elles resteront à jamais ensevelies dans leur poussière. Malheur au siècle, témoin passif d'une lutte héroïque, qui croirait qu'on peut sans péril comme sans pénétration de l'avenir, laisser immoler une nation ! Cette faute, ou plutôt ce crime, serait tôt ou tard suivi du plus rude châtiment.

Il n'est pas vrai que le droit politique soit toujours séparé du droit naturel : il y a des crimes qui, en troublant l'ordre moral, troublent l'ordre social, et motivent l'intervention politique[4]. Quand l'Angleterre prit les armes contre la France, en 1793, quelle raison donna-t-elle de sa détermination ? Elle déclara qu'elle ne pouvait plus être en paix avec un pays où la propriété était violée, où les citoyens étaient bannis, où les prêtres étaient proscrits, où toutes les lois qui protègent l'humanité et la justice étaient abolies. Et l'on soutiendrait aujourd'hui qu'il n'y a ni massacre, ni exil, ni expropriation en Grèce! On prétendrait qu'il est permis d'assister paisiblement à l'égorgement de quelques millions de chrétiens!

Des esprits détestables et bornés, qui s'imaginent qu'une injustice par cela seul qu'elle est consommée, n'a aucune conséquence funeste, sont la peste des États. Quel fut le premier reproche adressé pour l'extérieur, en 1789, au gouvernement monarchique de la France? Ce fut d'avoir souffert le partage de la Pologne. Ce partage, en faisant tomber la barrière qui séparait le nord et l'orient du midi et de l'occident de l'Europe, a ouvert le chemin aux armées qui tour à tour ont occupé Vienne, Berlin, Moscou et Paris.

Une politique immorale s'applaudit d'un succès passager: elle se croit fine, adroite, habile; elle écoute avec un mépris ironique le cri de la conscience et les conseils de la probité. Mais tandis qu'elle marche, et qu'elle se dit triomphante, elle se sent tout à coup arrêtée par les voiles dans lesquels elle s'enveloppait; elle tourne la tête et se trouve face à face avec une révolution vengeresse qui l'a silencieusement suivie. Vous ne voulez pas serrer la main suppliante de la Grèce? Eh bien! sa main mourante vous marquera d'une tache de sang, afin que l'avenir vous reconnaisse et vous punisse.

Lorsque je parcourus la Grèce, elle était triste, mais paisible: le silence de la servitude régnait sur ses monuments détruits; la liberté n'avait point encore fait entendre le cri de sa renaissance du fond du tombeau d'Harmodius et d'Aristogiton[1]; et les hurlements des esclaves noirs de l'Abyssinie n'avaient point répondu à ce cri. Le jour, je n'entendais dans mes longues marches, que la longue chanson de mon pauvre guide; la nuit, je dormais tranquillement à l'abri de quelques lauriers-roses au bord de l'Eurotas. Les ruines de Sparte se taisaient autour de moi; la gloire même était muette: épuisé par les chaleurs de l'été, l'Eurotas versait à peine un peu d'eau pure entre ses deux rivages, comme pour laisser plus d'espace au sang qui allait bientôt remplir son lit. Modon, où je foulai pour la première fois la terre sacrée des Hellènes, n'était pas l'arsenal des hordes d'Ibrahim ; Navarin ne rappelait que Nestor et Pylos ; Tripolizza, où je reçus les firmans[1] pour passer l'Isthme de Corinthe, n'était pas un amas de décombres noircis par les flammes et dans lesquels tremble une garnison de bourreaux mahométans, disciplinée par des renégats chrétiens. Athènes était un joli village qui mêlait les arbres verts de ses jardins aux colonnes du Parthénon. Les restes des sculptures de Phidias, n'avaient point encore été entassés pour servir d'abri à un peuple, redevenu digne de camper dans ces remparts immortels. Et où sont mes hôtes de Mégare ? Ont-ils été massacrés ? Des vaisseaux chrétiens ont-ils transporté leurs enfants aux marchés d'Alexandrie ? Des bâtiments de guerre, construits à Marseille pour le Pacha d'Égypte, contre les vrais principes de la neutralité[a], ont-ils escorté ces

---

a. Il y a deux sortes de neutralité : l'une qui défend tout, l'autre qui permet tout.

La neutralité qui défend tout peut avoir des inconvénients ; elle peut, en certains cas, manquer de générosité, mais elle est strictement juste.

La neutralité qui permet tout est une neutralité marchande, vénale, intéressée : quand les parties belligérantes sont inégales en puissance, cette neutralité, véritable dérision, est une hostilité pour la partie faible, comme elle est une connivence avec la partie forte. Mieux vaudrait se joindre franchement à l'oppresseur contre l'opprimé, car du moins on n'ajouterait pas l'hypocrisie à l'injustice.

Vous laissez le Pacha d'Égypte bâtir des vaisseaux dans vos ports, vous lui fournissez tous les moyens qui sont en votre pouvoir pour achever ses expéditions, et vous dites que les Grecs peuvent en faire autant ! Le Pacha d'Égypte peut vous payer les moyens de destruction qu'il vous achète : son fils ravage la Morée. Les Grecs ont-ils, pour faire bâtir des vaisseaux, l'or que les Arabes d'Ibrahim leur ont ravi ? Les enfants de ces Grecs ne sont-ils pas élevés dans vos cités par la piété publique, à laquelle vous ne voulez prendre aucune part ! Cessez donc de nous dire que les Grecs peuvent aussi faire construire des vaisseaux dans vos ports ; ne venez pas, en insultant la raison et l'humanité, appeler du nom de neutralité une alliance abominable.

convois de chair humaine vivante, ou ces cargaisons de mutilations triomphales qui vont décorer les portes du sérail ?

Chose déplorable ! J'ai cru peindre la désolation en peignant les ruines d'Argos, de Mycènes, de Lacédémone ; et si l'on compare mes récits à ceux qui nous viennent aujourd'hui de la Morée, il semble que j'aie voyagé en Grèce au temps de sa prospérité et de sa splendeur !

J'ai pensé qu'il était utile pour la cause des Grecs, de joindre à cette nouvelle Préface de l'*Itinéraire* ma *Note sur la Grèce*, mon *Opinion* à la Chambre des Pairs, l'appui de mon amendement sur le projet de loi pour la répression des délits commis dans les échelles du Levant, et même la page du discours que j'ai lu à l'Académie, page où j'exprimais mon admiration pour les anciens comme pour les nouveaux Hellènes[1]. On trouvera ainsi réuni tout ce que j'ai jamais écrit sur la Grèce, en exceptant toutefois quelques livres des *Martyrs*.

J'ai offert dans la *Note* un moyen simple et facile d'émanciper les Grecs ; et j'ai plaidé leur cause auprès des souverains de l'Europe ; par l'*amendement*, je me suis adressé au premier corps politique de la France, et ce noble tribunal a prononcé une magnanime sentence en faveur de mes illustres clients.

La *Note* présente la Grèce telle que des Barbares la font aujourd'hui : l'*Itinéraire* la montre telle que d'autres Barbares l'avaient faite autrefois. La *Note*, indépendamment de son côté politique, est donc une espèce de complément de l'*Itinéraire*. Si la nouvelle édition de cet ouvrage tombe jamais entre les mains des Hellènes, ils verront du moins que je n'ai pas été ingrat : l'*Itinéraire* fait foi de l'hospitalité qu'ils m'ont donnée ; la *Note* témoigne de la reconnaissance que j'ai gardée de cette hospitalité.

Au surplus, on pourra remarquer que j'ai jugé les Turcs dans l'*Itinéraire* comme je les juge dans la *Note*, bien qu'un espace de vingt années sépare les époques où ces deux ouvrages ont été écrits.

Les affaires de la Grèce se présentaient naturellement à mon esprit, en m'occupant de la réimpression de l'*Itinéraire* : j'aurais cru commettre un sacrilège de les passer sous silence dans cette Préface. Il ne faut point se lasser de réclamer les droits de l'humanité : je ne regrette que de manquer de cette voix puissante qui soulève une indignation généreuse au fond des cœurs, et qui fait de l'opinion une barrière insurmontable aux desseins de l'iniquité.

PREMIÈRE PARTIE

VOYAGE DE LA GRÈCE

J'avais arrêté le plan des Martyrs : la plupart des livres de cet ouvrage étaient ébauchés[1] ; je ne crus pas devoir y mettre la dernière main avant d'avoir vu les pays où ma scène était placée : d'autres ont leurs ressources en eux-mêmes ; moi j'ai besoin de suppléer à ce qui me manque par toutes sortes de travaux. Ainsi, quand on ne trouvera pas dans cet Itinéraire la description de tels ou tels lieux célèbres, il faudra la chercher dans les Martyrs.

Au principal motif qui me faisait, après tant de courses, quitter de nouveau la France, se joignaient d'autres considérations : un voyage en Orient complétait le cercle des études que je m'étais toujours promis d'achever. J'avais contemplé dans les déserts de l'Amérique les monuments de la nature : parmi les monuments des hommes, je ne connaissais encore que deux sortes d'antiquités, l'antiquité celtique et l'antiquité romaine ; il me restait à parcourir les ruines d'Athènes, de Memphis et de Carthage. Je voulais aussi accomplir le pèlerinage de Jérusalem :

. . . . *Qui devoto*
Il grand Sepolcro adora, e scioglie i voto[2].

Il peut paraître étrange aujourd'hui de parler de vœux et de pèlerinages ; mais sur ce point je suis sans pudeur, et je me suis rangé depuis longtemps dans la classe des superstitieux et des faibles. Je serai peut-être le dernier Français sorti de mon pays pour voyager en Terre-Sainte, avec les idées, le but et les sentiments d'un ancien pèlerin. Mais si je n'ai point les vertus qui brillèrent jadis dans les sires de Coucy, de Nesles, de Chastillon, de Montfort[1], du moins la foi me reste ; à cette marque, je pourrais encore me faire reconnaître des antiques Croisés.

« Et quand je voulu partir et me mettre à la voye, dit le sire de Joinville[2], je envoyé querir l'abbé de Cheminon, pour me reconcilier à lui. Et me bailla et ceignit mon escherpe, et me mit mon bourdon en la main. Et tantôt je m'en pars de Jonville, sans ce que rentrasse onques puis au chastel, jusques au retour du veage d'outre-mer. Et m'en allay premier à de saints veages, qui estoient illeques près... tout à pié deschaux, et en lange. Et ainsi que je allois de Bleicourt à Saint-Urban, qu'il me falloit passer auprès du chastel de Jonville, je n'ozé onques tourner la face devers Jonville, de paeur d'avoir trop grand regret, et que le cueur me attendrist. »

En quittant de nouveau ma patrie, le 13 juillet 1806[3], je ne craignis point de tourner la tête, comme le sénéchal de Champagne : presque étranger dans mon pays, je n'abandonnais après moi ni château, ni chaumière.

De Paris à Milan, je connaissais la route[4]. À Milan, je pris le chemin de Venise : je vis partout, à peu près comme dans le Milanais, un marais fertile et monotone. Je m'arrêtai quelques instants aux monuments de Vérone, de Vicence et de Padoue. J'arrivai à Venise le 23 ; j'examinai pendant cinq jours les restes de sa grandeur passée[5] : on me montra quelques bons tableaux du Tintoret, de Paul Véronèse et de son frère, du Bassan et du Titien. Je cherchai dans une église déserte le tombeau de ce dernier peintre, et j'eus quelque peine à le trouver : la même chose m'était arrivée à Rome pour le tombeau du Tasse. Après tout, les cendres d'un poëte religieux et infortuné ne sont pas trop mal placées dans un ermitage : le chantre de la

Jérusalem semble s'être réfugié dans cette sépulture ignorée, comme pour échapper aux persécutions des hommes ; il remplit le monde de sa renommée, et repose lui-même inconnu sous l'oranger de saint Onuphre.

Je quittai Venise le 28, et je m'embarquai à dix heures du soir pour me rendre en terre ferme[1]. Le vent de sud-est soufflait assez pour enfler la voile, pas assez pour troubler la mer. À mesure que la barque s'éloignait, je voyais s'enfoncer sous l'horizon les lumières de Venise, et je distinguais, comme des taches sur les flots, les différentes ombres des îles dont la plage est semée. Ces îles, au lieu d'être couvertes de forts et de bastions, sont occupées par des églises et des monastères. Les cloches des hospices et des lazarets se faisaient entendre[2], et ne rappelaient que des idées de calme et de secours au milieu de l'empire des tempêtes et des dangers. Nous nous approchâmes assez d'une de ces retraites, pour entrevoir des moines qui regardaient passer notre gondole ; ils avaient l'air de vieux nautoniers rentrés au port après de longues traversés : peut-être bénissaient-ils le voyageur, car ils se souvenaient d'avoir été comme lui étrangers dans la terre d'Égypte : « *Fuistis enim et vos advenae in terrâ Aegypti*[3]. »

J'arrivai avant le lever du jour en terre ferme, et je pris un chariot de poste pour me conduire à Trieste. Je ne me détournai point de mon chemin pour voir Aquilée ; je ne fus point tenté de visiter la brèche par où des Goths et des Huns[4] pénétrèrent dans la patrie d'Horace et de Virgile, ni de chercher les traces de ces armées qui exécutaient la vengeance de Dieu. J'entrai à Trieste, le 29, à midi[5]. Cette ville, régulièrement bâtie, est située sous un assez beau ciel, au pied d'une chaîne de montagnes stériles : elle ne possède aucun monument. Le dernier souffle de l'Italie vient expirer sur ce rivage où la barbarie commence.

M. Séguier[6], consul de France à Trieste, eut la bonté de me faire chercher un bâtiment ; on en trouva un prêt à mettre à la voile pour Smyrne : le capitaine me prit à son bord avec mon domestique. Il fut convenu qu'il me jetterait en passant sur les côtes de la Morée, que je traverserais par terre le Péloponèse ; que le vaisseau m'attendrait quelques jours à la pointe de l'Attique, au bout desquels jours, si je ne paraissais point, il poursuivrait son voyage[1].

Nous appareillâmes, le 1ᵉʳ août, à une heure du matin[2]. Nous eûmes les vents contraires en sortant du port. L'Istrie présentait le long de la mer une terre basse, appuyée dans l'intérieur sur une chaîne de montagnes. La Méditerranée, placée au centre des pays civilisés, semée d'îles riantes, baignant des côtes plantées de myrtes, de palmiers et d'oliviers, donne sur-le-champ l'idée de cette mer où naquirent Apollon, les Néréides et Vénus, tandis que l'Océan, livré aux tempêtes, environné de terres inconnues, devait être le berceau des fantômes de la Scandinavie, ou le domaine de ces peuples chrétiens, qui se font une idée si imposante de la grandeur et de la toute-puissance de Dieu.

Le 2, à midi, le vent devint favorable ; mais les nuages qui s'assemblaient au couchant nous annoncèrent un orage. Nous entendîmes les premiers coups de foudre sur les côtes de la Croatie. À trois heures on plia les voiles, et l'on suspendit une petite lumière dans la chambre du capitaine, devant une image de la Sainte Vierge. J'ai fait remarquer ailleurs combien il est touchant ce culte qui soumet l'empire des mers[3] à une faible femme. Des marins à terre peuvent devenir des esprits forts comme tout le monde ; mais ce qui déconcerte la sagesse humaine, ce sont les périls : l'homme dans ce moment devient religieux ; et le flambeau de la philosophie le rassure moins au milieu de la tempête, que la lampe allumée devant la Madone.

À sept heures du soir, l'orage était dans toute sa force. Notre capitaine autrichien commença une prière au milieu des torrents de pluie et des coups de tonnerre. Nous priâmes pour l'empereur François II[4], pour nous et pour les mariniers « *sepolti in questo sacro mare* ». Les matelots, les uns debout et découverts, les autres prosternés sur des canons, répondaient au capitaine.

L'orage continua une partie de la nuit. Toutes les voiles étant pliées et l'équipage retiré, je restai presque seul auprès du matelot qui tenait la barre du gouvernail. J'avais ainsi passé autrefois des nuits entières sur des mers plus orageuses; mais j'étais jeune alors, et le bruit des vagues, la solitude de l'Océan, les vents, les écueils, les périls, étaient pour moi autant de jouissances. Je me suis aperçu, dans ce dernier voyage, que la face des objets a changé pour moi. Je sais ce que valent à présent toutes ces rêveries de la première jeunesse; et pourtant telle est l'inconséquence humaine, que je traversais encore les flots, que je me livrais encore à l'espérance, que j'allais encore recueillir des images, chercher des couleurs pour orner des tableaux qui devaient m'attirer peut-être des chagrins et des persécutions[a]. Je me promenais sur le gaillard d'arrière, et de temps en temps je venais crayonner une note à la lueur de la lampe qui éclairait le compas du pilote. Ce matelot me regardait avec étonnement; il me prenait, je crois, pour quelque officier de la marine française, occupé comme lui de la course du vaisseau: il ne savait pas que ma boussole n'était pas aussi bonne que la sienne, et qu'il trouverait le port plus sûrement que moi.

Le lendemain, 3 août, le vent s'étant fixé au nord-ouest, nous passâmes rapidement l'île du Pommo et celle de Pelagosa. Nous laissâmes à gauche les dernières îles de la Dalmatie, et nous découvrîmes à droite le mont Saint-Angelo, autrefois le mont Gargane, qui couvre Manfredronia, près des ruines de Sipontum, sur les côtes de l'Italie.

Le 4, nous tombâmes en calme; le mistral se leva au

---

a. Cette phrase se trouve dans mes notes originales exactement comme elle est ici; je n'ai pas cru devoir la retrancher, quoiqu'elle ait l'air d'avoir été écrite après l'événement; on sait ce qui m'est arrivé pour les Martyrs.

coucher du soleil, et nous continuâmes notre route. À deux heures, la nuit étant superbe, j'entendis un mousse chanter le commencement du septième chant de la Jérusalem :

Intanto Erminia infra l'ombrose piante[1], *etc.*

L'air était une espèce de récitatif très élevé dans l'intonation, et descendant aux notes les plus graves à la chute du vers. Ce tableau du bonheur champêtre, retracé par un matelot au milieu de la mer, me parut encore plus enchanteur. Les anciens, nos maîtres en tout, ont connu ces oppositions de mœurs : Théocrite a quelquefois placé ses bergers au bord des flots, et Virgile se plaît à rapprocher les délassements du laboureur des travaux du marinier :

Invitat genialis hyems, curasque resolvit :
Ceu pressae cum jam portum tetigêre carinae,
Puppibus et laeti nautae imposuêre coronas[2].

Le 5, le vent souffla avec violence ; il nous apporta un oiseau grisâtre, assez semblable à une alouette. On lui donna l'hospitalité. En général, ce qui forme contraste avec leur vie agitée, plaît aux marins ; ils aiment tout ce qui se lie dans leur esprit aux souvenirs de la vie des champs, tels que les aboiements du chien, le chant du coq, le passage des oiseaux de terre. À onze heures du matin de la même journée, nous nous trouvâmes aux portes de l'Adriatique, c'est-à-dire entre le cap d'Otrante en Italie, et le cap de la Linguetta en Albanie.

J'étais là sur les frontières de l'antiquité grecque, et aux confins de l'antiquité latine. Pythagore, Alcibiade, Scipion, César, Pompée, Cicéron, Auguste, Horace, Virgile, avaient traversé cette mer. Quelles fortunes diverses tous ces personnages célèbres ne livrèrent-ils point à l'inconstance de ces mêmes flots ! Et moi, voyageur obscur, passant sur la trace effacée des vaisseaux qui portèrent les grands hommes de la Grèce et de l'Italie, j'allais chercher les Muses dans leur patrie ; mais je ne suis pas Virgile, et les dieux n'habitent plus l'Olympe.

Nous avancions vers l'île de Fano. Elle porte, avec l'écueil de Merlère, le nom d'Othonos ou de Calypso, dans quelques cartes anciennes. D'Anville semble l'indiquer sous ce nom, et M. Lechevalier[1] s'appuie de l'autorité de ce géographe pour retrouver dans Fano le séjour où Ulysse pleura si longtemps sa patrie. Procope observe quelque part dans son *Histoire mêlée*[2], que si l'on prend pour l'île de Calypso une des petites îles qui environnent Corfou, cela rendra probable le récit d'Homère. En effet, un bateau suffirait alors pour passer de cette île à celle de Schérie (Corcyre ou Corfou) ; mais cela souffre de grandes difficultés. Ulysse part avec un vent favorable ; et, après dix-huit jours de navigation, il aperçoit les terres de Schérie qui s'élève comme un bouclier au-dessus des flots :

Εἴσατο δ'ὡς ὅτε ῥινὸν ἐν ἠεροειδέι πόντῳ[3]

Or, si Fano est l'île de Calypso, cette île touche à Schérie. Loin de mettre dix-huit jours entiers de navigation pour découvrir les côtes de Corfou, Ulysse devait les voir de la forêt même où il bâtissait son vaisseau. Pline, Ptolémée, Pomponius Méla, l'Anonyme de Ravenne, ne donnent sur ce point aucune lumière ; mais on peut consulter Wood et les modernes, touchant la géographie d'Homère, qui placent tous, avec Strabon[4], l'île de Calypso sur la côte d'Afrique, dans la mer de Malte.

Au reste, je veux de tout mon cœur que Fano soit l'île enchantée de Calypso, quoique je n'y aie découvert qu'une petite masse de roches blanchâtres : j'y planterai, si l'on veut, avec Homère, « une forêt desséchée par les feux du soleil ; des pins et des aulnes chargés du nid des corneilles marines[5] », ou bien, avec Fénelon, j'y trouverai des bois d'orangers et « des montagnes dont la figure bizarre forme un horizon à souhait pour le plaisir des yeux[6] ». Malheur à qui ne verrait pas la nature avec les yeux de Fénelon et d'Homère !

Le vent étant tombé vers les huit heures du soir, et la mer s'étant aplanie, le vaisseau demeura immobile. Ce fut là que je jouis du premier coucher du soleil et de la première nuit dans le ciel de la Grèce. Nous avions à gauche l'île de Fano et celle de Corcyre qui s'allongeait à l'orient : on découvrait par-dessus ces îles les hautes terres du continent de l'Épire ; les monts Acrocérauniens que nous avions passés formaient au nord, derrière nous, un cercle qui se terminait à l'entrée de l'Adriatique ; à notre droite, c'est-à-dire à l'occident, le soleil se couchait par-delà les côtes d'Otrante ; devant nous était la pleine mer qui s'étendait jusqu'aux rivages de l'Afrique.

Les couleurs au couchant n'étaient point vives : le soleil descendait entre des nuages qu'il peignait de rose ; il s'enfonça sous l'horizon, et le crépuscule le remplaça pendant une demi-heure. Durant le passage de ce court crépuscule, le ciel était blanc au couchant, bleu pâle au zénith, et gris de perle au levant. Les étoiles percèrent l'une après l'autre cette admirable tenture ; elles semblaient petites, peu rayonnantes ; mais leur lumière était dorée, et d'un éclat si doux que je ne puis en donner une idée. Les horizons de la mer, légèrement vaporeux, se confondaient avec ceux du ciel. Au pied de l'île de Fano ou de Calypso, on apercevait une flamme allumée par des pêcheurs : avec un peu d'imagination, j'aurais pu voir les Nymphes embrasant le vaisseau de Télémaque[1]. Il n'aurait aussi tenu qu'à moi d'entendre Nausicaa folâtrer avec ses compagnes[2], ou Andromaque pleurer au bord du faux Simoïs[3], puisque j'entrevoyais au loin, dans la transparence des ombres, les montagnes de Schérie et de Buthrotum[a] :

Prodigiosa veterum mendacia vatum[5].

Les climats influent plus ou moins sur le goût des peuples. En Grèce, par exemple, tout est suave, tout est adouci, tout est plein de calme dans la nature comme

---

a. Voyez, pour les nuits de la Grèce, les Martyrs, livres I et XII[4].

dans les écrits des anciens. On conçoit presque comment l'architecture du Parthénon a des proportions si heureuses, comment la sculpture antique est si peu tourmentée, si paisible, si simple, lorsqu'on a vu le ciel pur et les paysages gracieux d'Athènes, de Corinthe et de l'Ionie. Dans cette patrie des Muses, la nature ne conseille point les écarts ; elle tend au contraire à ramener l'esprit à l'amour des choses uniformes et harmonieuses.

Le calme continua le 6, et j'eus tout le loisir de considérer Corfou, appelée tour à tour, dans l'antiquité, Drepanum, Macria, Schérie, Corcyre, Éphise, Cassiopée, Céraunia, et même Argos[1]. C'est dans cette île qu'Ulysse fut jeté nu après son naufrage : plût à Dieu que la demeure d'Alcinoüs n'eût jamais été fameuse que par les fictions du malheur ! Je me rappelais malgré moi les troubles de Corcyre, que Thucydide a si éloquemment racontés. Il semble au reste qu'Homère, en chantant les jardins d'Alcinoüs, eût attaché quelque chose de poétique et de merveilleux aux destinées de Schérie : Aristote y vint expier dans l'exil les erreurs d'une passion que la philosophie ne surmonte pas toujours ; Alexandre, encore jeune, éloigné de la cour de Philippe, descendit dans cette île célèbre : les Corcyréens virent le premier pas de ce voyageur armé qui devait visiter tous les peuples de la terre. Plusieurs citoyens de Corcyre remportèrent des couronnes aux jeux Olympiques : leurs noms furent immortalisés par les vers de Simonide et par les statues de Polyclète. Fidèle à sa double destinée, l'île des Phéaciens continua d'être sous les Romains le théâtre de la gloire et du malheur ; Caton, après la bataille de Pharsale, rencontra Cicéron à Corcyre : ce serait un bien beau tableau à faire que celui de l'entrevue de ces deux Romains ! Quels hommes ! Quelle douleur ! Quels coups de fortune ! On verrait Caton voulant céder à Cicéron le commandement des dernières légions républicaines, parce que Cicéron avait été consul : ils se séparent ensuite ; l'un va se déchirer les entrailles à Utique, et l'autre porter sa tête aux Triumvirs. Peu de temps après, Antoine et Octavie célébrèrent à Corcyre ces noces fatales qui coûtèrent tant de larmes au monde; et à peine un demi-siècle s'était écoulé, qu'Agrippine vint étaler au même lieu les funérailles de Germanicus : comme si cette île devait fournir à deux historiens rivaux de génie, dans deux langues rivales[a], le sujet du plus admirable de leurs tableaux.

Un autre ordre de choses et d'événements, d'hommes et de mœurs, ramène souvent le nom de Corcyre (alors Corfou) dans la Byzantine, dans les histoires de Naples et de Venise, et dans la collection *Gesta Dei per Francos*. Ce fut de Corfou que partit cette armée de Croisés, qui mit un gentilhomme français sur le trône de Constantinople. Mais si je parlais d'Apollidore, évêque de Corfou, qui se distingua par sa doctrine au Concile de Nicée, de Georges et de saint Arsène, autres évêques de cette île devenue chrétienne; si je disais que l'Église de Corfou fut la seule qui échappa à la persécution de Dioclétien; qu'Hélène, mère de Constantin, commença à Corfou son pèlerinage en Orient, j'aurais bien peur de faire sourire de pitié les esprits forts. Quel moyen de nommer saint Jason et saint Sosistrate[1], apôtres des Corcyréens, sous le règne de Claude, après avoir parlé d'Homère, d'Aristote, d'Alexandre, de Cicéron, de Caton, de Germanicus ? Et pourtant un martyr de l'indépendance est-il plus grand qu'un martyr de la vérité ? Caton se dévouant à la liberté de Rome, est-il plus héroïque que Sosistrate, se laissant brûler dans un taureau d'airain, pour annoncer aux hommes qu'ils sont frères, qu'ils doivent s'aimer, se secourir, et s'élever jusqu'à Dieu par la pratique des vertus ?

J'avais le temps de repasser dans mon esprit tous ces souvenirs, à la vue des rivages de Corfou, devant lesquels nous étions arrêtés par un calme profond. Le lecteur désire peut-être qu'un bon vent me porte en Grèce, et le débarrasse de mes digressions : c'est ce

---

a. Thucydide et Tacite.

qui arriva le 7 au matin. La brise du nord-ouest se leva, et nous mîmes le cap sur Céfalonie. Le 8, nous avions à notre gauche Leucate, aujourd'hui Sainte-Maure, qui se confondait avec un haut promontoire de l'île d'Ithaque et les terres basses de Céfalonie. On ne voit plus dans la patrie d'Ulysse, ni la forêt du mont Nérée, ni les treize poiriers de Laërte : ceux-ci ont disparu, ainsi que ces deux poiriers, plus vénérables encore, que Henri IV donna pour ralliement à son armée, lorsqu'il combattit à Ivry[1]. Je saluai de loin la chaumière d'Eumée, et le tombeau du chien fidèle. On ne cite qu'un seul chien célèbre par son ingratitude : il s'appelait Math, et son maître était, je crois, un roi d'Angleterre, de la maison de Lancastre[2]. L'histoire s'est plu à retenir le nom de ce chien ingrat, comme elle conserve le nom d'un homme resté fidèle au malheur.

Le 9, nous longeâmes Céfalonie, et nous avancions rapidement vers Zante, *Nemorosa Zacynthos*[3]. Les habitants de cette île passaient dans l'antiquité pour avoir une origine troyenne ; ils prétendaient descendre de Zacynthus, fils de Dardanus, qui conduisit à Zacynthe une colonie. Ils fondèrent Sagonte, en Espagne ; ils aimaient les arts et se plaisaient à entendre chanter les vers d'Homère ; ils donnèrent souvent asile aux Romains proscrits : on veut même avoir retrouvé chez eux les cendres de Cicéron. Si Zante a réellement été le refuge des bannis, je lui voue volontiers un culte, et je souscris à ses noms d'*Isola d'Oro, de Fior di Levante*. Ce nom de fleur me rappelle que l'hyacinthe était originaire de l'île de Zante, et que cette île reçut son nom de la plante qu'elle avait portée : c'est ainsi que, pour louer une mère, dans l'antiquité, on joignait quelquefois à son nom le nom de sa fille. Dans le moyen âge, on trouve sur l'île de Zante une autre tradition assez peu connue. Robert Guiscard, duc de la Pouille, mourut à Zante en allant en Palestine[4]. On lui avait prédit qu'il *trépasserait* à Jérusalem ; d'où l'on a conclu que Zante portait le nom de Jérusalem au quatorzième siècle, ou qu'il y avait dans cette île quelque lieu appelé Jérusalem. Au reste, Zante est célèbre aujourd'hui par ses sources d'huile de pétrole[1], comme elle l'était du temps d'Hérodote ; et ses raisins rivalisent avec ceux de Corinthe.

Du pèlerin normand Robert Guiscard jusqu'à moi pèlerin breton, il y a bien quelques années ; mais dans l'intervalle de nos deux voyages, le seigneur de Villamont, mon compatriote, passa à Zante. Il partit *de la duché de Bretagne*, en 1588, pour Jérusalem. « Bening lecteur, dit-il, à la tête de son Voyage[2], tu recevras ce mien petit labeur, et suppléras (s'il te plaist) aux fautes qui s'y pourroient rencontrer ; et le recevant d'aussi bon cœur que je te le présente, tu me donneras courage à l'advenir, de n'estre chiche de ce que j'aurai plus exquis rapporté du temps et de l'occasion ; servant à la France selon mon désir. À Dieu. »

Le seigneur de Villamont ne s'arrêta point à Zante ; il vint comme moi à la vue de cette île, et comme moi le vent du *Ponent magistral* le poussa vers la Morée. J'attendais avec impatience le moment où je découvrirais les côtes de la Grèce ; je les cherchais des yeux à l'horizon, et je les voyais dans tous les nuages. Le 10, au matin j'étais sur le pont avant le lever du soleil. Comme il sortait de la mer, j'aperçus dans le lointain des montagnes confuses et élevées : c'étaient celles de l'Élide : il faut que la gloire soit quelque chose de réel, puisqu'elle fait ainsi battre le cœur de celui qui n'en est que le juge. À dix heures, nous passâmes devant Navarin, l'ancienne Pylos, couverte par l'île de Sphactérie : noms également célèbres, l'un dans la fable, l'autre dans l'histoire[3]. À midi nous jetâmes l'ancre devant Modon, autrefois Méthone, en Messénie. À une heure[4], j'étais descendu à terre, je foulais le sol de la Grèce, j'étais à dix lieues d'Olympie, à trente de Sparte, sur le chemin que suivit Télémaque pour aller demander des nouvelles d'Ulysse à Ménélas : il n'y avait pas un mois que j'avais quitté Paris.

Notre vaisseau avait mouillé à une demi-lieue de Modon, entre le canal formé par le continent et les îles

Sabienza et Cabrera, autrefois Œnussæ. Vues de ce point, les côtes du Péloponèse, vers Navarin, paraissent sombres et arides. Derrière ces côtes s'élèvent, à quelque distance dans les terres, des montagnes qui semblent être d'un sable blanc, recouvert d'une herbe flétrie : c'étaient là cependant les monts Égalées, au pied desquels Pylos était bâtie. Modon ne présente aux regards qu'une ville du moyen âge, entourée de fortifications gothiques, à moitié tombantes. Pas un bateau dans le port ; pas un homme sur la rive : partout le silence, l'abandon et l'oubli.

Je m'embarquai dans la chaloupe du bâtiment avec le capitaine, pour aller prendre langue à terre. Nous approchions de la côte, j'étais prêt à m'élancer sur un rivage désert et à saluer la patrie des arts et du génie, lorsqu'on nous héla d'une des portes de la ville. Nous fûmes obligés de tourner la proue vers le château de Modon. Nous distinguâmes de loin, sur la pointe d'un rocher, des janissaires armés de toutes pièces, et des Turcs attirés par la curiosité. Aussitôt qu'ils furent à la portée de la voix, ils nous crièrent en italien : *Ben venuti !* Comme un véritable Grec, je fis attention à ce premier mot de bon augure, entendu sur le rivage de la Messénie. Les Turcs se jetèrent dans l'eau pour tirer notre chaloupe à terre, et ils nous aidèrent à sauter sur le rocher. Ils parlaient tous à la fois et faisaient mille questions au capitaine, en grec et en italien. Nous entrâmes par la porte à demi ruinée de la ville. Nous pénétrâmes dans une rue, ou plutôt dans un véritable camp, qui me rappela sur-le-champ la belle expression de M. de Bonald : « Les Turcs sont campés en Europe[1]. » Il est incroyable à quel point cette expression est juste dans toute son étendue et sous tous ses rapports. Ces Tartares de Modon étaient assis devant leurs portes, les jambes croisées, sur des espèces d'échoppes ou de tables de bois, à l'ombre de méchantes toiles tendues d'une maison à l'autre. Ils fumaient leurs pipes, buvaient le café, et, contre l'idée que je m'étais formée de la taciturnité des Turcs, ils riaient, causaient ensemble, et faisaient grand bruit.

Nous nous rendîmes chez l'aga, pauvre hère, juché sur une sorte de lit de camp, dans un hangar[1] ; il me reçut avec assez de cordialité. On lui expliqua l'objet de mon voyage. Il répondit qu'il me ferait donner des chevaux et un janissaire pour me rendre à Coron, auprès du consul français, M. Vial ; que je pourrais aisément traverser la Morée, parce que les chemins étaient libres, vu qu'on avait coupé la tête à trois ou quatre cents brigands, et que rien n'empêchait plus de voyager[2].

Voici l'histoire de ces trois ou quatre cents brigands. Il y avait, vers le mont Ithome, une troupe d'une cinquantaine de voleurs qui infestaient les chemins. Le pacha de Morée, Osman-Pacha, se transporta sur les lieux ; il fit cerner les villages où les voleurs avaient coutume de se cantonner. Il eût été trop long et trop ennuyeux pour un Turc de distinguer l'innocent du coupable : on assomma comme des bêtes fauves tout ce qui se trouva dans la battue du pacha. Les brigands périrent, il est vrai, mais avec trois cents paysans grecs qui n'étaient pour rien dans cette affaire.

De la maison de l'aga nous allâmes à l'habitation du vice-consul d'Allemagne. La France n'avait point alors d'agent à Modon. Il demeurait dans la bourgade des Grecs, hors de la ville. Dans tous les lieux où le poste est militaire, les Grecs sont séparés des Turcs. Le vice-consul me confirma ce que m'avait dit l'aga sur l'état de la Morée ; il m'offrit l'hospitalité pour la nuit ; je l'acceptai, et je retournai un moment au vaisseau, sur un caïque qui devait ensuite me ramener au rivage.

Je laissai à bord Julien, mon domestique français[3], que j'envoyai m'attendre avec le vaisseau à la pointe de l'Attique, ou à Smyrne si je manquais le passage du vaisseau. J'attachai autour de moi une ceinture qui renfermait ce que je possédais en or ; je m'armai de pied en cap, et je pris à mon service un Milanais, nommé Joseph, marchand d'étain à Smyrne : cet homme parlait un peu le grec moderne, et il consentit, pour une somme convenue, à me servir d'interprète. Je dis adieu au capitaine, et je descendis avec Joseph dans le caïque. Le vent était violent et contraire. Nous mîmes cinq heures pour gagner le port dont nous n'étions éloignés que d'une demi-lieue, et nous fûmes deux fois près de chavirer. Un vieux Turc, à barbe grise, les yeux vifs et enfoncés sous d'épais sourcils, montrant de longues dents extrêmement blanches, tantôt silencieux, tantôt poussant des cris sauvages, tenait le gouvernail : il représentait assez bien le Temps passant dans sa barque un voyageur aux rivages déserts de la Grèce. Le vice-consul m'attendait sur la grève. Nous allâmes loger au bourg des Grecs. Chemin faisant j'admirai des tombeaux turcs, qu'ombrageaient de grands cyprès aux pieds desquels la mer venait se briser. J'aperçus parmi ces tombeaux des femmes enveloppées de voiles blancs, et semblables à des ombres : ce fut la seule chose qui me rappela un peu la patrie des Muses. Le cimetière des Chrétiens touche à celui des Musulmans ; il est délabré, sans pierres sépulcrales et sans arbres ; des melons d'eau qui végètent çà et là sur ces tombes abandonnées, ressemblent, par leur forme et leur pâleur, à des crânes humains qu'on ne s'est pas donné la peine d'ensevelir. Rien n'est triste comme ces deux cimetières, où l'on remarque, jusque dans l'égalité et l'indépendance de la mort, la distinction du tyran et de l'esclave.

L'abbé Barthélemi a trouvé Méthone si peu intéressante dans l'antiquité[1], qu'il s'est contenté de faire mention de son puits d'eau bitumineuse. Sans gloire, au milieu de toutes ces cités bâties par les dieux ou célébrées par les poètes, Méthone ne se retrouve point dans les chants de Pindare, qui forment, avec les ouvrages d'Homère, les brillantes archives de la Grèce. Démosthène, haranguant pour les Mégalopolitains et rappelant l'histoire de la Messénie, ne parle point de Méthone. Polybe, qui était de Mégalopolis, et qui donne de très bons conseils aux Messéniens, garde le même silence. Plutarque et Diogène-Laërce ne citent aucun héros, aucun philosophe de cette ville. Athénée, Aulu-Gelle et Macrobe ne rapportent rien de Méthone. Enfin Pline, Ptolémée, Pomponius Méla et l'Anonyme de Ravenne ne font que la nommer dans le dénombrement des villes de la Messénie; mais Strabon et Pausanias veulent retrouver Méthone dans la Pédase d'Homère[1]. Selon Pausanias, le nom de Méthone ou de Mothone lui vient d'une fille d'Œneus, compagnon de Diomède, ou d'un rocher qui ferme l'entrée du port. Méthone reparaît assez souvent dans l'histoire ancienne, mais jamais pour aucun fait important. Thucydide cite quelques corps d'Hoplites de Méthone, dans la guerre du Péloponèse. On voit, par un fragment de Diodore de Sicile, que Brasidas défendit cette ville contre les Athéniens. Le même Diodore l'appelle une ville de la Laconie, parce que la Messénie était une conquête de Lacédémone; celle-ci envoya à Méthone une colonie de Naupliens qui ne furent point chassés de leur nouvelle patrie lorsque Épaminondas rappela les Messéniens. Méthone suivit le sort de la Grèce quand celle-ci passa sous le joug des Romains. Trajan accorda des privilèges à Méthone. Le Péloponèse étant devenu l'apanage de l'empire d'Orient, Méthone subit les révolutions de la Morée : dévastée par Alaric, peut-être plus maltraitée par Stilicon, elle fut démembrée de l'empire grec, en 1124, par les Vénitiens. Rendue à ses anciens maîtres l'année d'après, elle retomba au pouvoir des Vénitiens en 1204. Un corsaire génois l'enleva aux Vénitiens en 1208. Le doge Dandolo la reprit sur les Génois. Mahomet II l'enleva aux Vénitiens, ainsi que toute la Grèce, en 1498[2]. Morosini la reconquit sur les Turcs, en 1686, et les Turcs y rentrèrent de nouveau en 1715. Trois ans après, Pellegrin passa dans cette ville, dont il nous a fait la description, en y mêlant la chronique scandaleuse de tous les consuls français[3] : ceci forme, depuis Homère jusqu'à nous, la suite de l'obscure histoire de Méthone. Pour ce qui regarde le sort de Modon pendant l'expédition des Russes en

Morée, on peut consulter le premier volume du Voyage de M. de Choiseul, et l'Histoire de Pologne, par Rhulières[1].

Le vice-consul allemand, logé dans une méchante cahute de plâtre, m'offrit de très bon cœur un souper composé de pastèques, de raisins et de pain noir : il ne faut pas être difficile sur les repas lorsqu'on est si près de Sparte. Je me retirai ensuite dans la chambre que l'on m'avait préparée, mais sans pouvoir fermer les yeux. J'entendais les aboiements du chien de la Laconie, et le bruit du vent de l'Élide : comment aurais-je pu dormir ? Le 11, à trois heures du matin, la voix du janissaire de l'aga m'avertit qu'il fallait partir pour Coron.

Nous montâmes à cheval à l'instant. Je vais décrire l'ordre de la marche parce qu'il a été le même dans tout le voyage.

À notre tête paraissait le guide ou le postillon grec à cheval, tenant un autre cheval en lesse[2] : ce second cheval devait servir de remonte en cas qu'il arrivât quelque accident aux chevaux des voyageurs. Venait ensuite le janissaire, le turban en tête, deux pistolets et un poignard à la ceinture, un sabre au côté, et un fouet à la main pour faire avancer les chevaux du guide. Je suivais, à peu près armé comme le janissaire, portant de plus un fusil de chasse. Joseph fermait la marche : ce Milanais était un petit homme blond, à gros ventre, le teint fleuri, l'air affable ; il était tout habillé de velours bleu ; deux longs pistolets d'arçon, passés dans une étroite ceinture, relevaient sa veste d'une manière si grotesque, que le janissaire ne pouvait jamais le regarder sans rire. Mon équipage consistait en un tapis pour m'asseoir, une pipe, un poêlon à café, et quelques schalls[3] pour m'envelopper la tête pendant la nuit. Nous partions au signal donné par le guide ; nous grimpions au grand trot les montagnes, et nous les descendions au galop, à travers les précipices. Il faut prendre son parti : les Turcs militaires ne connaissent pas d'autre manière d'aller, et le moindre signe de frayeur, ou même de prudence, vous exposerait à leur mépris. Vous êtes assis, d'ailleurs, sur des selles de Mameloucks dont les étriers larges et courts vous plient les jambes, vous rompent les pieds, et déchirent les flancs de votre cheval. Au moindre faux mouvement, le pommeau élevé de la selle vous crève la poitrine; et, si vous vous renversez en arrière, le haut rebord de la selle vous brise les reins. On finit pourtant par trouver ces selles utiles, à cause de la solidité qu'elles donnent à cheval, surtout dans des courses aussi hasardeuses.

Les courses sont de huit à dix lieues avec les mêmes chevaux : on leur laisse prendre haleine sans manger, à peu près à moitié chemin ; on remonte ensuite et l'on continue sa route. Le soir on arrive quelquefois à un kan[1], masure abandonnée où l'on dort parmi toutes sortes d'insectes et de reptiles sur un plancher vermoulu. On ne vous doit rien dans ce kan, lorsque vous n'avez pas de firman[2] de poste : c'est à vous de vous procurer des vivres comme vous pouvez. Mon janissaire allait à la chasse dans les villages ; il rapportait quelquefois des poulets que je m'obstinais à payer : nous les faisions rôtir sur des branches vertes d'olivier, ou bouillir avec du riz pour en faire un pilau[3]. Assis à terre autour de ce festin, nous le déchirions avec nos doigts ; le repas fini, nous allions nous laver la barbe et les mains au premier ruisseau. Voilà comme on voyage aujourd'hui dans le pays d'Alcibiade et d'Aspasie.

Il faisait encore nuit quand nous quittâmes Modon ; je croyais errer dans les déserts de l'Amérique : même solitude, même silence. Nous traversâmes des bois d'oliviers, en nous dirigeant au midi. Au lever de l'aurore, nous nous trouvâmes sur les sommets aplatis des montagnes les plus arides que j'aie jamais vues. Nous y marchâmes pendant deux heures : ces sommets labourés par les torrents avaient l'air de guérets abandonnés ; le jonc marin et une espèce de bruyère épineuse et flétrie y croissaient par touffes. De gros caïeux de lis de montagne, déchaussés par les pluies, paraissaient à la surface de la terre. Nous découvrîmes la mer vers l'est, à travers un bois d'oliviers clairsemé ;

nous descendîmes ensuite dans une gorge de vallon où l'on voyait quelques champs d'orge et de coton. Nous passâmes un torrent desséché : son lit était rempli de lauriers-roses et de gatilliers (l'agnus-castus), arbuste à feuille longue, pâle et menue, dont la fleur lilas, un peu cotonneuse, s'allonge en forme de quenouille. Je cite ces deux arbustes, parce qu'on les retrouve dans toute la Grèce, et qu'ils décorent presque seuls ces solitudes jadis si riantes et si parées, aujourd'hui si nues et si tristes. À propos de torrent desséché, je dois dire aussi que je n'ai vu dans la patrie de l'Ilissus, de l'Alphée et de l'Érymante, que trois fleuves dont l'urne ne fût pas tarie : le Pamisus, le Céphise et l'Eurotas. Il faut qu'on me pardonne encore l'espèce d'indifférence et presque d'impiété avec laquelle j'écrirai quelquefois les noms les plus célèbres ou les plus harmonieux : on se familiarise malgré soi en Grèce avec Thémistocle, Épaminondas, Sophocle, Platon, Thucydide, et il faut une grande religion pour ne pas franchir le Cithéron, le Ménale ou le Lycée, comme on passe des monts vulgaires.

Au sortir du vallon dont je viens de parler, nous commençâmes à gravir de nouvelles montagnes : mon guide répéta plusieurs fois des noms inconnus ; mais, à en juger par leur position, ces montagnes devaient faire une partie de la chaîne du mont Témathia. Nous ne tardâmes pas à entrer dans un bois d'oliviers, de lauriers-roses, d'esquines[1], d'agnus-castus et de cornouillers. Ce bois était dominé par des sommets rocailleux. Parvenus à cette dernière cime, nous découvrîmes le golfe de Messénie, bordé de toutes parts par des montagnes entre lesquelles l'Ithome se distinguait par son isolement, et le Taygète par ses deux flèches aiguës : je saluai ces monts fameux par tout ce que je savais de beaux vers à leur louange.

Un peu au-dessous du sommet du Témathia, en descendant vers Coron, nous aperçûmes une misérable ferme grecque dont les habitants s'enfuirent à notre approche. À mesure que nous descendions, nous découvrions au-dessous de nous la rade et le port de Coron, où l'on voyait quelques bâtiments à l'ancre ; la flotte du capitan-pacha[1] était mouillée de l'autre côté du golfe vers Calamate. En arrivant à la plaine qui est au pied des montagnes, et qui s'étend jusqu'à la mer, nous laissâmes sur notre droite un village, au centre duquel s'élevait une espèce de château fort : le tout, c'est-à-dire le village et le château, était comme environné d'un immense cimetière turc couvert de cyprès de tous les âges. Mon guide, en me montrant ces arbres, me les nommait Parissos[2]. Un ancien habitant de la Messénie m'aurait autrefois conté l'histoire entière du jeune homme d'Amyclée, dont le Messénien d'aujourd'hui n'a retenu que la moitié du nom[3] : mais ce nom, tout défiguré qu'il est, prononcé sur les lieux, à la vue d'un cyprès et des sommets du Taygète, me fit un plaisir que les poètes comprendront. J'avais une consolation en regardant les tombes des Turcs : elles me rappelaient que les barbares conquérants de la Grèce avaient aussi trouvé leur dernier jour dans cette terre ravagée par eux. Au reste, ces tombes étaient fort agréables : le laurier-rose y croissait au pied des cyprès qui ressemblaient à de grands obélisques noirs ; des tourterelles blanches et des pigeons bleus[4] voltigeaient et roucoulaient dans ces arbres ; l'herbe flottait autour des petites colonnes funèbres que surmontait un turban ; une fontaine, bâtie par un chérif[5], répandait son eau dans le chemin pour le voyageur : on se serait volontiers arrêté dans ce cimetière où le laurier de la Grèce, dominé par le cyprès de l'Orient, semblait rappeler la mémoire des deux peuples dont la poussière reposait dans ce lieu.

De ce cimetière à Coron il y a près de deux heures de marche[6] : nous cheminâmes à travers un bois continuel d'oliviers, planté de froment à demi moissonné. Le terrain, qui de loin paraît une plaine unie, est coupé par des ravines inégales et profondes. M. Vial, alors consul de France à Coron, me reçut avec cet hospitalité si remarquable dans les consuls du Levant[7]. Je lui remis une des lettres de recommandation que M. de Talleyrand, sur la prière de M. d'Hauterive[1], m'avait poliment accordées pour les consuls français dans les Échelles[2].

M. Vial voulut bien me loger chez lui. Il renvoya mon janissaire de Modon, et me donna un de ses propres janissaires pour traverser avec moi la Morée, et me conduire à Athènes. Le capitan-pacha étant en guerre avec les Maniottes[3], je ne pouvais me rendre à Sparte par Calamate, que l'on prendra, si l'on veut, pour Calathion, Cardamyle ou Thalames[4], sur la côte de la Laconie, presque en face de Coron. Il fut donc résolu que je ferais un long détour ; que j'irais chercher le défilé des portes de Léondari, l'un des Hermæum de la Messénie ; que je me rendrais à Tripolizza, afin d'obtenir du pacha de Morée le firman nécessaire pour passer l'Isthme ; que je reviendrais de Tripolizza à Sparte, et que de Sparte je prendrais par la montagne le chemin d'Argos, de Mycènes et de Corinthe.

Coroné, ainsi que Messène et Mégalopolis, ne remonte pas à une grande antiquité, puisqu'elle fut fondée par Épaminondas sur les ruines de l'ancienne Épéa. Jusqu'ici on a pris Coron pour Coroné, d'après l'opinion de d'Anville. J'ai quelques doutes sur ce point : selon Pausanias, Coroné était située au bas du mont Témathia, vers l'embouchure du Pamisus : or, Coron est assez éloignée de ce fleuve ; elle est bâtie sur une hauteur à peu près dans la position où le même Pausanias place le temple d'Apollon Corinthus, ou plutôt dans la position de Colonides[a]. On trouve vers le fond du golfe de Messénie des ruines au bord de la mer, qui pourraient bien être celles de la véritable Coroné, à moins qu'elles n'appartiennent au village d'Ino. Coronelli s'est trompé en prenant Coroné pour Pédase, qu'il faut, selon Strabon et Pausanias, retrouver dans Méthone[5].

L'histoire moderne de Coron ressemble à peu près à

---

a. Cette opinion est aussi celle de M. de Choiseul.

celle de Modon ; Coron fut tour à tour, et aux mêmes époques que cette dernière ville, possédée par les Vénitiens, les Génois et les Turcs. Les Espagnols l'assiégèrent et l'enlevèrent aux Infidèles en 1633[1]. Les chevaliers de Malte se distinguèrent à ce siège assez mémorable. Vertot[2] fait à ce sujet une singulière faute, en prenant Coron pour Chéronée, patrie de Plutarque, qui n'est pas elle-même la Chéronée où Philippe donna des chaînes à la Grèce. Retombée au pouvoir des Turcs, Coron fut assiégée et prise de nouveau par Morosini en 1685 : on remarque à ce siège deux de mes compatriotes. Coronelli ne cite que le commandeur de la Tour qui y périt glorieusement ; mais Giacomo Diedo[3] parle encore du marquis de Courbon[4] : j'aimais à retrouver les traces de l'honneur français dès mes premiers pas dans la véritable patrie de la gloire, et dans le pays d'un peuple qui fut si bon juge de la valeur. Mais où ne retrouve-t-on pas ces traces ? À Constantinople, à Rhodes, en Syrie, en Égypte, à Carthage, partout où j'ai abordé, on m'a montré le camp des Français, la tour des Français, le château des Français : l'Arabe m'a fait voir les tombes de nos soldats, sous les sycomores du Caire ; et le Siminole, sous les peupliers de la Floride.

C'est encore dans cette même ville de Coron que M. de Choiseul a commencé ses tableaux[5]. Ainsi le sort me conduisait au même lieu où mes compatriotes avaient cueilli cette double palme des talents et des armes dont la Grèce aimait à couronner ses enfants. Si j'ai moi-même parcouru sans gloire, mais non sans honneur, les deux carrières où les citoyens d'Athènes et de Sparte acquirent tant de renommée, je m'en console en songeant que d'autres Français ont été plus heureux que moi.

M. Vial se donna la peine de me montrer Coron, qui n'est qu'un amas de ruines modernes ; il me fit voir aussi l'endroit d'où les Russes canonnèrent la ville en 1770, époque fatale à la Morée dont les Albanais ont depuis massacré la population. La relation des voyages de Pellegrin date de 1715 et de 1719 : le ressort de Coron s'étendait alors, selon ce voyageur, à quatre-vingts villages ; je ne sais si l'on en trouverait aujourd'hui cinq ou six dans le même arrondissement. Le reste de ces champs dévastés appartient à des Turcs qui possèdent trois ou quatre mille pieds d'oliviers, et qui dévorent dans un harem à Constantinople l'héritage d'Aristomène[1]. Les larmes me venaient aux yeux en voyant les mains du Grec esclave inutilement trempées de ces flots d'huile, qui rendaient la vigueur au bras de ses pères pour triompher des tyrans.

La maison du consul dominait le golfe de Coron : je voyais de ma fenêtre la mer de Messénie peinte du plus bel azur ; devant moi, de l'autre côté de cette mer, s'élevait la haute chaîne du Taygète couvert de neige, et justement comparé aux Alpes par Polybe, mais aux Alpes sous un plus beau ciel. À ma droite s'étendait la pleine mer ; et à ma gauche, au fond du golfe, je découvrais le mont Ithome, isolé comme le Vésuve, et tronqué comme lui à son sommet[2]. Je ne pouvais m'arracher à ce spectacle : quelles pensées n'inspire point la vue de ces côtes désertes de la Grèce, où l'on n'entend que l'éternel sifflement du mistral et le gémissement des flots ! Quelques coups de canon que le capitan-pacha faisait tirer de loin à loin contre les rochers des Maniotes, interrompaient seuls ces tristes bruits par un bruit plus triste encore : on n'apercevait sur toute l'étendue de la mer que la flotte de ce chef des Barbares : elle me rappelait le souvenir de ces pirates américains qui plantaient leur drapeau sanglant sur une terre inconnue, en prenant possession d'un pays enchanté au nom de la servitude et de la mort ; ou plutôt je croyais voir les vaisseaux d'Alaric s'éloigner de la Grèce en cendres, en emportant la dépouille des temples, les trophées d'Olympie, et les statues brisées de la Liberté et des Arts[a].

Je quittai Coron, le 12, à deux heures du matin[3],

---

a. Voyez la description de la Messénie dans les Martyrs, livre I comblé des politesses et des attentions de M. Vial, qui me donna une lettre pour le pacha de Morée, et une autre lettre pour un Turc de Misitra. Je m'embarquai avec Joseph et mon nouveau janissaire dans un caïque qui devait me conduire à l'embouchure du Pamisus, au fond du golfe de Messénie. Quelques heures d'une belle traversée me portèrent dans le lit du plus grand fleuve du Péloponèse, où notre petite barque échoua faute d'eau. Le janissaire alla chercher des chevaux à Nissi, gros village éloigné de trois ou quatre milles de la mer, en remontant le Pamisus. Cette rivière était couverte d'une multitude d'oiseaux sauvages dont je m'amusai à observer les jeux jusqu'au retour du janissaire. Rien ne serait agréable comme l'histoire naturelle, si on la rattachait toujours à l'histoire des hommes : on aimerait à voir les oiseaux voyageurs quitter les peuplades ignorées de l'Atlantique, pour visiter les peuples fameux de l'Eurotas et du Céphise. La Providence, afin de confondre notre vanité, a permis que les animaux connussent avant l'homme la véritable étendue du séjour de l'homme ; et tel oiseau américain attirait peut-être l'attention d'Aristote dans les fleuves de la Grèce, lorsque le philosophe ne soupçonnait même pas l'existence d'un monde nouveau. L'antiquité nous offrirait dans ses annales une foule de rapprochements curieux ; et souvent la marche des peuples et des armées se lierait aux pèlerinages de quelque oiseau solitaire, ou aux migrations pacifiques des gazelles et des chameaux.

Le janissaire revint au rivage avec un guide et cinq chevaux : deux pour le guide, et les trois autres pour moi, le janissaire et Joseph. Nous passâmes à Nissi[1] qui me semble inconnue dans l'antiquité. Je vis un moment le vayvode[2] ; c'était un jeune Grec fort affable qui m'offrit des confitures et du vin : je n'acceptai point son hospitalité, et je continuai ma route pour Tripolizza.

Nous nous dirigeâmes sur le mont Ithome, en laissant à gauche les ruines de Messène. L'abbé Fourmont, qui visita ces ruines, il y a soixante-dix ans, y compta trente-huit tours encore debout. Je ne sais si M. Vial ne m'a point assuré qu'il en existe aujourd'hui neuf entières et un fragment considérable du mur d'enceinte. M. Pouqueville, qui traversa la Messénie dix ans avant moi, ne passa point à Messène. Nous arrivâmes vers les trois heures de l'après-midi au pied de l'Ithome, aujourd'hui le mont Vulcano, selon d'Anville. Je me convainquis, en examinant cette montagne, de la difficulté de bien entendre les auteurs anciens sans voir vu les lieux dont ils parlent. Il est évident, par exemple, que Messène et l'ancienne Ithome ne pouvaient embrasser le mont dans leur enceinte, et qu'il faut expliquer la particule grecque περι, comme l'explique M. Lechevalier, à propos de la course d'Hector et d'Achille, c'est-à-dire qu'il faut traduire *devant* Troie, et non pas *autour* de Troie.

Nous traversâmes plusieurs villages, Chafasa, Scala, Cyparissa, et quelques autres récemment détruits par le pacha, lors de sa dernière expédition contre les brigands. Je ne vis dans tous ces villages qu'une seule femme : elle ne démentait point le sang des Héraclides, par ses yeux bleus, sa haute taille et sa beauté. La Messénie fut presque toujours malheureuse[1] : un pays fertile est souvent un avantage funeste pour un peuple[2]. À la désolation qui régnait autour de moi, on eût dit que les féroces Lacédémoniens venaient encore de ravager la patrie d'Aristomène. Un grand homme se chargea de venger un grand homme : Épaminondas éleva les murs de Messène. Malheureusement, on peut reprocher à cette ville la mort de Philipœmen[3]. Les Arcadiens tirèrent vengeance de cette mort, et transportèrent les cendres de leur compatriote à Mégalopolis. Je passais, avec ma petite caravane, précisément par les chemins où le convoi funèbre du dernier des Grecs avait passé, il y a environ deux mille ans.

Après avoir longé le mont Ithome, nous traversâmes un ruisseau qui coule au nord, et qui pourrait bien être une des sources du Balyra[4]. Je n'ai jamais défié les

Muses, elles ne m'ont point rendu aveugle comme Thamyris[1] ; et si j'ai une lyre, je ne l'ai point jetée dans le Balyra, au risque d'être changé après ma mort en rossignol. Je veux encore suivre le culte des neuf Sœurs pendant quelques années ; après quoi j'abandonnerai leurs autels. La couronne de roses d'Anacréon ne me tente point : la plus belle couronne d'un vieillard ce sont ses cheveux blancs et les souvenirs d'une vie honorable[a].

Andanies devait être plus bas, sur le cours du Balyra. J'aurai aimé à découvrir au moins l'emplacement des palais de Mérope[2] :

> *J'entends des cris plaintifs. Hélas ! dans ces palais,*
> *Un dieu persécuteur habite pour jamais !*

Mais Andanies était trop loin de notre route pour essayer d'en trouver les ruines. Une plaine inégale, couverte de grandes herbes et de troupeaux de chevaux, comme les savanes de la Floride, me conduisit vers le fond du bassin où se réunissent les hautes montagnes de l'Arcadie et de la Laconie. Le Lycée était devant nous, cependant un peu sur notre gauche, et nous foulions probablement le sol de Stényclare. Je n'y entendis point Tyrtée[3] chanter à la tête des bataillons de Sparte ; mais, à son défaut, je fis en cet endroit la rencontre d'un Turc monté sur un bon cheval, et accompagné de deux Grecs à pied. Aussitôt qu'il m'eut reconnu à mon habit franc, il piqua vers moi, et me cria en français : « C'est un beau pays pour voyager que la Morée ! En France, de Paris à Marseille, je trouvais des lits et des auberges partout. Je suis très fatigué ; je viens de Coron par terre, et je vais à Léondari. Où allez-vous ? » Je répondis que j'allais à Tripolizza. — « Eh bien, dit le Turc, nous irons ensemble jusqu'au kan des Portes ; mais je suis très fatigué, mon cher sei-

---

a. L'auteur travaillait alors aux Martyrs, pour lesquels il avait entrepris ce voyage. Son dessein était de renoncer aux sujets d'imagination après la publication des Martyrs. On peut voir ses adieux à la Muse dans le dernier livre de cet ouvrage.

gneur. » Ce Turc courtois était un marchand de Coron, qui avait été à Marseille ; de Marseille à Paris, et de Paris à Marseille[a].

Il était nuit lorsque nous arrivâmes à l'entrée du défilé, sur les confins de la Messénie, de l'Arcadie et de la Laconie. Deux rangs de montagnes parallèles forment cet Hermæum qui s'ouvre du nord au midi. Le chemin s'élève par degrés du côté de la Messénie, et redescend par une pente assez douce vers la Laconie. C'est peut-être l'Hermæum[1], où, selon Pausanias, Oreste, troublé par la première apparition des Euménides, se coupa un doigt avec les dents.

Notre caravane s'engagea bientôt dans cet étroit passage[2]. Nous marchions tous en silence et à la file[b]. Cette route, malgré la justice expéditive du pacha, n'était pas sûre, et nous nous tenions prêts à tout événement. À minuit, nous arrivâmes au kan, placé au milieu du défilé : un bruit d'eaux et un gros arbre nous annoncèrent cette pieuse fondation d'un serviteur de Mahomet. En Turquie, toutes les institutions publiques sont dues à des particuliers ; l'État ne fait rien pour l'État. Ces institutions sont le fruit de l'esprit religieux et non de l'amour de la patrie : car il n'y a point de patrie[3]. Or, il est remarquable que toutes ces fontaines, tous ces kans, tous ces ponts, tombent en ruine, et sont des premiers temps de l'Empire : je ne crois pas avoir rencontré sur les chemins une seule fabrique moderne. D'où l'on doit conclure que chez les Musulmans la religion s'affaiblit, et qu'avec la religion l'état social des Turcs est au moment de s'écrouler.

Nous entrâmes dans le kan par une écurie ; une échelle en forme de pyramide renversée nous condui-

---

a. Il est remarquable que M. Pouqueville rencontra, à peu près au même endroit, un Turc qui parlait français. C'était peut-être le même.
b. Je ne sais si c'est le même Hermæum que M. Pouqueville et ses compagnons d'infortune passèrent en venant de Navarin. Voyez, pour la description de cette partie de la Messénie, les Martyrs, livre XIV.

sit dans un grenier poudreux[1]. Le marchand turc se jeta sur une natte, en s'écriant: «C'est le plus beau kan de la Morée! De Paris à Marseille je trouvais des lits et des auberges partout.» Je cherchai à le consoler en lui offrant la moitié du souper que j'avais apporté de Coron. «Eh, mon cher seigneur, s'écria-t-il, je suis si fatigué, que je vais mourir!» Et il gémissait, et il se prenait la barbe, et il s'essuyait le front avec un schall, et il s'écriait: «Allah!» Toutefois il mangeait d'un grand appétit la part du souper qu'il avait refusée d'abord.

Je quittai ce bon homme[a] le 13, au lever du jour, et je continuai ma route. Notre course était fort ralentie: au lieu du janissaire de Modon, qui ne demandait qu'à tuer son cheval, j'avais un janissaire d'une toute autre espèce. Mon nouveau garde était un petit homme maigre, fort marqué de petite vérole, parlant bas et avec mesure, et si plein de la dignité de son turban, qu'on l'eût pris pour un parvenu. Un aussi grave personnage ne se mettait au galop que lorsque l'importance de l'occasion l'exigeait; par exemple, lorsqu'il apercevait quelque voyageur. L'irrévérence avec laquelle j'interrompais l'ordre de la marche, courant en avant, à droite et à gauche, partout où je croyais découvrir quelques vestiges d'antiquité, lui déplaisait fort, mais il n'osait se plaindre. Du reste, je le trouvai fidèle et assez désintéressé pour un Turc.

Une autre cause retardait encore notre marche: le velours dont Joseph était vêtu dans la canicule, en Morée, le rendait fort malheureux; au moindre mouvement du cheval, il s'accrochait à la selle; son chapeau tombait d'un côté, ses pistolets de l'autre; il fallait ramasser tout cela, et remettre le pauvre Joseph à cheval. Son excellent caractère brillait d'un nouveau lustre au milieu de toutes ses peines, et sa bonne

---

[a.] Ce Turc, moitié Grec, comme M. Fauvel me l'a dit depuis, est toujours par voie et par chemin: il ne jouit pas d'une réputation très sûre, pour s'être mêlé, fort à son avantage, des approvisionnements d'une armée.

humeur était inaltérable. Nous mîmes donc trois mortelles heures pour sortir de l'Hermæum, assez semblable dans cette partie au passage de l'Apennin, entre Pérouse et Tarni. Nous entrâmes dans une plaine cultivée qui s'étend jusqu'à Léondari. Nous étions là en Arcadie, sur la frontière de la Laconie.

On convient généralement, malgré l'opinion de d'Anville, que Léondari n'est point Mégalopolis. On veut retrouver dans la première l'ancienne Leuctres de la Laconie, et c'est le sentiment de M. Barbié du Bocage. Où donc est Mégalopolis? Peut-être au village de Sinano. Il eût fallu sortir de mon chemin et faire des recherches qui n'entraient point dans l'objet de mon voyage. Mégalopolis, qui n'est d'ailleurs célèbre par aucune action mémorable, ni par aucun chef-d'œuvre des arts, n'eût tenté ma curiosité que comme monument du génie d'Épaminondas, et patrie de Philopœmen et de Polybe[1].

Laissant à droite Léondari, ville tout à fait moderne, nous traversâmes un bois de vieux chênes verts; c'était le reste vénérable d'une forêt sacrée[2]: un énorme vautour, perché sur la cime d'un arbre mort, y semblait encore attendre le passage d'un Augure. Nous vîmes le soleil se lever sur le mont Borée; nous mîmes pied à terre au bas de ce mont pour gravir un chemin taillé dans le roc: ces chemins étaient appelés chemins de l'Échelle en Arcadie[3].

Je n'ai pu reconnaître en Morée ni les chemins grecs ni les voies romaines. Des chaussées turques de deux pieds et demi de large servent à traverser les terrains bas et marécageux; comme il n'y a pas une seule voiture à roues dans cette partie du Péloponèse, ces chaussées suffisent aux ânes des paysans et aux chevaux des soldats. Cependant Pausanias et la carte de Peutinger[4] marquent plusieurs routes dans les lieux où j'ai passé, surtout aux environs de Mantinée. Bergier[5] les a très bien suivies dans ses Chemins de l'Empire[a].

---

a. La carte de Peutinger ne peut pas tromper, du moins quant à

Nous nous trouvions dans le voisinage d'une des sources de l'Alphée; je mesurais avidement des yeux les ravines que je rencontrais : tout était muet et desséché. Le chemin qui conduit du Borée à Tripolizza, traverse d'abord des plaines désertes, et se plonge ensuite dans une longue vallée de pierres. Le soleil nous dévorait; à quelques buissons rares et brûlés étaient suspendues des cigales qui se taisaient à notre approche; elles recommençaient leurs cris dès que nous étions passés : on n'entendait que ce bruit monotone, les pas de nos chevaux et la complainte de notre guide. Lorsqu'un postillon grec monte à cheval, il commence une chanson qu'il continue pendant toute la route. C'est presque toujours une longue histoire rimée qui charme les ennuis des descendants de Linus[1] : les couplets en sont nombreux, l'air triste, et assez ressemblant aux airs de nos vieilles romances françaises. Une, entre autres, qui doit être fort connue, car je l'ai entendue depuis Coron jusqu'à Athènes, rappelle d'une manière frappante l'air :

Mon cœur charmé de sa chaîne[2], *etc.*

Il faut seulement s'arrêter aux quatre premiers vers sans passer au refrain :

Toujours ! Toujours !

Ces airs auraient-ils été apportés en Morée par les Vénitiens ? Serait-ce que les Français, excellant dans la romance, se sont rencontrés avec le génie des Grecs ? Ces airs sont-ils antiques ? Et, s'ils sont antiques, appartiennent-ils à la seconde école de la musique chez les Grecs, ou remontent-ils jusqu'au temps d'Olympe ? Je laisse ces questions à décider aux habiles[3]. Mais il me

---

l'existence des routes, puisqu'elles sont tracées sur ce monument curieux, qui n'est qu'un livre de postes des anciens. La difficulté n'existe que dans le calcul des distances, et surtout pour ce qui regarde les Gaules, où l'abréviation *leg* peut se prendre quelquefois pour *lega* ou *legio*.

semble encore ouïr le chant de mes malheureux guides, la nuit, le jour, au lever, au coucher du soleil, dans les solitudes de l'Arcadie, sur les bords de l'Eurotas, dans les déserts d'Argos, de Corinthe, de Mégare : lieux où la voix des Ménades ne retentit plus, où les concerts des Muses ont cessé, où le Grec infortuné semble seulement déplorer dans de tristes complaintes les malheurs de sa patrie.

. . . . . *Soli periti cantare*
Arcades[a] [1] *!*

À trois lieues de Tripolizza, nous rencontrâmes deux officiers de la garde du pacha, qui couraient comme moi en poste : ils assommaient les chevaux et le postillon à coups de fouets de peau de rhinocéros. Ils s'arrêtèrent en me voyant et me demandèrent mes armes : je refusai de les donner. Le janissaire me fit dire par Joseph que ce n'était qu'un pur objet de curiosité, et que je pouvais aussi demander les armes de ces voyageurs. À cette condition je voulus bien satisfaire les spahis[3] ; nous changeâmes d'armes ; ils examinèrent longtemps mes pistolets et finirent par me les tirer au-dessus de la tête.

J'avais été prévenu de ne me laisser jamais plaisanter par un Turc, si je ne voulais m'exposer à mille avanies. J'ai reconnu plusieurs fois dans la suite combien ce conseil était utile : un Turc devient aussi souple, s'il voit que vous ne le craignez pas, qu'il est insultant s'il s'aperçoit qu'il vous fait peur. Je n'aurais pas eu besoin d'ailleurs d'être averti dans cette occasion, et la plaisanterie m'avait paru trop mauvaise pour ne pas la rendre coup sur coup. Enfonçant donc les éperons dans les flancs de mon cheval, je courus sur les Turcs et leur lâchai les coups de leurs propres pistolets en travers, si près du visage, que l'amorce brûla les moustaches

---

a. Spon avait remarqué en Grèce un air parfaitement semblable à celui de *Réveillez-vous, belle endormie* ; et il s'amusa même à composer des paroles en grec moderne sur cet air[2].

du plus jeune spahi. Une explication s'ensuivit entre ces officiers et le janissaire, qui leur dit que j'étais français : à ce nom de français il n'y eut point de politesses turques qu'ils ne me firent. Ils m'offrirent la pipe, chargèrent mes armes et me les rendirent : je crus devoir garder l'avantage qu'ils me donnaient, et je fis simplement charger leurs pistolets par Joseph. Ces deux étourdis voulurent m'engager à courir avec eux : je les refusai, et ils partirent. On va voir que je n'étais pas le premier Français dont ils eussent entendu parler, et que leur pacha connaissait bien mes compatriotes.

On peut lire dans M. Pouqueville une description exacte de Tripolizza, capitale de la Morée[1]. Je n'avais pas encore vu de ville entièrement turque : les toits rouges de celle-ci, ses minarets et ses dômes me frappèrent agréablement au premier coup d'œil. Tripolizza est pourtant située dans une partie assez aride du vallon de Tégée, et sous une des croupes du Ménale qui m'a paru dépouillé d'arbres et de verdure. Mon janissaire me conduisit chez un Grec de la connaissance de M. Vial. Le consul, comme je l'ai dit, m'avait donné une lettre pour le pacha. Le lendemain de mon arrivée, 14 août, je me rendis chez le drogman[2] de Son Excellence : je le priai de me faire délivrer le plus tôt possible mon firman de poste, et l'ordre nécessaire pour passer l'Isthme de Corinthe. Ce drogman, jeune homme d'une figure fine et spirituelle, me répondit en italien que d'abord il était malade ; qu'ensuite le pacha venait d'entrer chez ses femmes ; qu'on ne parlait pas comme cela à un pacha ; qu'il fallait attendre ; que les Français étaient toujours pressés[3].

Je répliquai que je n'avais demandé les firmans que pour la forme ; que mon passeport français me suffisait pour voyager en Turquie, maintenant en paix avec mon pays ; que, puisqu'on n'avait pas le temps de m'obliger, je partirais sans les firmans et sans remettre la lettre du consul au pacha.

Je sortis. Une heure après, le drogman me fit rappeler ; je le trouvai plus traitable, soit qu'à mon ton il m'eût pris pour un personnage d'importance, soit qu'il craignît que je ne trouvasse quelque moyen de porter mes plaintes à son maître ; il me dit qu'il allait se rendre chez Sa Grandeur, et lui parler de mon affaire.

En effet, deux heures après, un Tartare me vint chercher et me conduisit chez le pacha. Son palais est une grande maison de bois carrée, ayant au centre une vaste cour et des galeries régnant sur les quatre faces de cette cour. On me fit attendre dans une salle où je trouvai des papas et le patriarche[1] de la Morée. Ces prêtres et leur patriarche parlaient beaucoup, et avaient parfaitement les manières déliées et aviliés des courtisans grecs sous le Bas-Empire. J'eus lieu de croire, aux mouvements que je remarquai, qu'on me préparait une réception brillante ; cette cérémonie m'embarrassait. Mes vêtements étaient délabrés, mes bottes poudreuses, mes cheveux en désordre et ma barbe comme celle d'Hector : *barba squalida*[2]. Je m'étais enveloppé dans mon manteau, et j'avais plutôt l'air d'un soldat qui sort du bivouac, que d'un étranger qui se rend à l'audience d'un grand seigneur.

Joseph, qui disait se connaître aux pompes de l'Orient, m'avait forcé de prendre ce manteau : mon habit court lui déplaisait ; lui-même voulut m'accompagner avec le janissaire pour me faire honneur. Il marchait derrière moi, sans bottes, les jambes et les pieds nus, et un mouchoir rouge jeté par-dessus son chapeau : malheureusement il fut arrêté à la porte du palais dans ce bel équipage. Les gardes ne voulurent point le laisser passer : il me donnait une telle envie de rire, que je ne pus jamais le réclamer sérieusement. La prétention au turban le perdit, et il ne vit que de loin les grandeurs où il avait aspiré.

Après deux heures de délai, d'ennui et d'impatience, on m'introduisit dans la salle du pacha : je vis un homme d'environ quarante ans, d'une belle figure, assis, ou plutôt couché sur un divan, vêtu d'un cafetan de soie, un poignard orné de diamants à la ceinture, un turban blanc à la tête. Un vieillard à longue barbe occupait respectueusement une place à sa droite (c'était peut-être le bourreau)[1] ; le drogman grec était assis à ses pieds ; trois pages debout tenaient des pastilles d'ambre, des pincettes d'argent et du feu pour la pipe ; mon janissaire resta à la porte de la salle.

Je m'avançai, saluai Son Excellence en mettant la main sur mon cœur ; je lui présentai la lettre du consul, et, usant du privilège des Français je m'assis sans en avoir attendu l'ordre.

Osman me fit demander d'où je venais, où j'allais, ce que je voulais.

Je répondis que j'allais en pèlerinage à Jérusalem ; qu'en me rendant à la Ville-Sainte des Chrétiens, j'avais passé par la Morée pour voir les antiquités romaines[a] ; que je désirais un firman de poste pour avoir des chevaux, et un ordre pour passer l'Isthme.

Le pacha répliqua que j'étais le bienvenu ; que je pouvais voir tout ce qui me ferait plaisir, et qu'il m'accorderait les firmans. Il me demanda ensuite si j'étais militaire, et si j'avais fait la guerre d'Égypte.

Cette question m'embarrassa, ne sachant trop dans quelle intention elle m'était faite. Je répondis que j'avais autrefois servi mon pays, mais que je n'avais jamais été en Égypte.

Osman me tira tout de suite d'embarras : il me dit loyalement qu'il avait été fait prisonnier par les Français à la bataille d'Aboukir, qu'il avait été très bien traité de mes compatriotes, et qu'il s'en souviendrait toujours.

Je ne m'attendais point aux honneurs du café, et cependant je les obtins[2] : je me plaignis alors de l'insulte faite à un de mes gens ; et Osman me proposa de faire donner devant moi vingt coups de bâton au délis[3] qui avait arrêté Joseph. Je refusai ce dédommagement, et je me contentai de la bonne volonté du pacha. Je sortis de mon audience fort satisfait : il est vrai qu'il

---

a. Tout ce qui a rapport aux Grecs, et les Grecs eux-mêmes, sont nommés Romains par les Turcs.

me fallut payer largement à la porte des distinctions aussi flatteuses. Heureux si les Turcs en place employaient au bien des peuples qu'ils gouvernent cette simplicité de mœurs et de justice ! Mais ce sont des tyrans que la soif de l'or dévore, et qui versent sans remords le sang innocent pour la satisfaire.

Je retournai à la maison de mon hôte, précédé de mon janissaire, et suivi de Joseph, qui avait oublié sa disgrâce. Je passai auprès de quelques ruines dont la construction me parut antique : je me réveillai alors de l'espèce de distraction où m'avaient jeté les dernières scènes avec les deux officiers turcs, le drogman et le pacha ; je me retrouvai tout à coup dans les campagnes des Tégéates : et j'étais un Franc, en habit court et en grand chapeau ; et je venais de recevoir l'audience d'un Tartare en robe longue et en turban, au milieu de la Grèce !

Eheu, fugaces labuntur anni ![1]

M. Barbié du Bocage se récrie avec raison contre l'inexactitude de nos cartes de Morée, où la capitale de cette province n'est souvent pas même indiquée. La cause de cette négligence vient de ce que le gouvernement turc a changé dans cette partie de la Grèce. Il y avait autrefois un sangiac qui résidait à Coron[2]. La Morée étant devenue un pachalic, le pacha a fixé sa résidence à Tripolizza, comme dans un point plus central. Quant à l'agrément de la position, j'ai remarqué que les Turcs étaient assez indifférents sur la beauté des lieux : ils n'ont point à cet égard la délicatesse des Arabes, que le charme du ciel et de la terre séduit toujours, et qui pleurent encore aujourd'hui Grenade perdue.

Cependant, quoique très obscure, Tripolizza n'a pas été tout à fait inconnue, jusqu'à M. Pouqueville qui écrit Tripolitza : Pellegrin en parle et la nomme Trepolezza ; d'Anville, Trapolizza ; M. de Choiseul, Tripolizza, et les autres voyageurs ont suivi cette orthographe. D'Anville observe que Tripolizza n'est point Mantinée :

c'est une ville moderne, qui paraît s'être élevée entre Mantinée, Tégée et Orchomène.

Un Tartare m'apporta le soir mon firman de poste[1] et l'ordre pour passer l'Isthme. En s'établissant sur les débris de Constantinople, les Turcs ont manifestement retenu plusieurs usages des peuples conquis. L'établissement des postes en Turquie est, à peu de chose près, celui qu'avaient fixé les empereurs romains : on ne paie point les chevaux ; le poids de votre bagage est réglé ; on est obligé de vous fournir partout la nourriture, etc. Je ne voulus point user de ces magnifiques mais odieux privilèges, dont le fardeau pèse sur un peuple malheureux : je payai partout mes chevaux et ma nourriture comme un voyageur sans protection et sans firman.

Tripolizza étant une ville absolument moderne, j'en partis le 15 pour Sparte où il me tardait d'arriver. Il me fallait, pour ainsi dire, revenir sur mes pas, ce qui n'aurait pas eu lieu si j'avais d'abord visité la Laconie, en passant par Calamate. À une lieue vers le couchant, au sortir de Tripolizza, nous nous arrêtâmes pour voir des ruines : ce sont celles d'un couvent grec, dévasté par les Albanais au temps de la guerre des Russes ; mais, dans les murs de ce couvent, on aperçoit des fragments d'une belle architecture, et des pierres chargées d'inscriptions engagées dans la maçonnerie[2]. J'essayai longtemps d'en lire une à gauche de la porte principale de l'église. Les lettres étaient du bon temps, et l'inscription me parut être en boustrophédon[3], ce qui n'annonce pas toujours une très haute antiquité. Les caractères étaient renversés par la position de la pierre : la pierre elle-même était éclatée, placée fort haut et enduite en partie de ciment. Je ne pus rien déchiffrer, hors le mot ΤΕΓΕΑΤΕΣ, qui me causa presque autant de joie que si j'eusse été membre de l'Académie des Inscriptions. Tégée a dû exister aux environs de ce couvent. On trouve dans les champs voisins beaucoup de médailles. J'en achetai trois d'un paysan, qui ne me donnèrent aucune lumière ; il me les vendit très cher :

les Grecs, à force de voir des voyageurs, commencent à connaître le prix de leurs antiquités.

Je ne dois pas oublier qu'en errant parmi ces décombres je découvris une inscription beaucoup plus moderne: c'était le nom de M. Fauvel[1], écrit au crayon, sur un mur. Il faut être voyageur pour savoir quel plaisir on éprouve à rencontrer tout à coup, dans des lieux lointains et inconnus, un nom qui vous rappelle la patrie.

Nous continuâmes notre route entre le nord et le couchant[2]. Après avoir marché pendant trois heures par des terrains à demi cultivés, nous entrâmes dans un désert qui ne finit qu'à la vallée de la Laconie. Le lit desséché d'un torrent nous servait de chemin; nous circulions avec lui dans un labyrinthe de montagnes peu élevées, toutes semblables entre elles, ne présentant partout que des sommets pelés et des flancs couverts d'une espèce de chêne vert nain, à feuille de houx. Au bord de ce torrent desséché, et au centre à peu près de ces monticules, nous rencontrâmes un kan ombragé de deux platanes, et rafraîchi par une petite fontaine. Nous laissâmes reposer nos montures: il y avait dix heures que nous étions à cheval. Nous ne trouvâmes pour toute nourriture que du lait de chèvre et quelques amandes. Nous repartîmes avant le coucher du soleil, et nous nous arrêtâmes à onze heures du soir dans une gorge de vallée, au bord d'un autre torrent qui conservait un peu d'eau.

Le chemin que nous suivions ne traversait aucun lieu célèbre: il avait servi tout au plus à la marche des troupes de Sparte, lorsqu'elles allaient combattre celles de Tégée dans les premières guerres de Lacédémone. On ne trouvait sur cette route qu'un temple de Jupiter-Scotitas vers le passage des Hermès: toutes ces montagnes ensemble devaient former différentes branches du Parnon, du Cronius, et de l'Olympe.

Le 16, à la pointe du jour, nous bridâmes nos chevaux: le janissaire fit sa prière, se lava les coudes, la barbe et les mains, se tourna vers l'orient comme pour appeler la lumière, et nous partîmes. En avançant vers la Laconie, les montagnes commençaient à s'élever et à se couvrir de quelques bouquets de bois ; les vallées étaient étroites et brisées ; quelques-unes me rappelèrent, mais sur une moindre échelle, le site de la grande Chartreuse, et son magnifique revêtement de forêts. À midi nous découvrîmes un kan aussi pauvre que celui de la veille, quoiqu'il fût décoré du pavillon ottoman. Dans un espace de vingt-deux lieues[1], c'étaient les deux seules habitations que nous eussions rencontrées : la fatigue et la faim nous obligèrent de rester dans ce sale gîte plus longtemps que je ne l'aurais voulu. Le maître du lieu, vieux Turc à la mine rébarbative[2], était assis dans un grenier qui régnait au-dessus des étables du kan ; les chèvres montaient jusqu'à lui, et l'environnaient de leurs ordures. Il nous reçut dans ce lieu de plaisance, et ne daigna pas se lever de son fumier, pour faire donner quelque chose à des chiens de Chrétiens ; il cria d'une voix terrible, et un pauvre enfant grec tout nu, le corps enflé par la fièvre et par les coups de fouet, nous vint apporter du lait de brebis dans un vase dégoûtant par sa malpropreté ; encore fus-je obligé de sortir pour le boire à mon aise, car les chèvres et leurs chevreaux m'assiégeaient pour m'arracher un morceau de biscuit que je tenais à la main. J'avais mangé l'ours et le chien sacré avec les sauvages ; je partageai depuis le repas des Bédouins ; mais je n'ai jamais rien rencontré de comparable à ce premier kan de la Laconie[3]. C'était pourtant à peu près dans les mêmes lieux que paissaient les troupeaux de Ménélas, et qu'il offrait un festin à Télémaque : « On s'empressait dans le palais du roi, les serviteurs amenaient les victimes ; ils apportaient aussi un vin généreux, tandis que leurs femmes, le front orné de bandelettes pures, préparaient le repas[a]. »

Nous quittâmes le kan vers trois heures après midi : à cinq heures nous parvînmes à une croupe de mon-

---

a. Odyss., livre IV.

tagnes, d'où nous découvrîmes en face de nous le Taygète que j'avais déjà vu du côté opposé, Misitra bâtie à ses pieds, et la vallée de la Laconie.

Nous y descendîmes par une espèce d'escalier taillé dans le roc comme celui du mont Borée. Nous aperçûmes un pont léger et d'une seule arche, élégamment jeté sur un petit fleuve, et réunissant deux hautes collines. Arrivés au bord du fleuve, nous passâmes à gué ses eaux limpides, au travers de grands roseaux, de beaux lauriers-roses en pleine fleur. Ce fleuve, que je passais ainsi sans le connaître, était l'Eurotas. Une vallée tortueuse s'ouvrit devant nous ; elle circulait autour de plusieurs monticules de figure à peu près semblable, et qui avaient l'air de monts artificiels ou de tumulus. Nous nous engageâmes dans ces détours, et nous arrivâmes à Misitra, comme le jour tombait.

M. Vial m'avait donné une lettre pour un des principaux Turcs de Misitra, appelé Ibraïm-Bey[1]. Nous mîmes pied à terre dans sa cour, et ses esclaves m'introduisirent dans la salle des étrangers ; elle était remplie de Musulmans qui tous étaient comme moi des voyageurs et des hôtes d'Ibraïm. Je pris ma place sur le divan au milieu d'eux ; je suspendis comme eux mes armes au mur au-dessus de ma tête. Joseph et mon janissaire en firent autant. Personne ne me demanda qui j'étais, d'où je venais : chacun continua de fumer, de dormir, ou de causer avec son voisin, sans jeter les yeux sur moi.

Notre hôte arriva : on lui avait porté la lettre de M. Vial. Ibraïm, âgé d'environ soixante ans, avait une physionomie douce et ouverte. Il vint à moi, me prit affectueusement la main, me bénit, essaya de prononcer le mot *bon*, moitié en français, moitié en italien, et s'assit à mes côtés. Il parla en grec à Joseph ; il me fit prier de l'excuser s'il ne me recevait pas aussi bien qu'il l'aurait voulu : il avait un petit enfant malade : *un figliuolo*, répétait-il en italien ; et cela lui faisait tourner la tête, *mi fa tornar la testa* ; et il serrait son turban avec ses deux mains. Assurément ce n'était pas la tendresse paternelle dans toute sa naïveté, que j'aurais été chercher à Sparte; et c'était un vieux Tartare qui montrait ce bon naturel sur le tombeau de ces mères qui disaient à leurs fils, en leur donnant le bouclier: ἢ τάν, ἢ ἐπὶ τάν avec ou dessus[1].

Ibraïm me quitta après quelques instants, pour aller veiller son fils: il ordonna de m'apporter la pipe et le café; mais comme l'heure du repas était passée, on ne me servit point le pilau: il m'aurait cependant fait grand plaisir, car j'étais presque à jeun depuis vingt-quatre heures. Joseph tira de son sac un saucisson dont il avalait des morceaux à l'insu des Turcs; il en offrait sous main au janissaire, qui détournait les yeux avec un mélange de regret et d'horreur.

Je pris mon parti: je me couchai sur le divan, dans l'angle de la salle. Une fenêtre, avec une grille en roseaux, s'ouvrait sur la vallée de la Laconie, où la lune répandait une clarté admirable[2]. Appuyé sur le coude, je parcourais des yeux le ciel, la vallée, les sommets brillants et sombres du Taygète, selon qu'ils étaient dans l'ombre ou à la lumière. Je pouvais à peine me persuader que je respirais dans la patrie d'Hélène et de Ménélas. Je me laissai entraîner à ces réflexions que chacun peut faire, et moi plus qu'un autre, sur les vicissitudes des destinées humaines. Que de lieux avaient déjà vu mon sommeil paisible ou troublé! Que de fois, à la clarté des mêmes étoiles, dans les forêts de l'Amérique, sur les chemins de l'Allemagne, dans les bruyères de l'Angleterre, dans les champs de l'Italie, au milieu de la mer, je m'étais livré à ces mêmes pensées touchant les agitations de la vie?

Un vieux Turc, homme, à ce qu'il paraissait, de grande considération, me tira de ces réflexions, pour me prouver, d'une manière encore plus sensible, que j'étais loin de mon pays. Il était couché à mes pieds sur le divan: il se tournait, il s'asseyait, il soupirait, il appelait ses esclaves, il les renvoyait; il attendait le jour avec impatience. Le jour vint (17 août): le Tartare, entouré de ses domestiques, les uns à genoux, les autres debout, ôta son turban ; il se mira dans un morceau de glace brisée, peigna sa barbe, frisa ses moustaches, se frotta les joues pour les animer. Après avoir fait ainsi sa toilette, il partit en traînant majestueusement ses babouches, et en me jetant un regard dédaigneux.

Mon hôte entra quelque temps après portant son fils dans ses bras. Ce pauvre enfant, jaune et miné par la fièvre, était tout nu. Il avait des amulettes et des espèces de sorts suspendus au cou. Le père le mit sur mes genoux, et il fallut entendre l'histoire de la maladie : l'enfant avait pris tout le quinquina de la Morée ; on l'avait saigné (et c'était là le mal) ; sa mère lui avait mis des charmes, et elle avait attaché un turban à la tombe d'un Santon : rien n'avait réussi. Ibraïm finit par me demander si je connaissais quelque remède : je me rappelai que dans mon enfance on m'avait guéri d'une fièvre avec de la petite centaurée[1] ; je conseillai l'usage de cette plante, comme l'aurait pu faire le plus grave médecin. Mais qu'était-ce que la centaurée ? Joseph pérora. Je prétendis que la centaurée avait été découverte par un certain médecin du voisinage, appelé Chiron[2], qui courait à cheval sur les montagnes. Un Grec déclara qu'il avait connu ce Chiron, qu'il était de Calamate, et qu'il montait ordinairement un cheval blanc. Comme nous tenions conseil, nous vîmes entrer un Turc que je reconnus pour un chef de la loi à son turban vert[3]. Il vint à nous, prit la tête de l'enfant entre ses deux mains, et prononça dévotement une prière : tel est le caractère de la piété ; elle est touchante et respectable, même dans les religions les plus funestes.

J'avais envoyé le janissaire me chercher des chevaux et un guide pour visiter d'abord Amyclée, et ensuite les ruines de Sparte où je croyais être : tandis que j'attendais son retour, Ibraïm me fit servir un repas à la turque. J'étais toujours couché sur le divan : on mit devant moi une table extrêmement basse ; un esclave me donna à laver ; on apporta sur un plateau de bois un poulet haché dans du riz ; je mangeais avec mes doigts. Après le poulet on servit une espèce de ragoût de mouton dans un bassin de cuivre ; ensuite des figues, des olives, du raisin et du fromage auquel, selon Guillet[a], Misitra doit aujourd'hui son nom. Entre chaque plat un esclave me versait de l'eau sur les mains, et un autre me présentait une serviette de grosse toile, mais fort blanche. Je refusai de boire du vin par courtoisie : après le café on m'offrit du savon pour mes moustaches.

Pendant le repas, le chef de la loi m'avait fait faire plusieurs questions par Joseph : il voulut savoir pourquoi je voyageais, puisque je n'étais ni marchand, ni médecin. Je répondis que je voyageais pour voir les peuples, et surtout les Grecs qui étaient morts. Cela le fit rire : il répliqua que puisque j'étais venu en Turquie, j'aurais dû apprendre le turc. Je trouvai pour lui une meilleure raison à mes voyages, en disant que j'étais un pèlerin de Jérusalem[1] « Hadgi ! Hadgi[b] ! » s'écria-t-il. Il fut pleinement satisfait. La religion est une espèce de langue universelle, entendue de tous les hommes. Ce Turc ne pouvait comprendre que je quittasse ma patrie par un simple motif de curiosité ; mais il trouva tout naturel que j'entreprisse un long voyage pour aller prier à un tombeau, pour demander à Dieu quelque prospérité ou la délivrance de quelque malheur. Ibraïm qui, en m'apportant son fils, m'avait demandé si j'avais des enfants, était persuadé que j'allais à Jérusalem afin d'en obtenir. J'ai vu les Sauvages du Nouveau-Monde indifférents à mes manières étrangères, mais seulement attentifs, comme les Turcs, à mes armes et à ma religion, c'est-à-dire aux deux choses qui protègent l'homme dans ses rapport de l'âme et du corps. Ce consentement unanime des peuples sur la

---

[a]. M. Scrofani l'a suivi dans cette opinion[1]. Si Sparte tirait son nom des genêts de son territoire, et non pas de Spartus, fils d'Amyclus, ou de Sparta, femme de Lacédémon, Misitra peut bien emprunter le sien d'un fromage.
[b]. Pèlerin ! Pèlerin !

religion et cette simplicité d'idées, m'ont paru valoir la peine d'être remarqués.

Au reste, cette salle des étrangers où je prenais mon repas, offrait une scène assez touchante, et qui rappelait les anciennes mœurs de l'Orient. Tous les hôtes d'Ibraïm n'étaient pas riches, il s'en fallait beaucoup ; plusieurs même étaient de véritables mendiants : pourtant ils étaient assis sur le même divan avec des Turcs qui avaient un grand train de chevaux et d'esclaves. Joseph et mon janissaire étaient traités comme moi, si ce n'est pourtant qu'on ne les avait point mis à ma table. Ibraïm saluait également ses hôtes, parlait à chacun, faisait donner à manger à tous. Il y avait des gueux en haillons, à qui des esclaves portaient respectueusement le café. On reconnaît là les préceptes charitables du Koran, et la vertu de l'hospitalité que les Turcs ont empruntée des Arabes ; mais cette fraternité du turban ne passe pas le seuil de la porte, et tel esclave a bu le café avec son hôte, à qui ce même hôte fait couper le cou en sortant. J'ai lu pourtant, et l'on m'a dit qu'en Asie il y a encore des familles turques qui ont les mœurs, la simplicité et la candeur des premiers âges : je le crois, car Ibraïm est certainement un des hommes les plus vénérables que j'aie jamais rencontrés.

Le janissaire revint avec un guide qui me proposait des chevaux non seulement pour Amyclée, mais encore pour Argos. Il demanda un prix que j'acceptai. Le chef de la loi, témoin du marché, se leva tout en colère : il me fit dire que puisque je voyageais pour connaître les peuples, j'eusse à savoir que j'avais affaire à des fripons ; que ces gens-là me volaient ; qu'ils me demandaient un prix extraordinaire ; que je ne leur devais rien, puisque j'avais un firman ; et qu'enfin j'étais complètement leur dupe. Il sortit plein d'indignation ; et je vis qu'il était moins animé par un esprit de justice, que révolté de ma stupidité.

À huit heures du matin, je partis pour Amyclée, aujourd'hui Sclabochôrion[1] : j'étais accompagné du nouveau guide et d'un cicerone grec, très bon homme, mais très ignorant. Nous prîmes le chemin de la plaine au pied du Taygète, en suivant de petits sentiers ombragés et fort agréables qui passaient entre des jardins ; ces jardins arrosés par des courants d'eau qui descendaient de la montagne, étaient plantés de mûriers, de figuiers et de sycomores. On y voyait aussi beaucoup de pastèques, de raisins, de concombres et d'herbes de différentes sortes : à la beauté du ciel et à l'espèce de culture près, on aurait pu se croire dans les environs de Chambéry. Nous traversâmes la Tiase, et nous arrivâmes à Amyclée, où je ne trouvai qu'une douzaine de chapelles grecques dévastées par les Albanais, et placées à quelque distance les unes des autres, au milieu de champs cultivés. Le temple d'Apollon, celui d'Eurotas à Onga, le tombeau d'Hyacinthe, tout a disparu. Je ne pus découvrir aucune inscription : je cherchai pourtant avec soin le fameux nécrologe des prêtresses d'Amyclée, que l'abbé Fourmont copia en 1731 ou 1732, et qui donne une série de près de mille années avant Jésus-Christ. Les destructions se multiplient avec une telle rapidité dans la Grèce, que souvent un voyageur n'aperçoit pas le moindre vestige des monuments qu'un autre voyageur a admirés quelques mois avant lui[1]. Tandis que je cherchais des fragments de ruines antiques parmi des monceaux de ruines modernes, je vis arriver des paysans conduits par un papas ; ils dérangèrent une planche appliquée contre le mur d'une des chapelles, et entrèrent dans un sanctuaire que je n'avais pas encore visité. J'eus la curiosité de les y suivre, et je trouvai que ces pauvres gens priaient avec leurs prêtres dans ces débris : ils chantaient les litanies devant une image de la Panagia[a], barbouillée en rouge sur un mur peint en bleu. Il y avait bien loin de cette fête aux fêtes d'Hyacinthe ; mais la triple pompe des ruines, des malheurs et des prières au vrai Dieu, effaçait à mes yeux toutes les pompes de la terre.

Mes guides me pressaient de partir, parce que nous

[a]. La Toute-Sainte (La Vierge).

étions sur la frontière des Maniottes qui, malgré les relations modernes, n'en sont pas moins de grands voleurs[1]. Nous repassâmes la Tiase, et nous retournâmes à Misitra par le chemin de la montagne. Je relèverai ici une erreur qui ne laisse pas de jeter de la confusion dans les cartes de la Laconie. Nous donnons indifféremment le nom moderne d'Iris ou de Vasilipotamos à l'Eurotas. La Guilletière, ou plutôt Guillet, ne sait où Niger a pris ce nom d'Iris, et M. Pouqueville paraît également étonné de ce nom. Niger et Mélétius, qui écrivent Néris par corruption, n'ont pas cependant tout à fait tort. L'Eurotas est connu à Misitra sous le nom d'Iri (et non pas d'Iris), jusqu'à sa jonction avec la Tiase : il prend alors le nom de Vasilipotamos, et il le conserve le reste de son cours.

Nous arrivâmes dans la montagne au village de Parori, où nous vîmes une grande fontaine[2] appelée Chieramo : elle sort avec abondance du flanc d'un rocher ; un saule pleureur l'ombrage au-dessus ; et au-dessous s'élève un immense platane autour duquel on s'assied sur des nattes pour prendre le café. Je ne sais d'où ce saule pleureur a été apporté à Misitra, c'est le seul que j'aie vu en Grèce[a]. L'opinion commune fait, je crois, le *Salix babylonica* originaire de l'Asie Mineure, tandis qu'il nous est peut-être venu de la Chine, à travers l'Orient. Il en est de même du peuplier pyramidal, que la Lombardie a reçu de la Crimée et de la Géorgie, et dont la famille a été retrouvée sur les bords du Mississipi, au-dessus des Illinois.

Il y a beaucoup de marbres brisés et enterrés dans les environs de la fontaine de Parori : plusieurs portent des inscriptions dont on aperçoit des lettres et des mots ; avec du temps et de l'argent, peut-être pourrait-on faire dans cet endroit quelques découvertes : cependant il est probable que la plupart de ces inscriptions auront été copiées par l'abbé Fourmont, qui en

---

a. Je ne sais pourtant si je n'en ai point vu quelques autres dans le jardin de l'aga de Nauplie de Romanie[3], au bord du golfe d'Argos.

recueillit trois cent cinquante dans la Laconie et dans la Messénie.

Suivant toujours à mi-côte le flanc du Taygète, nous rencontrâmes une seconde fontaine appelée Πανθάλαμα, Panthalama, qui tire son nom de la pierre d'où l'eau s'échappe. On voit sur cette pierre une sculpture antique, d'une mauvaise exécution, représentant trois nymphes dansant avec des guirlandes. Enfin, nous trouvâmes une dernière fontaine nommée Τριτζέλλα, Tritsella, au-dessus de laquelle s'ouvre une grotte qui n'a rien de remarquable[a]. On reconnaîtra, si l'on veut, la Dorcia des anciens dans l'une de ces trois fontaines ; mais alors elle serait placée beaucoup trop loin de Sparte.

Là, c'est-à-dire à la fontaine Tritsella, nous nous trouvions derrière Misitra, et presque au pied du château ruiné qui commande la ville. Il est placé au haut d'un rocher de forme quasi pyramidale. Nous avions employé huit heures à toutes nos courses, et il était quatre heures de l'après-midi. Nous quittâmes nos chevaux, et nous montâmes à pied au château par le faubourg des Juifs, qui tourne en limaçon autour du rocher, jusqu'à la base du château. Ce faubourg a été entièrement détruit par les Albanais ; les murs seuls des maisons sont restés debout, et l'on voit, à travers les ouvertures des portes et des fenêtres, la trace des flammes qui ont dévoré ces anciennes retraites de la misère. Des enfants, aussi méchants que les Spartiates dont ils descendent, se cachent dans ces ruines, épient le voyageur, et au moment où il passe, font crouler sur lui des pans de murs et des fragments de rochers. Je faillis être la victime d'un de ces jeux lacédémoniens.

Le château gothique qui couronne ces débris tombe lui-même en ruine : les vides des créneaux, les crevasses formées dans les voûtes, et les bouches des citernes, font qu'on n'y marche pas sans danger. Il n'y a ni portes, ni gardes, ni canons ; le tout est abandonné :

---

a. M. Scrofani[1] parle de ces fontaines.

mais on est bien dédommagé de la peine qu'on a prise de monter à ce donjon, par la vue dont on jouit.

Au-dessous de vous, à votre gauche, est la partie détruite de Misitra, c'est-à-dire le faubourg des Juifs dont je viens de parler. À l'extrémité de ce faubourg, vous apercevez l'archevêché et l'église de Saint-Dimitri, environnés d'un groupe de maisons grecques avec des jardins.

Perpendiculairement au-dessous de vous s'étend la partie de la ville appelée Κατωχώριον, Katôchôrion, c'est-à-dire le bourg au-dessous du château.

En avant du Katôchôrion, se trouve le Μεσοχώριον, Mésochôrion, le bourg du milieu : celui-ci a de grands jardins, et renferme des maisons turques peintes de vert et de rouge ; on y remarque aussi des bazars, des kans et des mosquées[1].

À droite, au pied du Taygète, on voit successivement les trois villages ou faubourgs que j'avais traversés : Tritsella, Panthalama et Parori.

De la ville même sortent deux torrents : le premier est appelé Ὀθριοπόταμος, Hobriopotamos, rivière des Juifs ; il coule entre le Katôchôrion et le Mésochôrion.

Le second se nomme Panthalama, du nom de la fontaine des Nymphes dont il sort : il se réunit à l'Hobriopotamos assez loin dans la plaine, vers le village désert de Μαγοῦλα, Magoula. Ces deux torrents, sur lesquels il y a un petit pont, ont suffi à la Guilletière pour en former l'Eurotas et le pont Babyx, sous le nom générique de Γέφυρος, qu'il aurait dû, je pense, écrire Γέφυρα.

À Magoula, ces deux ruisseaux réunis se jettent dans la rivière de Magoula, l'ancien Cnacion, et celui-ci va se perdre dans l'Eurotas.

Vue du château de Misitra, la vallée de la Laconie est admirable : elle s'étend à peu près du nord au midi, elle est bordée à l'ouest par le Taygète, et à l'est par les monts Thornax, Barosthenès, Olympe et Ménélaïon ; de petites collines obstruent la partie septentrionale de la vallée, descendent au midi en diminuant de hauteur, et viennent former de leurs dernières croupes les collines où Sparte était assise. Depuis Sparte jusqu'à la mer se déroule une plaine unie et fertile arrosée par l'Eurotas[a].

Me voilà donc monté sur un créneau du château de Misitra, découvrant, contemplant et admirant toute la Laconie[1]. Mais quand parlerez-vous de Sparte, me dira le lecteur ? Où sont les débris de cette ville ? Sont-ils renfermés dans Misitra ? N'en reste-t-il aucune trace ? Pourquoi courir à Amyclée avant d'avoir visité tous les coins de Lacédémone ? Vous contenterez-vous de nommer l'Eurotas sans en montrer le cours, sans en décrire les bords ? Quelle largeur a-t-il ? De quelle couleur sont ses eaux ? Où sont ses cygnes, ses roseaux, ses lauriers ? Les moindres particularités doivent être racontées quand il s'agit de la patrie de Lycurgue, d'Agis, de Lysandre, de Léonidas. Tout le monde a vu Athènes, mais très peu de voyageurs ont pénétré jusqu'à Sparte : aucun n'en a complètement décrit les ruines.

Il y a déjà longtemps que j'aurais satisfait le lecteur, si, dans le moment même où il m'aperçoit au haut du donjon de Misitra, je n'eusse fait pour mon propre compte toutes les questions que je l'entends me faire à présent.

Si on a lu l'Introduction à cet Itinéraire, on a pu voir que je n'avais rien négligé pour me procurer sur Sparte tous les renseignements possibles : j'ai suivi l'histoire de cette ville depuis les Romains jusqu'à nous ; j'ai parlé des voyageurs et des livres qui nous ont appris quelque chose de la moderne Lacédémone ; malheureusement ces notions sont assez vagues, puisqu'elles ont fait naître deux opinions contradictoires. D'après le Père Pacifique, Coronelli, le romancier Guillet et ceux qui les ont suivis, Misitra est bâtie sur les ruines de Sparte ; et d'après Spon, Vernon, l'abbé Fourmont, Leroi et d'Anville, les ruines de Sparte sont

---

[a]. Voyez, pour la description de la Laconie, les Martyrs, livre XIV.

assez éloignées de Misitra. Il était bien clair, d'après cela, que les meilleures autorités étaient pour cette dernière opinion. D'Anville surtout est formel, et il paraît choqué du sentiment contraire : « Le lieu, dit-il, qu'occupait cette ville (Sparte), est appelé Palæochôri ou le vieux bourg ; la ville nouvelle sous le nom de Misitra, que l'on a tort de confondre avec Sparte, en est écartée vers le couchant[a]. » Spon, combattant la Guilletière, s'exprime aussi fortement d'après le témoignage de Vernon et du consul Giraud. L'abbé Fourmont, qui a retrouvé à Sparte tant d'inscriptions, n'a pu être dans l'erreur sur l'emplacement de cette ville : il est vrai que nous n'avons pas son voyage ; mais Leroi, qui a reconnu le théâtre et le dromos, n'a pu ignorer la vraie position de Sparte. Les meilleures géographies, se conformant à ces grandes autorités, ont pris soin d'avertir que Misitra n'est point du tout Lacédémone. Il y en a même qui fixent assez bien la distance de l'une à l'autre de ces villes, en la faisant d'environ deux lieues[1].

On voit ici, par un exemple frappant, combien il est difficile de rétablir la vérité quand une erreur est enracinée. Malgré Spon, Fourmont, Leroi, d'Anville, etc., on s'est généralement obstiné à voir Sparte dans Misitra, et moi-même tout le premier. Deux voyageurs modernes avaient achevé de m'aveugler, Scrofani et M. Pouqueville. Je n'avais pas fait attention que celui-ci, en décrivant Misitra comme représentant Lacédémone, ne faisait que répéter l'opinion des gens du pays, et qu'il ne donnait pas ce sentiment pour le sien. Il semble même pencher au contraire vers l'opinion qui a pour elle les meilleures autorités : d'où je devais conclure que M. Pouqueville, exact sur tout ce qu'il a vu de ses propres yeux, avait été trompé dans ce qu'on lui avait dit de Sparte[b].

a. Géog. Anc. Abrég. tome I, page 270.
b. Il dit même en toutes lettres que Misitra n'est pas sur l'emplacement de Sparte ; ensuite il revient aux idées des habitants du pays. On voit que l'auteur était sans cesse entre les grandes autorités qu'il connaissait, et le bavardage de quelque Grec ignorant.

Persuadé donc, par une erreur de mes premières études, que Misitra était Sparte, j'avais commencé par courir à Amyclée : mon projet était de me débarrasser d'abord de ce qui n'était point Lacédémone, afin de donner ensuite à cette ville toute mon attention. Qu'on juge de mon embarras, lorsque, du haut du château de Misitra, je m'obstinais à vouloir reconnaître la cité de Lycurgue dans une ville absolument moderne, dont l'architecture ne m'offrait qu'un mélange confus du genre oriental, et du style gothique, grec et italien : pas une pauvre petite ruine antique pour se consoler au milieu de tout cela. Encore si la vieille Sparte, comme la vieille Rome, avait levé sa tête défigurée du milieu de ces monuments nouveaux ! Mais non : Sparte était renversée dans la poudre, ensevelie dans le tombeau, foulée aux pieds des Turcs, morte, morte tout entière !

Je le croyais ainsi. Mon cicerone savait à peine quelques mots d'italien et d'anglais. Pour me faire mieux entendre de lui, j'essayais de méchantes phrases de grec moderne ; je barbouillais au crayon quelques mots de grec ancien ; je parlais italien et anglais, je mêlais du français à tout cela. Joseph voulait nous mettre d'accord, et il ne faisait qu'accroître la confusion ; le janissaire et le guide (espèce de Juif demi-nègre) donnaient leur avis en turc, et augmentaient le mal. Nous parlions tous à la fois, nous criions, nous gesticulions ; avec nos habits différents, nos langages et nos visages divers, nous avions l'air d'une assemblée de démons perchés au coucher du soleil sur la pointe de ces ruines. Les bois et les cascades du Taygète étaient derrière nous, la Laconie à nos pieds, et le plus beau ciel sur notre tête :

« Voilà Misitra, disais-je au cicerone ; c'est Lacédémone, n'est-ce pas ? »

Il me répondait : « Signor ? Lacédémone ? Comment ?
— Je vous dis, Lacédémone ou Sparte ?
— Sparte ? Quoi ?
— Je vous demande si Misitra est Sparte ?
— Je n'entends pas.

— Comment! vous, Grec, vous, Lacédémonien, vous ne connaissez pas le nom de Sparte!

— Sparte? Oh, oui! Grande république! Fameux Lycurgue!

— Ainsi Misitra est Lacédémone?»

Le Grec me fit un signe de tête affirmatif. Je fus ravi.

«Maintenant, repris-je, expliquez-moi ce que je vois: quelle est cette partie de la ville?» Et je montrais la partie devant moi un peu à droite.

«Mésochôrion, répondit-il.

— J'entends bien; mais quelle partie était-ce de Lacédémone?

— Lacédémone? Quoi?»

J'étais hors de moi.

«Au moins, indiquez-moi le fleuve.» Et je répétais: «Potamos, Potamos.»

Mon Grec me fit remarquer le torrent appelé la rivière des Juifs.

«Comment! c'est là l'Eurotas? impossible! Dites-moi où est le Vasilipotamos?»

Le cicerone fit de grands gestes, et étendit le bras à droite du côté d'Amyclée.

Me voilà replongé dans toutes mes perplexités. Je prononçai le nom d'Iri; et, à ce nom, mon Spartiate me montra la gauche à l'opposé d'Amyclée.

Il fallait conclure qu'il y avait deux fleuves, l'un à droite, le Vasilipotamos; l'autre à gauche, l'Iri; et que ni l'un ni l'autre de ces fleuves ne passait à Misitra. On a vu plus haut, par l'explication que j'ai donnée de ces deux noms, ce qui causait mon erreur.

Ainsi, disais-je en moi-même, je ne sais plus où est l'Eurotas; mais il est clair qu'il ne passe point à Misitra. Donc, Misitra n'est point Sparte, à moins que le cours du fleuve n'ait changé, et ne se soit éloigné de la ville; ce qui n'est pas du tout probable. Où est donc Sparte? Je serai venu jusqu'ici sans avoir pu la trouver! Je m'en retournerai sans l'avoir vue! J'étais dans la consternation. Comme j'allais descendre du château, le Grec s'écria: «Votre Seigneurie demande peut-être Palæochôri ? » À ce nom je me rappelai le passage de d'Anville ; je m'écrie à mon tour : « Oui ! Palæochôri ! la vieille ville ! Où est-elle ? Palæochôri ?

— Là-bas, à Magoula », dit le cicerone ; et il me montrait au loin dans la vallée une chaumière blanche environnée de quelque arbres.

Les larmes me vinrent aux yeux, en fixant mes regards sur cette misérable cabane qui s'élevait dans l'enceinte abandonnée d'une des villes les plus célèbres de l'univers, et qui servait seule à faire reconnaître l'emplacement de Sparte ; demeure unique d'un chevrier, dont toute la richesse consiste dans l'herbe qui croît sur les tombes d'Agis et de Léonidas.

Je ne voulus plus rien voir, ni rien entendre : je descendis précipitamment du château, malgré les cris des guides qui voulaient me montrer des ruines modernes, et me raconter des histoires d'agas, de pachas, de cadis, de vayvodes ; mais, en passant devant l'archevêché, je trouvai des papas qui attendaient *le Français* à la porte, et qui m'invitèrent à entrer de la part de l'archevêque.

Quoique j'eusse bien désiré refuser cette politesse, il n'y eut pas moyen de s'y soustraire. J'entrai donc : l'archevêque était assis au milieu de son clergé dans une salle très propre, garnie de nattes et de coussins à la manière des Turcs. Tous ces papas et leur chef étaient gens d'esprit et de bonne humeur. Plusieurs savaient l'italien, et s'exprimaient avec facilité dans cette langue. Je leur contai ce qui venait de m'arriver au sujet des ruines de Sparte : ils en rirent, et se moquèrent du cicerone ; ils me parurent fort accoutumés aux étrangers.

La Morée est en effet remplie de Levantins, de Francs, de Ragusains, d'Italiens, et surtout de jeunes médecins de Venise et des îles Ioniennes, qui viennent dépêcher les cadis et les agas. Les chemins sont assez sûrs : on trouve passablement de quoi se nourrir ; on jouit d'une grande liberté, pourvu qu'on ait un peu de fermeté et de prudence. C'est en général un voyage très facile, surtout pour un homme qui a vécu chez les Sauvages de l'Amérique. Il y a toujours quelques Anglais sur les chemins du Péloponèse : les papas me dirent qu'ils avaient vu dans ces derniers temps des antiquaires et des officiers de cette nation. Il y a même à Misitra une maison grecque qu'on appelle l'Auberge anglaise : on y mange du roastbeef, et l'on y boit du vin de Porto. Le voyageur a sous ce rapport de grandes obligations aux Anglais : ce sont eux qui ont établi de bonnes auberges dans toute l'Europe, en Italie, en Suisse, en Allemagne, en Espagne, à Constantinople, à Athènes, et jusqu'aux portes de Sparte, en dépit de Lycurgue.

L'archevêque connaissait le vice-consul d'Athènes, et je ne sais s'il ne me dit point lui avoir donné l'hospitalité dans les deux ou trois courses que M. Fauvel a faites à Misitra. Après qu'on m'eut servi le café, on me montra l'archevêché et l'église ; celle-ci, fort célèbre dans nos géographies, n'a pourtant rien de remarquable[1]. La mosaïque du pavé est commune ; les peintures vantées par Guillet rappellent absolument les ébauches de l'école avant le Pérugin. Quant à l'architecture, ce sont toujours des dômes plus ou moins écrasés, plus ou moins multipliés. Cette cathédrale, dédiée à saint Dimitri, et non pas à la Vierge, comme on l'a dit, a pour sa part sept de ces dômes. Depuis que cet ornement a été employé à Constantinople dans la dégénération de l'art, il a marqué tous les monuments de la Grèce. Il n'a ni la hardiesse du gothique, ni la sage beauté de l'antique. Il est assez majestueux quand il est immense ; mais alors il écrase l'édifice qui le porte : s'il est petit, ce n'est plus qu'une calotte ignoble qui ne se lie à aucun membre de l'architecture, et qui s'élève au-dessus des entablements, tout exprès pour rompre la ligne harmonieuse de la cimaise.

Je vis dans la bibliothèque de l'archevêché quelques traités des Pères grecs, des livres de controverse, et deux ou trois historiens de la Byzantine ; entre autres, Pachymère. Il eût été intéressant de collationner le texte de ce manuscrit avec les textes que nous avons ; mais il aura sans doute passé sous les yeux de nos deux grands hellénistes, l'abbé Fourmont et d'Ansse de Villoison. Il est probable que les Vénitiens, longtemps maîtres de la Morée, en auront enlevé les manuscrits les plus précieux.

Mes hôtes me montrèrent avec empressement des traductions imprimées de quelques ouvrages français : c'est, comme on sait[1], le *Télémaque*, Rollin, etc. ; et des nouveautés publiées à Bucarest. Parmi ces traductions, je n'oserais dire que je trouvai *Atala*, si M. Stamati[2] ne m'avait aussi fait l'honneur de prêter à ma Sauvage la langue d'Homère[3]. La traduction que je vis à Misitra n'était pas achevée : le traducteur était un Grec, natif de Zante ; il s'était trouvé à Venise lorsque *Atala* y parut en italien, et c'était sur cette traduction qu'il avait commencé la sienne en grec vulgaire. Je ne sais si je cachai mon nom par orgueil ou par modestie ; mais ma petite gloriole d'auteur fut si satisfaite de se rencontrer auprès de la grande gloire de Lacédémone, que le portier de l'archevêché eut lieu de se louer de ma générosité : c'est une charité dont j'ai fait depuis pénitence.

Il était nuit quand je sortis de l'archevêché : nous traversâmes la partie la plus peuplée de Misitra ; nous passâmes sous le bazar indiqué dans plusieurs descriptions, comme devant être l'Agora des anciens, supposant toujours que Misitra est Lacédémone. Ce bazar est un mauvais marché pareil à ces halles que l'on voit dans nos petites villes de province. De chétives boutiques de schalls, de merceries, de comestibles, en occupent les rues. Ces boutiques étaient alors éclairées par des lampes de fabrique italienne. On me fit remarquer, à la lueur de ces lampes, deux Maniottes qui vendaient des sèches et des polypes de mer, appelés à Naples *frutti di mare*. Ces pêcheurs, d'une assez grande taille, ressemblaient à des paysans francs-comtois. Je ne leur trouvai rien d'extraordinaire. J'achetai d'eux un chien du Taygète : il était de moyenne taille, le poil fauve et rude, le nez très ouvert, l'air sauvage :

*Fulvus Lacon,
Amica vis pastoribus*[1].

Je l'avais nommé Argus : « Ulysse en fit autant[2]. » Malheureusement je le perdis quelques jours après sur la route, entre Argos et Corinthe.

Nous vîmes passer plusieurs femmes enveloppées dans leurs longs habits. Nous nous détournions pour leur céder le chemin, selon une coutume de l'Orient, qui tient à la jalousie plus qu'à la politesse. Je ne pus découvrir leurs visages ; je ne sais donc s'il faut dire encore Sparte aux belles femmes, d'après Homère : καλλιγύναικα[3].

Je rentrai chez Ibraïm après treize heures de courses, pendant lesquelles je ne me m'étais reposé que quelques moments. Outre que je supporte la fatigue, le soleil et la faim, j'ai observé qu'une vive émotion me soutient contre la lassitude, et me donne de nouvelles forces. Je suis convaincu d'ailleurs, et plus que personne, qu'une volonté inflexible surmonte tout, et l'emporte même sur le temps. Je me décidai à ne me point coucher, à profiter de la nuit pour écrire des notes, à me rendre le lendemain aux ruines de Sparte, et à continuer de là mon voyage, sans revenir à Misitra.

Je dis adieu à Ibraïm ; j'ordonnai à Joseph et au guide de se rendre avec leurs chevaux sur la route d'Argos, et de m'attendre à ce point de l'Eurotas que nous avions déjà passé en venant de Tripolizza. Je ne gardai que le janissaire pour m'accompagner aux ruines de Sparte : si j'avais même pu me passer de lui, je serais allé seul à Magoula : car j'avais éprouvé combien des subalternes qui s'impatientent et s'ennuient vous gênent dans les recherches que vous voulez faire.

Tout étant réglé de la sorte, le 18, une demi-heure avant le jour, je montai à cheval avec le janissaire ; je récompensai les esclaves du bon Ibraïm, et je partis au grand galop pour Lacédémone.

Il y avait déjà une heure que nous courions par un chemin uni qui se dirigeait droit au sud-est, lorsqu'au lever de l'aurore, j'aperçus quelques débris et un long mur de construction antique : le cœur commence à me battre. Le janissaire se tourne vers moi, et me montrant sur la droite, avec son fouet, une cabane blanchâtre, il me crie d'un air de satisfaction : « Palæochôri ! » Je me dirigeai vers la principale ruine que je découvrais sur une hauteur. En tournant cette hauteur par le nord-ouest, afin d'y monter, je m'arrêtai tout à coup à la vue d'une vaste enceinte, ouverte en demi-cercle, et que je reconnus à l'instant pour un théâtre. Je ne puis peindre les sentiments confus qui vinrent m'assiéger. La colline au pied de laquelle je me trouvais était donc la colline de la citadelle de Sparte, puisque le théâtre était adossé à la citadelle ; la ruine que je voyais sur cette colline était donc le temple de Minerve-Chalciœcos, puisque celui-ci était dans la citadelle ; les débris et le long mur que j'avais passés plus bas, faisaient donc partie de la tribu des Cynosures, puisque cette tribu était au nord de la ville. Sparte était donc sous mes yeux ; et son théâtre, que j'avais eu le bonheur de découvrir en arrivant, me donnait sur-le-champ les positions des quartiers et des monuments[1]. Je mis pied à terre, et je montai en courant sur la colline de la citadelle.

Comme j'arrivais à son sommet, le soleil se levait derrière les monts Ménélaïons. Quel beau spectacle ! mais qu'il était triste ! L'Eurotas coulant solitaire sous les débris du pont Babyx ; des ruines de toutes parts, et pas un homme parmi ces ruines ! Je restai immobile, dans une espèce de stupeur, à contempler cette scène. Un mélange d'admiration et de douleur arrêtait mes pas et ma pensée ; le silence était profond autour de moi : je voulus du moins faire parler l'écho dans des lieux où la voix humaine ne se faisait plus entendre, et je criai de toute ma force : Léonidas ! Aucune ruine ne répéta ce grand nom, et Sparte même sembla l'avoir oublié.

Si des ruines où s'attachent des souvenirs illustres font bien voir la vanité de tout ici-bas, il faut pourtant convenir que des noms qui survivent à des Empires et qui immortalisent des temps et des lieux, sont quelque chose. Après tout, ne dédaignons pas trop la gloire ; rien n'est plus beau qu'elle, si ce n'est la vertu. Le comble du bonheur serait de réunir l'une à l'autre dans cette vie ; et c'était l'objet de l'unique prière que les Spartiates adressaient aux dieux : « *Ut pulchra bonis adderent* [1] ! »

Quand l'espèce de trouble où j'étais fut dissipé, je commençai à étudier les ruines autour de moi. Le sommet de la colline offrait un plateau environné, surtout au nord-ouest, d'épaisses murailles ; j'en fis deux fois le tour, et je comptai mille cinq cent soixante, et mille cinq cent soixante-six pas communs, ou à peu près sept cent quatre-vingts pas géométriques ; mais il faut remarquer que j'embrasse dans ce circuit le sommet entier de la colline, y compris la courbe que forme l'excavation du théâtre dans cette colline : c'est ce théâtre que Leroi a examiné.

Des décombres, partie ensevelis sous terre, partie élevés au-dessus du sol, annoncent, vers le milieu de ce plateau, les fondements du temple de Minerve-Chalciœcos[a], où Pausanias[2] se réfugia vainement et perdit la vie. Une espèce de rampe en terrasse, large de soixante-dix pieds, et d'une pente extrêmement douce, descend du midi de la colline dans la plaine. C'était peut-être le chemin par où l'on montait à la citadelle qui ne devint très forte que sous les tyrans de Lacédémone.

À la naissance de cette rampe, et au-dessus du théâtre, je vis un petit édifice de forme ronde aux trois quarts détruit : les niches intérieures en paraissent également propres à recevoir des statues ou des urnes. Est-ce un tombeau ? Est-ce le temple de Vénus Armée ?

---

a. Chalciœcos, maison d'airain. Il ne faut pas prendre le texte de Pausanias et de Plutarque à la lettre, et s'imaginer que ce temple fût tout d'airain : cela veut dire seulement que ce temple était revêtu d'airain en dedans, et peut-être en dehors. J'espère que personne, ne confondra les deux Pausanias que je cite ici, l'un dans le texte, l'autre dans la note.

Ce dernier devait être à peu près dans cette position, et dépendant de la tribu des Égides. César, qui prétendait descendre de Vénus, portait sur son anneau l'empreinte d'une Vénus Armée : c'était en effet le double emblème des faiblesses et de la gloire de ce grand homme :

> *Vincere si possum nuda, quid arma gerens*[1] ?

Si l'on se place avec moi sur la colline de la citadelle, voici ce qu'on verra autour de soi :

Au levant, c'est-à-dire vers l'Eurotas, un monticule de forme allongée, et aplati à sa cime, comme pour servir de stade ou d'hippodrome. Des deux côtés de ce monticule, entre deux autres monticules qui font, avec le premier, deux espèces de vallées, on aperçoit les ruines du pont Babyx et le cours de l'Eurotas. De l'autre côté du fleuve, la vue est arrêtée par une chaîne de collines rougeâtres : ce sont les monts Ménélaïons. Derrière ces monts s'élève la barrière des hautes montagnes qui bordent au loin le golfe d'Argos.

Dans cette vue à l'est, entre la citadelle et l'Eurotas, en portant les yeux nord et sud par l'est, parallèlement au cours du fleuve, on placera[2] la tribu des Limnates, le temple de Lycurgue, le palais du roi Démarate, la tribu des Égides et celle des Messoates, un des Leschés[3], le monument de Cadmus, les temples d'Hercule, d'Hélène et le Plataniste[4]. J'ai compté dans ce vaste espace sept ruines debout et hors de terre, mais tout à fait informes et dégradées. Comme je pouvais choisir, j'ai donné à l'un de ces débris le nom du temple d'Hélène ; à l'autre, celui du tombeau d'Alcman[5] : j'ai cru voir les monuments héroïques d'Égée et de Cadmus ; je me suis déterminé ainsi pour la fable, et n'ai reconnu pour l'histoire que le temple de Lycurgue. J'avoue que je préfère au brouet noir et à la Cryptie[6], la mémoire du seul poète que Lacédémone ait produit, et la couronne de fleurs que les filles de Sparte cueillirent pour Hélène[7] dans l'île du Plataniste :

O ubi campi,
Sperchiusque et virginibus bacchata Lacaenis
Taygeta[1]*!*

En regardant maintenant vers le nord, et toujours du sommet de la citadelle, on voit une assez haute colline, qui domine même celle où la citadelle est bâtie, ce qui contredit le texte de Pausanias. C'est dans la vallée que forment ces deux collines, que devaient se trouver la place publique et les monuments que cette dernière renfermait, tels que le sénat des Gérontes, le Chœur, le Portique des Perses, etc. Il n'y a aucune ruine de ce côté. Au nord-ouest s'étendait la tribu des Cynosures, par où j'étais entré à Sparte, et où j'ai remarqué le long mur.

Tournons-nous à présent à l'ouest, et nous apercevrons, sur un terrain uni, derrière et au pied du théâtre, trois ruines dont l'une est assez haute et arrondie comme une tour ; dans cette direction se trouvaient la tribu des Pitanates, le Théomélide, les tombeaux de Pausanias et de Léonidas, le Lesché des Crotanes, et le temple de Diane Isora.

Enfin, si l'on ramène ses regards au midi, on verra une terre inégale que soulèvent çà et là des racines de murs rasés au niveau du sol. Il faut que les pierres en aient été emportées, car on ne les aperçoit point à l'entour. La maison de Ménélas s'élevait dans cette perspective ; et plus loin, sur le chemin d'Amyclée, on rencontrait le temple des Dioscures et des Grâces. Cette description deviendra plus intelligible, si le lecteur veut avoir recours à Pausanias, ou simplement au Voyage d'Anacharsis.

Tout cet emplacement de Lacédémone est inculte : le soleil l'embrase en silence, et dévore incessamment le marbre des tombeaux. Quand je vis ce désert, aucune plante n'en décorait les débris, aucun oiseau, aucun insecte ne les animait, hors des millions de lézards qui montaient et descendaient sans bruit le long des murs brûlants. Une douzaine de chevaux à demi sauvages paissaient çà et là une herbe flétrie ; un pâtre cultivait dans un coin du théâtre quelques pastèques ; et à Magoula, qui donne son triste nom à Lacédémone, on remarquait un petit bois de cyprès. Mais ce Magoula même, qui fut autrefois un village turc assez considérable, a péri dans ce champ de mort : ses masures sont tombées, et ce n'est plus qu'une ruine qui annonce des ruines.

Je descendis de la citadelle, et je marchai pendant un quart d'heure pour arriver à l'Eurotas. Je le vis à peu près tel que je l'avais passé deux lieues plus haut sans le connaître : il peut avoir devant Sparte la largeur de la Marne, au-dessus de Charenton. Son lit, presque desséché en été, présente une grève semée de petits cailloux, plantée de roseaux et de lauriers-roses, et sur laquelle coulent quelques filets d'une eau fraîche et limpide. Cette eau me parut excellente ; j'en bus abondamment, car je mourais de soif. L'Eurotas mérite certainement l'épithète de Καλλιδόναξ, *aux beaux roseaux*, que lui a donnée Euripide[1] ; mais je ne sais s'il doit garder celle d'*Olorifer*[2], car je n'ai point aperçu de cygnes dans ses eaux. Je suivis son cours, espérant rencontrer ces oiseaux qui, selon Platon, ont avant d'expirer une vue de l'Olympe[3], et c'est pourquoi leur dernier chant est si mélodieux : mes recherches furent inutiles. Apparemment que je n'ai pas comme Horace la faveur des Tyndarides[4], et qu'ils n'ont pas voulu me laisser pénétrer le secret de leur berceau.

Les fleuves fameux ont la même destinée que les peuples fameux : d'abord ignorés, puis célébrés sur toute la terre, ils retombent ensuite dans leur première obscurité. L'Eurotas appelé d'abord Himère, coule maintenant oublié sous le nom d'Iri, comme le Tibre, autrefois l'Albula, porte aujourd'hui à la mer les eaux inconnues du Tevere. J'examinai les ruines du pont Babyx, qui sont peu de chose. Je cherchai l'île du Plataniste, et je crois l'avoir trouvée au-dessous même de Magoula : c'est un terrain de forme triangulaire, dont un côté est baigné par l'Eurotas, et dont les deux autres côtés sont fermés par des fossés pleins de joncs, où coule pendant l'hiver la rivière de Magoula, l'ancien Cnacion. Il y a dans cette île quelques mûriers et des sycomores, mais point de platanes. Je n'aperçus rien qui prouvât que les Turcs fissent encore de cette île un lieu de délices[1]; j'y vis cependant quelques fleurs, entre autres, des lis bleus, portés par une espèce de glaïeuls; j'en cueillis plusieurs en mémoire d'Hélène: la fragile couronne de la beauté existe encore sur les bords de l'Eurotas, et la beauté même a disparu.

La vue dont on jouit en marchant le long de l'Eurotas, est bien différente de celle que l'on découvre du sommet de la citadelle. Le fleuve suit un lit tortueux, et se cache, comme je l'ai dit, parmi des roseaux et des lauriers-roses, aussi grands que des arbres; sur la rive gauche, les monts Ménélaïons, d'un aspect aride et rougeâtre, forment contraste avec la fraîcheur et la verdure du cours de l'Eurotas. Sur la rive droite, le Taygète déploie son magnifique rideau: tout l'espace compris entre ce rideau et le fleuve est occupé par les collines et les ruines de Sparte; ces collines et ces ruines ne paraissent point désolées, comme lorsqu'on les voit de près: elles semblent au contraire teintes de pourpre, de violet, d'or pâle. Ce ne sont point les prairies et les feuilles d'un vert cru et froid qui font les admirables paysages, ce sont les effets de la lumière[2]. Voilà pourquoi les roches et les bruyères de la baie de Naples seront toujours plus belles que les vallées les plus fertiles de la France et de l'Angleterre.

Ainsi, après des siècles d'oubli, ce fleuve qui vit errer sur ses bords les Lacédémoniens illustrés par Plutarque, ce fleuve, dis-je, s'est peut-être réjoui dans son abandon d'entendre retentir autour de ses rives les pas d'un obscur étranger. C'était le 18 août 1806, à neuf heures du matin, que je fis seul, le long de l'Eurotas, cette promenade qui ne s'effacera jamais de ma mémoire. Si je hais les mœurs des Spartiates, je ne méconnais point la grandeur d'un peuple libre, et je n'ai point foulé sans émotion sa noble poussière. Un seul fait suffit à la gloire de ce peuple : Quand Néron visita la Grèce, il n'osa entrer dans Lacédémone. Quel magnifique éloge de cette cité !

Je retournai à la citadelle, en m'arrêtant à tous les débris que je rencontrais sur mon chemin. Comme Misitra a vraisemblablement été bâtie avec les ruines de Sparte, cela sans doute aura beaucoup contribué à la dégradation des monuments de cette dernière ville. Je trouvai mon compagnon exactement dans la même place où je l'avais laissé : il s'était assis, il avait dormi ; il venait de se réveiller ; il fumait ; il allait dormir encore. Les chevaux paissaient paisiblement dans les foyers du roi Ménélas : « Hélène n'avait point quitté sa belle quenouille chargée d'une laine teinte en pourpre, pour leur donner un pur froment dans une superbe crèche[1]. » Aussi, tout voyageur que je suis, je ne suis point le fils d'Ulysse ; quoique je préfère, comme Télémaque, mes rochers paternels aux plus beaux pays.

Il était midi ; le soleil dardait à plomb ses rayons sur nos têtes. Nous nous mîmes à l'ombre dans un coin du théâtre, et nous mangeâmes d'un grand appétit du pain et des figues sèches que nous avions apportés de Misitra : Joseph s'était emparé du reste des provisions. Le janissaire se réjouissait ; il croyait en être quitte, et se préparait à partir ; mais il vit bientôt, à son grand déplaisir, qu'il s'était trompé. Je me mis à écrire des notes et à prendre la vue des lieux : tout cela dura deux grandes heures, après quoi je voulus examiner les monuments à l'ouest de la citadelle. C'était de ce côté que devait être le tombeau de Léonidas[2]. Le janissaire m'accompagna tirant les chevaux par la bride ; nous allions errant de ruine en ruine. Nous étions les deux seuls hommes vivants au milieu de tant de morts illustres : tous deux Barbares, étrangers l'un à l'autre ainsi qu'à la Grèce, sortis des forêts de la Gaule et des rochers du Caucase, nous nous étions rencontrés au fond du Péloponèse, moi pour passer, lui pour vivre sur des tombeaux qui n'étaient pas ceux de nos aïeux.

J'interrogeai vainement les moindres pierres pour

leur demander les cendres de Léonidas. J'eus pourtant un moment d'espoir : près de cette espèce de tour que j'ai indiquée à l'ouest de la citadelle, je vis des débris de sculptures, qui me semblèrent être ceux d'un lion. Nous savons par Hérodote qu'il y avait un lion de pierre sur le tombeau de Léonidas ; circonstance qui n'est pas rapportée par Pausanias. Je redoublai d'ardeur ; tous mes soins furent inutiles[a]. Je ne sais si c'est dans cet endroit que l'abbé Fourmont fit la découverte de trois monuments curieux. L'un était un cippe sur lequel était gravé le nom de Jérusalem : il s'agissait peut-être de cette alliance des Juifs et des Lacédémoniens dont il est parlé dans les Machabées ; les deux autres monuments étaient les inscriptions sépulcrales de Lysander et d'Agésilas : un Français devait naturellement retrouver le tombeau de deux grands capitaines[2]. Je remarquerai que c'est à mes compatriotes que l'Europe doit les premières notions satisfaisantes qu'elle ait eues sur les ruines de Sparte et d'Athènes[b]. Deshayes, envoyé par Louis XIII à Jérusalem, passa vers l'an 1629 à Athènes : nous avons son Voyage, que Chandler n'a pas connu. Le père Babin, jésuite, donna

a. Ma mémoire me trompait ici : le lion dont parle Hérodote était aux Thermopyles. Cet historien ne dit pas même que les os de Léonidas furent transportés dans sa patrie. Il prétend, au contraire, que Xercès fit mettre en croix le corps de ce prince. Ainsi, les débris du lion que j'ai vus à Sparte ne peuvent point indiquer la tombe de Léonidas. On croit bien que je n'avais pas un Hérodote à la main sur les ruines de Lacédémone : je n'avais porté dans mon voyage que Racine, le Tasse, Virgile et Homère, celui-ci avec des feuillets blancs pour écrire des notes[1]. Il n'est donc pas bien étonnant qu'obligé de tirer mes ressources de ma mémoire, j'aie pu me méprendre sur un lieu, sans néanmoins me tromper sur un fait. On peut voir deux jolies épigrammes de l'Anthologie sur ce lion de pierre des Thermopyles.
b. On a bien sur Athènes les deux lettres de la collection de Martin Crusius, en 1584 ; mais, outre qu'elles ne disent presque rien, elles sont écrites par des Grecs natifs de la Morée, et par conséquent elles ne sont point la fruit des recherches des voyageurs modernes. Spon cite encore le manuscrit de la bibliothèque Barberine, à Rome, qui remontait à deux cents ans avant son voyage, et où il trouva quelques dessins d'Athènes.

en 1672 sa relation de l'*État présent de la ville d'Athènes* ; cette relation fut rédigée par Spon, avant que ce sincère et habile voyageur eût commencé ses courses avec Wheler. L'abbé Fourmont et Leroi ont répandu les premiers des lumières certaines sur la Laconie, quoique à la vérité Vernon eût passé à Sparte avant eux ; mais on n'a qu'une seule lettre de cet Anglais : il se contente de dire qu'il a vu Lacédémone, et il n'entre dans aucun détail. Pour moi, j'ignore si mes recherches passeront à l'avenir ; mais du moins j'aurai mêlé mon nom au nom de Sparte qui peut seule le sauver de l'oubli ; j'aurai, pour ainsi dire, retrouvé cette cité immortelle, en donnant sur ses ruines des détails jusqu'ici inconnus[1] : un simple pêcheur, par naufrage ou par aventure, détermine souvent la position de quelques écueils qui avaient échappé aux soins des pilotes les plus habiles.

Il y avait à Sparte une foule d'autels et de statues consacrés au Sommeil, à la Mort, à la Beauté (Vénus-Morphô), divinités de tous les hommes ; à la Peur sous les armes, apparemment celle que les Lacédémoniens inspiraient aux ennemis : rien de tout cela n'est resté : mais je lus sur une espèce de socle ces quatre lettres ΛΑΣΜ. Faut-il rétablir ΓΕΛΑΣΜΑ, *Gelasma* ? Serait-ce le piédestal de cette statue du Rire que Lycurgue plaça chez les graves descendants d'Hercule[2] ? L'autel du Rire subsistant seul au milieu de Sparte ensevelie offrirait un beau sujet de triomphe à la philosophie de Démocrite !

Le jour finissait lorsque je m'arrachai à ces illustres débris, à l'ombre de Lycurgue, aux souvenirs des Thermopyles, et à tous les mensonges de la fable et de l'histoire. Le soleil disparut derrière le Taygète, de sorte que je le vis commencer et finir son tour sur les ruines de Lacédémone. Il y avait trois mille cinq cent quarante-trois ans[3] qu'il s'était levé et couché pour la première fois sur cette ville naissante. Je partis, l'esprit rempli des objets que je venais de voir, et livré à des réflexions intarissables : de pareilles journées font ensuite supporter patiemment beaucoup de malheurs, et rendent surtout indifférent à bien des spectacles.

Nous remontâmes le cours de l'Eurotas pendant une heure et demie, au travers des champs, et nous tombâmes dans le chemin de Tripolizza. Joseph et le guide étaient campés de l'autre côté de la rivière, auprès du pont : ils avaient allumé du feu avec des roseaux, en dépit d'Apollon que le gémissement de ces roseaux consolait de la perte de Daphné. Joseph s'était abondamment pourvu du nécessaire : il avait du sel, de l'huile, des pastèques, du pain et de la viande. Il prépara un gigot de mouton, comme le compagnon d'Achille[1], et me le servit sur le coin d'une grande pierre, avec du vin de la vigne d'Ulysse[2], et de l'eau de l'Eurotas. J'avais justement, pour trouver ce souper excellent, ce qui manquait à Denys pour sentir le mérite du brouet noir[3].

Après le souper, Joseph apporta ma selle, qui me servait ordinairement d'oreiller ; je m'enveloppai dans mon manteau, et je me couchai au bord de l'Eurotas sous un laurier. La nuit était si pure et si sereine, que la voie lactée formait comme une aube réfléchie par l'eau du fleuve, et à la clarté de laquelle on aurait pu lire. Je m'endormis les yeux attachés au ciel, ayant précisément au-dessus de ma tête la belle constellation du Cygne de Léda. Je me rappelle encore le plaisir que j'éprouvais autrefois à me reposer ainsi dans les bois de l'Amérique, et surtout à me réveiller au milieu de la nuit. J'écoutais le bruit du vent dans la solitude, le bramement des daims et des cerfs, le mugissement d'une cataracte éloignée, tandis que mon bûcher à demi éteint rougissait en dessous le feuillage des arbres. J'aimais jusqu'à la voix de l'Iroquois, lorsqu'il élevait un cri du sein des forêts, et qu'à la clarté des étoiles, dans le silence de la nature, il semblait proclamer sa liberté sans bornes. Tout cela plaît à vingt ans, parce que la vie se suffit pour ainsi dire à elle-même, et qu'il y a dans la première jeunesse quelque chose d'inquiet et de vague qui nous porte incessamment aux chimères, *ipsi sibi somnia fingunt*[4] ; mais, dans un âge plus mûr, l'esprit revient à des goûts plus solides : il veut surtout se nourrir des souvenirs et des exemples de l'histoire[1]. Je dormirais encore volontiers au bord de l'Eurotas ou du Jourdain, si les ombres héroïques des trois cents Spartiates, ou les douze fils de Jacob devaient visiter mon sommeil ; mais je n'irais plus chercher une terre nouvelle qui n'a point été déchirée par le soc de la charrue, il me faut à présent de vieux déserts qui me rendent à volonté les murs de Babylone, ou les légions de Pharsale, *grandia ossa*[2] ! des champs dont les sillons m'instruisent, et où je retrouve, homme que je suis, le sang, les larmes et les sueurs de l'homme.

Joseph me réveilla le 19, à trois heures du matin, comme je le lui avais ordonné : nous sellâmes nos chevaux, et nous partîmes[3]. Je tournai la tête vers Sparte, et je jetai un dernier regard sur l'Eurotas : je ne pouvais me défendre de ce sentiment de tristesse qu'on éprouve en présence d'une grande ruine, et en quittant des lieux qu'on ne reverra jamais.

Le chemin qui conduit de la Laconie dans l'Argolide était, dans l'antiquité, ce qu'il est encore aujourd'hui, un des plus rudes et des plus sauvages de la Grèce. Nous suivîmes pendant quelque temps la route de Tripolizza ; puis tournant au levant, nous nous enfonçâmes dans des gorges de montagnes. Nous marchions rapidement dans des ravines et sous des arbres qui nous obligeaient de nous coucher sur le cou de nos chevaux. Je frappai si rudement de la tête contre une branche de ces arbres, que je fus jeté à dix pas sans connaissance. Comme mon cheval continuait de galoper, mes compagnons de voyage, qui me devançaient, ne s'aperçurent pas de ma chute : leurs cris, quand ils revinrent à moi, me tirèrent de mon évanouissement.

À quatre heures du matin nous parvînmes au sommet d'une montagne, où nous laissâmes reposer nos chevaux. Le froid devint si piquant, que nous fûmes obligés d'allumer un feu de bruyères. Je ne puis assigner de nom à ce lieu peu célèbre dans l'antiquité ; mais nous devions être vers les sources du Lœnus, dans la chaîne du mont Eva, et peu éloignés de Prasiæ, sur le golfe d'Argos[1].

Nous arrivâmes à midi à un gros village appelé Saint-Paul[2], assez voisin de la mer : on n'y parlait que d'un événement tragique qu'on s'empressa de nous raconter.

Une fille de ce village, ayant perdu son père et sa mère, et se trouvant maîtresse d'une petite fortune, fut envoyée par ses parents à Constantinople. À dix-huit ans elle revint dans son village : elle parlait le turc, l'italien et le français ; et quand il passait des étrangers à Saint-Paul, elle les recevait avec une politesse qui fit soupçonner sa vertu. Les chefs des paysans s'assemblèrent. Après avoir examiné entre eux la conduite de l'orpheline, ils résolurent de se défaire d'une fille qui déshonorait le village. Ils se procurèrent d'abord la somme fixée en Turquie pour le meurtre d'une chrétienne ; ensuite ils entrèrent pendant la nuit chez la jeune fille, l'assommèrent ; et un homme qui attendait la nouvelle de l'exécution, alla porter au pacha le prix du sang. Ce qui mettait en mouvement tous ces Grecs de Saint-Paul, ce n'était pas l'atrocité de l'action, mais l'avidité du pacha ; car celui-ci, qui trouvait aussi l'action toute simple, et qui convenait avoir reçu la somme fixée pour un assassinat ordinaire, observait pourtant que la beauté, la jeunesse, la science, les voyages de l'orpheline lui donnaient (à lui pacha de Morée) de justes droits à une indemnité : en conséquence Sa Seigneurie avait envoyé le jour même deux janissaires pour demander une nouvelle contribution.

Le village de Saint-Paul est agréable ; il est arrosé de fontaines ombragées de pins de l'espèce sauvage, *pinus sylvestris*. Nous y trouvâmes un de ces médecins italiens qui courent toute la Morée : je me fis tirer du sang. Je mangeai d'excellent lait dans une maison fort propre, ressemblant assez à une cabane suisse. Un jeune Moraïte vint s'asseoir devant moi : il avait l'air de Méléagre[3], par la taille et le vêtement. Les paysans grecs ne sont point habillés comme les Grecs levantins que nous voyons en France. Ils portent une tunique qui leur descend jusqu'aux genoux, et qu'ils rattachent avec une ceinture : leurs larges culottes sont cachées par le bas de cette tunique ; ils croisent sur leurs jambes nues les bandes qui retiennent leurs sandales. À la coiffure près, ce sont absolument d'anciens Grecs sans manteau.

Mon nouveau compagnon, assis, comme je l'ai dit, devant moi, surveillait mes mouvements avec une extrême ingénuité. Il ne disait pas un mot, et me dévorait des yeux : il avançait la tête pour regarder jusque dans le vase de terre où je mangeais mon lait. Je me levai, il se leva ; je me rassis, il s'assit de nouveau. Je lui présentai un cigare ; il fut ravi, et me fit signe de fumer avec lui. Quand je partis, il courut après moi pendant une demi-heure, toujours sans parler, et sans qu'on pût savoir ce qu'il voulait. Je lui donnai de l'argent, il le jeta : le janissaire voulut le chasser ; il voulut battre le janissaire. J'étais touché, je ne sais pourquoi, peut-être en me voyant, moi Barbare civilisé, l'objet de la curiosité d'un Grec devenu Barbare[a].

Nous étions partis de Saint-Paul à deux heures de l'après-midi, après avoir changé de chevaux, et nous suivions le chemin de l'ancienne Cynurie. Vers les quatre heures, le guide nous cria que nous allions être attaqués : en effet, nous aperçûmes quelques hommes armés dans la montagne ; ils nous regardèrent longtemps, et nous laissèrent tranquillement passer. Nous entrâmes dans les monts Parthénius, et nous descendîmes au bord d'une rivière dont le cours nous conduisit jusqu'à la mer. On découvrait la citadelle d'Argos, Nauplie en face de nous, et les montagnes de la Corinthie vers Mycènes. Du point où nous étions parvenus, il y avait encore trois heures de marche jusqu'à Argos ; il fallait tourner le fond du golfe en traversant le

---

[a]. Les Grecs de ces montagnes prétendent être les vrais descendants des Lacédémoniens ; ils disent que les Maniotes ne sont qu'un ramas de brigands étrangers, et ils ont raison.

marais de Lerne, qui s'étendait entre la ville et le lieu où nous nous trouvions. Nous passâmes auprès du jardin d'un aga, où je remarquai des peupliers de Lombardie, mêlés à des cyprès, à des citronniers, à des orangers, et à une foule d'arbres que je n'avais point vus jusqu'alors en Grèce[1]. Peu après le guide se trompa de chemin, et nous nous trouvâmes engagés sur d'étroites chaussées qui séparaient de petits étangs et des rivières inondées. La nuit nous surprit au milieu de cet embarras : il fallait à chaque pas faire sauter de larges fossés à nos chevaux qu'effrayaient l'obscurité, le coassement d'une multitude de grenouilles, et les flammes violettes qui couraient sur le marais. Le cheval du guide s'abattit ; et, comme nous marchions à la file, nous trébuchâmes les uns sur les autres dans un fossé. Nous criions tous à la fois sans nous entendre ; l'eau était assez profonde pour que les chevaux pussent y nager et s'y noyer avec leurs maîtres ; ma saignée s'était rouverte, et je souffrais beaucoup de la tête. Nous sortîmes enfin miraculeusement de ce bourbier, mais nous étions dans l'impossibilité de gagner Argos. Nous aperçûmes à travers les roseaux une petite lumière : nous nous dirigeâmes de ce côté, mourant de froid, couverts de boue, tirant nos chevaux par la bride, et courant le risque à chaque pas de nous replonger dans quelque fondrière.

La lumière nous guida à une ferme située au milieu du marais, dans le voisinage du village de Lerne : on venait d'y faire la moisson ; les moissonneurs étaient couchés sur la terre ; ils se levaient sous nos pieds, et s'enfuyaient comme des bêtes fauves. Nous parvînmes à les rassurer, et nous passâmes le reste de la nuit avec eux sur un fumier de brebis, lieu le moins sale et le moins humide que nous pûmes trouver. Je serais en droit de faire une querelle à Hercule, qui n'a pas bien tué l'hydre de Lerne : car je gagnai dans ce lieu malsain une fièvre qui ne me quitta tout à fait qu'en Égypte.

Le 20, au lever de l'aurore, j'étais à Argos : le village qui remplace cette ville célèbre est plus propre et plus animé que la plupart des autres villages de la Morée. Sa position est fort belle au fond du golfe de Nauplie ou d'Argos, à une lieue et demie de la mer ; il a d'un côté les montagnes de la Cynurie et de l'Arcadie, et de l'autre, les hauteurs de Trézène et d'Épidaure.

Mais, soit que mon imagination fût attristée par le souvenir des malheurs et des fureurs des Pélopides[1], soit que je fusse réellement frappé par la vérité, les terres me parurent incultes et désertes, les montagnes sombres et nues, sorte de nature féconde en grands crimes et en grandes vertus. Je visitai ce qu'on appelle les restes du palais d'Agamemnon, les débris du théâtre et d'un aqueduc romain ; je montai à la citadelle, je voulais voir jusqu'à la moindre pierre qu'avait pu remuer la main du roi des rois. Qui se peut vanter de jouir de quelque gloire auprès de ces familles chantées par Homère, Eschyle, Sophocle, Euripide et Racine ? Et quand on voit pourtant sur les lieux combien peu de chose reste de ces familles, on est merveilleusement étonné !

Il y a déjà longtemps que les ruines d'Argos ne répondent plus à la grandeur de son nom. Chandler les trouva en 1756[2] absolument telles que je les ai vues : l'abbé Fourmont en 1746, et Pellegrin en 1719, n'avaient pas été plus heureux. Les Vénitiens ont surtout contribué à la dégradation des monuments de cette ville, en employant ses débris à bâtir le château de Palamide[3]. Il y avait à Argos du temps de Pausanias, une statue de Jupiter[4], remarquable parce qu'elle avait trois yeux, et bien plus remarquable encore par une autre raison : Sthénélus l'avait apportée de Troie ; c'était, disait-on, la statue même aux pieds de laquelle Priam fut massacré dans son palais par le fils d'Achille :

Ingens ara fuit, juxtàque veterrima laurus,
Incumbens arae, atque umbrâ complexa Penates[5].

Mais Argos, qui triomphait sans doute, lorsqu'elle montrait dans ses murs les Pénates qui trahirent les foyers de Priam, Argos offrit bientôt elle-même un grand exemple des vicissitudes du sort. Dès le règne de Julien l'apostat, elle était tellement déchue de sa gloire, qu'elle ne put, à cause de sa pauvreté, contribuer au rétablissement et aux frais des jeux Isthmiques. Julien plaida sa cause contre les Corinthiens : nous avons encore ce plaidoyer dans les ouvrages de cet empereur (Ep., xxv). C'est un des plus singuliers documents de l'histoire des choses et des hommes[1]. Enfin, Argos, la patrie du roi des rois, devenue dans le moyen âge l'héritage d'une veuve vénitienne, fut vendue par cette veuve à la république de Venise, pour deux cents ducats de rente viagère, et cinq cents une fois payés. Coronelli rapporte le contrat[2] : «*Omnia vanitas*[3] *!*»

Je fut reçu à Argos par le médecin italien Avramiotti[4], que M. Pouqueville vit à Nauplie, et dont il opéra la petite fille attaquée d'une hydrocéphale[5]. M. Avramiotti me montra une carte du Péloponèse où il avait commencé d'écrire, avec M. Fauvel, les noms anciens auprès des noms modernes : ce sera un travail précieux, et qui ne pouvait être exécuté que par des hommes résidant sur les lieux depuis un grand nombre d'années. M. Avramiotti avait fait sa fortune, et il commençait à soupirer après l'Italie[6]. Il y a deux choses qui revivent dans le cœur de l'homme à mesure qu'il avance dans la vie, la patrie et la religion. On a beau avoir oublié l'une et l'autre dans sa jeunesse, elles se présentent tôt ou tard à nous avec tous leurs charmes, et réveillent au fond de nos cœurs un amour justement dû à leur beauté.

Nous parlâmes donc de la France et de l'Italie à Argos, par la même raison que le soldat argien qui suivait Énée, se souvint d'Argos en mourant en Italie[7]. Il ne fut presque point question entre nous d'Agamemnon, quoique je dusse voir le lendemain son tombeau. Nous causions sur la terrasse de la maison qui dominait le golfe d'Argos : c'était peut-être du haut de cette terrasse qu'une pauvre femme lança la tuile qui mit fin à la gloire et aux aventures de Pyrrhus[8]. M. Avramiotti me montrait un promontoire de l'autre côté de la mer, et me disait : « C'était là que Clytemnestre avait placé l'esclave qui devait donner le signal du retour de la flotte des Grecs[1] » ; et il ajoutait : « Vous venez de Venise à présent ? Je crois que je ferais bien de retourner à Venise. »

Je quittai cet exilé en Grèce le lendemain à la pointe du jour[2], et je pris, avec de nouveaux chevaux et un nouveau guide, le chemin de Corinthe. Je crois que M. Avramiotti ne fut pas fâché d'être débarrassé de moi : quoiqu'il m'eût reçu avec beaucoup de politesse, il était aisé de voir que ma visite n'était pas venue très à propos[3].

Après une demi-heure de marche, nous traversâmes l'Inachus, père d'Io, si célèbre par la jalousie de Junon[4] : avant d'arriver au lit de ce torrent, on trouvait autrefois, en sortant d'Argos, la porte Lucine et l'autel du Soleil. Une demi-lieue plus loin, de l'autre côté de l'Inachus, nous aurions dû voir le temple de Cérès Mysienne, et plus loin encore le tombeau de Thyeste, et le monument héroïque de Persée. Nous nous arrêtâmes à peu près à la hauteur où ces derniers monuments existaient à l'époque du voyage de Pausanias[5]. Nous allions quitter la plaine d'Argos, sur laquelle on a un très bon Mémoire de M. Barbié du Bocage[6]. Près d'entrer dans les montagnes de la Corinthie, nous voyions Naupli derrière nous. L'endroit où nous étions parvenus se nomme Carvathi, et c'est là qu'il faut se détourner de la route pour chercher un peu sur la droite les ruines de Mycènes. Chandler les avait manquées en revenant d'Argos : elles sont très connues aujourd'hui, à cause des fouilles que lord Elgin y a fait faire à son passage en Grèce. M. Fauvel les a décrites dans ses Mémoires ; et M. de Choiseul-Gouffier en possède les dessins : l'abbé Fourmont en avait déjà parlé, et Dumonceaux les avait aperçues[7]. Nous traversâmes une bruyère : un petit sentier nous conduisit à ces débris, qui sont à peu près tels qu'ils étaient du temps de Pausanias ; car il y a plus de deux mille deux cent quatre-vingts années que Mycènes est détruite. Les Argiens la renversèrent de fond en comble, jaloux de la gloire qu'elle s'était acquise en envoyant quarante guerriers mourir avec les Spartiates aux Thermopyles[1].

Nous commençâmes par examiner le tombeau auquel on a donné le nom de tombeau d'Agamemnon[2]: c'est un monument souterrain, de forme ronde, qui reçoit la lumière par le dôme[3], et qui n'a rien de remarquable, hors la simplicité de l'architecture. On y entre par une tranchée qui aboutit à la porte du tombeau: cette porte était ornée de pilastres d'un marbre bleuâtre assez commun, tiré des montagnes voisines. C'est lord Elgin qui a fait ouvrir ce monument et déblayer les terres qui encombraient l'intérieur; une petite porte surbaissée conduit de la chambre principale à une chambre de moindre étendue. Après l'avoir attentivement examinée, je crois que cette dernière chambre est tout simplement une excavation faite par les ouvriers hors du tombeau; car je n'ai point remarqué de murailles. Resterait à expliquer l'usage de la petite porte, qui n'était peut-être qu'une autre ouverture du sépulcre. Ce sépulcre a-t-il toujours été caché sous la terre, comme la rotonde des Catacombes à Alexandrie? S'élevait-il au contraire au-dessus du sol, comme le tombeau de Cécilia Métella à Rome? Avait-il une architecture extérieure, et de quel ordre était-elle? Toutes questions qui restent à éclaircir. On n'a rien trouvé dans le tombeau, et l'on n'est pas même assuré que ce soit celui d'Agamemnon dont Pausanias a fait mention[a].

En sortant de ce monument, je traversai une vallée stérile; et, sur le flanc d'une colline opposée, je vis les ruines de Mycènes: j'admirai surtout une des portes de la ville, formée de quartiers de roches gigantesques posés sur les rochers même de la montagne, avec les-

---

[a]. Les Lacédémoniens se vantaient aussi de posséder les cendres d'Agamemnon.

quels elles ont l'air de ne faire qu'un tout. Deux lions de forme colossale, sculptés des deux côtés de cette porte, en sont le seul ornement[1] : ils sont représentés en relief, debout et en regard, comme les lions qui soutenaient les armoiries de nos anciens chevaliers; ils n'ont plus de têtes. Je n'ai point vu, même en Égypte, d'architecture plus imposante ; et le désert où elle se trouve ajoute encore à sa gravité : elle est du genre de ces ouvrages que Strabon et Pausanias[2] attribuent aux Cyclopes, et dont on retrouve des traces même en Italie. M. Petit-Radel[3] veut que cette architecture ait précédé l'invention des ordres. Au reste, c'était un enfant tout nu, un pâtre[4], qui me montrait dans cette solitude le tombeau d'Agamemnon et les ruines de Mycènes.

Au bas de la porte dont j'ai parlé est une fontaine qui sera, si l'on veut, celle que Persée trouva sous un champignon, et qui donna son nom à Mycènes; car *mycès* veut dire en grec un champignon, ou le pommeau d'une épée : ce conte est de Pausanias[5]. En voulant regagner le chemin de Corinthe, j'entendis le sol retentir sous les pas de mon cheval. Je mis pied à terre, et je découvris la voûte d'un autre tombeau.

Pausanias compte à Mycènes cinq tombeaux : le tombeau d'Atrée, celui d'Agamemnon, celui d'Eurymédon, celui de Télédamus et de Pélops, et celui d'Électre. Il ajoute que Clytemnestre et Égisthe étaient enterrés hors des murs : ce serait donc le tombeau de Clytemnestre et d'Égisthe que j'aurais retrouvé ? Je l'ai indiqué à M. Fauvel, qui doit le chercher à son premier voyage à Argos[6] : singulière destinée qui me fait sortir tout exprès de Paris pour découvrir[7] les cendres de Clytemnestre !

Nous laissâmes Némée à notre gauche, et nous poursuivîmes notre route : nous arrivâmes de bonne heure à Corinthe par une espèce de plaine que traversent des courants d'eau, et que divisent des monticules isolés, semblables à l'Acro-Corinthe, avec lequel ils se confondent. Nous aperçûmes celui-ci longtemps avant d'y arriver, comme une masse irrégulière de granit rougeâtre, couronnée d'une ligne de murs tortueux. Tous les voyageurs ont décrit Corinthe. Spon et Wheler visitèrent la citadelle, où ils retrouvèrent la fontaine Pirène ; mais Chandler ne monta point à l'Acro-Corinthe, et M. Fauvel nous apprend que les Turcs n'y laissent plus entrer personne. En effet, je ne pus même obtenir la permission de me promener dans les environs, malgré les mouvements que se donna pour cela mon janissaire[1]. Au reste, Pausanias dans sa Corinthie, et Plutarque dans la vie d'Aratus, nous ont fait connaître parfaitement les monuments et les localités de l'Acro-Corinthe.

Nous étions venus descendre à un kan assez propre, placé au centre de la bourgade, et peu éloigné du bazar. Le janissaire partit pour la provision ; Joseph prépara le dîner ; et, pendant qu'ils étaient ainsi occupés, j'allai rôder seul dans les environs.

Corinthe est située au pied des montagnes, dans une plaine qui s'étend jusqu'à la mer de Crissa, aujourd'hui le golfe de Lépante, seul nom moderne qui, dans la Grèce, rivalise de beauté avec les noms antiques[2]. Quand le temps est serein, on découvre par-delà cette mer la cime de l'Hélicon et du Parnasse ; mais on ne voit pas de la ville même la mer Saronique : il faut pour cela monter à l'Acro-Corinthe ; alors on aperçoit non seulement cette mer, mais les regards s'étendent jusqu'à la citadelle d'Athènes et jusqu'au cap Colonne : « C'est, dit Spon, une des plus belles vues de l'univers. » Je le crois aisément, car même du pied de l'Acro-Corinthe la perspective est enchanteresse. Les maisons du village, assez grandes et assez bien entretenues, sont répandues par groupes sur la plaine, au milieu des mûriers, des orangers et des cyprès ; les vignes, qui font la richesse du pays, donnent un air frais et fertile à la campagne. Elles ne sont ni élevées en guirlandes sur des arbres, comme en Italie, ni tenues basses comme aux environs de Paris. Chaque cep forme un faisceau de verdure isolé autour duquel les grappes pendent en automne comme des cristaux. Les cimes du Parnasse et de l'Hélicon, le golfe de Lépante qui ressemble à un magnifique canal, le mont Oneïus couvert de myrtes, forment, au nord et au levant, l'horizon du tableau, tandis que l'Acro-Corinthe, les montagnes de l'Argolide et de la Sicyonie s'élèvent au midi et au couchant. Quant aux monuments de Corinthe, ils n'existent plus. M. Foucherot n'a découvert parmi les ruines que deux chapiteaux corinthiens, unique souvenir de l'ordre inventé dans cette ville[1].

Corinthe renversée de fond en comble par Mummius[2], rebâtie par Jules César et par Adrien, une seconde fois détruite par Alaric, relevée encore par les Vénitiens, fut saccagée une troisième et dernière fois par Mahomet II. Strabon la vit peu de temps après son rétablissement sous Auguste. Pausanias l'admira du temps d'Adrien; et, d'après les monuments qu'il nous a décrits, c'était à cette époque une ville superbe. Il eût été curieux de savoir ce qu'elle pouvait être en 1173, quand Benjamin de Tudèle y passa; mais ce Juif espagnol raconte gravement qu'il arriva à Patras, « ville d'Antipater, dit-il, un des quatre rois grecs qui partagèrent l'empire d'Alexandre ». De là il se rend à Lépante et à Corinthe : il trouve dans cette dernière ville trois cents Juifs conduits par les vénérables rabbins, Léon, Jacob et Ézéchias; et c'était tout ce que Benjamin cherchait.

Des voyageurs modernes nous ont mieux fait connaître ce qui reste de Corinthe après tant de calamités : Spon et Wheler y découvrirent les débris d'un temple de la plus haute antiquité : ces débris étaient composés de onze colonnes cannelées sans base, et d'ordre dorique. Spon affirme que ces colonnes n'avaient pas quatre diamètres de hauteur de plus que le diamètre du pied de la colonne, ce qui signifie apparemment qu'elles avaient cinq diamètres[3]. Chandler dit qu'elles avaient la moitié de la hauteur qu'elles auraient dû avoir pour être dans la juste proportion de leur ordre. Il est évident que Spon se trompe, puisqu'il prend pour mesure de l'ordre le diamètre du pied de la colonne, et non le diamètre du tiers[1]. Ce monument dessiné par Leroi[2], valait la peine d'être rappelé, parce qu'il prouve, ou que le premier dorique n'avait pas les proportions que Pline et Vitruve lui ont assignées[3] depuis, ou que l'ordre toscan, dont ce temple paraît se rapprocher, n'a pas pris sa naissance en Italie. Spon a cru reconnaître dans ce monument le temple de Diane d'Éphèse, cité par Pausanias; et Chandler, le Sisypheus de Strabon. Je ne puis dire si ces colonnes existent encore : je ne les ai point vues ; mais je crois savoir confusément qu'elles ont été renversées, et que les Anglais en ont emporté les derniers débris[a].

Un peuple maritime, un roi qui fut un philosophe et qui devint un tyran, un Barbare de Rome, qui croyait qu'on remplace des statues de Praxitèle comme des cuirasses de soldats[5]; tous ces souvenirs ne rendent pas Corinthe fort intéressante ; mais on a pour ressource Jason, Médée, la fontaine Pirène, Pégase, les jeux Isthmiques institués par Thésée, et chantés par Pindare ; c'est-à-dire, comme à l'ordinaire, la fable et la poésie. Je ne parle point de Denys et de Timoléon[6] : l'un qui fut assez lâche pour ne pas mourir, l'autre assez malheureux pour vivre ; si jamais je montais sur un trône, je n'en descendrais que mort, et je ne serai jamais assez vertueux pour tuer mon frère : je ne me soucie donc point de ces deux hommes. J'aime mieux cet enfant qui, pendant le siège de Corinthe, fit fondre en larmes Mummius lui-même, en lui récitant ces vers d'Homère :

> Τρισμάκαρες Δαναοὶ καὶ τετράκις, οἳ τότ' ὄλοντο
> Τροίῃ ἐν εὐρείῃ, χάριν Ἀτρεΐδῃσι φέροντες.
> Ὡς δὴ ἐγώ γ' ὄφελον θανέειν καὶ πότμον ἐπισπεῖν
> Ἥματι τῷ, ὅτε μοι πλεῖστοι χαλκήρεα δοῦρα
> Τρῶες ἐπέρριψαν περὶ Πηλεΐωνι θανόντι·
> Τῶ κ' ἔλαχον κτερέων, καί μευ κλέος ἦγον Ἀχαιοί·
> Νῦν δέ με λευγαλέῳ θανάτῳ εἵμαρτο ἁλῶναι[7].

---

a. Les colonnes étaient, ou sont encore, vers le port Schœnus et je ne suis pas descendu à la mer[4].

«Ô trois et quatre fois heureux les Grecs qui périrent devant les vastes murs d'Ilion, en soutenant la cause des Atrides! Plût aux dieux que j'eusse accompli ma destinée le jour où les Troyens lancèrent sur moi leurs javelots, tandis que je défendais le corps d'Achille! Alors j'aurais obtenu les honneurs accoutumés du bûcher funèbre, et les Grecs auraient parlé de mon nom! Aujourd'hui mon sort est de finir mes jours par une mort obscure et déplorable!»

Voilà qui est vrai, naturel, pathétique; et l'on retrouve ici un grand coup de la fortune, la puissance du génie et les entrailles de l'homme.

On fait encore des vases à Corinthe, mais ce ne sont plus ceux que Cicéron demandait avec tant d'empressement à son cher Atticus. Il paraît, au reste, que les Corinthiens ont perdu le goût qu'ils avaient pour les étrangers: tandis que j'examinais un marbre dans une vigne, je fus assailli d'une grêle de pierres; apparemment que les descendants de Laïs veulent maintenir l'honneur du proverbe[1].

Lorsque les Césars relevaient les murs de Corinthe, et que les temples des dieux sortaient de leurs ruines plus éclatants que jamais, il y avait un ouvrier obscur[2] qui bâtissait en silence un monument, resté debout au milieu des débris de la Grèce. Cet ouvrier était un étranger qui disait de lui-même: «J'ai été battu de verges trois fois; j'ai été lapidé une fois; j'ai fait naufrage trois fois. J'ai fait quantité de voyages, et j'ai trouvé divers périls sur les fleuves: périls de la part des voleurs, périls de la part de ceux de ma nation, périls de la part des Gentils, périls au milieu des villes, périls au milieu des déserts, périls entre les faux frères; j'ai souffert toutes sortes de travaux et de fatigues, de fréquentes veilles, la faim et la soif, beaucoup de peines, le froid et la nudité.» Cet homme, ignoré des grands, méprisé de la foule, rejeté comme «les balayures du monde», ne s'associa d'abord que deux compagnons, Crispus et Caïus, avec la famille de Stéphanas: tels furent les architectes inconnus d'un temple indestructible, et les premiers Fidèles de Corinthe. Le voyageur parcourt des yeux l'emplacement de cette ville célèbre ; il ne voit pas un débris des autels du paganisme ; mais il aperçoit quelques chapelles chrétiennes qui s'élèvent du milieu des cabanes des Grecs. L'Apôtre peut encore donner, du haut du ciel, le salut de paix à ses enfants, et leur dire : « Paul à l'église de Dieu, qui est à Corinthe. »

Il était près de huit heures du matin quand nous partîmes de Corinthe[1] le 21, après une assez bonne nuit. Deux chemins conduisent de Corinthe à Mégare : l'un traverse le mont Géranien, aujourd'hui Palæo-Vouni (la Vieille-Montagne) ; l'autre côtoie la mer Saronique, le long des roches Scironiennes. Ce dernier est le plus curieux : c'était le seul connu des anciens voyageurs, car ils ne parlent pas du premier ; mais les Turcs ne permettent plus de le suivre ; ils ont établi un poste militaire au pied du mont Oneïus, à peu près au milieu de l'Isthme, pour être à portée des deux mers : le ressort de la Morée finit là, et l'on ne peut passer la grand-garde[2] sans montrer un ordre exprès du pacha.

Obligé de prendre ainsi le seul chemin laissé libre, il me fallut renoncer aux ruines du temple de Neptune-Isthmien, que Chandler ne put trouver, que Pococke, Spon et Wheler ont vues, et qui subsistent encore, selon le témoignage de M. Fauvel. Par la même raison je n'examinai point la trace des tentatives faites à différentes époques pour couper l'Isthme : le canal que l'on avait commencé à creuser du côté du port Schœnus est, selon M. Foucherot, profond de trente à quarante pieds, et large de soixante. On viendrait aujourd'hui facilement à bout de ce travail par le moyen de la poudre à canon : il n'y a guère que cinq milles d'une mer à l'autre, à mesurer la partie la plus étroite de la langue de terre qui sépare les deux mers.

Un mur de six milles de longueur, souvent relevé et abattu, fermait l'Isthme dans un endroit qui prit le nom d'Hexamillia : c'est là que nous commençâmes à gravir le mont Oneïus. J'arrêtais souvent mon cheval au milieu des pins, des lauriers et des myrtes, pour regarder en arrière. Je contemplais tristement les deux mers, surtout celle qui s'étendait au couchant, et qui semblait me tenter par les souvenirs de la France. Cette mer était si tranquille ! le chemin était si court ! Dans quelques jours j'aurais pu revoir mes amis ! Je ramenais mes regards sur le Péloponèse, sur Corinthe, sur l'Isthme, sur l'endroit où se célébraient les jeux[1] : quel désert ! quel silence ! infortuné pays ! malheureux Grecs ! La France perdra-t-elle ainsi sa gloire ? Sera-t-elle ainsi dévastée, foulée aux pieds dans la suite des siècles ?

Cette image de ma patrie, qui vint tout à coup se mêler aux tableaux que j'avais sous les yeux, m'attendrit : je ne pensais plus qu'avec peine à l'espace qu'il me fallait encore parcourir avant de revoir mes Pénates. J'étais, comme l'ami de la fable, alarmé d'un songe ; et je serais volontiers retourné vers mon pays, pour lui dire :

> *Vous m'êtes, en dormant, un peu triste apparu :*
> *J'ai craint qu'il ne fût vrai ; je suis vite accouru.*
>   *Ce maudit songe en est la cause*[2].

Nous nous enfonçâmes dans les défilés du mont Oneïus perdant de vue et retrouvant tour à tour la mer Saronique et Corinthe. Du plus haut de ce mont, qui prend le nom de Macriplaysi, nous descendîmes au Dervène, autrement à la grand-garde. Je ne sais si c'est là qu'il faut placer Crommyon ; mais, certes, je n'y trouvai pas des hommes plus humains que Pytiocamptès[a]. Je montrai mon ordre du pacha : le commandant m'invita à fumer la pipe et à boire le café dans sa baraque. C'était un gros homme d'une figure calme et apathique, ne pouvant faire un mouvement sur sa natte sans soupirer, comme s'il éprouvait une douleur ; il examina mes armes, me fit remarquer les siennes, surtout une longue carabine qui portait, disait-il, fort loin. Les gardes aperçurent un paysan qui gravissait la montagne hors du chemin ; ils lui crièrent de descendre ;

---

a. *Courbeur de pins :* brigand tué par Thésée[3].

celui-ci n'entendit point la voix. Alors le commandant se leva avec effort, prit sa carabine, ajusta longtemps entre les sapins le paysan, et lui lâcha son coup de fusil. Le Turc revint, après cette expédition, se rasseoir sur sa natte, aussi tranquille, aussi bonhomme qu'auparavant. Le paysan descendit à la garde, blessé en toute apparence, car il pleurait et montrait son sang. On lui donna cinquante coups de bâton pour le guérir.

Je me levai brusquement, et d'autant plus désolé, que l'envie de faire briller devant moi son adresse avait peut-être déterminé ce bourreau à tirer sur le paysan. Joseph ne voulut pas traduire ce que je disais, et peut-être la prudence était-elle nécessaire dans ce moment ; mais je n'écoutais guère la prudence.

Je me fis amener mon cheval, et je partis sans attendre le janissaire, qui criait inutilement après moi. Il me rejoignit avec Joseph lorsque j'étais déjà assez avancé sur la croupe du mont Géranien. Mon indignation se calma peu à peu par l'effet des lieux que je parcourais. Il me semblait qu'en m'approchant d'Athènes, je rentrais dans les pays civilisés, et que la nature même prenait quelque chose de moins triste. La Morée est presque entièrement dépourvue d'arbres, quoiqu'elle soit certainement plus fertile que l'Attique. Je me réjouissais de cheminer dans une forêt de pins, entre les troncs desquels j'apercevais la mer. Les plans inclinés qui s'étendent depuis le rivage jusqu'au pied de la montagne, étaient couverts d'oliviers et de caroubiers ; de pareils sites sont rares en Grèce.

La première chose qui me frappa en arrivant à Mégare, fut une troupe de femmes albanaises qui, à la vérité, n'étaient pas aussi belles que Nausicaa et ses compagnes[1] : elles lavaient gaiement du linge à une fontaine près de laquelle on voyait quelques restes informes d'un aqueduc. Si c'était là la fontaine des Nymphes Sithnides et l'aqueduc de Théagène, Pausanias les a trop vantés[2]. Les aqueducs que j'ai vus en Grèce ne ressemblent point aux aqueducs romains : ils ne s'élèvent presque point de terre, et ne présentent point cette suite de grandes arches qui font un si bel effet dans la perspective.

Nous descendîmes chez un Albanais, où nous fûmes assez proprement logés. Il n'était pas six heures du soir ; j'allai, selon ma coutume, errer parmi les ruines. Mégare qui conserve son nom, et le port de Nisée qu'on appelle Dôdeca Ecclêsiais (les Douze Églises), sans être très célèbres dans l'histoire, avaient autrefois de beaux monuments. La Grèce, sous les empereurs romains, devait ressembler beaucoup à l'Italie dans le dernier siècle : c'était une terre classique où chaque ville était remplie de chefs-d'œuvre. On voyait à Mégare les douze grands dieux de la main de Praxitèle, un Jupiter-Olympien commencé par Théocosme et par Phidias, les tombeaux d'Alcmène, d'Iphigénie et de Térée[1]. Ce fut sur ce dernier tombeau que la huppe parut pour la première fois : on en conclut que Térée avait été changé en cet oiseau, comme ses victimes l'avaient été en hirondelle et en rossignol[2]. Puisque je faisais le voyage d'un poète, je devais profiter de tout, et croire fermement avec Pausanias que l'aventure de la fille de Pandion commença et finit à Mégare. D'ailleurs, j'apercevais de Mégare les deux cimes du Parnasse : cela suffisait bien pour me remettre en mémoire les vers de Virgile et de La Fontaine :

*Qualis populeâ maerens Philomela[3], etc.
Autrefois Progné l'hirondelle[4], etc.*

La Nuit ou l'Obscurité, et Jupiter-Conius[a], avaient leurs temples à Mégare : on peut bien dire que ces deux divinités y sont restées. On voit çà et là quelques murs d'enceinte : j'ignore si ce sont ceux qu'Apollon bâtit de concert avec Alcathoüs. Le dieu, en travaillant à cet ouvrage, avait posé sa lyre sur une pierre qui depuis ce temps rendait un son harmonieux quand on

---

a. Le *Poudreux*, de Κονία, poussière : cela n'est pas bien sûr ; mais j'ai pour moi le traducteur français, qui, à la vérité, suit la version latine, comme l'observe fort bien le savant M. Larcher.

la touchait avec un caillou[1]. L'abbé Fourmont recueillit trente inscriptions à Mégare. Pococke, Spon, Wheler et Chandler en trouvèrent quelques autres qui n'ont rien d'intéressant. Je ne cherchai point l'école d'Euclide ; j'aurais mieux aimé la maison de cette pieuse femme qui enterra les os de Phocion sous son foyer[a]. Après une assez longue course, je retournai chez mon hôte, où l'on m'attendait pour aller voir une malade[3].

Les Grecs ainsi que les Turcs supposent que tous les Francs ont des connaissances en médecine, et des secrets particuliers. La simplicité avec laquelle ils s'adressent à un étranger dans leurs maladies, a quelque chose de touchant et rappelle les anciennes mœurs ; c'est une noble confiance de l'homme envers l'homme : les sauvages en Amérique ont le même usage. Je crois que la religion et l'humanité ordonnent dans ce cas au voyageur de se prêter à ce qu'on attend de lui : un air d'assurance, des paroles de consolation, peuvent quelquefois rendre la vie à un mourant, et mettre une famille dans la joie.

Un Grec vint donc me chercher pour voir sa fille. Je trouvai une pauvre créature étendue à terre sur une natte et ensevelie sous les haillons dont on l'avait couverte. Elle dégagea son bras, avec beaucoup de répugnance et de pudeur, des lambeaux de la misère, et le laissa retomber mourant sur la couverture. Elle me parut attaquée d'une fièvre putride : je fis débarrasser sa tête des petites pièces d'argent dont les paysannes albanaises ornent leurs cheveux ; le poids des tresses et du métal concentrait la chaleur au cerveau. Je portais avec moi du camphre pour la peste ; je le partageai avec la malade : on l'avait nourrie de raisin, j'approuvai le régime. Enfin, nous priâmes Christos et la Panagia (la Vierge), et je promis prompte guérison. J'étais bien loin de l'espérer : j'ai tant vu mourir, que je n'ai là-dessus que trop d'expérience.

Je trouvai en sortant tout le village assemblé à la

---

a. Voyez les Martyrs, livre III[2].

porte; les femmes fondirent sur moi, en criant: crasi! crasi! (du vin! du vin!) Elles voulaient me témoigner leur reconnaissance en me forçant à boire: ceci rendait mon rôle de médecin assez ridicule. Mais qu'importe si j'ai ajouté à Mégare une personne de plus à celles qui peuvent me souhaiter un peu de bien dans les différentes parties du monde où j'ai erré? C'est un privilège du voyageur de laisser après lui beaucoup de souvenirs, et de vivre dans le cœur des étrangers quelquefois plus longtemps que dans la mémoire de ses amis.

Je regagnai le kan avec peine. J'eus toute la nuit sous les yeux l'image de l'Albanaise expirante: cela me fit souvenir que Virgile, visitant comme moi la Grèce, fut arrêté à Mégare par la maladie dont il mourut. Moi-même j'étais tourmenté de la fièvre; Mégare avait encore vu passer, il y a quelques années, d'autres Français bien plus malheureux que moi[a]: il me tardait de sortir d'un lieu qui me semblait avoir quelque chose de fatal.

Nous ne quittâmes pourtant notre gîte que le lendemain, 22 août, à onze heures du matin[2]. L'Albanais qui nous avait reçus voulut me régaler avant mon départ d'une de ces poules sans croupion et sans queue, que Chandler croyait particulières à Mégare, et qui ont été apportées de la Virginie, ou peut-être d'un petit canton de l'Allemagne[3]. Mon hôte attachait un grand prix à ces poules sur lesquelles il savait mille contes. Je lui fis dire que j'avais voyagé dans la patrie de ces oiseaux, pays bien éloigné, situé au-delà de la mer, et qu'il y avait dans ce pays des Grecs établis au milieu des bois, parmi des sauvages. En effet, quelques Grecs, fatigués du joug, ont passé dans la Floride, où les fruits de la liberté leur ont fait perdre le souvenir de la terre natale. «Ceux qui avaient goûté de ce doux fruit n'y pouvaient plus renoncer; mais ils voulaient demeurer parmi les Lotophages, et ils oubliaient leur patrie[4].»

---

a. La garnison de Zante[1].

L'Albanais n'entendait rien à cela : pour toute réponse, il m'invitait à manger sa poule et quelques *frutti di mare*. J'aurais préféré ce poisson, appelé glaucus, que l'on pêchait autrefois sur la côte de Mégare. Anaxandrides, cité par Athénée[1], déclare que Nérée seul a pu le premier imaginer de manger la hure de cet excellent poisson ; Antiphane veut qu'il soit bouilli, et Amphis le sert tout entier à ces sept chefs qui, sur un bouclier noir,

> *Épouvantaient les cieux de serments effroyables*[2].

Le retard causé par le bon cœur de mon hôte, et plus encore par ma lassitude, nous empêcha d'arriver à Athènes dans la même journée. Sortis de Mégare à onze heures du matin, comme je l'ai déjà dit, nous traversâmes d'abord la plaine ; ensuite nous gravîmes le mont Kerato-Pyrgo, le Kerata de l'antiquité : deux roches isolées s'élèvent à son sommet, et sur l'une de ces roches on aperçoit les ruines d'une tour qui donne son nom à la montagne. C'est à la descente de Kerato-Pyrgo, du côté d'Éleusis, qu'il faut placer la palestre de Cercyon, et le tombeau d'Alopé. Il n'en reste aucun vestige. Nous rencontrâmes bientôt le Puits-Fleuri, au fond d'un vallon cultivé. J'étais presque aussi fatigué que Cérès quand elle s'assit au bord de ce puits, après avoir cherché Proserpine par toute la terre. Nous nous arrêtâmes quelques instants dans la vallée, et puis nous continuâmes notre chemin. En avançant vers Éleusis, je ne vis point les anémones de diverses couleurs que Wheler aperçut dans les champs[3] ; mais aussi la saison en était passée.

Vers les cinq heures du soir, nous arrivâmes à une plaine[4] environnée de montagnes au nord, au couchant et au levant. Un bras de mer long et étroit baigne cette plaine au midi, et forme comme la corde de l'arc des montagnes. L'autre côté de ce bras de mer est bordé par les rivages d'une île élevée ; l'extrémité orientale de cette île s'approche d'un des promontoires du continent ; on remarque entre ces deux pointes un étroit passage. Je résolus de m'arrêter à un village bâti sur une colline, qui terminait au couchant, près de la mer, le cercle des montagnes dont j'ai parlé.

On distinguait dans la plaine les restes d'un aqueduc, et beaucoup de débris épars au milieu du chaume d'une moisson nouvellement coupée; nous descendîmes de cheval au pied du monticule, et nous grimpâmes à la cabane la plus voisine: on nous y donna l'hospitalité.

Tandis que j'étais à la porte, recommandant je ne sais quoi à Joseph, je vis venir un Grec qui me salua en italien[1]. Il me conta tout de suite son histoire: il était d'Athènes; il s'occupait à faire du goudron avec les pins des monts Géraniens; il était l'ami de M. Fauvel, et certainement je verrais M. Fauvel. Je répondis que je portais des lettres à M. Fauvel. Je fus charmé de rencontrer cet homme, dans l'espoir de tirer de lui quelques renseignements sur les ruines dont j'étais environné, et sur les lieux où je me trouvais. Je savais bien quels étaient ces lieux; mais un Athénien qui connaissait M. Fauvel devait être un excellent cicerone. Je le priai donc de m'expliquer un peu ce que je voyais, et de m'orienter dans le pays. Il mit la main sur son cœur à la façon des Turcs, et s'inclina humblement: «J'ai entendu souvent, me répondit-il, M. Fauvel expliquer tout cela; mais moi, je ne suis qu'un ignorant, et je ne sais pas si tout cela est bien vrai. Vous voyez d'abord au levant, par-dessus le promontoire, la cime d'une montagne toute jaune: c'est le Telo-Vouni (le petit Hymette); l'île de l'autre côté de ce bras de mer, c'est Colouri[2], M. Fauvel l'appelle Salamine. M. Fauvel dit que dans ce canal, vis-à-vis de vous, se donna un grand combat entre la flotte des Grecs et une flotte de Perses. Les Grecs occupaient ce canal; les Perses étaient de l'autre côté, vers le port Lion (le Pirée); le roi de ces Perses, dont je ne sais plus le nom, était assis sur un trône à la pointe de ce cap. Quant au village où nous sommes, M. Fauvel l'appelle Éleusis, et nous autres, Lepsina. M. Fauvel dit qu'il y avait un temple (le temple de Cérès) au-dessous de la maison où nous sommes : si vous voulez faire quelques pas, vous verrez l'endroit où était encore l'idole mutilée de ce temple (la statue de Cérès Éleusine) ; les Anglais l'ont emportée[1]. »

Le Grec, me quittant pour aller faire son goudron, me laissa les yeux fixés sur un rivage désert, et sur une mer où pour tout vaisseau on voyait une barque de pêcheur attachée aux anneaux d'un môle en ruine.

Tous les voyageurs modernes ont visité Éleusis ; toutes les inscriptions en ont été relevées. L'abbé Fourmont lui seul en copia une vingtaine. Nous avons une très docte dissertation de M. de Sainte-Croix, sur le temple d'Éleusis, et un plan de ce temple par M. Foucherot[2]. Warburton, Sainte-Croix, l'abbé Barthélemi, ont dit tout ce qu'il y avait de curieux à dire sur les mystères de Cérès ; et le dernier nous en a décrit les pompes extérieures[3]. Quant à la statue mutilée, emportée par deux voyageurs, Chandler la prend pour la statue de Proserpine, et Spon, pour la statue de Cérès. Ce buste colossal a, selon Pococke, cinq pieds et demi d'une épaule à l'autre, et la corbeille dont il est couronné s'élève à plus de deux pieds. Spon prétend que cette statue pourrait bien être de Praxitèle : je ne sais sur quoi cette opinion est fondée. Pausanias, par respect pour les mystères, ne décrit par la statue de Cérès ; Strabon garde le même silence. À la vérité on lit dans Pline que Praxitèle était l'auteur d'une Cérès en marbre, et de deux Proserpines en bronze : la première, dont parle aussi Pausanias, ayant été transportée à Rome, ne peut être celle qu'on voyait il y a quelques années à Éleusis ; les deux Proserpines en bronze sont hors de la question. À en juger par le trait que nous avons de cette statue, elle pourrait bien ne représenter qu'une Canéphore[a]. Je ne sais si M. Fauvel ne m'a point dit que cette statue, malgré sa réputation, était d'un assez mauvais travail.

Je n'ai donc rien à raconter d'Éleusis après tant de

---

a. Guillet la prend pour une Cariatide.

voyageurs, sinon que je me promenai au milieu de ces ruines, que je descendis au port, et que je m'arrêtai à contempler le détroit de Salamine. Les fêtes et la gloire étaient passées ; le silence était égal sur la terre et sur la mer : plus d'acclamations, plus de chants, plus de pompes sur le rivage ; plus de cris guerriers, plus de choc de galères, plus de tumulte sur les flots. Mon imagination ne pouvait suffire, tantôt à se représenter la procession religieuse d'Éleusis, tantôt à couvrir le rivage de l'armée innombrable des Perses qui regardaient le combat de Salamine. Éleusis est, selon moi, le lieu le plus respectable de la Grèce, puisqu'on y enseignait l'unité de Dieu, et que ce lieu fut témoin du plus grand effort que jamais les hommes aient tenté en faveur de la liberté.

Qui le croirait ! Salamine est aujourd'hui presque entièrement effacée du souvenir des Grecs. On a vu ce que m'en disait mon Athénien. « L'île de Salamine n'a point conservé son nom, dit M. Fauvel dans ses Mémoires ; il est oublié avec celui de Thémistocle. » Spon raconte qu'il logea à Salamine chez le papas Ioannis, « homme, ajoute-t-il, moins ignorant que tous ses paroissiens, puisqu'il savait que l'île s'était autrefois nommée Salamine ; et il nous dit qu'il l'avait su de son père ». Cette indifférence des Grecs touchant leur patrie est aussi déplorable qu'elle est honteuse ; non seulement ils ne savent pas leur histoire, mais ils ignorent presque tous[a] la langue qui fait leur gloire : on a vu un Anglais, poussé d'un saint zèle, vouloir s'établir à Athènes, pour y donner des leçons de grec ancien.

Il fallut que la nuit me chassât du rivage. Les vagues que la brise du soir avait soulevées battaient la grève et venaient mourir à mes pieds : je marchai quelque temps le long de la mer qui baignait le tombeau de Thémistocle ; selon toutes les probabilités, j'étais dans

---

a. Il y a de glorieuses exceptions, et tout le monde a entendu parler de MM. Coraï, Kodrika[1], etc.

ce moment le seul homme en Grèce qui se souvînt de ce grand homme.

Joseph avait acheté un mouton pour notre souper ; il savait que nous arriverions le lendemain chez un consul de France. Sparte qu'il avait vue, et Athènes qu'il allait voir, ne lui importaient guère ; mais dans la joie où il était de toucher au terme de ses fatigues, il régalait la maison de notre hôte. La femme, les enfants, le mari, tout était en mouvement ; le janissaire seul restait tranquille au milieu de l'empressement général, fumant sa pipe et applaudissant du turban à tous ces soins dont il espérait bien profiter. Depuis l'extinction des Mystères par Alaric, il n'y avait pas eu une pareille fête à Éleusis. Nous nous mîmes à table, c'est-à-dire que nous nous assîmes à terre autour du régal ; notre hôtesse avait fait cuire du pain qui n'était pas très bon, mais qui était tendre et sortant du four. J'aurais volontiers renouvelé le cri de *Vive Cérès !* Χαῖρε, Δήμητερ ! Ce pain, qui provenait de la nouvelle récolte, faisait voir la fausseté d'une prédiction rapportée par Chandler. Du temps de ce voyageur, on disait à Éleusis que, si jamais on enlevait la statue mutilée de la déesse, la plaine cesserait d'être fertile. Cérès est allée en Angleterre, et les champs d'Éleusis n'en ont pas moins été fécondés par cette Divinité réelle qui appelle tous les hommes à la connaissance de ses mystères, qui ne craint point d'être détrônée,

Qui donne aux fleurs leur aimable peinture,
  Qui fait naître et mûrir les fruits,
  Et leur dispense avec mesure
Et la chaleur des jours et la fraîcheur des nuits [1].

Cette grande chère et la paix dont nous jouissions m'étaient d'autant plus agréables, que nous les devions, pour ainsi dire, à la protection de la France. Il y a trente à quarante ans [2] que toutes les côtes de la Grèce, et particulièrement les ports de Corinthe, de Mégare et d'Éleusis étaient infestés par des pirates. Le bon ordre établi dans nos stations du Levant avait peu à peu détruit ce brigandage ; nos frégates faisaient la police, et les sujets ottomans respiraient sous le pavillon français. Les dernières révolutions de l'Europe ont amené pour quelques moments d'autres combinaisons de puissances[1] ; mais les corsaires n'ont pas reparu. Nous bûmes donc à la renommée de ces armes qui protégeaient notre fête à Éleusis, comme les Athéniens durent remercier Alcibiade quand il eut conduit en sûreté la procession d'Iacchus au temple de Cérès[2].

Enfin, le grand jour de notre entrée à Athènes se leva. Le 23, à trois heures du matin, nous étions tous à cheval ; nous commençâmes à défiler en silence par la voie Sacrée[3] : je puis assurer que l'initié le plus dévot à Cérès n'a jamais éprouvé un transport aussi vif que le mien. Nous avions mis nos beaux habits pour la fête ; le janissaire avait retourné son turban, et par extraordinaire on avait frotté et pansé les chevaux. Nous traversâmes le lit d'un torrent appelé Saranta-Potamo ou les Quarante Fleuves, probablement le Céphise Éleusinien : nous vîmes quelques débris d'églises chrétiennes ; ils doivent occuper la place du tombeau de ce Zarex qu'Apollon lui-même avait instruit dans l'art des chants. D'autres ruines nous annoncèrent les monuments d'Eumolpe et d'Hippothoon ; nous trouvâmes les rhiti ou les courants d'eau salée : c'était là que, pendant les fêtes d'Éleusis, les gens du peuple insultaient les passants, en mémoire des injures qu'une vieille femme avait dites autrefois à Cérès. De là passant au fond, ou au point extrême du canal de Salamine, nous nous engageâmes dans le défilé que forment le mont Parnès et le mont Ægalée ; cette partie de la voie Sacrée s'appelait le Mystique. Nous aperçûmes le monastère de Daphné, bâti sur les débris du temple d'Apollon, et dont l'église est une des plus anciennes de l'Attique. Un peu plus loin nous remarquâmes quelques restes du temple de Vénus. Enfin, le défilé commence à s'élargir ; nous tournons autour du mont Pœcile placé au milieu du chemin, comme pour masquer le tableau ; et tout à coup nous découvrons la plaine d'Athènes.

Les voyageurs qui visitent la ville de Cécrops arrivent ordinairement par le Pirée ou par la route de Négrepont. Ils perdent alors une partie du spectacle, car on n'aperçoit que la citadelle quand on vient de la mer ; et l'Anchesme coupe la perspective quand on descend de l'Eubée. Mon étoile m'avait amené par le véritable chemin pour voir Athènes dans toute sa gloire[1].

La première chose qui frappa mes yeux, ce fut la citadelle éclairée du soleil levant : elle était juste en face de moi, de l'autre côté de la plaine, et semblait appuyée sur le mont Hymette qui faisait le fond du tableau. Elle présentait, dans un assemblage confus, les chapiteaux des Propylées, les colonnes du Parthénon et du temple d'Érechthée, les embrasures d'une muraille chargée de canons, les débris gothiques des Chrétiens, et les masures des Musulmans.

Deux petites collines, l'Anchesme et le Musée, s'élevaient au nord et au midi de l'Acropolis. Entre ces deux collines et au pied de l'Acropolis, Athènes se montrait à moi : ses toits aplatis entremêlés de minarets, de cyprès, de ruines, de colonnes isolées, les dômes de ses mosquées couronnés par de gros nids de cigognes, faisaient un effet agréable aux rayons du soleil. Mais si l'on reconnaissait encore Athènes à ses débris, on voyait aussi, à l'ensemble de son architecture et au caractère général des monuments, que la ville de Minerve n'était plus habitée par son peuple.

Une enceinte de montagnes, qui se termine à la mer, forme la plaine ou le bassin d'Athènes. Du point où je voyais cette plaine au mont Pœcile, elle paraissait divisée en trois bandes ou régions, courant dans une direction parallèle du nord au midi. La première de ces régions, et la plus voisine de moi, était inculte et couverte de bruyères ; la seconde offrait un terrain labouré où l'on venait de faire la moisson ; la troisième présentait un long bois d'oliviers qui s'étendait un peu circulairement depuis les sources de l'Ilissus, en passant au pied de l'Anchesme, jusque vers le port de

Phalère. Le Céphise coule dans cette forêt qui, par sa vieillesse, semble descendre de l'olivier que Minerve fit sortir de la terre. L'Ilissus a son lit desséché de l'autre côté d'Athènes, entre le mont Hymette et la ville. La plaine n'est pas parfaitement unie : une petite chaîne de collines détachées du mont Hymette, en surmonte le niveau, et forme les différentes hauteurs sur lesquelles Athènes plaça peu à peu ses monuments.

Ce n'est pas dans le premier moment d'une émotion très vive que l'on jouit le plus de ses sentiments. Je m'avançais vers Athènes avec une espèce de plaisir qui m'ôtait le pouvoir de la réflexion ; non que j'éprouvasse quelque chose de semblable à ce que j'avais senti à la vue de Lacédémone. Sparte et Athènes ont conservé jusque dans les ruines leurs différents caractères : celles de la première sont tristes, graves et solitaires ; celles de la seconde sont riantes, légères, habitées. À l'aspect de la patrie de Lycurgue, toutes les pensées deviennent sérieuses, mâles et profondes ; l'âme fortifiée semble s'élever et s'agrandir ; devant la ville de Solon, on est comme enchanté par les prestiges du génie ; on a l'idée de la perfection de l'homme considéré comme un être intelligent et immortel. Les hauts sentiments de la nature humaine prenaient à Athènes quelque chose d'élégant qu'ils n'avaient point à Sparte. L'amour de la patrie et de la liberté n'était point pour les Athéniens un instinct aveugle, mais un sentiment éclairé, fondé sur ce goût du beau dans tous les genres, que le ciel leur avait si libéralement départi ; enfin, en passant des ruines de Lacédémone aux ruines d'Athènes, je sentis que j'aurais voulu mourir avec Léonidas, et vivre avec Périclès.

Nous marchions vers cette petite ville, dont le territoire s'étendait à quinze ou vingt lieues, dont la population n'égalait pas celle d'un faubourg de Paris, et qui balance dans l'univers la renommée de l'empire romain. Les yeux constamment attachés sur ses ruines, je lui appliquais ces vers de Lucrèce :

Primae frugiferos foetus mortalibus aegris
Dididerunt quondam praeclaro nomine Athenae,
Et recreaverunt vitam, legesque rogârunt ;
Et primae dederunt solatia dulcia vitae[1].

Je ne connais rien qui soit plus à la gloire des Grecs que ces paroles de Cicéron : « Souvenez-vous, Quintus, que vous commandez à des Grecs qui ont civilisé tous les peuples, en leur enseignant la douceur et l'humanité, et à qui Rome doit les lumières qu'elle possède[2]. » Lorsqu'on songe à ce que Rome était au temps de Pompée et de César, à ce que Cicéron était lui-même, on trouve dans ce peu de mots un magnifique éloge[a].

Des trois bandes ou régions qui divisaient devant nous la plaine d'Athènes, nous traversâmes rapidement les deux premières, la région inculte et la région cultivée. On ne voit plus sur cette partie de la route le monument du Rhodien et le tombeau de la courtisane ; mais on aperçoit des débris de quelques églises. Nous entrâmes dans le bois d'oliviers : avant d'arriver au Céphise, on trouvait deux tombeaux et un autel de Jupiter-l'Indulgent. Nous distinguâmes bientôt le lit du Céphise entre les troncs des oliviers qui le bordaient comme de vieux saules : je mis pied à terre pour saluer le fleuve et pour boire de son eau ; j'en trouvai tout juste ce qu'il m'en fallait dans un creux sous la rive ; le reste avait été détourné plus haut pour arroser les plantations d'oliviers. Je me suis toujours fait un plaisir de boire de l'eau des rivières célèbres que j'ai passées dans ma vie : ainsi j'ai bu des eaux du Mississipi, de la Tamise, du Rhin, du Pô, du Tibre, de l'Eurotas, du Céphise, de l'Hermus, du Granique, du Jourdain, du Nil, du Tage et de l'Èbre. Que d'hommes au bord de ces fleuves peuvent dire comme les Israélites : *sedimus et flevimus*[4] !

J'aperçus à quelque distance sur ma gauche les débris

---

a. Pline le Jeune écrit à peu près la même chose à Maximus, proconsul d'Achaïe[3].

du pont que Xénoclès de Linde avait fait bâtir sur le Céphise. Je remontai à cheval, et je ne cherchai point à voir le figuier sacré, l'autel de Zéphire, la colonne d'Antémocrite ; car le chemin moderne ne suit plus dans cet endroit l'ancienne voie sacrée. En sortant du bois d'oliviers, nous trouvâmes un jardin environné de murs, et qui occupe à peu près la place du Céramique extérieur. Nous mîmes une demi-heure pour nous rendre à Athènes, à travers un chaume de froment. Un mur moderne nouvellement réparé, et ressemblant à un mur de jardin, renferme la ville. Nous en franchîmes la porte, et nous pénétrâmes dans de petites rues champêtres, fraîches et assez propres : chaque maison a son jardin planté d'orangers et de figuiers. Le peuple me parut gai et curieux, et n'avait point l'air abattu des Moraïtes. On nous enseigna la maison du consul.

Je ne pouvais être mieux adressé qu'à M. Fauvel[1] pour voir Athènes : on sait qu'il habite la ville de Minerve depuis de longues années ; il en connaît les moindres détails, beaucoup mieux qu'un Parisien ne connaît Paris. On a de lui d'excellents mémoires ; on lui doit les plus intéressantes découvertes sur l'emplacement d'Olympie, sur la plaine de Marathon, sur le tombeau de Thémistocle au Pirée, sur le temple de la Vénus aux Jardins, etc. Chargé du consulat d'Athènes, qui n'est pour lui qu'un titre de protection, il a travaillé et travaille encore, comme peintre, au *Voyage pittoresque de la Grèce*. L'auteur de ce bel ouvrage, M. de Choiseul-Gouffier[2], avait bien voulu me donner une lettre pour l'homme de talent, et je portais de plus au consul une lettre du ministre[a].

On ne s'attend pas sans doute que je donne ici une description complète d'Athènes : si l'on veut connaître l'histoire de cette ville, depuis les Romains jusqu'à nous, on peut recourir à l'Introduction de cet Itinéraire[3]. Si ce sont les monuments d'Athènes ancienne qu'on désire connaître, la traduction de Pausanias, toute défectueuse

---

a. M. de Talleyrand.

qu'elle est, suffit parfaitement à la foule des lecteurs ; et le Voyage du jeune Anacharsis ne laisse presque rien à désirer. Quant aux ruines de cette fameuse cité, les lettres de la collection de Martin Crusius, le père Babin, la Guilletière même, malgré ses mensonges, Pococke, Spon, Wheler, Chandler surtout et M. Fauvel, les font si parfaitement connaître, que je ne pourrais que les répéter. Sont-ce les plans, les cartes, les vues d'Athènes et de ses monuments que l'on cherche ? on les trouvera partout : il suffit de rappeler les travaux du marquis de Nointel, de Leroi, de Stuart, de Pars ; M. de Choiseul, complétant l'ouvrage que tant de malheurs ont interrompu, achèvera de mettre sous nos yeux Athènes tout entière[1]. La partie des mœurs et du gouvernement des Athéniens modernes est généralement bien traitée dans les auteurs que je viens de citer ; et comme les usages ne changent pas en Orient ainsi qu'en France, tout ce que Chandler et Guys[a] ont dit des Grecs modernes est encore aujourd'hui de la plus exacte vérité.

Sans faire de l'érudition aux dépens de mes prédécesseurs, je rendrai compte de mes courses et de mes sentiments à Athènes, jour par jour et heure par heure, selon le plan que j'ai suivi jusqu'ici. Encore une fois, cet Itinéraire doit être regardé beaucoup moins comme un voyage que comme les Mémoires d'une année de ma vie.

Je descendis dans la cour de M. Fauvel, que j'eus le bonheur de trouver chez lui : je lui remis aussitôt des lettres de M. de Choiseul et de M. de Talleyrand. M. Fauvel connaissait mon nom ; je ne pouvais pas lui dire : «*Son pittor anch'io*[3] » ; mais au moins j'étais un amateur plein de zèle, sinon de talent ; j'avais une si bonne volonté d'étudier l'antique et de bien faire, j'étais venu de si loin crayonner de méchants dessins, que le maître vit en moi un écolier docile[4].

---

[a]. Il faut lire celui-ci avec défiance, et se mettre en garde contre son système[2].

Ce fut d'abord entre nous un fracas de questions sur Paris et sur Athènes, auxquelles nous nous empressions de répondre ; mais bientôt Paris fut oublié, et Athènes prit totalement le dessus. M. Fauvel, échauffé dans son amour pour les arts par un disciple, était aussi empressé de me montrer Athènes que j'étais empressé de la voir : il me conseilla cependant de laisser passer la grande chaleur du jour.

Rien ne sentait le consul chez mon hôte ; mais tout y annonçait l'artiste et l'antiquaire. Quel plaisir pour moi d'être logé à Athènes dans une chambre pleine des plâtres moulés du Parthénon ! Tout autour des murs étaient suspendus des vues du temple de Thésée, des plans des Propylées, des cartes de l'Attique et de la plaine de Marathon. Il y avait des marbres sur une table, des médailles sur une autre, avec de petites têtes et des vases en terre cuite. On balaya, à mon grand regret, une vénérable poussière ; on tendit un lit de sangle au milieu de toutes ces merveilles ; et comme un conscrit arrivé à l'armée la veille d'une affaire, je campai sur le champ de bataille.

La maison de M. Fauvel[1] a, comme la plupart des maisons d'Athènes, une cour sur le devant et un petit jardin sur le derrière. Je courais à toutes les fenêtres pour découvrir au moins quelque chose dans les rues ; mais c'était inutilement. On apercevait pourtant, entre les toits des maisons voisines, un petit coin de la citadelle ; je me tenais collé à la fenêtre qui donnait de ce côté[2], comme un écolier dont l'heure de récréation n'est pas encore arrivée. Le janissaire de M. Fauvel s'était emparé de mon janissaire et de Joseph, de sorte que je n'avais plus à m'occuper d'eux.

À deux heures on servit le dîner qui consistait en des ragoûts de mouton et de poulets, moitié à la française, moitié à la turque. Le vin, rouge et fort comme nos vins du Rhône, était d'une bonne qualité ; mais il me parut si amer, qu'il me fut impossible de le boire. Dans presque tous les cantons de la Grèce, on fait plus ou moins infuser des pommes de pin au fond des cuvées ;

cela donne au vin cette saveur amère et aromatique à laquelle on a quelque peine à s'habituer[a]. Si cette coutume remonte à l'antiquité, comme je le présume, elle expliquerait pourquoi la pomme de pin était consacrée à Bacchus. On apporta du miel du mont Hymette : je lui trouvai un goût de drogue qui me déplut ; le miel de Chamouni me semble de beaucoup préférable[1]. J'ai mangé depuis à Kircagach près de Pergame, dans l'Anatolie, un miel plus agréable encore : il est blanc comme le coton sur lequel les abeilles le recueillent, et il a la fermeté et la consistance de la pâte de guimauve. Mon hôte riait de la grimace que je faisais au vin et au miel de l'Attique ; il s'y était attendu. Comme il fallait bien que je fusse dédommagé par quelque chose, il me fit remarquer l'habillement de la femme qui nous servait ; c'était absolument la draperie des anciennes Grecques[2], surtout dans les plis horizontaux et onduleux qui se formaient au-dessous du sein, et venaient se joindre aux plis perpendiculaires qui marquaient le bord de la tunique. Le tissu grossier dont cette femme était vêtue contribuait encore à la ressemblance ; car, à en juger par la statuaire, les étoffes chez les anciens étaient plus épaisses que les nôtres. Il serait impossible, avec les mousselines et les soies des femmes modernes, de former les mouvements larges des draperies antiques : la gaze de Céos, et les autres voiles que les satiriques appelaient des nuages, n'étaient jamais imités par le ciseau[3].

Pendant notre dîner, nous reçûmes les compliments de ce qu'on appelle dans le Levant la nation : cette nation se compose des négociants français, ou dépendants de la France, qui habitent les différentes Échelles. Il n'y a à Athènes qu'une ou deux maisons de cette espèce : elles font le commerce des huiles. M. Roque[4] me fit l'honneur de me rendre visite : il avait une

---

a. Les autres voyageurs attribuent ce goût à la poix qu'on mêle dans le vin : cela peut être vrai en partie ; mais on y fait aussi infuser la pomme de pin.

famille, et il m'invita à l'aller voir avec M. Fauvel ; puis il se mit à parler de la société d'Athènes : « Un étranger, fixé depuis quelque temps à Athènes, paraissait avoir senti ou inspiré une passion qui faisait parler la ville... Il y avait des commérages vers la maison de Socrate, et l'on tenait des propos du côté des jardins de Phocion... L'archevêque d'Athènes n'était pas encore revenu de Constantinople. On ne savait pas si on obtiendrait justice du pacha de Négrepont, qui menaçait de lever une contribution à Athènes. Pour se mettre à l'abri d'un coup de main, on avait réparé le mur de clôture ; cependant on pouvait tout espérer du chef des eunuques noirs[1], propriétaire d'Athènes, qui, certainement, avait auprès de sa Hautesse plus de crédit que le pacha. » (Ô Solon ! Ô Thémistocle ! Le chef des eunuques noirs propriétaire d'Athènes, et toutes les autres villes de la Grèce enviant cet insigne bonheur aux Athéniens !) «... Au reste, M. Fauvel avait bien fait de renvoyer le religieux italien qui demeurait dans la Lanterne de Démosthènes (un des plus jolis monuments d'Athènes), et d'appeler à sa place un capucin français. Celui-ci avait de bonnes mœurs, était affable, intelligent, et recevait très bien les étrangers qui, selon la coutume, allaient descendre au couvent français... » Tels étaient les propos et l'objet des conversations à Athènes : on voit que le monde y allait son train, et qu'un voyageur qui s'est bien monté la tête doit être un peu confondu quand il trouve, en arrivant dans la rue des Trépieds, les tracasseries de son village.

Deux voyageurs anglais[2] venaient de quitter Athènes lorsque j'y arrivai, il y restait encore un peintre russe[3] qui vivait fort solitaire. Athènes est très fréquentée des amateurs de l'antiquité, parce qu'elle est sur le chemin de Constantinople, et qu'on y arrive facilement par mer.

Vers les quatre heures du soir, la grande chaleur étant passée, M. Fauvel fit appeler son janissaire et le mien, et nous sortîmes précédés de nos gardes : le cœur me battait de joie, et j'étais honteux de me trouver si jeune. Mon guide me fit remarquer, presque à sa porte, les restes d'un temple antique[1]. De là nous tournâmes à droite, et nous marchâmes par de petites rues fort peuplées. Nous passâmes au bazar, frais et bien approvisionné en viande, en gibier, en herbes et en fruits. Tout le monde saluait M. Fauvel et chacun voulait savoir qui j'étais; mais personne ne pouvait prononcer mon nom. C'était comme dans l'ancienne Athènes: *Athenienses autem omnes*, dit saint Luc[2], *ad nihil aliud vacabant nisi aut dicere, aut audire aliquid novi*; quant aux Turcs, ils disaient: *Fransouse! Effendi!* Et ils fumaient leurs pipes: c'était ce qu'ils avaient de mieux à faire. Les Grecs, en nous voyant passer, levaient leurs bras par-dessus leurs têtes, et criaient: *Kalôs ilthete Archondes! Bate kala eis palaeo Athinam!* «Bienvenus, Messieurs! Bon voyage aux ruines d'Athènes.» Et ils avaient l'air aussi fiers que s'ils nous avaient dit: «Vous allez chez Phidias ou chez Ictinus[3].» Je n'avais pas assez de mes yeux pour regarder: je croyais voir des antiquité partout. M. Fauvel me faisait remarquer çà et là des morceaux de sculpture qui servaient de bornes, de murs ou de pavés: il me disait combien ces fragments avaient de pieds, de pouces et de lignes; à quel genre d'édifices ils appartenaient; ce qu'il en fallait présumer, d'après Pausanias; quelles opinions avaient eues à ce sujet l'abbé Barthélemi, Spon, Wheler, Chandler; en quoi ces opinions lui semblaient (à lui M. Fauvel) justes ou mal fondées. Nous nous arrêtions à chaque pas; les janissaires et des enfants du peuple, qui marchaient devant nous, s'arrêtaient partout où ils voyaient une moulure, une corniche, un chapiteau; ils cherchaient à lire dans les yeux de M. Fauvel si cela était bon; quand le consul secouait la tête, ils secouaient la tête, et allaient se placer quatre pas plus loin devant un autre débris. Nous fûmes conduits ainsi hors du centre de la ville moderne, et nous arrivâmes à la partie de l'ouest que M. Fauvel voulait d'abord me faire visiter, afin de procéder par ordre dans nos recherches.

En sortant du milieu de l'Athènes moderne, et marchant droit au couchant, les maisons commencent à s'écarter les unes des autres ; ensuite viennent de grands espaces vides, les uns compris dans le mur de clôture, les autres en dehors de ce mur : c'est dans ces espaces abandonnés que l'on trouve le temple de Thésée, le Pnyx et l'Aréopage. Je ne décrirai point le premier qui est décrit partout, et qui ressemble assez au Parthénon ; je le comprendrai dans les réflexions générales que je me permettrai de faire bientôt au sujet de l'architecture des Grecs. Ce temple est au reste le monument le mieux conservé d'Athènes : après avoir longtemps été une église sous l'invocation de saint George, il sert aujourd'hui de magasin.

L'Aréopage était placé sur une éminence à l'occident de la citadelle. On comprend à peine comment on a pu construire sur le rocher où l'on voit des ruines, un monument de quelque étendue. Une petite vallée appelée, dans l'ancienne Athènes, Cœlé (le creux), sépare la colline de l'Aréopage de la colline du Pnyx et de la colline de la citadelle. On montrait dans le Cœlé les tombeaux des deux Cimon, de Thucydide et d'Hérodote. Le Pnyx, où les Athéniens tenaient d'abord leurs assemblées publiques, est une esplanade pratiquée sur une roche escarpée, au revers du Lycabettus[1]. Un mur composé de pierres énormes soutient cette esplanade du côté du nord ; au midi s'élève une tribune creusée dans le roc même, et l'on y monte par quatre degrés également taillés dans la pierre. Je remarque ceci, parce que les anciens voyageurs n'ont pas bien connu la forme du Pnyx. Lord Elgin a fait depuis peu d'années désencombrer cette colline, et c'est à lui qu'on doit la découverte des degrés[2]. Comme on n'est pas là tout à fait à la cime du rocher, on n'aperçoit la mer qu'en montant au-dessus de la tribune : on ôtait ainsi au peuple la vue du Pirée, afin que des orateurs factieux ne le jetassent pas dans des entreprises téméraires, à l'aspect de sa puissance et de ses vaisseaux[a].

Les Athéniens étaient rangés sur l'esplanade entre le mur circulaire que j'ai indiqué au nord, et la tribune au midi.

C'était donc à cette tribune[2] que Périclès, Alcibiade et Démosthènes firent entendre leur voix ; que Socrate et Phocion parlèrent au peuple le plus léger et le plus spirituel de la terre? C'était donc là que se sont commises tant d'injustices ; que tant de décrets iniques ou cruels ont été prononcés? Ce fut peut-être ce lieu qui vit bannir Aristide, triompher Mélitus, condamner à mort la population entière d'une ville, vouer un peuple entier à l'esclavage? Mais aussi ce fut là que de grands citoyens firent éclater leurs généreux accents contre les tyrans de leur patrie ; que la justice triompha ; que la vérité fut écoutée. « Il y a un peuple, disaient les députés de Corinthe aux Spartiates, un peuple qui ne respire que les nouveautés : prompt à concevoir, prompt à exécuter, son audace passe sa force. Dans les périls où souvent il se jette sans réflexion, il ne perd jamais l'espérance ; naturellement inquiet, il cherche à s'agrandir au-dehors : vainqueur, il s'avance et suit sa victoire ; vaincu, il n'est point découragé. Pour les Athéniens, la vie n'est pas une propriété qui leur appartienne, tant ils la sacrifient aisément à leur pays ! Ils croient qu'on les a privés d'un bien légitime, toutes les fois qu'ils n'obtiennent pas l'objet de leurs désirs. Ils remplacent un dessein trompé par une nouvelle espérance. Leurs projets à peine conçus sont déjà exécutés. Sans cesse occupés de l'avenir, le présent leur échappe : peuple qui ne connaît point le repos, et ne le peut souffrir dans les autres[b]. »

Et ce peuple, qu'est-il devenu? Où le trouverai-je? Moi, qui traduisais ce passage au milieu des ruines

---

a. L'histoire varie sur ce fait. D'après une autre version, ce furent les tyrans qui obligèrent les orateurs à tourner le dos au Pirée[1].
b. Thucydide[3].

d'Athènes, je voyais les minarets des Musulmans, et j'entendais parler des Chrétiens. C'est à Jérusalem que j'allais chercher la réponse à cette question, et je connaissais déjà d'avance les paroles de l'oracle : *Dominus mortificat et vivificat; deducit ad inferos et reducit* [1].

Le jour n'était pas encore à sa fin : nous passâmes du Pnyx à la colline du Musée. On sait que cette colline est couronnée par le monument de Philopappus, monument d'un mauvais goût ; mais c'est le mort et non le tombeau qui mérite ici l'attention du voyageur. Cet obscur Philopappus, dont le sépulcre se voit de si loin, vivait sous Trajan. Pausanias ne daigne pas le nommer, et l'appelle un Syrien. On voit dans l'inscription de sa statue qu'il était de Bêsa, bourgade de l'Attique. Eh bien, ce Philopappus s'appelait Antiochus Philopappus [2]; c'était le légitime héritier de la couronne de Syrie ! Pompée avait transporté à Athènes les descendants du roi Antiochus, et ils étaient devenus de simples citoyens. Je ne sais si les Athéniens, comblés des bienfaits d'Antiochus, compatirent aux maux de sa famille détrônée ; mais il paraît que ce Philopappus fut au moins consul désigné. La fortune, en le faisant citoyen d'Athènes et consul de Rome à une époque où ces deux titres n'étaient plus rien, semblait vouloir se jouer encore de ce monarque déshérité, le consoler d'un songe par un songe, et montrer sur une seule tête qu'elle se rit également de la majesté des peuples et de celle des rois.

Le monument de Philopappus nous servit comme d'observatoire pour contempler d'autres vanités. M. Fauvel m'indiqua les divers endroits par où passaient les murs de l'ancienne ville ; il me fit voir les ruines du théâtre de Bacchus, au pied de la citadelle ; le lit desséché de l'Ilissus, la mer sans vaisseaux, et les ports déserts de Phalère, de Munychie et du Pirée.

Nous rentrâmes ensuite dans Athènes : il était nuit ; le consul envoya prévenir le commandant de la citadelle que nous y monterions le lendemain avant le lever du soleil. Je souhaitai le bonsoir à mon hôte, et je me retirai à mon appartement. Accablé de fatigue, il y avait déjà quelque temps que je dormais d'un profond sommeil, quand je fus réveillé tout à coup par le tambourin et la musette turque dont les sons discordants partaient des combles des Propylées. En même temps un prêtre turc se mit à chanter en arabe l'heure passée[1] à des Chrétiens de la ville de Minerve. Je ne saurais peindre ce que j'éprouvai : cet iman n'avait pas besoin de me marquer ainsi la fuite des années ; sa voix seule, dans ces lieux, annonçait assez que les siècles s'étaient écoulés.

Cette mobilité des choses humaines est d'autant plus frappante, qu'elle contraste avec l'immobilité du reste de la nature. Comme pour insulter à l'instabilité des sociétés humaines, les animaux même n'éprouvent ni bouleversements dans leurs empires, ni altération dans leurs mœurs. J'avais vu, lorsque nous étions sur la colline du Musée, des cigognes se former en bataillon, et prendre leur vol vers l'Afrique[a]. Depuis deux mille ans elles font ainsi le même voyage ; elles sont restées libres et heureuses dans la ville de Solon comme dans la ville du chef des eunuques noirs. Du haut de leurs nids, que les révolutions ne peuvent atteindre, elles ont vu au-dessous d'elles changer la race des mortels : tandis que des générations impies se sont élevées sur les tombeaux des générations religieuses, la jeune cigogne a toujours nourri son vieux père[b]. Si je m'arrête à ces réflexions, c'est que la cigogne est aimée des voyageurs ; comme eux « elle connaît les saisons dans le ciel[c] ». Ces oiseaux furent souvent les compagnons de mes courses dans les solitudes de l'Amérique ; je les vis souvent perchés sur les Wigwum du Sauvage : en les retrouvant dans une autre espèce de désert, sur les ruines du Parthénon, je n'ai pu m'empêcher de parler un peu de mes anciens amis.

   a. Voyez, pour la description d'Athènes, en général, presque tout le XVe livre des *Martyrs*, et les notes.
   b. C'est Solin qui le dit[2].
   c. Jérémie[3].

Le lendemain 24[1], à quatre heures et demie du matin, nous montâmes à la citadelle : son sommet est environné de murs, moitié antiques, moitié modernes ; d'autres murs circulaient autrefois autour de sa base. Dans l'espace que renferment ces murs, se trouvent d'abord les restes des Propylées, et les débris du temple de la Victoire[a]. Derrière les Propylées, à gauche, vers la ville, on voit ensuite le Pandroséum et le double temple de Neptune-Érechthée et de Minerve-Polias ; enfin, sur le point le plus éminent de l'Acropolis, s'élève le temple de Minerve : le reste de l'espace est obstrué par les décombres des bâtiments anciens et nouveaux, et par les tentes, les armes et les baraques des Turcs.

Le rocher de la citadelle peut avoir, à son sommet, huit cents pieds de long sur quatre cents de large ; sa forme est à peu près celle d'un ovale dont l'ellipse irait en se rétrécissant du côté du mont Hymette : on dirait un piédestal taillé tout exprès pour porter les magnifiques édifices qui le couronnaient.

Je n'entrerai point dans la description particulière de chaque monument, je renvoie le lecteur aux ouvrages que j'ai si souvent cités ; et, sans répéter ici ce que chacun peut trouver ailleurs, je me contenterai de quelques réflexions générales.

La première chose qui vous frappe dans les monuments d'Athènes, c'est la belle couleur de ces monuments. Dans nos climats, sous une atmosphère chargée de fumée et de pluie, la pierre du blanc le plus pur devient bientôt noire ou verdâtre. Le ciel clair et le soleil brillant de la Grèce répandent seulement sur le marbre de Paros et du Pentélique une teinte dorée semblable à celle des épis mûrs, ou des feuilles en automne.

La justesse, l'harmonie et la simplicité des proportions attirent ensuite votre admiration. On ne voit point ordre sur ordre, colonne sur colonne, dôme sur dôme. Le temple de Minerve, par exemple, est, ou plutôt était

---

[a]. Le temple de la Victoire formait l'aile droite des Propylées.

un simple parallélogramme allongé, orné d'un péristyle, d'un pronaos ou portique, et élevé sur trois marches ou degrés qui régnaient tout autour. Ce pronaos occupait à peu près le tiers de la longueur totale de l'édifice ; l'intérieur du temple se divisait en deux nefs séparées par un mur, et qui ne recevaient le jour que par la porte : dans l'une on voyait la statue de Minerve, ouvrage de Phidias ; dans l'autre, on gardait le trésor des Athéniens. Les colonnes du péristyle et du portique reposaient immédiatement sur les degrés du temple ; elles étaient sans bases, cannelées et d'ordre dorique ; elles avaient quarante-deux pieds de hauteur et dix-sept et demi de tour près du sol ; l'entre-colonnement était de sept pieds quatre pouces ; et le monument avait deux cent dix-huit pieds de long, et quatre-vingt-dix-huit et demi de large[1].

Les triglyphes de l'ordre dorique marquaient la frise du péristyle : des métopes ou petits tableaux de marbre à coulisse[2] séparaient entre eux les triglyphes. Phidias ou ses élèves avaient sculpté sur ces métopes le combat des Centaures et des Lapithes. Le haut du plein mur du temple, ou la frise de la Cella, était décoré d'un autre bas-relief représentant peut-être la fête des Panathénées. Des morceaux de sculpture excellents, mais du siècle d'Adrien[3], époque du renouvellement de l'art, occupaient les deux frontons du temple[a]. Les offrandes votives, ainsi que les boucliers enlevés à l'ennemi dans le cours de la guerre Médique, étaient suspendus en dehors de l'édifice[4] : on voit encore la marque circulaire que les derniers ont imprimée sur l'architrave du fronton qui regarde le mont Hymette.

[a]. Je ne puis me persuader que Phidias ait laissé complètement nus les deux frontons du temple, tandis qu'il avait orné avec tant de soin les deux frises. Si l'empereur Adrien et sa femme Sabine se trouvaient représentés dans l'un des frontons, ils peuvent y avoir été introduits à la place de deux autres figures, ou peut-être, ce qui arrivait souvent, n'avait-on fait que changer les têtes des personnages. Au reste, ceci n'était point une indigne flatterie de la part des Athéniens : Adrien méritait cet honneur comme bienfaiteur d'Athènes et restaurateur des arts.

C'est ce qui fait présumer à M. Fauvel que l'entrée du temple pouvait bien être tournée de ce côté, contre l'opinion générale qui place cette entrée à l'extrémité opposée[a]. Entre ces boucliers on avait mis des inscriptions : elles étaient vraisemblablement écrites en lettres de bronze, à en juger par les marques des clous qui attachaient ces lettres. M. Fauvel pensait que ces clous avaient servi peut-être à retenir des guirlandes ; mais je l'ai ramené à mon sentiment, en lui faisant remarquer la disposition régulière des trous[2]. De pareilles marques ont suffi pour rétablir et lire l'inscription de la maison carrée à Nîmes[3]. Je suis convaincu que, si les Turcs le permettaient, on pourrait aussi parvenir à déchiffrer les inscriptions du Parthénon[4].

Tel était ce temple qui a passé à juste titre pour le chef-d'œuvre de l'architecture chez les anciens et chez les modernes. L'harmonie et la force de toutes ses parties se font encore remarquer dans ses ruines ; car on en aurait une très fausse idée, si l'on se représentait seulement un édifice agréable, mais petit, et chargé de ciselures et de festons à notre manière. Il y a toujours quelque chose de grêle dans notre architecture, quand nous visons à l'élégance ; ou de pesant, quand nous prétendons à la majesté. Voyez comme tout est calculé au Parthénon ! L'ordre est dorique, et le peu de hauteur de la colonne dans cet ordre vous donne à l'instant l'idée de la durée et de la solidité ; mais cette colonne, qui de plus est sans base, deviendrait trop lourde. Ictinus a recours à son art : il fait la colonne cannelée, et l'élève sur des degrés ; par ce moyen il introduit presque la légèreté du corinthien dans la gravité dorique. Pour tout ornement, vous avez deux frontons et deux frises sculptées. La frise du péristyle se compose de petits tableaux de marbre régulièrement divisés par un tri-

---

[a]. L'idée est ingénieuse, mais la preuve n'est pas bien solide[1] : outre mille raisons qui pouvaient avoir déterminé les Athéniens à suspendre les boucliers du côté de l'Hymette, on n'avait peut-être pas voulu gâter l'admirable façade du temple, en la chargeant d'ornements étrangers.

glyphe : à la vérité, chacun de ces tableaux est un chef-d'œuvre ; la frise de la Cella règne comme un bandeau au haut d'un mur plein et uni : voilà tout, absolument tout. Qu'il y a loin de cette sage économie d'ornements, de cet heureux mélange de simplicité, de force et de grâce, à notre profusion de découpures en carré, en long, en rond, en losange ; à nos colonnes fluettes, guindées sur d'énormes bases, ou à nos porches ignobles et écrasés que nous appelons des portiques !

Il ne faut pas se dissimuler que l'architecture considérée comme art est dans son principe éminemment religieuse : elle fut inventée pour le culte de la Divinité. Les Grecs, qui avaient une multitude de dieux, ont été conduits à différents genres d'édifices, selon les idées qu'ils attachaient aux différents pouvoirs de ces dieux. Vitruve même consacre deux chapitres à ce beau sujet, et enseigne comment on doit construire les temples et les autels de Minerve, d'Hercule, de Cérès, etc. Nous, qui n'adorons qu'un seul Maître de la nature, nous n'avons aussi, à proprement parler, qu'une seule architecture naturelle, l'architecture gothique. On sent tout de suite que ce genre est à nous, qu'il est original, et né, pour ainsi dire, avec nos autels. En fait d'architecture grecque, nous ne sommes que des imitateurs plus ou moins ingénieux[a] ; imitateurs d'un travail dont nous dénaturons le principe, en transportant dans la demeure des hommes les ornements qui n'étaient bien que dans la maison des dieux.

Après leur harmonie générale, leur rapport avec les lieux et les sites, et surtout leurs convenances avec les usages auxquels ils étaient destinés, ce qu'il faut admirer dans les édifices de la Grèce, c'est le fini de toutes les parties. L'objet qui n'est pas fait pour être vu, y est travaillé avec autant de soin que les compositions extérieures. La jointure des blocs qui forment les colonnes du temple de Minerve est telle qu'il faut la plus grande

---

[a]. On fit sous les Valois un mélange charmant de l'architecture grecque et gothique ; mais cela n'a duré qu'un moment.

attention pour la découvrir, et qu'elle n'a pas l'épaisseur du fil le plus délié. Afin d'atteindre à cette rare perfection, on amenait d'abord le marbre à sa plus juste coupe avec le ciseau ; ensuite on faisait rouler les deux pièces l'une sur l'autre, en jetant au centre du frottement, du sable et de l'eau. Les assises, au moyen de ce procédé, arrivaient à un aplomb incroyable : cet aplomb, dans les tronçons des colonnes, était déterminé par un pivot carré de bois d'olivier[1]. J'ai vu un de ces pivots entre les mains de M. Fauvel.

Les rosaces, les plinthes, les moulures, les astragales, tous les détails de l'édifice offrent la même perfection ; les lignes du chapiteau et de la cannelure des colonnes du Parthénon sont si déliées, qu'on serait tenté de croire que la colonne entière a passé au tour : des découpures en ivoire ne seraient pas plus délicates que les ornements ioniques du temple d'Érechthée : les cariatides du Pandroséum sont des modèles. Enfin, si, après avoir vu les monuments de Rome, ceux de la France m'ont paru grossiers, les monuments de Rome me semblent barbares à leur tour depuis que j'ai vu ceux de la Grèce : je n'en excepte point le Panthéon avec son fronton démesuré. La comparaison peut se faire aisément à Athènes, où l'architecture grecque est souvent placée tout auprès de l'architecture romaine.

J'étais au surplus tombé dans l'erreur commune, touchant les monuments des Grecs : je les croyais parfaits dans leur ensemble ; mais je pensais qu'ils manquaient de grandeur. J'ai fait voir que le génie des architectes a donné en grandeur proportionnelle à ces monuments, ce qui peut leur manquer en étendue ; et d'ailleurs Athènes est remplie d'ouvrages prodigieux. Les Athéniens, peuple si peu riche, si peu nombreux, ont remué des masses gigantesques : les pierres du Pnyx sont de véritables quartiers de rochers, les Propylées formaient un travail immense, et les dalles de marbre qui les couvraient étaient d'une dimension telle qu'on n'en a jamais vu de semblables ; la hauteur des colonnes du temple de Jupiter-Olympien passe peut-être soixante pieds, et le temple entier avait un demi-mille de tour : les murs d'Athènes, en y comprenant ceux des trois ports et les longues murailles, s'étendaient sur un espace de près de neuf lieues[a] ; les murailles qui réunissent la ville au Pirée étaient assez larges pour que deux chars y pussent courir de front, et, de cinquante en cinquante pas, elles étaient flanquées de tours carrées. Les Romains n'ont jamais élevé de fortifications plus considérables.

Par quelle fatalité ces chefs-d'œuvre de l'antiquité, que les modernes vont admirer si loin et avec tant de fatigues, doivent-ils en partie leur destruction aux modernes[b] ? Le Parthénon subsista dans son entier jusqu'en 1687 : les Chrétiens le convertirent d'abord en église ; et les Turcs, par jalousie des Chrétiens, le changèrent à leur tour en mosquée. Il faut que des Vénitiens viennent, au milieu des lumières du dix-septième siècle, canonner les monuments de Périclès ; ils tirent à boulets rouges sur les Propylées et le temple de Minerve ; une bombe tombe sur ce dernier édifice, enfonce la voûte, met le feu à des barils de poudre, et fait sauter en partie un édifice qui honorait moins les faux dieux des Grecs, que le génie de l'homme[c]. La ville étant prise, Morosini, dans le dessein d'embellir

---

a. Deux cents stades, selon Dion Chrysostome.
b. On sait comment le Colisée a été détruit, à Rome, et l'on connaît le jeu de mots latin sur les Barberini et les Barbares[1]. Quelques historiens soupçonnent les chevaliers de Rhodes d'avoir détruit le fameux tombeau de Mausole[2] : c'était, il est vrai, pour la défense de Rhodes et pour fortifier l'île contre les Turcs ; mais si c'est une sorte d'excuse pour les chevaliers, la destruction de cette merveille n'en est pas moins fâcheuse pour nous.
c. L'invention des armes à feu est encore une chose fatale pour les arts. Si les Barbares avaient connu la poudre, il ne serait pas resté un édifice grec ou romain sur la surface de la terre ; ils auraient fait sauter jusqu'aux Pyramides, quand ce n'eût été que pour y chercher des trésors. Une année de guerre parmi nous détruit plus de monuments qu'un siècle de combats chez les anciens. Il semble ainsi que tout s'oppose, chez les modernes, à la perfection de l'art ; leurs pays, leurs mœurs, leurs coutumes, leurs vêtements, et jusqu'à leurs découvertes.

Venise des débris d'Athènes veut descendre les statues du fronton du Parthénon, et les brise. Un autre moderne vient d'achever, par amour des arts, la destruction que les Vénitiens avaient commencée*a*.

J'ai souvent eu l'occasion de parler de lord Elgin[1] dans cet Itinéraire : on lui doit, comme je l'ai dit, la connaissance plus parfaite du Pnyx et du tombeau d'Agamemnon ; il entretient encore en Grèce un Italien[2] chargé de diriger des fouilles, et qui découvrit, comme j'étais à Athènes, des antiques que je n'ai point vues*b*. Mais lord Elgin a perdu le mérite de ses louables entreprises, en ravageant le Parthénon. Il a voulu faire enlever les bas-reliefs de la frise : pour y parvenir, des ouvriers turcs ont d'abord brisé l'architrave, et jeté en bas des chapiteaux ; ensuite, au lieu de faire sortir les métopes par leurs coulisses, les Barbares ont trouvé plus court de rompre la corniche. Au temple d'Érechthée, on a pris la colonne angulaire ; de sorte qu'il faut soutenir aujourd'hui, avec une pile de pierres, l'entablement entier qui menace ruine.

Les Anglais qui ont visité Athènes depuis le passage de lord Elgin ont eux-mêmes déploré ces funestes effets d'un amour des arts peu réfléchi. On prétend que lord Elgin a dit pour excuse, qu'il n'avait fait que nous imiter. Il est vrai que les Français ont enlevé à l'Italie ses statues et ses tableaux ; mais ils n'ont point mutilé les temples pour en arracher les bas-reliefs, ils ont seule-

---

a. Ils avaient établi leur batterie, composée de six pièces de canon et de quatre mortiers, sur le Pnyx. On ne conçoit pas qu'à une si petite portée ils n'aient pas rasé tous les monuments de la citadelle. Voyez Fanelli, *Atene Attica*, et l'Introduction à cet Itinéraire.

b. Elles furent découvertes dans un sépulcre : je crois que ce sépulcre était celui d'un enfant. Entre autres choses curieuses, on y trouva un jeu inconnu, dont la principale pièce consistait, autant qu'il m'en souvient, dans une boule ou un globe d'acier poli. Je ne sais s'il n'est point question de ce jeu dans Athénée. La guerre, existant entre la France et l'Angleterre, empêcha M. Fauvel de s'adresser pour moi à l'agent de lord Elgin, de sorte que je ne vis point ces antiques jouets qui consolaient un enfant athénien dans son tombeau.

ment suivi l'exemple des Romains qui dépouillèrent la Grèce des chefs-d'œuvre de la peinture et de la statuaire. Les monuments d'Athènes arrachés aux lieux pour lesquels ils étaient faits, perdront non seulement une partie de leur beauté relative, mais ils diminueront matériellement de beauté. Ce n'est que la lumière qui fait ressortir la délicatesse de certaines lignes et de certaines couleurs : or, cette lumière venant à manquer sous le ciel de l'Angleterre, ces lignes et ces couleurs disparaîtront ou resteront cachées. Au reste, j'avouerai que l'intérêt de la France, la gloire de notre patrie, et mille autres raisons pouvaient demander la transplantation des monuments conquis par nos armes ; mais les beaux-arts eux-mêmes, comme étant du parti des vaincus et au nombre des captifs, ont peut-être le droit de s'en affliger.

Nous employâmes la matinée entière à visiter la citadelle. Les Turcs avaient autrefois accolé le minaret d'une mosquée au portique du Parthénon. Nous montâmes par l'escalier à moitié détruit de ce minaret ; nous nous assîmes sur une partie brisée de la frise du temple, et nous promenâmes nos regards autour de nous. Nous avions le mont Hymette à l'est ; le Pentélique au nord ; le Parnes au nord-ouest ; les monts Icare, Cordyalus ou Œgalée à l'ouest ; et par-dessus le premier on apercevait la cime du Cithéron ; au sud-ouest et au midi, on voyait la mer, le Pirée, les côtes de Salamine, d'Égine, d'Épidaure et la citadelle de Corinthe.

Au-dessous de nous, dans le bassin dont je viens de décrire la circonférence, on distinguait les collines et la plupart des monuments d'Athènes : au sud-ouest, la colline du Musée, avec le tombeau de Philopappus ; à l'ouest, les rochers de l'Aréopage, du Pnyx, et du Lycabettus ; au nord, le petit mont Anchesme, et à l'est les hauteurs qui dominent le Stade. Au pied même de la citadelle, on voyait les débris du théâtre de Bacchus et d'Hérode-Atticus. À la gauche de ces débris venaient les grandes colonnes isolées du temple de Jupiter-Olympien ; plus loin encore, en tirant vers le nord-est, on apercevait l'enceinte du Lycée, le cours de l'Ilissus, le Stade, et un temple de Diane ou de Cérès. Dans la partie de l'ouest et du nord-ouest, vers le grand bois d'oliviers, M. Fauvel me montrait la place du Céramique extérieur, de l'Académie et de son chemin bordé de tombeaux. Enfin, dans la vallée formée par l'Anchesme et la citadelle, on découvrait la ville moderne.

Il faut maintenant se figurer tout cet espace tantôt nu et couvert d'une bruyère jaune, tantôt coupé par des bouquets d'oliviers, par des carrés d'orges, par des sillons de vignes ; il faut se représenter des fûts de colonnes et des bouts de ruines anciennes et modernes, sortant du milieu de ces cultures ; des murs blanchis et des clôtures de jardins traversant les champs : il faut répandre dans la campagne des Albanaises qui tirent de l'eau ou qui lavent à des puits les robes des Turcs ; des paysans qui vont et viennent, conduisant des ânes, ou portant sur leur dos des provisions à la ville : il faut supposer toutes ces montagnes dont les noms sont si beaux, toutes ces ruines si célèbres, toutes ces îles, toutes ces mers non moins fameuses, éclairées d'une lumière éclatante. J'ai vu du haut de l'Acropolis le soleil se lever entre les deux cimes du mont Hymette : les corneilles qui nichent autour de la citadelle, mais qui ne franchissent jamais son sommet, planaient au-dessous de nous ; leurs ailes noires et lustrées étaient glacées[1] de rose par les premiers reflets du jour ; des colonnes de fumée bleue et légère montaient dans l'ombre, le long des flancs de l'Hymette, et annonçaient les parcs ou les chalets des abeilles ; Athènes, l'Acropolis et les débris du Parthénon se coloraient des plus belles teintes de la fleur du pêcher ; les sculptures de Phidias, frappées horizontalement d'un rayon d'or, s'animaient et semblaient se mouvoir sur le marbre par la mobilité des ombres du relief ; au loin, la mer et le Pirée étaient tout blancs de lumière ; et la citadelle de Corinthe, renvoyant l'éclat du jour nouveau, brillait sur l'horizon du couchant, comme un rocher de pourpre et de feu.

I. Grèce

Du lieu où nous étions placés, nous aurions pu voir, dans les beaux jours d'Athènes, les flottes sortir du Pirée pour combattre l'ennemi ou pour se rendre aux fêtes de Délos ; nous aurions pu entendre éclater au théâtre de Bacchus les douleurs d'Œdipe, de Philoctète et d'Hécube ; nous aurions pu ouïr les applaudissements des citoyens aux discours de Démosthène. Mais, hélas, aucun son ne frappait notre oreille. À peine quelques cris, échappés à une populace esclave, sortaient par intervalles de ces murs qui retentirent si longtemps de la voix d'un peuple libre. Je me disais, pour me consoler, ce qu'il faut se dire sans cesse : Tout passe, tout finit dans ce monde. Où sont allés les génies divins qui élevèrent le temple sur les débris duquel j'étais assis ? Ce soleil, qui peut-être éclairait les derniers soupirs de la pauvre fille de Mégare, avait vu mourir la brillante Aspasie. Ce tableau de l'Attique, ce spectacle que je contemplais, avait été contemplé par des yeux fermés depuis deux mille ans. Je passerai à mon tour : d'autres hommes aussi fugitifs que moi viendront faire les mêmes réflexions sur les mêmes ruines. Notre vie et notre cœur sont entre les mains de Dieu : laissons-le donc disposer de l'une comme de l'autre.

Je pris, en descendant de la citadelle, un morceau de marbre du Parthénon ; j'avais aussi recueilli un fragment de la pierre du tombeau d'Agamemnon ; et depuis j'ai toujours dérobé quelque chose aux monuments sur lesquels j'ai passé. Ce ne sont pas d'aussi beaux souvenirs de mes voyages que ceux qu'ont emportés M. de Choiseul et lord Elgin ; mais ils me suffisent. Je conserve aussi soigneusement de petites marques d'amitié que j'ai reçues de mes hôtes, entre autres un étui d'os que me donna le père Muñoz à Jaffa. Quand je revois ces bagatelles, je me retrace sur-le-champ mes courses et mes aventures ; je me dis : « J'étais là, telle chose m'advint. » Ulysse retourna chez lui avec de grands coffres pleins des riches dons que lui avaient faits les Phéaciens[1] ; je suis rentré dans mes foyers avec une douzaine de pierres de Sparte, d'Athènes, d'Argos, de Corinthe ; trois ou quatre petites têtes en terre cuite que je tiens de M. Fauvel, des chapelets, une bouteille d'eau du Jourdain, une autre de la mer Morte, quelques roseaux du Nil, un marbre de Carthage et un plâtre moulé de l'Alhambra. J'ai dépensé cinquante mille francs[1] sur ma route, et laissé en présent mon linge et mes armes. Pour peu que mon voyage se fût prolongé, je serais revenu à pied, avec un bâton blanc. Malheureusement, je n'aurais pas trouvé en arrivant un bon frère qui m'eût dit, comme le vieillard des Mille et Une Nuits : « Mon frère, voilà mille sequins, achetez des chameaux et ne voyagez plus[2]. »

Nous allâmes dîner en sortant de la citadelle, et le soir du même jour[3] nous nous transportâmes au Stade de l'autre côté de l'Ilissus. Ce Stade conserve parfaitement sa forme : on n'y voit plus les gradins de marbre dont l'avait décoré Hérode-Atticus. Quant à l'Ilissus, il est sans eau. Chandler sort à cette occasion de sa modération naturelle, et se récrie contre les poètes qui donnent à l'Ilissus une onde limpide, et bordent son cours de saules touffus. À travers son humeur, on voit qu'il a envie d'attaquer un dessin de Leroi, dessin qui représente un point de vue sur l'Ilissus. Je suis comme le docteur Chandler : je déteste les descriptions qui manquent de vérité, et quand un ruisseau est sans eau, je veux qu'on me le dise. On verra que je n'ai point embelli les rives du Jourdain, ni transformé cette rivière en un grand fleuve. J'étais là, cependant, bien à mon aise pour mentir. Tous les voyageurs, et l'Écriture même, auraient justifié les descriptions les plus pompeuses. Mais Chandler a poussé l'humeur trop loin. Voici un fait curieux que je tiens de M. Fauvel : pour peu que l'on creuse dans le lit de l'Ilissus, on trouve l'eau à une très petite profondeur ; cela est si bien connu des paysannes albanaises, qu'elles font un trou dans la grève du ravin quand elles veulent laver du linge, et sur-le-champ elles ont de l'eau. Il est donc très probable que le lit de l'Ilissus s'est peu à peu encombré des pierres et des graviers descendus des montagnes voisines, et que l'eau coule à présent entre deux sables. En voilà bien assez pour justifier ces pauvres poètes qui ont le sort de Cassandre : en vain ils chantent la vérité, personne ne les croit ; s'ils se contentaient de la dire, ils seraient peut-être plus heureux. Ils sont d'ailleurs appuyés ici par le témoignage de l'histoire, qui met de l'eau dans l'Ilissus ; et pourquoi cet Ilissus aurait-il un pont, s'il n'avait jamais d'eau, même en hiver ? L'Amérique m'a un peu gâté sur le compte des fleuves ; mais je ne pouvais m'empêcher de venger l'honneur de cet Ilissus qui a donné un surnom aux Muses[a], et au bord duquel Borée enleva Orithye[1].

En revenant de l'Ilissus, M. Fauvel me fit passer sur des terrains vagues, où l'on doit chercher l'emplacement du Lycée. Nous vîmes ensuite aux grandes colonnes isolées, placées dans le quartier de la ville qu'on appelait la Nouvelle Athènes, ou l'Athènes de l'empereur Adrien. Spon veut que ces colonnes soient les restes du portique des Cent-Vingt-Colonnes ; et Chandler présume qu'elles appartenaient au temple de Jupiter-Olympien. M. Lechevalier et les autres voyageurs en ont parlé. Elles sont bien représentées dans les différentes vues d'Athènes et surtout dans l'ouvrage de Stuart, qui a rétabli l'édifice entier d'après les ruines. Sur une portion d'architrave qui unit encore deux de ces colonnes, on remarque une masure, jadis la demeure d'un ermite. Il est impossible de comprendre comment cette masure a pu être bâtie sur le chapiteau de ces prodigieuses colonnes, dont la hauteur est peut-être de plus de soixante pieds. Ainsi ce vaste temple, auquel les Athéniens travaillèrent pendant sept siècles, que tous les rois de l'Asie voulurent achever, qu'Adrien, maître du monde, eut seul la gloire de finir, ce temple a succombé sous l'effort du temps, et la cellule d'un solitaire est demeurée debout sur ses débris ! Une misérable loge de plâtre est portée dans les airs par deux colonnes de marbre, comme si la for-

---

a. Ilissiades : elles avaient un autel au bord de l'Ilissus.

tune avait voulu exposer à tous les yeux, sur ce magnifique piédestal, un monument de ses triomphes et de ses caprices.

Ces colonnes, quoique beaucoup plus hautes que celles du Parthénon, sont bien loin d'en avoir la beauté : la dégénération de l'art s'y fait sentir; mais, comme elles sont isolées et dispersées sur un terrain nu, elles font un effet surprenant. Je me suis arrêté à leurs pieds pour entendre le vent siffler autour de leurs têtes : elles ressemblent à ces palmiers solitaires que l'on voit çà et là parmi les ruines d'Alexandrie. Lorsque les Turcs sont menacés de quelques calamités, ils amènent un agneau dans ce lieu, et le contraignent à bêler, en lui dressant la tête vers le ciel : ne pouvant trouver la voix de l'innocence parmi les hommes, ils ont recours au nouveau-né de la brebis, pour fléchir la colère céleste.

Nous rentrâmes dans Athènes par le portique où se lit l'inscription si connue :

C'EST ICI LA VILLE D'ADRIEN
ET NON PAS LA VILLE DE THÉSÉE.

Nous allâmes rendre à M. Roque la visite qu'il m'avait faite, et nous passâmes la soirée chez lui : j'y vis quelques femmes. Les lecteurs qui seraient curieux de connaître l'habillement, les mœurs et les usages des femmes turques, grecques et albanaises à Athènes, peuvent lire le vingt-sixième chapitre du *Voyage en Grèce* de Chandler. S'il n'était pas si long, je l'aurais transcrit ici tout entier. Je dois dire seulement que les Athéniennes m'ont paru moins grandes et moins belles que les Moraïtes. L'usage où elles sont de se peindre le tour des yeux en bleu, et le bout des doigts en rouge, est désagréable pour un étranger; mais comme j'avais vu des femmes avec des perles au nez, que les Iroquois trouvaient cela très galant, et que j'étais tenté moi-même d'aimer assez cette mode, il ne faut pas disputer des goûts. Les femmes d'Athènes ne furent, au reste, jamais très renommées pour leur beauté. On leur reprochait d'aimer le vin. La preuve que leur empire n'avait pas beaucoup de puissance, c'est que presque tous les hommes célèbres d'Athènes furent attachés à des étrangères : Périclès, Sophocle, Socrate, Aristote, et même le divin Platon.

Le 25[1] nous montâmes à cheval de grand matin ; nous sortîmes de la ville et prîmes la route de Phalère. En approchant de la mer, le terrain s'élève et se termine par des hauteurs dont les sinuosités forment au levant et au couchant les ports de Phalère, de Munychie et du Pirée. Nous découvrîmes sur les dunes de Phalère les racines des murs qui enfermaient le port et d'autres ruines absolument dégradées ; c'étaient peut-être celles des temples de Junon et de Cérès. Aristide avait son petit champ et son tombeau près de ce lieu. Nous descendîmes au port : c'est un bassin rond où la mer repose sur un sable fin ; il pourrait contenir une cinquantaine de bateaux. C'était tout juste le nombre que Ménesthée conduisit à Troie.

Τῷ δ' ἅμα πεντήκοντα μέλαιναι νῆες ἕποντο[2]

« Il était suivi de cinquante noirs vaisseaux. »

Thésée partit aussi de Phalère pour aller en Crète.

*Pourquoi, trop jeune encor, ne pûtes-vous alors
Entrer dans le vaisseau qui le mit sur nos bords,
Par vous aurait péri le monstre de la Crète*[3], *etc.*

Ce ne sont pas toujours de grands vaisseaux et de grands ports qui donnent l'immortalité : Homère et Racine ne laisseront point mourir le nom d'une petite anse et d'une petite barque.

Du port de Phalère, nous arrivâmes au port de Munychie. Celui-ci est de forme ovale et un peu plus grand que le premier. Enfin, nous tournâmes l'extrémité d'une colline rocailleuse, et marchant de cap en cap, nous nous avançâmes vers le Pirée. M. Fauvel m'arrêta dans la courbure que fait une langue de terre, pour me montrer un sépulcre creusé dans le roc ; il n'a plus de voûte, et il est au niveau de la mer. Les flots, par leurs mouvements réguliers, le couvrent et le découvrent, et il se remplit et se vide tour à tour ; à quelques pas de là, on voit sur le rivage les débris d'un monument.

M. Fauvel veut retrouver ici l'endroit où les os de Thémistocle avaient été déposés[1]. On lui conteste cette intéressante découverte. On lui objecte que les débris dispersés dans le voisinage sont trop beaux pour être les restes du tombeau de Thémistocle. En effet, selon Diodore le géographe, cité par Plutarque, ce tombeau n'était qu'un autel.

L'objection est peu solide. Pourquoi veut-on faire entrer dans la question primitive une question étrangère à l'objet dont il s'agit ? Les ruines de marbre blanc, dont on se plaît à faire une difficulté, ne peuvent-elles pas avoir appartenu à un sépulcre tout différent de celui de Thémistocle ? Pourquoi, lorsque les haines furent apaisées, les descendants de Thémistocle n'auraient-ils pas décoré le tombeau de leur illustre aïeul qu'ils avaient d'abord enterré modestement, ou même secrètement, comme le dit Thucydide ? Ne consacrèrent-ils pas un tableau qui représentait l'histoire de ce grand homme ? Et ce tableau, du temps de Pausanias, ne se voyait-il pas publiquement au Parthénon ? Thémistocle avait de plus une statue au Prytanée.

L'endroit où M. Fauvel a trouvé ce tombeau est précisément le cap Alcime ; et j'en vais donner une preuve plus forte que celle de la tranquillité de l'eau dans cet endroit. Il y a faute dans Plutarque ; il faut lire Alimus, au lieu d'Alcime, selon la remarque de Meursius, rappelée par Dacier. Alimus était un dêmos, ou bourg de l'Attique, de la tribu de Léontide, situé à l'orient du Pirée. Or, les ruines de ce bourg sont encore visibles dans le voisinage du tombeau dont nous parlons[a]. Pausanias est assez confus dans ce qu'il dit de la position de ce tombeau. Mais Diodore-Périégite est très

---

a. Je ne veux dissimuler aucune difficulté, et je sais qu'on place aussi Alimus à l'orient de Phalère. Thucydide était du bourg d'Alimus.

clair ; et les vers de Platon le comique, rapportés par ce Diodore désignent absolument le lieu et le sépulcre trouvés par M. Fauvel :

« Placé dans un lieu découvert, ton sépulcre est salué par les mariniers qui entrent au port ou qui en sortent ; et, s'il se donne quelque combat naval, tu seras témoin du choc des vaisseaux[1]. »

Si Chandler fut étonné de la solitude du Pirée, je puis assurer que je n'en ai pas moins été frappé que lui. Nous avions fait le tour d'une côte déserte ; trois ports s'étaient présentés à nous ; et, dans ces trois ports, nous n'avions pas aperçu une seule barque. Pour tout spectacle, des ruines, des rochers et la mer ; pour tout bruit, le cri des alcyons, et le murmure des vagues qui, se brisant dans le tombeau de Thémistocle, faisaient sortir un éternel gémissement de la demeure de l'éternel silence. Emportées par les flots, les cendres du vainqueur de Xercès reposaient au fond de ces mêmes flots, confondues avec les os des Perses. En vain je cherchais des yeux le temple de Vénus, la longue galerie, et la statue symbolique qui représentait le peuple d'Athènes : l'image de ce peuple inexorable était à jamais tombée près du puits où les citoyens exilés venaient inutilement réclamer leur patrie[2]. Au lieu de ces superbes arsenaux, de ces portiques où l'on retirait les galères, de ces Agoræ retentissant de la voix des matelots, au lieu de ces édifices qui représentaient dans leur ensemble l'aspect et la beauté de la ville de Rhodes, je n'apercevais qu'un couvent délabré et un magasin. Triste sentinelle au rivage, et modèle d'une patience stupide, c'est là qu'un douanier turc est assis toute l'année dans une méchante baraque de bois : des mois entiers s'écoulent sans qu'il voie arriver un bateau. Tel est le déplorable état où se trouvent aujourd'hui ces ports si fameux. Qui peut avoir détruit tant de monuments des dieux et des hommes ? cette force cachée qui renverse tout, et qui est elle-même soumise au Dieu inconnu dont saint Paul avait vu l'autel à Phalère : Ἀγνώστῳ Θεῷ : *Deo ignoto*[3].

Le port du Pirée décrit un arc dont les deux pointes en se rapprochant ne laissent qu'un étroit passage ; il se nomme aujourd'hui le Port-Lion, à cause d'un lion de marbre qu'on y voyait autrefois, et que Morosini fit transporter à Venise en 1686. Trois bassins, le Canthare, l'Aphrodise et le Zéa, divisaient le port intérieurement. On voit encore une darse à moitié comblée, qui pourrait bien avoir été l'Aphrodise. Strabon affirme que le grand port des Athéniens était capable de contenir quatre cents vaisseaux ; et Pline en porte le nombre jusqu'à mille[1]. Une cinquantaine de nos barques le rempliraient tout entier ; je ne sais si deux frégates y seraient à l'aise, surtout à présent que l'on mouille sur une grande longueur de câble. Mais l'eau est profonde, la tenue bonne, et le Pirée, entre les mains d'une nation civilisée, pourrait devenir un port considérable. Au reste, le seul magasin que l'on y voit aujourd'hui est français d'origine ; il a, je crois, été bâti par M. Gaspari[2], ancien consul de France à Athènes. Ainsi il n'y a pas bien longtemps que les Athéniens étaient représentés, au Pirée, par le peuple qui leur ressemble le plus.

Après nous être reposés un moment à la douane et au monastère Saint-Spiridion, nous retournâmes à Athènes en suivant le chemin du Pirée. Nous vîmes partout des restes de la longue muraille. Nous passâmes au tombeau de l'amazone Antiope que M. Fauvel a fouillé. Il a rendu compte de cette fouille dans ses Mémoires[3]. Nous marchions au travers de vignes basses comme en Bourgogne, et dont le raisin commençait à rougir. Nous nous arrêtâmes aux citernes publiques, sous des oliviers : j'eus le chagrin de voir que le tombeau de Ménandre, le cénotaphe d'Euripide et le petit temple dédié à Socrate n'existaient plus ; du moins ils n'ont point encore été retrouvés. Nous continuâmes notre route, et en approchant du musée, M. Fauvel me fit remarquer un sentier qui montait en tournant sur le flanc de cette colline. Il me dit que ce sentier avait été tracé par le peintre russe, qui tous les jours allait prendre au même endroit des vues d'Athènes. Si le génie n'est que la patience, comme l'a prétendu Buffon[1], ce peintre doit en avoir beaucoup.

Il y a à peu près quatre milles d'Athènes à Phalère ; trois ou quatre milles de Phalère au Pirée, en suivant les sinuosités de la côte ; et cinq milles du Pirée à Athènes, ainsi, à notre retour dans cette ville, nous avions fait environ douze milles, ou quatre lieues.

Comme les chevaux étaient loués pour toute la journée, nous nous hâtâmes de dîner, et nous recommençâmes nos courses à quatre heures du soir.

Nous sortîmes d'Athènes par le côté du mont Hymette ; mon hôte me conduisit au village d'Angelo-Kipous, où il croit avoir retrouvé le temple de la Vénus aux Jardins, par les raisons qu'il en donne dans ses Mémoires. L'opinion de Chandler qui place ce temple à Panagia-Spiliotissa, est également très probable ; et elle a pour elle l'autorité d'une inscription. Mais M. Fauvel produit, en faveur de son sentiment, deux vieux myrtes et de jolis débris d'ordre ionique : cela répond à bien des objections[2]. Voilà comme nous sommes, nous autres amateurs de l'antique : nous faisons preuve de tout.

Après avoir vu les curiosités d'Angelo-Kipous, nous tournâmes droit au couchant, et passant entre Athènes et le mont Anchesme, nous entrâmes dans le grand bois d'oliviers ; il n'y a point de ruines de ce côté, et nous ne faisions plus qu'une agréable promenade avec les souvenirs d'Athènes. Nous trouvâmes le Céphise que j'avais déjà salué plus bas en arrivant d'Éleusis : à cette hauteur il avait de l'eau ; mais cette eau, je suis fâché de le dire, était un peu bourbeuse : elle sert à arroser des vergers, et suffit pour entretenir sur ses bords une fraîcheur trop rare en Grèce. Nous revînmes ensuite sur nos pas, toujours à travers la forêt d'oliviers. Nous laissâmes à droite un petit tertre couvert de rochers ; c'était Colone, au bas duquel on voyait autrefois le village de la retraite de Sophocle, et le lieu où ce grand tragique fit répandre au père d'Antigone ses dernières larmes[1]. Nous suivîmes quelque temps la voie d'Airain ; on y remarque les vestiges du temple des Furies : de là, en nous rapprochant d'Athènes, nous errâmes assez longtemps dans les environs de l'Académie. Rien ne fait plus reconnaître cette retraite des sages. Ses premiers platanes sont tombés sous la hache de Sylla, et ceux qu'Adrien y fit peut-être cultiver de nouveau n'ont point échappé à d'autres Barbares. L'autel de l'Amour, celui de Prométhée et celui des Muses ont disparu : tout feu divin s'est éteint dans les bocages où Platon fut si souvent inspiré. Deux traits suffiront pour faire connaître quel charme et quelle grandeur l'antiquité trouvait aux leçons de ce philosophe : la veille du jour où Socrate reçut Platon au nombre de ses disciples, il rêva qu'un cygne venait se reposer dans son sein ; la mort ayant empêché Platon de finir le Critias, Plutarque déplore ce malheur, et compare les écrits du chef de l'Académie, aux temples d'Athènes, parmi lesquels celui de Jupiter-Olympien était le seul qui ne fût pas achevé[2].

Il y avait déjà une heure qu'il faisait nuit, quand nous songeâmes à retourner à Athènes : le ciel était brillant d'étoiles, et l'air d'une douceur, d'une transparence et d'une pureté incomparables ; nos chevaux allaient au petit pas, et nous étions tombés dans le silence. Le chemin que nous parcourions était vraisemblablement l'ancien chemin de l'Académie, que bordaient les tombeaux des citoyens morts pour la patrie, et ceux des plus grands hommes de la Grèce : là reposaient Thrasybule, Périclès, Chabrias, Timothée, Harmodius et Aristogiton. Ce fut une noble idée de rassembler dans un même champ la cendre de ces personnages fameux qui vécurent dans différents siècles, et qui, comme les membres d'une famille illustre longtemps dispersée, étaient venus se reposer au giron de leur mère commune. Quelle variété de génie, de grandeur et de courage ! Quelle diversité de mœurs et de vertus on apercevait là d'un coup d'œil ! Et ces vertus tempérées par la mort, comme ces vins généreux que l'on mêle, dit Platon, avec une divinité sobre, n'offusquaient plus les regards des vivants. Le passant qui lisait sur une colonne funèbre ces simples mots :

> PÉRICLÈS DE LA TRIBU ACAMANTIDE,
> DU BOURG DE CHOLARGUE,

n'éprouvait plus que de l'admiration sans envie. Cicéron nous représente Atticus errant au milieu de ces tombeaux, et saisi d'un saint respect à la vue de ces augustes cendres[1]. Il ne pourrait plus aujourd'hui nous faire la même peinture : les tombeaux sont détruits. Les illustres morts que les Athéniens avaient placés hors de leur ville, comme aux avant-postes, ne se sont point levés pour la défendre ; ils ont souffert que des Tartares la foulassent aux pieds. « Le temps, la violence et la charrue, dit Chandler, ont tout nivelé. » La charrue est de trop ici ; et cette remarque que je fais peint mieux la désolation de la Grèce, que les réflexions auxquelles je pourrais me livrer.

Il me restait encore à voir dans Athènes les théâtres et les monuments de l'intérieur de la ville : c'est à quoi je consacrai la journée du 26[2]. J'ai déjà dit, et tout le monde sait que le théâtre de Bacchus était au pied de la citadelle, du côté du mont Hymette. L'Odéum commencé par Périclès, achevé par Lycurgue, fils de Lycophron, brûlé par Aristion et par Sylla, rétabli par Ariobarzanes, était auprès du théâtre de Bacchus ; ils se communiquaient peut-être par un portique. Il est probable qu'il existait au même lieu un troisième théâtre bâti par Hérode-Atticus. Les gradins de ces théâtres étaient appuyés sur le talus de la montagne qui leur servait de fondement. Il y a quelques contestations au sujet de ces monuments, et Stuart trouve le théâtre de Bacchus où Chandler voit l'Odéum.

Les ruines de ces théâtres sont peu de chose : je n'en fus point frappé, parce que j'avais vu en Italie des monuments de cette espèce, beaucoup plus vastes et mieux conservés ; mais je fis une réflexion bien triste : sous les empereurs romains, dans un temps ou Athènes était encore l'école du monde, les gladiateurs représentaient leurs jeux sanglants sur le théâtre de Bacchus. Les chefs-d'œuvre d'Eschyle, de Sophocle et d'Euripide ne se jouaient plus : on avait substitué des assassinats et des meurtres à ces spectacles, qui donnent une grande idée de l'esprit humain, et qui sont le noble amusement des nations policées. Les Athéniens couraient à ces cruautés avec la même ardeur qu'ils avaient couru aux Dionysiaques. Un peuple qui s'était élevé si haut pouvait-il descendre si bas ? Qu'était donc devenu cet autel de la Pitié, que l'on voyait au milieu de la place publique à Athènes, et auquel les Suppliants venaient suspendre des bandelettes ? Si les Athéniens étaient les seuls Grecs qui, selon Pausanias, honorassent la Pitié, et la regardassent comme la consolation de la vie[1], ils avaient donc bien changé ! Certes, ce n'était pas pour des combats de gladiateurs qu'Athènes avait été nommée le *sacré domicile* des dieux. Peut-être les peuples, ainsi que les hommes, sont-ils cruels dans leur décrépitude comme dans leur enfance ; peut-être le génie des nations s'épuise-t-il ; et quand il a tout produit, tout parcouru, tout goûté, rassasié de ses propres chefs-d'œuvre, et incapable d'en produire de nouveaux, il s'abrutit, et retourne aux sensations purement physiques. Le christianisme empêchera les nations modernes de finir par une aussi déplorable vieillesse ; mais si toute religion venait à s'éteindre parmi nous, je ne serais point étonné qu'on entendît les cris du gladiateur mourant sur la scène où retentissent aujourd'hui les douleurs de Phèdre et d'Andromaque.

Après avoir visité les théâtres, nous rentrâmes dans la ville, où nous jetâmes un coup d'œil sur le portique qui formait peut-être l'entrée de l'Agora[2]. Nous nous arrêtâmes à la tour des Vents dont Pausanias n'a point parlé, mais que Vitruve et Varron ont fait connaître. Spon en donne tous les détails, avec l'explication des vents ; le monument entier a été décrit par Stuart dans ses Antiquités d'Athènes ; François Giambetti l'avait déjà dessiné en 1465, époque de la renaissance des arts en Italie. On croyait du temps du père Babin, en 1672, que cette tour des Vents était le tombeau de Socrate. Je passe sous silence quelques ruines d'ordre corinthien, que l'on prend pour le Pœcile, pour les restes du temple de Jupiter-Olympien, pour le Prytanée, et qui peut-être n'appartiennent à aucun de ces édifices. Ce qu'il y a de certain, c'est qu'elles ne sont pas du temps de Périclès. On y sent la grandeur, mais aussi l'infériorité romaine : tout ce que les empereurs ont touché à Athènes se reconnaît au premier coup d'œil, et forme une disparate sensible avec les chefs-d'œuvre du siècle de Périclès. Enfin, nous allâmes au couvent français, rendre à l'unique religieux qui l'occupe, la visite qu'il m'avait faite. J'ai déjà dit que le couvent de nos missionnaires comprend dans ses dépendances le monument choragique de Lysicrates. Ce fut à ce dernier monument que j'achevai de payer mon tribut d'admiration aux ruines d'Athènes.

Cette élégante production du génie des Grecs fut connue des premiers voyageurs sous le nom de *Fanari tou Demosthenis*. « Dans la maison qu'on achetée depuis peu les pères capucins, dit le jésuite Babin, en 1672, il y a une antiquité bien remarquable, et qui, depuis le temps de Démosthènes, est demeurée en son entier : on l'appelle ordinairement la Lanterne de Démosthènes[a]. »

On a reconnu depuis[b], et Spon le premier, que c'est un monument choragique, élevé par Lysicrates dans la rue des Trépieds[1]. M. Legrand en exposa le modèle en terre cuite dans la cour du Louvre il y a quelques années[c] ; ce modèle était fort ressemblant ; seulement l'architecte, pour donner sans doute plus d'élégance à son travail, avait supprimé le mur circulaire qui remplit les entre-colonnes dans le monument original[2].

a. Il paraît qu'il existait à Athènes, en 1669, un autre monument appelé la *Lanterne de Diogène*. Guillet invoque, au sujet de ce monument, le témoignage des pères Barnabé et Simon, et de MM. de Monceaux et Lainez.
b. Riedesel, Chandler, etc.
c. Le monument a été depuis exécuté à Saint-Cloud.

Certainement ce n'est pas un des jeux les moins étonnants de la fortune, que d'avoir logé un capucin dans le monument choragique de Lysicrates ; mais ce qui, au premier coup d'œil, peut paraître bizarre, devient touchant et respectable, quand on pense aux heureux effets de nos missions, quand on songe qu'un religieux français donnait à Athènes l'hospitalité à Chandler, tandis qu'un autre religieux français secourait d'autres voyageurs à la Chine, au Canada, dans les déserts de l'Afrique et de la Tartarie.

« Les Francs à Athènes, dit Spon, n'ont que la chapelle des Capucins, qui est au *Fanari tou Demosthenis*. Il n'y avait, lorsque nous étions à Athènes, que le père Séraphin, très honnête homme, à qui un Turc de la garnison prit un jour sa ceinture de corde, soit par malice, ou par un effet de débauche, l'ayant rencontré sur le chemin du Port-Lion, d'où il revenait seul de voir quelques Français d'une tartane qui y était à l'ancre.

« Les pères jésuites étaient à Athènes avant les capucins, et n'en ont jamais été chassés. Ils ne se sont retirés à Négrepont que parce qu'ils y ont trouvé plus d'occupation, et qu'il y a plus de Francs qu'à Athènes. Leur hospice était presque à l'extrémité de la ville, du côté de la maison de l'archevêque. Pour ce qui est des capucins, ils sont établis à Athènes depuis l'année 1658, et le père Simon acheta le Fanari et la maison joignante en 1669, y ayant eu d'autres religieux de son ordre avant lui dans la ville. »

C'est donc à ces missions si longtemps décriées, que nous devons encore nos premières notions sur la Grèce antique[a]. Aucun voyageur n'avait quitté ses foyers pour visiter le Parthénon, que déjà des religieux exilés sur ces ruines fameuses, nouveaux dieux hospitaliers, attendaient l'antiquaire et l'artiste. Des savants demandaient ce qu'était devenue la ville de Cécrops ; et il y avait à Paris, au noviciat de Saint-Jacques, un père

---

[a]. On peut voir, dans les *Lettres édifiantes*, les travaux des missionnaires sur les îles de l'Archipel.

Barnabé, et à Compiègne, un père Simon, qui auraient pu leur en donner des nouvelles : mais ils ne faisaient point parade de leur savoir ; retirés au pied du Crucifix, ils cachaient dans l'humilité du cloître, ce qu'ils avaient appris, et surtout ce qu'ils avaient souffert pendant vingt ans, au milieu des débris d'Athènes.

« Les capucins français, dit la Guilletière[1], qui ont été appelés à la mission de la Morée par la congrégation *de Propagandâ Fide*, ont leur principale résidence à Napoli, à cause que les galères des beys y vont hiverner, et qu'elles y sont ordinairement depuis le mois de novembre jusqu'à la fête de Saint-Georges, qui est le jour où elles se remettent en mer : elles sont remplies de forçats chrétiens qui ont besoin d'être instruits et encouragés ; et c'est à quoi s'occupe avec autant de zèle que de fruit le père Barnabé de Paris, qui est présentement supérieur de la mission d'Athènes et de la Morée. »

Mais si ces religieux revenus de Sparte et d'Athènes, étaient si modestes dans leurs cloîtres, peut-être était-ce faute d'avoir bien senti ce que la Grèce a de merveilleux dans ses souvenirs ; peut-être manquaient-ils aussi de l'instruction nécessaire. Écoutons le père Babin, jésuite[2] : nous lui devons la première relation que nous ayons d'Athènes.

« Vous pourriez, dit-il, trouver dans plusieurs livres la description de Rome, de Constantinople, de Jérusalem, et des autres villes les plus considérables du monde, telles qu'elles sont présentement ; mais je ne sais pas quel livre décrit Athènes telle que je l'ai vue, et l'on ne pourrait trouver cette ville, si on la cherchait comme elle est représentée dans Pausanias et quelques autres anciens auteurs ; mais vous la verrez ici au même état qu'elle est aujourd'hui, qui est tel, que parmi ses ruines elle ne laisse pas pourtant d'inspirer un certain respect pour elle, tant aux personnes pieuses qui en voient les églises, qu'aux savants qui la reconnaissent pour la mère des sciences, et aux personnes guerrières et généreuses qui la considèrent comme le champ de Mars et le théâtre où les plus grands conquérants de l'antiquité ont signalé leur valeur, et ont fait paraître avec éclat leur force, leur courage et leur industrie; et ces ruines sont enfin précieuses pour marquer sa première noblesse, et pour faire voir qu'elle a été autrefois l'objet de l'admiration de l'univers.

« Pour moi, je vous avoue que d'aussi loin que je la découvris de dessus la mer, avec des lunettes de longue-vue, et que je vis quantité de grandes colonnes de marbre, qui paraissent de loin et rendent témoignage de son ancienne magnificence, je me sentis touché de quelque respect pour elle. »

Le missionnaire passe ensuite à la description des monuments: plus heureux que nous, il avait vu le Parthénon dans son entier[a].

Enfin cette pitié pour les Grecs, ces idées philanthropiques que nous nous vantons de porter dans nos voyages, étaient-elles donc inconnues des religieux? Écoutons encore le père Babin:

« Que si Solon disait autrefois à un de ses amis, en regardant, de dessus une montagne, cette grande ville et ce grand nombre de magnifiques palais de marbre qu'il considérait, que ce n'était qu'un grand mais riche hôpital rempli d'autant de misérables que cette ville contenait d'habitants, j'aurais bien plus sujet de parler de la sorte, et de dire que cette ville, rebâtie des ruines de ses anciens palais, n'est plus qu'un grand et pauvre hôpital qui contient autant de misérables que l'on y voit de Chrétiens. »

On me pardonnera de m'être étendu sur ce sujet. Aucun voyageur avant moi, Spon excepté, n'a rendu justice à ces missions d'Athènes si intéressantes pour un Français. Moi-même je les ai oubliées dans le *Génie du christianisme*. Chandler parle à peine du religieux qui lui donna l'hospitalité; et je ne sais même s'il daigne le nommer une seule fois. Dieu merci, je suis au-dessus de ces petits scrupules. Quand on m'a obligé, je le dis:

---

a. Voir note A, p. 543.

ensuite je ne rougis point pour l'art, et ne trouve point le monument de Lysicrates déshonoré, parce qu'il fait partie du couvent d'un capucin. Le Chrétien qui conserve ce monument en le consacrant aux œuvres de la charité me semble tout aussi respectable que le Païen qui l'éleva en mémoire d'une victoire remportée dans un chœur de musique.

C'est ainsi que j'achevai ma revue des ruines d'Athènes : je les avais examinées par ordre, et avec l'intelligence et l'habitude que dix années de résidence et de travail donnaient à M. Fauvel. Il m'avait épargné tout le temps que l'on perd à tâtonner, à douter, à chercher, quand on arrive seul dans un monde nouveau. J'avais obtenu des idées claires sur les monuments, le ciel, le soleil, les perspectives, la terre, la mer, les rivières, les bois, les montagnes de l'Attique, je pouvais à présent corriger mes tableaux, et donner à ma peinture de ces lieux célèbres, les couleurs locales[a][1]. Il ne me restait plus qu'à poursuivre ma route : mon principal but surtout était d'arriver à Jérusalem ; et quel chemin j'avais encore devant moi ! La saison s'avançait ; je pouvais manquer, en m'arrêtant davantage, le vaisseau qui porte tous les ans, de Constantinople à Jaffa, les pèlerins de Jérusalem. J'avais toute raison de craindre que mon navire autrichien ne m'attendît plus à la pointe de l'Attique ; que ne m'ayant pas vu revenir, il eût fait voile pour Smyrne. Mon hôte entra dans mes raisons, et me traça le chemin que j'avais à suivre. Il me conseilla de me rendre à Kératia, village de l'Attique, situé au pied du Laurium, à quelque distance de la mer, en face de l'île de Zéa. « Quand vous serez arrivé, me dit-il, dans ce village, on allumera un feu sur une montagne : les bateaux de Zéa, accoutumés à ce signal, passeront sur-le-champ à la côte de l'Attique. Vous vous embarquerez alors pour le port de Zéa, où vous trouverez peut-être le navire de

---

a. Voyez les Martyrs.

Trieste. Dans tous les cas, il vous sera facile de noliser à Zéa une felouque pour Chio ou pour Smyrne. »

Je n'en étais pas à rejeter les partis aventureux : un homme qui, par la seule envie de rendre un ouvrage un peu moins défectueux, entreprend le voyage que j'avais entrepris, n'est pas difficile sur les chances et les accidents. Il fallait partir, et je ne pouvais sortir de l'Attique que par ce moyen, puisqu'il n'y avait pas un bateau au Pirée[a]. Je pris donc la résolution d'exécuter sur-le-champ le plan qu'on me proposait. M. Fauvel me voulait retenir encore quelques jours, mais la crainte de manquer la saison du passage à Jérusalem l'emporta sur toute autre considération. Les vents du nord n'avaient plus que six semaines à souffler ; et si j'arrivais trop tard à Constantinople, je courais le risque d'y être renfermé par le vent d'ouest.

Je congédiai le janissaire de M. Vial après l'avoir payé, et lui avoir donné une lettre de remerciement pour son maître. On ne se sépare pas sans peine, dans un voyage un peu hasardeux, des compagnons avec lesquels on a vécu quelque temps. Quand je vis le janissaire monter seul à cheval, me souhaiter un bon voyage, prendre le chemin d'Éleusis, et s'éloigner par une route précisément opposée à celle que j'allais suivre, je me sentis involontairement ému. Je le suivais des yeux, en pensant qu'il allait revoir seul les déserts que nous avions vus ensemble. Je songeais aussi que, selon toutes les apparences, ce Turc et moi nous ne nous rencontrerions jamais ; que jamais nous n'entendrions parler l'un de l'autre. Je me représentais la destinée de cet homme si différente de ma destinée, ses chagrins et ses plaisirs si différents de mes plaisirs et de mes chagrins ; et tout cela pour arriver au même lieu : lui, dans les beaux et grands cimetières de la Grèce ; moi, sur les chemins du monde, ou dans les faubourgs de quelque cité.

---

a. Les troubles de la Romélie[1] rendaient le voyage de Constantinople par terre impraticable.

Cette séparation eut lieu le soir même du jour où je visitai le couvent français ; car le janissaire avait été prévenu de se tenir prêt à retourner à Coron. Je partis dans la nuit pour Kératia, avec Joseph et un Athénien qui allait visiter ses parents à Zéa. Ce jeune Grec était notre guide. M. Fauvel me vint reconduire jusqu'à la porte de la ville : là nous nous embrassâmes, et nous souhaitâmes de nous retrouver bientôt dans notre commune patrie. Je me chargeai de la lettre qu'il me remit pour M. de Choiseul[1] : porter à M. de Choiseul des nouvelles d'Athènes, c'était lui porter des nouvelles de son pays.

J'étais bien aise de quitter Athènes de nuit : j'aurais eu trop de regret de m'éloigner de ses ruines à la lumière du soleil : au moins, comme Agar, je ne voyais point ce que je perdais pour toujours[2]. Je mis la bride sur le cou de mon cheval, et suivant le guide et Joseph qui marchaient en avant, je me laissai aller à mes réflexions ; je fus, tout le chemin, occupé d'un rêve assez singulier. Je me figurais qu'on m'avait donné l'Attique en souveraineté. Je faisais publier dans toute l'Europe, que quiconque était fatigué des révolutions et désirait trouver la paix, vînt se consoler sur les ruines d'Athènes où je promettais repos et sûreté ; j'ouvrais des chemins, je bâtissais des auberges, je préparais toutes sortes de commodités pour les voyageurs ; j'achetais un port sur le golfe de Lépante, afin de rendre la traversée d'Otrante à Athènes plus courte et plus facile. On sent bien que je ne négligeais pas les monuments : les chefs-d'œuvre de la citadelle étaient relevés sur leurs plans et d'après leurs ruines, la ville entourée de bons murs était à l'abri du pillage des Turcs. Je fondais une Université où les enfants de toute l'Europe venaient apprendre le grec littéral et le grec vulgaire. J'invitais les Hydriottes à s'établir au Pirée, et j'avais une marine. Les montagnes nues se couvraient de pins pour redonner des eaux à mes fleuves ; j'encourageais l'agriculture ; une foule de Suisses et d'Allemands se mêlaient à mes Albanais ; chaque jour on faisait de nouvelles découvertes, et Athènes sortait du tombeau. En arrivant à Kératia, je sortis de mon songe, et je me retrouvai *Gros-Jean comme devant*[1].

Nous avions tourné le mont Hymette, en passant au midi du Pentélique ; puis nous rabattant vers la mer, nous étions entrés dans la chaîne du mont Laurium, où les Athéniens avaient autrefois leurs mines d'argent. Cette partie de l'Attique n'a jamais été bien célèbre : on trouvait entre Phalère et le cap Sunium plusieurs villes et bourgades, telles qu'Anaphlystus, Azénia, Lampra, Anagyrus, Alimus, Thoræ, Æxone, etc. Wheler et Chandler firent des excursions peu fructueuses dans ces lieux abandonnés ; et M. Lechevalier traversa le même désert quand il débarqua au cap Sunium, pour se rendre à Athènes. L'intérieur de ce pays était encore moins connu et moins habité que les côtes ; et je ne saurais assigner d'origine au village de Kératia[a]. Il est situé dans un vallon assez fertile, entre des montagnes qui le dominent de tous côtés, et dont les flancs sont couverts de sauges, de romarins et de myrtes. Le fond du vallon est cultivé, et les propriétés y sont divisées, comme elles l'étaient autrefois dans l'Attique, par des haies plantées d'arbres[b]. Les oiseaux abondent dans le pays, et surtout les huppes, les pigeons ramiers, les perdrix rouges et les corneilles mantelées. Le village consiste dans une douzaine de maisons assez propres et écartées les unes des autres. On voit sur la montagne des troupeaux de chèvres et de moutons ; et dans la vallée, des cochons, des ânes, des chevaux et quelques vaches.

Nous allâmes descendre le 27[2] chez un Albanais de la connaissance de M. Fauvel. Je me transportai tout de suite, en arrivant, sur une hauteur à l'orient du village, pour tâcher de reconnaître le navire autrichien ;

---

a. Meursius, dans son traité *De populis Atticae*, parle du bourg, ou dêmos, Κειριάδαι, de la tribu Hippothoôntide. Spon trouve un Κυρτίαδαι, de la tribu Acamantide ; mais il ne fournit point d'inscription, et ne s'appuie que d'un passage d'Hésychius.
b. Comme elles le sont en Bretagne et en Angleterre.

mais je n'aperçus que la mer et l'île de Zéa. Le soir, au coucher du soleil, on alluma un feu de myrtes et de bruyères au sommet d'une montagne. Un chevrier posté sur la côte devait venir nous annoncer les bateaux de Zéa aussitôt qu'il les découvrirait. Cet usage des signaux par le feu remonte à une haute antiquité, et a fourni à Homère une des plus belles comparaisons de l'Iliade.

'Ὡς δ' ὅτε καπνὸς ἰὼν ἐξ ἄστεος αἰθέρ' ἵκηται[1].

«Ainsi on voit s'élever une fumée du haut des tours d'une ville que l'ennemi tient assiégée, etc.»

En me rendant le matin à la montagne des signaux, j'avais pris mon fusil, et je m'étais amusé à chasser : c'était en plein midi; j'attrapai un coup de soleil sur une main et sur une partie de la tête. Le thermomètre avait été constamment à 28 degrés pendant mon séjour à Athènes[a]. La plus ancienne carte de la Grèce, celle de Sophian, mettait Athènes par les 37°10 à 12'; Vernon porta cette latitude à 38°5'; et M. de Chabert l'a enfin déterminée à 37°58'1'' pour le temple de Minerve[b]. On sent qu'à midi, au mois d'août, par cette latitude, le soleil doit être très ardent. Le soir, comme je venais de m'étendre sur une natte, enveloppé dans mon manteau, je m'aperçus que ma tête se perdait. Notre établissement n'était pas fort commode pour un malade : couché par terre dans l'unique chambre, ou plutôt dans le hangar de notre hôte, nous avions la tête rangée au mur; j'étais placé entre Joseph et le jeune Athénien, les ustensiles du ménage étaient suspendus au-dessus de notre chevet; de sorte que la fille de mon hôte, mon hôte lui-même et ses valets, nous foulaient aux pieds en venant prendre ou accrocher quelque chose aux parois de la muraille.

---

a. M. Fauvel m'a dit que la chaleur montait assez souvent à 32 et 34 degrés[2].
b. On peut voir, au sujet de cette latitude, une savante dissertation insérée dans les Mémoires de l'Académie des Inscriptions[3].

Si j'ai jamais eu un moment de désespoir dans ma vie, je crois que ce fut celui où, saisi d'une fièvre violente, je sentis que mes idées se brouillaient, et que je tombais dans le délire : mon impatience redoubla mon mal. Me voir tout à coup arrêté dans mon voyage par cet accident ! La fièvre me retenir à Kératia, dans un endroit inconnu, dans la cabane d'un Albanais ! Encore si j'étais resté à Athènes ! Si j'étais mort au lit d'honneur, en voyant le Parthénon ! Mais quand cette fièvre ne serait rien, pour peu qu'elle dure quelques jours, mon voyage n'est-il pas manqué ? Les pèlerins de Jérusalem seront partis, la saison passée. Que deviendrai-je dans l'Orient ? Aller par terre à Jérusalem ? Attendre une autre année ? La France, mes amis, mes projets, mon ouvrage que je laisserais sans être fini, me revenaient tour à tour dans la mémoire. Toute la nuit Joseph ne cessa de me donner à boire de grandes cruches d'eau, qui ne pouvaient éteindre ma soif. La terre sur laquelle j'étais étendu, était à la lettre trempée de mes sueurs ; et ce fut cela même qui me sauva. J'avais par moments un véritable délire ; je chantais la chanson de Henri IV[1], Joseph se désolait et disait : *O Dio, che questo ? Il signor canta ! Poveretto !*

La fièvre tomba le 26, vers neuf heures du matin[2], après m'avoir accablé pendant dix-sept heures. Si j'avais eu un second accès de cette violence, je ne crois pas que j'y eusse résisté. Le chevrier revint avec la triste nouvelle qu'aucun bateau de Zéa n'avait paru. Je fis un effort : j'écrivis un mot à M. Fauvel, et le priai d'envoyer un caïque me prendre à l'endroit de la côte le plus voisin du village où j'étais, pour me passer à Zéa. Pendant que j'écrivais, mon hôte me contait une longue histoire, et me demandait ma protection auprès de M. Fauvel : je tâchai de le satisfaire ; mais ma tête était si faible, que je voyais à peine à tracer les mots. Le jeune Grec partit pour Athènes, avec ma lettre, se chargeant d'amener lui-même un bateau, si l'on en pouvait trouver.

Je passai la journée couché sur ma natte. Tout le

monde était allé aux champs; Joseph même était sorti, il ne restait que la fille de mon hôte. C'était une fille de dix-sept à dix-huit ans, assez jolie, marchant les pieds nus et les cheveux chargés de médailles et de petites pièces d'argent. Elle ne faisait aucune attention à moi; elle travaillait comme si je n'eusse pas été là. La porte était ouverte, les rayons du soleil entraient par cette porte, et c'était le seul endroit de la chambre qui fût éclairé. De temps en temps je tombais dans le sommeil; je me réveillais, et je voyais toujours l'Albanaise occupée à quelque chose de nouveau, chantant à demi-voix, arrangeant ses cheveux ou quelque partie de sa toilette. Je lui demandais quelquefois de l'eau: *nero!* Elle m'apportait un vase plein d'eau: croisant les bras, elle attendait patiemment que j'eusse achevé de boire, et quand j'avais bu, elle disait: *kalo?* est-ce bon? et elle retournait à ses travaux. On n'entendait dans le silence du midi que les insectes qui bourdonnaient dans la cabane, et quelques coqs qui chantaient au-dehors. Je sentais ma tête vide, comme cela arrive après un long accès de fièvre; mes yeux affaiblis voyaient voltiger une multitude d'étincelles et de bulles de lumières autour de moi: je n'avais que des idées confuses, mais douces.

La journée se passa ainsi: le soir, j'étais beaucoup mieux; je me levai: je dormis bien la nuit suivante; et le 29 au matin, le Grec revint avec une lettre de M. Fauvel, du quinquina, du vin de Malaga et de bonnes nouvelles. On avait trouvé un bateau, par le plus grand hasard du monde: ce bateau était parti de Phalère avec un bon vent, et il m'attendait dans une petite anse à deux lieues de Kératia. J'ai oublié le nom du cap où nous trouvâmes en effet ce bateau. Voici la lettre de M. Fauvel:

À Monsieur

Monsieur DE CHATEAUBRIAND,

Au pied du Laurium,

À Kératia.

Athènes ce 28 août 1806.

« Mon très cher hôte,

« J'ai reçu la lettre que vous m'avez fait l'honneur de m'écrire. J'ai vu avec peine que les vents alisés de nos contrées vous retiennent sur le penchant du Laurium, que les signaux n'ont pu obtenir de réponses, et que la fièvre, jointe aux vents, augmentait les désagréments du séjour de Kératia, situé sur l'emplacement de quelques bourgades, que je laisse à votre sagacité le loisir de trouver. Pour parer à une de vos incommodités, je vous envoie quelques prises du meilleur quinquina que l'on connaisse ; vous le mêlerez dans un bon verre de vin de Malaga, qui n'est pas le moins bon connu, et cela au moment où vous serez libre, avant de manger. Je répondrais presque de votre guérison, si la fièvre était une maladie ; car la Faculté tient encore la chose non décidée. Au reste, maladie ou effervescence nécessaire, je vous conseille de n'en rien porter à Céos.

» Je vous ai frété, non pas une trirème du Pirée, mais bien une *quatrirème*[1], moyennant quarante piastres, en ayant reçu en arrhes cinq et demie. Vous compterez au capitaine quarante-cinq piastres vingt : le jeune compatriote de Simonides[2] vous les remettra : il va partir après la musique dont vos oreilles se souviennent encore. Je songerai à votre protégé, qui cependant est un brutal : il ne faut jamais battre personne, et surtout les jeunes filles ; moi-même je n'ai pas eu à me louer de lui à mon dernier passage. Assurez-le toutefois, Monsieur, que votre protection aura tout le succès qu'il doit attendre. Je vois avec peine qu'un excès de fatigue, une insomnie forcée vous a donné la fièvre, et n'a rien avancé. Tranquillement ici, pendant que les vents alisés retiennent votre navire, Dieu sait où, nous eussions visité et Athènes et ses environs, sans voir Kératia, ses chèvres et ses mines; vous eussiez surgi du Pirée à Céos, en dépit du vent. Donnez-moi, je vous prie, de vos nouvelles, et faites en sorte de reprendre le chemin de la France par Athènes. Venez porter quelques offrandes à Minerve, pour votre heureux retour; soyez persuadé que vous ne me ferez jamais plus de plaisir que de venir embellir notre solitude. Agréez, je vous prie, l'assurance, etc.

« FAUVEL. »

J'avais pris Kératia dans une telle aversion, qu'il me tardait d'en sortir. J'éprouvais des frissons, et je prévoyais le retour de la fièvre. Je ne balançai pas à avaler une triple dose de quinquina. J'ai toujours été persuadé que les médecins français administrent ce remède avec trop de précaution et de timidité. On amena des chevaux, et nous partîmes avec un guide. En moins d'une demi-heure je sentis les symptômes du nouvel accès se dissiper; et je repris toutes mes espérances. Nous faisions route à l'ouest par un étroit vallon qui passait entre des montagnes stériles. Après une heure de marche, nous descendîmes dans une belle plaine qui paraissait très fertile. Changeant alors de direction, nous marchâmes droit au midi, à travers la plaine : nous arrivâmes à des terres hautes qui formaient, sans que je le susse, les promontoires de la côte, car, après avoir passé un défilé, nous aperçûmes tout à coup la mer, et notre bateau amarré au pied d'un rocher. À la vue de ce bateau, je me crus délivré du mauvais Génie qui avait voulu m'ensevelir dans les mines des Athéniens, peut-être à cause de mon mépris pour Plutus[1].

Nous rendîmes les chevaux au guide : nous descendîmes dans le bateau que manœuvraient trois mariniers. Ils déployèrent notre voile; et, favorisés d'un vent du midi, nous cinglâmes vers le cap Sunium. Je ne sais si nous partions de la baie qui, selon M. Fauvel, porte le nom d'Anaviso ; mais je ne vis point les ruines des neufs tours Enneapyrgie, où Wheler se reposa en venant du cap Sunium. L'Azinie des anciens devait être à peu près dans cet endroit. Vers les six heures du soir nous passâmes en dedans de l'île aux Ânes, autrefois l'île de Patrocle ; et au coucher du soleil nous entrâmes au port de Sunium : c'est une crique abritée par le rocher qui soutient les ruines du temple. Nous sautâmes à terre, et je montai sur le cap.

Les Grecs n'excellaient pas moins dans le choix des sites de leurs édifices[1], que dans l'architecture de ces édifices mêmes. La plupart des promontoires du Péloponèse, de l'Attique, de l'Ionie, et des îles de l'Archipel, étaient marqués par des temples, des trophées ou des tombeaux. Ces monuments environnés de bois et de rochers, vus dans tous les accidents de la lumière, tantôt au milieu des nuages et de la foudre, tantôt éclairés par la lune, par le soleil couchant, par l'aurore, devaient rendre les côtes de la Grèce d'une incomparable beauté : la terre ainsi décorée se présentait aux yeux du nautonier sous les traits de la vieille Cybèle qui, couronnée de tours et assise au bord du rivage, commandait à Neptune son fils de répandre ses flots à ses pieds.

Le christianisme, à qui nous devons la seule architecture conforme à nos mœurs, nous avait aussi appris à placer nos vrais monuments : nos chapelles, nos abbayes, nos monastères étaient dispersés dans les bois et sur la cime des montagnes ; non que le choix des sites fût toujours un dessein prémédité de l'architecte, mais parce qu'un art, quand il est en rapport avec les coutumes d'un peuple, fait naturellement ce qu'il y a de mieux à faire. Remarquez au contraire combien nos édifices imités de l'antique sont pour la plupart mal placés ! Avons-nous jamais pensé, par exemple, à orner la seule hauteur dont Paris soit dominé ? La religion seule y avait songé pour nous. Les monuments grecs modernes ressemblent à la langue corrompue qu'on parle aujourd'hui à Sparte et à Athènes : on a beau soutenir que c'est la langue d'Homère et de Platon, un mélange de mots grossiers et de constructions étrangères trahit à tout moment les Barbares.

Je faisais ces réflexions à la vue des débris du temple de Sunium : ce temple était d'ordre dorique, et du bon temps de l'architecture. Je découvrais au loin la mer de l'Archipel, avec toutes ses îles : le soleil couchant rougissait les côtes de Zéa et les quatorze belles colonnes de marbre blanc aux pieds desquelles je m'étais assis. Les sauges et les genévriers répandaient autour des ruines une odeur aromatique, et le bruit des vagues montait à peine jusqu'à moi.

Comme le vent était tombé, il nous fallait attendre pour partir une nouvelle brise. Nos matelots se jetèrent au fond de leur barque, et s'endormirent. Joseph et le jeune Grec demeurèrent avec moi. Après avoir mangé et parlé pendant quelque temps, ils s'étendirent à terre, et s'endormirent à leur tour. Je m'enveloppai la tête dans mon manteau pour me garantir de la rosée, et, le dos appuyé contre une colonne, je restai seul éveillé à contempler le ciel et la mer.

Au plus beau coucher du soleil avait succédé la plus belle nuit. Le firmament répété dans les vagues avait l'air de reposer au fond de la mer. L'étoile du soir, ma compagne assidue pendant mon voyage, était prête à disparaître sous l'horizon ; on ne l'apercevait plus que par de longs rayons qu'elle laissait de temps en temps descendre sur les flots, comme une lumière qui s'éteint. Par intervalles, des brises passagères troublaient dans la mer l'image du ciel, agitaient les constellations, et venaient expirer parmi les colonnes du temple avec un faible murmure.

Toutefois ce spectacle était triste, lorsque je venais à songer que je le contemplais du milieu des ruines. Autour de moi étaient des tombeaux, le silence, la destruction, la mort, ou quelques matelots grecs qui dormaient, sans soucis et sans songes, sur les débris de la

Grèce. J'allais quitter pour jamais cette terre sacrée ; l'esprit rempli de sa grandeur passée et de son abaissement actuel, je me retraçais le tableau qui venait d'affliger mes yeux.

Je ne suis point un de ces intrépides admirateurs de l'antiquité qu'un vers d'Homère console de tout. Je n'ai jamais pu comprendre le sentiment exprimé par Lucrèce :

> *Suave mari magno, turbantibus aequora ventis,*
> *E terrâ magnum alterius spectare laborem* [1].

Loin d'aimer à contempler du rivage le naufrage des autres, je souffre quand je vois souffrir des hommes : les Muses n'ont alors sur moi aucun pouvoir, si ce n'est celle qui attire la pitié sur le malheur. À Dieu ne plaise que je tombe aujourd'hui dans ces déclamations qui ont fait tant de mal à notre patrie [2] ; mais si j'avais jamais pensé, avec des hommes [3] dont je respecte d'ailleurs le caractère et les talents, que le gouvernement absolu est le meilleur de tous les gouvernements, quelques mois de séjour en Turquie m'auraient bien guéri de cette opinion.

Les voyageurs qui se contentent de parcourir l'Europe civilisée sont bien heureux : ils ne s'enfoncent point dans ces pays jadis célèbres, où le cœur est flétri à chaque pas, où des ruines vivantes détournent à chaque instant votre attention des ruines de marbre et de pierre. En vain, dans la Grèce, on veut se livrer aux illusions : la triste vérité vous poursuit. Des loges de boue desséchée, plus propres à servir de retraite à des animaux qu'à des hommes ; des femmes et des enfants en haillons, fuyant à l'approche de l'étranger et du janissaire ; les chèvres même effrayées, se dispersant dans la montagne, et les chiens restant seuls pour vous recevoir avec des hurlements : voilà le spectacle qui vous arrache au charme des souvenirs.

Le Péloponèse est désert : depuis la guerre des Russes [4], le joug des Turcs s'est appesanti sur les Moraïtes ; les Albanais ont massacré une partie de la population. On ne voit que des villages détruits par le fer et par le feu : dans les villes, comme à Misitra, des faubourgs entiers sont abandonnés ; j'ai fait souvent quinze lieues dans les campagnes sans rencontrer une seule habitation. De criantes avanies, des outrages de toutes les espèces achèvent de détruire de toutes parts l'agriculture et la vie ; chasser un paysan grec de sa cabane, s'emparer de sa femme et de ses enfants, le tuer sous le plus léger prétexte, est un jeu pour le moindre aga du plus petit village. Parvenu au dernier degré du malheur, le Moraïte s'arrache de son pays, et va chercher en Asie un sort moins rigoureux. Vain espoir ! il ne peut fuir sa destinée : il retrouve des cadis et des pachas jusque dans les sables du Jourdain et dans les déserts de Palmyre !

L'Attique, avec un peu moins de misère, n'offre pas moins de servitude. Athènes est sous la protection immédiate du chef des Eunuques noirs du Sérail. Un disdar, ou commandant, représente le monstre protecteur auprès du peuple de Solon. Ce disdar habite la citadelle remplie des chefs-d'œuvre de Phidias et d'Ictinus, sans demander quel peuple a laissé ces débris, sans daigner sortir de la masure qu'il s'est bâtie sous les ruines des monuments de Périclès : quelquefois seulement le tyran automate se traîne à la porte de sa tanière ; assis les jambes croisées sur un sale tapis, tandis que la fumée de sa pipe monte à travers les colonnes du temple de Minerve, il promène stupidement ses regards sur les rives de Salamine et sur la mer d'Épidaure.

On dirait que la Grèce elle-même a voulu annoncer, par son deuil, le malheur de ses enfants. En général, le pays est inculte, le sol nu, monotone, sauvage, et d'une couleur jaune et flétrie. Il n'y a point de fleuves proprement dits, mais de petites rivières, et des torrents qui sont à sec pendant l'été. On n'aperçoit point ou presque point de fermes dans les champs ; on ne voit point de laboureurs ; on ne rencontre point de charrettes et d'attelages de bœufs. Rien n'est triste comme de ne pouvoir jamais découvrir la marque d'une roue moderne, là où vous apercevez encore, dans le rocher, la trace des roues antiques. Quelques paysans en tuniques, la tête couverte d'une calotte rouge, comme les galériens de Marseille, vous donnent en passant un triste *kali spera* (bon soir). Ils chassent devant eux des ânes et de petits chevaux, les crins déchevelés, qui leur suffisent pour porter leur mince équipage champêtre, ou le produit de leur vigne. Bordez cette terre dévastée d'une mer presque aussi solitaire ; placez sur la pente d'un rocher une vedette[1] délabrée, un couvent abandonné ; qu'un minaret s'élève du sein de la solitude pour annoncer l'esclavage ; qu'un troupeau de chèvres ou de moutons paisse sur un cap parmi des colonnes en ruines, que le turban d'un voyageur turc mette en fuite les chevriers, et rende le chemin plus désert ; et vous aurez une idée assez juste du tableau que présente la Grèce.

On a recherché les causes de la décadence de l'Empire romain : il y aurait un bel ouvrage à faire sur les causes qui ont précipité la chute des Grecs. Athènes et Sparte ne sont point tombées par les mêmes raisons qui ont amené la ruine de Rome ; elles n'ont point été entraînées par leur propre poids et par la grandeur de leur empire. On ne peut pas dire non plus qu'elles aient péri par leurs richesses : l'or des alliés, et l'abondance que le commerce répandit à Athènes, furent, en dernier résultat, très peu de chose ; jamais on ne vit, parmi les citoyens, ces fortunes colossales qui annoncent le changement des mœurs[a] ; et l'État fut toujours si pauvre, que les rois de l'Asie s'empressaient de le nourrir, ou de contribuer aux frais de ses monuments. Quant à Sparte, l'argent des Perses y corrompit quelques particuliers ; mais la république ne sortit point de l'indigence.

J'assignerais donc pour première cause de la chute

---

a. Les grandes fortunes à Athènes, telles que celle d'Hérode-Atticus, n'eurent lieu que sous l'Empire romain.

des Grecs, la guerre que se firent entre elles les deux républiques, après qu'elles eurent vaincu les Perses. Athènes, comme État, n'exista plus du moment où elle eut été prise par les Lacédémoniens. Une conquête absolue met fin aux destinées d'un peuple, quelque nom que ce peuple puisse ensuite conserver dans l'histoire. Les vices du gouvernement athénien préparèrent la victoire de Lacédémone. Un État purement démocratique est le pire des États[1], lorsqu'il faut combattre un ennemi puissant, et qu'une volonté unique est nécessaire au salut de la patrie. Rien n'était déplorable comme les fureurs du peuple athénien, tandis que les Spartiates étaient à ses portes : exilant et rappelant tour à tour les citoyens qui auraient pu le sauver, obéissant à la voix des orateurs factieux, il subit le sort qu'il avait mérité par ses folies ; et si Athènes ne fut pas renversée de fond en comble, elle ne dut sa conservation qu'au respect des vainqueurs pour ses anciennes vertus.

Lacédémone triomphante trouva à son tour, comme Athènes, la première cause de sa ruine dans ses propres institutions. La pudeur, qu'une loi extraordinaire avait exprès foulée aux pieds pour conserver la pudeur, fut enfin renversée par cette loi même : les femmes de Sparte, qui se présentaient demi-nues aux yeux des hommes, devinrent les femmes les plus corrompues de la Grèce : il ne resta aux Lacédémoniens, de toutes ces lois contre nature, que la débauche et la cruauté. Cicéron, témoin des jeux des enfants de Sparte, nous représente ces enfants se déchirant entre eux avec les dents et les ongles[2]. Et à quoi ces brutales institutions avaient-elles servi ? Avaient-elles maintenu l'indépendance à Sparte ? Ce n'était pas la peine d'élever des hommes comme des bêtes féroces, pour obéir au tyran Nabis[3], et pour devenir des esclaves romains.

Les meilleurs principes ont leurs excès et leur côté dangereux : Lycurgue, en extirpant l'ambition dans les murs de Lacédémone, crut sauver sa république, et il la perdit. Après l'abaissement d'Athènes, si les Spartiates eussent réduit la Grèce en provinces lacédémoniennes, ils seraient peut-être devenus les maîtres de la terre : cette conjecture est d'autant plus probable, que, sans prétendre à ces hautes destinées, ils ébranlèrent en Asie, tout faibles qu'ils étaient, l'Empire du grand roi. Leurs victoires successives auraient empêché une monarchie puissante de s'élever dans le voisinage de la Grèce, pour envahir les républiques. Lacédémone incorporant dans son sein les peuples vaincus par ses armes, eût écrasé Philippe au berceau ; les grands hommes qui furent ses ennemis, auraient été ses sujets ; et Alexandre, au lieu de naître dans un royaume, serait, ainsi que César, sorti du sein d'une république.

Loin de montrer cet esprit de grandeur et cette ambition préservatrice, les Lacédémoniens, contents d'avoir placé trente tyrans à Athènes, rentrèrent aussitôt dans leur vallée, par ce penchant à l'obscurité que leur avaient inspiré leurs lois. Il n'en est pas d'une nation comme d'un homme : la modération dans la fortune et l'amour du repos, qui peuvent convenir à un citoyen, ne mèneront pas bien loin un État. Sans doute il ne faut jamais faire une guerre impie ; il ne faut jamais acheter la gloire au prix d'une injustice ; mais ne savoir pas profiter de sa position pour honorer, agrandir, fortifier sa patrie, c'est plutôt dans un peuple un défaut de génie, que le sentiment d'une vertu[1].

Qu'arriva-t-il de cette conduite des Spartiates ? La Macédoine domina bientôt la Grèce ; Philippe dicta des lois à l'assemblée des Amphyctions. D'une autre part, ce faible empire de la Laconie, qui ne tenait qu'à la renommée des armes, et que ne soutenait point une force réelle, s'évanouit. Épaminondas parut : les Lacédémoniens battus à Leuctres, furent obligés de venir se justifier longuement devant leur vainqueur ; ils entendirent ce mot cruel : « Nous avons mis fin à votre courte éloquence ! » *Nos brevi eloquentiae vestrae finem imposuimus*[2]. Les Spartiates durent s'apercevoir alors combien il eût été avantageux pour eux de n'avoir fait qu'un État de toutes les villes grecques, d'avoir compté Épaminondas au nombre de leurs généraux et de leurs citoyens. Le secret de leur faiblesse une fois connu, tout fut perdu sans retour ; et Philopœmen acheva ce qu'Épaminondas avait commencé.

C'est ici qu'il faut remarquer un mémorable exemple de la supériorité que les lettres donnent à un peuple sur un autre, quand ce peuple a d'ailleurs montré les vertus guerrières. On peut dire que les batailles de Leuctres et de Mantinée effacèrent le nom de Sparte de la terre, tandis qu'Athènes, prise par les Lacédémoniens et ravagée par Sylla, n'en conserva pas moins l'empire[1]. Elle vit accourir dans son sein ces Romains qui l'avaient vaincue, et qui se firent une gloire de passer pour ses fils : l'un prenait le surnom d'Atticus ; l'autre se disait le disciple de Platon et de Démosthène. Les Muses latines, Lucrèce, Horace et Virgile chantent incessamment la Reine de la Grèce. « J'accorde aux morts le salut des vivants », s'écrie le plus grand des Césars, pardonnant à Athènes coupable[2]. Adrien veut joindre à son titre d'empereur le titre d'archonte d'Athènes, et multiplie les chefs-d'œuvre dans la patrie de Périclès ; Constantin le Grand est si flatté que les Athéniens lui aient élevé une statue, qu'il comble la ville de largesses ; Julien verse des larmes en quittant l'Académie ; et quand il triomphe, il croit devoir sa victoire à la Minerve de Phidias. Les Chrysostome, les Basile, les Cyrille viennent, comme les Cicéron et les Atticus, étudier l'éloquence à sa source ; jusque dans le moyen âge, Athènes est appelée l'École des sciences et du génie. Quand l'Europe se réveille de la barbarie, son premier cri est pour Athènes. « Qu'est-elle devenue ? » demande-t-on de toutes parts. Et quand on apprend que ses ruines existent encore, on y court, comme si l'on avait retrouvé les cendres d'une mère.

Quelle différence de cette renommée à celle qui ne tient qu'aux armes ! Tandis que le nom d'Athènes est dans toutes les bouches, Sparte est entièrement oubliée, on la voit à peine, sous Tibère, plaider et perdre une petite cause contre les Messéniens : on relit deux fois le passage de Tacite, pour bien s'assurer qu'il parle de la célèbre Lacédémone. Quelques siècles après, on trouve une garde lacédémonienne auprès de Caracalla; triste honneur qui semble annoncer que les enfants de Lycurgue avaient conservé leur férocité. Enfin, Sparte se transforme, sous le Bas-Empire, en une principauté ridicule dont les chefs prennent le nom de Despotes, ce nom devenu le titre de tyrans. Quelques pirates, qui se disent les véritables descendants des Lacédémoniens, font aujourd'hui toute la gloire de Sparte[1].

Je n'ai point assez vu les Grecs modernes pour oser avoir une opinion sur leur caractère. Je sais qu'il est très facile de calomnier les malheureux; rien n'est plus aisé que de dire, à l'abri de tout danger: «Que ne brisent-ils le joug sous lequel ils gémissent?» Chacun peut avoir, au coin du feu ces hauts sentiments et cette fière énergie. D'ailleurs, les opinions tranchantes abondent dans un siècle où l'on ne doute de rien, hors de l'existence de Dieu; mais comme les jugements généraux que l'on porte sur les peuples sont assez souvent démentis par l'expérience, je n'aurai garde de prononcer. Je pense seulement qu'il y a encore beaucoup de génie dans la Grèce; je crois même que nos maîtres en tous genres sont encore là: comme je crois aussi que la nature humaine conserve à Rome sa supériorité; ce qui ne veut pas dire que les hommes supérieurs soient maintenant à Rome.

Toutefois je crains bien que les Grecs ne soient pas sitôt disposés à rompre leurs chaînes[2]. Quand ils seraient débarrassés de la tyrannie qui les opprime, ils ne perdront pas dans un instant la marque de leurs fers. Non seulement ils ont été broyés sous le poids du despotisme, mais il y a deux mille ans qu'ils existent comme un peuple vieilli et dégradé. Ils n'ont point été renouvelés, ainsi que le reste de l'Europe, par des nations barbares: la nation même qui les a conquis[3] a contribué à leur corruption. Cette nation n'a point apporté chez eux les mœurs rudes et sauvages des hommes du Nord, mais les coutumes voluptueuses des hommes du Midi[4]. Sans parler du crime religieux que les Grecs auraient commis en abjurant leurs autels, ils n'auraient rien gagné à se soumettre au Coran. Il n'y a dans le livre de Mahomet ni principe de civilisation, ni précepte qui puisse élever le caractère : ce livre ne prêche ni la haine de la tyrannie, ni l'amour de la liberté. En suivant le culte de leurs maîtres, les Grecs auraient renoncé aux lettres et aux arts, pour devenir les soldats de la Destinée, et pour obéir aveuglément au caprice d'un chef absolu. Ils auraient passé leurs jours à ravager le monde, ou à dormir sur un tapis, au milieu des femmes et des parfums.

La même impartialité qui m'oblige à parler des Grecs avec le respect que l'on doit au malheur, m'aurait empêché de traiter les Turcs aussi sévèrement que je le fais, si je n'avais vu chez eux que les abus trop communs parmi les peuples vainqueurs : malheureusement, des soldats républicains ne sont pas des maîtres plus justes que les satellites d'un despote ; et un proconsul n'était guère moins avide qu'un pacha[a]. Mais les Turcs ne sont pas des oppresseurs ordinaires, quoiqu'ils aient trouvé des apologistes. Un proconsul pouvait être un monstre d'impudicité, d'avarice, de cruauté ; mais tous les proconsuls ne se plaisaient pas, par système et par esprit de religion, à renverser les

---

[a]. Les Romains, comme les Turcs, réduisaient souvent les vaincus en esclavage. S'il faut dire tout ce que je pense, je crois que ce système est une des causes de la supériorité que les grands hommes d'Athènes et de Rome ont sur les grands hommes des temps modernes. Il est certain qu'on ne peut jouir de toutes les facultés de son esprit que lorsqu'on est débarrassé des soins matériels de la vie ; et l'on n'est totalement débarrassé de ces soins que dans les pays où les arts, les métiers et les occupations domestiques sont abandonnés à des esclaves. Le service de l'homme payé, qui vous quitte quand il lui plaît, et dont vous êtes obligé de supporter les négligences ou les vices, ne peut être comparé au service de l'homme dont la vie et la mort sont entre vos mains. Il est encore certain que l'habitude du commandement donne à l'esprit une élévation, et aux manières une noblesse que l'on ne prend jamais dans l'égalité bourgeoise de nos villes. Mais ne regrettons point cette supériorité des anciens, puisqu'il fallait l'acheter aux dépens de la liberté de l'espèce humaine, et bénissons à jamais le Christianisme qui a brisé les fers de l'esclave.

monuments de la civilisation et des arts, à couper les arbres, à détruire les moissons même, et les générations entières ; or, c'est ce que font les Turcs tous les jours de leur vie. Pourrait-on croire qu'il y ait au monde des tyrans assez absurdes pour s'opposer à toute amélioration dans les choses de première nécessité ? Un pont s'écroule, on ne le relève pas. Un homme répare sa maison, on lui fait une avanie. J'ai vu des capitaines grecs s'exposer au naufrage avec des voiles déchirées, plutôt que de raccommoder ces voiles : tant ils craignaient de montrer leur aisance et leur industrie. Enfin, si j'avais reconnu dans les Turcs des citoyens libres et vertueux au sein de leur patrie, quoique peu généreux envers les nations conquises, j'aurais gardé le silence, et je me serais contenté de gémir intérieurement sur l'imperfection de la nature humaine : mais retrouver à la fois, dans le même homme, le tyran des Grecs, et l'esclave du Grand-Seigneur ; le bourreau d'un peuple sans défense, et la servile créature qu'un pacha peut dépouiller de ses biens, enfermer dans un sac de cuir, et jeter au fond de la mer : c'est trop aussi, et je ne connais point de bête brute que je ne préfère à un pareil homme.

On voit que je ne me livrais point, sur le cap Sunium à des idées romanesques ; idées que la beauté de la scène aurait pu cependant faire naître. Près de quitter la Grèce, je me retraçais naturellement l'histoire de ce pays ; je cherchais à découvrir dans l'ancienne prospérité de Sparte et d'Athènes la cause de leur malheur actuel et, dans leur sort présent, les germes de leur future destinée. Le brisement de la mer, qui augmentait par degrés contre le rocher, m'avertit que le vent s'était levé, et qu'il était temps de continuer mon voyage. Je réveillai Joseph et son compagnon. Nous descendîmes au bateau. Nos matelots avaient déjà fait les préparatifs du départ. Nous poussâmes au large ; et la brise, qui était de terre, nous emporta rapidement vers Zéa. À mesure que nous nous éloignions, les colonnes de Sunium paraissaient plus belles au-dessus des flots : on les apercevait parfaitement sur l'azur du ciel, à cause de leur extrême blancheur et de la sérénité de la nuit. Nous étions déjà assez loin du cap, que notre oreille était encore frappée du bouillonnement des vagues au pied du roc, du murmure des vents dans les genévriers, et du chant des grillons qui habitent seuls aujourd'hui les ruines du temple : ce furent les derniers bruits que j'entendis sur la terre de la Grèce.

DEUXIÈME PARTIE

VOYAGE DE L'ARCHIPEL, DE L'ANATOLIE ET DE CONSTANTINOPLE

Je changeais de théâtre : les îles que j'allais traverser étaient, dans l'antiquité, une espèce de pont jeté sur la mer pour joindre la Grèce d'Asie à la véritable Grèce. Libres ou sujettes, attachées à la fortune de Sparte ou d'Athènes, aux destinées des Perses, à celles d'Alexandre et de ses successeurs, elles tombèrent sous le joug romain. Tour à tour arrachées au Bas-Empire par les Vénitiens, les Génois, les Catalans, les Napolitains, elles eurent des princes particuliers, et même des ducs qui prirent le titre général de ducs de l'Archipel. Enfin, les soudans de l'Asie descendirent vers la Méditerranée ; et, pour annoncer à celle-ci sa future destinée, ils se firent apporter de l'eau de la mer, du sable et une rame. Les îles furent néanmoins subjuguées les dernières ; mais enfin elles subirent le sort commun ; et la bannière latine, chassée de proche en proche par le Croissant, ne s'arrêta que sur le rivage de Corfou.

De cette lutte des Grecs, des Turcs et des Latins, il résulta que les îles de l'Archipel furent très connues dans le moyen âge : elles étaient sur la route de toutes ces flottes qui portaient des armées ou des pèlerins à Jérusalem, à Constantinople, en Égypte, en Barbarie ; elles devinrent les stations de tous ces vaisseaux génois et vénitiens qui renouvelèrent le commerce des Indes par le port d'Alexandrie : aussi retrouve-t-on les noms de Chio, de Lesbos, de Rhodes, à chaque page de la Byzantine ; et tandis qu'Athènes et Lacédémone étaient oubliées, on savait la fortune du plus petit écueil de l'Archipel.

De plus, les Voyages à ces îles sont sans nombre, et remontent jusqu'au septième siècle : il n'y a pas un pèlerinage en Terre-Sainte, qui ne commence par une description de quelques rochers de la Grèce. Dès l'an 1555, Belon donna en français ses *Observations de plusieurs singularités retrouvées en Grèce*[1] ; le Voyage de Tournefort est entre les mains de tout le monde ; la *Description exacte des îles de l'Archipel*, par le Flamand Dapper, est un travail excellent ; et il n'est personne qui ne connaisse les Tableaux de M. de Choiseul.

Notre traversée fut heureuse. Le 30 septembre[2], à huit heures du matin, nous entrâmes dans le port de Zéa : il est vaste, mais d'un aspect désert et sombre, à cause de la hauteur des terres dont il est environné. On n'aperçoit sous les rochers du rivage que quelques chapelles en ruines, et les magasins de la douane. Le village de Zéa est bâti sur la montagne, à une lieue du port, du côté du Levant ; et il occupe l'emplacement de l'ancienne Carthée. Je n'aperçus, en arrivant, que trois ou quatre felouques grecques, et je perdis tout espoir de retrouver mon navire autrichien[3]. Je laissai Joseph au port, et je me rendis au village avec le jeune Athénien. La montée est rude et sauvage : cette première vue d'une île de l'Archipel ne me charma pas infiniment ; mais j'étais accoutumé aux mécomptes.

Zéa, bâti en amphithéâtre sur le penchant inégal d'une montagne, n'est qu'un village malpropre et désagréable, mais assez peuplé ; les ânes, les cochons, les poules vous y disputent le passage des rues ; il y a une si grande multitude de coqs, et ces coqs chantent si souvent et si haut, qu'on en est véritablement étourdi. Je me rendis chez M. Pengali[4], vice-consul français à Zéa ; je lui dis qui j'étais, d'où je venais, où je désirais aller ; et je le priai de noliser une barque pour me porter à Chio ou à Smyrne.

M. Pengali me reçut avec toute la cordialité possible : son fils descendit au port ; il y trouva un caïque qui retournait à Tino, et qui devait mettre à la voile le lendemain ; je résolus d'en profiter : cela m'avançait toujours un peu sur ma route.

Le vice-consul voulut me donner l'hospitalité, au moins pour le reste de la journée. Il avait quatre filles, et l'aînée était au moment de se marier ; on faisait déjà les préparatifs de la noce ; je passai donc des ruines du temple de Sunium à un festin. C'est une singulière destinée que celle du voyageur ! Le matin il quitte un hôte dans les larmes, le soir, il en trouve un autre dans la joie ; il devient le dépositaire de mille secrets : Ibraïm m'avait conté à Sparte tous les accidents de la maladie du petit Turc ; j'appris à Zéa l'histoire du gendre de M. Pengali. Au fond, y a-t-il rien de plus aimable que cette naïve hospitalité ? N'êtes-vous pas trop heureux qu'on veuille bien vous accueillir ainsi, dans les lieux où vous ne trouveriez pas le moindre secours ? La confiance que vous inspirez, l'ouverture de cœur qu'on vous montre, le plaisir que vous paraissez faire et que vous faites, sont certainement des jouissances très douces. Une autre chose me touchait encore beaucoup : c'était la simplicité avec laquelle on me chargeait de diverses commissions pour la France, pour Constantinople, pour l'Égypte. On me demandait des services comme on m'en rendait ; mes hôtes étaient persuadés que je ne les oublierais point, et qu'ils étaient devenus mes amis. Je sacrifiai sur-le-champ à M. Pengali les ruines d'Ioulis, où j'étais d'abord résolu d'aller, et je me déterminai, comme Ulysse, à prendre part aux festins d'Aristonoüs[1].

Zéa, l'ancienne Céos, fut célèbre dans l'antiquité par une coutume qui existait aussi chez les Celtes, et que l'on a retrouvée parmi les Sauvages de l'Amérique : les vieillards de Céos se donnaient la mort[2]. Aristée, dont Virgile a chanté les abeilles[3], ou un autre Aristée, roi d'Arcadie, se retira à Céos. Ce fut lui qui obtint de Jupiter les vents étésiens, pour modérer l'ardeur de la canicule. Érasistrate le médecin, et Ariston le philosophe étaient de la ville d'Ioulis, ainsi que Simonide et Bacchylide : nous avons encore d'assez mauvais vers du dernier dans les *Poetae Graeci minores*. Simonide[1] fut un beau génie ; mais son esprit était plus élevé que son cœur : il chanta Hipparque qui l'avait comblé de bienfaits, et il chanta encore les assassins de ce prince. Ce fut apparemment pour donner cet exemple de vertu, que les justes dieux du paganisme avaient préservé Simonide de la chute d'une maison[2]. Il faut s'accommoder au temps, dit le sage : aussitôt les ingrats secouent le poids de la reconnaissance, les ambitieux abandonnent le vaincu, les poltrons se rangent au parti du vainqueur. Merveilleuse sagesse humaine, dont les maximes, toujours superflues pour le courage et la vertu, ne servent que de prétexte au vice, et de refuge aux lâchetés du cœur !

Le commerce de Zéa consiste aujourd'hui dans les glands du velani[a] que l'on emploie dans les teintures. La gaze de soie en usage chez les anciens avait été inventée à Céos[b] ; les poètes, pour peindre sa transparence et sa finesse, l'appelaient du *vent tissu*[4]. Zéa fournit encore de la soie : « Les bourgeois de Zéa s'attroupent ordinairement pour filer de la soie, dit Tournefort, et ils s'asseyent sur les bords de leurs terrasses, afin de laisser tomber leur fuseau jusqu'au bas de la rue, qu'ils retirent ensuite en roulant le fil. Nous trouvâmes l'évêque grec en cette posture : il demanda quels gens nous étions, et nous fit dire que nos occupations étaient bien frivoles, si nous ne cherchions que des plantes et de vieux marbres. Nous répondîmes que nous serions plus édifiés de lui voir à la main les œuvres de saint Chrysostôme ou de saint Basile, que le fuseau[5]. »

---

a. Espèce de chêne.
b. Je suis l'opinion commune ; mais il est possible que Pline et Solin se soient trompés. D'après le témoignage de Tibulle, d'Horace[3], etc., la gaze de soie se faisait à Cos, et non pas à Céos.

J'avais continué à prendre du quinquina trois fois par jour : la fièvre n'était point revenue ; mais j'étais resté très faible, et j'avais toujours une main et une joue noircies par le coup de soleil. J'étais donc un convive très gai de cœur, mais fort triste de figure. Pour n'avoir pas l'air d'un parent malheureux, je m'ébaudissais à la noce. Mon hôte me donnait l'exemple du courage : il souffrait dans ce moment même des maux cruels[a] ; et au milieu du chant de ses filles, la douleur lui arrachait quelquefois des cris. Tout cela faisait un mélange de choses extrêmement bizarres ; ce passage subit du silence des ruines au bruit d'un mariage était étrange. Tant de tumulte à la porte du repos éternel ! Tant de joie auprès du grand deuil de la Grèce ! Une idée me faisait rire : je me représentais mes amis occupés de moi en France ; je les voyais me suivre en pensée, s'exagérer mes fatigues, s'inquiéter de mes périls : ils auraient été bien surpris, s'ils m'eussent aperçu tout à coup, le visage à demi brûlé, assistant dans une des Cyclades à une noce de village, applaudissant aux chansons de mesdemoiselles Pengali, qui chantaient en grec :

Ah ! vous dirai-je, maman[1], *etc.*,

tandis que M. Pengali poussait des cris, que les coqs s'égosillaient, et que les souvenirs d'Ioulis, d'Aristée, de Simonide étaient complètement effacés. C'est ainsi qu'en débarquant à Tunis, après une traversée de cinquante-huit jours qui fut une espèce de naufrage continuel, je tombai chez M. Devoise au milieu du carnaval : au lieu d'aller méditer sur les ruines de Carthage, je fus obligé de courir au bal, de m'habiller en Turc, et de me prêter à toutes les folies d'une troupe d'officiers américains, pleins de gaieté et de jeunesse.

Le changement de scène, à mon départ de Zéa, fut aussi brusque qu'il l'avait été à mon arrivée dans cette île. À onze heures du soir je quittai la joyeuse famille ;

---

a. M. Pengali était malheureusement attaqué de la pierre.

je descendis au port ; je m'embarquai de nuit, par un gros temps, dans un caïque dont l'équipage consistait en deux mousses et trois matelots. Joseph, très brave à terre, n'était pas aussi courageux sur la mer. Il me fit beaucoup de représentations inutiles ; il lui fallut me suivre et achever de courir ma fortune. Nous allions vent largue[1] ; notre esquif, penché sous le poids de la voile, avait la quille à fleur d'eau ; les coups de la lame étaient violents ; les courants de l'Eubée[2] rendaient encore la mer plus houleuse ; le temps était couvert ; nous marchions à la lueur des éclairs et à la lumière phosphorique des vagues. Je ne prétends point faire valoir mes travaux, qui sont très peu de chose ; mais j'espère cependant que quand on me verra m'arracher à mon pays et à mes amis, supporter la fièvre et les fatigues, traverser les mers de la Grèce dans de petits bateaux, recevoir les coups de fusil des Bédouins, et tout cela par respect pour le public, et pour donner à ce public un ouvrage moins imparfait que le *Génie du christianisme* ; j'espère, dis-je, qu'on me saura quelque gré de mes efforts.

Quoi qu'en dise la fable de l'Aigle et du Corbeau[3], rien ne porte bonheur comme d'imiter un grand homme ; j'avais fait le César : *Quid times ? Caesarem vehis*[4] ; et j'arrivais où je voulais arriver. Nous touchâmes à Tino le 31 à six heures du matin : je trouvai à l'instant même une felouque hydriotte[5] qui partait pour Smyrne, et qui devait seulement relâcher quelques heures à Chio. Le caïque me mit à bord de la felouque, et je ne descendis pas même à terre.

Tino, autrefois Ténos, n'est séparée d'Andros que par un étroit canal : c'est une île haute qui repose sur un rocher de marbre. Les Vénitiens la possédèrent longtemps ; elle n'est célèbre dans l'antiquité que par ses serpents : la vipère avait pris son nom de cette île[a].

---

a. Une espèce de vipère nommée Tenia était originaire de Ténos. L'île fut appelée dans l'origine Ophissa et Hydrussa, à cause de ses serpents.

M. de Choiseul a fait une description charmante des femmes de Tino ; ses vues du port de San-Nicolo m'ont paru d'une rare exactitude.

La mer, comme disent les marins, était tombée, et le ciel s'était éclairci : je déjeunai sur le pont en attendant qu'on levât l'ancre ; je découvrais à différentes distances toutes les Cyclades : Scyros, où Achille passa son enfance ; Délos, célèbre par la naissance de Diane et d'Apollon, par son palmier, par ses fêtes ; Naxos, qui me rappelait Ariadne, Thésée, Bacchus, et quelques pages charmantes des *Études de la Nature*[1]. Mais toutes ces îles si riantes autrefois, ou peut-être si embellies par l'imagination des poètes, n'offrent aujourd'hui que des côtes désolées et arides. De tristes villages s'élèvent en pain de sucre sur des rochers ; ils sont dominés par des châteaux plus tristes encore, et quelquefois environnés d'une double ou triple enceinte de murailles : on y vit dans la frayeur perpétuelle des Turcs et des pirates. Comme ces villages fortifiés tombent cependant en ruines, ils font naître à la fois, dans l'esprit du voyageur, l'idée de toutes les misères. Rousseau dit quelque part[2] qu'il eût voulu être exilé dans une des îles de l'Archipel. L'éloquent sophiste se fût bientôt repenti de son choix. Séparé de ses admirateurs, relégué au milieu de quelques Grecs grossiers et perfides, il n'aurait trouvé dans des vallons brûlés par le soleil, ni fleurs, ni ruisseaux, ni ombrages ; il n'aurait vu autour de lui que des bouquets d'oliviers, des rochers rougeâtres, tapissés de sauges et de baumes sauvages : je doute qu'il eût désiré longtemps continuer ses promenades au bruit du vent et de la mer, le long d'une côte inhabitée.

Nous appareillâmes à midi. Le vent du nord nous porta assez rapidement sur Scio ; mais nous fûmes obligés de courir des bordées, entre l'île et la côte d'Asie, pour embouquer[3] le canal. Nous voyions des terres et des îles tout autour de nous, les unes rondes et élevées comme Samos, les autres longues et basses comme les caps du golfe d'Éphèse : ces terres et ces îles étaient différemment colorées; selon le degré d'éloignement. Notre felouque, très légère et très élégante, portait une grande et unique voile taillée comme l'aile d'un oiseau de mer. Ce petit bâtiment était la propriété d'une famille; cette famille était composée du père, de la mère, du frère et de six garçons. Le père était le capitaine, le frère le pilote, et les fils étaient les matelots; la mère préparait les repas. Je n'ai rien vu de plus gai, de plus propre et de plus leste que cet équipage de frères. La felouque était lavée, soignée et parée comme une maison chérie; elle avait un grand chapelet sur la poupe, avec une image de la Panagia, surmontée d'une branche d'olivier. C'est une chose assez commune dans l'Orient de voir une famille mettre ainsi toute sa fortune dans un vaisseau, changer de climats sans quitter ses foyers, et se soustraire à l'esclavage en menant sur la mer la vie des Scythes.

Nous vînmes mouiller pendant la nuit au port de Chio, «fortunée patrie d'Homère», dit Fénelon dans les *Aventures d'Aristonoüs*, chef-d'œuvre d'harmonie et de goût antique[1]. Je m'étais profondément endormi, et Joseph ne me réveilla qu'à sept heures du matin. J'étais couché sur le pont: quand je vins à ouvrir les yeux, je me crus transporté dans le pays des Fées; je me trouvais au milieu d'un port plein de vaisseaux, ayant devant moi une ville charmante, dominée par des monts dont les arêtes étaient couvertes d'oliviers, de palmiers, de lentisques et de térébinthes. Une foule de Grecs, de Francs et de Turcs étaient répandus sur les quais, et l'on entendait le son des cloches[a].

Je descendis à terre, et je m'informai s'il n'y avait point de consul de notre nation dans cette île. On m'enseigna un chirurgien qui faisait les affaires des Français: il demeurait sur le port. J'allai lui rendre

---

a. Il n'y a que les paysans grecs de l'île de Chio qui aient, en Turquie, le privilège de sonner les cloches. Ils doivent ce privilège et plusieurs autres à la culture de l'arbre à mastic. Voyez le Mémoire de M. Galland, dans l'ouvrage de M. de Choiseul.

visite ; il me reçut très poliment. Son fils me servit de cicerone, pendant quelques heures, pour voir la ville, qui ressemble beaucoup à une ville vénitienne. Baudrand, Ferrari[1], Tournefort, Dapper, Chandler, M. de Choiseul, et mille autres géographes et voyageurs ont parlé de l'île de Chio : je renvoie donc le lecteur à leurs ouvrages.

Je retournai à dix heures à la felouque ; je déjeunai avec la famille : elle dansa et chanta sur le pont autour de moi, en buvant du vin de Chio qui n'était pas du temps d'Anacréon. Un instrument peu harmonieux animait les pas et la voix de mes hôtes ; il n'a retenu de la lyre antique que le nom, et il est dégénéré comme ses maîtres : lady Craven[2] en a fait la description.

Nous sortîmes du port le 1er octobre[3] à midi : la brise du nord commençait à s'élever, et elle devint en peu de temps très violente. Nous essayâmes d'abord de prendre la passe de l'ouest entre Chio et les îles Spalmadores[a], qui ferment le canal quand on fait voile pour Métélin ou pour Smyrne. Mais nous ne pûmes doubler le cap Delphino : nous portâmes à l'est, et nous allongeâmes la bordée jusque dans le port de Tchesmé. De là, revenant sur Chio, puis retournant sur le mont Mimas, nous parvînmes enfin à nous élever au cap Cara-Bouroun, à l'entrée du golfe de Smyrne. Il était dix heures du soir : le vent nous manqua, et nous passâmes la nuit en calme sous la côte d'Asie.

Le 2, à la pointe du jour, nous nous éloignâmes de terre à la rame, afin de profiter de l'imbat[5], aussitôt qu'il commencerait à souffler : il parut de meilleure heure que de coutume. Nous eûmes bientôt passé les îles de Dourlach, et nous vînmes raser le château qui commande le fond du golfe ou le port de Smyrne. J'aperçus alors la ville dans le lointain, au travers d'une forêt de mâts de vaisseaux : elle paraissait sortir de la mer, car elle est placée sur une terre basse et unie, que dominent au sud-est des montagnes d'un aspect sté-

---

a. Ol. Œnussae[4].

rile. Joseph ne se possédait pas de joie : Smyrne était pour lui une seconde patrie ; le plaisir de ce pauvre garçon m'affligeait presque, en me faisant d'abord penser à mon pays ; en me montrant ensuite que l'axiome, *ubi bene, ibi patria*, n'est que trop vrai pour la plupart des hommes.

Joseph, debout auprès de moi sur le pont, me nommait tout ce que je voyais, à mesure que nous avancions. Enfin, nous amenâmes la voile, et laissant encore quelque temps filer notre felouque, nous donnâmes fond par six brasses, en dehors de la première ligne des vaisseaux. Je cherchai des yeux mon navire de Trieste ; et je le reconnus à son pavillon. Il était mouillé près de l'Échelle des Francs, ou du quai des Européens. Je m'embarquai avec Joseph dans un caïque qui vint le long de notre bord ; et je me fis porter au bâtiment autrichien. Le capitaine et son second étaient à terre : les matelots me reconnurent et me reçurent avec de grandes démonstrations de joie. Ils m'apprirent que le vaisseau était arrivé à Smyrne le 18 août[1] ; que le capitaine avait louvoyé deux jours, pour m'attendre entre Zéa et le cap Sunium ; et que le vent l'avait ensuite forcé à continuer sa route. Ils ajoutèrent que mon domestique, par ordre du consul de France, m'avait arrêté un logement à l'auberge.

Je vis avec plaisir que mes anciens compagnons avaient été aussi heureux que moi dans leur voyage. Ils voulurent me descendre à terre : je passai donc dans la chaloupe du bâtiment, et bientôt nous abordâmes le quai. Une foule de porteurs s'empressèrent de me donner la main pour monter. Smyrne, où je voyais une multitude de chapeaux[a], m'offrait l'aspect d'une ville maritime d'Italie, dont un quartier serait habité par des Orientaux. Joseph me conduisit chez M. Chauderloz[2] qui occupait alors le consulat français de cette impor-

---

a. Le turban et le chapeau font la principale distinction des Francs et des Turcs ; et, dans le langage du Levant, on compte par chapeaux et par turbans.

tante Échelle. J'aurai souvent à répéter les éloges que j'ai déjà faits de l'hospitalité de nos consuls, je prie mes lecteurs de me le pardonner : car si ces redites les fatiguent, je ne puis toutefois cesser d'être reconnaissant. M. Chauderloz, frère de M. de la Clos, m'accueillit avec politesse ; mais il ne me logea point chez lui, parce qu'il était malade, et que Smyrne offre d'ailleurs les ressources d'une grande ville européenne.

Nous arrangeâmes sur-le-champ toute la suite de mon voyage : j'avais résolu de me rendre à Constantinople par terre, afin d'y prendre des firmans, et de m'embarquer ensuite, avec les pèlerins grecs, pour la Syrie ; mais je ne voulais pas suivre le chemin direct, et mon dessein était de visiter la plaine de Troie en traversant le mont Ida. Le neveu de M. Chauderloz, qui venait de faire une course à Éphèse, me dit que les défilés du Gargare étaient infestés de voleurs, et occupés par des agas plus dangereux encore que les brigands. Comme je tenais à mon projet, on envoya chercher un guide qui devait avoir conduit un Anglais aux Dardanelles par la route que je voulais tenir. Ce guide consentit en effet à m'accompagner, et à fournir les chevaux nécessaires, moyennant une somme assez considérable. M. Chauderloz promit de me donner un interprète et un janissaire expérimenté. Je vis alors que je serais forcé de laisser une partie de mes malles au consulat[1], et de me contenter du plus strict nécessaire. Le jour du départ fut fixé au 4 septembre, c'est-à-dire au surlendemain de mon arrivée à Smyrne.

Après avoir promis à M. Chauderloz de revenir dîner avec lui, je me rendis à mon auberge, où je trouvai Julien tout établi dans un appartement fort propre et meublé à l'européenne. Cette auberge, tenue par une veuve, jouissait d'une très belle vue sur le port : je ne me souviens plus de son nom. Je n'ai rien à dire de Smyrne, après Tournefort, Chandler, Peyssonel[2], Dallaway[3] et tant d'autres ; mais je ne puis me refuser au plaisir de citer un morceau du Voyage de M. de Choiseul[4] :

« Les Grecs, sortis du quartier d'Éphèse, nommé Smyrna, n'avaient bâti que des hameaux au fond du golfe qui depuis a porté le nom de leur première patrie ; Alexandre voulut les rassembler, et leur fit construire une ville près la rivière Mélès. Antigone commença cet ouvrage par ses ordres, et Lysimaque le finit.

« Une situation aussi heureuse que celle de Smyrne, était digne du fondateur d'Alexandrie ; et devait assurer la prospérité de cet établissement ; admise par les villes d'Ionie à partager les avantages de leur confédération, cette ville devint bientôt le centre du commerce de l'Asie Mineure : son luxe y attira tous les arts ; elle fut décorée d'édifices superbes, et remplie d'une foule d'étrangers qui venaient l'enrichir des productions de leur pays, admirer ses merveilles, chanter avec ses poètes et s'instruire avec ses philosophes. Un dialecte plus doux prêtait un nouveau charme à cette éloquence qui paraissait un attribut des Grecs. La beauté du climat semblait influer sur celle des individus, qui offraient aux artistes des modèles, à l'aide desquels ils faisaient connaître au reste du monde, la nature et l'art réunis dans leur perfection.

« Elle était une des villes qui revendiquaient l'honneur d'avoir vu naître Homère : on montrait sur le bord du Mélès le lieu où Crithéis sa mère lui avait donné le jour, et la caverne où il se retirait pour composer ses vers immortels. Un monument élevé à sa gloire, et qui portait son nom, présentait au milieu de la ville de vastes portiques sous lesquels se rassemblaient les citoyens : enfin, leurs monnaies portaient son image, comme s'ils eussent reconnu pour souverain le génie qui les honorait.

« Smyrne conserva les restes précieux de cette prospérité, jusqu'à l'époque où l'Empire eut à lutter contre les Barbares : elle fut prise par les Turcs, reprise par les Grecs, toujours pillée, toujours détruite. Au commencement du treizième siècle, il n'en existait plus que les ruines, et la citadelle qui fut réparée par l'empereur Jean Comnène, mort en 1224 : cette forteresse ne put résister aux efforts des princes turcs, dont elle fut souvent la résidence, malgré les chevaliers de Rhodes qui, saisissant une circonstance favorable, parvinrent à y construire un fort, et à s'y maintenir; mais Tamerlan prit en quatorze jours[1] cette place que Bajazet bloquait depuis sept ans.

« Smyrne ne commença à sortir de ses ruines que lorsque les Turcs furent entièrement maîtres de l'Empire: alors sa situation lui rendit les avantages que la guerre lui avait fait perdre; elle redevint l'entrepôt du commerce de ces contrées. Les habitants rassurés abandonnèrent le sommet de la montagne, et bâtirent de nouvelles maisons sur le bord de la mer: ces constructions modernes ont été faites avec les marbres de tous les monuments anciens, dont il reste à peine des fragments; et l'on ne retrouve plus que la place du stade et du théâtre. On chercherait vainement à reconnaître les vestiges des fondations, ou quelques pans de murailles qui s'aperçoivent entre la forteresse et l'emplacement de la ville actuelle. »

Les tremblements de terre, les incendies et la peste ont maltraité la Smyrne moderne, comme les Barbares ont détruit la Smyrne antique. Le dernier fléau que j'ai nommé a donné lieu à un dévouement qui mérite d'être remarqué entre les dévouements de tant d'autres missionnaires; l'histoire n'en sera pas suspecte: c'est un ministre anglican qui la rapporte. Frère Louis de Pavie, de l'ordre des Récollets, supérieur et fondateur de l'hôpital Saint-Antoine, à Smyrne, fut attaqué de la peste: il fit vœu, si Dieu lui rendait la vie, de la consacrer au service des pestiférés. Arraché miraculeusement à la mort, Frère Louis a rempli les conditions de son vœu. Les pestiférés qu'il a soignés sont sans nombre, et l'on a calculé qu'il a sauvé à peu près les deux tiers[a] des malheureux qu'il a secourus.

Je n'avais donc rien à voir à Smyrne, si ce n'est ce

---

a. Voyez Dallaway[2]. Le grand moyen employé par le Frère Louis était d'envelopper le malade dans une chemise trempée d'huile.

Mélès, que personne ne connaît, et dont trois ou quatre ravines se disputent le nom*a*. Mais une chose qui me frappa et qui me surprit, ce fut l'extrême douceur de l'air. Le ciel, moins pur que celui de l'Attique, avait cette teinte que les peintres appellent un *ton chaud*; c'est-à-dire, qu'il était rempli d'une vapeur déliée, un peu rougie par la lumière. Quand la brise de mer venait à manquer, je sentais une langueur qui approchait de la défaillance: je reconnus la molle Ionie[1]. Mon séjour à Smyrne me força à une nouvelle métamorphose; je fus obligé de reprendre les airs de la civilisation, de recevoir et de rendre des visites. Les négociants qui me firent l'honneur de me venir voir, étaient riches; et, quand j'allai les saluer à mon tour, je trouvai chez eux des femmes élégantes qui semblaient avoir reçu le matin leurs modes de chez Leroi[2]. Placé entre les ruines d'Athènes et les débris de Jérusalem, cet autre Paris, où j'étais arrivé sur un bateau grec, et d'où j'allais sortir avec une caravane turque, coupait d'une manière piquante les scènes de mon voyage: c'était une espèce d'oasis civilisé, une Palmyre au milieu des déserts et de la barbarie. J'avoue néanmoins que, naturellement un peu sauvage, ce n'était pas ce qu'on appelle la société que j'étais venu chercher en Orient: il me tardait de voir des chameaux, et d'entendre le cri du cornac.

Le 5 au matin[3], tous les arrangements étant faits, le guide partit avec les chevaux: il alla m'attendre à Ménémen-Eskélessi, petit port de l'Anatolie[4]. Ma dernière visite à Smyrne fut pour Joseph: *Quantum mutatus ab illo*[5]! Était-ce bien là mon illustre drogman? Je

a. Chandler en fait pourtant une description assez *poétique*, quoiqu'il se moque des poètes et des peintres qui se sont avisés de donner des eaux à l'Ilissus. Il fait couler le Mélès derrière le château. La carte de Smyrne, de M. de Choiseul, marque aussi le cours du fleuve, père d'Homère. Comment se fait-il qu'avec toute l'imagination qu'on me suppose, je n'aie pu voir en Grèce ce que tant d'illustres et graves voyageurs y ont vu? J'ai un maudit amour de la vérité et une crainte de dire ce qui n'est pas, qui l'emportent en moi sur toute autre considération.

le trouvai dans une chétive boutique, planant et battant de la vaisselle d'étain. Il avait cette même veste de velours bleu qu'il portait sur les ruines de Sparte et d'Athènes. Mais que lui servaient ces marques de sa gloire ? Que lui servait d'avoir vu les villes et les hommes, *mores hominum et urbes* [1]. Il n'était pas même propriétaire de son échoppe ! J'aperçus dans un coin un maître à mine renfrognée, qui parlait rudement à mon ancien compagnon. C'était pour cela que Joseph se réjouissait tant d'arriver ! Je n'ai regretté que deux choses dans mon voyage, c'est de n'avoir pas été assez riche pour établir Joseph à Smyrne, et pour racheter un captif à Tunis. Je fis mes derniers adieux à mon pauvre camarade : il pleurait, et je n'étais guère moins attendri. Je lui écrivis mon nom sur un petit morceau de papier, dans lequel j'enveloppai des marques sincères de ma reconnaissance : de sorte que le maître de la boutique ne vit rien de ce qui se passait entre nous.

Le soir, après avoir remercié M. le consul de toutes ses civilités, je m'embarquai dans un bateau avec Julien, le drogman, les janissaires et le neveu de M. Chauderloz, qui voulut bien m'accompagner jusqu'à l'Échelle. Nous y abordâmes en peu de temps. Le guide était sur le rivage : j'embrassai mon jeune hôte qui retournait à Smyrne ; nous montâmes à cheval, et nous partîmes.

Il était minuit quand nous arrivâmes au kan de Ménémen [2]. J'aperçus de loin une multitude de lumières éparses : c'était le repos d'une caravane. En approchant, je distinguai des chameaux, les uns couchés, les autres debout ; ceux-ci, chargés de leurs fardeaux, ceux-là débarrassés de leurs bagages. Des chevaux et des ânes débridés mangeaient l'orge dans des seaux de cuir, quelques cavaliers se tenaient encore à cheval, et les femmes voilées n'étaient point descendues de leurs dromadaires. Assis les jambes croisées sur des tapis, des marchands turcs étaient groupés autour des feux qui servaient aux esclaves à préparer le pilau ; d'autres voyageurs fumaient leurs pipes à la porte du kan, mâchaient de l'opium, écoutaient des histoires. On brûlait le café dans les poêlons; des vivandières allaient de feux en feux, proposant des gâteaux de blé grué[1], des fruits et de la volaille; des chanteurs amusaient la foule; des imans faisaient des ablutions, se prosternaient, se relevaient, invoquaient le prophète; des chameliers dormaient étendus sur la terre. Le sol était jonché de ballots, de sacs de coton, de *couffes* de riz. Tous ces objets, tantôt distincts et vivement éclairés, tantôt confus et plongés dans une demi-ombre, selon la couleur et le mouvement des feux, offraient une véritable scène des *Mille et Une Nuits*. Il n'y manquait que le calife Aroun al Raschild, le visir Giaffar, et Mesrour, chef des eunuques.

Je me souvins alors, pour la première fois, que je foulais les plaines de l'Asie, partie du monde qui n'avait point encore vu la trace de mes pas, hélas! ni ces chagrins que je partage avec tous les hommes. Je me sentis pénétré de respect pour cette vieille terre où le genre humain prit naissance, où les patriarches vécurent, où Tyr et Babylone s'élevèrent, où l'Éternel appela Cyrus et Alexandre, où Jésus-Christ accomplit le mystère de notre salut. Un monde étranger s'ouvrait devant moi : j'allais rencontrer des nations qui m'étaient inconnues, des mœurs diverses, des usages différents, d'autres animaux, d'autres plantes, un ciel nouveau, une nature nouvelle. Je passerais bientôt l'Hermus et le Granique; Sardes n'était pas loin; je m'avançais vers Pergame et vers Troie : l'histoire me déroulait une autre page des révolutions de l'espèce humaine.

Je m'éloignai à mon grand regret de la caravane. Après deux heures de marche, nous arrivâmes au bord de l'Hermus que nous traversâmes dans un bac. C'est toujours le *turbidus Hermus*[2] : je ne sais s'il roule encore de l'or. Je le regardai avec plaisir, car c'était le premier fleuve, proprement dit, que je rencontrais depuis que j'avais quitté l'Italie. Nous entrâmes à la pointe du jour dans une plaine bordée de montagnes peu élevées. Le pays offrait un aspect tout différent de celui de la Grèce : les cotonniers verts, le chaume jaunissant des blés, l'écorce variée des pastèques diapraient agréablement la campagne ; des chameaux paissaient çà et là avec des buffles. Nous laissions derrière nous Magnésie[1] et le mont Sipylus : ainsi nous n'étions pas éloignés des champs de bataille où Agésilas humilia la puissance du grand roi, et où Scipion remporta sur Antiochus cette victoire qui ouvrit aux Romains le chemin de l'Asie[2].

Nous aperçûmes au loin sur notre gauche les ruines de Cyme, et nous avions Néon-Tichos à notre droite : j'étais tenté de descendre de cheval et de marcher à pied, par respect pour Homère qui avait passé dans ces mêmes lieux.

« Quelque temps après, le mauvais état de ses affaires le disposa à aller à Cyme. S'étant mis en route, il traversa la plaine de l'Hermus, et arriva à Néon-Tichos, colonie de Cyme : elle fut fondée huit ans après Cyme. On prétend qu'étant en cette ville chez un armurier, il y récita ces vers, les premiers qu'il ait faits : "Ô vous, citoyens de l'aimable fille de Cyme, qui habitez au pied du mont Sardène, dont le sommet est ombragé de bois qui répandent la fraîcheur, et qui vous abreuvez de l'eau du divin Hermus, qu'enfanta Jupiter, respectez la misère d'un étranger qui n'a pas une maison où il puisse trouver un asile."

« L'Hermus coule près de Néon-Tichos, et le mont Sardène domine l'un et l'autre. L'armurier s'appelait Tychius : ces vers lui firent tant de plaisir, qu'il se détermina à le recevoir chez lui. Plein de commisération pour un aveugle réduit à demander son pain, il lui promit de partager avec lui ce qu'il avait. Mélésigène[3], étant entré dans son atelier, prit un siège, et en présence de quelques citoyens de Néon-Tichos, il leur montra un échantillon de ses poésies : c'était l'expédition d'Amphiaraüs contre Thèbes, et les hymnes en l'honneur des dieux. Chacun en dit son sentiment, et Mélésigène ayant porté là-dessus son jugement, ses auditeurs en furent dans l'admiration.

« Tant qu'il fut à Néon-Tichos, ses poésies lui fournirent les moyens de subsister : on y montrait encore de mon temps le lieu où il avait coutume de s'asseoir quand il récitait ses vers. Ce lieu, qui était encore en grande vénération, était ombragé par un peuplier qui avait commencé à croître dans le temps de son arrivée[a]. »

Puisque Homère avait eu pour hôte un armurier, à Néon-Tichos, je ne rougissais plus d'avoir eu pour interprète un marchand d'étain, à Smyrne. Plût au Ciel que la ressemblance fût en tout aussi complète, dussé-je acheter le génie d'Homère par tous les malheurs dont ce poète fut accablé !

Après quelques heures de marche, nous franchîmes une des croupes du mont Sardène, et nous arrivâmes au bord du Pythicus. Nous fîmes halte pour laisser passer une caravane qui traversait le fleuve. Les chameaux, attachés à la queue les uns des autres, n'avançaient dans l'eau qu'en résistant ; ils allongeaient le cou, et étaient tirés par l'âne qui marche à la tête de la caravane. Les marchands et les chevaux étaient arrêtés en face de nous, de l'autre côté de la rivière, et l'on voyait une femme turque assise à l'écart, qui se cachait dans son voile.

Nous passâmes le Pythicus à notre tour, au-dessous[2] d'un méchant pont de pierre ; et à onze heures nous gagnâmes un kan, où nous laissâmes reposer les chevaux.

À cinq heures du soir, nous nous remîmes en route. Les terres étaient hautes et assez bien cultivées. Nous voyions la mer à gauche. Je remarquai, pour la première fois, des tentes de Turcomans : elles étaient faites de peaux de brebis noires, ce qui me fit souvenir des Hébreux et des pasteurs arabes. Nous descendîmes dans la plaine de Myrine, qui s'étend jusqu'au golfe d'Élée. Un vieux château, du nom de Guzel-Hissar, s'élevait sur une des pointes de la montagne que nous venions de quitter. Nous campâmes, à dix heures du

---

a. *Vie d'Homère*, traduction de M. Larcher[1].

soir, au milieu de la plaine. On étendit à terre une couverture que j'avais achetée à Smyrne. Je me couchai dessus, et je m'endormis. En me réveillant, quelques heures après, je vis les étoiles briller au-dessus de ma tête, et j'entendis le cri du chamelier qui conduisait une caravane éloignée.

Le 5, nous montâmes à cheval avant le jour[1]. Nous cheminâmes par une plaine cultivée : nous traversâmes le Caïcus, à une lieue de Pergame, et, à neuf heures du matin, nous entrâmes dans la ville. Elle est bâtie au pied d'une montagne. Tandis que le guide conduisait les chevaux au kan, j'allai voir les ruines de la citadelle. Je trouvai les débris de trois enceintes de murailles, les restes d'un théâtre et d'un temple (peut-être celui de Minerve Porte-Victoire). Je remarquai quelques fragments agréables de sculpture, entre autres, une frise ornée de guirlandes que soutiennent des têtes de bœufs et des aigles[2]. Pergame était au-dessous de moi, dans la direction du midi[3] : elle ressemble à un camp de baraques rouges. Au couchant, se déroule une grande plaine, terminée par la mer ; au levant, s'étend une autre plaine, bordée au loin par des montagnes ; au midi, et au pied de la ville, je voyais d'abord des cimetières plantés de cyprès ; puis, une bande de terre cultivée en orge et en coton ; ensuite, deux grands *tumulus* ; après cela venait une lisière plantée d'arbres ; et enfin, une longue et haute colline qui arrêtait l'œil. Je découvrais aussi au nord-est quelques-uns des replis du Sélinus et du Cétius, et à l'est, l'amphithéâtre dans le creux d'un vallon. La ville, quand je descendis de la citadelle, m'offrit les restes d'un aqueduc, et les débris du *Lycée*. Les savants du pays prétendent que la fameuse bibliothèque était renfermée dans ce dernier monument.

Mais si jamais description fut superflue, c'est celle que je viens de faire. Il n'y a guère plus de cinq à six mois que M. de Choiseul a publié la suite de son Voyage[4]. Ce second volume, où l'on reconnaît les progrès d'un talent que le travail, le temps et le malheur ont perfectionné, donne les détails les plus exacts et les plus curieux sur les monuments de Pergame et sur l'histoire de ses princes. Je ne me permettrai donc qu'une réflexion. Ce nom des Attale, cher aux arts et aux lettres, semble avoir été fatal aux rois : Attale, troisième du nom, mourut presque fou, et légua ses meubles aux Romains : *Populus romanus, bonorum meorum haeres esto*[1]. Et ces républicains, qui regardaient apparemment les peuples comme des meubles, s'emparèrent du royaume d'Attale. On trouve un autre Attale jouet d'Alaric, et dont le nom est devenu proverbial, pour exprimer un fantôme de roi[2]. Quand on ne sait pas porter la pourpre, il ne faut pas l'accepter : mieux vaut alors le sayon de poil de chèvre.

Nous sortîmes de Pergame le soir à sept heures ; et, faisant route au nord, nous nous arrêtâmes à onze heures du soir pour coucher au milieu d'une plaine. Le 6, à quatre heures du matin[3], nous reprîmes notre chemin, et nous continuâmes de marcher dans la plaine qui, aux arbres près, ressemble à la Lombardie. Je fus saisi d'un accès de sommeil si violent, qu'il me fut impossible de le vaincre, et je tombai par-dessus la tête de mon cheval[4]. J'aurais dû me rompre le cou ; j'en fus quitte pour une légère contusion. Vers les sept heures, nous nous trouvâmes sur un sol inégal, formé par des monticules. Nous descendîmes ensuite dans un bassin charmant, planté de mûriers, d'oliviers, de peupliers, et de pins en parasol (*pinus pinea*). En général, toute cette terre de l'Asie me parut fort supérieure à la terre de la Grèce. Nous arrivâmes d'assez bonne heure à la Somma[5], méchante ville turque, où nous passâmes la journée.

Je ne comprenais plus rien à notre marche. Je n'étais plus sur les traces des voyageurs qui, tous, allant à Burse ou revenant de cette ville, passent beaucoup plus à l'est par le chemin de Constantinople. D'un autre côté, pour attaquer le revers du mont Ida, il me semblait que nous eussions dû nous rendre de Pergame à Adramytti[6], d'où, longeant la côte ou franchissant le

Gargare, nous fussions descendus dans la plaine de Troie. Au lieu de suivre cette route, nous avions marché sur une ligne qui passait précisément entre le chemin des Dardanelles et celui de Constantinople. Je commençai à soupçonner quelque supercherie de la part du guide, d'autant plus que je l'avais vu souvent causer avec le janissaire. J'envoyai Julien chercher le drogman ; je demandai à celui-ci par quel hasard nous nous trouvions à la Somma ? Le drogman me parut embarrassé ; il me répondit que nous allions à Kircagach[1] ; qu'il était impossible de traverser la montagne ; que nous y serions infailliblement égorgés ; que notre troupe n'était pas assez nombreuse pour hasarder un pareil voyage, et qu'il était bien plus expédient d'aller rejoindre le chemin de Constantinople.

Cette réponse me mit en colère ; je vis clairement que le drogman et le janissaire, soit par peur, soit par d'autres motifs, étaient entrés dans un complot pour me détourner de mon chemin. Je fis appeler le guide, et je lui reprochai son infidélité. Je lui dis que, puisqu'il trouvait la route de Troie impraticable, il aurait dû le déclarer à Smyrne, qu'il était un poltron, tout Turc qu'il était ; que je n'abandonnerais pas ainsi mes projets selon sa peur ou ses caprices ; que mon marché était fait pour être conduit aux Dardanelles, et que j'irais aux Dardanelles.

À ces paroles, que le drogman traduisit très fidèlement, le guide entra en fureur. Il s'écria : Allah ! Allah ! secoua sa barbe de rage, déclara que j'avais beau dire et beau faire, qu'il me mènerait à Kircagach, et que nous verrions qui d'un Chrétien ou d'un Turc aurait raison auprès de l'aga. Sans Julien, je crois que j'aurais assommé cet homme.

Kircagach étant une riche et grande ville, à trois lieues de la Somma, j'espérais y trouver un agent français qui ferait mettre ce Turc à la raison. Le 6, à quatre heures du matin[2], toute notre troupe était à cheval, selon l'ordre que j'en avais donné. Nous arrivâmes à Kircagach en moins de trois heures, et nous mîmes pied à terre à la porte d'un très beau kan. Le drogman s'informa à l'heure même s'il n'y avait point un consul français dans la ville. On lui indiqua la demeure d'un chirurgien italien : je me fis conduire chez le prétendu vice-consul, et je lui expliquai mon affaire. Il alla sur-le-champ en rendre compte au commandant : celui-ci m'ordonna de comparaître devant lui avec le guide. Je me rendis au tribunal de Son Excellence; j'étais précédé du drogman et du janissaire[1]. L'aga était à demi couché dans l'angle d'un sopha, au fond d'une grande salle assez belle, dont le plancher était couvert de tapis. C'était un jeune homme d'une famille de vizirs. Il avait des armes suspendues au-dessus de sa tête; un de ses officiers était assis auprès de lui. Il fumait d'un air dédaigneux une grande pipe persane, et poussait de temps en temps des éclats de rire immodérés, en nous regardant. Cette réception me déplut. Le guide, le janissaire et le drogman ôtèrent leurs sandales à la porte selon la coutume : ils allèrent baiser le bas de la robe de l'aga, et revinrent ensuite s'asseoir à la porte.

La chose ne se passa pas si paisiblement à mon égard : j'étais complètement armé, botté, éperonné; j'avais un fouet à la main. Les esclaves voulurent m'obliger à quitter mes bottes, mon fouet et mes armes. Je leur fis dire par le drogman qu'un Français suivait partout les usages de son pays. Je m'avançai brusquement dans la chambre. Un spahi me saisit par le bras gauche, et me tira de force en arrière. Je lui sanglai à travers le visage un coup de fouet qui l'obligea de lâcher prise. Il mit la main sur les pistolets qu'il portait à la ceinture : sans prendre garde à sa menace, j'allai m'asseoir à côté de l'aga, dont l'étonnement était risible. Je lui parlai français; je me plaignis de l'insolence de ses gens; je lui dis que ce n'était que par respect pour lui que je n'avais pas tué son janissaire; qu'il devait savoir que les Français étaient les premiers et les plus fidèles alliés du Grand-Seigneur; que la gloire de leurs armes était assez répandue dans l'Orient pour qu'on apprît à respecter leurs chapeaux, de même qu'ils honoraient les turbans sans les craindre ; que j'avais bu le café avec des pachas, qui m'avaient traité comme leur fils ; que je n'étais pas venu à Kircagach pour qu'un esclave m'apprît à vivre, et fût assez téméraire pour toucher la basque de mon habit.

L'aga ébahi m'écoutait comme s'il m'eût entendu[1] : le drogman lui traduisit mon discours. Il répondit qu'il n'avait jamais vu de Français ; qu'il m'avait pris pour un Franc, et que très certainement il allait me rendre justice : il me fit apporter le café.

Rien n'était curieux à observer comme l'air stupéfait et la figure allongée des esclaves qui me voyaient assis avec mes bottes poudreuses sur le divan, auprès de leur maître. La tranquillité étant rétablie, on expliqua mon affaire. Après avoir entendu les deux parties, l'aga rendit un arrêt auquel je ne m'attendais point du tout : il condamna le guide à me rendre une partie de mon argent ; mais il déclara que, les chevaux étant fatigués, cinq hommes seuls ne pouvaient se hasarder dans le passage des montagnes ; qu'en conséquence je devais, selon lui, prendre tranquillement la route de Constantinople.

Il y avait là-dedans un certain bon sens turc assez remarquable, surtout lorsqu'on considérait la jeunesse et le peu d'expérience du juge. Je fis dire à Son Excellence que son arrêt, d'ailleurs très juste, péchait par deux raisons : premièrement, parce que cinq hommes bien armés passaient partout ; secondement, parce que le guide aurait dû faire ses réflexions à Smyrne, et ne pas prendre un engagement qu'il n'avait pas le courage de remplir. L'aga convint que ma dernière remarque était raisonnable ; mais que, les chevaux étant fatigués et incapables de faire une aussi longue route, la *fatalité* m'obligeait de prendre un autre chemin.

Il eût été inutile de résister à la fatalité : tout était secrètement contre moi, le juge, le drogman et mon janissaire. Le guide voulut faire des difficultés pour l'argent ; mais on lui déclara que cent coups de bâton l'attendaient à la porte, s'il ne restituait pas une partie de la somme qu'il avait reçue. Il la tira avec une grande douleur du fond d'un petit sac de cuir, et s'approcha pour me la remettre : je la pris, et la lui rendis, en lui reprochant son manque de bonne foi et de loyauté. L'intérêt est le grand vice des musulmans, et la libéralité est la vertu qu'ils estiment davantage. Mon action leur parut sublime : on n'entendait qu'Allah ! Allah ! Je fus reconduit par tous les esclaves, et même par le spahi que j'avais frappé : ils s'attendaient à ce qu'ils appellent le *régal*[1]. Je donnai deux pièces d'or au musulman battu ; je crois qu'à ce prix il n'aurait pas fait les difficultés que Sancho faisait pour délivrer madame Dulcinée[2]. Quant au reste de la troupe, on lui déclara de ma part qu'un Français ne faisait ni ne recevait de présents.

Voilà les soins que me coûtaient Ilion et la gloire d'Homère. Je me dis, pour me consoler, que je passerais nécessairement devant Troie, en faisant voile avec les pèlerins, et que je pourrais engager le capitaine à me mettre à terre. Je ne songeai donc plus qu'à poursuivre promptement ma route.

J'allai rendre visite au chirurgien ; il n'avait point reparu dans toute cette affaire du guide, soit qu'il n'eût aucun titre pour m'appuyer, soit qu'il craignît le commandant. Nous nous promenâmes ensemble dans la ville, qui est assez grande et bien peuplée. Je vis ce que je n'avais point encore rencontré ailleurs, de jeunes Grecques sans voiles, vives, jolies, accortes, et en apparence filles d'Ionie. Il est singulier que Kircagach, si connue dans tout le Levant pour la supériorité de son coton, ne se trouve dans aucun voyageur[a], et

---

a. M. de Choiseul est le seul qui la nomme. Tournefort parle d'une montagne appelée Kircagan. Paul Lucas, Pococke, Chandler, Spon, Smith, Dallaway, ne disent rien de Kircagach. D'Anville la passe sous silence. Les Mémoires de Peyssonel n'en parlent pas. Si elle se trouve dans quelques-uns des innombrables Voyages en Orient, c'est d'une manière très obscure, et qui échappe entièrement à ma mémoire. (*Note des deux premières éditions.*)

II. Archipel, Anatolie, Constantinople 249

n'existe sur aucune carte. C'est une de ces villes que les Turcs appellent sacrées : elle est attachée à la grande Mosquée de Constantinople ; les pachas ne peuvent y entrer : j'ai parlé de la bonté et de la singularité de son miel, à propos de celui du mont Hymette.

Nous quittâmes Kircagach à trois heures de l'après-midi : et nous prîmes la route de Constantinople. Nous nous dirigions au nord, à travers un pays planté de cotonniers. Nous gravîmes une petite montagne ; nous descendîmes dans une autre plaine, et nous vînmes, à cinq heures et demie du soir, coucher au kan de Kelembé. C'est vraisemblablement ce même lieu que Spon nomme Basculembéi, Tournefort Baskelambai, et Thévenot Dgelembé[2]. Cette géographie turque est fort obscure dans les voyageurs : chacun ayant suivi l'orthographe que lui dictait son oreille, on a encore une peine infinie à faire la concordance des noms anciens et des noms modernes dans l'Anatolie. D'Anville n'est pas complet à cet égard ; et malheureusement la carte de la Propontide, levée par ordre de M. de Choiseul, ne dessine que les côtes de la mer de Marmara.

J'allai me promener aux environs du village : le ciel était nébuleux, et l'air froid comme en France ; c'était la première fois que je remarquais cette espèce de ciel dans l'Orient. Telle est la puissance de la patrie ; j'éprouvais un plaisir secret à contempler ce ciel grisâtre et attristé, au lieu de ce ciel pur que j'avais eu si longtemps sur ma tête.

> *Si, dans sa course déplorée,*
> *Il succombe au dernier sommeil,*
> *Sans revoir la douce contrée*
> *Où brilla son premier soleil ;*
> *Là, son dernier soupir s'adresse ;*
> *Là, son expirante tendresse*
> *Veut que ses os soient ramenés :*

Kircagach se trouve, dit-on, sur une carte d'Arrowsmith[1]. — (*Voyez la Préface de la troisième édition.*)

> *D'une région étrangère*
> *La terre serait moins légère*
> *À ses mânes abandonnés*[1] *!*

Le 8, au lever du jour[2], nous quittâmes notre gîte, et nous commençâmes à gravir une région montueuse qui serait couverte d'une admirable forêt de chênes, de pins, de phyllyrea, d'andrachnés, de térébinthes, si les Turcs laissaient croître quelque chose : mais ils mettent le feu aux jeunes plants, et mutilent les gros arbres : ce peuple détruit tout ; c'est un véritable fléau[a]. Les villages, dans ces montagnes, sont pauvres ; mais les troupeaux sont assez communs et très variés. Vous voyez dans la même cour des bœufs, des buffles, des moutons, des chèvres, des chevaux, des ânes, des mulets, mêlés à des poules, à des dindons, à des canards, à des oies. Quelques oiseaux sauvages, tels que les cigognes et les alouettes vivent familièrement avec ces animaux domestiques ; au milieu de ces hôtes paisibles règne le chameau, le plus paisible de tous.

Nous vînmes dîner à Geujouck[3] : ensuite, continuant notre route, nous bûmes le café au haut de la montagne de Zebec ; nous couchâmes à Chia-Ouse[4]. Tournefort et Spon nomment sur cette route un lieu appelé Courougonlgi[5].

Nous traversâmes le 9[6] des montagnes plus élevées que celles que nous avions passées la veille. Wheler prétend qu'elles forment la chaîne du mont Timnus. Nous dînâmes à Manda-Fora[7] ; Spon et Tournefort écrivent Mandagoia : on y voit quelques colonnes antiques. C'est ordinairement la couchée ; mais nous passâmes outre, et nous nous arrêtâmes à neuf heures du soir au café d'Emir-Capi[8], maison isolée au milieu des bois. Nous avions fait une route de treize heures : le maître du lieu venait d'expirer. Il était étendu sur sa natte ; on l'en ôta bien vite pour me la donner : elle était encore tiède, et

---

a. Tournefort dit qu'on met le feu à ces forêts pour augmenter les pâturages : ce qui est très absurde de la part des Turcs car le bois manque dans toute la Turquie, et les pâturages y sont abondants.

déjà tous les amis du mort avaient déserté la maison. Une espèce de valet qui restait seul, m'assura bien que son maître n'était pas mort de maladie contagieuse ; je fis donc déployer ma couverture sur la natte, je me couchai et m'endormis. D'autres dormiront à leur tour sur mon dernier lit, et ne penseront pas plus à moi que je ne pensai au Turc qui m'avait cédé sa place : « On jette un peu de terre sur la tête, et en voilà pour jamais[a]. »

Le 10, après six heures de marche, nous arrivâmes pour déjeuner au joli village de Souséverlé. C'est peut-être le Sousurluck de Thévenot ; et très certainement c'est le Sousighirli de Spon, et le Sousonghirli de Tournefort, c'est-à-dire le village des Buffles-d'Eau[2]. Il est situé à la fin et sur le revers des montagnes que nous venions de passer. À cinq cents pas du village coule une rivière, et de l'autre côté de cette rivière s'étend une belle et vaste plaine. Cette rivière de Sousonghirli n'est autre chose que le Granique[3] ; et cette plaine inconnue est la plaine de la Mysie[b].

Quelle est donc la magie de la gloire ? Un voyageur va traverser un fleuve qui n'a rien de remarquable : on lui dit que ce fleuve se nomme Sousonghirli ; il passe et continue sa route ; mais si quelqu'un lui crie : C'est le Granique ! il recule, ouvre des yeux étonnés, demeure les regards attachés sur le cours de l'eau, comme si cette eau avait un pouvoir magique, ou comme si quelque voix extraordinaire se faisait entendre sur la rive[c]. Et c'est un seul homme qui immortalise ainsi un petit fleuve dans un désert ! Ici tombe un empire immense[4] : ici s'élève un empire encore plus grand ; l'océan Indien entend la chute du trône qui s'écroule près des

a. Pascal[1].
b. Je ne sais d'après quel Mémoire ou quel voyageur d'Anville donne au Granique le nom d'*Ousvola*. La manière dont mon oreille a entendu prononcer le nom de ce fleuve, *Souséverlé*, se rapproche plus du nom écrit par d'Anville, que Sousonghirli ou Sousurluck. (*Note des deux premières éditions.*)
Spon et Tournefort prennent comme moi le Sousonghirli pour le Granique. (*Voyez la Préface de la troisième édition.*)
c. Voir note B, p. 545.

mers de la Propontide ; le Gange voit accourir le Léopard aux quatre ailes[a], qui triomphe au bord du Granique ; Babylone que le roi bâtit dans l'éclat de sa puissance[b], ouvre ses portes pour recevoir un nouveau maître ; Tyr, reine des vaisseaux[c], s'abaisse, et sa rivale sort des sables d'Alexandrie.

Alexandre commit des crimes : sa tête n'avait pu résister à l'enivrement de ses succès ; mais par quelle magnanimité ne racheta-t-il pas les erreurs de sa vie ? Ses crimes furent toujours expiés par ses pleurs : tout, chez Alexandre, sortait des entrailles. Il finit et commença sa carrière par deux mots sublimes. Partant pour combattre Darius, il distribue ses États à ses capitaines : «Que vous réservez-vous donc ? s'écrient ceux-ci étonnés. — L'espérance !» — «À qui laissez-vous l'empire ? lui disent les mêmes capitaines, comme il expirait. — Au plus digne !» Plaçons entre ces deux mots la conquête du monde achevée avec trente-cinq mille hommes en moins de dix ans ; et convenons que si quelque homme a ressemblé à un Dieu parmi les hommes, c'était Alexandre. Sa mort prématurée ajoute même quelque chose de divin à sa mémoire : car nous le voyons toujours jeune, beau, triomphant, sans aucune de ces infirmités de corps, sans aucun de ces revers de fortune, que l'âge et le temps amènent. Cette divinité s'évanouit, et les mortels ne peuvent soutenir le poids de son ouvrage : «Son empire, dit le prophète, est donné aux quatre vents du ciel[d].»

Nous nous arrêtâmes pendant trois heures à Sousonghirli, et je les passai tout entières à contempler le Granique. Il est très encaissé ; son bord occidental est raide et escarpé ; l'eau brillante et limpide coule sur un fond de sable. Cette eau, dans l'endroit où je l'ai vue, n'a guère plus de quarante pieds de largeur, sur

---

a. Daniel[1].
b. Id.
c. Isaïe[2].
d. Daniel[3].

trois et demi de profondeur; mais au printemps elle s'élève et roule avec impétuosité.

Nous quittâmes Sousonghirli à deux heures de l'après-midi; nous traversâmes le Granique, et nous nous avançâmes dans la plaine de la Mikalicie[a] qui était comprise dans la Mysie des anciens. Nous vînmes coucher à Tehutitsi[1] qui est peut-être le Squeticui de Tournefort. Le kan se trouvant rempli de voyageurs, nous nous établîmes sous de grands saules plantés en quinconce.

Le 11, nous partîmes au lever du jour[2], et laissant à droite la route de Burse, nous continuâmes à marcher dans une plaine couverte de joncs terrestres, et où je remarquai les restes d'un aqueduc.

Nous arrivâmes à neuf heures du matin à Mikalitza, grande ville turque, triste et délabrée, située sur une rivière à laquelle elle donne son nom. Je ne sais si cette rivière n'est point celle qui sort du lac Abouilla : ce qu'il y a de certain, c'est qu'on découvre au loin un lac[3] dans la plaine. Dans ce cas, la rivière de Mikalitza serait le Rhyndaque, autrefois le Lycus, qui prenait sa source dans le Stagnum Artynia; d'autant plus qu'elle a précisément à son embouchure la petite île (Besbicos) indiquée par les anciens. La ville de Mikalitza n'est pas très éloignée du Lopadion de Nicétas, qui est le Loupadi de Spon, le Lopadi, Loubat, et Ouloubat de Tournefort. Rien n'est plus fatigant pour un voyageur que cette confusion dans la nomenclature des lieux; et si j'ai commis à ce propos des erreurs presque inévitables, je prie le lecteur de se souvenir que des hommes plus habiles que moi s'y sont trompés[b].

a. Tournefort écrit Michalicie.
b. Pendant que je fais tous ces calculs, il peut exister telle géographie, tel ouvrage, où les points que je traite sont éclaircis. Cela ne fait pas que j'aie négligé ce que je devais savoir. Je dois connaître les grandes autorités; mais comment exiger que j'aie lu les nouveautés qui paraissent en Europe tous les ans ? Je n'en ai malheureusement que trop lu. Parmi les ouvrages modernes sur la géographie, je dois remarquer toutefois le *Précis de la Géographie*

Nous abandonnâmes Mikalitza à midi, et nous descendîmes, en suivant le bord oriental de la rivière vers des terres élevées qui forment la côte de la mer de Marmara, autrefois la Propontide. J'aperçus sur ma droite de superbes plaines, un grand lac, et dans le lointain la chaîne de l'Olympe : tout ce pays est magnifique. Après avoir chevauché une heure et demie, nous traversâmes la rivière sur un pont de bois, et nous parvînmes au défilé des hauteurs que nous avions devant nous. Là nous trouvâmes l'Échelle ou le port de Mikalitza ; je congédiai mon fripon de guide, et je retins mon passage sur une barque turque, prête à partir pour Constantinople.

À quatre heures de l'après-midi, nous commençâmes à descendre la rivière : il y a seize lieues de l'Échelle de Mikalitza à la mer. La rivière était devenue un fleuve à peu près de la largeur de la Seine : elle coulait entre des monticules verts qui baignent leur pied dans les flots. La forme antique de notre galère, le vêtement oriental des passagers, les cinq matelots demi-nus qui nous tiraient à la cordelle, la beauté de la rivière, la solitude des coteaux, rendaient cette navigation pittoresque et agréable.

À mesure que nous approchions de la mer, la rivière formait derrière nous un long canal au fond duquel on apercevait les hauteurs d'où nous sortions, et dont les plans inclinés étaient colorés par un soleil couchant qu'on ne voyait pas. Des cygnes voguaient devant nous, et des hérons allaient chercher à terre leur retraite accoutumée. Cela me rappelait assez bien les fleuves et les scènes de l'Amérique, lorsque le soir je quittais mon canot d'écorce, et que j'allumais du feu sur un rivage inconnu. Tout à coup, les collines entre lesquelles nous circulions, venant à se replier à droite et à gauche, la mer s'ouvrit devant nous. Au pied des deux

---

universelle[1], de M. Malte-Brun, ouvrage excellent, où l'on trouve une érudition très rare, une critique sage, des aperçus nouveaux, un style clair, spirituel, et toujours approprié au sujet.

II. *Archipel, Anatolie, Constantinople*

promontoires s'étendait une terre basse à demi noyée, formée par les alluvions du fleuve. Nous vînmes mouiller sous cette terre marécageuse, près d'une cabane, dernier kan de l'Anatolie.

Le 12, à quatre heures du matin[1], nous levâmes l'ancre; le vent était doux et favorable; et nous nous trouvâmes en moins d'une demi-heure à l'extrémité des eaux du fleuve. Le spectacle mérite d'être décrit. L'aurore se levait à notre droite par-dessus les terres du continent; à notre gauche s'étendait la mer de Marmara; la proue de notre barque regardait une île[2]; le ciel à l'orient était d'un rouge vif, qui pâlissait à mesure que la lumière croissait; l'étoile du matin brillait dans cette lumière empourprée; et au-dessous de cette belle étoile, on distinguait à peine le croissant de la lune[3], comme le trait du pinceau le plus délié : un ancien aurait dit que Vénus, Diane ou l'Aurore venaient lui annoncer le plus brillant des dieux. Ce tableau changeait à mesure que je le contemplais : bientôt des espèces de rayons roses et verts, partant d'un centre commun, montèrent du levant au zénith; ces couleurs s'effacèrent, se ranimèrent, s'effacèrent de nouveau, jusqu'à ce que le soleil, paraissant sur l'horizon, confondît toutes les nuances du ciel dans une universelle blancheur légèrement dorée.

Nous fîmes route au nord, laissant à notre droite, les côtes de l'Anatolie : le vent tomba une heure après le lever du soleil, et nous avançâmes à la rame. Le calme dura toute la journée. Le coucher du soleil fut froid, rouge et sans accidents de lumières; l'horizon opposé était grisâtre, la mer plombée et sans oiseaux; les côtes lointaines paraissaient azurées, mais elles n'avaient aucun éclat. Le crépuscule dura peu, et fut remplacé subitement par la nuit. À neuf heures, le vent se leva du côté de l'est, et nous fîmes bonne route. Le 13, au retour de l'aube[4], nous nous trouvâmes sous la côte d'Europe, en travers du port Saint-Étienne[5] : cette côte était basse et nue. Il y avait deux mois, jour pour jour et presque heure pour heure, que j'étais sorti de la capitale des peuples civilisés, et j'allais entrer dans la capitale des peuples barbares. Que de choses n'avais-je point vues dans ce court espace de temps! Combien ces deux mois m'avaient vieilli!

À six heures et demie, nous passâmes devant la Poudrière[1], monument blanc et long, construit à l'italienne. Derrière ce monument s'étendait la terre d'Europe; elle paraissait plate et uniforme. Des villages annoncés par quelques arbres, étaient semés çà et là; c'était un paysage de la Beauce après la moisson. Par-dessus la pointe de cette terre qui se courbait en croissant devant nous, on découvrait quelques minarets de Constantinople.

À huit heures, un caïque vint à notre bord: comme nous étions presque arrêtés par le calme, je quittai la felouque, et je m'embarquai avec mes gens dans le petit bateau. Nous rasâmes la pointe d'Europe, où s'élève le château des Sept-Tours, vieille fortification gothique qui tombe en ruine. Constantinople, et surtout la côte d'Asie, étaient noyées dans le brouillard: les cyprès et les minarets que j'apercevais à travers cette vapeur, présentaient l'aspect d'une forêt dépouillée. Comme nous approchions de la pointe du sérail, le vent du nord se leva, et balaya, en moins de quelques minutes, la brume répandue sur le tableau; je me trouvai tout à coup au milieu du palais du Commandeur des Croyants: ce fut le coup de baguette d'un Génie. Devant moi le canal de la mer Noire serpentait entre des collines riantes, ainsi qu'un fleuve superbe: j'avais à droite la terre d'Asie et la ville de Scutari; la terre d'Europe était à ma gauche; elle formait, en se creusant, une large baie, pleine de grands navires à l'ancre, et traversée par d'innombrables petits bateaux. Cette baie, renfermée entre deux coteaux, présentait en regard et en amphithéâtre, Constantinople et Galata. L'immensité de ces trois villes étagées, Galata, Constantinople et Scutari; les cyprès, les minarets, les mâts des vaisseaux qui s'élevaient et se confondaient de toutes parts; la verdure des arbres, les couleurs des maisons blanches et rouges; la mer qui étendait sous ces objets sa nappe bleue, et le ciel qui déroulait au-dessus un autre champ d'azur: voilà ce que j'admirais[1]. On n'exagère point, quand on dit que Constantinople offre le plus beau point de vue de l'univers[a].

Nous abordâmes à Galata: je remarquai sur-le-champ le mouvement des quais, et la foule des porteurs, des marchands et des mariniers; ceux-ci annonçaient par la couleur diverse de leurs visages, par la différence de leurs langages, de leurs habits, de leurs robes, de leurs chapeaux, de leurs bonnets, de leurs turbans, qu'ils étaient venus de toutes les parties de l'Europe et de l'Asie habiter cette frontière de deux mondes. L'absence presque totale des femmes, le manque de voitures à roues, et les meutes de chiens sans maîtres, furent les trois caractères distinctifs qui me frappèrent d'abord dans l'intérieur de cette ville extraordinaire. Comme on ne marche guère qu'en babouches, qu'on n'entend point de bruit de carrosses et de charrettes, qu'il n'y a point de cloches, ni presque point de métiers à marteau, le silence est continuel. Vous voyez autour de vous une foule muette qui semble vouloir passer sans être aperçue, et qui a toujours l'air de se dérober aux regards du maître. Vous arrivez sans cesse d'un bazar à un cimetière, comme si les Turcs n'étaient là que pour acheter, vendre et mourir. Les cimetières sans murs, et placés au milieu des rues, sont des bois magnifiques de cyprès: les colombes font leurs nids dans ces cyprès et partagent la paix des morts. On découvre çà et là quelques monuments antiques qui n'ont de rapport, ni avec les hommes modernes, ni avec les monuments nouveaux dont ils sont environnés: on dirait qu'ils ont été transportés dans cette ville orientale par l'effet d'un talisman. Aucun signe de joie, aucune apparence de bonheur ne se montre à vos yeux: ce qu'on voit n'est pas un peuple, mais un troupeau qu'un iman conduit et qu'un janissaire égorge. Il

a. Je préfère pourtant la baie de Naples.

n'y a d'autre plaisir que la débauche, d'autre peine que la mort. Les tristes sons d'une mandoline sortent quelquefois du fond d'un café, et vous apercevez d'infâmes enfants qui exécutent des danses honteuses devant des espèces de singes assis en rond sur de petites tables. Au milieu des prisons et des bagnes s'élève un sérail, Capitole de la servitude : c'est là qu'un gardien sacré conserve soigneusement les germes de la peste et les lois primitives de la tyrannie. De pâles adorateurs rôdent sans cesse autour du temple, et viennent apporter leurs têtes à l'idole. Rien ne peut les soustraire au sacrifice ; ils sont entraînés par un pouvoir fatal : les yeux du despote attirent les esclaves, comme les regards du serpent fascinent les oiseaux dont il fait sa proie[1].

On a tant de relations de Constantinople, que ce serait folie à moi de prétendre encore en parler[a]. Il y a plusieurs auberges à Péra qui ressemblent à celles des autres villes de l'Europe : les porteurs qui s'emparèrent de mes bagages, me conduisirent à l'une de ces auberges. Je me rendis de là au palais de France[3]. J'avais eu l'honneur de voir à Paris M. le général Sébastiani[4], ambassadeur de France à la Porte : non seulement il voulut bien exiger que je mangeasse tous les jours au palais, mais ce ne fut que sur mes instantes prières qu'il me permit de rester à l'auberge. MM. Franchini frères, premiers drogmans de l'ambassade, m'obtinrent, par l'ordre du général, les firmans nécessaires[5] pour mon voyage de Jérusalem ; M. l'ambassadeur y joignit des lettres adressées au Père Gardien de Terre-Sainte et à nos consuls en Égypte et en Syrie. Craignant que je ne vinsse à manquer d'argent, il me

---

a. On peut consulter ÉTIENNE DE BYZANCE ; GYLLI, *de Topographiâ Constantinopoleos* ; DUCANGE, *Constantinopolis Christiana* ; PORTER, *Observations on the religion, etc., of the Turks* ; MOURADGEA d'Ohson, *Tableau de l'Empire ottoman* ; DALLAWAY, *Constantinople ancienne et moderne* ; PAUL LUCAS, THÉVENOT, TOURNEFORT ; enfin le *Voyage pittoresque de Constantinople et des rives du Bosphore*[2], etc.

permit de tirer sur lui des lettres de change à vue, partout où je pourrais en avoir besoin ; enfin, joignant à ces services du premier ordre les attentions de la politesse, il voulut lui-même me faire voir Constantinople, et il se donna la peine de m'accompagner aux monuments les plus remarquables[1]. MM. ses aides de camp et la légation me comblèrent de tant de civilités, que j'en étais véritablement confus : c'est un devoir pour moi de leur témoigner ici toute ma gratitude.

Je ne sais comment parler d'une autre personne que j'aurais dû nommer la première[2]. Son extrême bonté était accompagnée d'une grâce touchante et triste qui semblait être un pressentiment de l'avenir : elle était pourtant heureuse, et une circonstance particulière augmentait encore son bonheur. Moi-même j'ai pris part à cette joie qui devait se changer en deuil. Quand je quittai Constantinople, madame Sébastiani était pleine de santé, d'espérance et de jeunesse ; et je n'avais pas encore revu notre pays, qu'elle ne pouvait déjà plus entendre l'expression de ma reconnaissance[3].

. . . . *Trojâ infelice sepultum*
Detinet extremo terra aliena solo[4].

Il y avait dans ce moment même à Constantinople une députation des Pères de Terre-Sainte ; ils étaient venus réclamer la protection de l'ambassadeur contre la tyrannie des commandants de Jérusalem. Les Pères me donnèrent des lettres de recommandation pour Jafa. Par un autre bonheur, le bâtiment qui portait les pèlerins grecs en Syrie, se trouvait prêt à partir. Il était en rade, et il devait mettre à la voile au premier bon vent : de sorte que si mon voyage de la Troade avait réussi, j'aurais manqué celui de la Palestine. Le marché fut bientôt conclu avec le capitaine[a]. M. l'ambassadeur fit porter à bord les provisions les plus recherchées. Il me donna pour interprète un Grec appelé Jean, domestique de MM. Franchini. Comblé d'attentions, de vœux

---

a. Voir la note C, p. 547.

et de souhaits, le 18 septembre à midi, je fus conduit sur le vaisseau des pèlerins[1].

J'avoue que si j'étais fâché de quitter des hôtes d'une bienveillance et d'une politesse aussi rares, j'étais cependant bien aise de sortir de Constantinople. Les sentiments qu'on éprouve malgré soi dans cette ville gâtent sa beauté : quand on songe que ces campagnes n'ont été habitées autrefois que par des Grecs du Bas-Empire, et qu'elles sont occupées aujourd'hui par des Turcs, on est choqué du contraste entre les peuples et les lieux ; il semble que des esclaves aussi vils et des tyrans aussi cruels n'auraient jamais dû déshonorer un séjour aussi magnifique. J'étais arrivé à Constantinople le jour même d'une révolution : les rebelles de la Romélie s'étaient avancés jusqu'aux portes de la ville[2]. Obligé de céder à l'orage, Selim avait exilé et renvoyé des ministres désagréables aux janissaires ; on attendait à chaque instant que le bruit du canon annonçât la chute de têtes proscrites. Quand je contemplais les arbres et les palais du sérail, je ne pouvais me défendre de prendre en pitié le maître de ce vaste Empire[a]. Oh ! que les despotes sont misérables au milieu de leur bonheur, faibles au milieu de leur puissance ! Qu'ils sont à plaindre de faire couler les pleurs de tant d'hommes, sans être sûrs eux-mêmes de n'en jamais répandre, sans pouvoir jouir du sommeil dont ils privent l'infortuné !

Le séjour de Constantinople me pesait. Je n'aime à visiter que les lieux embellis par les vertus ou par les arts, et je ne trouvais dans cette patrie des Phocas et des Bajazet ni les unes ni les autres. Mes souhaits furent bientôt remplis, car nous levâmes l'ancre le jour même de mon embarquement, à quatre heures du soir. Nous déployâmes la voile au vent du nord, et nous voguâmes vers Jérusalem sous la bannière de la croix qui flottait aux mâts de notre vaisseau.

---

[a]. La fin malheureuse de Selim n'a que trop justifié cette pitié[3].

TROISIÈME PARTIE

VOYAGE DE RHODES, DE JAFA, DE BETHLÉEM, ET DE LA MER MORTE

Nous étions sur le vaisseau à peu près deux cents passagers, femmes, enfants et vieillards. On voyait autant de nattes rangées en ordre des deux côtés de l'entrepont. Une bande de papier, collée contre le bord du vaisseau, indiquait le nom du propriétaire de la natte. Chaque pèlerin avait suspendu à son chevet son bourdon, son chapelet et une petite croix. La chambre du capitaine était occupée par les papas conducteurs de la troupe. À l'entrée de cette chambre, on avait ménagé deux antichambres : j'avais l'honneur de loger dans un de ces trous noirs, d'environ six pieds carrés, avec mes deux domestiques[1]; une famille occupait vis-à-vis de moi l'autre appartement. Dans cette espèce de république, chacun faisait son ménage à volonté : les femmes soignaient leurs enfants, les hommes fumaient ou préparaient leur dîner, les papas causaient ensemble[2]. On entendait de tous côtés le son des mandolines, des violons et des lyres. On chantait, on dansait, on riait, on priait. Tout le monde était dans la joie. On me disait : Jérusalem ! en me montrant le midi ; et je répondais : Jérusalem ! Enfin, sans la peur, nous eussions été les plus heureuses gens du monde ; mais au moindre vent les matelots pliaient les voiles, les pèlerins criaient : *Christos! Kyrie eleison!* L'orage passé, nous reprenions notre audace.

Au reste, je n'ai point remarqué le désordre dont

parlent quelques voyageurs. Nous étions au contraire fort décents et fort réguliers. Dès le premier soir de notre départ, deux papas firent la prière, à laquelle tout le monde assista avec beaucoup de recueillement. On bénit le vaisseau : cérémonie qui se renouvelait à chaque orage. Les chants de l'Église grecque ont assez de douceur, mais peu de gravité. J'observai une chose singulière : un enfant commençait le verset d'un psaume dans un ton aigu, et le soutenait ainsi sur une seule note, tandis qu'un des papas chantait le même verset sur un air différent et en canon, c'est-à-dire, commençant la phrase lorsque l'enfant en avait déjà passé le milieu. Ils ont un admirable *Kyrie eleison* : ce n'est qu'une note tenue par différentes voix, les unes graves, les autres aiguës exécutant, *andante* et *mezza voce*, l'octave, la quinte et la tierce. L'effet de ce *Kyrie* est surprenant pour la tristesse et la majesté. C'est sans doute un reste de l'ancien chant de la primitive Église. Je soupçonne l'autre psalmodie d'appartenir à ce chant moderne introduit dans le rite grec vers le quatrième siècle, et dont saint Augustin avait bien raison de se plaindre[1].

Dès le lendemain de notre départ, la fièvre me reprit avec assez de violence : je fus obligé de rester couché sur ma natte. Nous traversâmes rapidement la mer de Marmara (la Propontide). Nous passâmes devant la presqu'île de Cyzique, et à l'embouchure d'Ægos-Potamos. Nous rasâmes les promontoires de Sestos et d'Abydos : Alexandre et son armée, Xerxès et sa flotte, les Athéniens et les Spartiates, Héro et Léandre, ne purent vaincre le mal de tête qui m'accablait ; mais lorsque, le 21 septembre, à six heures du matin, on me vint dire que nous allions doubler le château des Dardanelles, la fièvre fut chassée par les souvenirs de Troie. Je me traînai sur le pont ; mes premiers regards tombèrent sur un haut promontoire couronné par neuf moulins[2] : c'était le cap Sigée. Au pied du cap je distinguais deux *tumulus*, les tombeaux d'Achille et de Patrocle. L'embouchure du Simoïs était à la gauche du château neuf d'Asie ; plus loin, derrière nous, en remontant vers l'Hellespont, paraissait le cap Rhétée et le tombeau d'Ajax. Dans l'enfoncement s'élevait la chaîne du mont Ida, dont les pentes, vues du point où j'étais, paraissaient douces et d'une couleur harmonieuse. Ténédos était devant la proue du vaisseau : *Est in conspectu Tenedos*[1].

Je promenais mes yeux sur ce tableau et les ramenais malgré moi à la tombe d'Achille. Je répétais ces vers du poète[2] :

« L'armée des Grecs belliqueux élève sur le rivage un monument vaste et admiré ; monument que l'on aperçoit de loin en passant sur la mer, et qui attirera les regards des générations présentes et des races futures. »

Ἀμφ' αὐτοῖδι δ'ἔπειτα μέγαν καὶ ἀμύμονα τύμβον
Χεύαμεν Ἀργείων ἱερὸς στρατὸς αἰχμητάων
Ἀκτῇ ἐπὶ προυχούσῃ, ἐπὶ πλατεῖ Ἑλλησπόντῳ.
Ὥς κεν τηλεφανὴς ἐκ ποντόφιν ἀνδράσιν εἴη
Τοῖς οἵ νῦν γεγάασι καὶ οἵ μετόπισθεν ἔσονται.

ODYSS., lib. XXIV.

Les pyramides des rois égyptiens sont peu de chose, comparées à la gloire de cette tombe de gazon que chanta Homère, et autour de laquelle courut Alexandre.

J'éprouvai dans ce moment un effet remarquable de la puissance des sentiments et de l'influence de l'âme sur le corps : j'étais monté sur le pont avec la fièvre : le mal de tête cessa subitement, je sentis renaître mes forces, et, ce qu'il y a de plus extraordinaire, toutes les forces de mon esprit : il est vrai que vingt-quatre heures après la fièvre était revenue.

Je n'ai rien à me reprocher : j'avais eu le dessein de me rendre par l'Anatolie à la plaine de Troie, et l'on a vu ce qui me força à renoncer à mon projet ; j'y voulus aborder par mer, et le capitaine du vaisseau refusa obstinément de me mettre à terre, quoiqu'il y fût obligé par notre traité[3]. Dans le premier moment, ces contrariétés me firent beaucoup de peine, mais aujourd'hui je m'en console. J'ai tant été trompé en Grèce, que le même sort m'attendait peut-être à Troie. Du moins j'ai conservé toutes mes illusions sur le Simoïs; j'ai de plus le bonheur d'avoir salué une terre sacrée, d'avoir vu les flots qui la baignent, et le soleil qui l'éclaire.

Je m'étonne que les voyageurs, en parlant de la plaine de Troie, négligent presque toujours les souvenirs de l'Énéide. Troie a pourtant fait la gloire de Virgile comme elle a fait celle d'Homère. C'est une rare destinée pour un pays d'avoir inspiré les plus beaux chants des deux plus grands poètes du monde. Tandis que je voyais fuir les rivages d'Ilion, je cherchais à me rappeler les vers qui peignent si bien la flotte grecque sortant de Ténédos, et s'avançant *per silentia lunae*[1], à ces bords solitaires qui passaient tour à tour sous mes yeux. Bientôt des cris affreux succédaient au silence de la nuit, et les flammes du palais de Priam éclairaient cette mer où notre vaisseau voguait paisiblement.

La muse d'Euripide, s'emparant aussi de ces douleurs, prolongea les scènes de deuil sur ces rivages tragiques[2].

LE CHŒUR

Hécube, voyez-vous Andromaque qui s'avance sur un char étranger? Son fils, le fils d'Hector, le jeune Astyanax, suit le sein maternel.

HÉCUBE

Ô femme infortunée, en quels lieux êtes-vous conduite, entourée des armes d'Hector et des dépouilles de la Phrygie?...

ANDROMAQUE

Ô douleurs!

III. Rhodes, Jafa, Bethléem et la mer Morte

HÉCUBE

Mes enfants!...

ANDROMAQUE

Infortunée!

HÉCUBE

Et mes enfants!...

ANDROMAQUE

Accours, mon époux!...

HÉCUBE

Oui, viens, fléau des Grecs! Ô le premier de mes enfants! Rends à Priam, dans les enfers, celle qui, sur la terre, lui fut si tendrement unie.

LE CHŒUR

Il ne nous reste que nos regrets et les larmes que nous versons sur ces ruines. Les douleurs ont succédé aux douleurs... Troie a subi le joug de l'esclavage.

HÉCUBE

Ainsi le palais où je devins mère est tombé!

LE CHŒUR

Ô mes enfants, votre patrie est changée en désert[a]! etc.

a. *Les Troyennes*. Théâtre des Grecs, traduct. franç.

Tandis que je m'occupais des douleurs d'Hécube, les descendants des Grecs avaient encore l'air, sur notre vaisseau, de se réjouir de la mort de Priam. Deux matelots se mirent à danser sur le pont, au son d'une lyre et d'un tambourin : ils exécutaient une espèce de pantomime. Tantôt ils levaient les bras au ciel, tantôt ils appuyaient une de leurs mains sur le côté, étendant l'autre main comme un orateur qui prononce une harangue. Ils portaient ensuite cette même main au cœur, au front et aux yeux. Tout cela était entremêlé d'attitudes plus ou moins bizarres, sans caractère décidé, et assez semblables aux contorsions des Sauvages. On peut voir, au sujet des danses des Grecs modernes, les lettres de M. Guys et de madame Chénier[1]. À cette pantomime succéda une ronde, où la chaîne, passant et repassant par différents points, rappelait assez bien les sujets de ces bas-reliefs où l'on voit des danses antiques. Heureusement l'ombre des voiles du vaisseau me dérobait un peu la figure et le vêtement des acteurs, et je pouvais transformer mes sales matelots en bergers de Sicile et d'Arcadie.

Le vent continuant à nous être favorable, nous franchîmes rapidement le canal qui sépare l'île de Ténédos du continent, et nous longeâmes la côte de l'Anatolie jusqu'au cap Baba, autrefois *Lectum Promontorium*. Nous portâmes alors à l'ouest pour doubler à l'entrée de la nuit la pointe de l'île de Lesbos. Ce fut à Lesbos que naquirent Sapho et Alcée, et que la tête d'Orphée vint aborder en répétant le nom d'Eurydice.

Ah! miseram Eurydicen, animâ fugiente, vocabat[2].

Le 22 au matin, la tramontane se leva avec une violence extraordinaire. Nous devions mouiller à Chio, pour prendre d'autres pèlerins ; mais, par la frayeur et la mauvaise manœuvre du capitaine, nous fûmes obligés d'aller jeter l'ancre au port de Tchesmé, sur un fond de roc assez dangereux, près d'un grand vaisseau égyptien naufragé[3].

Ce port d'Asie a quelque chose de fatal. La flotte turque y fut brûlée, en 1770, par le comte Orlow, et les Romains y détruisirent les galères d'Antiochus, l'an 191 avant notre ère, si toutefois le Cyssus des anciens est le Tchesmé des modernes[1]. M. de Choiseul a donné un plan et une vue de ce port. Le lecteur se souvient peut-être que j'étais presque entré à Tchesmé, en faisant voile pour Smyrne, le 1er septembre, vingt et un jours avant mon second passage dans l'Archipel.

Nous attendîmes, le 22 et le 23, les pèlerins de l'île de Chio. Jean descendit à terre et me fit une ample provision de grenades de Tchesmé : elles ont une grande réputation dans le Levant, quoiqu'elles soient inférieures à celles de Jafa. Mais je viens de nommer Jean, et cela me rappelle que je n'ai point encore parlé au lecteur de ce nouvel interprète, successeur du bon Joseph. C'était l'homme le plus mystérieux que j'aie jamais rencontré : deux petits yeux enfoncés dans la tête et comme cachés par un nez fort saillant, deux moustaches rouges, une habitude continuelle de sourire, quelque chose de souple dans le maintien, donneront d'abord une idée de sa personne. Quand il avait un mot à me dire, il commençait par s'avancer de côté, et, après avoir fait un long détour, il venait presque en rampant me chuchoter dans l'oreille la chose du monde la moins secrète. Aussitôt que je l'apercevais, je lui criais : « Marchez droit et parlez haut », conseil qu'on pourrait adresser à bien des gens. Jean avait des intelligences avec les principaux papas ; il racontait de moi des choses étranges ; il me faisait des compliments de la part des pèlerins qui demeuraient à fond de cale, et que je n'avais pas remarqués. Au moment des repas, il n'avait jamais d'appétit, tant il était au-dessus des besoins vulgaires ; mais aussitôt que Julien avait achevé de dîner, ce pauvre Jean descendait dans la chaloupe où l'on tenait mes provisions, et, sous prétexte de mettre de l'ordre dans les paniers, il engloutissait des morceaux de jambon, dévorait une volaille, avalait une bouteille de vin, et tout cela avec une telle rapidité, qu'on ne voyait pas le mouvement de ses lèvres. Il revenait ensuite d'un air triste me demander si j'avais besoin de ses services. Je lui conseillais de ne pas se laisser aller au chagrin et de prendre un peu de nourriture, sans quoi il courait le risque de tomber malade. Le Grec me croyait sa dupe ; et cela lui faisait tant de plaisir, que je le lui laissais croire. Malgré ces petits défauts, Jean était au fond un très honnête homme, et il méritait la confiance que ses maîtres lui accordaient. Au reste, je n'ai tracé ce portrait et quelques autres, que pour satisfaire au goût de ces lecteurs qui aiment à connaître les personnages avec lesquels on les fait vivre. Pour moi, si j'avais eu le talent de ces sortes de caricatures, j'aurais cherché soigneusement à l'étouffer ; tout ce qui fait grimacer la nature de l'homme me semble peu digne d'estime : on sent bien que je n'enveloppe pas dans cet arrêt la bonne plaisanterie, la raillerie fine, la grande ironie du style oratoire, et le haut comique.

Dans la nuit du 22 au 23, le bâtiment chassa sur son ancre, et nous pensâmes nous perdre sur les débris du vaisseau d'Alexandrie naufragé auprès de nous[1]. Les pèlerins de Chio arrivèrent le 23 à midi : ils étaient au nombre de seize. À dix heures du soir nous appareillâmes par une fort belle nuit, avec un vent d'est modéré, qui remonta au nord le 24 au lever du jour.

Nous passâmes entre Nicaria et Samos. Cette dernière île fut célèbre par sa fertilité, par ses tyrans, et surtout par la naissance de Pythagore. Le bel épisode de Télémaque[2] a effacé tout ce que les poètes nous ont dit de Samos. Nous nous engageâmes dans le canal que forment les Sporades, Pathmos, Leria, Cos, etc., et les rivages de l'Asie. Là serpentait le Méandre, là s'élevaient Éphèse, Milet, Halicarnasse, Cnide : je saluais pour la dernière fois la patrie d'Homère, d'Hérodote, d'Hippocrate, de Thalès, d'Aspasie ; mais je n'apercevais ni le temple d'Éphèse, ni le tombeau de Mausole, ni la Vénus de Cnide ; et, sans les travaux de Pococke, de Wood, de Spon, de Choiseul, je n'aurais pu, sous un nom moderne et sans gloire, reconnaître le promontoire de Mycale.

Le 25, à 6 heures du matin[1], nous jetâmes l'ancre au port de Rhodes, afin de prendre un pilote pour la côte de Syrie. Je descendis à terre, et je me fis conduire chez M. Magallon[2], consul français. Toujours même réception, même hospitalité, même politesse. M. Magallon était malade ; il voulut cependant me présenter au commandant turc, très bon homme, qui me donna un chevreau noir, et me permit de me promener où je voudrais. Je lui montrai un firman qu'il mit sur sa tête, en me déclarant qu'il portait ainsi tous les amis du Grand-Seigneur.

Il me tardait de sortir de cette audience, pour jeter du moins un regard sur cette fameuse Rhodes où je ne devais passer qu'un moment.

Ici commençait pour moi une antiquité qui formait le passage entre l'antiquité grecque que je quittais, et l'antiquité hébraïque dont j'allais chercher les souvenirs. Les monuments des chevaliers de Rhodes ranimèrent ma curiosité un peu fatiguée des ruines de Sparte et d'Athènes. Des lois sages sur le commerce[a], quelques vers de Pindare sur l'épouse du Soleil et la fille de Vénus[b], des poètes comiques, des peintres, des monuments plus grands que beaux[4], voilà, je crois, tout ce que rappelle au voyageur la Rhodes antique. Les Rhodiens étaient braves : il est assez singulier qu'ils se soient rendus célèbres dans les armes pour avoir soutenu un siège avec gloire, comme les chevaliers, leurs successeurs. Rhodes, honorée de la présence de Cicéron et de Pompée, fut souillée par le séjour de Tibère. Les Perses s'emparèrent de Rhodes sous le règne d'Honorius[5]. Elle fut prise ensuite par les généraux des califes, l'an 647 de notre ère, et reprise par Anastase,

---

a. On peut consulter Leunclavius, dans son Traité du Droit maritime des Grecs et des Romains. La belle ordonnance de Louis XIV sur la marine[3], conserve plusieurs dispositions des lois rhodiennes.
b. La nymphe Rhodos.

empereur d'Orient. Les Vénitiens s'y établirent en 1203 ; Jean Ducas l'enleva aux Vénitiens. Les Turcs la conquirent sur les Grecs. Les chevaliers de Saint-Jean de Jérusalem s'en saisirent en 1304, 1308 ou 1319. Ils la gardèrent à peu près deux siècles, et la rendirent à Soliman II, le 25 décembre 1522. On peut consulter sur Rhodes, Coronelli, Dapper, Savary et M. de Choiseul[1].

Rhodes m'offrait à chaque pas des traces de nos mœurs et des souvenirs de ma patrie[2]. Je retrouvais une petite France au milieu de la Grèce.

Procedo, et parvam Trojam simulataque magnis Pergama . . . . Agnosco[3].

Je parcourais une longue rue appelée encore la rue des Chevaliers. Elle est bordée de maisons gothiques ; les murs de ces maisons sont parsemés de devises gauloises et des armoiries de nos familles historiques. Je remarquai les Lis de France couronnés, et aussi frais que s'ils sortaient de la main du sculpteur. Les Turcs, qui ont mutilé partout les monuments de la Grèce, ont épargné ceux de la chevalerie : l'honneur chrétien a étonné la bravoure infidèle, et les Saladin ont respecté les Couci.

Au bout de la rue des Chevaliers, on trouve trois arceaux gothiques qui conduisent au palais du grand-maître. Ce palais sert aujourd'hui de prison. Un couvent à demi ruiné, et desservi par deux moines, est tout ce qui rappelle à Rhodes cette Religion qui y fit tant de miracles. Les Pères me conduisirent à leur chapelle[4]. On y voit une Vierge gothique, peinte sur bois ; elle tient son Enfant dans ses bras : les armes du grand-maître d'Aubusson sont gravées au bas du tableau[5]. Cette antiquité curieuse fut découverte, il y a quelques années, par un esclave qui cultivait le jardin du couvent. Il y a dans la chapelle un second autel dédié à saint Louis, dont on retrouve l'image dans tout l'Orient, et dont j'ai vu le lit de mort à Carthage. Je laissai quelques aumônes à cet autel, en priant les Pères de dire une

III. Rhodes, Jafa, Bethléem et la mer Morte

messe pour mon bon voyage, comme si j'avais prévu les dangers que je courrais sur les côtes de Rhodes à mon retour d'Égypte.

Le port marchand de Rhodes serait assez sûr si l'on rétablissait les anciens ouvrages qui le défendaient. Au fond de ce port s'élève un mur flanqué de deux tours. Ces deux tours, selon la tradition du pays, ont remplacé les deux rochers qui servaient de base au colosse[1]. On sait que les vaisseaux ne passaient point entre les jambes de ce colosse[2], et je n'en parle que pour ne rien oublier.

Assez près de ce premier port se trouve la darse des galères et le chantier de construction. On y bâtissait alors une frégate de trente canons avec des sapins tirés des montagnes de l'île ; ce qui m'a paru digne de remarque.

Les rivages de Rhodes, du côté de la Caramanie (la Doride et la Carie), sont à peu près au niveau de la mer ; mais l'île s'élève dans l'intérieur, et l'on remarque surtout une haute montagne, aplatie à sa cime, citée par tous les géographes de l'antiquité[3]. Camire et Ialyse ont disparu. Rhodes fournissait autrefois de l'huile à toute l'Anatolie ; elle n'en a pas aujourd'hui assez pour sa propre consommation. Elle exporte encore un peu de blé. Les vignes donnent un vin très bon, qui ressemble à ceux du Rhône : les plants en ont peut-être été apportés du Dauphiné par les chevaliers de cette langue, d'autant plus qu'on appelle ces vins, comme en Chypre, vins de Commanderie.

Nos géographies nous disent que l'on fabrique à Rhodes des velours et des tapisseries très estimés : quelques toiles grossières, dont on fait des meubles aussi grossiers, sont, dans ce genre, le seul produit de l'industrie des Rhodiens. Ce peuple, dont les colonies fondèrent autrefois Naples et Agrigente, occupe à peine aujourd'hui un coin de son île déserte. Un aga, avec une centaine de janissaires dégénérés, suffisent pour garder un troupeau d'esclaves soumis. On ne conçoit pas comment l'Ordre de Malte n'a jamais essayé de rentrer dans ses anciens domaines ; rien n'était plus aisé que de s'emparer de l'île de Rhodes : il eût été facile aux chevaliers d'en relever les fortifications, qui sont encore assez bonnes : ils n'en auraient point été chassés de nouveau ; car les Turcs, qui les premiers en Europe ouvrirent la tranchée devant une place, sont maintenant le dernier des peuples dans l'art des sièges.

Je quittai M. Magallon le 25 à quatre heures du soir, après lui avoir laissé des lettres qu'il me promit de faire passer à Constantinople, par la Caramanie. Je rejoignis dans un caïque notre bâtiment déjà sous voile avec son pilote côtier ; ce pilote était un Allemand, établi à Rhodes depuis plusieurs années. Nous fîmes route pour reconnaître le cap, à la pointe de la Caramanie, autrefois le promontoire de la Chimère, en Lycie. Rhodes offrait au loin, derrière nous, une chaîne de côtes bleuâtres, sous un ciel d'or. On distinguait dans cette chaîne deux montagnes carrées, qui paraissaient taillées pour porter des châteaux, et qui ressemblaient assez, par leur coupe, aux Acropolis de Corinthe, d'Athènes et de Pergame.

Le 26 fut un jour malheureux. Le calme nous arrêta sous le continent de l'Asie, presque en face du cap Chélidonia[1], qui forme la pointe du golfe de Satalie. Je voyais à notre gauche les pics élevés du Cragus, et je me rappelais les vers des poètes sur la froide Lycie. Je ne savais pas que je maudirais un jour les sommets de ce Taurus que je me plaisais à regarder, et que j'aimais à compter parmi les montagnes célèbres dont j'avais aperçu la cime. Les courants étaient violents et nous portaient en dehors, comme nous le reconnûmes le jour d'après. Le vaisseau, qui était sur son lest, fatiguait beaucoup aux roulis : nous cassâmes la tête du grand mat et la vergue de la seconde voile du mât de misaine. Pour des marins aussi peu expérimentés, c'était un très grand malheur.

C'est véritablement une chose surprenante que de voir naviguer des Grecs. Le pilote est assis, les jambes croisées, la pipe à la bouche : il tient la barre du gouvernail, laquelle, pour être de niveau avec la main qui la dirige, rase le plancher de la poupe. Devant ce pilote à demi couché, et qui n'a par conséquent aucune force, est une boussole qu'il ne connaît point et qu'il ne regarde pas. À la moindre apparence de danger, on déploie sur le pont des cartes françaises ou italiennes ; tout l'équipage se couche à plat ventre, le capitaine à la tête ; on examine la carte, on en suit les dessins avec le doigt, on tâche de reconnaître l'endroit où l'on est, chacun donne son avis : on finit par ne rien entendre à tout ce grimoire des Francs ; on reploie la carte ; on amène les voiles, ou l'on fait vent arrière : alors on reprend la pipe et le chapelet ; on se recommande à la Providence, et l'on attend l'événement. Il y a tel bâtiment qui parcourt ainsi deux ou trois cents lieues hors de sa route, et qui aborde en Afrique au lieu d'arriver en Syrie ; mais tout cela n'empêche pas l'équipage de danser au premier rayon du soleil. Les anciens Grecs n'étaient, sous plusieurs rapports, que des enfants aimables et crédules, qui passaient de la tristesse à la joie avec une extrême mobilité ; les Grecs modernes ont conservé une partie de ce caractère : heureux du moins de trouver dans leur légèreté une ressource contre leurs misères [1] !

Le vent du nord reprit son cours vers les huit heures du soir [2], et l'espoir de toucher bientôt au terme du voyage ranima la gaieté des pèlerins. Notre pilote allemand nous annonça qu'au lever du jour nous apercevrions le cap Saint-Iphane [3], dans l'île de Chypre. On ne songea plus qu'à jouir de la vie. Tous les soupers furent apportés sur le pont ; on était divisé par groupes ; chacun envoyait à son voisin la chose qui manquait à ce voisin. J'avais adopté la famille qui logeait devant moi, à la porte de la chambre du capitaine ; elle était composée d'une femme, de deux enfants et d'un vieillard, père de la jeune pèlerine. Ce vieillard accomplissait pour la troisième fois le voyage de Jérusalem ; il n'avait jamais vu de pèlerin latin, et ce bon homme pleurait de joie en me regardant : je soupai donc avec cette famille. Je n'ai guère vu de scènes plus agréables et plus pittoresques. Le vent était frais, la mer belle, la nuit sereine. La lune[1] avait l'air de se balancer entre les mâts et les cordages du vaisseau ; tantôt elle paraissait hors des voiles, et tout le navire était éclairé ; tantôt elle se cachait sous les voiles, et les groupes des pèlerins rentraient dans l'ombre. Qui n'aurait béni la Religion, en songeant que ces deux cents hommes, si heureux dans ce moment, étaient pourtant des esclaves, courbés sous un joug odieux ? Ils allaient au tombeau de Jésus-Christ oublier la gloire passée de leur patrie et se consoler de leurs maux présents. Et que de douleurs secrètes ne déposeraient-ils pas bientôt à la crèche du Sauveur ! Chaque flot qui poussait le vaisseau vers le saint rivage, emportait une de nos peines.

Le 27 au matin, à la grande surprise du pilote, nous nous trouvâmes en pleine mer, et nous n'apercevions aucune terre[2]. Le calme survint : la consternation était générale. Où étions-nous ? Étions-nous en dehors ou en dedans de l'île de Chypre[3] ? On passa toute la journée dans cette singulière contestation. Parler de faire le point ou de prendre hauteur, eût été de l'hébreu pour nos marins. Quand la brise se leva vers le soir, ce fut un autre embarras. Quelle aire de vent devions-nous tenir ? Le pilote, qui se croyait entre la côte septentrionale de l'île de Chypre et le golfe de Satalie, voulait mettre le cap au midi pour reconnaître la première ; mais il fût résulté de là que, si nous avions dépassé l'île, nous serions allés, par cette pointe du compas, droit en Égypte. Le capitaine prétendait qu'il fallait porter au nord, afin de retrouver la côte de la Caramanie : c'était retourner sur nos pas : d'ailleurs le vent était contraire pour cette route. On me demanda mon avis, car, dans les cas un peu difficiles, les Grecs et les Turcs ont toujours recours aux Francs. Je conseillai de cingler à l'est, par une raison évidente : nous étions en dedans ou en dehors de l'île de Chypre ; or, dans ces deux cas, en courant au levant, nous faisions bonne route. De plus, si nous étions en dedans de l'île, nous ne pouvions manquer de voir la terre, à droite ou à gauche, en très peu de temps, soit au cap Anémur[1], en Caramanie, ou au cap Cornachitti[1], en Chypre. Nous en serions quittes pour doubler la pointe orientale de cette île, et pour descendre ensuite le long de la côte de Syrie.

Cet avis parut le meilleur, et nous mîmes la proue à l'est. Le 28, à cinq heures du matin, à notre grande joie, nous eûmes connaissance du cap de Gatte, dans l'île de Chypre; il nous restait au nord, à environ huit ou dix lieues. Ainsi, nous nous trouvions en dehors de l'île, et nous étions dans la vraie direction de Jafa[2]. Les courants nous avaient portés au large, vers le sud-ouest.

Le vent tomba à midi. Le calme continua le reste de la journée et se prolongea jusqu'au 29. Nous reçûmes à bord trois nouveaux passagers: deux bergeronnettes et une hirondelle[3]. Je ne sais ce qui avait pu engager les premières à quitter les troupeaux; quant à la dernière, elle allait peut-être en Syrie, et elle venait peut-être de France. J'étais bien tenté de lui demander des nouvelles de ce toit paternel que j'avais quitté depuis si longtemps[a]. Je me rappelle que dans mon enfance[5] je passais des heures entières, à voir, avec je ne sais quel plaisir triste, voltiger les hirondelles en automne; un secret instinct me disait que je serais voyageur comme ces oiseaux. Ils se réunissaient à la fin du mois de septembre, dans les joncs d'un grand étang: là, poussant des cris et exécutant mille évolutions sur les eaux, ils semblaient essayer leurs ailes et se préparer à de longs pèlerinages. Pourquoi, de tous les souvenirs de l'existence, préférons-nous ceux qui remontent vers notre berceau? Les jouissances de l'amour-propre, les illusions de la jeunesse ne se présentent point avec charme à la mémoire; nous y trouvons au contraire de l'aridité ou de l'amertume; mais les plus petites circonstances réveillent au fond du cœur les émotions du

---

a. Voyez les Martyrs, livre XI[4].

premier âge, et toujours avec un attrait nouveau. Au bord des lacs de l'Amérique, dans un désert inconnu qui ne raconte rien au voyageur, dans une terre qui n'a pour elle que la grandeur de sa solitude, une hirondelle suffisait pour me retracer les scènes des premiers jours de ma vie, comme elle me les a rappelées sur la mer de Syrie, à la vue d'une terre antique, retentissante de la voix des siècles et des traditions de l'histoire.

Les courants nous ramenaient maintenant sur l'île de Chypre. Nous découvrîmes ses côtes sablonneuses, basses, et en apparence arides. La Mythologie avait placé dans ces lieux ses fables les plus riantes[a] :

*Ipsa Paphum sublimis abit, sedesque revisit
Laeta suas, ubi templum illi, centumque Sabaeo
Thure calent arae, sertisque recentibus halant*[b][2].

Il vaut mieux, pour l'île de Chypre, s'en tenir à la poésie qu'à l'histoire, à moins qu'on ne prenne plaisir à se rappeler une des plus criantes injustices des Romains et une expédition honteuse de Caton. Mais c'est une singulière chose à se représenter que les temples d'Amathonte et d'Idalie convertis en donjons dans le moyen âge. Un gentilhomme français[3] était roi de Paphos, et des barons couverts de leurs hoquetons étaient cantonnés dans les sanctuaires de Cupidon et des Grâces. On peut voir dans l'*Archipel* de Dapper toute l'histoire de Chypre : l'abbé Mariti[4] a fait connaître les révolutions modernes et l'état actuel de cette île, encore importante aujourd'hui par sa position.

Le temps était si beau et l'air si doux, que tous les passagers restaient la nuit sur le pont. J'avais disputé un petit coin du gaillard d'arrière à deux gros caloyers[5] qui ne me l'avaient cédé qu'en grommelant. C'était là que je dormais le 30 septembre, à six heures du matin, lorsque je fus éveillé par un bruit confus de voix : j'ouvris les yeux et j'aperçus les pèlerins qui regardaient

---

a. Voyez les Martyrs, livre XVII[1].
b. Voyez la note D, p. 549.

vers la proue du vaisseau. Je demandai ce que c'était, on me cria : *Signor, il Carmelo!* le Carmel! Le vent s'était levé la veille à huit heures du soir, et dans la nuit nous étions arrivés à la vue des côtes de Syrie. Comme j'étais couché tout habillé, je fus bientôt debout, m'enquérant de la montagne sacrée. Chacun s'empressait de me la montrer de la main, mais je n'apercevais rien, à cause du soleil qui commençait à se lever en face de nous. Ce moment avait quelque chose de religieux et d'auguste ; tous les pèlerins, le chapelet à la main, étaient restés en silence dans la même attitude, attendant l'apparition de la Terre-Sainte ; le chef des papas priait à haute voix : on n'entendait que cette prière, et le bruit de la course du vaisseau que le vent le plus favorable poussait sur une mer brillante. De temps en temps un cri s'élevait de la proue quand on revoyait le Carmel. J'aperçus enfin moi-même cette montagne comme une tache ronde, au-dessous des rayons du soleil. Je me mis alors à genoux à la manière des Latins. Je ne sentis point cette espèce de trouble que j'éprouvai en découvrant les côtes de la Grèce : mais la vue du berceau des Israélites et de la patrie des Chrétiens me remplit de crainte et de respect[1]. J'allais descendre sur la terre des prodiges, aux sources de la plus étonnante poésie, aux lieux où, même humainement parlant, s'est passé le plus grand événement qui ait jamais changé la face du monde, je veux dire la venue du Messie ; j'allais aborder à ces rives, que visitèrent comme moi Godefroy de Bouillon, Raimond de Saint-Gilles, Tancrède le Brave, Hugues le Grand[2], Richard Cœur-de-Lion, et ce saint Louis, dont les vertus furent admirées des Infidèles. Obscur pèlerin, comment oserais-je fouler un sol consacré par tant de pèlerins illustres ?

À mesure que nous avancions et que le soleil montait dans le ciel, les terres se découvraient devant nous. La dernière pointe que nous apercevions au loin, à notre gauche vers le nord, était la pointe de Tyr ; venaient ensuite le Cap-Blanc, Saint-Jean-d'Acre, le mont Carmel, avec Caïfe à ses pieds; Tartoura, autrefois Dora; le Château-Pèlerin, et Césarée, dont on voit les ruines. Jafa devait être sous la proue même du vaisseau, mais on ne le distinguait point encore; ensuite la côte s'abaissait insensiblement jusqu'à un dernier cap au midi, où elle semblait s'évanouir: là commencent les rivages de l'ancienne Palestine, qui vont rejoindre ceux de l'Égypte, et qui sont presque au niveau de la mer. La terre, dont nous pouvions être à huit ou dix lieues, paraissait généralement blanche avec des ondulations noires, produites par des ombres; rien ne formait saillie dans la ligne oblique qu'elle traçait du nord au midi: le mont Carmel même ne se détachait point sur le plan; tout était uniforme et mal teint. L'effet général était à peu près celui des montagnes du Bourbonnais[1], quand on les regarde des hauteurs de Tarare. Une file de nuages blancs et dentelés suivait à l'horizon la direction des terres, et semblait en répéter l'aspect dans le ciel.

Le vent nous manqua à midi; il se leva de nouveau à quatre heures; mais par l'ignorance du pilote nous dépassâmes le but. Nous voguions à pleines voiles sur Gaza, lorsque des pèlerins reconnurent, à l'inspection de la côte, la méprise de notre Allemand; il fallut virer de bord; tout cela fit perdre du temps, et la nuit survint. Nous approchions cependant de Jafa; on voyait même les feux de la ville, lorsque, le vent du nord-ouest venant à souffler avec une nouvelle force, la peur s'empara du capitaine; il n'osa chercher la rade de nuit: tout à coup il tourna la proue au large et regagna la haute mer.

J'étais appuyé sur la poupe, et je regardais avec un vrai chagrin s'éloigner la terre. Au bout d'une demi-heure, j'aperçus comme la réverbération lointaine d'un incendie sur la cime d'une chaîne de montagnes: ces montagnes étaient celles de la Judée. La lune, qui produisait l'effet dont j'étais frappé, montra bientôt son disque large et rougissant au-dessus de Jérusalem[2]. Une main secourable semblait élever ce phare au sommet de Sion, pour nous guider à la Cité-Sainte. Malheureusement nous ne suivîmes pas comme les Mages l'astre salutaire, et sa clarté ne nous servit qu'à fuir le port que nous avions tant désiré.

Le lendemain, mercredi 1er octobre, au point du jour, nous nous trouvâmes affalés à la côte, presque en face de Césarée : il nous fallut remonter au midi le long de la terre. Heureusement le vent était bon, quoique faible. Dans le lointain s'élevait l'amphithéâtre des montagnes de la Judée. Du pied de ces montagnes une vaste plaine descendait jusqu'à la mer. On y voyait à peine quelques traces de culture, et pour toute habitation un château gothique en ruines, surmonté d'un minaret croulant et abandonné[1]. Au bord de la mer, la terre se terminait par des falaises jaunes ondées de noir, qui surplombaient une grève où nous voyions et où nous entendions se briser les flots. L'Arabe, errant sur cette côte, suit d'un œil avide le vaisseau qui passe à l'horizon : il attend la dépouille du naufragé, au même bord où Jésus-Christ ordonnait de nourrir ceux qui ont faim, et de vêtir ceux qui sont nus.

À deux heures de l'après-midi[2] nous revîmes enfin Jafa. On nous avait aperçus de la ville. Un bateau se détacha du port, et s'avança au-devant de nous. Je profitai de ce bateau pour envoyer Jean à terre. Je lui remis la lettre de recommandation que les commissaires de Terre-Sainte m'avaient donnée à Constantinople, et qui était adressée aux Pères de Jafa. J'écrivis en même temps un mot à ces Pères.

Une heure après le départ de Jean, nous vînmes jeter l'ancre devant Jafa, la ville nous restant au sud-est, et le minaret de la mosquée à l'est quart sud-est. Je marque ici les rumbs[3] du compas par une raison assez importante : les vaisseaux latins mouillent ordinairement plus au large, ils sont alors sur un banc de rochers qui peut couper les câbles, tandis que les bâtiments grecs, en se rapprochant de la terre, se trouvent sur un fond moins dangereux, entre la darse de Jafa et le banc de rochers[4].

Jafa ne présente qu'un méchant amas de maisons rassemblées en rond, et disposées en amphithéâtre sur la pente d'une côte élevée. Les malheurs que cette ville a si souvent éprouvés y ont multiplié les ruines. Un mur qui par ses deux points vient aboutir à la mer, l'enveloppe du côté de terre, et la met à l'abri d'un coup de main.

Des caïques s'avancèrent bientôt de toutes parts pour chercher les pèlerins : le vêtement, les traits, le teint, l'air de visage, la langue des patrons de ces caïques, m'annoncèrent sur-le-champ la race arabe et la frontière du désert. Le débarquement des passagers s'exécuta sans tumulte, quoique avec un empressement très légitime. Cette foule de vieillards, d'hommes, de femmes et d'enfants ne fit point entendre, en mettant le pied sur la Terre-Sainte, ces cris, ces pleurs, ces lamentations dont on s'est plu à faire des peintures imaginaires et ridicules[1]. On était fort calme ; et de tous les pèlerins, j'étais certainement le plus ému.

Je vis enfin venir un bateau dans lequel je distinguai mon domestique grec accompagné de trois Religieux. Ceux-ci me reconnurent à mon habit franc, et me firent des salutations de la main, de l'air le plus affectueux. Ils arrivèrent bientôt à bord. Quoique ces Pères fussent Espagnols et qu'ils parlassent un italien difficile à entendre, nous nous serrâmes la main comme de véritables compatriotes. Je descendis avec eux dans la chaloupe ; nous entrâmes dans le port par une ouverture pratiquée entre des rochers, et dangereuse même pour un caïque. Les Arabes du rivage s'avancèrent dans l'eau jusqu'à la ceinture, afin de nous charger sur leurs épaules. Il se passa là une scène assez plaisante : mon domestique était vêtu d'une redingote blanchâtre ; le blanc étant la couleur de distinction chez les Arabes, ils jugèrent que mon domestique était le scheik. Ils se saisirent de lui, et l'emportèrent en triomphe malgré ses protestations, tandis que, grâce à mon habit bleu, je me sauvais obscurément sur le dos d'un mendiant déguenillé.

Nous nous rendîmes à l'hospice des Pères, simple maison de bois bâtie sur le port, et jouissant d'une belle vue de la mer[1]. Mes hôtes me conduisirent d'abord à la chapelle, que je trouvai illuminée, et où ils remercièrent Dieu de leur avoir envoyé un frère : touchantes institutions chrétiennes, par qui le voyageur trouve des amis et des secours dans les pays les plus barbares ; institutions dont j'ai parlé ailleurs[2], et qui ne seront jamais assez admirées.

Les trois Religieux qui étaient venus me chercher à bord se nommaient Jean Truylos Penna, Alexandre Roma, et Martin Alexano : ils composaient alors tout l'hospice, le curé, dom Juan de la Conception, étant absent.

En sortant de la chapelle, les Pères m'installèrent dans ma cellule, où il y avait une table, un lit, de l'encre, du papier, de l'eau fraîche et du linge blanc. Il faut descendre d'un bâtiment grec chargé de deux cents pèlerins, pour sentir le prix de tout cela. À huit heures du soir, nous passâmes au réfectoire. Nous y trouvâmes deux autres Pères venus de Rama, et partant pour Constantinople : le Père Manuel Sancia et le Père François Muñoz[3]. On dit en commun le *Benedicite*, précédé du *De profundis* : souvenir de la mort que le christianisme mêle à tous les actes de la vie pour les rendre plus graves, comme les anciens le mêlaient à leurs banquets pour rendre leurs plaisirs plus piquants. On me servit sur une petite table propre et isolée, de la volaille, du poisson, d'excellents fruits, tels que des grenades, des pastèques, des raisins, et des dattes dans leur primeur ; j'avais à discrétion le vin de Chypre et le café du Levant. Tandis que j'étais comblé de biens, les Pères mangeaient un peu de poisson sans sel et sans huile. Ils étaient gais avec modestie, familiers avec politesse ; point de questions inutiles, point de vaine curiosité. Tous les propos roulaient sur mon voyage, sur les mesures à prendre pour me le faire achever en sûreté : « Car, me disaient-ils, nous répondons maintenant de vous à votre patrie. » Ils avaient déjà dépêché un exprès au scheik des Arabes de la montagne de Judée, et un autre au Père procureur de Rama : « Nous vous recevons, me disait le Père François Muñoz, avec un cœur *limpido e bianco*. » Il était inutile que ce religieux espagnol m'assurât de la sincérité de ses sentiments, je les aurais facilement devinés à la pieuse franchise de son front et de ses regards.

Cette réception si chrétienne et si charitable dans une terre où le christianisme et la charité ont pris naissance, cette hospitalité apostolique dans un lieu où le premier des apôtres prêcha l'Évangile, me touchaient jusqu'au cœur : je me rappelais que d'autres missionnaires m'avaient reçu avec la même cordialité dans les déserts de l'Amérique. Les Religieux de Terre-Sainte ont d'autant plus de mérite, qu'en prodiguant aux pèlerins de Jérusalem la charité de Jésus-Christ, ils ont gardé pour eux la Croix qui fut plantée sur ces mêmes bords. Ce Père au cœur *limpido e bianco* m'assurait encore qu'il trouvait la vie qu'il menait depuis cinquante ans, *un vero paradiso*. Veut-on savoir ce que c'est que ce paradis ? Tous les jours une avanie, la menace des coups de bâton, des fers et de la mort. Ces Religieux, à la dernière fête de Pâques, ayant lavé les linges de l'autel, l'eau, imprégnée d'amidon, coula en dehors de l'hospice, et blanchit une pierre. Un Turc passe, voit cette pierre, et va déclarer au cadi que les Pères ont réparé leur maison. Le cadi se transporte sur les lieux, décide que la pierre, qui était noire, est devenue blanche ; et, sans écouter les Religieux, il les oblige à payer dix bourses. La veille même de mon arrivée à Jafa, le Père procureur de l'hospice avait été menacé de la corde par un domestique de l'aga, en présence de l'aga même. Celui-ci se contenta de rouler paisiblement sa moustache, sans daigner dire un mot favorable au *chien*. Voilà le véritable paradis de ces moines, qui, selon quelques voyageurs[1], sont de petits souverains en Terre-Sainte, et jouissent des plus grands honneurs.

À dix heures du soir, mes hôtes me reconduisirent

par un long corridor à ma cellule. Les flots se brisaient avec fracas contre les rochers du port : la fenêtre fermée, on eût dit d'une tempête ; la fenêtre ouverte, on voyait un beau ciel, une lune paisible, une mer calme, et le vaisseau des pèlerins mouillé au large. Les Pères sourirent de la surprise que me causa ce contraste. Je leur dis en mauvais latin : *Ecce monachis similitudo mundi : quantumcunque mare fremitum reddat, eis placidae semper undae videntur ; omnia tranquillitas serenis animis* [1].

Je passai une partie de la nuit à contempler cette mer de Tyr, que l'Écriture appelle la Grande-Mer, et qui porta les flottes du Roi-prophète quand elles allaient chercher les cèdres du Liban et la pourpre de Sidon [2] ; cette mer où Léviathan laisse des traces comme des abîmes [3] ; cette mer à qui le Seigneur donna des barrières et des portes [4] ; cette mer qui vit Dieu et qui s'enfuit [5]. Ce n'étaient là ni l'Océan sauvage du Canada, ni les flots riants de la Grèce. Au midi s'étendait l'Égypte où le Seigneur était entré sur un nuage léger, pour sécher les canaux du Nil, et renverser les idoles [6] ; au nord s'élevait la Reine des cités dont les marchands étaient des princes [7] : *Ululate, naves maris ; quia devastata est fortitudo vestra !...... Attrita est civitas vanitatis, clausa est omnis domus nullo introeunte...... quia haec erunt in medio terrae... quomodos si paucae olivae quae remanserunt excutiantur ex oleâ, et racemi, cùm fuerit finita vindemia* [8]. « Hurlez, vaisseaux de la mer, parce que votre force est détruite... La ville des vanités est abattue ; toutes les maisons en sont fermées, et personne n'y entre plus... Ce qui restera d'hommes en ces lieux sera comme quelques olives demeurées sur l'arbre après la récolte, comme quelques raisins suspendus au cep après la vendange. » Voilà d'autres antiquités expliquées par un autre poète : Isaïe succède à Homère [9].

Et ce n'était pas tout encore ; car la mer que je contemplais baignait, à ma droite, les campagnes de la Galilée, et, à ma gauche, la plaine d'Ascalon : dans les premières, je retrouvais les traditions de la vie patriarcale et de la Nativité du Sauveur; dans la seconde, je rencontrais les souvenirs des Croisades et les ombres des héros de la Jérusalem.

> *Grande e mirabil cosa era il vedere*
> *Quando quel campo e questo a fronte venne :*
> *Come spiegate in ordine le schiere,*
> *Di mover già, già d'assalire accenne :*
> *Sparse al vento ondeggiando ir le bandiere*
> *E ventolar su i gran cimier le penne :*
> *Abiti, fregi, imprese, e arme, e colori*
> *D'oro e di ferro, al sol lampi, e fulgori* [1].

« Quel grand et admirable spectacle, de voir les deux camps s'avancer front contre front, les bataillons se déployer en ordre, impatients de marcher, impatients de combattre ! Les bannières ondoyantes flottent dans les airs, et le vent agite les panaches sur les hauts cimiers. Les habits, les franges, les devises, les couleurs, les armes d'or et de fer resplendissent aux feux du soleil. »

J.-B. Rousseau nous peint ensuite le succès de cette journée [2] :

La Palestine enfin, après tant de ravages,
Vit fuir ses ennemis, comme on voit les nuages
Dans le vague des airs fuir devant l'aquilon ;
Et du vent du midi la dévorante haleine
    N'a consumé qu'à peine
Leurs ossements blanchis dans les champs d'Ascalon.

Ce fut à regret que je m'arrachai au spectacle de cette mer, qui réveille tant de souvenirs; mais il fallut céder au sommeil.

Le Père Juan de la Conception, curé de Jafa et président de l'hospice, arriva le lendemain matin, 2 octobre. Je voulais parcourir la ville et rendre visite à l'aga qui m'avait envoyé complimenter; le président me détourna de ce dessein :

« Vous ne connaissez pas ces gens-ci, me dit-il : ce que vous prenez pour une politesse est un espionnage.

On n'est venu vous saluer que pour savoir qui vous êtes, si vous êtes riche, si on peut vous dépouiller. Voulez-vous voir l'aga? Il faudra d'abord lui porter des présents: il ne manquera pas de vous donner malgré vous une escorte pour Jérusalem; l'aga de Rama augmentera cette escorte; les Arabes, persuadés qu'un riche Franc va en pèlerinage au Saint-Sépulcre, augmenteront les droits de Caffaro[1], ou vous attaqueront. À la porte de Jérusalem, vous trouverez le camp du pacha de Damas, qui est venu lever les contributions, avant de conduire la caravane à la Mecque: votre appareil donnera de l'ombrage à ce pacha, et vous exposera à des avanies. Arrivé à Jérusalem, on vous demandera trois ou quatre mille piastres pour l'escorte. Le peuple, instruit de votre arrivée, vous assiégera de telle manière, qu'eussiez-vous des millions, vous ne satisferiez pas son avidité. Les rues seront obstruées sur votre passage, et vous ne pourrez entrer aux Saint-Lieux sans courir les risques d'être déchiré. Croyez-moi, demain nous nous déguiserons en pèlerins, et nous irons ensemble à Rama: là, je recevrai la réponse de mes exprès; si elle est favorable, vous partirez dans la nuit, vous arriverez sain et sauf, à peu de frais, à Jérusalem.»

Le Père appuya son raisonnement de mille exemples, et, en particulier, de celui d'un évêque polonais, à qui un trop grand air de richesse pensa coûter la vie, il y a deux ans. Je ne rapporte ceci que pour montrer à quel degré la corruption, l'amour de l'or, l'anarchie et la barbarie sont poussés dans ce pays.

Je m'abandonnai donc à l'expérience de mes hôtes, et je me renfermai dans l'hospice, où je passai une agréable journée dans des entretiens paisibles. J'y reçus la visite de M. Contessini qui aspirait au vice-consulat de Jafa, et de MM. Damiens, père et fils, Français d'origine, jadis établis auprès de Djezzar[2], à Saint-Jean-d'Acre. Ils me racontèrent des choses curieuses sur les derniers événements de la Syrie; ils me parlèrent de la renommée que l'Empereur et nos armes ont laissée au désert[3]. Les hommes sont encore plus sensibles à la réputation de leur pays hors de leur pays, que sous le toit paternel ; et l'on a vu les émigrés français réclamer leur part des victoires qui semblaient les condamner à un exil éternel[a].

Je passai cinq jours à Jafa, à mon retour de Jérusalem, et je l'examinai dans le plus grand détail ; je ne devrais donc en parler qu'à cette époque ; mais, pour suivre l'ordre de ma marche, je placerai ici mes observations : d'ailleurs, après la description des Saints-Lieux, il est probable que les lecteurs ne prendraient pas un grand intérêt à celle de Jafa[2].

Jafa s'appelait autrefois Joppé, ce qui signifie belle ou agréable, *pulchritudo aut decor*, dit Adrichomius. D'Anville dérive le nom actuel de Jafa, d'une forme primitive de Joppé, qui est Japho[b]. Je remarquerai qu'il y avait dans les pays des Hébreux une autre cité du nom de Jafa, qui fut prise par les Romains : ce nom a peut-être été transporté ensuite à Joppé. S'il faut en croire les interprètes et Pline lui-même, l'origine de cette ville remonterait à une haute antiquité, puisque Joppé aurait été bâtie avant le déluge. On dit que ce fut à Joppé que Noé entra dans l'arche. Après la retraite des eaux, le patriarche donna en partage à Sem, son fils aîné, toutes les terres dépendantes de la ville fondée par son troisième fils Japhet. Enfin, Joppé, selon les traditions du pays, garde la sépulture du second père du genre humain.

Selon Pococke, Shaw et peut-être d'Anville, Joppé tomba en partage à Ephraïm, et forma la partie occidentale de cette tribu, avec Ramlé et Lydda. Mais d'autres auteurs, entre autres, Adrichomius, Roger, etc., placent Joppé sous la tribu de Dan. Les Grecs étendirent leurs fables jusqu'à ces rivages. Ils disaient que

---

a. Jacques II, qui perdait un royaume, exprima le même sentiment au combat de la Hogue[1].
b. Je sais qu'on prononce en Syrie Yâfa, et M. de Volney l'écrit ainsi ; mais je ne sais point l'arabe ; je n'ai d'ailleurs aucune autorité pour réformer l'orthographe de d'Anville et de tant d'autres savants écrivains.

Joppé tirait son nom d'une fille d'Éole. Ils plaçaient dans le voisinage de cette ville l'aventure de Persée et d'Andromède. Scaurus, selon Pline, apporta de Joppé à Rome les os du monstre marin suscité par Neptune. Pausanias prétend qu'on voyait, près de Joppé, une fontaine où Persée lava le sang dont le monstre l'avait couvert; d'où il arriva que l'eau de cette fontaine demeura teinte d'une couleur rouge. Enfin, saint Jérôme raconte que de son temps on montrait encore à Joppé le rocher et l'anneau auxquels Andromède fut attachée.

Ce fut à Joppé qu'abordèrent les flottes d'Hyram, chargées de cèdres pour le Temple, et que s'embarqua le prophète Jonas, lorsqu'il fuyait devant la face du Seigneur. Joppé tomba cinq fois entre les mains des Égyptiens, des Assyriens et des différents peuples qui firent la guerre aux Juifs avant l'arrivée des Romains en Asie. Elle devint une des onze Toparchies, où l'idole Ascarlen était adorée. Judas Machabée brûla cette ville, dont les habitants avaient massacré deux cents Juifs. Saint Pierre y ressuscita Tabithe, et y reçut chez Simon le corroyeur les hommes venus de Césarée. Au commencement des troubles de la Judée, Joppé fut détruite par Cestius. Des pirates en ayant relevé les murs, Vespasien la saccagea de nouveau, et mit garnison dans la citadelle.

On a vu que Joppé existait encore environ deux siècles après, du temps de saint Jérôme, qui la nomme Japho. Elle passa avec toute la Syrie sous le joug des Sarrasins. On la retrouve dans les historiens des Croisades. L'Anonyme qui commence la collection *Gesta Dei per Francos*, raconte que l'armée des Croisés étant sous les murs de Jérusalem, Godefroy de Bouillon envoya Raymond Pilet, Achard de Mommellou et Guillaume de Sabran pour garder les vaisseaux génois et pisans arrivés au port de Jafa: *Qui fideliter custodirent homines et naves in portu Japhiae*. Benjamin de Tudèle en parle à peu près à cette époque, sous le nom de Gapha: *Quinque abhinc leucis est Gapha, olim Japho, aliis Joppe dicta, ad mare sita; ubi unus tantum Judaeus, isque lanae inficiendae artifex est*[1]. Saladin reprit Jafa sur les Croisés, et Richard Cœur-de-Lion l'enleva à Saladin. Les Sarrasins y rentrèrent et massacrèrent les Chrétiens. Mais lors du premier voyage de saint Louis en Orient, elle n'était plus au pouvoir des Infidèles; car elle était tenue par Gautier de Brienne qui prenait le titre de comte de Japhe, selon l'orthographe du sire de Joinville[2].

« Et quand le comte de Japhe vit que le roy venoit, il assorta et mist son chastel de Japhe en tel point, qu'il ressembloit bien une bonne ville deffensable. Car à chascun creneau de son chastel il y avoit bien cinq cents hommes, à tout chascun une targe et ung penoncel à ses armes. La quelle chose estoit fort belle à veoir. Car ses armes estoient de fin or à une croix de gueules patées faicte moult richement. Nous nous logeasmes aux champs tout à l'entour d'icelui chastel de Japhe qui estoit séant rez de la mer et en une isle. Et fist commancer le roy à faire fermer et édiffier une bourge tout-à-l'entour du chastel, dès l'une des mers jusques à l'autre, en ce qu'il y avoit de terre. »

Ce fut à Jafa que la reine, femme de saint Louis, accoucha d'une fille nommée Blanche, et saint Louis reçut, dans la même ville, la nouvelle de la mort de sa mère. Il se jeta à genoux et s'écria : « Je vous rends grâce, mon Dieu ! de ce que vous m'avez prêté madame ma chère mère tant qu'il a plu à votre volonté ; et de ce que maintenant, selon votre bon plaisir, vous l'avez retirée à vous. Il est vrai que je l'aimais sur toutes les créatures du monde, et elle le méritait ; mais puisque vous me l'avez ôtée, votre nom soit béni éternellement. »

Jafa, sous la domination des Chrétiens, avait un évêque suffragant du siège de Césarée. Quand les chevaliers eurent été contraints d'abandonner entièrement la Terre-Sainte, Jafa retomba avec toute la Palestine sous le joug des soudans d'Égypte, et ensuite sous la domination des Turcs.

Depuis cette époque, jusqu'à nos jours, on retrouve Joppé ou Jafa dans tous les Voyages à Jérusalem ; mais la ville, telle qu'on la voit aujourd'hui, n'a guère plus d'un siècle d'existence, puisque Monconys, qui visita la Palestine en 1647, ne trouva à Jafa qu'un château et trois cavernes creusées dans le roc. Thévenot ajoute que les moines de Terre-Sainte avaient élevé devant les cavernes des baraques de bois, et que les Turcs contraignirent les Pères de les démolir. Cela explique un passage de la relation d'un Religieux vénitien. Ce Religieux raconte qu'à leur arrivée à Jafa on renfermait les pèlerins dans une caverne. Breve, Opdam, Deshaies, Nicole le Huen, Barthelemi de Salignac, Duloir, Zuallart, le Père Roger, et Pierre de la Vallée, sont unanimes[1] sur le peu d'étendue et la misère de Jafa.

On peut voir dans M. de Volney[2] ce qui concerne la moderne Jafa, l'histoire des sièges qu'elle a soufferts pendant les guerres de Dâher et d'Aly-Bey, ainsi que les autres détails sur la bonté de ses fruits, l'agrément de ses jardins, etc. J'ajouterai quelques remarques.

Indépendamment des deux fontaines de Jafa, citées par les voyageurs, on trouve des eaux douces le long de la mer, en remontant vers Gaza ; il suffit de creuser avec la main dans le sable pour faire sourdre au bord même de la vague une eau fraîche[3] : j'ai fait moi-même, avec M. Contessini, cette curieuse expérience, depuis l'angle méridional de la ville, jusqu'à la demeure d'un santon, que l'on voit à quelque distance sur la côte.

Jafa, déjà si maltraitée dans les guerres de Dâher, a beaucoup souffert par les derniers événements. Les Français, commandés par l'Empereur, la prirent d'assaut en 1799. Lorsque nos soldats furent retournés en Égypte, les Anglais, unis aux troupes du grand-vizir, bâtirent un bastion à l'angle sud-est de la ville. Abou-Marra, favori du grand-vizir, fut nommé commandant de la ville. Djezzar, pacha d'Acre, ennemi du grand-vizir, vint mettre le siège devant Jafa, après le départ de l'armée ottomane. Abou-Marra se défendit vaillamment pendant neuf mois, et trouva moyen de s'échapper par mer : les ruines qu'on voit à l'orient de la ville sont les fruits de ce siège. Après la mort de Djezzar, Abou-Marra fut nommé pacha de Gedda, sur la mer Rouge. Le nouveau pacha prit sa route à travers la Palestine ; par une de ces révoltes si communes en Turquie, il s'arrêta dans Jafa et refusa de se rendre à son pachalic. Le pacha d'Acre, Suleiman-pacha, second successeur de Djezzar[a], reçut ordre d'attaquer le rebelle, et Jafa fut assiégée de nouveau. Après une assez faible résistance, Abou-Marra se réfugia auprès de Mahamet-Pacha-Adem, alors élevé au pachalic de Damas.

J'espère qu'on voudra bien pardonner l'aridité de ces détails, à cause de l'importance que Jafa avait autrefois, et de celle qu'elle a acquise dans ces derniers temps.

J'attendais avec impatience le moment de mon départ pour Jérusalem. Le 3 octobre, à quatre heures de l'après-midi[1], mes domestiques se revêtirent de sayons de poils de chèvre, fabriqués dans la Haute-Égypte, et tels que les portent les Bédouins ; je mis par-dessus mon habit une robe semblable à celle de Jean et de Julien, et nous montâmes sur de petits chevaux. Des bâts nous servaient de selles ; nous avions les pieds passés dans des cordes, en guise d'étriers. Le président de l'hospice marchait à notre tête, comme un simple frère ; un Arabe presque nu nous montrait le chemin, et un autre Arabe nous suivait, chassant devant lui un âne chargé de nos bagages. Nous sortîmes par les derrières du couvent, et nous gagnâmes la porte de la ville, du côté du midi, à travers les décombres des maisons détruites dans les derniers sièges. Nous cheminâmes d'abord au milieu des jardins qui devaient être charmants autrefois : le Père Neret et M. de Volney en ont fait l'éloge. Ces jardins ont été ravagés par

---

[a]. Le successeur immédiat de Djezzar s'appelait Ismaël-Pacha. Il s'était saisi de l'autorité à la mort de Djezzar.

les différents partis qui se sont disputé les ruines de Jafa ; mais il y reste encore des grenadiers, des figuiers de Pharaon[1], des citronniers, quelques palmiers, des buissons de nopals[2], et des pommiers que l'on cultive aussi dans les environs de Gaza, et même au couvent du mont Sinaï.

Nous nous avançâmes dans la plaine de Saron dont l'Écriture loue la beauté[a]. Quand le Père Neret y passa, au mois d'avril 1713, elle était couverte de tulipes : « La variété de leur couleur, dit-il, forme un agréable parterre. » Les fleurs qui couvrent au printemps cette campagne célèbre sont les roses blanches et roses, le narcisse, l'anémone, les lis blancs et jaunes, les giroflées, et une espèce d'immortelle très odorante. La plaine s'étend le long de la mer, depuis Gaza au midi, jusqu'au mont Carmel au nord. Elle est bornée au levant par les montagnes de Judée et de Samarie. Elle n'est pas d'un niveau égal : elle forme quatre plateaux qui sont séparés les uns des autres par un cordon de pierres nues et dépouillées. Le sol est une arène fine, blanche et rouge, et qui paraît, quoique sablonneuse, d'une extrême fertilité. Mais, grâce au despotisme musulman, ce sol n'offre de toutes parts que des chardons, des herbes sèches et flétries, entremêlées de chétives plantations de coton, de doura, d'orge et de froment[3]. Çà et là paraissent quelques villages toujours en ruines, quelques bouquets d'oliviers et de sycomores. À moitié chemin de Rama à Jafa, on trouve un puits indiqué par tous les voyageurs ; l'abbé Mariti en fait l'histoire[4], afin d'avoir le plaisir d'opposer l'utilité d'un santon turc à l'inutilité d'un Religieux chrétien. Près de ce puits on remarque un bois d'oliviers plantés en quinconce, et dont la tradition fait remonter l'origine au temps de Godefroy de Bouillon. On découvre de ce lieu Rama ou Ramlé[5], située dans un endroit charmant, à l'extrémité d'un des plateaux ou des plis de la plaine. Avant d'y entrer nous quittâmes le che-

---

a. Voyez les Martyrs, livre XVII.

min pour visiter une citerne[1], ouvrage de la mère de Constantin[a]. On y descend par vingt-sept marches ; elle a trente-trois pas de long sur trente de large ; elle est composée de vingt-quatre arches, et reçoit les pluies par vingt-quatre ouvertures. De là, à travers une forêt de nopals, nous nous rendîmes à la tour des Quarante-Martyrs, aujourd'hui le minaret d'une mosquée abandonnée, autrefois le clocher d'un monastère dont il reste d'assez belles ruines[2] : ces ruines consistent en des espèces de portiques assez semblables à ceux des écuries de Mécène à Tibur ; ils sont remplis de figuiers sauvages. On veut que Joseph, la Vierge et l'Enfant se soient arrêtés dans ce lieu, lors de la fuite en Égypte ; ce lieu certainement serait charmant pour y peindre le repos de la Sainte Famille ; le génie de Claude Lorrain semble avoir deviné ce paysage, à en juger par son admirable tableau du palais Doria à Rome[3].

Sur la porte de la tour on lit une inscription arabe, rapportée par M. de Volney : tout près de là est une antiquité miraculeuse décrite par Muratori[4].

Après avoir visité ces ruines, nous passâmes près d'un moulin abandonné : M. de Volney le cite comme le seul qu'il eût vu en Syrie ; il y en a plusieurs autres aujourd'hui. Nous descendîmes à Rama et nous arrivâmes à l'hospice des moines de Terre-Sainte. Ce couvent avait été saccagé cinq années auparavant, et l'on me montra le tombeau d'un des Frères qui périt dans cette occasion. Les Religieux venaient enfin d'obtenir avec beaucoup de peine la permission de faire à leur monastère les réparations les plus urgentes[5].

De bonnes nouvelles m'attendaient à Rama : j'y trouvai un drogman du couvent de Jérusalem, que le

---

[a]. Si l'on en croyait les traditions du pays, sainte Hélène aurait élevé tous les monuments de la Palestine, ce qui ne se peut accorder avec le grand âge de cette princesse quand elle fit le pèlerinage de Jérusalem. Mais il est certain cependant, par le témoignage unanime d'Eusèbe, de saint Jérôme, et de tous les historiens ecclésiastiques, qu'Hélène contribua puissamment au rétablissement des Saints-Lieux.

Gardien envoyait au-devant de moi. Le chef arabe que les Pères avaient fait avertir, et qui me devait servir d'escorte, rôdait à quelque distance dans la campagne ; car l'aga de Rama ne permettait pas aux Bédouins d'entrer dans la ville. La tribu la plus puissante des montagnes de Judée fait sa résidence au village de Jérémie : elle ouvre et ferme à volonté le chemin de Jérusalem aux voyageurs. Le scheik de cette tribu était mort depuis très peu de temps. Il avait laissé son fils Utman sous la tutelle de son oncle Abou-Gosh : celui-ci avait deux frères, Djiaber et Ibraïm-Habd-el-Rouman, qui m'accompagnèrent à mon retour.

Il fut convenu que je partirais au milieu de la nuit. Comme le jour n'était pas encore à sa fin, nous soupâmes sur les terrasses qui forment le toit du couvent. Les monastères de Terre-Sainte ressemblent à des forteresses lourdes et écrasées, et ne rappellent en aucune façon les monastères de l'Europe. Nous jouissions d'une vue charmante[1] : les maisons de Rama sont des cahutes de plâtre, surmontées d'un petit dôme tel que celui d'une mosquée ou d'un tombeau de santon ; elles semblent placées dans un bois d'oliviers, de figuiers, de grenadiers, et sont entourées de grands nopals qui affectent des formes bizarres, et entassent en désordre les unes sur les autres leurs palettes épineuses. Du milieu de ce groupe confus d'arbres et de maisons s'élancent les plus beaux palmiers de l'Idumée[2]. Il y en avait un surtout dans la cour du couvent que je ne me lassais point d'admirer : il montait en colonne à la hauteur de plus de trente pieds, puis épanouissait avec grâce ses rameaux recourbés, au-dessous desquels les dattes à moitié mûres pendaient comme des cristaux de corail.

Rama est l'ancienne Arimathie, patrie de cet homme juste qui eut la gloire d'ensevelir le Sauveur[3]. Ce fut à Lod, Lydda ou Diospolis, village à une demi-lieue de Rama, que saint Pierre opéra le miracle de la guérison du paralytique[4]. Pour ce qui concerne Rama, considérée sous les rapports du commerce, on peut consulter les Mémoires du baron de Tott, et le Voyage de M. de Volney.

Nous sortîmes de Rama le 4 octobre à minuit. Le Père président nous conduisit par des chemins détournés à l'endroit où nous attendait Abou-Gosh[1], et retourna ensuite à son couvent. Notre troupe était composée du chef arabe, du drogman de Jérusalem, de mes deux domestiques, et du Bédouin de Jafa qui conduisait l'âne chargé du bagage. Nous gardions toujours la robe et la contenance de pauvres pèlerins latins, mais nous étions armés sous nos habits.

Après avoir chevauché une heure sur un terrain inégal, nous arrivâmes à quelques masures placées au haut d'une éminence rocailleuse. Nous franchîmes un des ressauts de la plaine, et, au bout d'une autre heure de marche, nous parvînmes à la première ondulation des montagnes de Judée. Nous tournâmes par un ravin raboteux autour d'un monticule isolé et aride. Au sommet de ce tertre on entrevoyait un village en ruines et les pierres éparses d'un cimetière abandonné : ce village porte le nom de *Latroun* ou du Larron[2] : c'est la patrie du criminel qui se repentit sur la croix, et qui fit faire au Christ son dernier acte de miséricorde. Trois milles plus loin, nous entrâmes dans les montagnes. Nous suivions le lit desséché d'un torrent[3] : la lune, diminuée d'une moitié[4], éclairait à peine nos pas dans ces profondeurs ; les sangliers faisaient entendre autour de nous un cri singulièrement sauvage. Je compris, à la désolation de ces bords, comment la fille de Jephté voulait pleurer sur la montagne de Judée, et pourquoi les prophètes allaient gémir sur les hauts lieux. Quand le jour fut venu, nous nous trouvâmes au milieu d'un labyrinthe de montagnes de forme conique, à peu près semblables entre elles et enchaînées l'une à l'autre par la base. La roche qui formait le fond de ces montagnes perçait la terre. Ses bandes ou ses corniches parallèles, étaient disposées comme les gradins d'un amphithéâtre romain, ou comme ces murs en échelons avec lesquels on soutient les vignes dans les vallées de la

Savoie*a*. À chaque redan du rocher croissaient des touffes de chênes nains, des buis et des lauriers-roses. Dans le fond des ravins s'élevaient des oliviers ; et quelquefois ces arbres formaient des bois entiers sur le flanc des montagnes. Nous entendîmes crier divers oiseaux, entre autres des geais. Parvenus au plus haut point de cette chaîne, nous découvrîmes, derrière nous (au midi et à l'occident), la plaine de Saron jusqu'à Jafa, et l'horizon de la mer jusqu'à Gaza ; devant nous (au nord et au levant), s'ouvrait le vallon de Saint-Jérémie, et dans la même direction, sur le haut d'un rocher, on apercevait au loin une vieille forteresse appelée le Château des Machabées. On croit que l'auteur des Lamentations vint au monde dans le village qui a retenu son nom au milieu de ces montagnes[b] : il est certain que la tristesse de ces lieux semble respirer dans les cantiques du prophète des douleurs.

Cependant, en approchant de Saint-Jérémie[1], je fus un peu consolé par un spectacle inattendu. Des troupeaux de chèvres à oreilles tombantes, des moutons à larges queues, des ânes qui rappelaient par leur beauté l'onagre des Écritures, sortaient du village au lever de l'aurore. Des femmes arabes faisaient sécher des raisins dans les vignes ; quelques-unes avaient le visage couvert d'un voile, et portaient sur leur tête un vase plein d'eau, comme les filles de Madian[2]. La fumée du hameau montait en vapeur blanche aux premiers rayons du jour ; on entendait des voix confuses, des chants, des cris de joie : cette scène formait un contraste agréable avec la désolation du lieu, et les souvenirs de la nuit.

Notre chef arabe avait reçu d'avance le droit que la tribu exige des voyageurs, et nous passâmes sans obstacle. Tout à coup je fus frappé de ces mots prononcés distinctement en français : « En avant : Marche ! » Je tournai la tête, et j'aperçus une troupe de petits Arabes

---

[a]. On les soutenait autrefois de la même manière en Judée.
[b]. Cette tradition du pays ne tient pas contre la critique.

tout nus qui faisaient l'exercice avec des bâtons de palmiers. Je ne sais quel vieux souvenir de ma première vie me tourmente : et quand on me parle d'un soldat français, le cœur me bat ; mais voir de petits Bédouins dans les montagnes de la Judée, imiter nos exercices militaires et garder le souvenir de notre valeur ; les entendre prononcer ces mots qui sont, pour ainsi dire, les mots d'ordre de nos armées, et les seuls que sachent nos grenadiers, il y aurait eu de quoi toucher un homme moins amoureux que moi de la gloire de sa patrie[1]. Je ne fus pas si effrayé que Robinson quand il entendit parler son perroquet, mais je ne fus pas moins charmé que ce fameux voyageur. Je donnai quelques médins au petit bataillon, en lui disant : « En avant : Marche ! » Et afin de ne rien oublier, je lui criai : « Dieu le veut ! Dieu le veut ! » comme les compagnons de Godefroy et de saint Louis.

De la vallée de Jérémie nous descendîmes dans celle de Térébinthe. Elle est plus profonde et plus étroite que la première. On y voit des vignes, et quelques roseaux de doura. Nous arrivâmes au torrent où David enfant prit les cinq pierres dont il frappa le géant Goliath[2]. Nous passâmes ce torrent sur un pont de pierres, le seul qu'on rencontre dans ces lieux déserts : le torrent conservait encore un peu d'eau stagnante. Tout près de là, à main gauche, sous un village appelé Kaloni, je remarquai parmi des ruines plus modernes, les débris d'une fabrique antique. L'abbé Mariti attribue ce monument à je ne sais quels moines. Pour un voyageur italien, l'erreur est grossière. Si l'architecture de ce monument n'est pas hébraïque, elle est certainement romaine : l'aplomb, la taille et le volume des pierres ne laissent aucun doute à ce sujet.

Après avoir passé le torrent, on découvre le village de Keriet-Lefta au bord d'un autre torrent desséché qui ressemble à un grand chemin poudreux. El-Biré se montre au loin, au sommet d'une haute montagne, sur la route de Nablous, Nabolos, ou Nabolosa, la Sichem du royaume d'Israël, et la Néapolis des Hérodes. Nous continuâmes à nous enfoncer dans un désert où des figuiers sauvages clairsemés étalaient au vent du midi leurs feuilles noircies. La terre qui jusqu'alors avait conservé quelque verdure se dépouilla, les flancs des montagnes s'élargirent, et prirent à la fois un air plus grand et plus stérile. Bientôt toute végétation cessa : les mousses mêmes disparurent. L'amphithéâtre des montagnes se teignit d'une couleur rouge et ardente. Nous gravîmes pendant une heure ces régions attristées, pour atteindre un col élevé[1] que nous voyions devant nous. Parvenus à ce passage, nous cheminâmes pendant une autre heure sur un plateau nu semé de pierres roulantes. Tout à coup à l'extrémité de ce plateau, j'aperçus une ligne de murs gothiques flanqués de tours carrées, et derrière lesquels s'élevaient quelques pointes d'édifices. Au pied de ces murs paraissait un camp de cavalerie turque, dans toute la pompe orientale. Le guide s'écria : « El-Cods[a] ! » La Sainte (Jérusalem) ! et il s'enfuit au grand galop[2].

Je conçois maintenant ce que les historiens et les voyageurs rapportent de la surprise des Croisés et des pèlerins, à la première vue de Jérusalem[b]. Je puis

---

a. Abou-Gosh, quoique sujet du Grand-Seigneur, avait peur d'être *avanisé* et bâtonné par le pacha de Damas, dont nous apercevions le camp.

b. O bone Jesu[3], *ut castra tua viderunt hujus terrenae* Jerusalem *muros, quantos exitus aquarum oculi eorum deduxerunt! Et mox terrae procumbentia, sonitu oris et nutu inclinati corporis Sanctum Sepulchrum tuum salutaverunt; et te, qui in eo jacuisti, ut sedentem in dexterâ Patris, ut venturum judicem omnium, adoraverunt.* Rob., *Monachus,* libr. IX.
Ubi vero ad locum ventum est, unde ipsam turritam Jerusalem *possent admirari, quis quàm multas ediderint lachrymas dignè recenseat? Quis affectus illos convenienter exprimat? Extorquebat gaudium suspiria, et singultus generabat immensa laetitia. Omnes visâ* Jerusalem *substiterunt, et adoraverunt, et flexo poplite terram sanctam deosculati sunt: omnes nudis pedibus ambularent, nisi metus hostilis eos armatos incedere debere praeciperet. Ibant, et flebant; et qui orandi gratiâ convenerant, pugnaturi priùs arma deferebant. Fleverunt igitur super illam, super quam et Christus illorum fleverat: et mirum in modum, super quam flebant, feriâ tertiâ, octavo idus junii, obsede-*

assurer que quiconque a eu comme moi la patience de lire à peu près deux cents relations modernes de la Terre-Sainte, les compilations rabbiniques, et les passages des anciens sur la Judée, ne connaît rien du tout encore. Je restai les yeux fixés sur Jérusalem, mesurant la hauteur de ses murs, recevant à la fois tous les souvenirs de l'histoire, depuis Abraham jusqu'à Godefroy de Bouillon, pensant au monde entier changé par la mission du Fils de l'Homme, et cherchant vainement ce Temple, dont *il ne reste pas pierre sur pierre*[3]. Quand je vivrais mille ans, jamais je n'oublierai ce désert qui semble respirer encore la grandeur de Jéhova, et les épouvantements de la mort[a].

Les cris du drogman qui me disait de serrer notre troupe, parce que nous allions entrer dans le camp, me tirèrent de la stupeur où la vue des Lieux-Saints m'avait jeté. Nous passâmes au milieu des tentes ; ces tentes étaient de peaux de brebis noires : il y avait quelques pavillons de toile rayée, entre autres, celui du pacha. Les chevaux sellés et bridés étaient attachés à des piquets. Je fus surpris de voir quatre pièces d'artillerie à cheval ; elles étaient bien montées, et le charronnage m'en parut anglais. Notre mince équipage et nos robes de pèlerins excitaient la risée des soldats. Comme nous approchions de la porte de la ville, le pacha sortait de Jérusalem. Je fus obligé d'ôter promptement le mouchoir que j'avais jeté sur mon chapeau

---

runt : Obsederunt, inquam, non tanquàm novercam privigni, sed quasi matrem filii. BALDRIC., *Hist. Jerosol.*, lib. IV.

Le Tasse a imité ce passage[1] :
> *Ecco appair Gierusalem si vede ;*
> *Ecco additar Gierusalem si scorge ;*
> *Ecco da mille voci unitamente*
> *Gierusalemme salutar si sente*, etc.

Les strophes qui suivent sont admirables[2] :
> *Al grand piacer che quella prima vista*
> *Dolcemente spirò nell' altrui petto,*
> *Alta contrizion successe,* etc.

a. Nos anciennes Bibles françaises appellent la Mort le Roi des épouvantements.

pour me défendre du soleil, dans la crainte de m'attirer une disgrâce pareille à celle du pauvre Joseph à Tripolizza.

Nous entrâmes dans Jérusalem par la porte des Pèlerins[1]. Auprès de cette porte s'élève la tour de David, plus connue sous le nom de la tour des Pisans. Nous payâmes le tribut, et nous suivîmes la rue qui se présentait devant nous : puis, tournant à gauche, entre des espèces de prisons de plâtre qu'on appelle des maisons, nous arrivâmes, à midi 22 minutes, au monastère des Pères latins[2]. Il était envahi par les soldats d'Abdallah, qui se faisaient donner tout ce qu'ils trouvaient à leur convenance.

Il faut être dans la position des Pères de Terre-Sainte pour comprendre le plaisir que leur causa mon arrivée. Ils se crurent sauvés par la présence d'un seul Français. Je remis au Père Bonaventure de Nola, Gardien du couvent, une lettre de M. le général Sébastiani. « Monsieur, me dit le Gardien, c'est la Providence qui vous amène. Vous avez des firmans de route ? Permettez-nous de les envoyer au pacha ; il saura qu'un Français est descendu au couvent ; il nous croira spécialement protégés par l'Empereur. L'année dernière il nous contraignit de payer soixante mille piastres ; d'après l'usage, nous ne lui en devons que quatre mille, encore à titre de simple présent. Il veut cette année nous arracher la même somme, et il nous menace de se porter aux dernières extrémités, si nous la refusons. Nous serions obligés de vendre les vases sacrés ; car depuis quatre ans nous ne recevons plus aucune aumône de l'Europe : si cela continue, nous nous verrons forcés d'abandonner la Terre-Sainte, et de livrer aux Mahométans le Tombeau de Jésus-Christ. »

Je me trouvai trop heureux de pouvoir rendre ce léger service au Gardien. Je le priai toutefois de me laisser aller au Jourdain, avant d'envoyer les firmans, pour ne pas augmenter les difficultés d'un voyage toujours dangereux : Abdallah aurait pu me faire assassiner en route, et rejeter le tout sur les Arabes.

Le Père Clément Perès, procureur général du couvent, homme très instruit, d'un esprit fin, orné et agréable, me conduisit à la chambre d'honneur des pèlerins. On y déposa mes bagages, et je me préparai à quitter Jérusalem, quelques heures après y être entré[1]. J'avais cependant plus besoin de repos que de guerroyer avec les Arabes de la mer Morte. Il y avait longtemps que je courais la terre et la mer pour arriver aux Saints-Lieux : à peine touchais-je au but de mon voyage, que je m'en éloignais de nouveau. Mais je crus devoir ce sacrifice à des Religieux qui font eux-mêmes un perpétuel sacrifice de leurs biens et de leurs vies. D'ailleurs j'aurais pu concilier l'intérêt des Pères et ma sûreté en renonçant à voir le Jourdain ; et il ne tenait qu'à moi de mettre des bornes à ma curiosité.

Tandis que j'attendais l'instant du départ, les Religieux se mirent à chanter dans l'église du monastère. Je demandai la cause de ces chants, et j'appris que l'on célébrait la fête du Patron de l'Ordre. Je me souvins alors que nous étions au 4 octobre, jour de la Saint-François, jour de ma naissance et de ma fête[2]. Je courus au chœur, et j'offris des vœux pour le repos de celle qui m'avait autrefois donné la vie à pareil jour : *Paries liberos in dolore*[3]. Je regarde comme un bonheur que ma première prière à Jérusalem n'ait pas été pour moi. Je considérais avec respect ces Religieux qui chantaient les louanges du Seigneur à trois cents pas du Tombeau de Jésus-Christ ; je me sentais touché à la vue de cette faible, mais invincible milice restée seule à la garde du Saint-Sépulcre, quand les rois l'ont abandonné :

Voilà donc quels vengeurs s'arment pour ta querelle[4] *!*

Le Père Gardien envoya chercher un Turc, appelé Ali-Aga, pour me conduire à Bethléem. Cet Ali-Aga était fils d'un aga de Rama, qui avait eu la tête tranchée sous la tyrannie de Djezzar. Ali était né à Jéricho, aujourd'hui Rihha, et il se disait gouverneur de ce village. C'était un homme de tête et de courage, dont

III. Rhodes, Jafa, Bethléem et la mer Morte 301

j'eus beaucoup à me louer. Il commença d'abord par nous faire quitter, à moi et à mes domestiques, le vêtement arabe pour reprendre l'habit français : cet habit, naguère si méprisé des Orientaux, inspire aujourd'hui le respect et la crainte. La valeur française est rentrée en possession de la renommée qu'elle avait autrefois dans ce pays : ce furent des chevaliers de France qui rétablirent le royaume de Jérusalem, comme ce sont des soldats de France qui ont cueilli les dernières palmes de l'Idumée[1]. Les Turcs vous montrent à la fois et la *Tour* de Baudouin et le *Camp* de l'Empereur : on voit au Calvaire l'épée de Godefroy de Bouillon, qui, dans son vieux fourreau, semble encore garder le Saint-Sépulcre.

On nous amena à cinq heures du soir[2] trois bons chevaux ; Michel, drogman du couvent, se joignit à nous ; Ali se mit à notre tête, et nous partîmes pour Bethléem, où nous devions coucher et prendre une escorte de six Arabes. J'avais lu que le Gardien de Saint-Sauveur est le seul Franc qui ait le privilège de monter à cheval[3] à Jérusalem, et j'étais un peu surpris de galoper sur une jument arabe ; mais j'ai su depuis que tout voyageur en peut faire autant pour son argent. Nous sortîmes de Jérusalem par la porte de Damas[4] ; puis, tournant à gauche, et traversant les ravins au pied du mont Sion, nous gravîmes une montagne sur le plateau de laquelle nous cheminâmes pendant une heure. Nous laissions Jérusalem au nord derrière nous ; nous avions au couchant les montagnes de Judée, et au levant, par-delà la mer Morte, les montagnes d'Arabie. Nous passâmes le couvent de Saint-Élie[5]. On ne manque pas de faire remarquer, sous un olivier et sur un rocher au bord du chemin, l'endroit où ce prophète se reposait lorsqu'il allait à Jérusalem. À une lieue plus loin, nous entrâmes dans le champ de Rama, où l'on trouve le tombeau de Rachel. C'est un édifice carré, surmonté d'un petit dôme : il jouit des privilèges d'une mosquée ; les Turcs, ainsi que les Arabes, honorent les familles des patriarches. Les traditions des

Chrétiens s'accordent à placer le sépulcre de Rachel dans ce lieu : la critique historique est favorable à cette opinion ; mais, malgré Thévenot, Monconys, Roger et tant d'autres, je ne puis reconnaître un monument antique dans ce qu'on appelle aujourd'hui le tombeau de Rachel : c'est évidemment une fabrique turque consacrée à un santon[1].

Nous aperçûmes dans la montagne (car la nuit était venue) les lumières du village de Rama[2]. Le silence était profond autour de nous. Ce fut sans doute dans une pareille nuit que l'on entendit tout à coup la voix de Rachel[3] : *Vox in Ramâ audita est, ploratus et ululatus multus ; Rachel plorans filios suos, et noluit consolari, quia non sunt.* Ici la mère d'Astyanax et celle d'Euryale sont vaincues : Homère et Virgile cèdent la palme de la douleur à Jérémie.

Nous arrivâmes par un chemin étroit et scabreux à Bethléem. Nous frappâmes à la porte du couvent ; l'alarme se mit parmi les Religieux, parce que notre visite était inattendue, et que le turban d'Ali inspira d'abord l'épouvante ; mais tout fut bientôt expliqué.

Bethléem reçut son nom d'Abraham, et Bethléem, signifie la *Maison de Pain*. Elle fut surnommée Ephrata (Fructueuse), du nom de la femme de Caleb, pour la distinguer d'une autre Bethléem de la tribu de Zabulon. Elle appartenait à la tribu de Juda ; elle porta aussi le nom de Cité de David ; elle était la patrie de ce monarque, et il y garda les troupeaux dans son enfance. Abissan, septième juge d'Israël, Élimelech, Obed, Jessé et Booz naquirent comme David à Bethléem ; et c'est là qu'il faut placer l'admirable églogue de Ruth. Saint Mathias, apôtre, eut aussi le bonheur de recevoir le jour dans la cité où le Messie vint au monde.

Les premiers fidèles avaient élevé un oratoire sur la Crèche du Sauveur. Adrien le fit renverser pour y placer une statue d'Adonis. Sainte Hélène détruisit l'idole et bâtit au même lieu une église, dont l'architecture se mêle aujourd'hui aux différentes parties ajoutées par les princes chrétiens. Tout le monde sait que saint

III. Rhodes, Jafa, Bethléem et la mer Morte 303

Jérôme se retira à Bethléem. Bethléem, conquise par les Croisés[1], retomba avec Jérusalem sous le joug infidèle ; mais elle a toujours été l'objet de la vénération des pèlerins. De saints Religieux, se dévouant à un martyre perpétuel, l'ont gardée pendant sept siècles. Quant à la Bethléem moderne, à son sol, à ses productions, à ses habitants, on peut consulter M. de Volney[2]. Je n'ai pourtant point remarqué dans la vallée de Bethléem la fécondité qu'on lui attribue ; il est vrai que sous le gouvernement turc, le terrain le plus fertile devient désert en peu d'années.

Le 5 octobre, à quatre heures du matin, je commençai la revue des monuments de Bethléem. Quoique ces monuments aient été souvent décrits, le sujet par lui-même est si intéressant, que je ne puis me dispenser d'entrer dans quelques détails.

Le couvent de Bethléem tient à l'église par une cour fermée de hautes murailles. Nous traversâmes cette cour, et une petite porte latérale nous donna passage dans l'église. Cette église est certainement d'une haute antiquité, et quoique souvent détruite et souvent réparée, elle conserve les marques de son origine grecque[3]. Sa forme est celle d'une croix. La longue nef, ou si l'on veut le pied de la croix, est ornée de quarante-huit colonnes d'ordre corinthien, placées sur quatre lignes. Ces colonnes ont deux pieds six pouces de diamètre, près la base, et dix-huit pieds de hauteur, y compris la base et le chapiteau. Comme la voûte de cette nef manque, les colonnes ne portent rien qu'une frise de bois qui remplace l'architrave et tient lieu de l'entablement entier. Une charpente à jour prend sa naissance au haut des murs et s'élève en dôme pour porter un toit qui n'existe plus, ou qui n'a jamais été achevé. On dit que cette charpente est de bois de cèdre, mais c'est une erreur. Les murs sont percés de grandes fenêtres : ils étaient ornés autrefois de tableaux en mosaïque[4] et de passages de l'Évangile, écrits en caractères grecs et latins : on en voit encore des traces. La plupart de ces inscriptions sont rapportées par Quaresmius. L'abbé Mariti relève avec aigreur une méprise de ce savant Religieux, touchant une date : un très habile homme peut se tromper, mais celui qui en avertit le public sans égard et sans politesse, prouve moins sa science que sa vanité.

Les restes des mosaïques que l'on aperçoit çà et là, et quelques tableaux peints sur bois, sont intéressants pour l'histoire de l'art : ils présentent en général des figures de face, droites, raides, sans mouvement et sans ombre ; mais l'effet en est majestueux, et le caractère noble et sévère. Je n'ai pu, en examinant ces peintures, m'empêcher de penser au respectable M. d'Agincourt[1], qui fait à Rome l'*Histoire des Arts du dessin dans le moyen âge*[a], et qui trouverait à Bethléem de grands secours.

La secte chrétienne des Arméniens est en possession de la nef que je viens de décrire. Cette nef est séparée des trois autres branches de la croix par un mur, de sorte que l'église n'a plus d'unité. Quand vous avez passé ce mur, vous vous trouvez en face du sanctuaire ou du chœur, qui occupe le haut de la croix. Ce chœur est élevé de trois degrés au-dessus de la nef. On y voit un autel dédié aux Mages. Sur le pavé, au bas de cet autel, on remarque une étoile de marbre : la tradition veut que cette étoile corresponde au point du ciel où s'arrêta l'étoile miraculeuse qui conduisit les trois Rois. Ce qu'il y a de certain, c'est que l'endroit où naquit le Sauveur du monde, se trouve perpendiculairement au-dessous de cette étoile de marbre, dans l'église souterraine de la Crèche. Je parlerai de celle-ci dans un moment. Les Grecs occupent le sanctuaire des Mages, ainsi que les deux autres nefs formées par les deux extrémités de la traverse de la croix. Ces deux dernières nefs sont vides et sans autels.

Deux escaliers tournants, composés chacun de

---

a. Nous jouissons enfin des premières livraisons de cet excellent ouvrage, fruit d'un travail de trente années et des recherches les plus curieuses.

quinze degrés, s'ouvrent aux deux côtés du chœur de l'église extérieure, et descendent à l'église souterraine, placée sous ce chœur. Celle-ci est le lieu à jamais révéré de la nativité du Sauveur. Avant d'y entrer, le supérieur me mit un cierge à la main et me fit une courte exhortation. Cette sainte grotte est irrégulière, parce qu'elle occupe l'emplacement irrégulier de l'Étable et de la Crèche. Elle a trente-sept pieds et demi de long, onze pieds trois pouces de large, et neuf pieds de haut. Elle est taillée dans le roc : les parois de ce roc sont revêtues de marbre, et le pavé de la grotte est également d'un marbre précieux. Ces embellissements sont attribués à sainte Hélène. L'église ne tire aucun jour du dehors, et n'est éclairée que par la lumière de trente-deux lampes envoyées par différents princes chrétiens. Tout au fond de la grotte, du côté de l'orient, est la place où la Vierge enfanta le Rédempteur des hommes. Cette place est marquée par un marbre blanc incrusté de jaspe et entouré d'un cercle d'argent, radié en forme de soleil. On lit ces mots à l'entour :

HIC DE VIRGINE MARIA
JESUS CHRISTUS NATUS EST.

Une table de marbre, qui sert d'autel, est appuyée contre le rocher, et s'élève au-dessus de l'endroit où le Messie vint à la lumière. Cet autel est éclairé par trois lampes, dont la plus belle a été donnée par Louis XIII.

À sept pas de là, vers le midi, après avoir passé l'entrée d'un des escaliers qui montent à l'église supérieure, vous trouvez la Crèche. On y descend par deux degrés, car elle n'est pas de niveau avec le reste de la grotte. C'est une voûte peu élevée, enfoncée dans le rocher. Un bloc de marbre blanc, exhaussé d'un pied au-dessus du sol, et creusé en forme de berceau, indique l'endroit même où le Souverain du ciel fut couché sur la paille.

« Joseph partit aussi de la ville de Nazareth qui est en Galilée, et vint en Judée à la ville de David, appelée

Bethléem, parce qu'il était de la maison et de la famille de David,

« Pour se faire enregistrer avec Marie son épouse, qui était grosse.

« Pendant qu'ils étaient en ce lieu, il arriva que le temps auquel elle devait accoucher s'accomplit ;

« Et elle enfanta son fils premier-né, et l'ayant emmailloté, elle le coucha dans une crèche, parce qu'il n'y avait point de place pour eux dans l'hôtellerie[a]. »

À deux pas, vis-à-vis la Crèche, est un autel qui occupe la place où Marie était assise lorsqu'elle présenta l'enfant des douleurs aux adorations des Mages :

« Jésus étant donc né dans Bethléem, ville de la tribu de Juda, du temps du roi Hérode, des Mages vinrent de l'Orient en Jérusalem,

« Et ils demandèrent : Où est le Roi des Juifs, qui est nouvellement né ? Car nous avons vu son étoile en Orient, et nous sommes venus l'adorer.

. . . .

« Et en même temps l'étoile qu'ils avaient vue en Orient allait devant eux, jusqu'à ce qu'étant arrivée sur le lieu où était l'enfant, elle s'y arrêta.

« Lorsqu'ils virent l'étoile, ils furent tous transportés de joie :

« Et entrant dans la maison, ils trouvèrent l'enfant avec Marie sa mère, et se prosternant en terre, ils l'adorèrent ; puis ouvrant leurs trésors, ils lui offrirent pour présents de l'or, de l'encens et de la myrrhe[b]. »

Rien n'est plus agréable et plus dévot que cette église souterraine. Elle est enrichie de tableaux des écoles italienne et espagnole[3]. Ces tableaux représentent les mystères de ces lieux, des Vierges et des Enfants d'après Raphaël, des Annonciations, l'Adoration des Mages, la Venue des Pasteurs, et tous ces miracles mêlés de grandeur et d'innocence. Les ornements ordinaires de la Crèche sont de satin bleu brodé en argent.

---

a. Saint Luc[1].
b. Saint Matthieu[2].

L'encens fume sans cesse devant le berceau du Sauveur. J'ai entendu un orgue, fort bien touché, jouer, à la messe, les airs les plus doux et les plus tendres des meilleurs compositeurs d'Italie. Ces concerts charment l'Arabe chrétien qui, laissant paître ses chameaux, vient, comme les antiques bergers de Bethléem, adorer le Roi des Rois dans sa Crèche. J'ai vu cet habitant du désert communier à l'autel des Mages, avec une ferveur, une piété, une religion inconnue des Chrétiens de l'Occident. « Nul endroit dans l'univers, dit le Père Néret, n'inspire plus de dévotion... L'abord continuel des caravanes de toutes les nations chrétiennes... les prières publiques, les prosternations... la richesse même des présents que les princes chrétiens y ont envoyés... tout cela excite en votre âme des choses qui se font sentir beaucoup mieux qu'on ne peut les exprimer[1]. »

Ajoutons qu'un contraste extraordinaire rend encore ces choses plus frappantes ; car en sortant de la grotte où vous avez retrouvé la richesse, les arts, la religion des peuples civilisés, vous êtes transportés dans une solitude profonde, au milieu des masures arabes, parmi des Sauvages demi-nus et des Musulmans sans foi. Ces lieux sont pourtant ceux-là même où s'opérèrent tant de merveilles ; mais cette terre sainte n'ose plus faire éclater au-dehors son allégresse, et les souvenirs de sa gloire sont renfermés dans son sein.

Nous descendîmes, de la grotte de la Nativité, dans la chapelle souterraine où la tradition place la sépulture des Innocents : « Hérode envoya tuer à Bethléem et en tout le pays d'alentour, tous les enfants âgés de deux ans et au-dessous : alors s'accomplit ce qui avait été dit par le prophète Jérémie : *Vox in Ramâ audita est*[2]. »

La chapelle des Innocents nous conduisit à la grotte de saint Jérôme : on y voit le sépulcre de ce docteur de l'Église, celui de saint Eusèbe, et les tombeaux de sainte Paule et de sainte Eustochie.

Saint Jérôme passa la plus grande partie de sa vie dans cette grotte. C'est de là qu'il vit la chute de l'empire romain[1] ; ce fut là qu'il reçut ces patriciens fugitifs, qui, après avoir possédé les palais de la terre, s'estimèrent heureux de partager la cellule d'un cénobite. La paix du saint et les troubles du monde font un merveilleux effet dans les lettres du savant interprète de l'Écriture.

Sainte Paule et sainte Eustochie sa fille étaient deux grandes dames romaines de la famille des Gracques et des Scipions. Elles quittèrent les délices de Rome pour venir vivre et mourir à Bethléem dans la pratique des vertus monastiques. Leur épitaphe, faite par saint Jérôme, n'est pas assez bonne, et est trop connue pour que je la rapporte ici.

Scipio, quam genuit[2], *etc.*

On voit dans l'oratoire de saint Jérôme un tableau où ce saint conserve l'air de tête qu'il a pris sous le pinceau du Carrache et du Dominiquin. Un autre tableau offre les images de Paule et d'Eustochie. Ces deux héritières de Scipion sont représentées mortes et couchées dans le même cercueil. Par une idée touchante, le peintre a donné aux deux saintes une ressemblance parfaite ; on distingue seulement la fille de la mère, à sa jeunesse et à son voile blanc : l'une a marché plus longtemps et l'autre plus vite dans la vie ; et elles sont arrivées au port au même moment[3].

Dans les nombreux tableaux que l'on voit aux Lieux-Saints, et qu'aucun voyageur n'a décrits[a], j'ai cru quelquefois reconnaître la touche mystique et le ton inspiré de Murillo : il serait assez singulier qu'un grand maître eût, à la crèche ou au tombeau du Sauveur, quelque chef-d'œuvre inconnu.

Nous remontâmes au couvent. J'examinai la campagne du haut d'une terrasse. Bethléem est bâti sur un monticule qui domine une longue vallée. Cette vallée s'étend de l'est à l'ouest : la colline du midi est couverte d'oliviers clairsemés sur un terrain rougeâtre, hérissé

---

[a]. Villamont avait été frappé de la beauté d'un saint Jérôme.

de cailloux; la colline du nord porte des figuiers, sur un sol semblable à celui de l'autre colline. On découvre çà et là quelques ruines, entre autres, les débris d'une tour qu'on appelle la Tour de Sainte-Paule. Je rentrai dans le monastère qui doit une partie de sa richesse à Baudouin, roi de Jérusalem et successeur de Godefroy de Bouillon : c'est une véritable forteresse, et ses murs sont si épais, qu'ils soutiendraient aisément un siège contre les Turcs.

L'escorte arabe étant arrivée, je me préparai à partir pour la mer Morte. En déjeunant avec les Religieux qui formaient un cercle autour de moi, ils m'apprirent qu'il y avait au couvent un Père, Français de nation. On l'envoya chercher : il vint les yeux baissés, les deux mains dans ses manches, marchant d'un air sérieux; il me donna un salut froid et court. Je n'ai jamais entendu chez l'étranger, le son d'une voix française sans être ému :

Ω φίλτατον φώνημα! φεῦ τὸ καὶ λαβεῖν
Πρόσφθεγμα τοιοῦδ' ἀνδρὸς ἐν χρόνῳ μακρῷ!

Après un si long temps...
Ô que cette parole à mon oreille est chère[1] !

Je fis quelques questions à ce religieux. Il me dit qu'il s'appelait le Père Clément[a]; qu'il était des environs de Mayenne; que se trouvant dans un monastère de Bretagne, il avait été déporté en Espagne avec une centaine de prêtres comme lui; qu'ayant reçu l'hospitalité dans un couvent de son ordre, ses supérieurs l'avaient ensuite envoyé missionnaire en Terre-Sainte[2]. Je lui demandai s'il n'avait point envie de revoir sa patrie, et s'il voulait écrire à sa famille. Voici sa réponse mot pour mot : « Qui est-ce qui se souvient encore de moi en France ? Sais-je si j'ai encore des frères et des sœurs ? J'espère obtenir, par le mérite de la Crèche du

---

a. Voyez la Préface de la troisième édition.

Sauveur, la force de mourir ici, sans importuner personne, et sans songer à un pays où je suis oublié. »

Le Père Clément fut obligé de se retirer : ma présence avait réveillé dans son cœur des sentiments qu'il cherchait à éteindre. Telles sont les destinées humaines : un Français gémit aujourd'hui sur la perte de son pays, aux mêmes bords dont les souvenirs inspirèrent autrefois le plus beau des cantiques sur l'amour de la patrie[1] :

Super flumina Babylonis !

Mais ces fils d'Aaron qui suspendirent leurs harpes aux saules de Babylone, ne rentrèrent pas tous dans la cité de David ; ces filles de Judée qui s'écriaient sur les bords de l'Euphrate :

Ô rives du Jourdain ! ô champs aimés des cieux[2] !

ces compagnes d'Esther ne revirent pas toutes Emmaüs et Bethel : plusieurs laissèrent leurs dépouilles aux champs de la captivité.

À dix heures du matin nous montâmes à cheval, et nous sortîmes de Bethléem[3]. Six Arabes bethléémites à pied, armés de poignards et de longs fusils à mèche, formaient notre escorte. Ils marchaient trois en avant et trois en arrière de nos chevaux. Nous avions ajouté à notre cavalerie un âne qui portait l'eau et les provisions. Nous prîmes la route du monastère de Saint-Saba, d'où nous devions ensuite descendre à la mer Morte et revenir par le Jourdain.

Nous suivîmes d'abord le vallon de Bethléem, qui s'étend au levant, comme je l'ai dit. Nous passâmes une croupe de montagnes où l'on voit sur la droite une vigne nouvellement plantée, chose assez rare dans le pays pour que je l'aie remarquée. Nous arrivâmes à une grotte appelée la Grotte des Pasteurs. Les Arabes l'appellent encore *Dta-el-Natour*, le Village des Bergers. On prétend qu'Abraham[4] faisait paître ses troupeaux dans ce lieu, et que les bergers de Judée furent avertis dans ce même lieu de la naissance du Sauveur :

III. Rhodes, Jafa, Bethléem et la mer Morte

«Or, il y avait aux environs des bergers qui passaient la nuit dans les champs, veillant tour à tour à la garde de leur troupeau :

«Et tout d'un coup un ange du Seigneur se présenta à eux, et une lumière divine les environna, ce qui les remplit d'une extrême crainte :

«Alors l'ange leur dit : "Ne craignez point, car je viens vous apporter une nouvelle qui sera pour tout le peuple le sujet d'une grande joie :

«C'est qu'aujourd'hui, dans la ville de David, il vous est né un Sauveur, qui est le Christ, le Seigneur ;

«Et voici la marque à laquelle vous le reconnaîtrez : "Vous trouverez un enfant emmailloté, couché dans une crèche."

«Au même instant il se joignit à l'ange une grande troupe de l'armée céleste, louant Dieu et disant :

"Gloire à Dieu au plus haut des cieux, et paix sur la terre aux hommes de bonne volonté, chéris de Dieu[1]."»

La piété des Fidèles a transformé cette grotte en une chapelle. Elle devait être autrefois très ornée : j'y ai remarqué trois chapiteaux d'ordre corinthien, et deux autres d'ordre ionique[2]. La découverte de ces derniers était une véritable merveille ; car on ne trouve plus guère après le siècle d'Hélène que l'éternel corinthien.

En sortant de cette grotte, et marchant toujours à l'orient, une pointe de compas au midi, nous quittâmes les montagnes rouges pour entrer dans une chaîne de montagnes blanchâtres. Nos chevaux enfonçaient dans une terre molle et crayeuse, formée des débris d'une roche calcaire. Cette terre était si horriblement dépouillée, qu'elle n'avait pas même une écorce de mousse. On voyait seulement croître çà et là quelques touffes de plantes épineuses, aussi pâles que le sol qui les produit, et qui semblent couvertes de poussière, comme les arbres de nos grands chemins, pendant l'été.

En tournant une des croupes de ces montagnes, nous aperçûmes deux camps de Bédouins : l'un formé de sept tentes de peaux de brebis noires, disposées en carré long ouvert à l'extrémité orientale ; l'autre composé d'une douzaine de tentes plantées en cercle. Quelques chameaux et des cavales erraient dans les environs[1].

Il était trop tard pour reculer: il fallait faire bonne contenance et traverser le second camp. Tout se passa bien d'abord. Les Arabes touchèrent la main des Bethléémites et la barbe d'Ali-Aga. Mais à peine avions-nous franchi les dernières tentes, qu'un Bédouin arrêta l'âne qui portait nos vivres. Les Bethléémites voulurent le repousser; l'Arabe appela ses frères à son secours. Ceux-ci sautent à cheval; on s'arme, on nous enveloppe. Ali parvint à calmer tout ce bruit pour quelque argent. Ces Bédouins exigèrent un droit de passage: ils prennent apparemment le désert pour un grand chemin; chacun est maître chez soi. Ceci n'était que le prélude d'une scène plus violente.

Une lieue plus loin, en descendant le revers d'une montagne, nous découvrîmes la cime de deux hautes tours qui s'élevaient dans une vallée profonde. C'était le couvent de Saint-Saba[2]. Comme nous en approchions, une nouvelle troupe d'Arabes, cachée au fond d'un ravin, se jeta sur notre escorte, en poussant des hurlements[3]. Dans un instant, nous vîmes voler les pierres, briller les poignards, ajuster les fusils. Ali se précipite dans la mêlée; nous courons pour lui prêter secours; il saisit le chef des Bédouins par la barbe, l'entraîne sous le ventre de son cheval, et le menace de l'écraser s'il ne fait finir cette querelle. Pendant le tumulte, un Religieux grec criait de son côté et gesticulait du haut d'une tour; il cherchait inutilement à mettre la paix. Nous étions tous arrivés à la porte de Saint-Saba. Les frères, en dedans, tournaient la clef, mais avec lenteur; car ils craignaient que dans ce désordre on ne pillât le monastère. Le janissaire, fatigué de ces délais, entrait en fureur, et contre les Religieux, et contre les Arabes. Enfin, il tira son sabre, et allait abattre la tête du chef des Bédouins, qu'il tenait toujours par la barbe avec une force surprenante, lorsque le couvent s'ouvrit. Nous nous précipitâmes tous pêle-mêle dans une cour, et la porte se referma sur nous. L'affaire devint alors plus sérieuse : nous n'étions point dans l'intérieur du couvent ; il y avait une autre cour à passer, et la porte de cette cour n'était point ouverte. Nous étions renfermés dans un espace étroit, où nous nous blessions avec nos armes, et où nos chevaux animés par le bruit étaient devenus furieux. Ali prétendit avoir détourné un coup de poignard qu'un Arabe me portait par-derrière, et il montrait sa main ensanglantée ; mais Ali, très brave homme d'ailleurs, aimait l'argent, comme tous les Turcs. La dernière porte du monastère s'ouvrit ; le chef des Religieux parut, dit quelques mots, et le bruit cessa. Nous apprîmes alors le sujet de la contestation.

Les derniers Arabes qui nous avaient attaqués appartenaient à une tribu qui prétendait avoir seule le droit de conduire les étrangers à Saint-Saba. Les Bethléémites, qui désiraient avoir le prix de l'escorte, et qui ont une réputation de courage à soutenir, n'avaient pas voulu céder. Le supérieur du monastère avait promis que je satisferais les Bédouins, et l'affaire s'était arrangée. Je ne leur voulais rien donner, pour les punir. Ali-Aga me représenta que si je tenais à cette résolution, nous ne pourrions jamais arriver au Jourdain, que ces Arabes iraient appeler les autres tribus ; que nous serions infailliblement massacrés ; que c'était la raison pour laquelle il n'avait pas voulu tuer le chef ; car, une fois le sang versé, nous n'aurions eu d'autre parti à prendre que de retourner promptement à Jérusalem.

Je doute que les couvents de Scété[1] soient placés dans des lieux plus tristes et plus désolés que le couvent de Saint-Saba. Il est bâti dans la ravine même du torrent de Cédron, qui peut avoir trois ou quatre cents pieds de profondeur dans cet endroit. Ce torrent est à sec et ne roule qu'au printemps une eau fangeuse et rougie. L'église occupe une petite éminence dans le fond du lit. De là les bâtiments du monastère s'élèvent par des escaliers perpendiculaires et des passages creusés dans le roc, sur le flanc de la ravine, et parviennent ainsi jusqu'à la croupe de la montagne, où ils se terminent par deux tours carrées. L'une de ces tours est hors du couvent; elle servait autrefois de poste avancé pour surveiller les Arabes. Du haut de ces tours, on découvre les sommets stériles des montagnes de Judée; au-dessous de soi, l'œil plonge dans le ravin desséché du torrent de Cédron, où l'on voit des grottes qu'habitèrent jadis les premiers anachorètes. Des colombes bleues nichent aujourd'hui dans ces grottes, comme pour rappeler par leurs gémissements, leur innocence et leur douceur, les saints qui peuplaient autrefois ces rochers. Je ne dois point oublier un palmier qui croît dans un mur sur une des terrasses du couvent; je suis persuadé que tous les voyageurs le remarqueront comme moi : il faut être environné d'une stérilité aussi affreuse pour sentir le prix d'une touffe de verdure.

Quant à la partie historique du couvent de Saint-Saba, le lecteur peut avoir recours à la lettre du Père Neret et à la Vie des Pères du Désert[1]. On montre aujourd'hui dans ce monastère trois ou quatre mille têtes de morts, qui sont celles des Religieux massacrés par les Infidèles[2]. Les moines me laissèrent un quart d'heure tout seul avec ces reliques : ils semblaient avoir deviné que mon dessein était de peindre un jour la situation de l'âme des Solitaires de la Thébaïde[3]. Mais je ne me rappelle pas encore sans un sentiment pénible, qu'un caloyer voulut me parler de politique et me raconter les secrets de la cour de Russie. « Hélas ! mon Père, lui dis-je, où chercherez-vous la paix, si vous ne la trouvez pas ici ? »

Nous quittâmes le couvent à trois heures de l'après-midi ; nous remontâmes le torrent de Cédron ; ensuite, traversant la ravine, nous reprîmes notre route au levant. Nous découvrîmes Jérusalem par une ouverture des montagnes. Je ne savais trop ce que j'apercevais ; je croyais voir un amas de rochers brisés : l'apparition subite de cette Cité des Désolations au milieu d'une solitude désolée, avait quelque chose d'effrayant ; c'était véritablement la Reine du Désert.

Nous avancions : l'aspect des montagnes était toujours le même, c'est-à-dire, blanc, poudreux, sans ombre, sans arbre, sans herbe et sans mousse. À quatre heures et demie, nous descendîmes de la haute chaîne de ces montagnes sur une chaîne moins élevée. Nous cheminâmes pendant cinquante minutes sur un plateau assez égal. Nous parvînmes enfin au dernier rang des monts qui bordent à l'occident la vallée du Jourdain et les eaux de la mer Morte. Le soleil était près de se coucher : nous mîmes pied à terre pour laisser reposer les chevaux, et je contemplai à loisir le lac, la vallée et le fleuve[1].

Quand on parle d'une vallée, on se représente une vallée cultivée ou inculte : cultivée, elle est couverte de moissons, de vignes, de villages, de troupeaux : inculte, elle offre des herbages ou des forêts ; si elle est arrosée par un fleuve, ce fleuve a des replis ; les collines qui forment cette vallée ont elles-mêmes des sinuosités dont les perspectives attirent agréablement les regards.

Ici, rien de tout cela : qu'on se figure deux longues chaînes de montagnes, courant parallèlement du septentrion au midi, sans détours, sans sinuosités. La chaîne du levant, appelée montagne d'Arabie, est la plus élevée ; vue à la distance de huit à dix lieues, on dirait un grand mur perpendiculaire, tout à fait semblable au Jura par sa forme et par sa couleur azurée : on ne distingue pas un sommet, pas la moindre cime ; seulement on aperçoit çà et là de légères inflexions, comme si la main du peintre qui a tracé cette ligne horizontale sur le ciel, eût tremblé dans quelques endroits[a].

La chaîne du couchant appartient aux montagnes de Judée. Moins élevée et plus inégale que la chaîne de l'est, elle en diffère encore par sa nature : elle présente de grands monceaux de craie et de sable qui imitent la

---

a. Toutes ces descriptions de la mer Morte et du Jourdain se retrouvent dans les Martyrs, livre XIX ; mais comme le sujet est important, et que j'ai ajouté dans l'Itinéraire plusieurs traits à ces descriptions, je n'ai pas craint de les répéter.

forme de faisceaux d'armes, de drapeaux ployés, ou de tentes d'un camp assis au bord d'une plaine. Du côté de l'Arabie, ce sont au contraire de noirs rochers à pic qui répandent au loin leur ombre sur les eaux de la mer Morte. Le plus petit oiseau du ciel ne trouverait pas dans ces rochers un brin d'herbe pour se nourrir; tout y annonce la patrie d'un peuple réprouvé; tout semble y respirer l'horreur et l'inceste d'où sortirent Ammon et Moab[1].

La vallée comprise entre ces deux chaînes de montagnes offre un sol semblable au fond d'une mer depuis longtemps retirée: des plages de sel, une vase desséchée, des sables mouvants et comme sillonnés par les flots. Çà et là des arbustes chétifs croissent péniblement sur cette terre privée de vie; leurs feuilles sont couvertes du sel qui les a nourries, et leur écorce a le goût et l'odeur de la fumée. Au lieu de villages, on aperçoit les ruines de quelques tours. Au milieu de la vallée passe un fleuve décoloré; il se traîne à regret vers le lac empesté qui l'engloutit. On ne distingue son cours au milieu de l'arène, que par les saules et les roseaux qui le bordent: l'Arabe se cache dans ces roseaux pour attaquer le voyageur et dépouiller le pèlerin.

Tels sont ces lieux fameux par les bénédictions et par les malédictions du ciel: ce fleuve est le Jourdain; ce lac est la mer Morte; elle paraît brillante, mais les villes coupables qu'elle cache dans son sein semblent avoir empoisonné ses flots. Ses abîmes solitaires ne peuvent nourrir aucun être vivant[a]; jamais vaisseau n'a pressé ses ondes[b]; ses grèves sont sans oiseaux, sans arbres, sans verdure; et son eau, d'une amertume affreuse, est

---

a. Je suis l'opinion générale. On va voir qu'elle n'est peut-être pas fondée.
b. Strabon, Pline et Diodore de Sicile parlent de radeaux avec lesquels les Arabes vont recueillir l'asphalte. Diodore décrit ces radeaux: ils étaient faits avec des nattes de joncs entrelacés. (Diodore, livre XIX.) Tacite fait mention d'un bateau, mais il se trompe visiblement.

III. Rhodes, Jafa, Bethléem et la mer Morte

si pesante, que les vents les plus impétueux peuvent à peine la soulever.

Quand on voyage dans la Judée, d'abord un grand ennui saisit le cœur ; mais lorsque, passant de solitude en solitude, l'espace s'étend sans bornes devant vous, peu à peu l'ennui se dissipe, on éprouve une terreur secrète, qui, loin d'abaisser l'âme, donne du courage, et élève le génie. Des aspects extraordinaires décèlent de toutes parts une terre travaillée par des miracles : le soleil brûlant, l'aigle impétueux, le figuier stérile, toute la poésie, tous les tableaux de l'Écriture sont là[1]. Chaque nom renferme un mystère : chaque grotte déclare l'avenir ; chaque sommet retentit des accents d'un prophète. Dieu même a parlé sur ces bords : les torrents desséchés, les rochers fendus, les tombeaux entrouverts attestent le prodige ; le désert paraît encore muet de terreur, et l'on dirait qu'il n'a osé rompre le silence depuis qu'il a entendu la voix de l'Éternel.

Nous descendîmes de la croupe de la montagne, afin d'aller passer la nuit au bord de la mer Morte, pour remonter ensuite au Jourdain. En entrant dans la vallée, notre petite troupe se resserra : nos Bethléémites préparèrent leurs fusils, et marchèrent en avant avec précaution. Nous nous trouvions sur le chemin des Arabes du désert qui vont chercher du sel au lac, et qui font une guerre impitoyable au voyageur. Les mœurs des Bédouins commencent à s'altérer par une trop grande fréquentation avec les Turcs et les Européens. Ils prostituent maintenant leurs filles et leurs épouses, et égorgent le voyageur qu'ils se contentaient autrefois de dépouiller.

Nous marchâmes ainsi pendant deux heures le pistolet à la main, comme en pays ennemi. Nous suivions, entre les dunes de sable, les fissures qui s'étaient formées dans une vase cuite aux rayons du soleil. Une croûte de sel recouvrait l'arène, et présentait comme un champ de neige, d'où s'élevaient quelques arbustes rachitiques. Nous arrivâmes tout à coup au lac ; je dis tout à coup, parce que je m'en croyais encore assez éloigné. Aucun bruit, aucune fraîcheur ne m'aurait annoncé l'approche des eaux. La grève semée de pierres était brûlante : le flot était sans mouvement, et absolument mort sur la rive.

Il était nuit close : la première chose que je fis en mettant pied à terre, fut d'entrer dans le lac jusqu'aux genoux, et de porter l'eau à ma bouche. Il me fut impossible de l'y retenir. La salure en est beaucoup plus forte que celle de la mer, et elle produit sur les lèvres l'effet d'une forte solution d'alun. Mes bottes furent à peine séchées, qu'elles se couvrirent de sel ; nos vêtements et nos mains furent en moins de trois heures imprégnés de ce minéral. Galien avait déjà remarqué ces effets, et Pococke en a confirmé l'existence [1].

Nous établîmes notre camp au bord du lac, et les Bethléémites firent du feu pour préparer le café. Ils ne manquaient pas de bois, car le rivage était encombré de branches de tamarins apportées par les Arabes. Outre le sel que ceux-ci trouvent tout formé dans cet endroit, ils le tirent encore de l'eau par ébullition. Telle est la force de l'habitude, nos Bethléémites avaient marché avec beaucoup de prudence dans la campagne, et ils ne craignirent point d'allumer un feu qui pouvait bien plus aisément les trahir. L'un d'eux se servit d'un moyen singulier pour faire prendre le bois : il enfourcha le bûcher et s'abaissa sur le feu ; sa tunique s'enfla par la fumée ; alors il se releva brusquement ; l'air aspiré par cette espèce de pompe, fit sortir du foyer une flamme brillante. Après avoir bu le café, mes compagnons s'endormirent, et je restai seul éveillé avec nos Arabes [2].

Vers minuit j'entendis quelque bruit sur le lac. Les Bethléémites me dirent que c'étaient des légions de petits poissons qui viennent sauter au rivage [3]. Ceci contredirait l'opinion généralement adoptée que la mer Morte ne produit aucun être vivant. Pococke, étant à Jérusalem, avait entendu dire qu'un missionnaire avait vu des poissons dans le lac Asphaltite. Hasselquist et Maundrell découvrirent des coquillages sur la rive [4].

M. Seetzen, qui voyage encore en Arabie, n'a remarqué dans la mer Morte ni hélices ni moules; mais il y a trouvé quelques escargots[1].

Pococke fit analyser une bouteille d'eau de cette mer. En 1778, MM. Lavoisier, Macquer et Sage renouvelèrent cette analyse; ils prouvèrent que l'eau contenait, par quintal, quarante-quatre livres six onces de sel, savoir : six livres quatre onces de sel marin ordinaire, et trente-huit livres deux onces de sel marin à base terreuse. Dernièrement M. Gordon a fait faire à Londres la même expérience. « La pesanteur spécifique des eaux (dit M. Malte-Brun[2] dans ses *Annales*) est de 1,211, celle de l'eau douce étant 1,000 : elles sont parfaitement transparentes. Les réactifs y démontrent la présence de l'acide marin et de l'acide sulfurique; il n'y a point d'alumine; elles ne sont point saturées de sel marin; elles ne changent point les couleurs, telles que le tournesol ou la violette. Elles tiennent en dissolution les substances suivantes, et dans les proportions que nous allons indiquer :

Muriate de chaux	3,920
De magnésie	10,246
De soude	10,360
Sulfate de chaux	0,054

24,580 sur 100

Ces substances étrangères forment donc environ un quart de son poids à l'état de dessiccation parfaite; mais desséchées seulement à 180 degrés (Fahrenheit), elles en forment 41 pour 100. M. Gordon, qui a apporté la bouteille d'eau soumise à l'analyse, a lui-même constaté que les hommes y flottent, sans avoir appris à nager. »

Je possède un vase de fer-blanc rempli de l'eau que j'ai prise moi-même dans la mer Morte : je ne l'ai point encore ouvert, mais au poids et au bruit je juge que le fluide est peu diminué. Mon projet était d'essayer l'expérience que Pococke propose, c'est-à-dire, de mettre des petits poissons de mer dans cette eau, et d'examiner s'ils y pourraient vivre : d'autres occupations m'ayant empêché de tenter plus tôt cet essai, je crains à présent qu'il ne soit trop tard.

La lune en se levant à deux heures du matin[1] amena une forte brise qui ne rafraîchit pas l'air, mais qui agita un peu le lac. Le flot chargé de sel retombait bientôt par son poids, et battait à peine la rive. Un bruit lugubre sortit de ce lac de mort, comme les clameurs étouffées du peuple abîmé dans ses eaux[2].

L'aurore parut sur la montagne d'Arabie en face de nous. La mer Morte et la vallée du Jourdain se teignirent d'une couleur admirable ; mais une si riche apparence ne servait qu'à mieux faire paraître la désolation du fond[3].

Le lac fameux qui occupe l'emplacement de Sodome et de Gomorrhe, est nommé mer Morte ou mer Salée, dans l'Écriture ; Asphaltite par les Grecs et les Latins ; Almotanah et Bahar-Loth par les Arabes ; Ula-Degnisi[4] par les Turcs. Je ne puis être du sentiment de ceux qui supposent que la mer Morte n'est que le cratère d'un volcan[5]. J'ai vu le Vésuve, la Solfatare, le Monte-Nuovo dans le lac Fusin[6], le Pic des Açores, le Mamelife, vis-à-vis de Carthage, les volcans éteints d'Auvergne ; j'ai partout remarqué les mêmes caractères, c'est-à-dire des montagnes creusées en entonnoir, des laves et des cendres où l'action du feu ne se peut méconnaître. La mer Morte, au contraire, est un lac assez long, courbé en arc, encaissé entre deux chaînes de montagnes qui n'ont entre elles aucune cohérence de forme, aucune homogénéité de sol. Elles ne se rejoignent point aux deux extrémités du lac : elles continuent, d'un côté, à border la vallée du Jourdain, en se rapprochant vers le nord jusqu'au lac de Tibériade ; et de l'autre, elles vont, en s'écartant, se perdre au midi dans les sables de l'Yémen. Il est vrai qu'on trouve du bitume, des eaux chaudes et des pierres phosphoriques, dans la chaîne des montagnes d'Arabie ; mais je n'en ai point vu dans la chaîne opposée. D'ailleurs la présence des eaux thermales, du soufre et de l'asphalte, ne suffit point pour attester l'existence antérieure d'un volcan. C'est dire assez que, quant aux villes abîmées, je m'en tiens au sens de l'Écriture, sans appeler la physique à mon secours. D'ailleurs, en adoptant l'idée du professeur Michaëlis et du savant Busching, dans son Mémoire sur la mer Morte[1], la physique peut encore être admise dans la catastrophe des villes coupables, sans blesser la religion. Sodome était bâtie sur une carrière de bitume, comme on le sait par le témoignage de Moïse et de Josèphe qui parlent des puits de bitume de la vallée de Siddim. La foudre alluma ce gouffre ; et les villes s'enfoncèrent dans l'incendie souterrain. M. Malte-Brun conjecture très ingénieusement que Sodome et Gomorrhe pouvaient être elles-mêmes bâties en pierres bitumineuses, et s'être enflammées au feu du ciel.

Strabon parle de treize villes englouties dans le lac Asphaltite ; Étienne de Byzance en compte huit ; la Genèsc en place cinq *in valle silvestri*, Sodome, Gomorrhe, Adam, Seboim, et Bala ou Segor : mais elle ne marque que les deux premières comme détruites par la colère de Dieu ; le Deutéronome en cite quatre, Sodome, Gomorrhe, Adam, et Seboim ; la Sagesse en compte cinq sans les désigner : *Descendente igne in Pentapolim*[2].

Jacques Cerbus ayant remarqué que sept grands courants d'eau tombent dans la mer Morte, Reland en conclut que cette mer devait se dégager de la superfluité de ses eaux par des canaux souterrains ; Sandy et quelques autres voyageurs ont énoncé la même opinion, mais elle est aujourd'hui abandonnée, d'après les observations du docteur Halley sur l'évaporation : observations admises par Shaw, qui trouve pourtant que le Jourdain roule par jour à la mer Morte six millions quatre-vingt-dix mille tonnes d'eau, sans compter les eaux de l'Arnon et de sept autres torrents. Plusieurs voyageurs, entre autres Troïlo et d'Arvieux, disent avoir remarqué des débris de murailles et de palais dans les eaux de la mer Morte. Ce rapport semble confirmé par

Maundrell et par le Père Nau. Les anciens sont plus positifs à ce sujet : Josèphe, qui se sert d'une expression poétique, dit qu'on apercevait au bord du lac des *ombres* des cités détruites. Strabon donne soixante stades de tour aux ruines de Sodome. Tacite parle de ces débris : je ne sais s'ils existent encore, je ne les ai point vus ; mais comme le lac s'élève ou se retire selon les saisons, il peut cacher ou découvrir tour à tour les squelettes des villes réprouvées.

Les autres merveilles racontées de la mer Morte ont disparu devant un examen plus sévère. On sait aujourd'hui que les corps y plongent ou y surnagent suivant les lois de la pesanteur de ces corps, et de la pesanteur de l'eau du lac. Les vapeurs empestées qui devaient sortir de son sein, se réduisent à une forte odeur de marine, à des fumées qui annoncent ou suivent l'émersion de l'asphalte, et à des brouillards, à la vérité malsains comme tous les brouillards. Si jamais les Turcs le permettaient, et qu'on pût transporter une barque de Jafa à la mer Morte, on ferait certainement des découvertes curieuses sur ce lac. Les anciens le connaissaient beaucoup mieux que nous, comme on le voit par Aristote, Strabon, Diodore de Sicile, Pline, Tacite, Solin, Josèphe, Galien, Dioscoride, Étienne de Byzance. Nos vieilles cartes tracent aussi la forme de ce lac d'une manière plus satisfaisante que les cartes modernes. Personne jusqu'à présent n'en a fait le tour, si ce n'est Daniel, abbé de Saint-Saba. Nau nous a conservé dans son Voyage le récit de ce Solitaire. Nous apprenons par ce récit : « que la mer Morte, à sa fin, est comme séparée en deux, et qu'il y a un chemin par où on la traverse, n'ayant de l'eau qu'à demi-jambe, au moins en été ; que là, la terre s'élève et borne un autre petit lac, de figure ronde un peu ovale, entouré de plaines et de montagnes de sel ; que les campagnes des environs sont peuplées d'Arabes sans nombre etc. ». Nyembourg dit à peu près les mêmes choses ; l'abbé Mariti et M. de Volney ont fait usage de ces documents. Quand nous aurons le Voyage de M. Seetzen[1], nous serons vraisemblablement mieux instruits.

Il n'y a presque point de lecteur qui n'ait entendu parler du fameux arbre de Sodome : cet arbre doit porter une pomme agréable à l'œil, mais amère au goût et pleine de cendres. Tacite, dans le cinquième livre de son *Histoire*, et Josèphe, dans sa *Guerre des Juifs*, sont, je crois, les deux premiers auteurs qui aient fait mention des fruits singuliers de la mer Morte[2]. Foulcher de Chartres, qui voyageait en Palestine vers l'an 1100, vit la pomme trompeuse, et la compara aux plaisirs du monde. Depuis cette époque, les uns, comme Ceverius de Vera, Baumgarten (*Peregrinationis in Aegyptum*, etc.), Pierre de la Vallée (*Viaggi*), Troïlo et quelques missionnaires, confirment le récit de Foulcher ; d'autres, comme Reland, le Père Neret, Maundrell, inclinent à croire que ce fruit n'est qu'une image poétique de nos fausses joies, *mala mentis gaudia*[3] ; d'autres enfin, tels que Pococke, Shaw, etc., doutent absolument de son existence.

Amman semble trancher la difficulté ; il décrit l'arbre, qui, selon lui, ressemble à une aubépine : « Le fruit, dit-il, est une petite pomme d'une belle couleur[4], etc. »

Le botaniste Hasselquist survient, il dérange tout cela. La pomme de Sodome n'est plus le fruit d'un arbre ni d'un arbrisseau, mais c'est la production du *solanum melongena*, de Linné. « On en trouve, dit-il, quantité près de Jéricho, dans les vallées qui sont près du Jourdain, dans le voisinage de la mer Morte ; il est vrai qu'ils sont quelquefois remplis de poussière, mais cela n'arrive que lorsque le fruit est attaqué par un insecte (*tenthredo*), qui convertit tout le dedans en poussière, ne laissant que la peau entière, sans lui rien faire perdre de sa couleur. »

Qui ne croirait, après cela, la question décidée, sur l'autorité d'Hasselquist, et sur celle beaucoup plus grande de Linné, dans sa *Flora Palaestina* ? Pas du tout : M. Seetzen, savant aussi, et le plus moderne de tous ces voyageurs, puisqu'il est encore en Arabie, ne s'accorde point avec Hasselquist sur le *solanum Sodomaeum* : « Je vis, dit-il, pendant mon séjour à Karrak, chez le curé grec de cette ville, une espèce de coton ressemblant à la soie ; ce coton, me dit-il, vient dans la plaine El-Gor, à la partie orientale de la mer Morte, sur un arbre pareil au figuier, et qui porte le nom d'*Aoéshca-èz* ; on le trouve dans un fruit ressemblant à la grenade. J'ai pensé que ces fruits, qui n'ont point de chair intérieurement, et qui sont inconnus dans tout le reste de la Palestine, pourraient bien être les fameuses pommes de Sodome[1]. »

Me voilà bien embarrassé, car je crois aussi avoir trouvé le fruit tant cherché : l'arbuste qui le porte croît partout à deux ou trois lieues de l'embouchure du Jourdain ; il est épineux, et ses feuilles sont grêles et menues ; il ressemble beaucoup à l'arbuste décrit par Amman ; son fruit est tout à fait semblable en couleur et en forme au petit limon d'Égypte[2]. Lorsque ce fruit n'est pas encore mûr, il est enflé d'une sève corrosive et salée ; quand il est desséché, il donne une semence noirâtre, qu'on peut comparer à des cendres, et dont le goût ressemble à un poivre amer. J'ai cueilli une demi-douzaine de ces fruits ; j'en possède encore quatre desséchés, bien conservés, et qui peuvent mériter l'attention des naturalistes.

J'employai deux heures entières (5 octobre)[3] à errer au bord de la mer Morte, malgré les Bethléémites qui me pressaient de quitter cet endroit dangereux. Je voulais voir le Jourdain à l'endroit où il se jette dans le lac, point essentiel qui n'a encore été reconnu que par Hasselquist ; mais les Arabes refusèrent de m'y conduire, parce que le fleuve, à une lieue environ de son embouchure, fait un détour sur la gauche, et se rapproche de la montagne d'Arabie. Il fallut donc me contenter de marcher vers la courbure du fleuve la plus rapprochée de nous. Nous levâmes le camp et nous cheminâmes pendant une heure et demie avec une peine excessive dans une arène blanche et fine[4]. Nous avancions vers un petit bois d'arbres de baumes et de tamarins, qu'à mon grand étonnement je voyais s'élever du milieu d'un sol stérile. Tout à coup les Bethléémites s'arrêtèrent et me montrèrent de la main, au fond d'une ravine, quelque chose que je n'avais pas aperçu. Sans pouvoir dire ce que c'était, j'entrevoyais comme une espèce de sable en mouvement sur l'immobilité du sol. Je m'approchai de ce singulier objet, et je vis un fleuve jaune que j'avais peine à distinguer de l'arène de ses deux rives. Il était profondément encaissé, et roulait avec lenteur une onde épaisse : c'était le Jourdain.

J'avais vu les grands fleuves de l'Amérique avec ce plaisir qu'inspirent la solitude et la nature; j'avais visité le Tibre avec empressement, et recherché avec le même intérêt l'Eurotas et le Céphise; mais je ne puis dire ce que j'éprouvai à la vue du Jourdain. Non seulement ce fleuve me rappelait une antiquité fameuse et un des plus beaux noms que jamais la plus belle poésie ait confiés à la mémoire des hommes, mais ses rives m'offraient encore le théâtre des miracles de ma religion. La Judée est le seul pays de la terre qui retrace au voyageur le souvenir des affaires humaines et des choses du ciel, et qui fasse naître au fond de l'âme, par ce mélange, un sentiment et des pensées qu'aucun autre lieu ne peut inspirer.

Les Bethléémites se dépouillèrent et se plongèrent dans le Jourdain. Je n'osai les imiter à cause de la fièvre qui me tourmentait toujours; mais je me mis à genoux sur le bord avec mes deux domestiques et le drogman du monastère. Ayant oublié d'apporter une Bible, nos ne pûmes réciter les passages de l'Évangile relatifs au lieu où nous étions; mais le drogman, qui connaissait les coutumes, psalmodia l'*Ave maris stella*. Nous y répondîmes comme des matelots au terme de leur voyage : sire de Joinville n'était pas plus habile que nous. Je puisai ensuite de l'eau du fleuve dans un vase de cuir : elle ne me parut pas aussi douce que du sucre, ainsi que le dit un bon missionnaire; je la trouvai au contraire un peu saumâtre; mais quoique j'en busse en grande quantité, elle ne me fit aucun mal ; je crois qu'elle serait fort agréable, si elle était purgée du sable qu'elle charrie.

Ali-Aga fit lui-même des ablutions : le Jourdain est un fleuve sacré pour les Turcs et les Arabes, qui conservent plusieurs traditions hébraïques et chrétiennes, les unes dérivées d'Ismaël, dont les Arabes habitent encore le pays, les autres introduites chez les Turcs à travers les fables du Coran.

Selon d'Anville, les Arabes donnent au Jourdain le nom de Nahar-el-Arden ; selon le Père Roger, ils le nomment Nahar-el-Chiria. L'abbé Mariti fait prendre à ce nom la forme italienne de Scheria, et M. de Volney écrit El-Charia.

Saint Jérôme, dans son traité, *de Situ et Nominibus locorum Hebraicorum*, espèce de traduction des *Topiques* d'Eusèbe, trouve le nom de Jourdain dans la réunion des noms des deux sources, *Jor* et *Dan*, de ce fleuve ; mais il varie ailleurs sur cette opinion ; d'autres la rejettent sur l'autorité de Josèphe, de Pline et d'Eusèbe, qui placent l'unique source du Jourdain à Panéades, au pied du mont Hémon dans l'Anti-Liban. La Roque[1] traite à fond cette question dans son Voyage de Syrie : l'abbé Mariti n'a fait que le répéter, en citant de plus un passage de Guillaume de Tyr, pour prouver que Dan et Panéades étaient la même ville : c'est ce que l'on savait. Il faut remarquer avec Reland (*Palaestina ex monumentis veteribus illustrata*), contre l'opinion de saint Jérôme, que le nom du fleuve sacré n'est pas en hébreu Jordan, mais Jorden : qu'en admettant même la première manière de lire, on explique Jordan par fleuve du Jugement ; Jor, que saint Jérôme traduit par ῥέεθρον, *fluvius*, et Dan, que l'on rend par *judicans, sive judicium* : étymologie si juste qu'elle rendrait improbable l'opinion des deux fontaines Jor et Dan, si d'ailleurs la géographie laissait quelque doute à ce sujet.

À environ deux lieues de l'endroit où nous étions arrêtés, j'aperçus plus haut, sur le cours du fleuve, un bocage d'une grande étendue. Je le voulus visiter ; car je calculai que c'était à peu près là, en face de Jéricho, que les Israélites passèrent le fleuve, que la manne cessa de tomber, que les Hébreux goûtèrent les premiers fruits de la Terre-Promise, que Naaman fut guéri de la lèpre, et qu'enfin Jésus-Christ reçut le baptême de la main de saint Jean-Baptiste. Nous marchâmes vers cet endroit pendant quelque temps ; mais comme nous en approchions, nous entendîmes des voix d'hommes dans le bocage. Malheureusement, la voix de l'homme qui vous rassure partout, et que vous aimeriez à entendre au bord du Jourdain, est précisément ce qui vous alarme dans ces déserts. Les Bethléémites et le drogman voulaient à l'instant s'éloigner. Je leur déclarai que je n'étais pas venu si loin pour m'en retourner si vite ; que je consentais à ne pas remonter plus haut, mais que je voulais revoir le fleuve en face de l'endroit où nous nous trouvions.

On se conforma à regret à ma déclaration, et nous revînmes au Jourdain, qu'un détour avait éloigné de nous sur la droite. Je lui trouvai la même largeur et la même profondeur qu'à une lieue plus bas, c'est-à-dire, six à sept pieds de profondeur sous la rive, et à peu près cinquante pas de largeur[1].

Les guides m'importunaient pour partir ; Ali-Aga même murmurait. Après avoir achevé de prendre les notes qui me parurent les plus importantes, je cédai au désir de la caravane ; je saluai pour la dernière fois le Jourdain ; je pris une bouteille de son eau[2] et quelques roseaux de sa rive. Nous commençâmes à nous éloigner pour gagner le village de Rihha[a], l'ancienne Jéricho, sous la montagne de Judée. À peine avions-nous fait un quart de lieue dans la vallée, que nous aperçûmes sur le sable des traces nombreuses de pas d'hommes et de chevaux. Ali proposa de serrer notre

---

a. Il est remarquable que ce nom, qui signifie *parfum*, est presque celui de la femme qui reçut les espions de l'armée de Josué à Jéricho. Elle s'appelait Rahab.

troupe afin d'empêcher les Arabes de nous compter. «S'ils peuvent nous prendre, dit-il, à notre ordre et à nos vêtements pour des *soldats chrétiens*, ils n'oseront pas nous attaquer[1].» Quel éloge de la bravoure de nos armées!

Nos soupçons étaient fondés. Nous découvrîmes bientôt derrière nous, au bord du Jourdain, une troupe d'une trentaine d'Arabes, qui nous observaient[2]. Nous fîmes marcher en avant notre *infanterie*, c'est-à-dire nos six Bethléemites, et nous couvrîmes leur retraite avec notre *cavalerie*; nous mîmes nos *bagages* au milieu; malheureusement l'âne qui les portait était rétif, et n'avançait qu'à force de coups. Le cheval du drogman ayant mis le pied dans un guêpier, les guêpes se jetèrent sur lui, et le pauvre Michel, emporté par sa monture, jetait des cris pitoyables; Jean, tout Grec qu'il était, faisait bonne contenance; Ali était brave comme un janissaire de Mahomet II. Quant à Julien, il n'était jamais étonné; le monde avait passé sous ses yeux sans qu'il l'eût regardé; il se croyait toujours dans la rue Saint-Honoré, et me disait du plus grand sang-froid du monde, en menant son cheval au petit pas: «Monsieur, est-ce qu'il n'y a pas de police dans ce pays-ci pour réprimer ces gens-là?»

Après nous avoir regardés longtemps, les Arabes firent quelques mouvements vers nous; puis à notre grand étonnement ils rentrèrent dans les buissons qui bordent le fleuve. Ali avait raison: ils nous prirent sans doute pour des soldats chrétiens. Nous arrivâmes sans accident à Jéricho.

L'abbé Mariti a très bien recueilli les faits historiques touchant cette ville célèbre[a]; il a aussi parlé des productions de Jéricho, de la manière d'extraire l'huile de Zaccon, etc.: il serait donc inutile de le répéter, à moins de faire, comme tant d'autres, un Voyage avec des Voyages. On sait aussi que les environs de Jéricho

---

a. Il en a cependant oublié quelques-uns, tels que le don fait par Antoine à Cléopâtre du territoire de Jéricho, etc.

sont ornés d'une source dont les eaux autrefois amères furent adoucies par un miracle d'Élisée. Cette source est située à deux milles au-dessus de la ville, au pied de la montagne où Jésus-Christ pria et jeûna pendant quarante jours. Elle se divise en deux bras. On voit sur ses bords quelques champs de doura, des groupes d'acacias, l'arbre qui donne le baume de Judée[a], et des arbustes qui ressemblent au lilas, pour la feuille, mais dont je n'ai pas vu la fleur. Il n'y a plus de roses ni de palmiers à Jéricho[1], et je n'ai pu y manger les nicolaï d'Auguste : ces dattes, au temps de Belon, étaient fort dégénérées. Un vieil acacia protège la source ; un autre arbre se penche un peu plus bas sur le ruisseau qui sort de cette source, et forme sur ce ruisseau un pont naturel[2].

J'ai dit qu'Ali-Aga était né dans le village de Rihha (Jéricho), et qu'il en était gouverneur. Il me conduisit dans ses États, où je ne pouvais manquer d'être bien reçu de ses sujets : en effet, ils vinrent complimenter leur souverain. Il voulut me faire entrer dans une vieille masure qu'il appelait son château ; je refusai cet honneur, préférant dîner au bord de la source d'Élisée, nommée aujourd'hui source du Roi. En traversant le village, nous vîmes un jeune Arabe assis à l'écart, la tête ornée de plumes, et paré comme dans un jour de fête. Tous ceux qui passaient devant lui s'arrêtaient pour le baiser au front et aux joues : on me dit que c'était un nouveau marié. Nous nous arrêtâmes à la source d'Élisée. On égorgea un agneau, qu'on mit rôtir tout entier à un grand bûcher au bord de l'eau ; un Arabe fit griller des gerbes de doura. Quand le festin fut préparé, nous nous assîmes en rond autour d'un plateau de bois, et chacun déchira avec ses mains une partie de la victime.

On aime à distinguer dans ces usages quelques

---

a. Il ne faut pas le confondre avec le fameux baumier qui n'existe plus à Jéricho. Il paraît que celui-ci a péri vers le septième siècle, car Arculfe ne le trouva plus. (*De Loc. Sanct. ap. Ven. Bed.*)

traces des mœurs des anciens jours, et à retrouver chez les descendants d'Ismaël des souvenirs d'Abraham et de Jacob.

Les Arabes[1], partout où je les ai vus, en Judée, en Égypte et même en Barbarie, m'ont paru d'une taille plutôt grande que petite. Leur démarche est fière. Ils sont bien faits et légers. Ils ont la tête ovale, le front haut et arqué, le nez aquilin, les yeux grands et coupés en amandes, le regard humide et singulièrement doux. Rien n'annoncerait chez eux le sauvage, s'ils avaient toujours la bouche fermée; mais aussitôt qu'ils viennent à parler, on entend une langue bruyante et fortement aspirée; on aperçoit de longues dents éblouissantes de blancheur, comme celles des chacals et des onces[2]: différents en cela du Sauvage américain, dont la férocité est dans le regard, et l'expression humaine dans la bouche.

Les femmes arabes ont la taille plus haute en proportion que celle des hommes. Leur port est noble; et par la régularité de leurs traits, la beauté de leurs formes et la disposition de leurs voiles, elles rappellent un peu les statues des Prêtresses et des Muses. Ceci doit s'entendre avec restriction: ces belles statues sont souvent drapées avec des lambeaux; l'air de misère, de saleté et de souffrance dégrade ces formes si pures; un teint cuivré cache la régularité des traits; en un mot, pour voir ces femmes telles que je viens de les peindre, il faut les contempler d'un peu loin, se contenter de l'ensemble, et ne pas entrer dans les détails.

La plupart des Arabes portent une tunique nouée autour des reins par une ceinture. Tantôt ils ôtent un bras de la manche de cette tunique, et ils sont alors drapés à la manière antique; tantôt ils s'enveloppent dans une couverture de laine blanche, qui leur sert de toge, de manteau ou de voile, selon qu'ils la roulent autour d'eux, la suspendent à leurs épaules, ou la jettent sur leurs têtes. Ils marchent pieds nus. Ils sont armés d'un poignard, d'une lance ou d'un long fusil. Les tribus voyagent en caravane; les chameaux cheminent à la file. Le chameau de tête est attaché par une corde de bourre de palmier au cou d'un âne qui est le guide de la troupe : celui-ci, comme chef, est exempt de tout fardeau, et jouit de divers privilèges ; chez les tribus riches, les chameaux sont ornés de franges, de banderoles et de plumes.

Les juments, selon la noblesse de leurs races, sont traitées avec plus ou moins d'honneurs, mais toujours avec une rigueur extrême. On ne met point les chevaux à l'ombre, on les laisse exposés à toute l'ardeur du soleil, attachés en terre à des piquets par les quatre pieds, de manière à les rendre immobiles ; on ne leur ôte jamais la selle ; souvent ils ne boivent qu'une seule fois, et ne mangent qu'un peu d'orge en vingt-quatre heures. Un traitement si rude, loin de les faire dépérir, leur donne la sobriété, la patience et la vitesse. J'ai souvent admiré un cheval arabe ainsi enchaîné dans le sable brûlant, les crins descendant épars, la tête baissée entre ses jambes pour trouver un peu d'ombre, et laissant tomber de son œil sauvage un regard oblique sur son maître. Avez-vous dégagé ses pieds des entraves ? Vous êtes-vous élancé sur son dos ? *Il écume, il frémit, il dévore la terre; la trompette sonne, il dit: Allons[a]!* et vous reconnaissez le cheval de Job[1].

Tout ce qu'on dit de la passion des Arabes pour les contes est vrai, et j'en vais citer un exemple : pendant la nuit que nous venions de passer sur la grève de la mer Morte, nos Bethléémites étaient assis autour de leur bûcher, leurs fusils couchés à terre à leurs côtés, les chevaux attachés à des piquets, formant un second cercle en dehors. Après avoir bu le café et parlé beaucoup ensemble, ces Arabes tombèrent dans le silence, à l'exception du scheik. Je voyais à la lueur du feu, ses gestes expressifs, sa barbe noire, ses dents blanches, les diverses formes qu'il donnait à son vêtement en continuant son récit. Ses compagnons l'écoutaient

---

a. *Fervens et fremens sorbet terram; ubi audierit buccinam, dicit vah!*

dans une attention profonde, tous penchés en avant, le visage sur la flamme, tantôt poussant un cri d'admiration, tantôt répétant avec emphase les gestes du conteur ; quelques têtes de chevaux qui s'avançaient au-dessus de la troupe, et qui se dessinaient dans l'ombre, achevaient de donner à ce tableau le caractère le plus pittoresque[1], surtout lorsqu'on y joignait un coin du paysage de la mer Morte et des montagnes de Judée.

Si j'avais étudié avec tant d'intérêt au bord de leurs lacs les hordes américaines, quelle autre espèce de sauvages ne contemplais-je pas ici ! J'avais sous les yeux les descendants de la race primitive des hommes, je les voyais avec les mêmes mœurs qu'ils ont conservées depuis les jours d'Agar et d'Ismaël ; je les voyais dans le même désert qui leur fut assigné par Dieu en héritage : *Moratus est in solitudine, habitavitque in deserto Pharan*[2]. Je les rencontrais dans la vallée du Jourdain, au pied des montagnes de Samarie, sur les chemins d'Hébron, dans les lieux où la voix de Josué arrêta le soleil, dans les champs de Gomorrhe encore fumants de la colère de Jéhovah, et que consolèrent ensuite les merveilles miséricordieuses de Jésus-Christ.

Ce qui distingue surtout les Arabes des peuples du Nouveau-Monde[3], c'est qu'à travers la rudesse des premiers on sent pourtant quelque chose de délicat dans leurs mœurs : on sent qu'ils sont nés dans cet Orient d'où sont sortis tous les arts, toutes les sciences, toutes les religions. Caché aux extrémités de l'Occident, dans un canton détourné de l'univers, le Canadien habite des vallées ombragées par des forêts éternelles, et arrosées par des fleuves immenses ; l'Arabe, pour ainsi dire jeté sur le grand chemin du monde, entre l'Afrique et l'Asie, erre dans les brillantes régions de l'aurore, sur un sol sans arbres et sans eau. Il faut, parmi les tribus des descendants d'Ismaël, des maîtres, des serviteurs, des animaux domestiques, une liberté soumise à des lois. Chez les hordes américaines, l'homme est encore tout seul avec sa fière et cruelle indépendance : au lieu de la couverture de laine, il a la peau d'ours; au lieu de la lance, la flèche; au lieu du poignard, la massue; il ne connaît point et il dédaignerait la datte, la pastèque, le lait du chameau : il veut à ses festins de la chair et du sang. Il n'a point tissu le poil de chèvre pour se mettre à l'abri sous des tentes : l'orme tombé de vétusté fournit l'écorce à sa hutte. Il n'a point dompté le cheval pour poursuivre la gazelle : il prend lui-même l'orignal à la course. Il ne tient point par son origine à de grandes nations civilisées; on ne rencontre point le nom de ses ancêtres dans les fastes des empires : les contemporains de ses aïeux sont de vieux chênes encore debout. Monuments de la nature et non de l'histoire, les tombeaux de ses pères s'élèvent inconnus dans des forêts ignorées. En un mot, tout annonce chez l'Américain le sauvage qui n'est point encore parvenu à l'état de civilisation, tout indique chez l'Arabe l'homme civilisé retombé dans l'état sauvage.

Nous quittâmes la source d'Élisée le 6, à trois heures de l'après-midi, pour retourner à Jérusalem[1]. Nous laissâmes à droite le mont de la *Quarantaine*, qui s'élève au-dessus de Jéricho, précisément en face du mont Abarim, d'où Moïse, avant de mourir, aperçut la terre de Promission. En rentrant dans la montagne de Judée, nous vîmes les restes d'un aqueduc romain. L'abbé Mariti, poursuivi par le souvenir des moines, veut encore que cet aqueduc ait appartenu à une ancienne communauté, ou qu'il ait servi à arroser les terres voisines, lorsqu'on cultivait la canne à sucre dans la plaine de Jéricho. Si la seule inspection de l'ouvrage ne suffisait pas pour détruire cette idée bizarre, on pourrait consulter Adrichomius (*Theatrum Terrae-Sanctae*), l'*Elucidatio historica Terrae-Sanctae* de Quaresmius, et la plupart des voyageurs déjà cités. Le chemin que nous suivions dans la montagne, était large et quelquefois pavé; c'est peut-être une ancienne voie romaine. Nous passâmes au pied d'une montagne couronnée autrefois par un château gothique qui protégeait et fermait le chemin. Après cette montagne nous descendîmes dans une vallée noire et profonde, appelée en hébreu Adommin, ou le lieu du sang. Il y avait là une petite cité de la tribu de Juda, et ce fut dans cet endroit solitaire que le Samaritain secourut le voyageur blessé. Nous y rencontrâmes la cavalerie du pacha qui allait faire, de l'autre côté du Jourdain, l'expédition dont j'aurai occasion de parler. Heureusement la nuit nous déroba à la vue de cette soldatesque.

Nous passâmes à Bahurim, où David, fuyant devant Absalon, faillit d'être lapidé par Seméi. Un peu plus loin, nous mîmes pied à terre à la fontaine où Jésus-Christ avait coutume de se reposer avec les apôtres en revenant de Jéricho. Nous commençâmes à gravir les revers de la montagne des Oliviers ; nous traversâmes le village de Béthanie où l'on montre les ruines de la maison de Marthe et le sépulcre de Lazare. Ensuite, nous descendîmes la montagne des Oliviers qui domine Jérusalem, et nous traversâmes le torrent de Cédron dans la vallée de Josaphat. Un sentier qui circule au pied du Temple et s'élève sur le mont Sion, nous conduisit à la porte des Pèlerins, en faisant le tour entier de la ville. Il était minuit[1]. Ali-Aga se fit ouvrir. Les six Arabes retournèrent à Bethléem. Nous rentrâmes au couvent. Mille bruits fâcheux s'étaient déjà répandus sur notre compte : on disait que nous avions été tués par les Arabes ou par la cavalerie du pacha ; on me blâmait d'avoir entrepris ce voyage avec une escorte aussi faible ; chose qu'on rejetait sur le caractère imprudent des Français. Les événements qui suivirent prouvèrent pourtant que si je n'avais pas pris ce parti et mis à profit les premières heures de mon arrivée à Jérusalem, je n'aurais jamais pu pénétrer jusqu'au Jourdain[a].

---

a. On m'a conté qu'un Anglais, habillé en Arabe, était allé seul, deux ou trois fois, de Jérusalem à la mer Morte. Cela est très possible, et je crois même que l'on court moins de risques ainsi, qu'avec une escorte de dix ou douze hommes.

QUATRIÈME PARTIE

VOYAGE DE JÉRUSALEM

Je m'occupai pendant quelques heures à crayonner des notes sur les lieux que je venais de voir; manière de vivre que je suivis tout le temps que je demeurai à Jérusalem, courant le jour et écrivant la nuit[1]. Le Père procureur entra chez moi, le 7 octobre, de très grand matin; il m'apprit la suite des démêlés du pacha et du Père Gardien. Nous convînmes de ce que nous avions à faire. On envoya mes firmans à Abdallah. Il s'emporta, cria, menaça, et finit cependant par exiger des Religieux une somme un peu moins considérable[2]. Je regrette bien de ne pouvoir donner la copie d'une lettre écrite par le Père Bonaventure de Nola à M. le général Sébastiani; je tiens cette copie du Père Bonaventure lui-même. On y verrait, avec l'histoire du pacha, des choses aussi honorables pour la France que pour M. le général Sébastiani. Mais je ne pourrais publier cette lettre sans la permission de celui à qui elle est écrite, et malheureusement l'absence du général m'ôte tout moyen d'obtenir cette permission.

Il fallait tout le désir que j'avais d'être utile aux Pères de Terre-Sainte pour m'occuper d'autre chose que de visiter le Saint-Sépulcre. Je sortis du couvent le même jour[3], à neuf heures du matin, accompagné de deux Religieux, d'un drogman, de mon domestique et d'un janissaire. Je me rendis à pied à l'église qui renferme le tombeau de Jésus-Christ. Tous les voyageurs ont décrit cette église, la plus vénérable de la terre, soit que l'on pense en philosophe ou en Chrétien. Ici j'éprouve un véritable embarras. Dois-je offrir la peinture exacte des Lieux-Saints ? Mais alors je ne puis que répéter ce que l'on a dit avant moi : jamais sujet ne fut peut-être moins connu des lecteurs modernes, et toutefois jamais sujet ne fut plus complètement épuisé. Dois-je omettre le tableau de ces lieux sacrés ? Mais ne sera-ce pas enlever la partie la plus essentielle de mon voyage et en faire disparaître ce qui en est et la fin et le but ? Après avoir balancé longtemps, je me suis déterminé à décrire les principales Stations de Jérusalem, par les considérations suivantes :

1º Personne ne lit aujourd'hui les anciens pèlerinages à Jérusalem ; et ce qui est très usé paraîtra vraisemblablement tout neuf à la plupart des lecteurs.

2º L'église du Saint-Sépulcre n'existe plus ; elle a été incendiée de fond en comble depuis mon retour de Judée[1] ; je suis, pour ainsi dire, le dernier voyageur qui l'ait vue ; et j'en serai, par cette raison même, le dernier historien.

Mais comme je n'ai point la prétention de refaire un tableau déjà très bien fait, je profiterai des travaux de mes devanciers[2], prenant soin seulement de les éclaircir par des observations.

Parmi ces travaux, j'aurais choisi de préférence ceux des voyageurs protestants, à cause de l'esprit du siècle : nous sommes toujours prêts à rejeter aujourd'hui ce que nous croyons sortir d'une source trop religieuse. Malheureusement, je n'ai rien trouvé de satisfaisant sur le Saint-Sépulcre dans Pococke, Shaw, Maundrell, Hasselquist et quelques autres. Les savants et les voyageurs qui ont écrit en latin touchant les antiquités de Jérusalem, tels que Adamannus, Bède, Brocard, Willibaldus, Breydenbach, Sanut, Ludolphe, Reland[a], Adrichomius, Quaresmius, Baumgerten, Fureri, Bochart,

---

[a]. Son ouvrage, *Palaestina ex monumentis veteribus illustrata*, est un miracle d'érudition.

Arias-Montanus, Reuwich, Hese, Cotovic[a], m'obligeraient à des traductions qui, en dernier résultat, n'apprendraient rien de nouveau au lecteur[b]. Je m'en suis donc tenu aux voyageurs français[c]; et parmi ces derniers, j'ai préféré la description du Saint-Sépulcre par Deshayes[1]; voici pourquoi:

Belon (1550), assez célèbre d'ailleurs comme naturaliste, dit à peine un mot du Saint-Sépulcre: son style en outre a trop vieilli. D'autres auteurs plus anciens encore que lui, ou ses contemporains, tels que Cachermois (1490), Regnault (1522), Salignac (1522), le Huen (1525), Gassot (1536), Renaud (1548), Postel (1553), Giraudet (1575), se servent également d'une langue trop éloignée de celle que nous parlons[d].

Villamont (1588) se noie dans les détails, et il n'a ni méthode ni critique. Le Père Boucher (1610) est si pieusement exagéré, qu'il est impossible de le citer. Benard (1616) écrit avec assez de sagesse, quoiqu'il n'eût que vingt ans à l'époque de son voyage; mais il est diffus, plat et obscur. Le Père Pacifique (1622) est vulgaire, et sa narration est trop abrégée. Monconys (1647) ne s'occupe que de recettes de médecine. Doubdan (1651) est clair, savant, très digne d'être consulté, mais long et sujet à s'appesantir sur les petites choses. Le Frère Roger (1653), attaché pendant cinq années

---

a. Sa description du Saint-Sépulcre va jusqu'à donner en entier les hymnes que les pèlerins chantent à chaque station.

b. Il y a aussi une description de Jérusalem en arménien, et une autre en grec moderne: j'ai vu la dernière. Les descriptions très anciennes, comme celles de Sanut, de Ludolphe, de Brocard, de Beydenbach, de Willibaldus ou Guillaubed, d'Adamannus, ou plutôt d'Arculfe et du vénérable Bède, sont curieuses, parce qu'en les lisant on peut juger des changements survenus depuis à l'église du Saint-Sépulcre; mais elles seraient inutiles quant au monument moderne.

c. De Vera, en espagnol, est très concis, et pourtant très clair. Zuallardo, en italien, est confus et vague. Pierre de la Vallée est charmant, à cause de la grâce particulière de son style et de ses singulières aventures; mais il ne fait point autorité.

d. Quelques-uns de ces auteurs ont écrit en latin; mais on a d'anciennes versions françaises de leurs ouvrages.

au service des Lieux-Saints, a de la science, de la critique, un style vif et animé : sa description du Saint-Sépulcre est trop longue ; c'est ce qui me l'a fait exclure. Thévenot (1656), un de nos voyageurs les plus connus, a parfaitement parlé de l'église de Saint-Sauveur ; et j'engage les lecteurs à consulter son ouvrage (Voyage au Levant, chapitre XXXIX) ; mais il ne s'éloigne guère de Deshayes. Le Père Nau, jésuite (1674), joignit à la connaissance des langues de l'Orient l'avantage d'accomplir le voyage de Jérusalem avec le marquis de Nointel, notre ambassadeur à Constantinople, et le même à qui nous devons les premiers dessins d'Athènes : c'est bien dommage que le savant jésuite soit d'une intolérable prolixité. La lettre du Père Neret dans les Lettres Édifiantes, est excellente de tout point ; mais elle omet trop de choses. J'en dit autant de du Loiret de la Roque (1688). Quant aux voyageurs tout à fait modernes, Muller, Vanzow, Korte Bscheider, Mariti, Volney, Niebuhr, Brown, ils se taisent presque entièrement sur les Saints-Lieux.

Deshayes (1621), envoyé par Louis XIII en Palestine, m'a donc paru mériter qu'on s'attachât à son récit :

1° Parce que les Turcs s'empressèrent de montrer eux-mêmes Jérusalem à cet ambassadeur, et qu'il serait entré jusque dans la mosquée du Temple, s'il l'avait voulu ;

2° Parce qu'il est si clair et si précis dans le style un peu vieilli de son secrétaire, que Paul Lucas l'a copié mot à mot, sans avertir du plagiat, selon sa coutume ;

3° Parce que d'Anville, et c'est la raison péremptoire, a pris la carte de Deshayes pour l'objet d'une dissertation qui est, peut-être, le chef-d'œuvre de notre célèbre géographe[a]. Deshayes va nous donner ainsi le matériel

---

[a]. C'était l'opinion du savant M. de Sainte-Croix. La dissertation de d'Anville porte le titre de *Dissertation sur l'étendue de l'ancienne Jérusalem*. Elle est fort rare, mais je la donnerai à la fin de cet Itinéraire[1].

de l'église du Saint-Sépulcre : j'y joindrai ensuite mes observations[a] :

« Le Saint-Sépulcre et la plupart des Saints-Lieux sont servis par des Religieux cordeliers qui y sont envoyés de trois ans en trois ans ; et encore qu'il y en ait de toutes nations, ils passent néanmoins tous pour Français, ou pour Vénitiens, et ne subsistent que parce qu'ils sont sous la protection du roi. Il y a près de soixante ans qu'ils demeurent hors de la ville, sur le mont de Sion, au même lieu où Notre-Seigneur fit la Cène avec ses apôtres ; mais leur église ayant été convertie en mosquée, ils ont toujours depuis demeuré dans la ville sur le mont Gion, où est leur couvent que l'on appelle Saint-Sauveur. C'est où leur Gardien demeure avec le corps de la famille, qui pourvoit de Religieux en tous les lieux de la Terre-Sainte, où il est besoin qu'il y en ait.

« L'église du Saint-Sépulcre n'est éloignée de ce couvent que de deux cents pas. Elle comprend le Saint-Sépulcre, le mont Calvaire, et plusieurs autres lieux saints. Ce fut sainte Hélène qui en fit bâtir une partie pour couvrir le Saint-Sépulcre ; mais les princes chrétiens qui vinrent après, la firent augmenter, pour y comprendre le mont Calvaire qui n'est qu'à cinquante pas du Saint-Sépulcre.

« Anciennement le mont Calvaire était hors de la ville, ainsi que je l'ai déjà dit : c'était le lieu où l'on exécutait les criminels condamnés à mort ; et, afin que tout le peuple y pût assister, il y avait une grande place entre le mont et la muraille de la ville. Le reste du mont était environné de jardins, dont l'un appartenait à Joseph d'Arimathie, disciple secret de Jésus-Christ, où il avait fait faire un sépulcre pour lui, dans lequel fut mis le corps de Notre-Seigneur. La coutume parmi les

---

a. Je n'ai point rejeté dans les notes à la fin du volume, cette longue citation de Deshayes, parce qu'elle est trop importante, et que son déplacement rendrait ensuite inintelligible ce que je dis moi-même de l'église du Saint-Sépulcre.

Juifs n'était pas d'enterrer les corps, comme nous faisons en chrétienté. Chacun, selon ses moyens, faisait pratiquer dans quelque roche une forme de petit cabinet, où l'on mettait le corps que l'on étendait sur une table du rocher même ; et puis on refermait ce lieu avec une pierre que l'on mettait devant la porte qui n'avait d'ordinaire que quatre pieds de haut.

« L'église du Saint-Sépulcre est fort irrégulière ; car l'on s'est assujetti aux lieux que l'on voulait enfermer dedans. Elle est à peu près faite en croix, ayant six-vingts pas de long, sans compter la descente de l'Invention de la sainte Croix, et soixante et dix de large. Il y a trois dômes, dont celui qui couvre le Saint-Sépulcre sert de nef à l'église. Il a trente pas de diamètre, et est ouvert par le haut comme la rotonde[1] de Rome. Il est vrai qu'il n'y a point de voûte : la couverture en est soutenue seulement par de grands chevrons de cèdre[2], qui ont été apportés du mont Liban. L'on entrait autrefois en cette église par trois portes ; mais aujourd'hui il n'y en a plus qu'une, dont les Turcs gardent soigneusement les clefs, de crainte que les pèlerins n'y entrent sans payer les neuf sequins, ou trente-six livres, à quoi ils sont taxés ; j'entends ceux qui viennent de chrétienté : car pour les Chrétiens sujets au Grand-Seigneur, ils n'en paient pas la moitié. Cette porte est toujours fermée, et il n'y a qu'une petite fenêtre traversée d'un barreau de fer, par où ceux de dehors donnent des vivres à ceux qui sont dedans, lesquels sont de huit nations différentes.

« La première est celle des Latins ou Romains, que représentent les Religieux cordeliers. Ils gardent le Saint-Sépulcre ; le lieu du mont Calvaire où Notre-Seigneur fut attaché à la Croix ; l'endroit où la sainte Croix fut trouvée ; la pierre de *l'onction*, et la chapelle où Notre-Seigneur apparut à la Vierge après sa résurrection.

« La seconde nation est celle des Grecs, qui ont le chœur de l'église où ils officient, au milieu duquel il y a un petit cercle de marbre, dont ils estiment que le centre soit le milieu de la terre.

« La troisième nation est celle des Abyssins ; ils tiennent la chapelle où est la colonne d'*Impropere*.

« La quatrième nation est celle des Cophtes, qui sont les Chrétiens d'Égypte ; ils ont un petit oratoire proche du Saint-Sépulcre.

« La cinquième est celle des Arméniens ; ils ont la chapelle de Sainte-Hélène, et celle où les habits de Notre-Seigneur furent partagés et joués.

« La sixième nation est celle des Nestoriens, ou Jacobites, qui sont venus de Chaldée et de Syrie ; ils ont une petite chapelle proche du lieu où Notre-Seigneur apparut à la Magdeleine, en forme de jardinier, qui pour cela est appelée la chapelle de Magdeleine.

« La septième nation est celle des Géorgiens, qui habitent entre la mer Majeure et la mer Caspienne ; ils tiennent le lieu du mont Calvaire où fut dressée la Croix, et la prison où demeura Notre-Seigneur, en attendant que l'on eût fait le trou pour la placer.

« La huitième nation est celle des Maronites, qui habitent le mont Liban ; ils reconnaissent le pape comme nous faisons.

« Chaque nation, outre ces lieux que tous ceux qui sont dedans peuvent visiter, a encore quelque endroit particulier dans les voûtes et dans les coins de cette église qui lui sert de retraite, et où elle fait l'office selon son usage : car les prêtres et Religieux qui y entrent demeurent d'ordinaire deux mois sans en sortir, jusqu'à ce que du couvent qu'ils ont dans la ville l'on y en envoie d'autres pour servir en leur place. Il serait malaisé d'y demeurer longuement, sans être malade, parce qu'il y a fort peu d'air, et que les voûtes et les murailles rendent une fraîcheur assez malsaine ; néanmoins nous y trouvâmes un bon ermite, qui a pris l'habit de Saint-François, qui y a demeuré vingt ans sans en sortir : encore qu'il y ait tellement à travailler, pour entretenir deux cents lampes, et pour nettoyer et parer tous les Lieux-Saints, qu'il ne saurait reposer plus de quatre heures par jour.

« En entrant dans l'église, on rencontre la pierre de

l'onction, sur laquelle le corps de Notre-Seigneur fut oint de myrrhe et d'aloès, avant que d'être mis dans le sépulcre. Quelques-uns disent qu'elle est du même rocher du mont Calvaire, et les autres tiennent qu'elle fut apportée dans ce lieu par Joseph et Nicodème[1], disciples secrets de Jésus-Christ, qui lui rendirent ce pieux office, et qu'elle tire sur le vert. Quoi qu'il en soit, à cause de l'indiscrétion de quelques pèlerins qui la rompaient, l'on a été contraint de la couvrir de marbre blanc, et de l'entourer d'un petit balustre de fer, de peur que l'on ne marche dessus. Elle a huit pieds moins trois pouces de long, et deux pieds moins un pouce de large, et au-dessus il y a huit lampes qui brûlent continuellement.

« Le Saint-Sépulcre est à trente pas de cette pierre, justement au milieu du grand dôme dont j'ai parlé : c'est comme un petit cabinet qui a été creusé et pratiqué dans une roche vive, à la pointe du ciseau. La porte qui regarde l'orient n'a que quatre pieds de haut et deux et un quart de large ; de sorte qu'il se faut grandement baisser pour y entrer. Le dedans du Sépulcre est presque carré. Il a six pieds moins un pouce de long, et six pieds moins deux pouces de large ; et depuis le bas jusqu'à la voûte huit pieds un pouce. Il y a une table solide de la même pierre qui fut laissée en creusant le reste. Elle a deux pieds quatre pouces et demi de haut, et contient la moitié du Sépulcre : car elle a six pieds moins un pouce de long, et deux pieds deux tiers et demi de large. Ce fut sur cette table que le corps de Notre-Seigneur fut mis, ayant la tête vers l'occident et les pieds à l'orient : mais à cause de la superstitieuse dévotion des Orientaux, qui croient qu'ayant laissé leurs cheveux sur cette pierre Dieu ne les abandonnerait jamais, et aussi parce que les pèlerins en rompaient des morceaux, l'on a été contraint de la couvrir de marbre blanc, sur lequel on célèbre aujourd'hui la messe ; il y a continuellement quarante-quatre lampes qui brûlent dans ce saint lieu : et afin d'en faire exhaler la fumée, l'on a fait trois trous à la voûte. Le dehors du Sépulcre est aussi revêtu de tables de marbre et de plusieurs colonnes, avec un dôme au-dessus.

« À l'entrée de la porte du Sépulcre, il y a une pierre d'un pied et demi en carré, et relevée d'un pied qui est du même roc, laquelle servait pour appuyer la grosse pierre qui bouchait la porte du Sépulcre ; c'était sur cette pierre qu'était l'ange, lorsqu'il parla aux Maries ; et tant à cause de ce mystère, que pour ne pas entrer d'abord dans le Saint-Sépulcre, les premiers Chrétiens firent une petite chapelle au-devant, qui est appelée la chapelle de l'Ange.

« À douze pas du Saint-Sépulcre, en tirant vers le septentrion, l'on rencontre une grande pierre de marbre gris, qui peut avoir quatre pieds de diamètre, que l'on a mise là pour marquer le lieu où Notre-Seigneur se fit voir à la Magdeleine, en forme de jardinier.

« Plus avant est la chapelle de l'Apparition, où l'on tient par tradition que Notre-Seigneur apparut premièrement à la Vierge, après sa résurrection. C'est le lieu où les Religieux cordeliers font leur office, et où ils se retirent : car de là ils entrent en des chambres qui n'ont point d'autre issue que par cette chapelle.

« Continuant à faire le tour de l'église, l'on trouve une petite chapelle voûtée, qui a sept pieds de long et six de large, que l'on appelle autrement la prison de Notre-Seigneur, parce qu'il fut mis dans ce lieu en attendant que l'on eût fait le trou pour planter la Croix. Cette chapelle est à l'opposite du mont de Calvaire ; de sorte que ces deux lieux sont comme la croisée de l'église ; car le mont est au midi et la chapelle au septentrion.

« Assez proche de là est une autre chapelle de cinq pas de long et de trois de large, qui est au même lieu où Notre-Seigneur fut dépouillé par les soldats avant que d'être attaché à la Croix, et où ses vêtements furent joués et partagés.

« En sortant de cette chapelle, on rencontre, à main gauche, un grand escalier qui perce la muraille de l'église pour descendre dans une espèce de cave qui est creusée dans le roc. Après avoir descendu trente marches, il y a une chapelle, à main gauche, que l'on appelle vulgairement la chapelle Sainte-Hélène, à cause qu'elle était là en prière pendant qu'elle faisait chercher la Sainte-Croix. L'on descend encore onze marches jusqu'à l'endroit où elle fut trouvée avec les clous, la couronne d'épine et le fer de la lance, qui avaient été cachés en ce lieu plus de trois cents ans.

« Proche du haut de ce degré, en tirant vers le mont de Calvaire, est une chapelle qui a quatre pas de long et deux et demi de large, sous l'autel de laquelle l'on voit une colonne de marbre gris, marqueté de taches noires, qui a deux pieds de haut et un de diamètre. Elle est appelée la colonne d'*Impropere*, parce que l'on y fit asseoir Notre-Seigneur pour le couronner d'épines.

« L'on rencontre à dix pas de cette chapelle un petit degré fort étroit, dont les marches sont de bois au commencement et de pierre à la fin. Il y en a vingt en tout, par lesquelles on va sur le mont du Calvaire. Ce lieu, qui était autrefois si ignominieux, ayant été sanctifié par le sang de Notre-Seigneur, les premiers Chrétiens en eurent un soin particulier; et après avoir ôté toutes les immondices et toute la terre qui était dessus, ils l'enfermèrent de murailles : de sorte que c'est à présent comme une chapelle haute, qui est enclose dans cette grande église. Elle est revêtue de marbre pardedans, et séparée en deux par une arcade. Ce qui est vers le septentrion est l'endroit où Notre-Seigneur fut attaché à la Croix. Il y a toujours trente-deux lampes ardentes, qui sont entretenues par les cordeliers, qui célèbrent aussi tous les jours la messe en ce saint lieu.

« En l'autre partie qui est au midi, fut plantée la Sainte-Croix. On voit encore le trou qui est creusé dans le roc environ un pied et demi, outre la terre qui était dessus. Le lieu où étaient les croix des deux larrons est proche de là. Celle du bon larron était au septentrion et l'autre au midi; de manière que le premier était à la main droite de Notre-Seigneur, qui avait la face tournée vers l'occident, et le dos du côté de Jérusalem, qui était à l'orient. Il y a continuellement cinquante lampes ardentes pour honorer ce saint lieu.

« Au-dessous de cette chapelle sont les sépultures de Godefroy de Bouillon, et de Baudouin son frère, où on lit ces inscriptions[1] :

> HIC JACET INCLYTUS DUX GODEFRIDUS
> DE BULION, QUI TOTAM ISTAM TERRAM
> ACQUISIVIT CULTUI CHRISTIANO, CUJUS ANIMA
> REGNET CUM CHRISTO. AMEN.

> REX BALDUINUS, JUDAS ALTER MACHABEUS,
> SPES PATRIÆ, VIGOR ECCLESIÆ, VIRTUS UTRIUSQUE,
> QUEM FORMIDABANT, CUI DONA TRIBUTA FEREBANT
> CEDAR ET ÆGYPTUS, DAN AC HOMICIDA DAMASCUS.
> PROH DOLOR! IN MODICO CLAUDITUR HOC TUMULO[a].

« Le mont de Calvaire est la dernière Station de l'église du Saint-Sépulcre ; car à vingt pas de là, l'on rencontre la pierre de l'*onction*, qui est justement à l'entrée de l'église. »

Deshayes ayant ainsi décrit par ordre les Stations de tant de lieux vénérables, il ne me reste à présent qu'à montrer l'ensemble de ces lieux aux lecteurs.

On voit d'abord que l'église du Saint-Sépulcre se compose de trois églises : celle du Saint-Sépulcre, celle du Calvaire et celle de l'Invention de la Sainte-Croix.

L'église proprement dite du Saint-Sépulcre est bâtie dans la vallée du mont Calvaire, et sur le terrain où l'on sait que Jésus-Christ fut enseveli. Cette église forme une croix ; la chapelle même du Saint-Sépulcre n'est en effet que la grande nef de l'édifice : elle est circulaire comme le Panthéon à Rome, et ne reçoit le jour que par un dôme au-dessous duquel se trouve le Saint-Sépulcre. Seize colonnes de marbre ornent le pourtour de cette rotonde ; elles soutiennent, en décrivant dix-sept arcades, une galerie supérieure, également

---

a. Outre ces deux tombeaux on en voit quatre autres à moitié brisés. Sur un de ces tombeaux on lit encore, mais avec beaucoup de peine, une épitaphe rapportée par Cotovic.

composée de seize colonnes et de dix-sept arcades, plus petites que les colonnes et les arcades qui les portent. Des niches correspondantes aux arcades s'élèvent au-dessus de la frise de la dernière galerie ; et le dôme prend sa naissance sur l'arc de ses niches. Celles-ci étaient autrefois décorées de mosaïques représentant les douze apôtres, sainte Hélène, l'empereur Constantin, et trois autres portraits inconnus.

Le chœur de l'église du Saint-Sépulcre est à l'orient de la nef du Tombeau ; il est double comme dans les anciennes basiliques : c'est-à-dire, qu'il a d'abord une enceinte avec des stalles pour les prêtres, ensuite un sanctuaire reculé et élevé de deux degrés au-dessus du premier. Autour de ce double sanctuaire règnent les ailes du chœur, et dans ces ailes sont placées les chapelles décrites par Deshayes.

C'est aussi dans l'aile droite, derrière le chœur, que s'ouvrent les deux escaliers qui conduisent, l'un à l'église du Calvaire, l'autre à l'église de l'Invention de la Sainte-Croix[1] : le premier monte à la cime du Calvaire ; le second descend sous le Calvaire même ; en effet, la Croix fut élevée sur le sommet du Golgotha, et retrouvée sous cette montagne. Ainsi, pour nous résumer, l'église du Saint-Sépulcre est bâtie au pied du Calvaire : elle touche par sa partie orientale à ce monticule, sous lequel et sur lequel on a bâti deux autres églises, qui tiennent par des murailles et des escaliers voûtés au principal monument.

L'architecture de l'église est évidemment du siècle de Constantin[2] : l'ordre corinthien domine partout. Les piliers sont lourds ou maigres, et leur diamètre est presque toujours sans proportion avec leur hauteur. Quelques colonnes accouplées qui portent la frise du chœur sont toutefois d'un assez bon style. L'église étant haute et développée, les corniches se profilent à l'œil avec assez de grandeur ; mais comme depuis environ soixante ans on a surbaissé l'arcade qui sépare le chœur de la nef, le rayon horizontal est brisé, et l'on ne jouit plus de l'ensemble de la voûte.

L'église n'a point de péristyle : on entre par deux portes latérales ; il n'y en a plus qu'une d'ouverte. Ainsi le monument ne paraît pas avoir eu de décorations extérieures. Il est masqué d'ailleurs par les masures et par les couvents grecs qui sont accolés aux murailles.

Le petit monument de marbre qui couvre le Saint-Sépulcre a la forme d'un catafalque, orné d'arceaux demi-gothiques engagés dans les côtés-pleins de ce catafalque[1] : il s'élève élégamment sous le dôme qui l'éclaire, mais il est gâté par une chapelle massive que les Arméniens[2] ont obtenu la permission de bâtir à l'une de ses extrémités. L'intérieur du catafalque offre un tombeau de marbre blanc fort simple, appuyé d'un côté au mur du monument, et servant d'autel aux Religieux catholiques : c'est le tombeau de Jésus-Christ.

L'origine de l'église du Saint-Sépulcre est d'une haute antiquité. L'auteur de l'Épitome des Guerres Sacrées (*Epitome Bellorum Sacrorum*) prétend que quarante-six ans après la destruction de Jérusalem, par Vespasien et Titus, les Chrétiens obtinrent d'Adrien la permission de bâtir, ou plutôt de rebâtir un temple sur le Tombeau de leur Dieu, et d'enfermer dans la nouvelle cité les autres lieux révérés des Chrétiens. Il ajoute que ce temple fut agrandi et réparé par Hélène, mère de Constantin. Quaresmius[3] combat cette opinion, « parce que, dit-il, les Fidèles, jusqu'au règne de Constantin, n'eurent pas la permission d'élever de pareils temples ». Le savant Religieux oublie qu'avant la persécution de Dioclétien, les Chrétiens possédaient de nombreuses églises et célébraient publiquement leurs mystères. Lactance et Eusèbe vantent à cette époque la richesse et le bonheur des Fidèles.

D'autres auteurs dignes de foi, Sozomène, dans le second livre de son Histoire ; saint Jérôme, dans ses Épîtres à Paulin et à Ruffin ; Sévère, livre II ; Nicéphore, livre XVIII, et Eusèbe, dans la Vie de Constantin, nous apprennent que les païens entourèrent d'un mur les Saints-Lieux ; qu'ils élevèrent sur le Tombeau de Jésus-Christ une statue à Jupiter, et une autre statue à Vénus sur le Calvaire; qu'ils consacrèrent un bois à Adonis sur le berceau du Sauveur. Ces témoignages démontrent également l'antiquité du vrai culte à Jérusalem, par la profanation même des Lieux-Sacrés, et prouvent que les Chrétiens avaient des sanctuaires dans ces lieux.

Quoi qu'il en soit, la fondation de l'église du Saint-Sépulcre remonte au moins au règne de Constantin : il nous reste une lettre de ce prince, qui ordonne à Macaire, évêque de Jérusalem, d'élever une église sur le lieu où s'accomplit le grand mystère du salut. Eusèbe nous a conservé cette lettre. L'évêque de Césarée fait ensuite la description de l'église nouvelle, dont la dédicace dura huit jours. Si le récit d'Eusèbe avait besoin d'être appuyé par des témoignages étrangers, on aurait ceux de Cyrille, évêque de Jérusalem (Catéch. I-10-13), de Théodoret, et même de l'*Itinéraire de Bordeaux à Jérusalem, en 333: Ibidem, jussu Constantini imperatoris, basilica facta est mirae pulchritudinis.*

Cette église fut ravagée par Cosroës II, roi de Perse, environ trois siècles après qu'elle eut été bâtie par Constantin. Héraclius reconquit la vraie Croix, et Modeste, évêque de Jérusalem, rétablit l'église du Saint-Sépulcre. Quelque temps après, le calife Omar s'empara de Jérusalem, mais il laissa aux chrétiens le libre exercice de leur culte. Vers l'an 1009, Hequem ou Hakem, qui régnait en Égypte, porta la désolation au Tombeau de Jésus-Christ. Les uns veulent que la mère de ce prince, qui était chrétienne, ait fait encore relever les murs de l'église abattue; les autres disent que le fils du calife d'Égypte, à la sollicitation de l'empereur Argyropile[1], permit aux Fidèles d'enfermer les Saints-Lieux dans un monument nouveau. Mais comme à l'époque du règne de Hakem, les chrétiens de Jérusalem n'étaient ni assez riches ni assez habiles pour bâtir l'édifice qui couvre aujourd'hui le Calvaire[a]; comme,

---

a. On prétend que Marie, femme de Hakem et mère du nouveau calife, en fit les frais, et qu'elle fut aidée dans cette pieuse entreprise par Constantin-Monomaque.

malgré un passage très suspect de Guillaume de Tyr, rien n'indique que les Croisés aient fait construire à Jérusalem une église du Saint-Sépulcre ; il est probable que l'église fondée par Constantin a toujours subsisté telle qu'elle est, du moins quant aux murailles du bâtiment. La seule inspection de l'architecture de ce bâtiment suffirait pour démontrer la vérité de ce que j'avance[1].

Les Croisés s'étant emparés de Jérusalem, le 15 juillet 1099, arrachèrent le Tombeau de Jésus-Christ des mains des Infidèles. Il demeura quatre-vingt-huit ans sous la puissance des successeurs de Godefroy de Bouillon. Lorsque Jérusalem retomba sous le joug musulman[2], les Syriens rachetèrent à prix d'or l'église du Saint-Sépulcre, et des moines vinrent défendre avec leurs prières des lieux inutilement confiés aux armes des rois : c'est ainsi qu'à travers mille révolutions la foi des premiers chrétiens nous avait conservé un temple qu'il était donné à notre siècle de voir périr.

Les premiers voyageurs étaient bien heureux ; ils n'étaient point obligés d'entrer dans toutes ces critiques : premièrement, parce qu'ils trouvaient dans leurs lecteurs la religion qui ne dispute jamais avec la vérité ; secondement, parce que tout le monde était persuadé que le seul moyen de voir un pays tel qu'il est, c'est de le voir avec ses traditions et ses souvenirs. C'est en effet la Bible et l'Évangile à la main que l'on doit parcourir la Terre-Sainte. Si l'on veut y porter un esprit de contention et de chicane, la Judée ne vaut pas la peine qu'on l'aille chercher si loin. Que dirait-on d'un homme qui, parcourant la Grèce et l'Italie, ne s'occuperait qu'à contredire Homère et Virgile ? Voilà pourtant comme on voyage aujourd'hui : effet sensible de notre amour-propre qui veut nous faire passer pour habiles, en nous rendant dédaigneux.

Les lecteurs chrétiens demanderont peut-être à présent quels furent les sentiments que j'éprouvai en entrant dans ce lieu redoutable ; je ne puis réellement le dire. Tant de choses se présentaient à la fois à mon esprit, que je ne m'arrêtais à aucune idée particulière. Je restai près d'une demi-heure à genoux dans la petite chambre du Saint-Sépulcre, les regards attachés sur la pierre sans pouvoir les en arracher. L'un des deux Religieux qui me conduisaient demeurait prosterné auprès de moi, le front sur le marbre ; l'autre, l'Évangile à la main, me lisait à la lueur des lampes, les passages relatifs au Saint-Tombeau. Entre chaque verset il récitait une prière : *Domine Jesu Christe, qui in horâ diei vespertinâ de cruce depositus, in brachiis dulcissimae Matris tuae reclinatus fuisti, horâque ultimâ in hoc sanctissimo monumento corpus tuum exanime contulisti, etc.* Tout ce que je puis assurer, c'est qu'à la vue de ce Sépulcre triomphant, je ne sentis que ma faiblesse ; et quand mon guide s'écria avec saint Paul[1] : *Ubi est, Mors, victoria tua ? Ubi est, Mors, stimulus tuus ?* je prêtai l'oreille, comme si la Mort allait répondre qu'elle était vaincue et enchaînée dans ce monument.

Nous parcourûmes les Stations, jusqu'au sommet du Calvaire. Où trouver dans l'antiquité rien d'aussi touchant, rien d'aussi merveilleux que les dernières scènes de l'Évangile ? Ce ne sont point ici les aventures bizarres d'une divinité étrangère à l'humanité : c'est l'histoire la plus pathétique, histoire qui non seulement fait couler des larmes par sa beauté, mais dont les conséquences, appliquées à l'univers, ont changé la face de la terre. Je venais de visiter les monuments de la Grèce, et j'étais encore tout rempli de leur grandeur ; mais qu'ils avaient été loin de m'inspirer ce que j'éprouvais à la vue des Lieux-Saints !

L'église du Saint-Sépulcre, composée de plusieurs églises, bâtie sur un terrain inégal, éclairée par une multitude de lampes, est singulièrement mystérieuse ; il y règne une obscurité favorable à la piété et au recueillement de l'âme. Les prêtres chrétiens des différentes sectes habitent les différentes parties de l'édifice. Du haut des arcades, où ils se sont nichés comme des colombes, du fond des chapelles et des souterrains, ils font entendre leurs cantiques à toutes les heures du jour et de la nuit : l'orgue du Religieux latin, les cymbales du prêtre abyssin, la voix du caloyer grec, la prière du Solitaire arménien, l'espèce de plainte du moine cophte, frappent tour à tour ou tout à la fois votre oreille ; vous ne savez d'où partent ces concerts ; vous respirez l'odeur de l'encens, sans apercevoir la main qui le brûle : seulement vous voyez passer, s'enfoncer derrière les colonnes, se perdre dans l'ombre du temple, le pontife qui va célébrer les plus redoutables mystères aux lieux mêmes où ils se sont accomplis.

Je ne sortis point de l'enceinte sacrée sans m'arrêter aux monuments de Godefroy et de Baudouin : ils font face à la porte de l'église, et sont appuyés contre le mur du chœur[1]. Je saluai les cendres de ces rois chevaliers qui méritèrent de reposer près du grand Sépulcre qu'ils avaient délivré. Ces cendres sont des cendres françaises et les seules qui soient ensevelies à l'ombre du Tombeau de Jésus-Christ. Quel titre d'honneur pour ma patrie !

Je retournai au couvent à onze heures, et j'en sortis de nouveau à midi pour suivre la Voie Douloureuse : on appelle ainsi le chemin que parcourut le Sauveur du monde en se rendant de la maison de Pilate au Calvaire[2].

La maison de Pilate[a] est une ruine d'où l'on découvre le vaste emplacement du Temple de Salomon et la mosquée bâtie sur cet emplacement.

Jésus-Christ ayant été battu de verges, couronné d'épines, et revêtu d'une casaque de pourpre, fut présenté aux Juifs par Pilate : *Ecce Homo*, s'écria le juge ; et l'on voit encore la fenêtre d'où il prononça ces paroles mémorables.

Selon la tradition latine à Jérusalem, la couronne de Jésus-Christ fut prise sur l'arbre-épineux, *lycium spinosum*. Mais le savant botaniste Hasselquist croit qu'on

---

a. Le gouverneur de Jérusalem demeurait autrefois dans cette maison ; mais on n'y loge plus que ses chevaux parmi des débris.

employa pour cette couronne le *nabka* des Arabes. La raison qu'il en donne mérite d'être rapportée :

« Il y a toute apparence, dit l'auteur, que le nabka fournit la couronne que l'on mit sur la tête de Notre-Seigneur : il est commun dans l'Orient. On ne pouvait choisir une plante plus propre à cet usage, car elle est armée de piquants ; ses branches sont souples et pliantes, et sa feuille est d'un vert foncé comme celle du lierre. Peut-être les ennemis de Jésus-Christ choisirent-ils, pour ajouter l'insulte au châtiment, une plante approchant de celle dont on se servait pour couronner les empereurs et les généraux d'armée. »

Une autre tradition conserve à Jérusalem la sentence prononcée par Pilate contre le Sauveur du monde :

Jesum Nazarenum, subversorem gentis, contemptorem Caesaris, et falsum Messiam, ut majorum suae gentis testimonio probatum est, ducite ad communis supplicii locum, et eum ludibriis regiae in majestatis in medio duorum latronum cruci affigite : I, lictor, expedi cruces [1].

À cent vingt pas de l'arc de l'*Ecce Homo*, on me montra, à gauche, les ruines d'une église consacrée autrefois à Notre-Dame-des-Douleurs. Ce fut dans cet endroit que Marie, chassée d'abord par les gardes, rencontra son Fils chargé de la Croix. Ce fait n'est point rapporté dans les Évangiles ; mais il est cru généralement sur l'autorité de saint Boniface et de saint Anselme. Saint Boniface[2] dit que la Vierge tomba comme demi-morte, et qu'elle ne put prononcer un seul mot : *Nec verbum dicere potuit*. Saint Anselme assure que le Christ la salua par ces mots, *Salve, Mater !* Comme on retrouve Marie au pied de la Croix[3], ce récit des pères n'a rien que de très probable ; la foi ne s'oppose point à ces traditions ; elles montrent à quel point la merveilleuse et sublime histoire de la Passion s'est gravée dans la mémoire des hommes. Dix-huit siècles écoulés, des persécutions sans fin, des révolutions éternelles, des ruines toujours croissantes, n'ont pu effacer ou cacher la trace d'une mère qui vint pleurer sur son fils.

Cinquante pas plus loin, nous trouvâmes l'endroit où Simon le Cyrénéen aida Jésus-Christ à porter sa Croix.

« Comme ils le menaient à la mort, ils prirent un homme de Cyrène, appelé Simon, qui revenait des champs, et le chargèrent de la Croix, la lui faisant porter après Jésus[1]. »

Ici le chemin qui se dirigeait est et ouest fait un coude et tourne au nord ; je vis à main droite le lieu où se tenait Lazare le Pauvre, et en face, de l'autre côté de la rue, la maison du Mauvais Riche.

« Il y avait un homme riche qui était vêtu de pourpre et de lin, et qui se traitait magnifiquement tous les jours.

« Il y avait aussi un pauvre appelé Lazare, tout couvert d'ulcères, couché à sa porte, qui eût bien voulu se rassasier des miettes qui tombaient de la table du riche ; mais personne ne lui en donnait ; et les chiens venaient lui lécher ses plaies.

« Or, il arriva que le pauvre mourut, et fut emporté par les anges dans le sein d'Abraham. Le riche mourut aussi, et eut l'enfer pour sépulcre[2]. »

Saint Chrysostome, saint Ambroise et saint Cyrille ont cru que l'histoire de Lazare et du Mauvais Riche n'était point une simple parabole, mais un fait réel et connu. Les Juifs même nous ont conservé le nom du Mauvais Riche, qu'ils appellent Nabal[3].

Après avoir passé la maison du Mauvais Riche, on tourne à droite, et l'on reprend la direction du couchant. À l'entrée de cette rue qui monte au Calvaire, le Christ rencontra les saintes femmes qui pleuraient.

« Or, il était suivi d'une grande multitude de peuple et de femmes qui se frappaient la poitrine et qui le pleuraient.

« Mais Jésus se tournant vers elles leur dit : "Filles de Jérusalem, ne pleurez pas sur moi, mais pleurez sur vous-mêmes et sur vos enfants[4]." »

À cent dix pas de là on montre l'emplacement de la maison de Véronique, et le lieu où cette pieuse femme essuya le visage du Sauveur. Le premier nom de cette femme était Bérénice ; il fut changé dans la suite en celui de *Vera-icon*, vraie image, par la transposition de deux lettres : en outre la transmutation du *b* en *v* est très fréquente dans les langues anciennes[1].

Après avoir fait une centaine de pas, on trouve la porte Judiciaire : c'était la porte par où sortaient les criminels qu'on exécutait sur le Golgotha. Le Golgotha, aujourd'hui renfermé dans la nouvelle cité, était hors de l'enceinte de l'ancienne Jérusalem.

De la porte Judiciaire au haut du Calvaire on compte à peu près deux cents pas : là se termine la Voie Douloureuse qui peut avoir en tout un mille de longueur. Nous avons vu que le Calvaire est maintenant compris dans l'église du Saint-Sépulcre. Si ceux qui lisent la Passion dans l'Évangile sont frappés d'une sainte tristesse et d'une admiration profonde, qu'est-ce donc que d'en suivre les scènes au pied de la montagne de Sion, à la vue du Temple, et dans les murs mêmes de Jérusalem ?

Après la description de la Voie Douloureuse et de l'église du Saint-Sépulcre, je ne dirai qu'un mot des autres lieux de dévotion que l'on trouve dans l'enceinte de la ville. Je me contenterai de les nommer dans l'ordre où je les ai parcourus[2] pendant mon séjour à Jérusalem :

1º La maison d'Anne, le pontife, près de la porte de David, au pied du mont Sion, en dedans du mur de la ville : les Arméniens possèdent l'église bâtie sur les ruines de cette maison.

2º Le lieu de l'apparition du Sauveur à Marie-Magdeleine, Marie, mère de Jacques, et Marie Salomé, entre le château et la porte du mont Sion.

3º La maison de Simon le Pharisien. Magdeleine y confessa ses erreurs. C'est une église totalement ruinée, à l'orient de la ville.

4º Le monastère de sainte Anne, mère de la Sainte Vierge ; et la grotte de la Conception immaculée, sous l'église du monastère. Ce monastère est converti en mosquée, mais on y entre pour quelques médins. Sous les rois chrétiens, il était habité par des religieuses[1]. Il n'est pas loin de la maison de Simon.

5° La prison de saint Pierre, près du Calvaire. Ce sont de vieilles murailles où l'on montre des crampons de fer.

6° La maison de Zébédée, assez près de la prison de saint Pierre, grande église qui appartient au patriarche grec.

7° La maison de Marie, mère de Jean-Marc, où saint Pierre se retira lorsqu'il eut été délivré par l'ange. C'est une église desservie par les Syriens.

8° Le lieu du martyre de saint Jacques-le-Majeur. C'est le couvent des Arméniens. L'église en est fort riche et fort élégante[2]. Je parlerai bientôt du patriarche arménien.

Le lecteur a maintenant sous les yeux le tableau complet des monuments chrétiens dans Jérusalem. Nous allons à présent visiter les dehors de la Ville-Sainte.

J'avais employé deux heures à parcourir à pied la Voie Douloureuse. J'eus soin chaque jour de revoir ce chemin sacré, ainsi que l'église du Calvaire, afin qu'aucune circonstance essentielle n'échappât à ma mémoire. Il était donc deux heures quand j'achevai, le 7 octobre, ma première revue des Saints-Lieux[3]. Je montai alors à cheval avec Ali-Aga, le drogman Michel et mes domestiques. Nous sortîmes par la porte de Jafa pour faire le tour complet de Jérusalem. Nous étions couverts d'armes, habillés à la française, et très décidés à ne souffrir aucune insulte. On voit que les temps sont bien changés, grâce au renom de nos victoires : car l'ambassadeur Deshayes, sous Louis XIII, eut toutes les peines du monde à obtenir la permission d'entrer à Jérusalem avec son épée.

Nous tournâmes à gauche en sortant de la porte de la ville ; nous marchâmes au midi, et nous passâmes à la piscine de Bersabée, fossé large et profond, mais sans eau ; ensuite nous gravîmes la montagne de Sion, dont une partie se trouve hors de Jérusalem.

Je suppose que ce nom de Sion réveille dans la mémoire des lecteurs un grand souvenir ; qu'ils sont curieux de connaître cette montagne si mystérieuse dans l'Écriture, si célèbre dans les cantiques de Salomon, cette montagne objet des bénédictions ou des larmes des prophètes, et dont Racine a soupiré les malheurs.

C'est un monticule d'un aspect jaunâtre et stérile, ouvert en forme de croissant du côté de Jérusalem, à peu près de la hauteur de Montmartre, mais plus arrondi au sommet. Ce sommet sacré est marqué par trois monuments ou plutôt par trois ruines : la maison de Caïphe, le Saint-Cénacle, et le tombeau ou le palais de David. Du haut de la montagne vous voyez au midi la vallée de Ben-Hinnon[1], par-delà cette vallée, le Champ-du-Sang acheté des trente deniers de Judas, le mont du Mauvais-Conseil, les tombeaux des Juges, et tout le désert vers Hébron et Bethléem. Au nord, le mur de Jérusalem qui passe sur la cime de Sion, vous empêche de voir la ville ; celle-ci va toujours en s'inclinant vers la vallée de Josaphat.

La maison de Caïphe est aujourd'hui une église desservie par les Arméniens ; le tombeau de David est une petite salle voûtée, où l'on trouve trois sépulcres de pierre noirâtre ; le Saint-Cénacle est une mosquée et un hôpital turcs : c'étaient autrefois une église et un monastère occupés par les Pères de Terre-Sainte. Ce dernier sanctuaire[2] est également fameux dans l'Ancien et dans le Nouveau Testament : David y bâtit son palais et son tombeau ; il y garda, pendant trois mois, l'Arche d'Alliance ; Jésus-Christ y fit la dernière Pâque, et il y institua le sacrement d'Eucharistie ; il y apparut à ses disciples le jour de sa résurrection ; le Saint-Esprit y descendit sur les apôtres. Le Saint-Cénacle devint le premier temple chrétien que le monde ait vu ; saint Jacques-le-Mineur y fut consacré premier évêque de Jérusalem, et saint Pierre y tint le premier concile de l'Église ; enfin ce fut de ce lieu que les apôtres partirent, pauvres et nus, pour monter sur tous les trônes de la terre : *Docete omnes gentes !*

L'historien Josèphe nous a laissé une description magnifique du palais et du tombeau de David. Benjamin de Tudèle[1] fait, au sujet de ce tombeau, un conte assez curieux[a].

En descendant de la montagne de Sion, du côté du levant, nous arrivâmes à la vallée, à la fontaine, et à la piscine de Siloë[2] où Jésus-Christ rendit la vue à l'aveugle. La fontaine sort d'un rocher ; elle coule en silence, *cum silentio,* selon le témoignage de Jérémie[3], ce qui contredit un passage de saint Jérôme ; elle a une espèce de flux et reflux, tantôt versant ses eaux comme la fontaine de Vaucluse, tantôt les retenant et les laissant à peine couler. Les lévites répandaient l'eau de Siloë sur l'autel à la fête des Tabernacles, en chantant : *Haurietis aquas in gaudio de fontibus Salvatoris*[4]. Milton invoque cette source, au commencement de son poème, au lieu de la fontaine Castalie :

> . . . . *Or if Sion hill*
> *Delight thee more, and Siloa's brook that flow'd*
> *Fast by the Oracle of God*[5], *etc.,*

beaux vers que Delille a magnifiquement rendus[6] :

> *Toi donc qui, célébrant les merveilles des cieux,*
> *Prends loin de l'Hélicon un vol audacieux ;*
> *Soit que, te retenant sous ses palmiers antiques,*
> *Sion avec plaisir répète tes cantiques ;*
>
> . . . .
> *Soit que, chantant le jour où Dieu donna sa loi,*
> *Le Sina sous tes pieds tressaille encor d'effroi ;*
> *Soit que près du saint lieu d'où partent ses oracles*
> *Les flots du Siloë te disent ses miracles :*
> *Muse sainte, soutiens mon vol présomptueux !*

Les uns racontent que cette fontaine sortit tout à coup de la terre pour apaiser la soif d'Isaïe, lorsque ce pro-

---

a. Voir la note E, p. 550.

phète fut scié en deux avec une scie de bois, par l'ordre de Manassès; les autres prétendent qu'on la vit paraître sous le règne d'Ézéchias, dont nous avons l'admirable cantique :

> *J'ai vu mes tristes journées*
> *Décliner vers leur penchant*[1]*! etc.*

Selon Josèphe, cette source miraculeuse coulait pour l'armée de Titus, et refusait ses eaux aux Juifs coupables. La piscine, ou plutôt les deux piscines du même nom, sont tout auprès de la source. Elles servent aujourd'hui à laver le linge comme autrefois ; et nous y vîmes des femmes qui nous dirent des injures en s'enfuyant. L'eau de la fontaine est saumâtre et assez désagréable au goût ; on s'y baigne les yeux en mémoire du miracle de l'aveugle-né.

Près de là, on montre l'endroit où le prophète Isaïe subit le supplice dont j'ai parlé. On y voit aussi un village appelé Siloan ; au pied de ce village est une autre fontaine que l'Écriture nomme Rogel : en face de cette fontaine, au pied de la montagne de Sion, se trouve une troisième fontaine qui porte le nom de Marie. On croit que la Vierge y venait chercher de l'eau, comme les filles de Laban au puits dont Jacob ôta la pierre : *Ecce Rachel veniebat cum ovibus patris sui*[2], etc. La fontaine de la Vierge mêle ses eaux à celles de la fontaine de Siloë.

Ici, comme le remarque saint Jérôme, on est à la racine du mont Moria, sous les murs du Temple, à peu près en face de la porte Sterquilinaire[3]. Nous avançâmes jusqu'à l'angle oriental du mur de la ville, et nous entrâmes dans la vallée de Josaphat[4]. Elle court du nord au midi, entre la montagne des Oliviers et le mont Moria. Le torrent de Cédron passe au milieu. Ce torrent est à sec une partie de l'année ; dans les orages ou dans les printemps pluvieux, il roule une eau rougie.

La vallée de Josaphat est encore appelée dans l'Écriture vallée de Savé, vallée du Roi, vallée de Melchisédech[a]. Ce fut dans la vallée de Melchisédech, que le roi de Sodome chercha Abraham, pour le féliciter de la victoire remportée sur les cinq rois. Moloch et Béelphégor furent adorés dans cette même vallée. Elle prit dans la suite le nom de Josaphat, parce que le roi de ce nom y fit élever son tombeau. La vallée de Josaphat semble avoir toujours servi de cimetière à Jérusalem ; on y rencontre les monuments des siècles les plus reculés et des temps les plus modernes : les Juifs viennent y mourir des quatre parties du monde ; un étranger leur vend au poids de l'or un peu de terre pour couvrir leurs corps dans le champ de leurs aïeux. Les cèdres dont Salomon planta cette vallée[b], l'ombre du Temple dont elle était couverte, le torrent qui la traversait[c], les cantiques de deuil que David y composa, les Lamentations que Jérémie y fit entendre, la rendaient propre à la tristesse et à la paix des tombeaux. En commençant sa Passion dans ce lieu solitaire, Jésus-Christ le consacra de nouveau aux douleurs : ce David innocent y versa, pour effacer nos crimes, les larmes que le David coupable y répandit pour expier ses propres erreurs. Il y a peu de noms qui réveillent dans l'imagination des pensées à la fois plus touchantes et plus formidables que celui de la vallée de Josaphat : vallée si pleine de mystères, que, selon le prophète Joël, tous les hommes y doivent comparaître un jour devant le juge redoutable. *Congregabo omnes gentes, et deducam eas in vallem Josaphat, et disceptabo cum eis ibi*[1]. « Il est raisonnable, dit le Père Nau, que l'honneur de Jésus-Christ soit réparé publiquement dans le lieu où il lui a été ravi par tant d'opprobres et d'ignominies, et qu'il

---

a. Sur tout cela il y a différentes opinions. La vallée du Roi pourrait bien être vers les montagnes du Jourdain, et cette position conviendrait même davantage à l'histoire d'Abraham.
b. Josèphe raconte que Salomon fit couvrir de cèdres les montagnes de la Judée.
c. Cédron est un mot hébreu qui signifie noirceur et tristesse. On observe qu'il y a faute dans l'évangile de saint Jean, qui nomme ce torrent, torrent des Cèdres. L'erreur vient d'un oméga écrit au lieu d'un omicron : κέδρων, au lieu de κεδρόν.

juge justement les hommes où ils l'ont jugé si injustement. »

L'aspect de la vallée de Josaphat est désolé : le côté occidental est une haute falaise de craie qui soutient les murs gothiques[1] de la ville, au-dessus desquels on aperçoit Jérusalem ; le côté oriental est formé par le mont des Oliviers et par la montagne du Scandale, *mons Offensionis*, ainsi nommée de l'idolâtrie de Salomon[2]. Ces deux montagnes qui se touchent sont presque nues et d'une couleur rouge et sombre : sur leurs flancs déserts, on voit çà et là quelques vignes noires et brûlées, quelques bouquets d'oliviers sauvages, des friches couvertes d'hysope, des chapelles, des oratoires et des mosquées en ruines. Au fond de la vallée, on découvre un pont d'une seule arche, jeté sur la ravine du torrent de Cédron. Les pierres du cimetière des Juifs se montrent comme un amas de débris, au pied de la montagne du Scandale, sous le village arabe de Siloan : on a peine à distinguer les masures de ce village des sépulcres dont elles sont environnées. Trois monuments antiques, les tombeaux de Zacharie, de Josaphat et d'Absalon, se font remarquer dans ce champ de destruction. À la tristesse de Jérusalem dont il ne s'élève aucune fumée, dont il ne sort aucun bruit ; à la solitude des montagnes où l'on n'aperçoit pas un être vivant ; au désordre de toutes ces tombes fracassées, brisées, demi ouvertes, on dirait que la trompette du Jugement s'est déjà fait entendre, et que les morts vont se lever dans la vallée de Josaphat.

Au bord même, et presque à la naissance du torrent de Cédron, nous entrâmes dans le jardin des Oliviers ; il appartient aux Pères latins qui l'ont acheté de leurs propres deniers : on y voit huit gros oliviers d'une extrême décrépitude. L'olivier est pour ainsi dire immortel, parce qu'il renaît de sa souche : on conservait, dans la citadelle d'Athènes, un olivier dont l'origine remontait à la fondation de la ville. Les oliviers du jardin de ce nom à Jérusalem, sont au moins du temps du Bas-Empire ; en voici la preuve : en Turquie, tout olivier trouvé debout par les Musulmans, lorsqu'ils envahirent l'Asie, ne paie qu'un médin au fisc, tandis que l'olivier planté depuis la conquête doit au Grand-Seigneur la moitié de ses fruits[a]; or, les huit oliviers dont nous parlons, ne sont taxés qu'à huit médins.

Nous descendîmes de cheval à l'entrée de ce jardin, pour visiter à pied les Stations de la montagne. Le village de Gethsémani était à quelque distance du jardin des Oliviers. On le confond aujourd'hui avec ce jardin, comme le remarquent Thévenot et Roger.

Nous entrâmes d'abord dans le sépulcre de la Vierge. C'est une église souterraine[1] où l'on descend par cinquante degrés assez beaux : elle est partagée entre toutes les sectes chrétiennes ; les Turcs même ont un oratoire dans ce lieu ; les Catholiques possèdent le tombeau de Marie. Quoique la Vierge ne soit pas morte à Jérusalem, elle fut (selon l'opinion de plusieurs Pères) miraculeusement ensevelie à Gethsémani, par les apôtres. Euthymius raconte l'histoire de ces merveilleuses funérailles. Saint Thomas ayant fait ouvrir le cercueil, on n'y trouva plus qu'une robe virginale, simple et pauvre vêtement de cette Reine de gloire que les anges avaient enlevée aux cieux.

Les tombeaux de saint Joseph, de saint Joachim et de sainte Anne se voient aussi dans cette église souterraine.

Sortis du Sépulcre de la Vierge, nous allâmes voir, dans le jardin des Oliviers, la grotte où le Sauveur répandit une sueur de sang, en prononçant ces paroles : *Pater, si possibile est, transeat a me calix iste*[2].

Cette grotte est irrégulière ; on y a pratiqué des autels. À quelques pas en dehors, on voit la place où Judas trahit son maître par un baiser. À quelle espèce de douleur Jésus-Christ consentit à descendre ! Il éprouva ces affreux dégoûts de la vie que la vertu même a de la

---

[a]. Cette loi est aussi absurde que la plupart des autres lois en Turquie : chose bizarre d'épargner le vaincu au moment de la conquête, lorsque la violence peut amener l'injustice, et d'accabler le sujet en pleine paix !

peine à surmonter. Et à l'instant où un ange est obligé de sortir du ciel pour soutenir la Divinité défaillante sous le fardeau des misères de l'homme, cette Divinité miséricordieuse est trahie par l'homme[a] !

En quittant la grotte du Calice d'amertume, et gravissant un chemin tortueux semé de cailloux, le drogman nous arrêta près d'une roche d'où l'on prétend que Jésus-Christ regarda la ville coupable, en pleurant sur la désolation prochaine de Sion. Baronius observe[1] que Titus planta ses tentes à l'endroit même où le Sauveur avait prédit la ruine de Jérusalem. Doubdan, qui combat cette opinion sans citer Baronius, croit que la sixième légion romaine campa au sommet de la montagne des Oliviers, et non pas sur le penchant de la montagne. Cette critique est trop sévère, et la remarque de Baronius n'en est ni moins belle ni moins juste[b].

De la roche de la Prédiction, nous montâmes à des grottes qui sont à la droite du chemin. On les appelle les Tombeaux des Prophètes ; elles n'ont rien de remarquable, et l'on ne sait trop de quels prophètes elles peuvent garder les cendres.

Un peu au-dessus de ces grottes nous trouvâmes une espèce de citerne composée de douze arcades : ce fut là que les apôtres composèrent le premier symbole de notre croyance. Tandis que le monde entier adorait à la face du soleil mille divinités honteuses, douze pécheurs cachés dans les entrailles de la terre, dressaient la profession de foi du genre humain, et reconnaissaient l'unité du Dieu créateur de ces astres à la lumière desquels on n'osait encore proclamer son existence. Si quelque Romain de la cour d'Auguste, passant auprès de ce souterrain, eût aperçu les douze Juifs qui composaient cette œuvre sublime, quel mépris il eût témoigné pour cette troupe superstitieuse ! Avec quel dédain il eût parlé de ces premiers Fidèles ! Et pourtant ils allaient renverser les temples de ce Romain,

a. Voir la note F, p. 551.
b. Voir la note G, p. 553.

détruire la religion de ses pères, changer les lois, la politique, la morale, la raison, et jusqu'aux pensées des hommes. Ne désespérons donc jamais du salut des peuples. Les Chrétiens gémissent aujourd'hui sur la tiédeur de la foi: qui sait si Dieu n'a point planté dans une aire inconnue le grain de sénevé qui doit multiplier dans les champs? Peut-être cet espoir de salut est-il sous nos yeux sans que nous nous y arrêtions? Peut-être nous paraît-il aussi absurde que ridicule? Mais qui aurait jamais pu croire à la folie[1] de la Croix?

On monte encore un peu plus haut, et l'on rencontre les ruines ou plutôt l'emplacement désert d'une chapelle: une tradition constante enseigne que Jésus-Christ récita dans cet endroit l'Oraison dominicale[2].

«Un jour, comme il était en prière en un certain lieu, après qu'il eut cessé de prier, un de ses disciples lui dit: "Seigneur, apprenez-nous à prier, ainsi que Jean l'a appris à ses disciples."

«Et il leur dit: "Lorsque vous prierez, dites: 'Père, que votre nom soit sanctifié, etc.'"»

Ainsi furent composées presque au même lieu la profession de foi de tous les hommes et la prière de tous les hommes.

À trente pas de là, en tirant un peu vers le nord, est un olivier au pied duquel le Fils du souverain Arbitre prédit le jugement universel[a].

Enfin, on fait encore une cinquantaine de pas sur la montagne, et l'on arrive à une petite mosquée, de forme octogone, reste d'une église élevée jadis à l'endroit même où Jésus-Christ monta au ciel après sa résurrection. On distingue sur le rocher l'empreinte du pied gauche d'un homme; le vestige du pied droit s'y voyait aussi autrefois: la plupart des pèlerins disent que les Turcs ont enlevé ce second vestige pour le placer dans la mosquée du temple; mais le Père Roger affirme positivement qu'il n'y est pas. Je me tais, par respect, sans pourtant être convaincu, devant des autorités considé-

---

a. Voir la note H, p. 554.

rables : saint Augustin, saint Jérôme, saint Paulin, Sulpice Sévère, le vénérable Bède, la tradition, tous les voyageurs anciens et modernes, assurent que cette trace marque un pas de Jésus-Christ. En examinant cette trace, on en a conclu que le Sauveur avait le visage tourné vers le nord au moment de son Ascension, comme pour renier ce midi infesté d'erreurs, pour appeler à la foi les Barbares qui devaient renverser les temples des faux dieux, créer de nouvelles nations, et planter l'étendard de la Croix sur les murs de Jérusalem.

Plusieurs Pères de l'Église ont cru que Jésus-Christ s'éleva aux cieux au milieu des âmes des patriarches et des prophètes, délivrés par lui des chaînes de la mort : sa mère et cent vingt disciples furent témoins de son Ascension. Il étendit les bras comme Moïse, dit saint Grégoire de Nazianze, et présenta ses disciples à son père ; ensuite il croisa ses mains puissantes en les abaissant sur la tête de ses bien-aimés, et c'était de cette manière que Jacob avait béni les fils de Joseph ; puis, quittant la terre avec une majesté admirable, il monta lentement vers les demeures éternelles, et se perdit dans une nue éclatante[1].

Sainte Hélène avait fait bâtir une église où l'on trouve aujourd'hui la mosquée octogone. Saint Jérôme nous apprend qu'on n'avait jamais pu fermer la voûte de cette église à l'endroit où Jésus-Christ prit sa route à travers les airs. Le vénérable Bède assure que de son temps, la veille de l'Ascension, on voyait pendant la nuit la montagne des Oliviers couverte de feux. Rien n'oblige à croire ces traditions, que je rapporte seulement pour faire connaître l'histoire et les mœurs ; mais si Descartes et Newton eussent philosophiquement douté de ces merveilles, Racine et Milton ne les auraient pas poétiquement rejetées.

Telle est l'histoire évangélique expliquée par les monuments. Nous l'avons vue commencer à Bethléem, marcher au dénouement chez Pilate, arriver à la catastrophe au Calvaire, et se terminer sur la montagne des

Oliviers. Le lieu même de l'Ascension, n'est pas tout à fait à la cime de la montagne, mais à deux ou trois cents pas au-dessous du plus haut sommet[a].

Nous descendîmes de la montagne des Oliviers, et, remontant à cheval, nous continuâmes notre route Nous laissâmes derrière nous la vallée de Josaphat, et nous marchâmes, par des chemins escarpés, jusqu'à l'angle septentrional de la ville ; de là, tournant à l'ouest, et longeant le mur qui fait face au nord, nous arrivâmes à la grotte où Jérémie composa ses Lamentations. Nous n'étions pas loin des Sépulcres des Rois ; mais nous renonçâmes à les voir ce jour-là, parce qu'il était trop tard[1]. Nous revînmes chercher la porte de Jafa, par laquelle nous étions sortis de Jérusalem. Il était sept heures précises quand nous rentrâmes au couvent[2].

Notre course avait duré cinq heures. À pied, et en suivant l'enceinte des murs, il faut à peine une heure pour faire le tour de Jérusalem.

Le 8 octobre, à cinq heures du matin[3], j'entrepris avec Ali-Aga et le drogman Michel la revue de l'intérieur de la ville. Il faut nous arrêter ici pour jeter un regard sur l'histoire de Jérusalem[4].

Jérusalem fut fondée l'an du monde 2023, par le grand-prêtre Melchisédech : il la nomma *Salem*, c'est-à-dire la Paix ; elle n'occupait alors que les deux montagnes de Moria et d'Acra.

Cinquante ans après sa fondation, elle fut prise par les Jébuséens, descendants de Jébus, fils de Chanaan. Ils bâtirent sur le mont Sion une forteresse à laquelle ils donnèrent le nom de Jébus leur père : la ville prit alors le nom de *Jérusalem*, ce qui signifie Vision de Paix. Toute l'Écriture en fait un magnifique éloge : *Jerusalem, civitas Dei, luce splendidâ fulgebis. Omnes nationes terrae adorabunt te*, etc.[b]

Josué s'empara de la ville basse de Jérusalem, la

---

a. Voir la note I, p. 555.
b. Tobie[5].

première année de son entrée dans la Terre-Promise : il fit mourir le roi Adonisédech et les quatre rois d'Ébron, de Jérimol, de Lachis et d'Églon. Les Jébuséens demeurèrent les maîtres de la ville haute ou de la citadelle de Jébus. Ils n'en furent chassés que par David, huit cent vingt-quatre ans après leur entrée dans la cité de Melchisédech.

David fit augmenter la forteresse de Jébus, et lui donna son propre nom. Il fit aussi bâtir sur la montagne de Sion un palais et un tabernacle, afin d'y déposer l'Arche d'alliance.

Salomon augmenta la Cité Sainte : il éleva ce premier temple dont l'Écriture et l'historien Josèphe racontent les merveilles, et pour lequel Salomon lui-même composa de si beaux cantiques.

Cinq ans après la mort de Salomon, Sésac, roi d'Égypte, attaqua Roboam, prit et pilla Jérusalem.

Elle fut encore saccagée, cent cinquante ans après, par Joas, roi d'Israël.

Envahie de nouveau par les Assyriens, Manassès, roi de Juda, fut amené captif à Babylone. Enfin, sous le règne de Sédécias, Nabuchodonosor renversa Jérusalem de fond en comble, brûla le Temple, et transporta les Juifs à Babylone. *Sion quasi ager arabatur*, dit Jérémie[1] ; *Hierusalem ut... lapidum erat*. Saint Jérôme, pour peindre la solitude de cette ville désolée, dit qu'on n'y voyait pas voler un seul oiseau.

Le premier temple fut détruit quatre cent soixante-dix ans six mois et dix jours après sa fondation par Salomon, l'an du monde 3513, environ six cents ans avant Jésus-Christ : quatre cent soixante-dix-sept ans s'étaient écoulés depuis David jusqu'à Sédécias, et la ville avait été gouvernée par dix-sept rois.

Après les soixante et dix ans de captivité Zorobabel commença à rebâtir le Temple et la ville. Cet ouvrage, interrompu pendant quelques années, fut successivement achevé par Esdras et Néhémie.

Alexandre passa à Jérusalem l'an du monde 3583, et offrit des sacrifices dans le Temple.

IV. Jérusalem

Ptolémée, fils de Lagus, se rendit maître de Jérusalem ; mais elle fut très bien traitée par Ptolémée Philadelphe, qui fit au Temple de magnifiques présents.

Antiochus le Grand reprit la Judée sur les rois d'Égypte, et la remit ensuite à Ptolémée Évergètes. Antiochus Épiphane saccagea de nouveau Jérusalem, et plaça dans le Temple l'idole de Jupiter Olympien.

Les Machabées rendirent la liberté à leur pays, et le défendirent contre les rois de l'Asie.

Malheureusement Aristobule et Hircan se disputèrent la couronne ; ils eurent recours aux Romains, qui, par la mort de Mithridate, étaient devenus les maîtres de l'Orient. Pompée accourt à Jérusalem : introduit dans la ville, il assiège et prend le Temple. Crassus ne tarda pas à piller ce monument auguste que Pompée vainqueur avait respecté.

Hircan, protégé de César, s'était maintenu dans la grande sacrificature. Antigone, fils d'Aristobule, empoisonné par les Pompéiens, fait la guerre à son oncle Hircan et appelle les Parthes à son secours. Ceux-ci fondent sur la Judée, entrent dans Jérusalem et emmènent Hircan prisonnier.

Hérode le Grand, fils d'Antipater, officier distingué de la cour d'Hircan, s'empare du royaume de Judée, par la faveur des Romains. Antigone, que le sort des armes fait tomber entre les mains d'Hérode, est envoyé à Antoine. Le dernier descendant des Machabées, le roi légitime de Jérusalem, est attaché à un poteau, battu de verges et mis à mort par l'ordre d'un citoyen romain.

Hérode, demeuré seul maître de Jérusalem, la remplit des monuments superbes dont je parlerai dans un autre lieu. Ce fut sous le règne de ce prince que Jésus-Christ vint au monde.

Archélaüs, fils d'Hérode et de Mariamne, succéda à son père, tandis qu'Hérode Antipas, fils aussi du grand Hérode, eut la Tétrarchie de la Galilée et de la Pérée. Celui-ci fit trancher la tête à saint Jean-Baptiste, et renvoya Jésus-Christ à Pilate. Cet Hérode le Tétrarque fut exilé à Lyon par Caligula.

Agrippa, petit-fils d'Hérode le Grand, obtint le royaume de Judée ; mais son frère Hérode, roi de Chalcide, eut tout pouvoir sur le Temple, le trésor sacré et la grande sacrificature.

Après la mort d'Agrippa, la Judée fut réduite en province romaine. Les Juifs s'étant révoltés contre leurs maîtres, Titus assiégea et prit Jérusalem. Deux cent mille Juifs moururent de faim pendant ce siège. Depuis le 14 avril jusqu'au 1ᵉʳ de juillet, de l'an 71 de notre ère, cent quinze mille huit cent quatre-vingts cadavres sortirent par une seule porte de Jérusalem[a]. On mangea le cuir des souliers et des boucliers ; on en vint à se nourrir de foin et des ordures que l'on chercha dans les égouts de la ville : une mère dévora son enfant. Les assiégés avalaient leur or ; le soldat romain qui s'en aperçut, égorgeait les prisonniers, et cherchait ensuite le trésor recelé dans les entrailles de ces malheureux. Onze cent mille Juifs périrent dans la ville de Jérusalem, et deux cent trente-huit mille quatre cent soixante dans le reste de la Judée. Je ne comprends dans ce calcul ni les femmes, ni les enfants, ni les vieillards emportés par la faim, les séditions et les flammes. Enfin il y eut quatre-vingt-dix-neuf mille deux cents prisonniers de guerre ; les uns furent condamnés aux travaux publics, les autres furent réservés au triomphe de Titus : ils parurent dans les amphithéâtres de l'Europe et de l'Asie, où ils s'entre-tuèrent, pour amuser la populace du monde romain. Ceux qui n'avaient pas atteint l'âge de dix-sept ans furent mis à l'encan avec les femmes ; on en donnait trente pour un denier. Le sang du Juste avait été vendu trente deniers à Jérusalem, et le peuple avait crié : *Sanguis ejus super nos et super filios nostros*[2]. Dieu entendit ce vœu des Juifs, et

---

a. N'est-il pas singulier qu'un critique m'ait reproché tous ces calculs, comme s'ils étaient de moi, et comme si je faisais autre chose que de suivre ici les historiens de l'antiquité, entre autres Josèphe ? L'abbé Guénée[1] et plusieurs savants ont prouvé au reste que ces calculs ne sont point exagérés. — (*Note de la troisième édition.*)

pour la dernière fois il exauça leur prière : après quoi il détourna ses regards de la Terre-Promise et choisit un nouveau peuple.

Le temple fut brûlé trente-huit ans après la mort de Jésus-Christ ; de sorte qu'un grand nombre de ceux qui avaient entendu la prédiction du Sauveur, purent en voir l'accomplissement.

Le reste de la nation juive s'étant soulevé de nouveau, Adrien acheva de détruire ce que Titus avait laissé debout dans l'ancienne Jérusalem. Il éleva sur les ruines de la cité de David une autre ville, à laquelle il donna le nom d'Ælia Capitolina ; il en défendit l'entrée aux Juifs sous peine de mort, et fit sculpter un pourceau sur la porte qui conduisait à Bethléem. Saint Grégoire de Nazianze assure cependant que les Juifs avaient la permission d'entrer à Ælia une fois par an, pour y pleurer ; saint Jérôme ajoute qu'on leur vendait au poids de l'or le droit de verser des larmes sur les cendres de leur patrie.

Cinq cent quatre-vingt-cinq mille Juifs, au rapport de Dion, moururent de la main du soldat, dans cette guerre d'Adrien. Une multitude d'esclaves de l'un et de l'autre sexe fut vendue aux foires de Gaza et de Membré ; on rasa cinquante châteaux et neuf cent quatre-vingt-cinq bourgades.

Adrien bâtit sa ville nouvelle précisément dans la place qu'elle occupe aujourd'hui ; et, par une Providence particulière, comme l'observe Doubdan, il enferma le mont Calvaire dans l'enceinte des murailles. À l'époque de la persécution de Dioclétien, le nom même de Jérusalem était si totalement oublié, qu'un martyr ayant répondu à un gouverneur romain, qu'il était de Jérusalem, ce gouverneur s'imagina que le martyr parlait de quelque ville factieuse, bâtie secrètement par les Chrétiens. Vers la fin du septième siècle, Jérusalem portait encore le nom d'Ælia, comme on le voit par le Voyage d'Arculfe, de la rédaction d'Adamannus, ou de celle du vénérable Bède.

Quelques mouvements paraissaient avoir eu lieu

dans la Judée, sous les empereurs Antonin, Septime-Sévère et Caracalla. Jérusalem, devenue païenne dans ses vieilles années, reconnut enfin le Dieu qu'elle avait rejeté. Constantin et sa mère renversèrent les idoles élevées sur le Sépulcre du Sauveur, et consacrèrent les Saints-Lieux par des édifices qu'on y voit encore.

Ce fut en vain que Julien, trente-sept ans après, rassembla les Juifs à Jérusalem, pour y rebâtir le Temple : les hommes travaillaient à cet ouvrage avec des hottes, des bêches et des pelles d'argent ; les femmes emportaient la terre dans le pan de leurs plus belles robes ; mais des globes de feu, sortant des fondements à demi creusés, dispersèrent les ouvriers, et ne permirent pas d'achever l'entreprise.

Nous trouvons une révolte des Juifs sous Justinien, l'an 501 de Jésus-Christ. Ce fut aussi sous cet Empereur que l'église de Jérusalem fut élevée à la dignité patriarcale.

Toujours destinée à lutter contre l'idolâtrie, et à vaincre les fausses religions, Jérusalem fut prise par Cosroës, roi des Perses, l'an 613 de Jésus-Christ. Les Juifs répandus dans la Judée achetèrent de ce prince quatre-vingt-dix mille prisonniers chrétiens, et les égorgèrent.

Héraclius battit Cosroës en 627, reconquit la vraie Croix, que le roi des Perses avait enlevée, et la reporta à Jérusalem.

Neuf ans après, le calife Omar, troisième successeur de Mahomet, s'empara de Jérusalem, après l'avoir assiégée pendant quatre mois : la Palestine, ainsi que l'Égypte, passa sous le joug du vainqueur.

Omar fut assassiné à Jérusalem, en 643. L'établissement de plusieurs califats, en Arabie et en Syrie, la chute de la dynastie des Ommiades et l'élévation de celle des Abassides, remplirent la Judée de troubles et de malheurs pendant plus de deux cents ans.

Ahmed, turc Toulounide, qui, de gouverneur de l'Égypte en était devenu le souverain, fit la conquête de Jérusalem en 868 ; mais, son fils ayant été défait par les califes de Badgad, la Cité sainte retourna sous la puissance de ces califes l'an 905 de notre ère.

Un nouveau Turc, nommé Mahomet-Ikhschid, s'étant à son tour emparé de l'Égypte, porta ses armes au-dehors, et soumis Jérusalem, l'an 936 de Jésus-Christ.

Les Fatimites, sortis des sables de Cyrène en 968, chassèrent les Ikhschidites de l'Égypte, et conquirent plusieurs villes de la Palestine.

Un autre Turc, du nom d'Ortok, favorisé par les Seljoucides d'Alep, se rendit maître de Jérusalem en 984, et ses enfants y régnèrent après lui.

Mostali, calife d'Égypte, obligea les Ortokides à sortir de Jérusalem.

Hakem ou Haquen, successeur d'Aziz, second calife fatimite, persécuta les Chrétiens à Jérusalem, vers l'an 996, comme je l'ai déjà raconté en parlant de l'église du Saint-Sépulcre. Ce calife mourut en 1021.

Meleschah, turc Seljoucide, prit la Sainte-Cité en 1076, et fit ravager tout le pays. Les Ortokides qui avaient été chassés de Jérusalem par le calife Mostali y rentrèrent et s'y maintinrent contre Redouan, prince d'Alep. Mais ils en furent expulsés de nouveau par les Fatimites, en 1076 : ceux-ci y régnaient encore lorsque les Croisés parurent sur les frontières de la Palestine.

Les écrivains du dix-huitième siècle se sont plu à représenter les Croisades sous un jour odieux. J'ai réclamé un des premiers contre cette ignorance ou cette injustice[a]. Les Croisades ne furent des folies, comme on affectait de les appeler, ni dans leur principe, ni dans leur résultat. Les Chrétiens n'étaient point les agresseurs. Si les sujets d'Omar, partis de Jérusalem, après avoir fait le tour de l'Afrique, fondirent sur la Sicile, sur l'Espagne, sur la France même, où Charles-Martel les extermina, pourquoi des sujets de Philippe Ier, sortis de la France, n'auraient-ils pas fait le tour de l'Asie pour se venger des descendants d'Omar jusque dans Jérusalem[2]. C'est un grand spectacle sans doute

a. Dans le Génie du christianisme[1].

que ces deux armées de l'Europe et de l'Asie, marchant en sens contraire autour de la Méditerranée, et venant, chacune sous la bannière de sa religion, attaquer Mahomet et Jésus-Christ au milieu de leurs adorateurs. N'apercevoir dans les Croisades que des pèlerins armés qui courent délivrer un tombeau en Palestine, c'est montrer une vue très bornée en histoire. Il s'agissait, non seulement de la délivrance de ce Tombeau sacré, mais encore de savoir qui devait l'emporter sur la terre, ou d'un culte ennemi de la civilisation, favorable par système à l'ignorance, au despotisme, à l'esclavage, ou d'un culte qui a fait revivre chez les modernes le génie de la docte antiquité, et aboli la servitude ? Il suffit de lire le discours du pape Urbain II au concile de Clermont, pour se convaincre que les chefs de ces entreprises guerrières n'avaient pas les petites idées qu'on leur suppose, et qu'ils pensaient à sauver le monde d'une inondation de nouveaux Barbares. L'esprit du Mahométisme est la persécution et la conquête ; l'Évangile au contraire ne prêche que la tolérance et la paix. Aussi les Chrétiens supportèrent-ils pendant sept cent soixante-quatre ans[1] tous les maux que le fanatisme des Sarrasins leur voulut faire souffrir ; ils tâchèrent seulement d'intéresser en leur faveur Charlemagne ; mais ni les Espagnes soumises, ni la France envahie, ni la Grèce et les deux Siciles ravagées, ni l'Afrique entière tombée dans les fers, ne purent déterminer, pendant près de huit siècles[1], les Chrétiens à prendre les armes. Si enfin les cris de tant de victimes égorgées en Orient, si les progrès des Barbares déjà aux portes de Constantinople, réveillèrent la Chrétienté, et la firent courir à sa propre défense, qui oserait dire que la cause des Guerres Sacrées fut injuste ? Où en serions-nous, si nos pères n'eussent repoussé la force par la force ? Que l'on contemple la Grèce, et l'on apprendra ce que devient un peuple sous le joug des Musulmans. Ceux qui s'applaudissent tant aujourd'hui du progrès des lumières, auraient-ils donc voulu voir régner parmi nous une religion qui a brûlé la bibliothèque d'Alexandrie[1], qui se fait un mérite de fouler aux pieds les hommes, et de mépriser souverainement les lettres et les arts?

Les Croisades, en affaiblissant les hordes mahométanes au centre même de l'Asie, nous ont empêchés de devenir la proie des Turcs et des Arabes. Elles ont fait plus : elles nous ont sauvés de nos propres révolutions ; elles ont suspendu, par la *paix de Dieu*, nos guerres intestines ; elles ont ouvert une issue à cet excès de population, qui tôt ou tard, cause la ruine des États : remarque que le Père Maimbourg[2] a faite, et que M. de Bonald[3] a développée.

Quant aux autres résultats des Croisades, on commence à convenir que ces entreprises guerrières ont été favorables au progrès des lettres et de la civilisation. Robertson a parfaitement traité ce sujet dans son *Histoire du Commerce des Anciens aux Indes orientales*[4]. J'ajouterai qu'il ne faut pas, dans ces calculs, omettre la renommée que les armes européennes ont obtenue dans les expéditions d'outre-mer. Le temps de ces expéditions est le temps héroïque de notre histoire ; c'est celui qui a donné naissance à notre poésie épique. Tout ce qui répand du merveilleux sur une nation, ne doit point être méprisé par cette nation même. On voudrait en vain se le dissimuler, il y a quelque chose dans notre cœur qui nous fait aimer la gloire ; l'homme ne se compose pas absolument de calculs positifs pour son bien et pour son mal, ce serait trop le ravaler ; c'est en entretenant les Romains de *l'éternité* de leur ville, qu'on les a menés à la conquête du monde, et qu'on leur a fait laisser dans l'histoire un nom éternel.

Godefroy parut donc sur les frontières de la Palestine, l'an 1099 de Jésus-Christ ; il était entouré de Baudouin, d'Eustache, de Tancrède, de Raimond de Toulouse, des comtes de Flandre et de Normandie, de l'Etolde, qui sauta le premier sur les murs de Jérusalem ; de Guicher, déjà célèbre pour avoir coupé un lion par la moitié ; de Gaston de Foix, de Gérard de Roussillon, de Raimbaud d'Orange, de Saint-Pol, de Lambert ; Pierre l'Hermite marchait avec son bâton de pèlerin à la tête de ces chevaliers. Ils s'emparèrent d'abord de Rama; ils entrèrent ensuite dans Emmaüs, tandis que Tancrède et Baudouin du Bourg pénétraient à Bethléem. Jérusalem fut bientôt assiégée, et l'étendard de la Croix flotta sur ses murs un vendredi 15, et selon d'autres, 12 de juillet 1099, à trois heures de l'après-midi.

Je parlerai du siège de cette ville, lorsque j'examinerai le théâtre de la *Jérusalem délivrée*. Godefroy fut élu, par ses frères d'armes, roi de la Cité conquise. C'était le temps où de simples chevaliers sautaient de la brèche sur le trône: le casque apprend à porter le diadème; et la main blessée qui mania la pique, s'enveloppe noblement dans la pourpre. Godefroy refusa de mettre sur sa tête la couronne brillante qu'on lui offrait, « ne voulant point, dit-il, porter une couronne d'or où Jésus-Christ avait porté une couronne d'épines ».

Naplouse ouvrit ses portes; l'armée du soudan d'Égypte fut battue à Ascalon[1]. Robert, moine, pour peindre la défaite de cette armée, se sert précisément de la comparaison employée par J.-B. Rousseau, comparaison d'ailleurs empruntée de la Bible[2]:

La Palestine enfin, après tant de ravages,
Vit fuir ses ennemis comme on voit les nuages
Dans le vague des airs fuir devant l'aquilon.

Il est probable que Godefroy mourut à Jafa, dont il avait fait relever les murs. Il eut pour successeur Baudouin son frère, comte d'Edesse. Celui-ci expira au milieu de ses victoires, et laissa, en 1118, le royaume à Baudouin du Bourg, son neveu.

Mélisandre, fille aînée de Baudouin II, épousa Foulques d'Anjou, et porta le royaume de Jérusalem dans la maison de son mari, vers l'an 1130. Foulques étant mort d'une chute de cheval, en 1140, son fils Baudouin III lui succéda. La deuxième Croisade prêchée par saint Bernard, conduite par Louis VII et par l'empereur Conrad, eut lieu sous le règne de Baudouin III. Après avoir occupé le trône pendant vingt ans, Baudouin laissa la couronne à son frère Amaury, qui la porta onze années. Amaury eut pour successeur son fils Baudouin, quatrième du nom.

On vit alors paraître Saladin, qui, battu d'abord, et ensuite victorieux, finit par arracher les Lieux-Saints à leurs nouveaux maîtres.

Baudouin avait donné sa sœur Sibylle, veuve de Guillaume Longue-Épée, en mariage à Gui de Lusignan. Les grands du royaume, jaloux de ce choix, se divisèrent. Baudouin IV, ayant fini ses jours en 1184, eut pour héritier son neveu Baudouin V, fils de Sibylle et de Guillaume Longue-Épée. Le jeune roi, qui n'avait que huit ans, succomba en 1186 sous une violente maladie. Sa mère Sibylle fit donner la couronne à Gui de Lusignan, son second mari. Le comte de Tripoli trahit le nouveau monarque, qui tomba entre les mains de Saladin à la bataille de Tibériade.

Après avoir achevé la conquête des villes maritimes de la Palestine, le soudan assiégea Jérusalem; il la prit l'an 1188 de notre ère. Chaque homme fut obligé de donner pour rançon dix besants d'or: quatorze mille habitants demeurèrent esclaves faute de pouvoir payer cette somme. Saladin ne voulut point entrer dans la mosquée du Temple, convertie en église par les chrétiens, sans en avoir fait laver les murs avec de l'eau de rose. Cinq cents chameaux, dit Sanut, suffirent à peine pour porter toute l'eau de rose employée dans cette occasion: ce conte est digne de l'Orient. Les soldats de Saladin abattirent une croix d'or qui s'élevait au-dessus du Temple, la traînèrent par les rues jusqu'au sommet de la montagne de Sion, où ils la brisèrent. Une seule église fut épargnée, et ce fut l'église du Saint-Sépulcre: les Syriens la rachetèrent pour une grosse somme d'argent.

La couronne de ce royaume à demi perdu passa à Isabelle, fille de Baudouin, sœur de Sibylle décédée, et femme d'Eufroy de Turenne. Philippe-Auguste et Richard Cœur-de-Lion arrivèrent trop tard pour sauver la Ville-Sainte; mais ils prirent Ptolémaïs ou Saint-

Jean-d'Acre[1]. la valeur de Richard fut si renommée, que longtemps après la mort de ce prince, quand un cheval tressaillait sans cause, les Sarrasins disaient qu'il avait vu l'ombre de Richard. Saladin mourut peu de temps après la prise de Ptolémaïs : il ordonna que l'on portât un linceul au bout d'une lance, le jour de ses funérailles, et qu'un héraut criât à haute voix :

> SALADIN,
> DOMPTEUR DE L'ASIE,
> DE TOUTES LES RICHESSES QU'IL A CONQUISES,
> N'EMPORTE QUE CE LINCEUL.

Richard, rival de gloire de Saladin, après avoir quitté la Palestine, vint se faire renfermer dans une tour en Allemagne. Sa prison donna lieu à des aventures que l'histoire a rejetées, mais que les troubadours ont conservées dans leurs ballades.

L'an 1242, l'émir de Damas Saleh-Ismaël, qui faisait la guerre à Nedjmeddin, soudan d'Égypte, et qui était entré dans Jérusalem, remit cette ville entre les mains des princes latins. Le soudan envoya les Karismiens assiéger la capitale de la Judée. Ils la reprirent et en massacrèrent tous les habitants : ils la pillèrent encore une fois l'année suivante avant de la rendre au soudan Saleh-Ayoub, successeur de Nedjmeddin.

Pendant le cours de ces événements, la couronne de Jérusalem avait passé d'Isabelle à Henry, comte de Champagne, son nouvel époux ; et de celui-ci à Amaury, frère de Lusignan, qui épousa en quatrièmes noces la même Isabelle. Il en eut un fils qui mourut en bas âge. Marie, fille d'Isabelle et de son premier mari Conrad, marquis de Montferrat, devint l'héritière d'un royaume imaginaire. Jean, comte de Brienne, épousa Marie. Il en eut une fille, Isabelle ou Yolande, mariée depuis à l'empereur Frédéric II. Celui-ci, arrivé à Tyr, fit la paix avec le soudan d'Égypte. Les conditions du traité furent que Jérusalem serait partagée entre les Chrétiens et les Musulmans. Frédéric II vint en conséquence prendre la couronne de Godefroy sur l'autel du Saint-Sépulcre, la mit sur sa tête, et repassa bientôt en Europe. Il est probable que les Sarrasins ne tinrent pas les engagements qu'ils avaient pris avec Frédéric, puisque nous voyons, vingt ans après, en 1242, Nedjmeddin saccager Jérusalem, comme je l'ai dit plus haut. Saint Louis arriva en Orient sept ans après ce dernier malheur. Il est remarquable que ce prince, prisonnier en Égypte, vit massacrer sous ses yeux les derniers héritiers de la famille de Saladin[a].

Il est certain que les Mamelucs Baharites, après avoir trempé leurs mains dans le sang de leur maître, eurent un moment la pensée de briser les fers de saint Louis, et de faire de leur prisonnier leur soudan, tant ils avaient été frappés de ses vertus! Saint Louis dit au sire de Joinville qu'il eût accepté cette couronne, si les Infidèles la lui avaient décernée. Rien peut-être ne fait mieux connaître ce prince, qui n'avait pas moins de grandeur d'âme que de piété, et en qui la religion n'excluait point les pensées royales.

Les Mamelucs changèrent de sentiments: Moas, Almansor-Nuradin-Ali, Sefeidin-Modfar, succédèrent tour à tour au trône d'Égypte, et le fameux Bibars-Bondoc-Dari devint soudan en 1263. Il ravagea la partie de la Palestine qui n'était pas soumise à ses armes, et fit réparer Jérusalem. Kelaoun, héritier de Bondoc-Dari en 1281, poussa les Chrétiens de place en place; et Khalil, son fils, leur enleva Tyr et Ptolémaïs; enfin, en 1291, ils furent entièrement chassés de la Terre-Sainte, après s'être maintenus cent quatre-vingt-douze ans dans leurs conquêtes, et avoir régné quatre-vingt-huit ans à Jérusalem.

Le vain titre de roi de Jérusalem fut transporté dans la maison de Sicile, par le frère de saint Louis, Charles, comte de Provence et d'Anjou, qui réunit sur sa tête les droits du roi de Chypre et de la princesse Marie, fille de Frédéric, prince d'Antioche. Les chevaliers de Saint-Jean-de-Jérusalem, devenus les chevaliers de Rhodes et

---

[a]. Voir la note J, p. 556.

de Malte, les chevaliers Teutoniques, conquérants du Nord de l'Europe, et fondateurs du royaume de Prusse, sont aujourd'hui les seuls restes de ces Croisés qui firent trembler l'Afrique et l'Asie, et occupèrent les trônes de Jérusalem, de Chypre et de Constantinople.

Il y a encore des personnes qui se persuadent, sur l'autorité de quelques plaisanteries usées, que le royaume de Jérusalem était un misérable petit vallon, peu digne du nom pompeux dont on l'avait décoré : c'était un très vaste et très grand pays. L'Écriture entière, les auteurs païens, comme Hécatée d'Abdère, Théophraste, Strabon même, Pausanias, Galien, Dioscoride, Pline, Tacite, Solin, Ammien Marcellin; les écrivains juifs, tels que Josèphe, les compilateurs du Talmud et de la Mischna; les historiens et les géographes arabes, Massudi, Ibn Haukal, Ibn al Quadi, Hamdoullah, Abulfeda, Edrisi, etc.; les voyageurs en Palestine, depuis les premiers temps jusqu'à nos jours, rendent unanimement témoignage à la fertilité de la Judée. L'abbé Guénée a discuté ces autorités avec une clarté et une critique admirables[a]. Faudrait-il s'étonner d'ailleurs qu'une terre féconde fût devenue stérile après tant de dévastations ? Jérusalem a été prise et saccagée dix-sept fois; des millions d'hommes ont été égorgés dans son enceinte, et ce massacre dure pour ainsi dire encore; nulle autre ville n'a éprouvé un pareil sort. Cette punition, si longue et presque surnaturelle, annonce un crime sans exemple, et qu'aucun châtiment ne peut expier. Dans cette contrée devenue la proie du fer et de la flamme, les champs incultes ont perdu la fécondité qu'ils devaient aux sueurs de l'homme; les sources ont été ensevelies sous des éboulements; la terre des montagnes, n'étant plus soutenue par l'industrie du vigneron, a été entraînée au fond des vallées, et les collines jadis couvertes de bois de sycomores, n'ont plus offert que des sommets arides[b].

---

a. Dans les quatre Mémoires dont je parlerai[1].
b. Voir la note K, p. 558.

IV. Jérusalem

Les Chrétiens ayant donc perdu ce royaume en 1291, les soudans Baharites demeurèrent en possession de leur conquête jusqu'en 1382. À cette époque les Mamelucs circassiens usurpèrent l'autorité en Égypte, et donnèrent une nouvelle forme de gouvernement à la Palestine. Si les soudans circassiens sont ceux qui avaient établi une poste aux pigeons et des relais pour apporter au Caire la neige du mont Liban, il faut convenir que, pour des Barbares, ils connaissaient assez bien les agréments de la vie. Sélim mit fin à tant de révolutions en s'emparant, en 1516[1], de l'Égypte et de la Syrie.

C'est cette Jérusalem des Turcs, cette dix-septième ombre de la Jérusalem primitive que nous allons maintenant examiner.

En sortant du couvent, nous nous rendîmes à la citadelle[2]. On ne permettait autrefois à personne de la visiter ; aujourd'hui qu'elle est en ruines, on y entre pour quelques piastres. D'Anville prouve que ce château, appelé par les Chrétiens le château ou la tour des Pisans, est bâti sur les ruines de l'ancien château de David, et qu'il occupe la place de la tour Psephina. Il n'a rien de remarquable : c'est une forteresse gothique, telle qu'il en existe partout, avec des cours intérieures, des fossés, des chemins couverts, etc. On me montra une salle abandonnée, remplie de vieux casques. Quelques-uns de ces casques avaient la forme d'un bonnet égyptien : je remarquai encore des tubes de fer, de la longueur et de la grosseur d'un canon de fusil, dont j'ignore l'usage. Je m'étais intrigué secrètement pour acheter deux ou trois de ces antiquailles ; je ne sais plus quel hasard fit manquer ma négociation.

Le donjon du château[3] découvre Jérusalem du couchant à l'orient, comme le mont des Oliviers la voit de l'orient au couchant. Le paysage qui environne la ville est affreux : ce sont de toutes parts des montagnes nues, arrondies à leurs cimes, ou terminées en plateau ; plusieurs d'entre elles, à de grandes distances, portent des ruines de tours ou des mosquées délabrées. Ces montagnes ne sont pas tellement serrées, qu'elles ne présentent des intervalles par où l'œil va chercher d'autres perspectives ; mais ces ouvertures ne laissent voir que d'arrière-plans de rochers aussi arides que les premiers plans.

Ce fut du haut de la tour de David, que le Roi-Prophète découvrit Bethsabée se baignant dans les jardins d'Urie[1]. La passion qu'il conçut pour cette femme lui inspira dans la suite ces magnifiques Psaumes de la Pénitence[2] :

« Seigneur, ne me reprenez point dans votre fureur, et ne me châtiez pas dans votre colère... Ayez pitié de moi selon l'étendue de votre miséricorde... Mes jours se sont évanouis comme la fumée... Je suis devenu semblable au pélican des déserts... Seigneur, je crie vers vous du fond de l'abîme, etc. »

On ignore pourquoi le château de Jérusalem porte le nom de château des Pisans. D'Anville, qui forme à ce sujet diverses conjectures, a laissé échapper un passage de Belon assez curieux.

« Il convient à un chacun qui veut entrer au Sépulcre, bailler neuf ducats, et n'y a personne qui en soit exempt, ne pauvres, ne riches. Aussi celui qui a prins la gabelle du Sépulcre à ferme, paie huit mille ducats au seigneur : qui est la cause pourquoi les rentiers rançonnent les pèlerins, ou bien ils n'y entreront point. Les cordeliers et les caloyers grecs, et autres manières de Religieux chrétiens ne paient rien pour y entrer. Les Turcs le gardent en grande révérence, et y entrent avec grande dévotion. L'on dit que les *Pisans* imposèrent cette somme de neuf ducats lorsqu'ils étaient seigneurs en Jérusalem, et qu'elle a été ainsi maintenue depuis leur temps[3]. »

La citadelle des Pisans[a] était gardée quand je la vis par une espèce d'aga demi-nègre : il y tenait ses femmes renfermées, et il faisait bien, à en juger par l'empressement qu'elles mettaient à se montrer dans cette

---

a. Elle portait aussi le nom de *Neblosa* vers la fin du treizième siècle, comme on le voit par un passage de Brocard.

triste ruine. Au reste, je n'aperçus pas un canon, et je ne sais si le recul d'une seule pièce ne ferait pas crouler tous ces vieux créneaux.

Nous sortîmes du château après l'avoir examiné pendant une heure; nous prîmes une rue qui se dirige de l'ouest à l'est et qu'on appelle la rue du Bazar : c'est la grande rue et le beau quartier de Jérusalem. Mais quelle désolation et quelle misère! N'anticipons pas sur la description générale. Nous ne rencontrions personne, car la plupart des habitants s'étaient retirés dans la montagne, à l'arrivée du pacha. La porte de quelques boutiques abandonnées était ouverte; on apercevait par cette porte de petites chambres de sept ou huit pieds carrés, où le maître, alors en fuite, mange, couche et dort sur la seule natte qui compose son ameublement.

À la droite du Bazar, entre le Temple et le pied de la montagne de Sion, nous entrâmes dans le quartier des Juifs. Ceux-ci, fortifiés par leur misère, avaient bravé l'assaut du pacha : ils étaient là tous en guenilles, assis dans la poussière de Sion, cherchant les insectes qui les dévoraient, et les yeux attachés sur le Temple. Le drogman me fit entrer dans une espèce d'école : je voulus acheter le Pentateuque hébreu dans lequel un rabbin montrait à lire à un enfant, mais le rabbin ne voulut jamais me le vendre. On a observé que les Juifs étrangers qui se fixent à Jérusalem, vivent peu de temps. Quant à ceux de la Palestine, ils sont si pauvres, qu'ils envoient chaque année faire des quêtes parmi leurs frères en Égypte et en Barbarie[1].

J'avais commencé d'assez longues recherches sur l'état des Juifs à Jérusalem, depuis la ruine de cette ville par Titus jusqu'à nos jours; j'étais entré dans une discussion importante, touchant la fertilité de la Judée : à la publication des derniers volumes des Mémoires de l'Académie des Inscriptions, j'ai supprimé mon travail. On trouve, dans ces volumes, quatre Mémoires de l'abbé Guénée[2] qui ne laissent rien à désirer sur les deux sujets que je me proposais de traiter. Ces Mémoires sont de véritables chefs-d'œuvre de clarté, de critique et d'érudition. L'auteur des *Lettres de quelques Juifs Portugais*, est un de ces hommes dont les cabales littéraires ont étouffé la renommée durant sa vie, mais dont la réputation croîtra dans la postérité. Je renvoie le lecteur curieux à ces excellents Mémoires ; il les trouvera aisément, puisqu'ils viennent d'être publiés, et qu'ils existent dans une collection qui n'est pas rare[1]. Je n'ai point la prétention de surpasser les maîtres ; je sais jeter au feu le fruit de mes études, et reconnaître qu'on a fait mieux que moi[a].

Du quartier des Juifs nous nous rendîmes à la maison de Pilate[2], afin d'examiner par une fenêtre la mosquée du Temple ; il est défendu à tout chrétien, sous peine de mort, d'entrer dans le parvis qui environne cette mosquée : je me réserve à en faire la description lorsque je parlerai des monuments de Jérusalem. À quelque distance du prétoire de Pilate, nous trouvâmes la piscine Probatique et le palais d'Hérode : ce dernier est une ruine dont les fondations appartiennent à l'antiquité.

Un ancien hôpital chrétien, aujourd'hui consacré au soulagement des Turcs, attira notre attention. On nous y montra une immense chaudière, appelée la chaudière de Sainte-Hélène. Chaque Musulman qui se présentait autrefois à cet hôpital recevait deux petits pains et des légumes cuits à l'huile ; le vendredi, on ajoutait à cette distribution du riz accommodé au miel ou au

---

a. J'aurais pu piller les Mémoires de l'abbé Guénée, sans en rien dire, à l'exemple de tant d'auteurs, qui se donnent l'air d'avoir puisé dans les sources, quand ils n'ont fait que dépouiller des savants dont ils taisent le nom. Ces fraudes sont très faciles aujourd'hui ; car, dans ce siècle de lumières, l'ignorance est grande. On commence par écrire sans avoir rien lu, et l'on continue ainsi toute sa vie. Les véritables gens de lettres gémissent, en voyant cette nuée de jeunes auteurs qui auraient peut-être du talent s'ils avaient quelques études. Il faudrait se souvenir que Boileau lisait Longin dans l'original, et que Racine savait par cœur le Sophocle et l'Euripide grec. Dieu nous ramène au siècle des pédants ! Trente Vadius ne feront jamais autant de mal aux lettres qu'un écolier en bonnet de docteur (voir la note L, p. 560).

raisiné[1] : tout cela n'a plus lieu ; à peine reste-t-il quelque trace de cette charité évangélique, dont les émanations s'étaient comme attachées aux murs de cet hôpital.

Nous traversâmes de nouveau la ville, et revenant chercher la porte de Sion, Ali-Aga me fit monter avec lui sur les murs : le drogman n'osa pas nous y suivre. Je trouvai quelques vieux canons de vingt-quatre ajustés sur des affûts sans roues, et placés aux embrasures d'un bassin gothique. Un garde qui fumait sa pipe dans un coin voulut crier ; Ali le menaça de le jeter dans le fossé, s'il ne se taisait ; et il se tut : je lui donnai une piastre.

Les murs de Jérusalem, dont j'ai fait trois fois le tour à pied, présentent quatre faces aux quatre vents ; ils forment un carré long, dont le grand côté[2] court d'orient en occident, deux pointes de la boussole au midi. D'Anville a prouvé par les mesures et les positions locales que l'ancienne Jérusalem n'était pas beaucoup plus vaste que la moderne[3] : elle occupait quasi le même emplacement, si ce n'est qu'elle enfermait toute la montagne de Sion, et qu'elle laissait dehors le Calvaire. On ne doit pas prendre à la lettre le texte de Josèphe, lorsque cet historien assure que les murs de la cité s'avançaient, au nord, jusqu'aux Sépulcres des Rois : le nombre des stades s'y oppose ; d'ailleurs, on pourrait dire encore que les murailles touchent aujourd'hui à ces sépulcres ; car elles n'en sont pas éloignées de cinq cents pas.

Le mur d'enceinte qui existe aujourd'hui est l'ouvrage de Soliman, fils de Sélim[a], comme le prouvent les inscriptions turques placées dans ce mur. On prétend que le dessein de Soliman était d'enclore la montagne de Sion dans la circonvallation de Jérusalem, et qu'il fit mourir l'architecte pour n'avoir pas suivi ses ordres. Ces murailles, flanquées de tours carrées, peuvent avoir, à la plate-forme des bastions, une trentaine de

---

a. En 1534.

pieds de largeur, et cent vingt pieds d'élévation; elles n'ont d'autres fossés que les vallées qui environnent la ville. Six pièces de douze, tirées à barbette, en poussant seulement quelques gabions sans ouvrir de tranchée, y feraient dans une nuit une brèche praticable; mais on sait que les Turcs se défendent très bien derrière un mur par le moyen des épaulements. Jérusalem est dominée de toutes parts; pour la rendre tenable contre une armée régulière, il faudrait faire de grands ouvrages avancés à l'ouest et au nord, et bâtir une citadelle sur la montagne des Oliviers.

Dans cet amas de décombres, qu'on appelle une ville, il a plu aux gens du pays de donner des noms de rues à des passages déserts[1]. Ces divisions sont assez curieuses, et méritent d'être rapportées, d'autant plus qu'aucun voyageur n'en a parlé : toutefois, les Pères Roger, Nau, etc., nomment quelques portes en arabe. Je commence par ces dernières :

Bab-el-Kzalil, la porte du Bien-Aimé : elle s'ouvre à l'ouest. On sort par cette porte pour aller à Bethléem, Hébron et Saint-Jean-du-Désert. Nau écrit *Bal-el-Khalil*[2], et traduit, porte d'Abraham : c'est la porte de Jafa de Deshayes, la porte des Pèlerins, et quelquefois la porte de Damas des autres voyageurs.

Bal-el-Nabi-Dahoud, la porte du prophète David : elle est au midi, sur le sommet de la montagne de Sion, presque en face du tombeau de David et du Saint-Cénacle. Nau écrit *Bab-Sidi-Daod*. Elle est nommée porte de Sion, par Deshayes, Doubdan, Roger, Cotovic, Bénard, etc.

Bab-el-Maugrarbé, la porte des Maugrabins ou des Barbaresques : elle se trouve entre le levant et le midi, sur la vallée d'Annon, presque au coin du Temple et en regard du village de Siloan. Nau écrit *Bab-el-Megarebé*. C'est la porte Sterquilinaire ou des Ordures, par où les Juifs amenèrent Jésus-Christ à Pilate, après l'avoir pris au jardin des Oliviers.

Bab-el-Darahie, la porte Dorée : elle est au levant, et donne sur le parvis du Temple. Les Turcs l'ont murée :

une prédiction leur annonce que les Chrétiens prendront un jour la ville par cette porte; on croit que Jésus-Christ entra à Jérusalem par cette même porte le jour des Rameaux.

Bab-el-Sidi-Mariam, la porte de la Sainte-Vierge, à l'orient vis-à-vis la montagne des Oliviers. Nau l'appelle en arabe *Heutta*. Toutes les relations de la Terre-Sainte la nomment porte de Saint-Étienne, ou de Marie, parce qu'elle fut témoin du martyre de saint Étienne, et qu'elle conduit au sépulcre de la Vierge. Du temps des Juifs elle se nommait la porte des Troupeaux.

Bab-el-Zahara, la porte de l'Aurore ou du Cerceau, *Cerchiolino* : elle regarde le septentrion, et conduit à la grotte des Lamentations de Jérémie. Les meilleurs plans de Jérusalem s'accordent à nommer cette porte, porte d'Éphraïm ou d'Hérode. Cotovic la supprime et la confond avec la porte de Damas; il écrit : *Porta Damascena, sive Effraïm*; mais son plan, trop petit et très défectueux, ne se peut comparer à celui de Deshayes, ni encore moins à celui de Shaw. Le plan du Voyage espagnol de Vera est très beau, mais chargé et inexact. Nau ne donne point le nom arabe de la porte d'Éphraïm, et il est peut-être le seul voyageur qui l'appelle *porte des Turcomans*. La porte d'Éphraïm et la porte Sterquilinaire ou du Fumier, sont les deux petites portes de Jérusalem.

Bâb-el-Hamoud ou *Bab-el-Cham*, la porte de la Colonne ou de Damas : elle est tournée au nord-ouest, et mène aux Sépulcres des Rois, à Naplouse ou Sichem, à Saint-Jean-d'Acre et à Damas. Nau écrit *Bâb-el-Amond*. Quand Simon le Cyrénéen rencontra Jésus-Christ chargé de la croix, il venait de la porte de Damas. Les pèlerins entraient anciennement par cette porte, maintenant ils entrent par celle de Jafa ou de Bethléem; d'où il est arrivé qu'on a transporté le nom de la porte de Damas à la porte de Jafa ou des Pèlerins. Cette observation n'a point encore été faite, et je la consigne ici pour expliquer une confusion de lieux qui embarrasse quelquefois dans les récits des voyageurs.

Venons maintenant au détail des rues. Les trois principales se nomment :

Harat-bab-el-Hamoud, la rue de la Porte de la Colonne : elle traverse la ville du nord au midi.

Souk-el-Kebir, la rue du Grand-Bazar : elle court du couchant au levant.

Harat-el-Allam, la Voie Douloureuse : elle commence à la porte de la Vierge, passe au prétoire de Pilate, et va finir au Calvaire.

On trouve ensuite sept autres petites rues :

Harat-el-Muslmin, la rue des Turcs.

Harat-el-Nassara, la rue des Chrétiens : elle va du Saint-Sépulcre au couvent latin.

Harat-el-Asman, la rue des Arméniens, au levant du château.

Harat-el-Youd, la rue des Juifs : les boucheries de la ville sont dans cette rue.

Harat-bab-Hotta, la rue près du Temple.

Harat-el-Zahara. Mon drogman me traduisait ces mots par *strada Comparita*. Je ne sais trop ce que cela veut dire. Il m'assurait encore que les *rebelles* et les *méchantes gens* demeuraient dans cette rue.

Harat-el-Maugrarbé, rue des Maugrabins. Ces Maugrabins, comme je l'ai dit, sont les Occidentaux ou Barbaresques. On compte parmi eux quelques descendants des Maures chassés d'Espagne par Ferdinand et Isabelle. Ces bannis furent reçus dans la Ville sainte avec une grande charité ; on leur fit bâtir une mosquée : on leur distribue encore aujourd'hui du pain, des fruits et quelque argent. Les héritiers des fiers Abencerages, les élégants architectes de l'Alhambra, sont devenus à Jérusalem des portiers qu'on recherche à cause de leur intelligence, et des courriers estimés pour leur légèreté. Que diraient Saladin et Richard si, revenant tout à coup au monde, ils trouvaient les chevaliers maures transformés en concierges au Saint-Sépulcre, et les chevaliers chrétiens représentés par des Frères quêteurs ?

À l'époque du voyage de Benjamin de Tudèle, c'est-à-dire sous les rois français de Jérusalem, la ville avait trois enceintes de murailles, et quatre portes que Benjamin appelle, *porta somnus Abrahae, porta David, porta Sion, porta Jehosaphat*. Quant aux trois enceintes, elles ne s'accordent guère avec ce que nous savons du local de Jérusalem, lors de la prise de cette ville par Saladin. Benjamin trouva plusieurs Juifs établis dans le quartier de la Tour de David : ils y avaient le privilège exclusif de la teinture des draps et des laines, moyennant une somme qu'ils payaient tous les ans au roi.

Les lecteurs qui voudront comparer la Jérusalem moderne avec la Jérusalem antique, peuvent avoir recours à d'Anville, dans sa *Dissertation sur l'ancienne Jérusalem*, à Reland, et au Père Lami, *de Sanctâ Civitate et Templo*.

Nous rentrâmes au couvent vers neuf heures. Après avoir déjeuné, j'allai faire une visite au patriarche grec et au patriarche arménien qui m'avaient envoyé saluer par leurs drogmans.

Le couvent grec touche à l'église du Saint-Sépulcre. De la terrasse de ce couvent on découvre un assez vaste enclos où croissent deux ou trois oliviers, un palmier et quelques cyprès : la maison des chevaliers de Saint-Jean-de-Jérusalem occupait autrefois ce terrain abandonné. Le patriarche grec[1] me parut un très bon homme. Il était dans ce moment aussi tourmenté par le pacha, que le Gardien de Saint-Sauveur. Nous parlâmes de la Grèce : je lui demandai s'il possédait quelques manuscrits ; on me fit voir des Rituels, et des Traités des Pères. Après avoir bu le café, et reçu trois ou quatre chapelets, je passai chez le patriarche arménien.

Celui-ci s'appelait Arsenios, de la ville de Césarée en Cappadoce[2] ; il était métropolitain de Scythopoli, et procureur patriarcal de Jérusalem ; il m'écrivit lui-même son nom et ses titres en caractères syriaques, sur un petit billet que j'ai encore. Je ne trouvai point chez lui l'air de souffrance et d'oppression que j'avais remarqué chez les malheureux Grecs, esclaves partout. Le couvent arménien est agréable, l'église charmante et d'une propreté rare. Le patriarche, qui ressemblait à un riche Turc, était enveloppé dans des robes de soie, et assis sur des coussins. Je bus d'excellent café de Moka. On m'apporta des confitures, de l'eau fraîche, des serviettes blanches ; on brûla du bois d'aloès, et je fus parfumé d'essence de rose au point de m'en trouver incommodé. Arsenios me parla des Turcs avec mépris. Il m'assura que l'Asie entière attendait l'arrivée des Français ; que s'il paraissait un seul soldat de ma nation dans son pays, le soulèvement serait général. On ne saurait croire à quel point les esprits fermentent dans l'Orient[a]. J'ai vu Ali-Aga se fâcher à Jéricho contre un Arabe qui se moquait de lui, et qui lui disait que si l'Empereur avait voulu prendre Jérusalem, il y serait entré aussi aisément qu'un chameau dans un champ de doura. Les peuples de l'Orient sont beaucoup plus familiarisés que nous avec les idées d'invasion. Ils ont vu passer tous les hommes qui ont changé la face de la terre : Sésostris, Cyrus, Alexandre, Mahomet et le dernier conquérant de l'Europe. Accoutumés à suivre les destinées d'un maître, ils n'ont point de loi qui les attache à des idées d'ordre et de modération politique : tuer, quand on est le plus fort, leur semble un droit légitime ; ils s'y soumettent ou l'exercent avec la même indifférence. Ils appartiennent essentiellement à l'épée ; ils aiment tous les prodiges qu'elle opère : le glaive est pour eux la baguette d'un Génie qui élève et détruit les Empires. La liberté, ils l'ignorent ; les propriétés, ils n'en ont point : la force est leur Dieu. Quand ils sont longtemps sans voir paraître ces conquérants exécuteurs des hautes justices du ciel, ils ont l'air de soldats sans chef, de citoyens sans législateur, et d'une famille sans père.

Mes deux visites durèrent à peu près une heure. De là j'entrai dans l'église du Saint-Sépulcre ; le Turc qui en

---

[a]. M. Seetzen, qui passa à Jérusalem quelques mois avant moi, et qui a voyagé plus tard dans l'Arabie, dit, dans sa lettre à M. de Zach, que les habitants du pays ne firent que lui parler des armées françaises. *Ann. des Voy.*, par M. Malte-Brun[1].

ouvre les portes avait été prévenu de se tenir prêt à me recevoir : je payai de nouveau à Mahomet le droit d'adorer Jésus-Christ. J'étudiai une seconde fois, et plus à loisir, les monuments de cette vénérable église. Je montai dans la galerie où je rencontrai le moine cophte et l'évêque abyssin : ils sont très pauvres, et leur simplicité rappelle les beaux temps de l'Évangile. Ces prêtres, demi-sauvages, le teint brûlé par les feux du tropique, portant pour seule marque de leur dignité, une robe de toile bleue, et n'ayant point d'autre abri que le Saint-Sépulcre, me touchèrent bien plus que le chef des papas grecs et le patriarche arménien. Je défierais l'imagination la moins religieuse de n'être pas émue à cette rencontre de tant de peuples au tombeau de Jésus-Christ, à ces prières prononcées dans cent langages divers, au lieu même où les apôtres reçurent du Saint-Esprit le don de parler toutes les langues de la terre.

Je sortis à une heure du Saint-Sépulcre, et nous rentrâmes au couvent. Les soldats du pacha avaient envahi l'hospice, ainsi que je l'ai déjà raconté, et ils y vivaient à discrétion. En retournant à ma cellule, et traversant un corridor avec le drogman Michel, je rencontrai deux jeunes spahis, armés de pied en cap, et faisant un bruit étrange : il est vrai qu'ils n'étaient pas bien redoutables, car, à la honte de Mahomet, ils étaient ivres à tomber. Aussitôt qu'ils m'aperçurent, ils me fermèrent le passage, en jetant de grands éclats de rire. Je m'arrêtai pour attendre la fin de ces jeux. Jusque-là il n'y avait point de mal ; mais bientôt un de ces Tartares, passant derrière moi, me prit la tête, me la courba de force, tandis que son camarade, baissant le collet de mon habit, me frappait le cou avec le dos de son sabre nu. Le drogman se mit à beugler. Je me débarrassai des mains des spahis ; je sautai à la gorge de celui qui m'avait saisi par la tête : d'une main lui arrachant la barbe, et de l'autre l'étranglant contre le mur, je le fis devenir noir comme mon chapeau ; après quoi je le lâchai, lui ayant rendu jeu pour jeu et insulte pour insulte. L'autre spahi, chargé de vin et étourdi de mon action, ne songea point à venger la plus grande avanie qu'on puisse faire à un Turc, celle de le prendre par la barbe. Je me retirai dans ma chambre, et je me préparai à tout événement. Le Père Gardien n'était pas trop fâché que j'eusse un peu corrigé ses persécuteurs; mais il craignait quelque catastrophe: un Turc humilié n'est jamais dangereux, et nous n'entendîmes parler de rien.

Je dînai à deux heures, et je sortis à trois avec ma petite troupe accoutumée. Je visitai les Sépulcres des Rois; de là, faisant à pied le tour de la ville, je m'arrêtai aux tombeaux d'Absalon, de Josaphat et de Zacharie dans la vallée de Josaphat. J'ai dit que les Sépulcres des Rois étaient en dehors de la porte d'Éphraïm, vers le nord, à trois ou quatre portées de fusil de la grotte de Jérémie. Parlons des monuments de Jérusalem.

J'en distingue de six espèces:

1º Les monuments purement hébreux; 2º les monuments grecs et romains du temps des Païens; 3º les monuments grecs et romains sous le Christianisme; 4º les monuments arabes ou moresques; 5º les monuments gothiques sous les rois français; 6º les monuments turcs.

Venons aux premiers.

On ne voit plus aucune trace de ceux-ci à Jérusalem, si ce n'est à la piscine Probatique; car je mets les Sépulcres des Rois et les tombeaux d'Absalon, de Josaphat et de Zacharie, au nombre des monuments grecs et romains exécutés par les Juifs.

Il est difficile de se faire une idée nette du premier et même du second Temple, d'après ce qu'en dit l'Écriture et d'après la description de Josèphe; mais on entrevoit deux choses: les Juifs avaient le goût du sombre et du grand dans leurs édifices, comme les Égyptiens; ils aimaient les petits détails et les ornements recherchés, soit dans les gravures des pierres, soit dans les ornements en bois, en bronze ou en or[a].

Le Temple de Salomon ayant été détruit par les

---

[a]. Voir la note M, p. 564.

Syriens, le second Temple, rebâti par Hérode l'Ascalonite, rentra dans l'ordre de ces ouvrages, moitié juifs, moitié grecs, dont je vais bientôt parler.

Il ne nous reste donc rien de l'architecture primitive des Juifs à Jérusalem, hors la piscine Probatique. On la voit encore près de la porte Saint-Étienne, et elle bornait le Temple au septentrion. C'est un réservoir long de cent cinquante pieds[1], et large de quarante. L'excavation de ce réservoir est soutenue par des murs, et ces murs sont ainsi composés : un lit de grosses pierres jointes ensemble par des crampons de fer ; une maçonnerie mêlée, appliquée sur ces grosses pierres ; une couche de cailloutage collée sur cette maçonnerie ; un enduit répandu sur ce cailloutage. Les quatre lits sont perpendiculaires au sol, et non pas horizontaux : l'enduit était du côté de l'eau ; et les grosses pierres s'appuyaient, et s'appuient encore contre la terre.

Cette piscine est maintenant desséchée et à demi comblée ; il y croît quelques grenadiers et une espèce de tamarins sauvages, dont la verdure est bleuâtre ; l'angle de l'ouest est tout rempli de nopals. On remarque aussi dans le côté occidental, deux arcades qui donnent naissance à deux voûtes : c'était peut-être un aqueduc qui conduisait l'eau dans l'intérieur du Temple.

Josèphe appelle cette piscine *Stagnum Salomonis* ; l'Évangile la nomme Probatique, parce qu'on y purifiait les brebis destinées aux sacrifices. Ce fut au bord de cette piscine que Jésus-Christ dit au paralytique :

« *Levez-vous et emportez votre lit*[2]. »

Voilà tout ce qui reste aujourd'hui de la Jérusalem de David et de Salomon.

Les monuments de la Jérusalem grecque et romaine sont plus nombreux, et forment une classe nouvelle et fort singulière dans les arts. Je commence par les tombeaux de la vallée de Josaphat et de la vallée de Siloë.

Quand on a passé le pont du torrent de Cédron, on trouve au pied du *Mons Offensionis* le sépulcre de Zacharie. C'est une masse carrée, mesurant huit pas sur chaque face; elle est formée d'une seule roche, laquelle roche a été taillée dans la montagne voisine dont elle n'est séparée que de quinze pieds. L'ornement de ce sépulcre consiste en vingt-quatre colonnes d'ordre dorique[1] sans cannelure, six sur chaque front du monument. Ces colonnes sont à demi engagées et forment partie intégrante du bloc, ayant été prises dans l'épaisseur de la masse. Sur les chapiteaux règne la frise avec le triglyphe. Au-dessus de cette frise s'élève un socle qui porte une pyramide triangulaire, trop élevée pour la hauteur totale du tombeau. Cette pyramide est d'un autre morceau que le corps du monument.

Le sépulcre d'Absalon ressemble beaucoup à celui-ci; il est taillé dans le roc de la même manière, et se termine en une pointe un peu recourbée comme le bonnet phrygien ou comme un monument chinois. Le sépulcre de Josaphat est une grotte dont la porte d'un assez bon goût fait le principal ornement. Enfin, le sépulcre où se cacha l'apôtre saint Jacques, présente sur la vallée de Siloë un portique agréable. Les quatre colonnes qui composent ce portique ne posent point sur le sol, mais elles sont placées à une certaine hauteur dans le rocher, ainsi que la colonnade du Louvre sur le premier étage du palais.

La tradition, comme on le voit, assigne des noms à ces tombeaux. Arculfe, dans Adamnanus (*De Locis Sanctis*, lib. I, cap. 10); Villalpandus (*Antiquae Jerusalem Descriptio*); Adrichomius (*Sententia de loco sepulcri Absalon*); Quaresmius (tom. II, cap. 4 et 5), et plusieurs autres ont, ou parlé de ces noms, ou épuisé sur ce sujet la critique de l'histoire. Mais quand la tradition ne serait pas ici démentie par les faits, l'architecture de ces monuments prouverait que leur origine ne remonte pas à la première antiquité judaïque.

S'il fallait absolument fixer l'époque où ces mausolées ont été construits, je la placerais vers le temps de l'alliance des Juifs et des Lacédémoniens sous les premiers Machabées[2]. Le dorique dominait encore dans la Grèce: le corinthien n'envahit l'architecture qu'un demi-siècle après, lorsque les Romains commencèrent à s'étendre dans le Péloponèse et dans l'Asie[a].

Mais en naturalisant à Jérusalem l'architecture de Corinthe et d'Athènes, les Juifs y mêlèrent les formes de leur propre style. Les sépulcres de la vallée de Josaphat, et surtout les tombeaux dont je vais bientôt parler, offrent l'alliance visible du goût de l'Égypte et du goût de la Grèce. Il résulta de cette alliance une sorte de monuments indécis, qui forment, pour ainsi dire, le passage entre les Pyramides et le Parthénon; monuments où l'on distingue un génie sombre, hardi, gigantesque, et une imagination riante, sage et modérée[b]. On va voir un bel exemple de cette vérité dans les Sépulcres des Rois.

En sortant de Jérusalem par la porte d'Éphraïm, on marche pendant un demi-mille, sur le plateau d'un rocher rougeâtre où croissent quelques oliviers. On rencontre ensuite, au milieu d'un champ, une excavation assez semblable aux travaux abandonnés d'une ancienne carrière. Un chemin large et en pente douce vous conduit au fond de cette excavation, où l'on entre par une arcade. On se trouve alors au milieu d'une salle découverte taillée dans le roc. Cette salle a trente pieds de long sur trente pieds de large, et les parois du rocher peuvent avoir douze à quinze pieds d'élévation.

Au centre de la muraille du midi, vous apercevez une grande porte carrée, d'ordre dorique, creusée de plusieurs pieds de profondeur dans le roc[2]. Une frise un peu capricieuse, mais d'une délicatesse exquise, est sculptée au-dessus de la porte; c'est d'abord un triglyphe, suivi d'un métope orné d'un simple anneau; ensuite vient une grappe de raisins entre deux couronnes et deux palmes. Le triglyphe se représente, et

---

a. Aussi trouvons-nous à cette dernière époque un portique corinthien dans le temple rebâti par Hérode, des colonnes avec des inscriptions grecques et latines, des portes de cuivre de Corinthe, etc. (Joseph, DE BELL. JUDAIC., lib. V, cap. 14.)

b. C'est ainsi que, sous François Ier, l'architecture grecque se mêla au style gothique, et produisit des ouvrages charmants[1].

la ligne se reproduisait sans doute de la même manière le long du rocher ; mais elle est actuellement effacée. À dix-huit pouces de cette frise, règne un feuillage entremêlé de pommes de pin et d'un autre fruit que je n'ai pu reconnaître, mais qui ressemble à un petit citron d'Égypte. Cette dernière décoration suivait parallèlement la frise, et descendait ensuite perpendiculairement le long des deux côtés de la porte.

Dans l'enfoncement et dans l'angle à gauche de cette grande porte, s'ouvre un canal où l'on marchait autrefois debout, mais où l'on se glisse aujourd'hui en rampant. Il aboutit par une pente assez raide, ainsi que dans la grande pyramide, à une chambre carrée, creusée dans le roc avec le marteau et le ciseau. Des trous de six pieds de long sur trois pieds de large sont pratiqués dans les murailles, ou plutôt dans les parois de cette chambre, pour y placer des cercueils. Trois portes voûtées conduisent de cette première chambre dans sept autres demeures sépulcrales d'inégale grandeur, toutes formées dans le roc vif, et dont il est difficile de comprendre le dessin, surtout à la lueur des flambeaux. Une de ces grottes plus basse que les autres, et où l'on descend par six degrés, semble avoir renfermé les principaux cercueils. Ceux-ci étaient généralement disposés de la manière suivante : le plus considérable était au fond de la grotte, en face de la porte d'entrée, dans la niche ou dans l'étui qu'on lui avait préparé ; des deux côtés de la porte, deux petites voûtes étaient réservées pour les morts les moins illustres, et comme pour les gardes de ces rois qui n'avaient plus besoin de leur secours. Les cercueils, dont on ne voit que les fragments, étaient de pierre et ornés d'élégantes arabesques.

Ce qu'on admire le plus dans ces tombeaux, ce sont les portes des chambres sépulcrales ; elles sont de la même pierre que la grotte, ainsi que les gonds et les pivots sur lesquels elles tournent. Presque tous les voyageurs ont cru qu'elles avaient été taillées dans le roc même ; mais cela est visiblement impossible, comme le prouve très bien le Père Nau. Thévenot assure « qu'en grattant un peu la poussière on aperçoit la jointure des pierres, qui y ont été mises après que les portes ont été posées avec leurs pivots dans les trous ». J'ai cependant gratté la poussière, et je n'ai point vu ces marques au bas de la seule porte qui reste debout ; toutes les autres sont brisées et jetées en dedans des grottes.

En entrant dans ces palais de la Mort, je fus tenté de les prendre pour des bains d'architecture romaine, tels que ceux de l'antre de la Sibylle près du lac Averne. Je ne parle ici que de l'effet général pour me faire comprendre ; car je savais très bien que j'étais dans des tombeaux. Arculfe (*apud Adamann.*), qui les a décrits avec une grande exactitude (*Sepulcra sunt in naturali collis rupe*, etc.), avait vu des ossements dans les cercueils. Plusieurs siècles après, Villamont y trouva pareillement des cendres qu'on y cherche vainement aujourd'hui. Ce monument souterrain était annoncé au-dehors par trois pyramides dont une existait encore du temps de Villalpandus. Je ne sais ce qu'il faut croire de Zuellard et d'Appart, qui décrivent des ouvrages extérieurs et des péristyles.

Une question s'élève sur ces sépulcres, nommés Sépulcres des Rois. De quels rois s'agit-il ? D'après un passage des Paralipomènes, et d'après quelques autres endroits de l'Écriture, on voit que les tombeaux des rois de Juda étaient dans la ville de Jérusalem : *Dormiitque Achaz cum patribus suis, et sepelierunt eum in civitate Jerusalem*[1]. David avait son sépulcre sur la montagne de Sion ; d'ailleurs le ciseau grec se fait reconnaître dans les ornements des Sépulcres des Rois.

Josèphe[2], auquel il faut avoir recours, cite trois mausolées fameux :

Le premier était le tombeau des Machabées, élevé par Simon leur frère : « Il était, dit Josèphe, de marbre blanc et poli, si élevé, qu'on le peut voir de fort loin. Il y a tout à l'entour des voûtes en forme de portiques, dont chacune des colonnes qui le soutiennent est d'une seule pierre. Et, pour marquer ces sept personnes, il y ajouta sept pyramides d'une très grande hauteur et d'une merveilleuse beauté[1]. »

Le premier livre des Machabées donne à peu près les mêmes détails sur ce tombeau. Il ajoute qu'on l'avait construit à Modin, et qu'on le voyait en naviguant sur la mer: *Ab omnibus navigantibus mare*[2]. Modin était une ville bâtie près de Diospolis, sur une montagne de la tribu de Juda. Du temps d'Eusèbe, et même du temps de saint Jérôme, le monument des Machabées existait encore. Les Sépulcres des Rois, à la porte de Jérusalem, malgré leur sept chambres funèbres et les pyramides qui les couronnaient, ne peuvent donc avoir appartenu aux princes Asmonéens.

Josèphe nous apprend ensuite qu'Hélène, reine d'Adiabène, avait fait élever, à deux stades de Jérusalem, trois pyramides funèbres, et que ses os et ceux de son fils Izate y furent renfermés par les soins de Manabaze[3]. Le même historien, dans un autre ouvrage[4], en traçant les limites de la Cité sainte, dit que les murs passaient au septentrion, vis-à-vis le sépulcre d'Hélène. Tout cela convient parfaitement aux Sépulcres des Rois, qui, selon Villalpandus, étaient ornés de trois pyramides, et qui se trouvent encore au nord de Jérusalem, à la distance marquée par Josèphe. Saint Jérôme parle aussi de ce sépulcre. Les savants qui se sont occupés du monument que j'examine, ont laissé échapper un passage curieux de Pausanias[a]; il est vrai qu'on ne pense guère à Pausanias à propos de Jérusalem. Quoi qu'il en soit, voici le passage : la version latine et le texte de Gedoyn[5] sont fidèles :

« Le second tombeau était à Jérusalem... C'était la sépulture d'une femme juive nommée Hélène. La porte du tombeau, qui était de marbre comme tout le reste,

---

a. J'ai vu depuis que l'abbé Guénée l'a indiqué dans les excellents mémoires dont j'ai parlé. Il dit qu'il se propose d'examiner ce passage dans un autre Mémoire : il le dit, mais il n'y revient plus : c'est bien dommage.

s'ouvrait d'elle-même à certain jour de l'année et à certaine heure, par le moyen d'une machine, et se refermait peu de temps après. En tout autre temps, si vous aviez voulu l'ouvrir, vous l'auriez plutôt rompue[1]. »

Cette porte, qui s'ouvrait et se refermait d'elle-même par une machine, semblerait, à la merveille près, rappeler les portes extraordinaires des Sépulcres des Rois. Suidas et Étienne de Byzance parlent d'un voyage de Phénicie et de Syrie, publié par Pausanias. Si nous avions cet ouvrage, nous y aurions sans doute trouvé de grands éclaircissements sur le sujet que nous traitons.

Les passages réunis de l'historien juif et du voyageur grec sembleraient donc prouver assez bien que les Sépulcres des Rois ne sont que le tombeau d'Hélène ; mais on est arrêté dans cette conjecture par la connaissance d'un troisième monument.

Josèphe parle de certaines grottes, qu'il nomme les Cavernes-Royales, selon la traduction littérale d'Arnaud d'Andilly : malheureusement, il n'en fait point la description ; il les place au septentrion de la Ville Sainte, tout auprès du tombeau d'Hélène.

Reste donc à savoir quel fut le prince qui fit creuser ces cavernes de la Mort, comment elles étaient ornées, et de quels rois elles gardaient les cendres. Josèphe, qui compte avec tant de soin les ouvrages entrepris ou achevés par Hérode le Grand, ne met point les Sépulcres des Rois au nombre de ces ouvrages ; il nous apprend même qu'Hérode, étant mort à Jéricho, fut enterré avec une grande magnificence à Hérodium. Ainsi, les Cavernes-Royales ne sont point le lieu de la sépulture de ce prince ; mais un mot échappé ailleurs à l'historien pourrait répandre quelque lumière sur cette discussion.

En parlant du mur que Titus fit élever pour serrer de plus près Jérusalem, Josèphe dit[2] que ce mur, revenant vers la région boréale, renfermait le *sépulcre d'Hérode*. C'est la position des Cavernes-Royales. Celles-ci auraient donc porté également le nom de Cavernes-Royales et de Sépulcre d'Hérode. Dans ce cas cet Hérode ne serait point Hérode l'Ascalonite, mais

Hérode le Tetrarque[1]. Ce dernier prince était presque aussi magnifique que son père : il avait fait bâtir deux villes, Sephoris et Tibériade ; et, quoiqu'il fût exilé à Lyon par Caligula[2], il pouvait très bien s'être préparé un cercueil dans sa patrie : Philippe son frère lui avait donné le modèle de ces édifices funèbres.

Nous ne savons rien des monuments dont Agrippa embellit Jérusalem.

Voilà ce que j'ai pu trouver de plus satisfaisant sur cette question ; j'ai cru devoir la traiter à fond, parce qu'elle a jusqu'ici été plutôt embrouillée qu'éclaircie par les critiques. Les anciens pèlerins, qui avaient vu le sépulcre d'Hélène, l'ont confondu avec les Cavernes-Royales. Les voyageurs modernes, qui n'ont point retrouvé le tombeau de la reine d'Adiabène, ont donné le nom de ce tombeau aux sépultures des princes de la maison d'Hérode. Il est résulté de tous ces rapports une étrange confusion : confusion augmentée par l'érudition des écrivains pieux qui ont voulu ensevelir les rois de Juda dans les Grottes-Royales, et qui n'ont pas manqué d'autorités.

La critique de l'art, ainsi que les faits historiques, nous obligent à ranger les Sépulcres des Rois dans la classe des monuments grecs à Jérusalem. Ces sépulcres étaient très nombreux, et la postérité d'Hérode finit assez vite ; de sorte que plusieurs cercueils auront attendu vainement leurs maîtres : il ne me manquait plus, pour connaître toute la vanité de notre nature, que de voir les tombeaux d'hommes qui ne sont pas nés. Rien, au reste, ne forme un contraste plus singulier que la frise charmante sculptée par le ciseau de la Grèce sur la porte de ces chambres formidables où reposaient les cendres des Hérode. Les idées les plus tragiques s'attachent à la mémoire de ces princes ; ils ne nous sont bien connus que par le meurtre de Mariamne, le massacre des Innocents, la mort de saint Jean-Baptiste et la condamnation de Jésus-Christ. On ne s'attend donc point à trouver leurs tombeaux embellis de guirlandes légères, au milieu du site effrayant de Jérusalem, non loin du Temple où Jehovah rendait ses terribles oracles, et près de la grotte où Jérémie composa ses Lamentations.

M. Casas a très bien représenté ces monuments dans son *Voyage pittoresque de la Syrie*[1] : je ne connais point l'ouvrage plus récent de M. Mayer[2]. La plupart des Voyages en Terre-Sainte, sont accompagnés de gravures et de vignettes. Il faut distinguer celles de la relation du Père Roger, qui pourraient bien être de Claude Mellan[3].

Les autres édifices des temps romains à Jérusalem, tels que le théâtre et l'amphithéâtre, les tours Antonia, Hippicos, Phasaële et Psephima n'existent plus, ou du moins on n'en connaît que des ruines informes.

Nous passons maintenant à la troisième sorte des monuments de Jérusalem, aux monuments du Christianisme avant l'invasion des Sarrasins. Je n'en ai plus rien à dire, puisque je les ai décrits, en rendant compte des Saints-Lieux. Je ferai seulement une remarque : comme ces monuments doivent leur origine à des Chrétiens qui n'étaient pas Juifs, ils ne conservent rien du caractère demi-égyptien, demi-grec que j'ai observé dans les ouvrages des princes Asmonéens et des Hérode ; ce sont de simples églises grecques du temps de la décadence de l'art.

La quatrième espèce de monuments à Jérusalem est celle des monuments qui appartiennent au temps de la prise de cette ville par le calife Omar, successeur d'Abubeker, et chef de la race des Ommiades. Les Arabes, qui avaient suivi les étendards du calife, s'emparèrent de l'Égypte ; de là, s'avançant le long des côtes de l'Afrique, ils passèrent en Espagne, et remplirent de palais enchantés Grenade et Cordoue. C'est donc au règne d'Omar qu'il faut faire remonter l'origine de cette architecture arabe dont l'Alhambra est le chef-d'œuvre, comme le Parthénon est le miracle du génie de la Grèce. La mosquée du Temple, commencée à Jérusalem par Omar, agrandie par Abd-el-Malek, et rebâtie sur un nouveau plan par El-Oulid, est un monument très curieux pour l'histoire de l'art chez les

Arabes. On ne sait point encore d'après quel modèle furent élevées ces demeures des Fées dont l'Espagne nous offre les ruines. On me saura peut-être gré de dire quelques mots sur un sujet si neuf, et jusqu'à présent si peu étudié.

Le premier Temple de Salomon ayant été renversé six cents ans avant la naissance de Jésus-Christ, il fut relevé après les soixante-dix ans de la captivité, par Josué, fils de Josédé, et Zorobabel, fils de Salathiel. Hérode l'Ascalonite rebâtit en entier ce second Temple[1]. Il y employa onze mille ouvriers pendant neuf ans. Les travaux en furent prodigieux, et ils ne furent achevés que longtemps après la mort d'Hérode. Les Juifs, ayant comblé des précipices et coupé le sommet d'une montagne, firent enfin cette vaste esplanade où s'élevait le Temple à l'orient de Jérusalem, sur les vallées de Siloë et de Josaphat.

Quarante jours après sa naissance, Jésus-Christ fut présenté dans ce second[2] Temple ; la Vierge y fut purifiée. À douze ans, le Fils de l'Homme y enseigna les docteurs ; il en chassa les marchands ; il y fut inutilement tenté par le démon ; il y remit les péchés à la femme adultère ; il y proposa la parabole du bon Pasteur, celle des deux Enfants, celle des Vignerons, et celle du Banquet nuptial. Ce fut dans ce même Temple qu'il entra au milieu des palmes et des branches d'olivier, le jour de la fête des Rameaux ; enfin, il y prononça le *Reddite quae sunt Caesaris Caesari, et quae sunt Dei Deo*[3], et y fit l'éloge du Denier de la Veuve.

Titus ayant pris Jérusalem la deuxième année du règne de Vespasien, il ne resta pas pierre sur pierre du temple où Jésus-Christ avait fait tant de choses glorieuses, et dont il avait prédit la ruine. Lorsque Omar s'empara de Jérusalem, il paraît que l'espace du temple, à l'exception d'une très petite partie, avait été abandonné par les Chrétiens. Saïd-ebn-Batrik[a], historien arabe, raconte

---

a. C'est Eutychius, patriarche d'Alexandrie. Nous avons ses Annales arabes, imprimées à Oxford, avec une version latine.

que le calife s'adressa au patriarche Sophronius, et lui demanda quel serait le lieu le plus propre de Jérusalem pour y bâtir une mosquée. Sophronius le conduisit sur les ruines du Temple de Salomon.

Omar, satisfait d'établir sa mosquée dans une enceinte si fameuse, fit déblayer les terres et découvrir une grande roche où Dieu avait dû parler à Jacob. La mosquée nouvelle prit le nom de cette roche *Gâmeat-el-Sakhra*[1], et devint pour les Musulmans presque aussi sacrée que les mosquées de la Mecque et de Médine. Le calife Abd-el-Malek en augmenta les bâtiments et renferma la roche dans l'enceinte des murailles. Son successeur, le calife El-Louid, embellit encore El-Sakhra, et la couvrit d'un dôme de cuivre doré, dépouille d'une église de Balbek. Dans la suite, les croisés convertirent le temple de Mahomet en un sanctuaire de Jésus-Christ; et lorsque Saladin reprit Jérusalem, il rendit ce temple à sa destination primitive.

Mais quelle est l'architecture de cette mosquée, type ou modèle primitif de l'élégante architecture des Maures? C'est ce qu'il est très difficile de dire. Les Arabes, par une suite de leurs mœurs despotiques et jalouses, ont réservé les décorations pour l'intérieur de leurs monuments; et il y a peine de mort, contre tout Chrétien qui non seulement entrerait dans Gâmeat-el-Sakhra, mais qui mettrait seulement le pied dans le parvis qui l'environne. Quel dommage que l'ambassadeur Deshayes, par un vain scrupule diplomatique, ait refusé de voir cette mosquée où les Turcs lui proposaient de l'introduire! J'en vais décrire l'extérieur:

On voit la grande place de la mosquée, autrefois la place du Temple, par une fenêtre de la maison de Pilate.

Cette place forme un parvis qui peut avoir cinq cents pas de longueur sur quatre cent soixante de largeur. Les murailles de la ville ferment ce parvis à l'orient et au midi. Il est bordé à l'occident par des maisons turques, et au nord par les ruines du prétoire de Pilate et du palais d'Hérode.

Douze portiques, placés à des distances inégales les

uns des autres, et tout à fait irréguliers comme les cloîtres de l'Alhambra, donnent entrée sur ce parvis. Ils sont composés de trois ou quatre arcades, et quelquefois ces arcades en soutiennent un second rang ; ce qui imite assez bien l'effet d'un double aqueduc. Le plus considérable de tous ces portiques correspond à l'ancienne *Porta Speciosa*, connue des Chrétiens par un miracle de saint Pierre[1]. Il y a des lampes sous ces portiques.

Au milieu de ce parvis, on en trouve un plus petit qui s'élève de six à sept pieds, comme une terrasse sans balustres, au-dessus du précédent. Ce second parvis a, selon l'opinion commune, deux cents pas de long sur cent cinquante de large ; on y monte de quatre côtés par un escalier de marbre, chaque escalier est composé de huit degrés.

Au centre de ce parvis supérieur, s'élève la fameuse mosquée de la Roche. Tout auprès de la mosquée, est une citerne qui tire son eau de l'ancienne Fontaine Scellée[a], et où les Turcs font leurs ablutions avant la prière. Quelques vieux oliviers et des cyprès clairsemés sont répandus çà et là sur les deux parvis.

Le Temple est octogone : une lanterne également à huit faces, et percée d'une fenêtre sur chaque face, couronne le monument. Cette lanterne est recouverte d'un dôme. Ce dôme était autrefois de cuivre doré, il est de plomb aujourd'hui ; une flèche d'un assez bon goût, terminée par un croissant, surmonte tout l'édifice qui ressemble à une tente arabe élevée au milieu du désert. Le Père Roger donne trente-deux pas à chaque côté de l'octogone, deux cent cinquante-deux pas de circuit à la mosquée en dehors, et dix-huit ou vingt toises d'élévation au monument entier.

Les murs sont revêtus, extérieurement, de petits carreaux ou de briques peintes de diverses couleurs ; ces briques sont chargées d'arabesques et de versets du Coran écrits en lettres d'or. Les huit fenêtres de la lan-

---

a. *Fons signatus.*

terne sont ornées de vitraux ronds et coloriés. Ici nous trouvons déjà quelques traits originaux des édifices moresques de l'Espagne : les légers portiques des parvis, et les briques peintes de la mosquée rappellent diverses parties du Généralife, de l'Alhambra et de la cathédrale de Cordoue.

Quant à l'intérieur de cette mosquée, je ne l'ai point vu. Je fus bien tenté de risquer tout pour satisfaire mon amour des arts ; mais la crainte de causer la perte des Chrétiens de Jérusalem m'arrêta. Guillaume de Tyr et Deshayes disent quelque chose de l'intérieur de la mosquée de la Roche ; le Père Roger en fait une description fort détaillée et vraisemblablement très fidèle[a].

Cependant elle ne suffit pas pour prouver que l'intérieur de la mosquée de Jérusalem a des rapports avec l'intérieur des monuments moresques en Espagne. Cela dépend absolument de la manière dont les colonnes sont disposées dans le monument ; et c'est ce que le Père Roger ne dit pas. Portent-elles de petites arcades ? Sont-elles accouplées, groupées, isolées, comme à Cordoue et à Grenade ? Mais si les dehors de cette mosquée ont déjà tant de ressemblance avec quelques parties de l'Alhambra, n'est-il pas à présumer que les dedans conservent le même goût d'architecture ? Je le croirais d'autant plus facilement[1], que les marbres et les colonnes de cet édifice ont été dérobés aux églises chrétiennes, et qu'ils doivent offrir ce mélange d'ordres et de proportions que l'on remarque dans la cathédrale de Cordoue.

Ajoutons une observation à ces conjectures. La mosquée abandonnée que l'on voit près du Caire, paraît être du même style que la mosquée de Jérusalem : or, cette mosquée du Caire est évidemment l'original de la mosquée de Cordoue. Celle-ci fut bâtie par des princes derniers descendants de la dynastie des Ommiades ; et Omar, chef de leur famille, avait fondé la mosquée de Jérusalem.

---

a. Voir la note N, p. 566.

Les monuments vraiment arabes appartiennent donc à la première dynastie des califes et au génie de la nation en général : ils ne sont donc pas, comme on l'a cru jusqu'ici, le fruit du talent particulier des Maures de l'Andalousie, puisque j'ai trouvé les modèles de ces monuments dans l'Orient.

Cela prouvé, j'irai plus loin. Je crois apercevoir dans l'architecture égyptienne, si pesante, si majestueuse, si vaste, si durable, le germe de cette architecture sarrasine, si légère, si riante, si petite, si fragile : le minaret est l'imitation de l'obélisque, les moresques sont des hiéroglyphes dessinés au lieu d'hiéroglyphes gravés. Quant à ces forêts de colonnes qui composent l'intérieur des mosquées arabes, et qui portent une voûte plate, les temples de Memphis, de Dendéra, de Thèbes, de Méroué, offraient encore des exemples de ce genre de construction. Placés sur la frontière de Metzraïm, les descendants d'Ismaël ont eu nécessairement l'imagination frappée des merveilles des Pharaons : ils n'ont rien emprunté des Grecs qu'ils n'ont point connus, mais ils ont cherché à copier les arts d'une nation fameuse qu'ils avaient sans cesse sous les yeux. Peuples vagabonds, conquérants, voyageurs, ils ont imité en courant l'immuable Égypte : ils se sont fait des obélisques de bois doré et des hiéroglyphes de plâtre, qu'ils pouvaient emporter, avec leurs tentes, sur le dos de leurs chameaux.

Je n'ignore pas que ce système, si c'en est un, est sujet à quelques objections, et même à des objections historiques. Je sais que le palais de Zehra, bâti par Abdoulraham, auprès de Cordoue[1], fut élevé sur le plan d'un architecte de Constantinople, et que les colonnes de ce palais furent taillées en Grèce ; je sais qu'il existe une architecture, née dans la corruption de l'art, qu'on peut appeler *architecture justinienne*, et que cette architecture a quelques rapports avec les ouvrages des Maures[2] ; je sais enfin, que des hommes d'un excellent goût et d'un grand savoir, tels que le respectable M. d'Agincourt[3] et l'auteur du magnifique *Voyage en*

Espagne, M. de la Borde[1], pensent que toute architecture est fille de la Grèce; mais, quelles que soient ces difficultés et ces autorités puissantes, j'avoue qu'elles ne me font point changer d'opinion. Un plan envoyé par un architecte de Constantinople, des colonnes taillées sur les rives du Bosphore, des ouvriers grecs travaillant à une mosquée, ne prouvent rien : on ne peut tirer d'un fait particulier une conséquence générale. J'ai vu, à Constantinople, l'architecture justinienne[2]. Elle a, j'en conviens, quelque ressemblance avec l'architecture des monuments sarrasins, comme le rétrécissement de la voûte dans les arcades, etc. Toutefois elle conserve une raison, une froideur, une solidité qu'on ne remarque point dans la fantaisie arabe. D'ailleurs cette architecture justinienne me semble être elle-même l'architecture égyptienne rentrée dans l'architecture grecque. Cette nouvelle invasion de l'art de Memphis, fut produite par l'établissement du Christianisme : les Solitaires qui peuplèrent les déserts de la Thébaïde, et dont les opinions gouvernaient le monde, introduisirent dans les églises, dans les monastères, et jusque dans les palais, ces portiques dégénérés appelés cloîtres, où respire le génie de l'Orient. Remarquons, à l'appui de ceci, que la véritable détérioration de l'art chez les Grecs commence précisément à l'époque de la translation du siège de l'Empire romain à Constantinople : ce qui prouve que l'architecture grecque n'enfanta pas l'architecture orientale, mais que l'architecture orientale se glissa dans l'architecture grecque par le voisinage des lieux.

J'incline donc à croire que toute architecture est sortie de l'Égypte[3], même l'architecture gothique; car rien n'est venu du Nord, hors le fer et la dévastation. Mais cette architecture égyptienne s'est modifiée selon le génie des peuples : elle ne changea guère chez les premiers Hébreux, où elle se débarrassa seulement des monstres et des dieux de l'idolâtrie. En Grèce, où elle fut introduite par Cécrops et Inachus, elle s'épura et devint le modèle de tous les genres de beautés. Elle parvint à Rome par les Toscans, colonie égyptienne. Elle y conserva sa grandeur, mais elle n'atteignit jamais la perfection, comme à Athènes. Des apôtres accourus de l'Orient, la portèrent aux Barbares du Nord ; sans perdre parmi ces peuples son caractère religieux et sombre, elle s'éleva avec les forêts des Gaules et de la Germanie ; elle présenta la singulière union de la force, de la majesté, de la tristesse dans l'ensemble, et de la légèreté la plus extraordinaire dans les détails. Enfin, elle prit chez les Arabes les traits dont nous avons parlé ; architecture du désert, enchantée comme les oasis, magique comme les histoires contées sous la tente, mais que les vents peuvent emporter avec le sable qui lui servit de premier fondement.

Je pourrais appuyer mon opinion d'un million de faits historiques ; je pourrais montrer que les premiers temples de la Grèce, tels que celui de Jupiter à Onga[1], près d'Amyclée, étaient de véritables temples égyptiens ; que la sculpture elle-même était égyptienne à Argos, à Sparte, à Athènes, du temps de Dédale et dans les siècles héroïques. Mais j'ai peur d'avoir poussé trop loin cette digression, et il est plus que temps de passer aux monuments gothiques de Jérusalem.

Ceux-ci se réduisent à quelques tombeaux[2]. Les monuments de Godefroy et de Baudouin sont deux cercueils de pierre, portés sur quatre petits piliers. Les épitaphes qu'on a lues dans la description de Deshayes sont écrites sur ces cercueils en lettres gothiques[3]. Tout cela en soi-même est fort peu de chose ; cependant je fus très frappé par l'aspect de ces tombeaux, en entrant au Saint-Sépulcre : leurs formes étrangères, sur un sol étranger, m'annoncèrent d'autres hommes, d'autres mœurs, d'autres pays ; je me crus transporté dans un de nos vieux monastères : j'étais comme l'Otaïtien quand il reconnut en France un arbre de sa patrie[4]. Je contemplai avec vénération ces mausolées gothiques[5] qui renfermaient des chevaliers français, des pèlerins devenus rois, des héros de la *Jérusalem délivrée* ; je me rappelai les paroles que le Tasse met dans la bouche de Godefroy :

> *Chi sia di noi, ch' esser sepulto schivi,*
> *Ove i membri di Dio fur già sepulti*[1] *?*

Quant aux monuments turcs, derniers témoins qui attestent à Jérusalem les révolutions des Empires, ils ne valent pas la peine qu'on s'y arrête : j'en ai parlé seulement pour avertir qu'il ne faut pas du tout confondre les ouvrages des Tartares avec les travaux des Maures. Au fond, il est plus vrai de dire que les Turcs ignorent absolument l'architecture ; ils n'ont fait qu'enlaidir les édifices grecs et les édifices arabes, en les couronnant de dômes massifs et de pavillons chinois. Quelques bazars et des oratoires de santons[2], sont tout ce que les nouveaux tyrans de Jérusalem ont ajouté à cette ville infortunée.

Le lecteur connaît maintenant les divers monuments de la Cité sainte.

En revenant de visiter les Sépulcres des Rois qui ont donné lieu aux descriptions précédentes, je passai par la vallée de Josaphat. Le soleil se couchait derrière Jérusalem, il dorait de ses derniers rayons cet amas de ruines, et les montagnes de la Judée. Je renvoyai mes compagnons par la porte Saint-Étienne, et je ne gardai avec moi que le janissaire. Je m'assis au pied du tombeau de Josaphat, le visage tourné vers le Temple : je tirai de ma poche un volume de Racine, et je relus *Athalie*.

À ces premiers vers :

Oui, je viens dans son Temple adorer l'Éternel, etc.,

il m'est impossible de dire ce que j'éprouvai. Je crus entendre les Cantiques de Salomon et la voix des prophètes ; l'antique Jérusalem se leva devant moi ; les ombres de Joad, d'Athalie, de Josabeth sortirent du tombeau ; il me sembla que je ne connaissais que depuis ce moment le génie de Racine. Quelle poésie, puisque je la trouvais digne du lieu où j'étais ! On ne saurait s'imaginer ce qu'est *Athalie* lue sur le tombeau du *saint roi Josaphat*, au bord du torrent de Cédron, et devant les ruines du Temple. Mais qu'est-il devenu ce Temple *orné partout de festons magnifiques*[1] ?

> *Comment en un plomb vil l'or pur s'est-il changé ?*
> *Quel est dans ce lieu saint ce pontife égorgé ?*
> *Pleure, Jérusalem, pleure, cité perfide,*
> *Des prophètes divins malheureuse homicide :*
> *De son amour pour toi ton Dieu s'est dépouillé ;*
> *Ton encens à ses yeux est un encens souillé.*
>   *Où menez-vous ces enfants et ces femmes ?*
> *Le Seigneur a détruit la reine des cités :*
> *Ses prêtres sont captifs, ses rois sont rejetés ;*
> *Dieu ne veut plus qu'on vienne à ses solennités :*
> *Temple, renverse-toi ; cèdres, jetez des flammes.*
>   *Jérusalem, objet de ma douleur,*
> *Quelle main en un jour t'a ravi tous tes charmes ?*
> *Qui changera mes yeux en deux sources de larmes*
>   *Pour pleurer ton malheur ?*

AZARIAS

Ô saint Temple !

JOSABETH

Ô David !

LE CHŒUR

> *Dieu de Sion, rappelle,*
> *Rappelle en sa faveur tes antiques bontés*[2].

La plume tombe des mains : on est honteux de barbouiller encore du papier après qu'un homme a écrit de pareils vers.

Je passai une partie de la journée du 9 au couvent[3], pour m'occuper des détails de la vie privée à Jérusalem ; je n'avais plus rien d'essentiel à voir, soit au-dedans, soit au-dehors de la ville, si ce n'est le puits de Néhémie où l'on cacha le feu sacré au temps de la captivité, les Sépulcres des Juges, et quelques autres lieux ; je les visitai le soir du 9. Comme ils n'ont rien de remarquable, excepté les noms qu'ils portent, ce n'est pas la peine d'en entretenir le lecteur.

Je viens donc à ces petits détails qui piquent la curiosité, en raison de la grandeur des lieux dont on parle. On ne se peut figurer qu'on vive à Athènes et à Sparte comme chez soi. Jérusalem surtout, dont le nom réveille le souvenir de tant de mystères, effraie l'imagination ; il semble que tout doive être extraordinaire dans cette ville extraordinaire. Voyons ce qu'il en est, et commençons par la description du couvent des Pères latins.

On y pénètre par une rue voûtée qui se lie à une autre voûte assez longue et très obscure. Au bout de cette voûte, on rencontre une cour formée par le bûcher, le cellier et le pressoir du couvent. On aperçoit à droite, dans cette cour, un escalier de douze à quinze marches ; cet escalier monte à un cloître qui règne au-dessus du cellier, du bûcher et du pressoir, et qui, par conséquent, a vue sur la cour d'entrée. À l'orient de ce cloître, s'ouvre un vestibule qui communique à l'église : elle est assez jolie ; elle a un chœur garni de stalles, une nef éclairée par un dôme, un autel à la romaine et un petit jeu d'orgue : tout cela est renfermé dans un espace de vingt pieds[1] de longueur, sur douze de largeur.

Une autre porte, placée à l'occident du cloître dont j'ai parlé, conduit dans l'intérieur du couvent. « Ce couvent, dit un pèlerin[a] dans sa description aussi exacte que naïve, ce couvent est fort irrégulier, bâti à l'antique et de plusieurs pièces rapportées, hautes et basses, les officines petites et dérobées, les chambres pauvres et obscures, plusieurs petites courcelles, deux petits jardins, dont le plus grand peut avoir quinze ou seize perches, et tenant aux remparts de la ville. Vers la par-

---

a. Doubdan.

tie occidentale, est une autre cour et quelques petits logements pour les pèlerins. Toute la récréation qu'on peut avoir dans ce lieu, c'est que montant sur la terrasse de l'église, on découvre toute la ville, qui va toujours en descendant jusqu'à la vallée de Josaphat; on voit l'église du Saint-Sépulcre, le parvis du Temple de Salomon, et plus loin, du même côté d'orient, la montagne des Olives: au midi le château de la ville et le chemin de Bethléem, et au nord la grotte de Jérémie. Voilà en peu de paroles le plan et le tableau de ce couvent, qui ressent extrêmement la simplicité et la pauvreté de celui qui, en ce même lieu, *propter nos egenus factus est cum esset dives* [1]. » (II. Cor. 8.)

La chambre que j'occupais s'appelait la Grande Chambre des Pèlerins. Elle donnait sur une cour solitaire, environnée de murs de toutes parts. Les meubles consistaient en un lit d'hôpital avec des rideaux de serge verte, une table et un coffre: mes domestiques occupaient deux cellules assez loin de moi. Une cruche pleine d'eau et une lampe à l'italienne complétaient mon ménage. La chambre, assez grande, était obscure, et ne tirait de jour que par une fenêtre qui s'ouvrait sur la cour dont j'ai parlé. Treize pèlerins avaient écrit leurs noms sur la porte [2], en dedans de la chambre: le premier s'appelait Charles Lombard, et il se trouvait à Jérusalem en 1669; le dernier est John Gordon, et la date de son passage est de 1804 [a]. Je n'ai reconnu que trois noms français parmi ces treize voyageurs.

Les pèlerins ne mangent point avec les Pères, comme à Jafa. On les sert à part, et ils font la dépense qu'ils veulent. S'ils sont pauvres, on les nourrit; s'ils sont riches, ils paient ce qu'on achète pour eux: le couvent n'en retire pas une obole. Le logement, le lit, le linge, la lumière, le feu sont toujours pour rien, et à titre d'hospitalité.

On avait mis un cuisinier à mes ordres. Je ne dînais

---

a. C'est apparemment le même M. Gordon qui a fait analyser à Londres une bouteille d'eau de la mer Morte.

presque jamais qu'à la nuit, au retour de mes courses. On me servait d'abord un potage à l'huile et aux lentilles, ensuite du veau aux concombres ou aux oignons, du chevreau grillé ou du mouton au riz. On ne mange point de bœuf, et la viande de buffle a un goût sauvage. Pour rôti, j'avais des pigeons, et quelquefois des perdrix de l'espèce blanche, appelée perdrix du désert. Le gibier est fort commun dans la plaine de Rama et dans les montagnes de Judée : il consiste en perdrix, bécasses, lièvres, sangliers et gazelles. La caille d'Arabie qui nourrit les Israélites est presque inconnue à Jérusalem ; cependant on en trouve quelques-unes dans la vallée du Jourdain. Pour légume on m'a continuellement fourni des lentilles, des fèves, des concombres et des oignons.

Le vin de Jérusalem est excellent ; il a la couleur et le goût de nos vins de Roussillon. Les coteaux qui le fournissent sont encore ceux d'Engaddi près de Bethléem. Quant aux fruits, je mangeai, comme à Jafa, de gros raisins, des dattes, des grenades, des pastèques, des pommes et des figues de la seconde saison : celles du sycomore ou figuier de Pharaon étaient passées. Le pain, fait au couvent, était bon et savoureux.

Venons au prix de ces divers comestibles[1].

Le quintal de Jérusalem est composé de cent rolts, le rolt de neuf cents drachmes.

Le rolt vaut deux oques et un quart, ce qui revient, à peu près, à huit livres de France.

Le mouton se vend deux piastres dix paras le rolt. La piastre turque, continuellement altérée par les beys et les pachas d'Égypte, ne s'élève pas, en Syrie, à plus de trente-trois sous quatre deniers, et le para à plus de dix deniers. Or, le rolt étant à peu près de huit livres, la livre de viande de mouton, à Jérusalem, revient à neuf sous quatre deniers et demi.

Le veau ne coûte qu'une piastre le rolt ; le chevreau, une piastre et quelques paras.

Un très grand veau se vend trente ou trente-cinq

piastres ; un grand mouton, dix ou quinze piastres ; une chèvre, six ou huit.

Le prix de la mesure de blé varie de huit à neuf piastres.

L'huile revient à trois piastres le rolt.

Les légumes sont fort chers : on les apporte à Jérusalem de Jafa et des villages voisins.

Cette année 1806, le raisin de vendange s'éleva jusqu'à vingt-sept piastres le quintal.

Passons à quelques autres détails.

Un homme qui ne voudrait point descendre aux kans, ni demeurer chez les Pères de Terre-Sainte, pourrait louer une ou plusieurs chambres dans une maison à Jérusalem ; mais il n'y serait pas en sûreté de la vie. Selon la petitesse ou la grandeur, la pauvreté ou la richesse de la maison, chaque chambre coûterait, par mois, depuis deux jusqu'à vingt piastres. Une maison entière, où l'on trouverait une assez grande salle et une quinzaine de trous qu'on appelle des chambres, se paierait par an cinq mille piastres.

Un maître ouvrier, maçon, menuisier, charpentier, reçoit deux piastres par jour, et il faut le nourrir : la journée d'un garçon ouvrier coûte une piastre.

Il n'y a point de mesure fixe pour la terre ; le plus souvent on achète à vue le morceau que l'on désire : on estime le fonds sur ce que ce morceau peut produire en fruits, blé ou vigne.

La charrue n'a point de roues ; elle est armée d'un petit fer qui effleure à peine la terre : on laboure avec des bœufs.

On récolte de l'orge, du froment, du doura, du maïs et du coton. On sème la sésame dans le même champ où l'on cultive le coton.

Un mulet coûte cent ou deux cents piastres, selon sa beauté ; un âne vaut depuis quinze jusqu'à cinquante piastres. On donne quatre-vingts ou cent piastres pour un cheval commun, moins estimé en général que l'âne ou le mulet ; mais un cheval d'une race arabe bien connue est sans prix. Le pacha de Damas, Abdallah-

Pacha, venait d'en acheter un trois mille piastres. L'histoire d'une jument fait souvent l'entretien du pays. On racontait, lorsque j'étais à Jérusalem, les prouesses d'une de ces cavales merveilleuses. Le Bédouin qui la montait, poursuivi par les sbires du gouverneur, s'était précipité avec elle du sommet des montagnes qui dominent Jéricho. La jument était descendue au grand galop, presque perpendiculairement, sans broncher, laissant les soldats dans l'admiration et l'épouvante de cette fuite. Mais la pauvre gazelle creva en entrant à Jéricho, et le Bédouin qui ne voulut point l'abandonner, fut pris pleurant sur le corps de sa compagne. Cette jument a un frère dans le désert; il est si fameux que les Arabes savent toujours où il a passé, où il est, ce qu'il fait, comment il se porte. Ali-Aga m'a religieusement montré, dans les montagnes près de Jéricho, la marque des pas de la jument morte en voulant sauver son maître : un Macédonien n'aurait pas regardé avec plus de respect la trace des pas de Bucéphale[1].

Parlons à présent des pèlerins. Les relations modernes ont un peu exagéré les richesses que les pèlerins doivent répandre à leur passage dans la Terre-Sainte. Et d'abord, de quels pèlerins s'agit-il? Ce n'est pas des pèlerins latins, car il n'y en a plus, et l'on en convient généralement. Dans l'espace du dernier siècle, les Pères de Saint-Sauveur n'ont peut-être pas vu deux cents voyageurs catholiques, y compris les Religieux de leurs Ordres et les missionnaires au Levant. Que les pèlerins latins n'ont jamais été nombreux, on le peut prouver par mille exemples. Thévenot raconte qu'en 1656, il se trouva, lui vingt-deuxième, au Saint-Sépulcre. Très souvent les pèlerins ne montaient pas au nombre de douze, puisqu'on était obligé de prendre des Religieux pour compléter ce nombre, dans la cérémonie du Lavement des Pieds, le Mercredi-Saint[2][a]. En effet, en 1589, soixante-dix-neuf ans avant Thévenot, Villamont ne rencontra que six pèlerins

---

a. Thév., chap. XLII, p. 391.

francs à Jérusalem*a*. Si en 1589, au moment où la religion était si florissante, on ne vit que sept pèlerins latins en Palestine, qu'on juge combien il y en devait avoir en 1806 ? Mon arrivée au couvent de Saint-Sauveur fut un véritable événement. M. Seetzen, qui s'y trouvait à Pâques de la même année, c'est-à-dire sept mois avant moi, dit qu'il était le seul catholique*b*.

Les richesses dont le Saint-Sépulcre doit regorger, n'étant point apportées à Jérusalem par les pèlerins catholiques, le sont donc par des pèlerins juifs, grecs et arméniens. Dans ce cas-là même je crois les calculs très enflés.

La plus grande dépense des pèlerins consiste dans les droits qu'ils sont obligés de payer aux Turcs et aux Arabes, soit pour l'entrée des Saints-Lieux, soit pour les Cafarri ou permissions de passage. Or, tous ces objets réunis ne montent qu'à soixante-cinq piastres vingt-neuf paras. Si vous portez la piastre à son maximum, à cinquante sous de France, et le para à cinq liards ou quinze deniers, cela vous donnera cent soixante-quatre livres six sous trois deniers ; si vous calculez la piastre à son minimum, c'est-à-dire, à trente-trois sous de France et quatre deniers, et le para à trois liards et un denier, vous aurez cent huit livres neuf sous six deniers. Voici le compte tel que je le tiens du Père procureur du couvent de Saint-Sauveur. Je le laisse en italien que tout le monde entend aujourd'hui, avec les noms propres des Turcs, etc. ; caractères originaux qui attestent son authenticité[1] :

---

a. Livre II, chap. xix, p. 250.
b. *Ann. des Voy.*, par M. Malte-Brun, tome II, p. 343.

*Spesa solita che fa un pelerino en la sua intrata
da Giaffa sin a Gerusaleme, e nel ritorno a Giaffa[a].*

	Piast. Par.
Cafarri. { In Giaffa doppo il suo sbarco Cafarro	5 » 20
In Giaffa prima del imbarco al suo ritorno	5 » 20
Cavalcatura sin a Rama, e portar al Aravo[b], che acompagna sin a Gerusaleme	1 » 20
Pago al Aravo che acompagna .... 5 Al vilano, che acompagna da Gérasma .... 5 » 30	10 » 30
Cavalcatura, per venire da Rama ed altra per ritornare	10
Cafarri nella strada I » 16. cadi medni 20» .	1 » 16
Intrata nel SS^mo Sepulcro. Al Meheah governatore. E stader del tempio	26 » 38
Intrata nella città Ciohadari[1] del cadi e governatore. Sbirro. E portinaro	15
Primo e secundo drogomano	3 » 30
	65 » 29

Si le pèlerin allait au Jourdain, il faudrait ajouter à ces frais la somme de douze piastres.

Enfin j'ai pensé que, dans une discussion de faits, il y a des lecteurs qui verraient avec plaisir les détails de ma propre dépense à Jérusalem. Si l'on considère que j'avais des chevaux, des janissaires, des escortes à mes ordres; que je vivais comme à Paris quant à la nourriture, aux temps des repas, etc.; que j'entrais sans cesse au Saint-Sépulcre à des heures inusitées, que je

---

a. Les comptes suivants varient un peu dans leurs sommes totales, parce que la piastre éprouve chaque jour un mouvement en Syrie, tandis que le para reste fixe: d'où il arrive que la piastre n'est pas toujours composée du même nombre de paras.

b. Aravo pour Arabo. Changement de lettres très commun dans la langue franque, dans le grec moderne et dans le grec ancien.

revoyais dix fois les mêmes lieux, payais dix fois les droits, les caffarri, et mille autres exactions des Turcs, on s'étonnera que j'en aie été quitte à si bon marché. Je donne les comptes originaux avec les fautes d'orthographe du drogman Michel : ils ont cela de curieux qu'ils conservent pour ainsi dire l'air du pays. On y voit tous mes mouvements répétés, les noms propres de plusieurs personnages, le prix de divers objets, etc. Enfin, ces comptes sont des témoins fidèles de la sincérité de mon récit. On verra même que j'ai négligé beaucoup de choses dans ma relation, et que j'ai visité Jérusalem avec plus de soin encore que je ne l'ai dit.

Dépense à Jafa :

	Piast.	Par.
Per un messo a Gerusalemme	7	20
Altro messo a Rama	3	
Altro per avisare agli Aravi	1	20
Orso in Rama per gli cavalli	2	
Per il cavallo del servitore di Giaffa in Rama	2	20
Gaffarro alli Aravi	2	36
Al cavaliero che a dato il gov^{re} di Rama	15	
Per il cavallo che portô sur Ecc^a. à Gerusalemme	15	
Regallo alli servitorj de gli cavalli	3	
Regallo al Mucaro[1] Menum	5	
Tutto p^s	57	16

Dépense à Jérusalem :

Spesa fatta per il sig^e. dal giorno del suo arrivo à Gierusalemme ali 4 di ottobre 1806.

	Piastr.	Par.
Il giorno del suo arrivo, per cavaleria da Rama, a Gierusalemme	015	
Compania per li Arabi, 6 isolote per testa	013	20
Cadi... a 10 M^i	000	30

IV. Jérusalem

Al Mucaro	001	20
Cavalcatura per Michelle andare, e ritornar da Rama	08	20
4 cavalli per andare a Betlemme, e al Giordano	080	
Al portinaro della città	001	25
Apertura del S^{mo}.-Sepolcro	001	25
Regallo alli portinari del S^{mo}.-Sepolcro 7 persone	030	
Alli figlio, che chiamano li Turchi per aprire la porta	01	25
Al Chavas[1] del governatore per avere accompagniato il sig^e. dentro della città, e fuori a cavallo	008	
Item. A un Dalati, cioe, guardia del Zambarakgi Pari	004	
Per 5 cavalli per andare al Monte Olibete, e al tri luoghi, et seconda volte al Potzo di Jeremia, e la madona	016	30
Al genisero per companiare il sig^e. a Betlemme	003	20
Item. Al genisero per avere andato col sig^e. per la città	001	
12 ottobre per la apertura del S^{mo}.-Sepolcro	001	35
	189	10

Spese fatte da Michel, per ordine del Sig^e.

	Piast.	Par.
In vari luoghi		
In tabaco per li villani, et la compania nel viagio per il Giordano, et per li villani di S^n Saba	006	20
In candelle per S^n Saba, e servitori	006	
Per li sacrestani greci, e altri	006	20
Regallo nella casa della Madona, e serolio; e nella casa di Simione, e nel convento dell Suriani, e nel spitale di Sta. Elena, e		

nella casa di Anas, e nella singoga delli
  Ebrei 009   10
Item. Regalo nel convento delli Armeni di
  S^n Giacomo, alli servitori, sacrestino, e
  genisari 028
Regalo nel Sepolcro della Madona alli
  sacrestani, e nel Monte-Olibette 008   10
Al servitore del governatore il negro, e nel
  castello 005   20
Per lavare la robba del sig^e. e suoi servitori 003
Alli poveri in tutto il giro 005   15
Regalo nel convento delli Greci in chiesa
  al sacrestano, e alli servitori, et alli
  geniseri 018
4 cavalcature per il sig^e., suo dragomano,
  suo servitore, e Michele da Gierusa-
  lemme fino a Giaffa, e quella di Michele
  per andare, e ritornare la seconda volta . 046
Compania a 6 isolote, ogni persona delli
  sig^{ri}. 013   20
Villano 003
Cafarro 004   24
Regalo alli geniseri 020
Regalo a Goch[1] di S^n. Geremia 050
Regalo alli dragomani 030
Regalo al communiere 010
Al Portinaro Malia 005
Al Spenditare 005
In Bellemme una cavalcatura per la provi-
  sione del Giordano, orzo 4 Arabi, due
  villani: regalo alli capi, e servitori ... 172
Al-Agha figlio d'Abugiahfar 150
Item. Zbirri, poveri, e guardie nel calare
  al S^{mo}.-Sepolcro l'ultimo giorno 010
                                         ─────────
                                         804   29
A Mechele Casar 80: Alcucinaro 20 100
                                         ═════════
                                         904   29

Il faut donc d'abord réduire ce grand nombre de pèlerins, du moins quant aux Catholiques, à très peu de chose, ou à rien du tout : car sept, douze, vingt, trente, même cent pèlerins, ne valent pas la peine d'être comptés.

Mais si cette douzaine de pèlerins qui paraissaient chaque année au Saint-Sépulcre, il y a un ou deux siècles, étaient de pauvres voyageurs, les Pères de Terre-Sainte ne pouvaient guère s'enrichir de leur dépouille. Écoutons le sincère Doubdan :

« Les Religieux qui y demeurent (au couvent de Saint-Sauveur) militants sous la règle de Saint-François, y gardent une pauvreté très étroite, et ne vivent que des aumônes et charités qu'on leur envoie de la Chrétienté, et que les pèlerins leur donnent, chacun selon ses facultés ; mais comme ils sont éloignés de leur pays, et ne savent les grandes dépenses qui leur restent à faire pour le retour, aussi n'y laissent-ils pas de grandes aumônes ; ce qui n'empêche pas qu'ils n'y soient reçus et traités avec grande charité[a]. »

Ainsi les pèlerins de Terre-Sainte qui doivent laisser des trésors à Jérusalem ne sont point des pèlerins catholiques ; ainsi la partie de ces trésors qui devient l'héritage des couvents, ne tombe point entre les mains des Religieux latins. Si ces Religieux reçoivent des aumônes de l'Europe, ces aumônes, loin de les enrichir, ne suffisent pas à la conservation des Lieux-Saints qui croulent de toutes parts, et qui seront bientôt abandonnés faute de secours. La pauvreté de ces Religieux est donc prouvée par le témoignage unanime des voyageurs. J'ai déjà parlé de leurs souffrances ; s'il en faut d'autres preuves, les voici :

« Tout ainsi, dit le Père Roger, que ce fut un Religieux français qui eut possession des Saints-Lieux de Jérusalem ; aussi le premier Religieux qui a souffert le martyre, fut un Français nommé Frère Limin, de la

---

[a]. Chap. XLVII, p. 376.

province de Touraine, lequel fut décapité au Grand-Caire. Peu de temps après, Frère Jacques et Frère Jérémie furent mis à mort hors les portes de Jérusalem. Frère Conrad d'Alis Barthelemy, du mont Politian, de la province de Toscane, fut fendu en deux, depuis la tête jusqu'en bas, dans le Grand-Caire. Frère Jean d'Éther, Espagnol, de la province de Castille, fut taillé en pièces par le bacha de Casa[1]. Sept Religieux furent décapités par le sultan d'Égypte. Deux Religieux furent écorchés tout vifs en Syrie.

« L'an 1637, les Arabes martyrisèrent toute la communauté des Frères qui étaient au sacré mont de Sion, au nombre de douze. Quelque temps après, seize Religieux, tant clercs que laïques, furent menés de Jérusalem en prison à Damas (ce fut lorsque Cypre fut pris par le roi d'Alexandrie), et y demeurèrent cinq ans, tant que l'un après l'autre y moururent de nécessité. Frère Cosme de Saint-François fut tué par les Turcs à la porte du Saint-Sépulcre, où il prêchait la foi chrétienne. Deux autres Frères, à Damas, reçurent tant de coups de bâton qu'ils moururent sur la place. Six Religieux furent mis à mort par les Arabes, une nuit qu'ils étaient à matines au couvent bâti à Anathot, en la maison du prophète Jérémie, qu'ils brûlèrent ensuite. Ce serait abuser de la patience du lecteur, de déduire en particulier les souffrances et les persécutions que nos pauvres Religieux ont souffertes depuis qu'ils ont eu en garde les Saints-Lieux. Ce qui continue avec augmentation, depuis l'an 1627, que nos Religieux y ont été établis, comme on pourra connaître par les choses qui suivent, etc.[a] »

L'ambassadeur Deshayes tient le même langage sur les persécutions que les Turcs font éprouver aux Pères de Terre-Sainte :

« Les pauvres Religieux qui les servent sont aussi réduits aucunes fois à de si grandes extrémités, faute d'être assistés de la Chrétienté, que leur condition est

---

a. *Description de la Terre-Sainte*, p. 436.

déplorable. Ils n'ont pour tout revenu que les aumônes qu'on leur envoie, qui ne suffisent pas pour faire la moitié de la dépense à laquelle ils sont obligés ; car outre leur nourriture, et le grand nombre des luminaires qu'ils entretiennent, il faut qu'ils donnent continuellement aux Turcs, s'ils veulent vivre en paix ; et quand ils n'ont pas le moyen de satisfaire à leur avarice, il faut qu'ils entrent en prison.

« Jérusalem est tellement éloignée de Constantinople, que l'ambassadeur du roi qui y réside, ne saurait avoir nouvelles des oppressions qu'on leur fait, que longtemps après. Cependant ils souffrent et endurent s'ils n'ont de l'argent pour se rédimer ; et bien souvent les Turcs ne se contentent pas de les travailler en leurs personnes, mais encore ils convertissent leurs églises en mosquées[a]. »

Je pourrais composer des volumes entiers de témoignages semblables consignés dans les Voyages en Palestine : je n'en produirai plus qu'un, et il sera sans réplique.

Je le trouve, ce témoignage, dans un monument d'iniquité et d'oppression, peut-être unique sur la terre ; monument d'une autorité d'autant plus grande, qu'il était fait pour demeurer dans un éternel oubli.

Les Pères m'avaient permis d'examiner la bibliothèque et les archives de leur couvent. Malheureusement, ces archives et cette bibliothèque furent dispersées, il y a près d'un siècle : un pacha fit mettre aux fers les Religieux, et les emmena captifs à Damas. Quelques papiers échappèrent à la dévastation ; en particulier les firmans que les Pères ont obtenus, soit de la Porte, soit des souverains de l'Égypte, pour se défendre contre l'oppression des peuples et des gouverneurs.

Ce carton curieux est intitulé :

Registro delli Capitolazioni, Cattiscerifi, Baratti, Comandamenti, Oggetti, Attestazioni, Sentenze, Ordini dei

---

[a]. Voy. du Levant, p. 409.

Basciá, Giudici et Polizze, che si trovano nell archivio di questa procura generale di Terra-Santa.

Sous la lettre H, n° 1, p. 369, on lit :

Instrumento del re saraceno Muzafar contiene : che non sia dimandato del vino da i religiosi franchi. Dato alli 13 della luna di Regeb dell' anno 414.

Sous le n° 2 :

Instrumento del re saraceno Matamad contiene : che li religiosi franchi non siano molestati. Dato alli 2 di Sciaval del anno 501.

Sous le n° 5, p. 370 :

Instrumento con la sua copia del re saraceno Amed Ciakmak contiene : che li religiosi franchi non paghino a quei ministri, che non vengono per gli affari dei frati... possino sepelire i loro morti, possino fare vino, provizione... non siano obligati a montare cavalli per forza in Rama; non diano visitate loro possessioni; che nessuno pretenda d'esser drogloromanno, se non alcuno appoggio. Dato alli 10 di Sefer 609.

Plusieurs firmans commencent ainsi :

Copia autenticata d'un commendamento ottenuto ad instanza dell ambasciadore di Francia, etc.

On voit donc les malheureux Pères, gardiens du Tombeau de Jésus-Christ, uniquement occupés, pendant plusieurs siècles, à se défendre, jour par jour, de tous les genres d'insultes et de tyrannie. Il faut qu'ils obtiennent la permission de se nourrir, d'ensevelir leurs morts, etc.; tantôt on les force de monter à cheval, sans nécessité, afin de leur faire payer des droits; tantôt un Turc se déclare leur drogman malgré eux, et exige un salaire de la communauté. On épuise contre ces infortunés moines les inventions les plus bizarres du despotisme oriental[a]. En vain ils obtiennent à prix

---

a. On voulut une fois massacrer deux Religieux à Jérusalem d'argent des ordres qui semblent les mettre à couvert de tant d'avanies ; ces ordres ne sont point exécutés : chaque année voit une oppression nouvelle, et exige un nouveau firman. Le commandant prévaricateur, le prince, protecteur en apparence, sont deux tyrans qui s'entendent, l'un pour commettre une injustice, avant que la loi soit faite, l'autre pour vendre, à prix d'or, une loi qui n'est donnée que quand le crime est commis. Le registre des firmans des Pères est un livre bien précieux, bien digne à tous égards de la bibliothèque de ces apôtres qui, au milieu des tribulations, gardent avec une constance invincible le Tombeau de Jésus-Christ. Les Pères ne connaissaient pas la valeur de ce catalogue évangélique ; ils ne croyaient pas qu'il pût m'intéresser ; ils n'y voyaient rien de curieux : souffrir leur est si naturel, qu'ils s'étonnaient de mon étonnement. J'avoue que mon admiration pour tant de malheurs si courageusement supportés, était grande et sincère ; mais combien aussi j'étais touché en retrouvant sans cesse cette formule : *Copie d'un firman obtenu à la sollicitation de M. l'ambassadeur de France*, etc. ! Honneur à un pays qui, du sein de l'Europe, veille jusqu'au fond de l'Asie à la défense du misérable, et protège le faible contre le fort ! Jamais ma patrie ne m'a semblé plus belle et plus glorieuse, que lorsque j'ai retrouvé les actes de sa bienfaisance[1], cachés à Jérusalem dans le registre où sont inscrites les souffrances ignorées et les iniquités inconnues de l'opprimé et de l'oppresseur[2].

J'espère que mes sentiments particuliers ne m'aveugleront jamais au point de méconnaître la vérité : il y a quelque chose qui marche avant toutes les opinions ; c'est la justice. Si un philosophe faisait aujourd'hui un bon ouvrage ; s'il faisait quelque chose de mieux, une bonne action ; s'il montrait des sentiments nobles et élevés, moi Chrétien, je lui applaudirais avec fran-

---

parce qu'un chat était tombé dans la citerne du couvent. Roger, p. 330.

chise. Et pourquoi un philosophe n'en agirait-il pas ainsi avec un Chrétien ? Faut-il parce qu'un homme porte un froc, une longue barbe, une ceinture de corde, ne lui tenir compte d'aucun sacrifice ? Quant à moi, j'irais chercher une vertu aux entrailles de la terre, chez un adorateur de Wishnou ou du grand Lama, afin d'avoir le bonheur de l'admirer : les actions généreuses sont trop rares aujourd'hui, pour ne pas les honorer sous quelque habit qu'on les découvre, et pour regarder de si près à la robe du prêtre ou au manteau du philosophe.

CINQUIÈME PARTIE

SUITE DU VOYAGE DE JÉRUSALEM

Le 10, de grand matin[1], je sortis de Jérusalem par la porte d'Éphraïm, toujours accompagné du fidèle Ali, dans le dessein d'examiner les champs de bataille immortalisés par le Tasse. Arrivé au nord de la ville, entre la grotte de Jérémie et les Sépulcres des Rois, j'ouvris la *Jérusalem délivrée*, et je fus sur-le-champ frappé de la vérité de l'exposition du Tasse :

Gerusalem sovra due colli è posta[2], *etc.*

Je me servirai d'une traduction qui dispense de l'original[3] :

« Solime est assise sur deux collines opposées et de hauteur inégale ; un vallon les sépare et partage la ville : elle a de trois côtés un accès difficile. Le quatrième s'élève d'une manière douce et presque insensible ; c'est le côté du nord : des fossés profonds et de hautes murailles l'environnent et la défendent.

« Au-dedans sont des citernes et des sources d'eau vive ; les dehors n'offrent qu'une terre aride et nue, aucune fontaine, aucun ruisseau ne l'arrosent, jamais on n'y vit éclore des fleurs, jamais arbre, de son superbe ombrage, n'y forma un asile contre les rayons du soleil. Seulement, à plus de six milles de distance, s'élève un bois dont l'ombre funeste répand l'horreur et la tristesse.

« Du côté que le soleil éclaire de ses premiers

rayons, le Jourdain roule ses ondes illustres et fortunées. À l'occident, la mer Méditerranée mugit sur le sable qui l'arrête et la captive. Au nord, est Béthel qui éleva des autels au Veau d'or, et l'infidèle Samarie. Bethléem, le berceau d'un Dieu, est du côté qu'attristent les pluies et les orages[1]. »

Rien de plus net, de plus clair, de plus précis, que cette description; elle eût été faite sur les lieux qu'elle ne serait pas plus exacte. La forêt, placée à six milles du camp, du côté de l'Arabie, n'est point une invention du poète: Guillaume de Tyr parle du bois où le Tasse fait naître tant de merveilles. Godefroy y trouva des poutres et des solives pour la construction de ses machines de guerre. On verra combien le Tasse avait étudié les originaux, quand je traduirai les historiens des Croisades.

E'l capitano
Poi ch' intorno ha mirato, a i suoi discende.

« Cependant, Godefroy, après avoir tout reconnu, tout examiné, va rejoindre les siens: il sait qu'en vain il attaquerait Solime par les côtés escarpés et d'un difficile abord. Il fait dresser les tentes vis-à-vis la porte septentrionale et dans la plaine qu'elle regarde: de là il les prolonge jusqu'au-dessous de la tour angulaire.

« Dans cet espace, il renferme presque le tiers de la ville. Jamais il n'aurait pu en embrasser toute l'enceinte: mais il ferme tout accès aux secours et fait occuper tous les passages[2]. »

On est absolument sur les lieux. Le camp s'étend depuis la porte de Damas, jusqu'à la tour angulaire, à la naissance du torrent de Cédron et de la vallée de Josaphat. Le terrain entre la ville et le camp est tel que le Tasse l'a représenté, assez uni et propre à devenir un champ de bataille au pied des murs de Solime. Aladin est assis avec Herminie sur une tour bâtie entre deux portes, d'où ils découvrent les combats de la plaine et le camp des Chrétiens. Cette tour existe avec plusieurs autres, entre la porte de Damas et la porte d'Éphraïm.

Au second livre on reconnaît, dans l'épisode

d'Olinde et de Sophronie, deux descriptions de lieu très exactes :

Nel tempio de' Cristiani occulto giace, etc.

« Dans le temple des Chrétiens, au fond d'un souterrain inconnu, s'élève un autel ; sur cet autel est l'image de celle que ce peuple révère comme une Déesse et comme la mère d'un Dieu mort et enseveli[1]. »

C'est l'église appelée aujourd'hui le Sépulcre de la Vierge ; elle est dans la vallée de Josaphat, et j'en ai parlé dans le second volume, pages 221 et 222[2]. Le Tasse, par un privilège accordé aux poètes, met cette église dans l'intérieur de Jérusalem.

La mosquée où l'image de la Vierge est placée d'après les conseils du magicien, est évidemment la mosquée du Temple.

Io là, donde riceve
L'alta vostra meschita e l' aura e 'l die, etc.

« La nuit j'ai monté au sommet de la mosquée, et, par l'ouverture qui reçoit la clarté du jour, je me suis fait une route inconnue à tout autre[3]. »

Le premier choc des Aventuriers, le combat singulier d'Argant, d'Othon, de Tancrède, de Raymond de Toulouse, a lieu devant la porte d'Éphraïm. Quand Armide arrive de Damas, elle entre, dit le poète, par l'extrémité du camp. En effet, c'était près de la porte de Damas que se devaient trouver, du côté de l'ouest, les dernières tentes des Chrétiens.

Je place l'admirable scène de la fuite d'Herminie vers l'extrémité septentrionale de la vallée de Josaphat. Lorsque l'amante de Tancrède a franchi la porte de Jérusalem avec son fidèle écuyer, *elle s'enfonce dans des vallons et prend des sentiers obliques et détournés* (cant. VI, stanz. 96). Elle n'est donc pas sortie par la porte d'Éphraïm ; car le chemin qui conduit de cette porte au camp des Croisés passe sur un terrain tout uni : elle a préféré s'échapper par la porte de l'orient, porte moins suspecte et moins gardée.

Herminie arrive dans un lieu profond et solitaire : *in solitaria ed ima parte*[1]. Elle s'arrête et charge son écuyer d'aller parler à Tancrède : ce lieu profond et solitaire est très bien marqué au haut de la vallée de Josaphat, avant de tourner l'angle septentrional de la ville. Là, Herminie pouvait attendre en sûreté le retour de son messager, mais elle ne peut résister à son impatience : elle monte sur la hauteur, et découvre les tentes lointaines. En effet, en sortant de la ravine du torrent de Cédron, et marchant au nord, on devait apercevoir, à main gauche, le camp des Chrétiens. Viennent alors ces stances admirables :

Era la notte, etc.

« La nuit régnait encore : aucun nuage n'obscurcissait son front chargé d'étoiles : la lune naissante répandait sa douce clarté : l'amoureuse beauté prend le ciel à témoin de sa flamme ; le silence et les champs sont les confidents muets de sa peine.

« Elle porte ses regards sur les tentes des Chrétiens : Ô camp des Latins, dit-elle, objet cher à ma vue ! Quel air on y respire ! Comme il ranime mes sens et les recrée ! Ah ! si jamais le ciel donne un asile à ma vie agitée, je ne le trouverai que dans cette enceinte : non, ce n'est qu'au milieu des armes que m'attend le repos !

« Ô camp des Chrétiens, reçois la triste Herminie ! Qu'elle obtienne dans ton sein cette pitié qu'amour lui promit ; cette pitié que jadis captive elle trouva dans l'âme de son généreux vainqueur ! Je ne redemande point mes États, je ne redemande point le sceptre qui m'a été ravi : ô Chrétiens, je serai trop heureuse, si je puis seulement servir sous vos drapeaux !

« Ainsi parlait Herminie. Hélas ! elle ne prévoit pas les maux que lui apprête la fortune ! Des rayons de lumière réfléchis sur ses armes vont au loin frapper les regards : son habillement blanc, ce tigre d'argent qui brille sur son casque, annoncent Clorinde.

« Non loin de là est une garde avancée ; à la tête sont deux frères, Alcandre et Polipherne[2]. »

Alcandre et Polipherne devaient être placés à peu près vers les Sépulcres des Rois. On doit regretter que le Tasse n'ait pas décrit ces demeures souterraines ; le caractère de son génie l'appelait à la peinture d'un pareil monument.

Il n'est pas aussi aisé de déterminer le lieu où la fugitive Herminie rencontre le pasteur au bord du fleuve : cependant, comme il n'y a qu'un fleuve dans le pays, qu'Herminie est sortie de Jérusalem par la porte d'orient, il est probable que le Tasse a voulu placer cette scène charmante au bord du Jourdain. Il est inconcevable, j'en conviens, qu'il n'ait pas nommé ce fleuve[1] ; mais il est certain que ce grand poète ne s'est pas assez attaché aux souvenirs de l'Écriture, dont Milton a tiré tant de beautés.

Quant au lac et au château où la magicienne Armide enferme les chevaliers qu'elle a séduits, le Tasse déclare lui-même que ce lac est la mer Morte :

Alfin giungemmo al loco, ove già scese
Fiamma dal cielo[2], *etc.*

Un des plus beaux endroits du poème, c'est l'attaque du camp des Chrétiens par Soliman. Le sultan marche la nuit au travers des plus épaisses ténèbres ; car, selon l'expression sublime du poète,

Votò Pluton gli abissi, e la sua notte
Tutta versò dalle Tartaree grotte[3].

Le camp est assailli du côté du couchant ; Godefroy, qui occupe le centre de l'armée vers le nord, n'est averti qu'assez tard du combat qui se livre à l'aile droite. Soliman n'a pas pu se jeter sur l'aile gauche, quoiqu'elle soit plus près du désert, parce qu'il y a des ravines profondes de ce côté. Les Arabes, cachés pendant le jour dans la vallée de Térébinthe, en sont sortis avec les ombres pour tenter la délivrance de Solime.

Soliman vaincu prend seul le chemin de Gaza. Ismen le rencontre, et le fait monter sur un char qu'il environne d'un nuage. Ils traversent ensemble le camp des

Chrétiens, et arrivent à la montagne de Solime[1]. Cet épisode, admirable d'ailleurs, est conforme aux localités, jusqu'à l'extérieur du château de David près la porte de Jafa ou de Bethléem; mais il y a erreur dans le reste. Le poète a confondu ou s'est plu à confondre la tour de David avec la tour Antonia[2] : celle-ci était bâtie loin de là, au bas de la ville, à l'angle septentrional du Temple.

Quand on est sur les lieux, on croit voir les soldats de Godefroy partir de la porte d'Éphraïm, tourner à l'orient, descendre dans la vallée de Josaphat, et aller, comme de pieux et paisibles pèlerins, prier l'Éternel sur la montagne des Oliviers[3]. Remarquons que cette procession chrétienne rappelle d'une manière sensible la pompe des Panathénées, conduite à Éleusis au milieu des soldats d'Alcibiade[4]. Le Tasse, qui avait tout lu, qui imite sans cesse Virgile, Homère et les autres poètes de l'antiquité, a mis ici en beaux vers une des plus belles scènes de l'histoire. Ajoutons que cette procession est d'ailleurs un fait historique raconté par l'Anonyme, Robert moine, et Guillaume de Tyr[5].

Nous venons au premier assaut. Les machines sont plantées devant les murs du septentrion. Le Tasse est exact ici jusqu'au scrupule :

Non era il fosso di palustre limo
(Che no'l consente il loco) o d'acqua molle[6].

C'est la pure vérité. Le fossé au septentrion est un fossé sec, ou plutôt une ravine naturelle, comme les autres fossés de la ville.

Dans les circonstances de ce premier assaut, le poète a suivi son génie sans s'appuyer sur l'histoire; et, comme il lui convenait de ne pas marcher aussi vite que le chroniqueur, il suppose que la principale machine fut brûlée par les Infidèles, et qu'il fallut recommencer le travail. Il est certain que les assiégés mirent le feu à une des tours des assiégeants. Le Tasse a étendu cet accident selon le besoin de sa fable.

Bientôt s'engage le terrible combat de Tancrède et

Clorinde, fiction la plus pathétique qui soit jamais sortie du cerveau d'un poète. Le lieu de la scène est aisé à trouver. Clorinde ne peut rentrer avec Argant par la porte Dorée ; elle est donc sous le Temple, dans la vallée de Siloë. Tancrède la poursuit ; le combat commence ; Clorinde mourante demande le baptême ; Tancrède, plus infortuné que sa victime, va puiser de l'eau à une source voisine ; par cette source le lieu est déterminé :

> *Poco quindi lontan nel sen del monte*
> *Scaturia mormorando un picciol rio* [1].

C'est la fontaine de Siloë, ou plutôt la source de Marie, qui jaillit ainsi du pied de la montagne de Sion.

Je ne sais si la peinture de la sécheresse, dans le treizième chant, n'est pas le morceau du poème le mieux écrit : Le Tasse y marche l'égal d'Homère et de Virgile. Ce morceau, travaillé avec soin, a une fermeté et une pureté de style qui manquent quelquefois aux autres parties de l'ouvrage :

> *Spenta è del cielo ogni benigna lampa* [2], *etc.*

« Jamais le soleil ne se lève que couvert de vapeurs sanglantes, sinistre présage d'un jour malheureux : jamais il ne se couche que des taches rougeâtres ne menacent d'un aussi triste lendemain. Toujours le mal présent est aigri par l'affreuse certitude du mal qui doit le suivre.

« Sous ces rayons brûlants, la fleur tombe desséchée ; la feuille pâlit, l'herbe languit altérée ; la terre s'ouvre, et les sources tarissent. Tout éprouve la colère céleste, et les nues stériles, répandues dans les airs, n'y sont plus que des vapeurs enflammées.

« Le ciel semble une noire fournaise : les yeux ne trouvent plus où se reposer : le zéphir se tait enchaîné dans ses grottes obscures ; l'air est immobile : quelquefois seulement la brûlante haleine d'un vent qui souffle du côté du rivage maure, l'agite et l'enflamme encore davantage.

« Les ombres de la nuit sont embrasées de la chaleur

du jour : son voile est allumé du feu des comètes et chargé d'exhalaisons funestes. Ô terre malheureuse, le ciel te refuse sa rosée ! les herbes et les fleurs mourantes attendent en vain les pleurs de l'aurore.

« Le doux sommeil ne vient plus sur les ailes de la nuit verser ses pavots aux mortels languissants. D'une voix éteinte, ils implorent ses faveurs et ne peuvent les obtenir. La soif, le plus cruel de tous les fléaux, consume les Chrétiens : le tyran de la Judée a infecté toutes les fontaines de mortels poisons, et leurs eaux funestes ne portent plus que les maladies et la mort.

« Le Siloë qui, toujours pur, leur avait offert le trésor de ses ondes, appauvri maintenant, roule lentement sur des sables qu'il mouille à peine : quelle ressource, hélas ! l'Éridan débordé, le Gange, le Nil même, lorsqu'il franchit ses rives et couvre l'Égypte de ses eaux fécondes, suffiraient à peine à leurs désirs.

« Dans l'ardeur qui les dévore, leur imagination leur rappelle ces ruisseaux argentés qu'ils ont vus couler au travers des gazons, ces sources qu'ils ont vues jaillir du sein d'un rocher et serpenter dans des prairies ; ces tableaux jadis si riants ne servent plus qu'à nourrir leurs regrets et à redoubler leur désespoir.

« Ces robustes guerriers qui ont vaincu la nature et ses obstacles, qui jamais n'ont ployé sous leur pesante armure ; que n'ont pu dompter le fer ni l'appareil de la mort, faibles maintenant, sans courage et sans vigueur, pressent la terre de leur poids inutile : un feu secret circule dans leurs veines, les mine et les consume.

« Le coursier, jadis si fier, languit auprès d'une herbe aride et sans saveur ; ses pieds chancellent, sa tête superbe tombe négligemment penchée ; il ne sent plus l'aiguillon de la gloire, il ne se souvient plus des palmes qu'il a cueillies : ces riches dépouilles dont il était autrefois si orgueilleux, ne sont plus pour lui qu'un odieux et vil fardeau.

« Le chien fidèle oublie son maître et son asile ; il languit étendu sur la poussière, et toujours haletant, il cherche en vain à calmer le feu dont il est embrasé :

l'air lourd et brûlant pèse sur les poumons qu'il devait rafraîchir[1]. »

Voilà de la grande, de la haute poésie. Cette peinture si bien imitée dans Paul et Virginie, a le double mérite de convenir au ciel de la Judée, et d'être fondée sur l'histoire : les Chrétiens éprouvèrent une pareille sécheresse au siège de Jérusalem. Robert nous en a laissé une description que je ferai connaître aux lecteurs.

Au quatorzième chant, nous chercherons un fleuve qui coule auprès d'Ascalon, et au fond duquel demeure l'ermite qui révéla à Ubalde et au chevalier danois les destinées de Renaud[2]. Ce fleuve est le torrent d'Ascalon ou un autre torrent plus au nord, qui n'a été connu qu'au temps des Croisades, comme le témoigne d'Anville.

Quant à la navigation des deux chevaliers, l'ordre géographique y est merveilleusement suivi[3]. Partant d'un port entre Jafa et Ascalon et descendant vers l'Égypte, ils durent voir successivement Ascalon, Gaza, Raphia et Damiette. Le poète marque la route au couchant, quoiqu'elle fût d'abord au midi ; mais il ne pouvait entrer dans ce détail. En dernier résultat, je vois que tous les poètes épiques ont été des hommes très instruits ; surtout ils étaient nourris des ouvrages de ceux qui les avaient précédés dans la carrière de l'épopée : Virgile traduit Homère ; le Tasse imite à chaque stance quelque passage d'Homère, de Virgile, de Lucain, de Stace ; Milton prend partout, et joint à ses propres trésors les trésors de ses devanciers.

Le seizième chant, qui renferme la peinture des jardins d'Armide, ne fournit rien à notre sujet. Au dix-septième chant nous trouvons la description de Gaza, et le dénombrement de l'armée égyptienne : sujet épique traité de main de maître, et où le Tasse montre une connaissance parfaite de la géographie et de l'histoire. Lorsque je passai de Jafa à Alexandrie, notre saïque descendit jusqu'en face de Gaza, dont la vue me rappela ces vers de la *Jérusalem* :

« Aux frontières de la Palestine, sur le chemin qui

conduit à Péluse, Gaza voit au pied de ses murs expirer la mer et son courroux : autour d'elle s'étendent d'immenses solitudes et des sables arides. Le vent qui règne sur les flots exerce aussi son empire sur cette mobile arène ; et le voyageur voit sa route incertaine flotter et se perdre au gré des tempêtes[1]. »

Le dernier assaut, au dix-neuvième chant, est absolument conforme à l'histoire. Godefroy fit attaquer la ville par trois endroits. Le vieux comte de Toulouse battit les murailles entre le couchant et le midi en face du château de la ville, près de la porte de Jafa. Godefroy força au nord la porte d'Éphraïm. Tancrède s'attacha à la tour angulaire, qui prit dans la suite le nom de Tour-de-Tancrède.

Le Tasse suit pareillement les chroniques dans les circonstances et le résultat de l'assaut. Ismen accompagné de deux sorcières est tué par une pierre lancée d'une machine : deux magiciennes furent en effet écrasées sur le mur à la prise de Jérusalem. Godefroy lève les yeux et voit les guerriers célestes qui combattent pour lui de toutes parts. C'est une belle imitation d'Homère et de Virgile, mais c'est encore une tradition du temps des Croisades : « Les morts y entrèrent avec les vivants, dit le Père Nau ; car plusieurs des illustres Croisés, qui étaient morts en diverses occasions devant que d'arriver, et entre autres Adémar, ce vertueux et zélé évêque du Puy en Auvergne, y parurent sur les murailles, comme s'il eût manqué à la gloire qu'ils possédaient dans la Jérusalem céleste, celle de visiter la terrestre, et d'adorer le Fils de Dieu dans le trône de ses ignominies et de ses souffrances, comme ils l'adoraient dans celui de sa majesté et de sa puissance[2]. »

La ville fut prise, ainsi que le raconte le poète, au moyen des ponts qui s'élançaient des machines et s'abattaient sur les remparts. Godefroy et Gaston de Foix avaient donné le plan de ces machines, construites par des matelots pisans et génois. Ainsi dans cet assaut où le Tasse a déployé l'ardeur de son génie chevaleresque, tout est vrai, hors ce qui regarde Renaud :

comme ce héros est de pure invention, ses actions doivent être imaginaires. Il n'y avait point de guerrier appelé Renaud d'Est au siège de Jérusalem : le premier Chrétien qui s'élança sur les murs ne fut point un chevalier du nom de Renaud, mais Létolde, gentilhomme flamand de la suite de Godefroy. Il fut suivi de Guicher, et de Godefroy lui-même. La stance où le Tasse peint l'étendard de la Croix ombrageant les tours de Jérusalem délivrée, est sublime[1] :

« L'étendard triomphant se déploie dans les airs ; les vents respectueux soufflent plus mollement ; le soleil plus serein le dore de ses rayons : les traits et les flèches se détournent ou reculent à son aspect. Sion et la colline semblent s'incliner et lui offrir l'hommage de leur joie. »

Tous les historiens des Croisades parlent de la piété de Godefroy, de la générosité de Tancrède, de la justice et de la prudence du comte de Saint-Gilles ; Anne Comnène elle-même fait l'éloge de ce dernier : le poète nous a donc peint les héros que nous connaissons. Quand il invente des caractères, il est du moins fidèle aux mœurs. Argant est le véritable Mameluck,

L'altro è Circasso Argante, uom che straniero...

« L'autre, c'est Argant le Circassien : aventurier inconnu à la cour d'Égypte, il s'y est assis au rang des satrapes. Sa valeur l'a porté aux premiers honneurs de la guerre. Impatient, inexorable, farouche, infatigable, invincible dans les combats, contempteur de tous les dieux, son épée est sa raison et sa loi[2]. »

Soliman est un vrai sultan des premiers temps de l'empire turc. Le poète, qui ne néglige aucun souvenir, fait du sultan de Nicée un des ancêtres du grand Saladin ; et l'on voit qu'il a eu l'intention de peindre Saladin lui-même sous les traits de son aïeul. Si jamais l'ouvrage de Dom Berthereau[3] voyait le jour, on connaîtrait mieux les héros musulmans de la Jérusalem. Dom Berthereau avait traduit les auteurs arabes qui se sont occupés de l'histoire des Croisés. Cette précieuse traduction devait faire partie de la collection des historiens de France.

Je ne saurais guère assigner le lieu où le féroce Argant est tué par le généreux Tancrède[1]; mais il le faut chercher dans les vallées, entre le couchant et le septentrion. On ne le peut placer à l'orient de la tour angulaire qu'assiégeait Tancrède; car alors Herminie n'eût pas rencontré le héros blessé, lorsqu'elle revenait de Gaza avec Vafrin.

Quant à la dernière action du poème, qui, selon la vérité, se passa près d'Ascalon, le Tasse, avec un jugement exquis, l'a transportée sous les murs de Jérusalem. Dans l'histoire, cette action est très peu de chose; dans le poème, c'est une bataille supérieure à celles de Virgile, et égale aux plus grands combats d'Homère.

Je vais maintenant donner le siège de Jérusalem, tiré de nos vieilles chroniques: les lecteurs pourront comparer le poème et l'histoire.

Le moine Robert est de tous les historiens des Croisades celui qu'on cite le plus souvent. L'Anonyme de la collection *Gesta Dei per Francos* est plus ancien; mais son récit est trop sec. Guillaume de Tyr pèche par le défaut contraire. Il faut donc s'arrêter au moine Robert: sa latinité est affectée; il copie les tours des poètes; mais par cette raison même, au milieu de ses jeux de mots et de ses pointes[a], il est moins barbare que ses contemporains, il a d'ailleurs une certaine critique et une imagination brillante.

« L'armée se rangea dans cet ordre, autour de Jérusalem: le comte de Flandre et le comte de Normandie déployèrent leurs tentes du côté du septentrion, non loin de l'église bâtie sur le lieu où saint Étienne, premier martyr, fut lapidé[b]; Godefroy et Tancrède se pla-

---

a. *Papa Urbanus urbano sermone peroravit*, etc.; *Vallis speciosa et spatiosa*, etc.; c'est le goût du temps. Nos vieilles hymnes sont remplies de ces jeux de mots: *Quò carne carnis conditor*, etc.
b. Le texte porte: *Juxtà ecclesiam Sancti Stephani protomartyris*, etc. J'ai traduit, *non loin*, parce que cette église n'est point au septentrion, mais à l'orient de Jérusalem; et tous les autres histo-

cèrent à l'occident ; le comte de Saint-Gilles campa au midi, sur la montagne de Sion[a], autour de l'église de Marie, mère du Sauveur, autrefois la maison où le Seigneur fit la Cène avec ses disciples. Les tentes ainsi disposées, tandis que les troupes fatiguées de la route se reposaient et construisaient les machines propres au combat, Raimond Pilet[b], Raimond de Turenne sortirent du camp avec plusieurs autres pour visiter les lieux voisins, dans la crainte que les ennemis ne vinssent les surprendre avant que les Croisés fussent préparés. Ils rencontrèrent sur leur route trois cents Arabes ; ils en tuèrent plusieurs, et leur prirent trente chevaux. Le second jour de la troisième semaine, 13 juin 1099, les Français attaquèrent Jérusalem ; mais ils ne purent la prendre ce jour-là. Cependant leur travail ne fut pas infructueux ; ils renversèrent l'avant-mur, et appliquèrent les échelles au mur principal. S'ils en avaient eu une assez grande quantité, ce premier effort eût été le dernier. Ceux qui montèrent sur les échelles combattirent longtemps l'ennemi à coups d'épée et de javelot. Beaucoup des nôtres succombèrent dans cet assaut ; mais la perte fut plus considérable du côté des Sarrasins. La nuit mit fin à l'action et donna du repos aux deux partis. Toutefois l'inutilité de ce premier effort occasionna à notre armée un long travail et beaucoup de peine ; car nos troupes demeurèrent sans pain pendant l'espace de dix jours, jusqu'à ce que nos vaisseaux fussent arrivés au port de Jafa. En outre, elles souffrirent excessivement de la soif ; la fontaine de Siloë, qui est au pied de la montagne de Sion, pouvait à peine fournir de l'eau aux hommes, et l'on était obligé de mener boire les chevaux et les autres animaux à six

---

riens des Croisades disent que les comtes de Normandie et de Flandre se placèrent entre l'orient et le septentrion.

a. Le texte : *Scilicet in monte Sion.* Cela prouve que la Jérusalem rebâtie par Adrien n'enveloppait pas la montagne de Sion dans son entier, et que le local de la ville était absolument tel qu'on le voit aujourd'hui.

b. Piletus ; on lit ailleurs *Pilitus* et *Pelez*.

milles du camp, et de les faire accompagner par une nombreuse escorte . . . .

« Cependant la flotte arrivée à Jafa procura des vivres aux assiégeants, mais ils ne souffrirent pas moins de la soif : elle fut si grande durant le siège, que les soldats creusaient la terre et pressaient les mottes humides contre leur bouche ; ils léchaient aussi les pierres mouillées de rosée ; ils buvaient une eau fétide qui avait séjourné dans des peaux fraîches de buffles et de divers animaux ; plusieurs s'abstenaient de manger, espérant tempérer la soif par la faim. . . . .
. . . .

« Pendant ce temps-là les généraux faisaient apporter de fort loin de grosses pièces de bois pour construire des machines et des tours. Lorsque ces tours furent achevées, Godefroy plaça la sienne à l'orient de la ville ; le comte de Saint-Gilles en établit une autre toute semblable au midi. Les dispositions ainsi faites, le cinquième jour de la semaine, les Croisés jeûnèrent et distribuèrent des aumônes aux pauvres ; le sixième jour, qui était le douzième de juillet, l'aurore se leva brillante ; les guerriers d'élite montèrent dans les tours, et dressèrent les échelles contre les murs de Jérusalem. Les enfants illégitimes de la ville sainte s'étonnèrent et frémirent[a], en se voyant assiégés par une si grande multitude. Mais comme ils étaient de tous côtés menacés de leur dernière heure, que la mort était suspendue sur leurs têtes, certains de succomber, ils ne songèrent plus qu'à vendre cher le reste de leur vie. Cependant Godefroy se montrait sur le haut de sa tour, non comme un fantassin, mais comme un archer. Le Seigneur dirigeait sa main dans le combat ; et toutes les flèches qu'elle lançait perçaient l'ennemi de part en part.

---

a. Stupent et contremiscunt adulterini cives urbis eximiae. L'expression est belle et vraie ; car non seulement les Sarrasins étaient, en leur qualité d'étrangers, des *citoyens adultères*, des enfants impurs de Jérusalem, mais ils pouvaient encore s'appeler *adulterini*, à cause de leur mère Agar, et relativement à la postérité légitime d'Israël par Sara.

Auprès de ce guerrier était Baudouin et Eustache ses frères, de même que deux lions auprès d'un lion : ils recevaient les coups terribles des pierres et des dards, et les renvoyaient avec usure à l'ennemi.

« Tandis que l'on combattait ainsi sur les murs de la ville, on faisait une procession autour de ces mêmes murs, avec les croix, les reliques et les autels sacrés[a]. L'avantage demeura incertain pendant une partie du jour ; mais à l'heure où le Sauveur du monde rendit l'esprit, un guerrier nommé Létolde, qui combattait dans la tour de Godefroy, saute le premier sur les remparts de la ville : Guicher le suit, ce Guicher qui avait terrassé un lion ; Godefroy s'élance le troisième, et tous les autres chevaliers se précipitent sur les pas de leur chef. Alors les arcs et les flèches sont abandonnés ; on saisit l'épée. À cette vue, les ennemis désertent les murailles, et se jettent en bas dans la ville ; les soldats du Christ les poursuivent avec de grands cris.

« Le comte de Saint-Gilles, qui de son côté faisait des efforts pour approcher ses machines de la ville, entendit ces clameurs. Pourquoi, dit-il à ses soldats, demeurons-nous ici ? Les Français sont maîtres de Jérusalem ; ils la font retentir de leurs voix et de leurs coups. Alors il s'avance promptement vers la porte qui est auprès du château de David ; il appelle ceux qui étaient dans ce château, et les somme de se rendre. Aussitôt que l'émir eut reconnu le comte de Saint-Gilles, il lui ouvrit la porte, et se confia à la foi de ce vénérable guerrier.

« Mais Godefroy avec les Français s'efforçait de venger le sang chrétien répandu dans l'enceinte de Jérusalem, et voulait punir les Infidèles des railleries et des outrages qu'ils avaient fait souffrir aux pèlerins. Jamais dans aucun combat il ne parut aussi terrible, pas même lorsqu'il combattit le géant[b], sur le pont d'Antioche ;

---

a. *Sacra altaria.* Ceci a l'air de ne pouvoir se dire que d'une cérémonie païenne ; mais il y avait apparemment dans le camp des Chrétiens des autels portatifs.
b. C'était un Sarrasin d'une taille gigantesque, que Godefroy fendit en deux d'un seul coup d'épée, sur le pont d'Antioche.

Guicher et plusieurs milliers de guerriers choisis fendaient les Sarrasins depuis la tête jusqu'à la ceinture, ou les coupaient par le milieu du corps. Nul de nos soldats ne se montrait timide ; car personne ne résistait[a]. Les ennemis ne cherchaient qu'à fuir ; mais la fuite pour eux était impossible : en se précipitant en foule ils s'embarrassaient les uns les autres. Le petit nombre qui parvint à s'échapper, s'enferma dans le temple de Salomon, et s'y défendit assez longtemps. Comme le jour commençait à baisser, nos soldats envahirent le temple ; pleins de fureur, ils massacrèrent tous ceux qui s'y trouvèrent. Le carnage fut tel, que les cadavres mutilés étaient entraînés par les flots de sang jusque dans le parvis ; les mains et les bras coupés flottaient sur ce sang, et allaient s'unir à des corps auxquels ils n'avaient point appartenu[1]. »

En achevant de décrire les lieux célébrés par le Tasse, je me trouve heureux d'avoir pu rendre le premier à un poète immortel le même honneur que d'autres avant moi ont rendu à Homère et à Virgile. Quiconque est sensible à la beauté, à l'art, à l'intérêt d'une composition poétique, à la richesse des détails, à la vérité des caractères, à la générosité des sentiments, doit faire de la *Jérusalem délivrée* sa lecture favorite. C'est surtout le poème des soldats : il respire la valeur et la gloire ; et, comme je l'ai dit dans les Martyrs, il semble écrit au milieu des camps sur un bouclier[2].

Je passai environ cinq heures à examiner le théâtre des combats du Tasse. Ce théâtre n'occupe guère plus d'une demi-lieue de terrain, et le poète a si bien marqué les divers lieux de son action, qu'il ne faut qu'un coup d'œil pour les reconnaître.

Comme nous rentrions dans la ville par la vallée de Josaphat, nous rencontrâmes la cavalerie du pacha qui revenait de son expédition. On ne se peut figurer l'air de triomphe et de joie de cette troupe, victorieuse

---

a. La réflexion est singulière !

des moutons, des chèvres, des ânes et des chevaux de quelques pauvres Arabes du Jourdain.

C'est ici le lieu de parler du gouvernement de Jérusalem.

Il y a d'abord :

1º Un *Mosallam* ou *Sangiachey*, commandant pour le militaire ;

2º Un *Moula-Cady* ou ministre de la police ;

3º Un *Moufty*, chef des santons et des gens de loi.

Quand ce moufty est un fanatique, ou un méchant homme, comme celui qui se trouvait à Jérusalem de mon temps, c'est de toutes les autorités la plus tyrannique pour les chrétiens.

4º Un *Mouteleny* ou douanier de la mosquée de Salomon ;

5º Un *Sousbachi* ou prévôt de la ville.

Ces tyrans subalternes relèvent tous, à l'exception du moufty, d'un premier tyran, et ce premier tyran est le pacha de Damas.

Jérusalem est attachée, on ne sait pourquoi, au pachalic de Damas[1], si ce n'est à cause du système destructeur que les Turcs suivent naturellement et comme par instinct. Séparée de Damas par des montagnes, plus encore par les Arabes qui infestent les déserts, Jérusalem ne peut pas toujours porter ses plaintes au pacha lorsque des gouverneurs l'oppriment. Il serait plus simple qu'elle dépendît du pachalic d'Acre, qui se trouve dans le voisinage : les Francs et les Pères latins se mettraient sous la protection des consuls qui résident dans les ports de Syrie ; les Grecs et les Turcs pourraient faire entendre leur voix. Mais c'est précisément ce qu'on cherche à éviter : on veut un esclavage muet, et non pas d'insolents opprimés qui oseraient dire qu'on les écrase.

Jérusalem est donc livrée à un gouverneur presque indépendant : il peut faire impunément le mal qu'il lui plaît, sauf à en compter ensuite avec le pacha. On sait que tout supérieur en Turquie a le droit de déléguer ses pouvoirs à un inférieur ; et ses pouvoirs s'étendent toujours sur la propriété et la vie. Pour quelques bourses, un janissaire devient un petit aga ; et cet aga, selon son bon plaisir, peut vous tuer ou vous permettre de racheter votre tête. Les bourreaux se multiplient ainsi dans tous les villages de la Judée. La seule chose qu'on entende dans ce pays, la seule justice dont il soit question, c'est : *Il paiera dix, vingt, trente bourses ; on lui donnera cinq cents coups de bâton ; on lui coupera la tête.* Un acte d'injustice force à une injustice plus grande. Si l'on dépouille un paysan, on se met dans la nécessité de dépouiller le voisin ; car, pour échapper à l'hypocrite intégrité du pacha, il faut avoir, par un second crime, de quoi payer l'impunité du premier.

On croit peut-être que le pacha, en parcourant son gouvernement, porte remède à ces maux, et venge les peuples : le pacha est lui-même le plus grand fléau des habitants de Jérusalem. On redoute son arrivée comme celle d'un chef ennemi : on ferme les boutiques ; on se cache dans des souterrains ; on feint d'être mourant sur sa natte, ou l'on fuit dans la montagne.

Je puis attester la vérité de ces faits, puisque je me suis trouvé à Jérusalem au moment de l'arrivée du pacha. Abdallah est d'une avarice sordide, comme presque tous les musulmans : en sa qualité de chef de la caravane de la Mecque, et sous prétexte d'avoir de l'argent pour mieux protéger les pèlerins, il se croit en droit de multiplier les exactions. Il n'y a point de moyens qu'il n'invente. Un de ceux qu'il emploie le plus souvent, c'est de fixer un maximum fort bas pour les comestibles. Le peuple crie à la merveille, mais les marchands ferment leurs boutiques. La disette commence ; le pacha fait traiter secrètement avec les marchands ; il leur donne, pour un certain nombre de bourses, la permission de vendre au taux qu'ils voudront. Les marchands cherchent à retrouver l'argent qu'ils ont donné au pacha : ils portent les denrées à un prix extraordinaire ; et le peuple, mourant de faim une seconde fois, est obligé, pour vivre, de se dépouiller de son dernier vêtement.

J'ai vu ce même Abdallah commettre une vexation plus ingénieuse encore. J'ai dit qu'il avait envoyé sa cavalerie piller des Arabes cultivateurs, de l'autre côté du Jourdain. Ces bonnes gens, qui avaient payé le miri[1], et qui ne se croyaient point en guerre, furent surpris au milieu de leurs tentes et de leurs troupeaux. On leur vola deux mille deux cents chèvres et moutons, quatre-vingt-quatorze veaux, mille ânes et six juments de première race : les chameaux seuls échappèrent[a] ; un scheik les appela de loin, et ils le suivirent : ces fidèles enfants du désert allèrent porter leur lait à leurs maîtres dans la montagne, comme s'ils avaient deviné que ces maîtres n'avaient plus d'autre nourriture.

Un Européen ne pourrait guère imaginer ce que le pacha fit de ce butin. Il mit à chaque animal un prix excédant deux fois sa valeur. Il estima chaque chèvre et chaque mouton à vingt piastres, chaque veau à quatre-vingts. On envoya les bêtes ainsi taxées aux bouchers, aux différents particuliers de Jérusalem, et aux chefs des villages voisins : il fallait les prendre et les payer, sous peine de mort. J'avoue que, si je n'avais pas vu de mes yeux cette double iniquité, elle me paraîtrait tout à fait incroyable. Quant aux ânes et aux chevaux, ils demeurèrent aux cavaliers ; car, par une singulière convention entre ces voleurs, les animaux à pied fourchu appartiennent au pacha dans les épaves, et toutes les autres bêtes sont le partage des soldats.

Après avoir épuisé Jérusalem, le pacha se retire. Mais, afin de ne pas payer les gardes de la ville, et pour augmenter l'escorte de la caravane de la Mecque, il emmène avec lui les soldats. Le gouverneur reste seul avec une douzaine de sbires, qui ne peuvent suffire à la police intérieure, encore moins à celle du pays. L'année qui précéda celle de mon voyage, il fut obligé de se cacher lui-même dans sa maison pour échapper à des bandes de voleurs qui passaient par-dessus les

---

a. On en prit cependant vingt-six.

murs de Jérusalem, et qui furent au moment de piller la ville.

À peine le pacha a-t-il disparu, qu'un autre mal, suite de son oppression, commence. Les villages dévastés se soulèvent ; ils s'attaquent les uns les autres pour exercer des vengeances héréditaires. Toutes les communications sont interrompues : l'agriculture périt ; le paysan va pendant la nuit ravager la vigne et couper l'olivier de son ennemi. Le pacha revient l'année suivante ; il exige le même tribut dans un pays où la population est diminuée. Il faut qu'il redouble d'oppression, et qu'il extermine des peuplades entières. Peu à peu le désert s'étend ; on ne voit plus que de loin à loin des masures en ruine, et à la porte de ces masures des cimetières toujours croissants : chaque année voit périr une cabane et une famille ; et bientôt il ne reste que le cimetière pour indiquer le lieu où le village s'élevait.

Rentré au couvent à dix heures du matin, j'achevai de visiter la bibliothèque[1]. Outre le registre des firmans dont j'ai parlé, je trouvai un manuscrit autographe du savant Quaresmius. Ce manuscrit latin a pour objet, comme les ouvrages imprimés du même auteur, des recherches sur la Terre-Sainte. Quelques autres cartons contenaient des papiers turcs et arabes, relatifs aux affaires du couvent, des lettres de la Congrégation, des mélanges, etc. ; je vis aussi des traités des Pères de l'Église, plusieurs pèlerinages à Jérusalem, l'ouvrage de l'abbé Mariti, et l'excellent Voyage de M. de Volney. Le père Clément Pérès avait cru découvrir de légères inexactitudes dans ce dernier Voyage ; il les avait marquées sur des feuilles volantes, et il me fit présent de ces notes.

J'avais tout vu à Jérusalem, je connaissais désormais l'intérieur et l'extérieur de cette ville, et même beaucoup mieux que je ne connais le dedans et les dehors de Paris. Je commençai donc à songer à mon départ. Les Pères de Terre-Sainte voulurent me faire un honneur que je n'avais ni demandé, ni mérité. En considération des faibles services que, selon eux, j'avais rendus à la religion, ils me prièrent d'accepter l'ordre du Saint-Sépulcre[1]. Cet ordre, très ancien dans la chrétienté, sans même en faire remonter l'origine à sainte Hélène, était autrefois assez répandu en Europe. On ne le retrouve plus guère aujourd'hui qu'en Pologne et en Espagne : le Gardien du Saint-Sépulcre a seul le droit de le conférer.

Nous sortîmes à une heure du couvent, et nous nous rendîmes à l'église du Saint-Sépulcre[2]. Nous entrâmes dans la chapelle qui appartient aux Pères latins ; on en ferma soigneusement les portes de peur que les Turcs n'aperçussent les armes, ce qui coûterait la vie aux Religieux. Le Gardien se revêtit de ses habits pontificaux ; on alluma les lampes et les cierges ; tous les Frères présents formèrent un cercle autour de moi, les bras croisés sur la poitrine. Tandis qu'ils chantaient à voix basse le *Veni Creator*, le Gardien monta à l'autel, et je me mis à genoux à ses pieds. On tira du trésor du Saint-Sépulcre les éperons et l'épée de Godefroy de Bouillon : deux Religieux debout, à mes côtés, tenaient les dépouilles vénérables. L'officiant récita les prières accoutumées, et me fit les questions d'usage. Ensuite il me chaussa les éperons, me frappa trois fois avec l'épée en me donnant l'accolade. Les Religieux entonnèrent le *Te Deum*, tandis que le Gardien prononçait cette oraison sur ma tête.

« Seigneur, Dieu tout-puissant, répands ta grâce et tes bénédictions sur ce tien serviteur, etc. »

Tout cela n'est que le souvenir de mœurs qui n'existent plus. Mais, que l'on songe que j'étais à Jérusalem, dans l'église du Calvaire, à douze pas du Tombeau de Jésus-Christ, à trente du tombeau de Godefroy de Bouillon ; que je venais de chausser l'éperon du libérateur du Saint-Sépulcre, de toucher cette longue et large épée de fer qu'avait maniée une main si noble et si loyale ; que l'on se rappelle ces circonstances, ma vie aventureuse, mes courses sur la terre et sur la mer, et l'on croira sans peine que je devais être ému. Cette

cérémonie, au reste, ne pouvait être tout à fait vaine :
j'étais français ; Godefroy de Bouillon était français :
ses vieilles armes, en me touchant, m'avaient communiqué un nouvel amour pour la gloire et l'honneur de
ma patrie. Je n'étais pas sans doute *sans reproche* ; mais
tout Français peut se dire *sans peur*.

On me délivra mon brevet, revêtu de la signature
du Gardien et du sceau du couvent. Avec ce brillant
diplôme de chevalier, on me donna mon humble patente
de pèlerin. Je les conserve[1], comme un monument de
mon passage dans la terre du vieux voyageur Jacob.

Maintenant que je vais quitter la Palestine, il faut
que le lecteur se transporte avec moi hors des murailles
de Jérusalem pour jeter un dernier regard sur cette
ville extraordinaire.

Arrêtons-nous d'abord à la grotte de Jérémie, près
des Sépulcres des Rois. Cette grotte est assez vaste, et
la voûte en est soutenue par un pilier de pierres. C'est
là, dit-on, que le prophète fit entendre ses Lamentations ; elles ont l'air d'avoir été composées à la vue de la
moderne Jérusalem, tant elles peignent naturellement
l'état de cette ville désolée[2] :

« Comment cette ville, si pleine de peuple, est-elle
maintenant si solitaire et si désolée ? La maîtresse des
nations est devenue comme veuve : la reine des provinces a été assujettie au tribut.

« Les rues de Sion pleurent, parce qu'il n'y a plus
personne qui vienne à ses solennités : toutes ses portes
sont détruites ; ses prêtres ne font que gémir ; ses vierges
sont toutes défigurées de douleur ; et elle est plongée
dans l'amertume.

« Ô vous tous qui passez par le chemin, considérez et
voyez s'il y a une douleur comme la mienne !

« Le Seigneur a résolu d'abattre la muraille de la fille
de Sion : il a tendu son cordeau, et il n'a point retiré sa
main que tout ne fût renversé : le boulevard est tombé
d'une manière déplorable, et le mur a été détruit de
même.

« Ses portes sont enfoncées dans la terre ; il en a

rompu et brisé les barres ; il a banni son roi et ses princes parmi les nations : il n'y a plus de loi ; et ses prophètes n'ont point reçu de visions prophétiques du Seigneur.

« Mes yeux se sont affaiblis à force de verser des larmes, le trouble a saisi mes entrailles : mon cœur s'est répandu en terre en voyant la ruine de la fille de mon peuple, en voyant les petits enfants et ceux qui étaient encore à la mamelle, tomber morts dans la place de la ville.

« À qui vous comparerai-je, ô fille de Jérusalem ? À qui dirai-je que vous ressemblez ?

« Tous ceux qui passaient par le chemin ont frappé des mains en vous voyant : ils ont sifflé la fille de Jérusalem en branlant la tête et en disant : Est-ce là cette ville d'une beauté si parfaite, qui était la joie de toute la terre ? »

Vue de la montagne des Oliviers[1], de l'autre côté de la vallée de Josaphat, Jérusalem présente un plan incliné sur un sol qui descend du couchant au levant. Une muraille crénelée, fortifiée par des tours et par un château gothique, enferme la ville dans son entier, laissant toutefois au-dehors une partie de la montagne de Sion, qu'elle embrassait autrefois.

Dans la région du couchant et au centre de la ville, vers le Calvaire, les maisons se serrent d'assez près ; mais au levant, le long de la vallée de Cédron, on aperçoit des espaces vides, entre autres l'enceinte qui règne autour de la mosquée bâtie sur les débris du Temple, et le terrain presque abandonné où s'élevaient le château Antonia et le second palais d'Hérode.

Les maisons de Jérusalem sont de lourdes masses carrées, fort basses, sans cheminées et sans fenêtres ; elles se terminent en terrasses aplaties ou en dômes, et elles ressemblent à des prisons ou à des sépulcres. Tout serait à l'œil d'un niveau égal, si les clochers des églises, les minarets des mosquées, les cimes de quelques cyprès et les buissons de nopals ne rompaient l'uniformité du plan. À la vue de ces maisons de pierres, renfermées dans un paysage de pierres, on se demande si ce ne sont pas là les monuments confus d'un cimetière au milieu d'un désert ?

Entrez dans la ville, rien ne vous consolera de la tristesse extérieure : vous vous égarez dans de petites rues non pavées, qui montent et descendent sur un sol inégal, et vous marchez dans des flots de poussière, ou parmi des cailloux roulants. Des toiles jetées d'une maison à l'autre augmentent l'obscurité de ce labyrinthe ; des bazars voûtés et infects achèvent d'ôter la lumière à la ville désolée ; quelques chétives boutiques n'étalent aux yeux que la misère ; et souvent ces boutiques même sont fermées, dans la crainte du passage d'un cadi. Personne dans les rues, personne aux portes de la ville ; quelquefois seulement un paysan se glisse dans l'ombre, cachant sous ses habits les fruits de son labeur, dans la crainte d'être dépouillé par le soldat ; dans un coin à l'écart, le boucher arabe égorge quelque bête suspendue par les pieds à un mur en ruine : à l'air hagard et féroce de cet homme, à ses bras ensanglantés, vous croiriez qu'il vient plutôt de tuer son semblable, que d'immoler un agneau. Pour tout bruit dans la cité déicide, on entend par intervalles le galop de la cavale du désert : c'est le janissaire qui apporte la tête du Bédouin, ou qui va piller le Fellah.

Au milieu de cette désolation extraordinaire, il faut s'arrêter un moment pour contempler des choses plus extraordinaires encore. Parmi les ruines de Jérusalem, deux espèces de peuples indépendants trouvent dans leur foi de quoi surmonter tant d'horreurs et de misères. Là vivent des Religieux chrétiens que rien ne peut forcer à abandonner le tombeau de Jésus-Christ, ni spoliations, ni mauvais traitements, ni menaces de la mort. Leurs cantiques retentissent nuit et jour autour du Saint-Sépulcre. Dépouillés le matin par un gouverneur turc, le soir les retrouve au pied du Calvaire, priant au lieu où Jésus-Christ souffrit pour le salut des hommes. Leur front est serein, leur bouche est riante. Ils reçoivent l'étranger avec joie. Sans forces et sans soldats, ils protègent des villages entiers contre l'iniquité. Pressés par le bâton et par le sabre, les femmes, les enfants, les troupeaux se réfugient dans les cloîtres de ces Solitaires. Qui empêche le méchant armé de poursuivre sa proie, et de renverser d'aussi faibles remparts? la charité des moines; ils se privent des dernières ressources de la vie pour racheter leurs suppliants. Turcs, Arabes, Grecs, Chrétiens schismatiques, tous se jettent sous la protection de quelques pauvres Religieux, qui ne peuvent se défendre eux-mêmes. C'est ici qu'il faut reconnaître avec Bossuet, « que des mains levées vers le ciel enfoncent plus de bataillons que des mains armées de javelots[1] ».

Tandis que la nouvelle Jérusalem sort ainsi *du désert, brillante de clarté*[2], jetez les yeux entre la montagne de Sion et le Temple; voyez cet autre petit peuple qui vit séparé du reste des habitants de la cité. Objet particulier de tous les mépris, il baisse la tête sans se plaindre; il souffre toutes les avanies sans demander justice; il se laisse accabler de coups sans soupirer; on lui demande sa tête: il la présente au cimeterre. Si quelque membre de cette société proscrite vient à mourir, son compagnon ira, pendant la nuit, l'enterrer furtivement dans la vallée de Josaphat, à l'ombre du temple de Salomon. Pénétrez dans la demeure de ce peuple, vous le trouverez dans une affreuse misère, faisant lire un livre mystérieux à des enfants qui, à leur tour, le feront lire à leurs enfants. Ce qu'il faisait il y a cinq mille ans, ce peuple le fait encore. Il a assisté dix-sept fois à la ruine de Jérusalem, et rien ne peut le décourager; rien ne peut l'empêcher de tourner ses regards vers Sion. Quand on voit les Juifs dispersés sur la terre, selon la parole de Dieu[3], on est surpris sans doute: mais, pour être frappé d'un étonnement surnaturel, il faut les retrouver à Jérusalem[4]; il faut voir ces légitimes maîtres de la Judée esclaves et étrangers dans leur propre pays; il faut les voir attendant, sous toutes les oppressions, un roi qui doit les délivrer. Écrasés par la Croix qui les condamne, et qui est plantée sur leurs têtes, cachés près du temple dont il ne reste pas pierre sur pierre, ils demeurent dans leur déplorable aveuglement. Les Perses, les Grecs, les Romains ont disparu de la terre ; et un petit peuple, dont l'origine précéda celle de ces grands peuples, existe encore sans mélange dans les décombres de sa patrie. Si quelque chose, parmi les nations, porte le caractère du miracle, nous pensons que ce caractère est ici. Et qu'y a-t-il de plus merveilleux, même aux yeux du philosophe, que cette rencontre de l'antique et de la nouvelle Jérusalem au pied du Calvaire : la première s'affligeant à l'aspect du sépulcre de Jésus-Christ ressuscité ; la seconde se consolant auprès du seul tombeau qui n'aura rien à rendre à la fin des siècles !

Je remerciai les Pères de leur hospitalité ; je leur souhaitai bien sincèrement un bonheur qu'ils n'attendent guère ici-bas ; prêt à les quitter, j'éprouvais une véritable tristesse. Je ne connais point de martyre comparable à celui de ces infortunés Religieux ; l'état où ils vivent ressemble à celui où l'on était, en France, sous le règne de la terreur. J'allais rentrer dans ma patrie, embrasser mes parents, revoir mes amis, retrouver les douceurs de la vie ; et ces Pères, qui avaient aussi des parents, des amis, une patrie, demeuraient exilés dans cette terre d'esclavage. Tous n'ont pas la force d'âme qui rend insensible aux chagrins ; j'ai entendu des regrets qui m'ont fait connaître l'étendue du sacrifice. Jésus-Christ à ces mêmes bords n'a-t-il pas trouvé le calice amer ? Et pourtant il l'a bu jusqu'à la lie.

Le 12 octobre, je montai à cheval avec Ali-Aga, Jean, Julien et le drogman Michel. Nous sortîmes de la ville, au coucher du soleil, par la porte des Pèlerins. Nous traversâmes le camp du pacha. Je m'arrêtai avant de descendre dans la vallée de Térébinthe, pour regarder encore Jérusalem. Je distinguai par-dessus les murs le dôme de l'église du Saint-Sépulcre. Il ne sera plus salué par le pèlerin, car il n'existe plus ; et le tombeau de Jésus-Christ est maintenant exposé aux injures de l'air[1]. Autrefois la chrétienté entière serait accourue pour réparer le sacré monument; aujourd'hui personne n'y pense, et la moindre aumône employée à cette œuvre méritoire paraîtrait une ridicule superstition. Après avoir contemplé pendant quelque temps Jérusalem, je m'enfonçai dans les montagnes. Il était six heures vingt-neuf minutes, lorsque je perdis de vue la Cité-Sainte : le navigateur marque ainsi le moment où disparaît à ses yeux une terre lointaine qu'il ne reverra jamais.

Nous trouvâmes au fond de la vallée de Térébinthe les chefs des Arabes de Jérémie, Abou-Gosh et Giaber : ils nous attendaient. Nous arrivâmes à Jérémie vers minuit : il fallut manger un agneau qu'Abou-Gosh nous avait fait préparer. Je voulus lui donner quelque argent, il le refusa, et me pria seulement de lui envoyer deux *couffes* de riz de Damiette quand je serais en Égypte : je le lui promis de grand cœur, et pourtant je ne me souvins de ma promesse qu'à l'instant même où je m'embarquais pour Tunis. Aussitôt que nos communications avec le Levant seront rétablies, Abou-Gosh recevra certainement son riz de Damiette; il verra qu'un Français peut manquer de mémoire, mais jamais de parole[1]. J'espère que les petits Bédouins de Jérémie monteront la garde autour de mon présent, et qu'ils diront encore : « En avant ! marche ! »

J'arrivai à Jafa le 13, à midi.

SIXIÈME PARTIE

VOYAGE D'ÉGYPTE

Je me trouvai fort embarrassé à mon retour à Jafa : il n'y avait pas un seul vaisseau dans le port. Je flottais entre le dessein d'aller m'embarquer à Saint-Jean-d'Acre et celui de me rendre en Égypte par terre. J'aurais beaucoup mieux aimé exécuter ce dernier projet, mais il était impraticable. Cinq partis armés se disputaient alors les bords du Nil : Ibraïm-Bey dans la Haute-Égypte, deux autres petits beys indépendants, le pacha de la Porte au Caire, une troupe d'Albanais révoltés, El-Fy-Bey dans la Basse-Égypte[1]. Ces différents partis infestaient les chemins ; et les Arabes, profitant de la confusion, achevaient de fermer tous les passages.

La Providence vint à mon secours. Le surlendemain de mon arrivée à Jafa[2], comme je me préparais à partir pour Saint-Jean-d'Acre, on vit entrer dans le port une saïque[3]. Cette saïque de l'Échelle de Tripoli de Syrie était sur son lest, et s'enquérait d'un chargement. Les Pères envoyèrent chercher le capitaine : il consentit à me porter à Alexandrie, et nous eûmes bientôt conclu notre traité. J'ai conservé ce petit traité écrit en arabe. M. Langlès[4], si connu par son érudition dans les langues orientales, l'a jugé digne d'être mis sous les yeux des savants, à cause de plusieurs singularités. Il a eu la complaisance de le traduire lui-même, et j'ai fait graver l'original[5] :

LUI (Dieu).

« Le début de cet écrit et le motif qui l'a fait tracer est que, le jour et la date désignés ci-après[a], nous soussignés avons loué notre bâtiment au porteur de ce traité, le signor Francesko (Français), pour aller de l'Échelle d'Yâfâ à Alexandrie, à condition qu'il n'entrera dans aucun autre port, et qu'il ira droit à Alexandrie, à moins qu'il ne soit forcé par le mauvais temps de surgir dans quelque Échelle. Le nolis de ce bâtiment est de quatre cent quatre-vingts *ghrouch* (piastres) au lion, lesquels valent chacun quarante pârah[b]. Il est aussi convenu entre eux que le nolis susdit ne sera acquitté que lorsqu'ils seront entrés à Alexandrie. Arrêté et convenu entre eux, et cela devant les témoins soussignés. Témoins :

« Le seïd (le sieur) Mousthafa êl Bâbâ ; le seïd Hhocéïn Chetmâ. — Le reïs (patron) Hhannâ Demitry (Jean Démétrius), de Tripoly de Syrie, affirme la vérité du contenu de cet écrit.

« Le reïs (patron) Hhannâ a touché, sur le montant du nolis ci-dessus énoncé, la somme de cent quatre-vingts *ghrouch* au lion ; le reste, c'est-à-dire les trois cents autres *ghrouch*, lui seront payés à Alexandrie ; et comme ils servent d'assurance pour le susdit bâtiment depuis Yâfâ jusqu'à Alexandrie, ils restent dans la bourse du signor Francesko, pour cette seule raison. Il est

---

a. Le jour et la date, c'est-à-dire l'année *yeoùm oùé târikh*, ont été oubliés. Outre cette omission, nous avons remarqué plusieurs fautes d'orthographe assez graves, dont on trouvera la rectification au bas du *fac-similé* de l'original arabe. — (*Note de M. Langlès.*)

b. Quoiqu'on ait employé ici le mot arabe *fadhdhah*, qui signifie proprement de l'argent, ce mot désigne ici la très petite pièce de monnaie connue en Égypte sous le nom de *pârah* ou *meydyn*, évalué à 8 deniers 4/7 dans l'*Annuaire de la République française*, publié au Caire en l'an IX. Suivant le même ouvrage, page 60, la piastre turque, le *ghrouch* de 40 *pârah*, vaut 1 l. 8 s. 6 d. 6/7. — (*Note de M. Langlès.*)

convenu, en outre, que le patron leur fournira, à un juste prix, de l'eau, du feu pour faire la cuisine, et du sel, ainsi que toutes les provisions dont ils pourraient manquer, et les vivres. »

Ce ne fut pas sans un véritable regret, que je quittai mes vénérables hôtes le 16 octobre. Un des Pères me donna des lettres de recommandation pour l'Espagne ; car mon projet était, après avoir vu Carthage, de finir mes courses par les ruines de l'Alhambra. Ainsi ces Religieux, qui restaient exposés à tous les outrages, songeaient encore à m'être utiles au-delà des mers et dans leur propre patrie.

Avant de quitter Jafa, j'écrivis à M. Pillavoine[1], consul de France à Saint-Jean-d'Acre, la lettre suivante :

« Jafa, ce 16 octobre 1806.

« Monsieur,

« J'ai l'honneur de vous envoyer la lettre de recommandation que M. l'ambassadeur de France à Constantinople m'avait remise pour vous. La saison étant déjà très avancée, et mes affaires me rappelant dans notre commune patrie, je me vois forcé de partir pour Alexandrie. Je perds à regret l'occasion de faire votre connaissance. J'ai visité Jérusalem ; j'ai été témoin des vexations que le pacha de Damas fait éprouver aux Religieux de Terre-Sainte. Je leur ai conseillé, comme vous, la résistance. Malheureusement ils ont connu trop tard tout l'intérêt que l'Empereur prend à leur sort. Ils ont donc encore cédé en partie aux demandes d'Abdallah : il faut espérer qu'ils auront plus de fermeté l'année prochaine. D'ailleurs, il m'a paru qu'ils n'avaient manqué cette année ni de prudence ni de courage.

« Vous trouverez, Monsieur, deux autres lettres jointes à la lettre de M. l'ambassadeur : l'une m'a été remise par M. Dubois, négociant ; je tiens l'autre du drogman de M. Vial, consul de France à Modon.

« J'ose prendre encore, Monsieur, la liberté de vous recommander M. D... que j'ai vu ici[1]. On m'a dit qu'il était honnête homme, pauvre et malheureux : ce sont là trois grands titres à la protection de la France.

« Agréez, Monsieur, je vous prie, etc.

« F. A. DE CH. »

Jean et Julien ayant porté nos bagages à bord, je m'embarquai le 16, à huit heures du soir[2]. La mer était grosse et le vent peu favorable. Je restai sur le pont aussi longtemps que je pus apercevoir les lumières de Jafa. J'avoue que j'éprouvais un certain sentiment de plaisir, en pensant que je venais d'accomplir un pèlerinage que j'avais médité depuis si longtemps. J'espérais mettre bientôt à fin cette sainte aventure, dont la partie la plus hasardeuse me semblait achevée. Quand je songeais que j'avais traversé presque seul le continent et les mers de la Grèce ; que je me retrouvais encore seul, dans une petite barque, au fond de la Méditerranée, après avoir vu le Jourdain, la mer Morte et Jérusalem, je regardais mon retour par l'Égypte, la Barbarie et l'Espagne, comme la chose du monde la plus facile : je me trompais pourtant.

Je me retirai dans la chambre du capitaine, lorsque nous eûmes perdu de vue les lumières de Jafa, et que j'eus salué pour la dernière fois les rivages de la Terre-Sainte ; mais le lendemain, à la pointe du jour, nous découvrîmes encore la côte en face de Gaza, car le capitaine avait fait route au midi. L'aurore nous amena une forte brise de l'orient, la mer devint belle, et nous mîmes le cap à l'ouest. Ainsi je suivais absolument le chemin qu'Ubalde et le Danois avaient parcouru pour aller délivrer Renaud[3]. Mon bateau n'était guère plus grand que celui des deux chevaliers, et comme eux j'étais conduit par la Fortune. Ma navigation de Jafa à Alexandrie ne dura que quatre jours, et jamais je n'ai fait sur les flots une course plus agréable et plus rapide. Le ciel fut constamment pur, le vent bon, la mer brillante. On ne changea pas une seule fois la voile. Cinq hommes composaient l'équipage de la saïque, y compris le capitaine; gens moins gais que mes Grecs de l'île de Tino, mais en apparence plus habiles. Des vivres frais, des grenades excellentes, du vin de Chypre, du café de la meilleure qualité nous tenaient dans l'abondance et dans la joie. L'excès de ma prospérité aurait dû me causer des alarmes; mais quand j'aurais eu l'anneau de Polycrate, je me serais bien gardé de le jeter dans la mer, à cause du maudit esturgeon[1].

Il y a dans la vie du marin quelque chose d'aventureux qui nous plaît et qui nous attache[2]. Ce passage continuel du calme à l'orage, ce changement rapide des terres et des cieux, tiennent éveillée l'imagination du navigateur. Il est lui-même, dans ses destinées, l'image de l'homme ici-bas : toujours se promettant de rester au port, et toujours déployant ses voiles; cherchant des îles enchantées où il n'arrive presque jamais, et dans lesquelles il s'ennuie s'il y touche; ne parlant que de repos, et n'aimant que les tempêtes; périssant au milieu d'un naufrage, ou mourant vieux nocher sur la rive, inconnu des jeunes navigateurs dont il regrette de ne pouvoir suivre le vaisseau.

Nous traversâmes le 17 et le 18 le golfe de Damiette : cette ville remplace à peu près l'ancienne Peluse[3]. Quand un pays offre de grands et de nombreux souvenirs, la mémoire, pour se débarrasser des tableaux qui l'accablent, s'attache à un seul événement; c'est ce qui m'arriva en passant le golfe de Peluse : je commençai par remonter en pensée jusqu'aux premiers Pharaons, et je finis par ne pouvoir plus songer qu'à la mort de Pompée; c'est selon moi le plus beau morceau de Plutarque et d'Amyot son traducteur[a].

Le 19 à midi, après avoir été deux jours sans voir la terre, nous aperçûmes un promontoire assez élevé, appelé le cap Brûlos, et formant la pointe la plus septentrionale du Delta. J'ai déjà remarqué, au sujet du

---

a. Voir note O, p. 569.

Granique, que l'illusion des noms est une chose prodigieuse : le cap Brûlos ne me présentait qu'un petit monceau de sable ; mais c'était l'extrémité de ce quatrième continent, le seul qui me restât à connaître ; c'était un coin de cette Égypte, berceau des sciences, mère des religions et des lois : je n'en pouvais détacher les yeux.

Le soir même, nous eûmes, comme disent les marins, connaissance de quelques palmiers qui se montraient dans le sud-ouest, et qui paraissaient sortir de la mer ; on ne voyait point le sol qui les portait. Au sud, on remarquait une masse noirâtre et confuse, accompagnée de quelques arbres isolés : c'étaient les ruines d'un village, triste enseigne des destinées de l'Égypte.

Le 20, à cinq heures du matin, j'aperçus, sur la surface verte et ridée de la mer, une barre d'écume, et de l'autre côté de cette barre, une eau pâle et tranquille. Le capitaine vint me frapper sur l'épaule, et me dit en langue franque : «*Nilo !*» Bientôt après nous entrâmes et nous courûmes dans ces eaux fameuses, dont je voulus boire, et que je trouvai salées. Des palmiers et un minaret nous annoncèrent l'emplacement de Rosette ; mais le plan même de la terre était toujours invisible. Ces plages ressemblaient aux lagunes des Florides : l'aspect en était tout différent de celui des côtes de la Grèce et de la Syrie, et rappelait l'effet d'un horizon sous les tropiques.

À dix heures nous découvrîmes enfin, au-dessous de la cime des palmiers, une ligne de sable qui se prolongeait à l'ouest jusqu'au promontoire d'Aboukir, devant lequel il nous fallait passer pour arriver à Alexandrie. Nous nous trouvions alors en face même de l'embouchure du Nil, à Rosette, et nous allions traverser le Bogâz[1]. L'eau du fleuve était dans cet endroit d'un rouge tirant sur le violet, de la couleur d'une bruyère en automne : le Nil, dont la crue était finie, commençait à baisser depuis quelque temps. Une vingtaine de gerbes ou bateaux d'Alexandrie se tenaient à l'ancre dans le Bogâz, attendant un vent favorable pour franchir la barre, et remonter à Rosette.

En cinglant toujours à l'ouest, nous parvînmes à l'extrémité du dégorgement de cette immense écluse. La ligne des eaux du fleuve et celle des eaux de la mer ne se confondaient point ; elles étaient distinctes, séparées ; elles écumaient en se rencontrant, et semblaient se servir mutuellement de rivages[a].

À cinq heures du soir, la côte, que nous avions toujours à notre gauche, changea d'aspect. Les palmiers paraissaient alignés sur la rive comme ces avenues dont les châteaux de France sont décorés : la nature se plaît ainsi à rappeler les idées de la civilisation, dans le pays où cette civilisation prit naissance et où règnent aujourd'hui l'ignorance et la barbarie. Après avoir doublé la pointe d'Aboukir, nous fûmes, peu à peu, abandonnés du vent, et nous ne pûmes entrer que de nuit dans le port d'Alexandrie. Il était onze heures du soir quand nous jetâmes l'ancre dans le port marchand, au milieu des vaisseaux mouillés devant la ville. Je ne voulus point descendre à terre, et j'attendis le jour sur le pont de notre saïque.

J'eus tout le temps de me livrer à mes réflexions. J'entrevoyais à ma droite des vaisseaux et le château qui remplace la tour du Phare ; à ma gauche, l'horizon me semblait borné par des collines, des ruines et des obélisques que je distinguais à peine au travers des ombres ; devant moi s'étendait une ligne noire de murailles et de maisons confuses : on ne voyait à terre qu'une seule lumière, et l'on n'entendait aucun bruit. C'était là pourtant cette Alexandrie, rivale de Memphis et de Thèbes, qui compta trois millions d'habitants, qui fut le sanctuaire des Muses, et que les bruyantes orgies d'Antoine et de Cléopâtre faisaient retentir dans les ténèbres. Mais en vain je prêtais l'oreille, un talisman fatal plongeait dans le silence le peuple de la nou-

---

[a]. Voyez, pour la description de l'Égypte, tout le onzième livre des Martyrs.

velle Alexandrie : ce talisman, c'est le despotisme qui éteint toute joie, et qui ne permet pas même un cri à la douleur. Eh ! quel bruit pourrait-il s'élever d'une ville dont un tiers au moins est abandonné, dont l'autre tiers est consacré aux sépulcres, et dont le tiers animé, au milieu de ces deux extrémités mortes, est une espèce de tronc palpitant qui n'a pas même la force de secouer ses chaînes entre des ruines et des tombeaux ?

Le 20, à huit heures du matin, la chaloupe de la saïque me porta à terre, et je me fis conduire chez M. Drovetti[1], consul de France à Alexandrie. Jusqu'à présent j'ai parlé de nos consuls dans le Levant avec la reconnaissance que je leur dois ; ici j'irai plus loin, et je dirai que j'ai contracté avec M. Drovetti une liaison qui est devenue une véritable amitié. M. Drovetti, militaire distingué et né dans la belle Italie, me reçut avec cette simplicité qui caractérise le soldat, et cette chaleur qui tient à l'influence d'un heureux soleil. Je ne sais si, dans le désert où il habite, cet écrit lui tombera entre les mains ; je le désire, afin qu'il apprenne que le temps n'affaiblit point chez moi les sentiments ; que je n'ai point oublié l'attendrissement qu'il me montra lorsqu'il me dit adieu au rivage : attendrissement bien noble, quand on en essuie comme lui les marques avec une main mutilée au service de son pays ! Je n'ai ni crédit, ni protecteurs, ni fortune ; mais, si j'en avais, je ne les emploierais pour personne avec plus de plaisir que pour M. Drovetti.

On ne s'attend point sans doute à me voir décrire l'Égypte : j'ai parlé avec quelque étendue des ruines d'Athènes, parce qu'après tout, elles ne sont bien connues que des amateurs des arts ; je me suis livré à de grands détails sur Jérusalem, parce que Jérusalem était l'objet principal de mon voyage. Mais que dirais-je de l'Égypte ? Qui ne l'a point vue aujourd'hui ? Le Voyage de M. de Volney en Égypte est un véritable chef-d'œuvre dans tout ce qui n'est pas érudition[2] : l'érudition a été épuisée par Sicard, Norden, Pococke, Shaw, Niebhur[3] et quelques autres ; les Dessins de M. Denon[4] et les grands Tableaux de l'Institut d'Égypte[1] ont transporté sous nos yeux les monuments de Thèbes et de Memphis ; enfin, j'ai moi-même dit ailleurs tout ce que j'avais à dire sur l'Égypte. Le livre des *Martyrs*, où j'ai parlé[2] de cette vieille terre, est plus complet touchant l'antiquité, que les autres livres du même ouvrage. Je me bornerai donc à suivre, sans m'arrêter, les simples dates de mon journal.

M. Drovetti me donna un logement dans la maison du consulat, bâtie presque au bord de la mer, sur le port marchand. Puisque j'étais en Égypte, je ne pouvais pas en sortir sans avoir au moins vu le Nil et les Pyramides. Je priai M. Drovetti de me noliser un bâtiment autrichien pour Tunis, tandis que j'irais contempler le prodige d'un tombeau. Je trouvai à Alexandrie deux Français très distingués, attachés à la légation de M. de Lesseps[3], qui devait, je crois, prendre alors le consulat général de l'Égypte, et qui, si je ne me trompe, est resté depuis à Livourne : leur intention étant aussi d'aller au Caire, nous arrêtâmes une gerbe[4], où nous nous embarquâmes le 23 pour Rosette. M. Drovetti garda Julien qui avait la fièvre, et me donna un janissaire : je renvoyai Jean à Constantinople, sur un vaisseau grec qui se préparait à faire voile.

Nous partîmes le soir d'Alexandrie, et nous arrivâmes dans la nuit au Bogâz de Rosette. Nous traversâmes la barre sans accident. Au lever du jour[5], nous nous trouvâmes à l'entrée du fleuve : nous abordâmes le cap, à notre droite. Le Nil était dans toute sa beauté ; il coulait à plein bord, sans couvrir ses rives ; il laissait voir, le long de son cours, des plaines verdoyantes de riz, plantées de palmiers isolés qui représentaient des colonnes et des portiques. Nous nous rembarquâmes et nous touchâmes bientôt à Rosette. Ce fut alors que j'eus une première vue de ce magnifique Delta, où il ne manque qu'un gouvernement libre et un peuple heureux. Mais il n'est point de beaux pays sans l'indépendance ; le ciel le plus serein est odieux si l'on est enchaîné sur la terre. Je ne trouvais digne de ces plaines magnifiques que les souvenirs de la gloire de ma patrie : je voyais les restes des monuments[a] d'une civilisation nouvelle, apportée par le génie de la France sur les bords du Nil ; je songeais en même temps que les lances de nos chevaliers et les baïonnettes de nos soldats avaient renvoyé deux fois la lumière d'un si brillant soleil ; avec cette différence que les chevaliers, malheureux à la journée de Massoure, furent vengés par les soldats à la bataille des Pyramides[1]. Au reste, quoique je fusse charmé de rencontrer une grande rivière et une fraîche verdure, je ne fus pas très étonné, car c'étaient absolument là mes fleuves de la Louisiane et mes savanes américaines : j'aurais désiré retrouver aussi les forêts où je plaçais les premières illusions de ma vie.

M. Saint-Marcel[2], consul de France à Rosette, nous reçut avec une grande politesse : M. Caffe[3], négociant français et le plus obligeant des hommes, voulut nous accompagner jusqu'au Caire. Nous fîmes notre marché avec le patron d'une grande barque ; il nous loua la chambre d'honneur ; et, pour plus de sûreté, nous nous associâmes un chef albanais. M. de Choiseul a parfaitement représenté ces soldats d'Alexandre :

« Ces fiers Albanais seraient encore des héros, s'ils avaient un Scanderberg[4] à leur tête ; mais ils ne sont plus que des brigands dont l'extérieur annonce la férocité. Ils sont tous grands, lestes et nerveux ; leur vêtement consiste en des culottes fort amples, un petit jupon, un gilet garni de plaques, de chaînes et de plusieurs rangs de grosses olives d'argent ; ils portent des brodequins attachés avec des courroies qui montent quelquefois jusqu'aux genoux, pour tenir sur les mollets des plaques qui en prennent la forme, et les préservent du frottement du cheval. Leurs manteaux galonnés et tailladés de plusieurs couleurs, achèvent de rendre cet habillement très pittoresque ; ils n'ont d'autre coiffure

---

[a]. On voit encore en Égypte plusieurs fabriques élevées par les Français.

rompu et brisé les barres; il a banni son roi et ses princes parmi les nations: il n'y a plus de loi; et ses prophètes n'ont point reçu de visions prophétiques du Seigneur.

« Mes yeux se sont affaiblis à force de verser des larmes, le trouble a saisi mes entrailles: mon cœur s'est répandu en terre en voyant la ruine de la fille de mon peuple, en voyant les petits enfants et ceux qui étaient encore à la mamelle, tomber morts dans la place de la ville.

« À qui vous comparerai-je, ô fille de Jérusalem? À qui dirai-je que vous ressemblez?

« Tous ceux qui passaient par le chemin ont frappé des mains en vous voyant: ils ont sifflé la fille de Jérusalem en branlant la tête et en disant: Est-ce là cette ville d'une beauté si parfaite, qui était la joie de toute la terre? »

Vue de la montagne des Oliviers[1], de l'autre côté de la vallée de Josaphat, Jérusalem présente un plan incliné sur un sol qui descend du couchant au levant. Une muraille crénelée, fortifiée par des tours et par un château gothique, enferme la ville dans son entier, laissant toutefois au-dehors une partie de la montagne de Sion, qu'elle embrassait autrefois.

Dans la région du couchant et au centre de la ville, vers le Calvaire, les maisons se serrent d'assez près; mais au levant, le long de la vallée de Cédron, on aperçoit des espaces vides, entre autres l'enceinte qui règne autour de la mosquée bâtie sur les débris du Temple, et le terrain presque abandonné où s'élevaient le château Antonia et le second palais d'Hérode.

Les maisons de Jérusalem sont de lourdes masses carrées, fort basses, sans cheminées et sans fenêtres; elles se terminent en terrasses aplaties ou en dômes, et elles ressemblent à des prisons ou à des sépulcres. Tout serait à l'œil d'un niveau égal, si les clochers des églises, les minarets des mosquées, les cimes de quelques cyprès et les buissons de nopals ne rompaient l'uniformité du plan. À la vue de ces maisons de pierres, renfermées dans un paysage de pierres, on se demande si ce ne sont pas là les monuments confus d'un cimetière au milieu d'un désert ?

Entrez dans la ville, rien ne vous consolera de la tristesse extérieure : vous vous égarez dans de petites rues non pavées, qui montent et descendent sur un sol inégal, et vous marchez dans des flots de poussière, ou parmi des cailloux roulants. Des toiles jetées d'une maison à l'autre augmentent l'obscurité de ce labyrinthe ; des bazars voûtés et infects achèvent d'ôter la lumière à la ville désolée ; quelques chétives boutiques n'étalent aux yeux que la misère ; et souvent ces boutiques même sont fermées, dans la crainte du passage d'un cadi. Personne dans les rues, personne aux portes de la ville ; quelquefois seulement un paysan se glisse dans l'ombre, cachant sous ses habits les fruits de son labeur, dans la crainte d'être dépouillé par le soldat ; dans un coin à l'écart, le boucher arabe égorge quelque bête suspendue par les pieds à un mur en ruine : à l'air hagard et féroce de cet homme, à ses bras ensanglantés, vous croiriez qu'il vient plutôt de tuer son semblable, que d'immoler un agneau. Pour tout bruit dans la cité déicide, on entend par intervalles le galop de la cavale du désert : c'est le janissaire qui apporte la tête du Bédouin, ou qui va piller le Fellah.

Au milieu de cette désolation extraordinaire, il faut s'arrêter un moment pour contempler des choses plus extraordinaires encore. Parmi les ruines de Jérusalem, deux espèces de peuples indépendants trouvent dans leur foi de quoi surmonter tant d'horreurs et de misères. Là vivent des Religieux chrétiens que rien ne peut forcer à abandonner le tombeau de Jésus-Christ, ni spoliations, ni mauvais traitements, ni menaces de la mort. Leurs cantiques retentissent nuit et jour autour du Saint-Sépulcre. Dépouillés le matin par un gouverneur turc, le soir les retrouve au pied du Calvaire, priant au lieu où Jésus-Christ souffrit pour le salut des hommes. Leur front est serein, leur bouche est riante. Ils reçoivent l'étranger avec joie. Sans forces et sans soldats, ils protègent des villages entiers contre l'iniquité. Pressés par le bâton et par le sabre, les femmes, les enfants, les troupeaux se réfugient dans les cloîtres de ces Solitaires. Qui empêche le méchant armé de poursuivre sa proie, et de renverser d'aussi faibles remparts ? la charité des moines ; ils se privent des dernières ressources de la vie pour racheter leurs suppliants. Turcs, Arabes, Grecs, Chrétiens schismatiques, tous se jettent sous la protection de quelques pauvres Religieux, qui ne peuvent se défendre eux-mêmes. C'est ici qu'il faut reconnaître avec Bossuet, « que des mains levées vers le ciel enfoncent plus de bataillons que des mains armées de javelots[1] ».

Tandis que la nouvelle Jérusalem sort ainsi *du désert, brillante de clarté*[2], jetez les yeux entre la montagne de Sion et le Temple ; voyez cet autre petit peuple qui vit séparé du reste des habitants de la cité. Objet particulier de tous les mépris, il baisse la tête sans se plaindre ; il souffre toutes les avanies sans demander justice ; il se laisse accabler de coups sans soupirer ; on lui demande sa tête : il la présente au cimeterre. Si quelque membre de cette société proscrite vient à mourir, son compagnon ira, pendant la nuit, l'enterrer furtivement dans la vallée de Josaphat, à l'ombre du temple de Salomon. Pénétrez dans la demeure de ce peuple, vous le trouverez dans une affreuse misère, faisant lire un livre mystérieux à des enfants qui, à leur tour, le feront lire à leurs enfants. Ce qu'il faisait il y a cinq mille ans, ce peuple le fait encore. Il a assisté dix-sept fois à la ruine de Jérusalem, et rien ne peut le décourager ; rien ne peut l'empêcher de tourner ses regards vers Sion. Quand on voit les Juifs dispersés sur la terre, selon la parole de Dieu[3], on est surpris sans doute : mais, pour être frappé d'un étonnement surnaturel, il faut les retrouver à Jérusalem[4] ; il faut voir ces légitimes maîtres de la Judée esclaves et étrangers dans leur propre pays ; il faut les voir attendant, sous toutes les oppressions, un roi qui doit les délivrer. Écrasés par la Croix qui les condamne, et qui est plantée sur leurs têtes, cachés près du temple dont il ne reste pas pierre sur pierre, ils demeurent dans leur déplorable aveuglement. Les Perses, les Grecs, les Romains ont disparu de la terre; et un petit peuple, dont l'origine précéda celle de ces grands peuples, existe encore sans mélange dans les décombres de sa patrie. Si quelque chose, parmi les nations, porte le caractère du miracle, nous pensons que ce caractère est ici. Et qu'y a-t-il de plus merveilleux, même aux yeux du philosophe, que cette rencontre de l'antique et de la nouvelle Jérusalem au pied du Calvaire: la première s'affligeant à l'aspect du sépulcre de Jésus-Christ ressuscité; la seconde se consolant auprès du seul tombeau qui n'aura rien à rendre à la fin des siècles !

Je remerciai les Pères de leur hospitalité; je leur souhaitai bien sincèrement un bonheur qu'ils n'attendent guère ici-bas; prêt à les quitter, j'éprouvais une véritable tristesse. Je ne connais point de martyre comparable à celui de ces infortunés Religieux; l'état où ils vivent ressemble à celui où l'on était, en France, sous le règne de la terreur. J'allais rentrer dans ma patrie, embrasser mes parents, revoir mes amis, retrouver les douceurs de la vie; et ces Pères, qui avaient aussi des parents, des amis, une patrie, demeuraient exilés dans cette terre d'esclavage. Tous n'ont pas la force d'âme qui rend insensible aux chagrins; j'ai entendu des regrets qui m'ont fait connaître l'étendue du sacrifice. Jésus-Christ à ces mêmes bords n'a-t-il pas trouvé le calice amer? Et pourtant il l'a bu jusqu'à la lie.

Le 12 octobre, je montai à cheval avec Ali-Aga, Jean, Julien et le drogman Michel. Nous sortîmes de la ville, au coucher du soleil, par la porte des Pèlerins. Nous traversâmes le camp du pacha. Je m'arrêtai avant de descendre dans la vallée de Térébinthe, pour regarder encore Jérusalem. Je distinguai par-dessus les murs le dôme de l'église du Saint-Sépulcre. Il ne sera plus salué par le pèlerin, car il n'existe plus; et le tombeau de Jésus-Christ est maintenant exposé aux injures de l'air[1]. Autrefois la chrétienté entière serait accourue pour réparer le sacré monument; aujourd'hui personne n'y pense, et la moindre aumône employée à cette œuvre méritoire paraîtrait une ridicule superstition. Après avoir contemplé pendant quelque temps Jérusalem, je m'enfonçai dans les montagnes. Il était six heures vingt-neuf minutes, lorsque je perdis de vue la Cité-Sainte: le navigateur marque ainsi le moment où disparaît à ses yeux une terre lointaine qu'il ne reverra jamais.

Nous trouvâmes au fond de la vallée de Térébinthe les chefs des Arabes de Jérémie, Abou-Gosh et Giaber: ils nous attendaient. Nous arrivâmes à Jérémie vers minuit: il fallut manger un agneau qu'Abou-Gosh nous avait fait préparer. Je voulus lui donner quelque argent, il le refusa, et me pria seulement de lui envoyer deux *couffes* de riz de Damiette quand je serais en Égypte: je le lui promis de grand cœur, et pourtant je ne me souvins de ma promesse qu'à l'instant même où je m'embarquais pour Tunis. Aussitôt que nos communications avec le Levant seront rétablies, Abou-Gosh recevra certainement son riz de Damiette; il verra qu'un Français peut manquer de mémoire, mais jamais de parole[1]. J'espère que les petits Bédouins de Jérémie monteront la garde autour de mon présent, et qu'ils diront encore: «En avant! marche!»

J'arrivai à Jafa le 13, à midi.

SIXIÈME PARTIE

VOYAGE D'ÉGYPTE

Je me trouvai fort embarrassé à mon retour à Jafa: il n'y avait pas un seul vaisseau dans le port. Je flottais entre le dessein d'aller m'embarquer à Saint-Jean-d'Acre et celui de me rendre en Égypte par terre. J'aurais beaucoup mieux aimé exécuter ce dernier projet, mais il était impraticable. Cinq partis armés se disputaient alors les bords du Nil: Ibraïm-Bey dans la Haute-Égypte, deux autres petits beys indépendants, le pacha de la Porte au Caire, une troupe d'Albanais révoltés, El-Fy-Bey dans la Basse-Égypte[1]. Ces différents partis infestaient les chemins; et les Arabes, profitant de la confusion, achevaient de fermer tous les passages.

La Providence vint à mon secours. Le surlendemain de mon arrivée à Jafa[2], comme je me préparais à partir pour Saint-Jean-d'Acre, on vit entrer dans le port une saïque[3]. Cette saïque de l'Échelle de Tripoli de Syrie était sur son lest, et s'enquérait d'un chargement. Les Pères envoyèrent chercher le capitaine: il consentit à me porter à Alexandrie, et nous eûmes bientôt conclu notre traité. J'ai conservé ce petit traité écrit en arabe. M. Langlès[4], si connu par son érudition dans les langues orientales, l'a jugé digne d'être mis sous les yeux des savants, à cause de plusieurs singularités. Il a eu la complaisance de le traduire lui-même, et j'ai fait graver l'original[5]:

LUI (Dieu).

« Le début de cet écrit et le motif qui l'a fait tracer est que, le jour et la date désignés ci-après[a], nous soussignés avons loué notre bâtiment au porteur de ce traité, le signor Francesko (Français), pour aller de l'Échelle d'Yâfâ à Alexandrie, à condition qu'il n'entrera dans aucun autre port, et qu'il ira droit à Alexandrie, à moins qu'il ne soit forcé par le mauvais temps de surgir dans quelque Échelle. Le nolis de ce bâtiment est de quatre cent quatre-vingts *ghrouch* (piastres) au lion, lesquels valent chacun quarante pârah[b]. Il est aussi convenu entre eux que le nolis susdit ne sera acquitté que lorsqu'ils seront entrés à Alexandrie. Arrêté et convenu entre eux, et cela devant les témoins soussignés. Témoins :

« Le seïd (le sieur) Mousthafa êl Bâbâ ; le seïd Hhocéïn Chetmâ. — Le reïs (patron) Hhannâ Demitry (Jean Démétrius), de Tripoly de Syrie, affirme la vérité du contenu de cet écrit.

« Le reïs (patron) Hhannâ a touché, sur le montant du nolis ci-dessus énoncé, la somme de cent quatre-vingts *ghrouch* au lion ; le reste, c'est-à-dire les trois cents autres *ghrouch*, lui seront payés à Alexandrie ; et comme ils servent d'assurance pour le susdit bâtiment depuis Yâfâ jusqu'à Alexandrie, ils restent dans la bourse du signor Francesko, pour cette seule raison. Il est

---

a. Le jour et la date, c'est-à-dire l'année *yeoùm oùè târikh*, ont été oubliés. Outre cette omission, nous avons remarqué plusieurs fautes d'orthographe assez graves, dont on trouvera la rectification au bas du *fac-similé* de l'original arabe. — (*Note de M. Langlès.*)

b. Quoiqu'on ait employé ici le mot arabe *fadhdhah*, qui signifie proprement de l'argent, ce mot désigne ici la très petite pièce de monnaie connue en Égypte sous le nom de *pârah* ou *meydyn*, évalué à 8 deniers 4/7 dans l'*Annuaire de la République française*, publié au Caire en l'an IX. Suivant le même ouvrage, page 60, la piastre turque, le *ghrouch* de 40 *pârah*, vaut 1 l. 8 s. 6 d. 6/7. — (*Note de M. Langlès.*)

convenu, en outre, que le patron leur fournira, à un juste prix, de l'eau, du feu pour faire la cuisine, et du sel, ainsi que toutes les provisions dont ils pourraient manquer, et les vivres.»

Ce ne fut pas sans un véritable regret, que je quittai mes vénérables hôtes le 16 octobre. Un des Pères me donna des lettres de recommandation pour l'Espagne; car mon projet était, après avoir vu Carthage, de finir mes courses par les ruines de l'Alhambra. Ainsi ces Religieux, qui restaient exposés à tous les outrages, songeaient encore à m'être utiles au-delà des mers et dans leur propre patrie.

Avant de quitter Jafa, j'écrivis à M. Pillavoine[1], consul de France à Saint-Jean-d'Acre, la lettre suivante:

«Jafa, ce 16 octobre 1806.

«Monsieur,

«J'ai l'honneur de vous envoyer la lettre de recommandation que M. l'ambassadeur de France à Constantinople m'avait remise pour vous. La saison étant déjà très avancée, et mes affaires me rappelant dans notre commune patrie, je me vois forcé de partir pour Alexandrie. Je perds à regret l'occasion de faire votre connaissance. J'ai visité Jérusalem; j'ai été témoin des vexations que le pacha de Damas fait éprouver aux Religieux de Terre-Sainte. Je leur ai conseillé, comme vous, la résistance. Malheureusement ils ont connu trop tard tout l'intérêt que l'Empereur prend à leur sort. Ils ont donc encore cédé en partie aux demandes d'Abdallah: il faut espérer qu'ils auront plus de fermeté l'année prochaine. D'ailleurs, il m'a paru qu'ils n'avaient manqué cette année ni de prudence ni de courage.

«Vous trouverez, Monsieur, deux autres lettres jointes à la lettre de M. l'ambassadeur: l'une m'a été remise par M. Dubois, négociant; je tiens l'autre du drogman de M. Vial, consul de France à Modon.

« J'ose prendre encore, Monsieur, la liberté de vous recommander M. D... que j'ai vu ici[1]. On m'a dit qu'il était honnête homme, pauvre et malheureux : ce sont là trois grands titres à la protection de la France.

« Agréez, Monsieur, je vous prie, etc.

« F. A. DE CH. »

Jean et Julien ayant porté nos bagages à bord, je m'embarquai le 16, à huit heures du soir[2]. La mer était grosse et le vent peu favorable. Je restai sur le pont aussi longtemps que je pus apercevoir les lumières de Jafa. J'avoue que j'éprouvais un certain sentiment de plaisir, en pensant que je venais d'accomplir un pèlerinage que j'avais médité depuis si longtemps. J'espérais mettre bientôt à fin cette sainte aventure, dont la partie la plus hasardeuse me semblait achevée. Quand je songeais que j'avais traversé presque seul le continent et les mers de la Grèce ; que je me retrouvais encore seul, dans une petite barque, au fond de la Méditerranée, après avoir vu le Jourdain, la mer Morte et Jérusalem, je regardais mon retour par l'Égypte, la Barbarie et l'Espagne, comme la chose du monde la plus facile : je me trompais pourtant.

Je me retirai dans la chambre du capitaine, lorsque nous eûmes perdu de vue les lumières de Jafa, et que j'eus salué pour la dernière fois les rivages de la Terre-Sainte ; mais le lendemain, à la pointe du jour, nous découvrîmes encore la côte en face de Gaza, car le capitaine avait fait route au midi. L'aurore nous amena une forte brise de l'orient, la mer devint belle, et nous mîmes le cap à l'ouest. Ainsi je suivais absolument le chemin qu'Ubalde et le Danois avaient parcouru pour aller délivrer Renaud[3]. Mon bateau n'était guère plus grand que celui des deux chevaliers, et comme eux j'étais conduit par la Fortune. Ma navigation de Jafa à Alexandrie ne dura que quatre jours, et jamais je n'ai fait sur les flots une course plus agréable et plus rapide. Le ciel fut constamment pur, le vent bon, la mer brillante. On ne changea pas une seule fois la voile. Cinq hommes composaient l'équipage de la saïque, y compris le capitaine ; gens moins gais que mes Grecs de l'île de Tino, mais en apparence plus habiles. Des vivres frais, des grenades excellentes, du vin de Chypre, du café de la meilleure qualité nous tenaient dans l'abondance et dans la joie. L'excès de ma prospérité aurait dû me causer des alarmes ; mais quand j'aurais eu l'anneau de Polycrate, je me serais bien gardé de le jeter dans la mer, à cause du maudit esturgeon[1].

Il y a dans la vie du marin quelque chose d'aventureux qui nous plaît et qui nous attache[2]. Ce passage continuel du calme à l'orage, ce changement rapide des terres et des cieux, tiennent éveillée l'imagination du navigateur. Il est lui-même, dans ses destinées, l'image de l'homme ici-bas : toujours se promettant de rester au port, et toujours déployant ses voiles ; cherchant des îles enchantées où il n'arrive presque jamais, et dans lesquelles il s'ennuie s'il y touche ; ne parlant que de repos, et n'aimant que les tempêtes ; périssant au milieu d'un naufrage, ou mourant vieux nocher sur la rive, inconnu des jeunes navigateurs dont il regrette de ne pouvoir suivre le vaisseau.

Nous traversâmes le 17 et le 18 le golfe de Damiette : cette ville remplace à peu près l'ancienne Peluse[3]. Quand un pays offre de grands et de nombreux souvenirs, la mémoire, pour se débarrasser des tableaux qui l'accablent, s'attache à un seul événement ; c'est ce qui m'arriva en passant le golfe de Peluse : je commençai par remonter en pensée jusqu'aux premiers Pharaons, et je finis par ne pouvoir plus songer qu'à la mort de Pompée ; c'est selon moi le plus beau morceau de Plutarque et d'Amyot son traducteur[a].

Le 19 à midi, après avoir été deux jours sans voir la terre, nous aperçûmes un promontoire assez élevé, appelé le cap Brûlos, et formant la pointe la plus septentrionale du Delta. J'ai déjà remarqué, au sujet du

---

a. Voir note O, p. 569.

Granique, que l'illusion des noms est une chose prodigieuse : le cap Brûlos ne me présentait qu'un petit monceau de sable ; mais c'était l'extrémité de ce quatrième continent, le seul qui me restât à connaître ; c'était un coin de cette Égypte, berceau des sciences, mère des religions et des lois : je n'en pouvais détacher les yeux.

Le soir même, nous eûmes, comme disent les marins, connaissance de quelques palmiers qui se montraient dans le sud-ouest, et qui paraissaient sortir de la mer ; on ne voyait point le sol qui les portait. Au sud, on remarquait une masse noirâtre et confuse, accompagnée de quelques arbres isolés : c'étaient les ruines d'un village, triste enseigne des destinées de l'Égypte.

Le 20, à cinq heures du matin, j'aperçus, sur la surface verte et ridée de la mer, une barre d'écume, et de l'autre côté de cette barre, une eau pâle et tranquille. Le capitaine vint me frapper sur l'épaule, et me dit en langue franque : «*Nilo !*» Bientôt après nous entrâmes et nous courûmes dans ces eaux fameuses, dont je voulus boire, et que je trouvai salées. Des palmiers et un minaret nous annoncèrent l'emplacement de Rosette ; mais le plan même de la terre était toujours invisible. Ces plages ressemblaient aux lagunes des Florides : l'aspect en était tout différent de celui des côtes de la Grèce et de la Syrie, et rappelait l'effet d'un horizon sous les tropiques.

À dix heures nous découvrîmes enfin, au-dessous de la cime des palmiers, une ligne de sable qui se prolongeait à l'ouest jusqu'au promontoire d'Aboukir, devant lequel il nous fallait passer pour arriver à Alexandrie. Nous nous trouvions alors en face même de l'embouchure du Nil, à Rosette, et nous allions traverser le Bogâz[1]. L'eau du fleuve était dans cet endroit d'un rouge tirant sur le violet, de la couleur d'une bruyère en automne : le Nil, dont la crue était finie, commençait à baisser depuis quelque temps. Une vingtaine de gerbes ou bateaux d'Alexandrie se tenaient à l'ancre dans le Bogâz, attendant un vent favorable pour franchir la barre, et remonter à Rosette.

En cinglant toujours à l'ouest, nous parvînmes à l'extrémité du dégorgement de cette immense écluse. La ligne des eaux du fleuve et celle des eaux de la mer ne se confondaient point ; elles étaient distinctes, séparées ; elles écumaient en se rencontrant, et semblaient se servir mutuellement de rivages[a].

À cinq heures du soir, la côte, que nous avions toujours à notre gauche, changea d'aspect. Les palmiers paraissaient alignés sur la rive comme ces avenues dont les châteaux de France sont décorés : la nature se plaît ainsi à rappeler les idées de la civilisation, dans le pays où cette civilisation prit naissance et où règnent aujourd'hui l'ignorance et la barbarie. Après avoir doublé la pointe d'Aboukir, nous fûmes, peu à peu, abandonnés du vent, et nous ne pûmes entrer que de nuit dans le port d'Alexandrie. Il était onze heures du soir quand nous jetâmes l'ancre dans le port marchand, au milieu des vaisseaux mouillés devant la ville. Je ne voulus point descendre à terre, et j'attendis le jour sur le pont de notre saïque.

J'eus tout le temps de me livrer à mes réflexions. J'entrevoyais à ma droite des vaisseaux et le château qui remplace la tour du Phare ; à ma gauche, l'horizon me semblait borné par des collines, des ruines et des obélisques que je distinguais à peine au travers des ombres ; devant moi s'étendait une ligne noire de murailles et de maisons confuses : on ne voyait à terre qu'une seule lumière, et l'on n'entendait aucun bruit. C'était là pourtant cette Alexandrie, rivale de Memphis et de Thèbes, qui compta trois millions d'habitants, qui fut le sanctuaire des Muses, et que les bruyantes orgies d'Antoine et de Cléopâtre faisaient retentir dans les ténèbres. Mais en vain je prêtais l'oreille, un talisman fatal plongeait dans le silence le peuple de la nou-

---

a. Voyez, pour la description de l'Égypte, tout le onzième livre des *Martyrs*.

velle Alexandrie : ce talisman, c'est le despotisme qui éteint toute joie, et qui ne permet pas même un cri à la douleur. Eh! quel bruit pourrait-il s'élever d'une ville dont un tiers au moins est abandonné, dont l'autre tiers est consacré aux sépulcres, et dont le tiers animé, au milieu de ces deux extrémités mortes, est une espèce de tronc palpitant qui n'a pas même la force de secouer ses chaînes entre des ruines et des tombeaux?

Le 20, à huit heures du matin, la chaloupe de la saïque me porta à terre, et je me fis conduire chez M. Drovetti[1], consul de France à Alexandrie. Jusqu'à présent j'ai parlé de nos consuls dans le Levant avec la reconnaissance que je leur dois; ici j'irai plus loin, et je dirai que j'ai contracté avec M. Drovetti une liaison qui est devenue une véritable amitié. M. Drovetti, militaire distingué et né dans la belle Italie, me reçut avec cette simplicité qui caractérise le soldat, et cette chaleur qui tient à l'influence d'un heureux soleil. Je ne sais si, dans le désert où il habite, cet écrit lui tombera entre les mains; je le désire, afin qu'il apprenne que le temps n'affaiblit point chez moi les sentiments; que je n'ai point oublié l'attendrissement qu'il me montra lorsqu'il me dit adieu au rivage : attendrissement bien noble, quand on en essuie comme lui les marques avec une main mutilée au service de son pays! Je n'ai ni crédit, ni protecteurs, ni fortune; mais, si j'en avais, je ne les emploierais pour personne avec plus de plaisir que pour M. Drovetti.

On ne s'attend point sans doute à me voir décrire l'Égypte : j'ai parlé avec quelque étendue des ruines d'Athènes, parce qu'après tout, elles ne sont bien connues que des amateurs des arts; je me suis livré à de grands détails sur Jérusalem, parce que Jérusalem était l'objet principal de mon voyage. Mais que dirais-je de l'Égypte? Qui ne l'a point vue aujourd'hui? Le Voyage de M. de Volney en Égypte est un véritable chef-d'œuvre dans tout ce qui n'est pas érudition[2] : l'érudition a été épuisée par Sicard, Norden, Pococke, Shaw, Niebhur[3] et quelques autres; les Dessins de M. Denon[4] et les grands Tableaux de l'Institut d'Égypte[1] ont transporté sous nos yeux les monuments de Thèbes et de Memphis ; enfin, j'ai moi-même dit ailleurs tout ce que j'avais à dire sur l'Égypte. Le livre des *Martyrs*, où j'ai parlé[2] de cette vieille terre, est plus complet touchant l'antiquité, que les autres livres du même ouvrage. Je me bornerai donc à suivre, sans m'arrêter, les simples dates de mon journal.

M. Drovetti me donna un logement dans la maison du consulat, bâtie presque au bord de la mer, sur le port marchand. Puisque j'étais en Égypte, je ne pouvais pas en sortir sans avoir au moins vu le Nil et les Pyramides. Je priai M. Drovetti de me noliser un bâtiment autrichien pour Tunis, tandis que j'irais contempler le prodige d'un tombeau. Je trouvai à Alexandrie deux Français très distingués, attachés à la légation de M. de Lesseps[3], qui devait, je crois, prendre alors le consulat général de l'Égypte, et qui, si je ne me trompe, est resté depuis à Livourne : leur intention étant aussi d'aller au Caire, nous arrêtâmes une gerbe[4], où nous nous embarquâmes le 23 pour Rosette. M. Drovetti garda Julien qui avait la fièvre, et me donna un janissaire : je renvoyai Jean à Constantinople, sur un vaisseau grec qui se préparait à faire voile.

Nous partîmes le soir d'Alexandrie, et nous arrivâmes dans la nuit au Bogâz de Rosette. Nous traversâmes la barre sans accident. Au lever du jour[5], nous nous trouvâmes à l'entrée du fleuve : nous abordâmes le cap, à notre droite. Le Nil était dans toute sa beauté ; il coulait à plein bord, sans couvrir ses rives ; il laissait voir, le long de son cours, des plaines verdoyantes de riz, plantées de palmiers isolés qui représentaient des colonnes et des portiques. Nous nous rembarquâmes et nous touchâmes bientôt à Rosette. Ce fut alors que j'eus une première vue de ce magnifique Delta, où il ne manque qu'un gouvernement libre et un peuple heureux. Mais il n'est point de beaux pays sans l'indépendance ; le ciel le plus serein est odieux si l'on est enchaîné sur la terre. Je ne trouvais digne de ces plaines magnifiques que les souvenirs de la gloire de ma patrie : je voyais les restes des monuments[a] d'une civilisation nouvelle, apportée par le génie de la France sur les bords du Nil ; je songeais en même temps que les lances de nos chevaliers et les baïonnettes de nos soldats avaient renvoyé deux fois la lumière d'un si brillant soleil ; avec cette différence que les chevaliers, malheureux à la journée de Massoure, furent vengés par les soldats à la bataille des Pyramides[1]. Au reste, quoique je fusse charmé de rencontrer une grande rivière et une fraîche verdure, je ne fus pas très étonné, car c'étaient absolument là mes fleuves de la Louisiane et mes savanes américaines : j'aurais désiré retrouver aussi les forêts où je plaçais les premières illusions de ma vie.

M. Saint-Marcel[2], consul de France à Rosette, nous reçut avec une grande politesse : M. Caffe[3], négociant français et le plus obligeant des hommes, voulut nous accompagner jusqu'au Caire. Nous fîmes notre marché avec le patron d'une grande barque ; il nous loua la chambre d'honneur ; et, pour plus de sûreté, nous nous associâmes un chef albanais. M. de Choiseul a parfaitement représenté ces soldats d'Alexandre :

« Ces fiers Albanais seraient encore des héros, s'ils avaient un Scanderberg[4] à leur tête ; mais ils ne sont plus que des brigands dont l'extérieur annonce la férocité. Ils sont tous grands, lestes et nerveux ; leur vêtement consiste en des culottes fort amples, un petit jupon, un gilet garni de plaques, de chaînes et de plusieurs rangs de grosses olives d'argent ; ils portent des brodequins attachés avec des courroies qui montent quelquefois jusqu'aux genoux, pour tenir sur les mollets des plaques qui en prennent la forme, et les préservent du frottement du cheval. Leurs manteaux galonnés et tailladés de plusieurs couleurs, achèvent de rendre cet habillement très pittoresque ; ils n'ont d'autre coiffure

---

[a]. On voit encore en Égypte plusieurs fabriques élevées par les Français.

qu'une calotte de drage[1] rouge, encore la quittent-ils en courant au combat[a]. »

Les deux jours que nous passâmes à Rosette furent employés à visiter cette jolie ville arabe, ses jardins et sa forêt de palmiers. Savary a un peu exagéré les agréments de ce lieu[2]; cependant il n'a pas menti autant qu'on l'a voulu faire croire[3]. Le pathos de ses descriptions a nui à son autorité comme voyageur; mais c'est justice de dire que la vérité manque plus à son style qu'à son récit.

Le 26, à midi, nous entrâmes dans notre barque, où il y avait un grand nombre de passagers turcs et arabes. Nous courûmes au large, et nous commençâmes à remonter le Nil. Sur notre gauche, un marais verdoyant s'étendait à perte de vue; à notre droite, une lisière cultivée bordait le fleuve, et par-delà cette lisière, on voyait le sable du désert. Des palmiers clairsemés indiquaient çà et là des villages, comme les arbres plantés autour des cabanes dans les plaines de la Flandre. Les maisons de ces villages sont faites de terre, et élevées sur des monticules artificiels: précaution inutile, puisque souvent, dans ces maisons, il n'y a personne à sauver de l'inondation du Nil. Une partie du Delta est en friche; des milliers de Fellahs ont été massacrés par les Albanais; le reste a passé dans la Haute-Égypte[4].

Contrariés par le vent et par la rapidité du courant, nous employâmes sept mortelles journées à remonter de Rosette au Caire. Tantôt nos matelots nous tiraient à la cordelle; tantôt nous marchions à l'aide d'une brise du nord qui ne soufflait qu'un moment. Nous nous arrêtions souvent pour prendre à bord des Albanais: il nous en arriva quatre dès le second jour de notre navigation, qui s'emparèrent de notre chambre: il fallut supporter leur brutalité et leur insolence. Au moindre bruit, ils montaient sur le pont, prenaient leurs fusils, et, comme des insensés, avaient l'air de vouloir faire la

---

a. *Voyage de la Grèce.* Le fond du vêtement des Albanais est blanc, et les galons sont rouges.

guerre à des ennemis absents. Je les ai vus coucher en joue des enfants qui couraient sur la rive en demandant l'aumône : ces petits infortunés s'allaient cacher derrière les ruines de leurs cabanes, comme accoutumés à ces terribles jeux. Pendant ce temps-là nos marchands turcs descendaient à terre, s'asseyaient tranquillement sur leurs talons, tournaient le visage vers la Mecque, et faisaient, au milieu des champs, des espèces de culbutes religieuses. Nos Albanais, moitié Musulmans, moitié Chrétiens, criaient « Mahomet! et Vierge Marie! », tiraient un chapelet de leur poche, prononçaient en français des mots obscènes, avalaient de grandes cruches de vin, lâchaient des coups de fusil en l'air et marchaient sur le ventre des Chrétiens et des Musulmans.

Est-il donc possible que les lois[1] puissent mettre autant de différence entre des hommes ? Quoi ! ces hordes de brigands albanais, ces stupides Musulmans, ces Fellahs si cruellement opprimés, habitent les mêmes lieux où vécut un peuple si industrieux, si paisible, si sage ; un peuple dont Hérodote et surtout Diodore se sont plu à nous peindre les coutumes et les mœurs ! Y a-t-il, dans aucun poème, un plus beau tableau que celui-ci ?

« Dans les premiers temps, les rois ne se conduisaient point en Égypte, comme chez les autres peuples où ils font tout ce qu'ils veulent sans être obligés de suivre aucune règle ni de prendre aucun conseil : tout leur était prescrit par les lois, non seulement à l'égard de l'administration du royaume, mais encore par rapport à leur conduite particulière. Ils ne pouvaient point se faire servir par des esclaves achetés ou même nés dans leur maison ; mais on leur donnait les enfants des principaux d'entre les prêtres, toujours au-dessus de vingt ans, et les mieux élevés de la nation ; afin que le roi, voyant jour et nuit autour de sa personne la jeunesse la plus considérable de l'Égypte, ne fît rien de bas, et qui fût indigne de son rang. En effet, les princes ne se jettent si aisément dans toutes sortes de vices, que parce qu'ils trouvent des ministres toujours prêts à servir leurs passions. Il y avait surtout des heures du jour et de la nuit où le roi ne pouvait disposer de lui, et était obligé de remplir les devoirs marqués par les lois. Au point du jour, il devait lire les lettres qui lui étaient adressées de tous côtés, afin qu'instruit par lui-même des besoins de son royaume, il pût pourvoir à tout et remédier à tout. Après avoir pris le bain, il se revêtait d'une robe précieuse et des autres marques de la royauté, pour aller sacrifier aux dieux. Quand les victimes avaient été amenées à l'autel, le grand-prêtre, debout et en présence de tout le peuple, demandait aux dieux à haute voix qu'ils conservassent le roi, et répandissent sur lui toute sorte de prospérité, parce qu'il gouvernait ses sujets avec justice. Il insérait ensuite dans sa prière un dénombrement de toutes les vertus propres à un roi, en continuant ainsi : Parce qu'il est maître de lui-même, magnanime, bienfaisant, doux envers les autres, ennemi du mensonge ; ses punitions n'égalent point les fautes, et ses récompenses passent les services. Après avoir dit plusieurs choses semblables, il condamnait les manquements où le roi était tombé par ignorance. Il est vrai qu'il en disculpait le roi même ; mais il chargeait d'exécrations les flatteurs et tous ceux qui lui donnaient de mauvais conseils. Le grand-prêtre en usait de cette manière, parce que les avis mêlés de louanges sont plus efficaces que les remontrances amères, pour porter les rois à la crainte des dieux et à l'amour de la vertu. Ensuite de cela, le roi ayant sacrifié et consulté les entrailles de la victime, le lecteur des livres sacrés lui lisait quelques actions, ou quelques paroles remarquables des grands hommes, afin que le souverain de la république, ayant l'esprit plein d'excellents principes, en fît usage dans les occasions qui se présenteraient à lui[1]. »

C'est bien dommage que l'illustre archevêque de Cambrai, au lieu de peindre une Égypte imaginaire[2], n'ait pas emprunté ce tableau, en lui donnant les couleurs que son heureux génie aurait su y répandre. Faydit[1] a raison sur ce seul point, si l'on peut avoir raison quand on manque absolument de décence, de bonne foi et de goût. Mais il aurait toujours fallu que Fénelon conservât, à tout prix, le fond des aventures par lui inventées et racontées dans le style le plus antique : l'épisode de Termosiris *vaut seul un long poème*[2].

« Je m'enfonçai dans une sombre forêt, où j'aperçus tout à coup un vieillard qui tenait un livre dans sa main. Ce vieillard avait un grand front chauve et un peu ridé ; une barbe blanche pendait jusqu'à sa ceinture ; sa taille était haute et majestueuse ; son teint était encore frais et vermeil ; ses yeux étaient vifs et perçants, sa voix douce, ses paroles simples et aimables. Jamais je n'ai vu un si vénérable vieillard : il s'appelait Termosiris[3]... »

Nous passâmes par le canal de Ménouf, ce qui m'empêcha de voir le beau bois de palmiers qui se trouve sur la grande branche de l'ouest ; mais les Arabes infestaient alors le bord occidental de cette branche qui touche au désert libyque. En sortant du canal de Ménouf, et continuant de remonter le fleuve, nous aperçûmes, à notre gauche, la crête du mont Moqattam, et à notre droite, les hautes dunes de sable de la Libye. Bientôt dans l'espace vide que laissait l'écartement de ces deux chaînes de montagnes, nous découvrîmes le sommet des Pyramides : nous en étions à plus de dix lieues. Pendant le reste de notre navigation, qui dura encore près de huit heures, je demeurai sur le pont à contempler ces tombeaux ; ils paraissaient s'agrandir et monter dans le ciel à mesure que nous en approchions. Le Nil qui était alors comme une petite mer ; le mélange des sables du désert et de la plus fraîche verdure ; les palmiers, les sycomores, les dômes, les mosquées et les minarets du Caire ; les pyramides lointaines de Sacarah, d'où le fleuve semblait sortir comme de ses immenses réservoirs ; tout cela formait un tableau qui n'a point son égal sur la terre. « Mais quelque effort que fassent les hommes, dit Bossuet, leur néant paraît partout : ces Pyramides étaient des tombeaux ! Encore les rois qui les ont bâties n'ont-ils pas eu le pouvoir d'y être inhumés, et ils n'ont pas joui de leur sépulcre[1]. »

J'avoue pourtant qu'au premier aspect des Pyramides, je n'ai senti que de l'admiration. Je sais que la philosophie peut gémir ou sourire en songeant que le plus grand monument sorti de la main des hommes est un tombeau ; mais pourquoi ne voir dans la pyramide de Chéops, qu'un amas de pierres et un squelette ? Ce n'est point par le sentiment de son néant que l'homme a élevé un tel sépulcre, c'est par l'instinct de son immortalité : ce sépulcre n'est point la borne qui annonce la fin d'une carrière d'un jour, c'est la borne qui marque l'entrée d'une vie sans terme ; c'est une espèce de porte éternelle, bâtie sur les confins de l'éternité[2]. « Tous ces peuples (d'Égypte), dit Diodore de Sicile, regardant la durée de la vie comme un temps très court et de peu d'importance, font au contraire beaucoup d'attention à la longue mémoire que la vertu laisse après elle : c'est pourquoi ils appellent les maisons des vivants des hôtelleries par lesquelles on ne fait que passer ; mais ils donnent le nom de demeures éternelles aux tombeaux des morts, d'où l'on ne sort plus. Ainsi les rois ont été comme indifférents sur la construction de leurs palais ; et ils se sont épuisés dans la construction de leurs tombeaux[3]. »

On voudrait aujourd'hui que tous les monuments eussent une utilité physique, et l'on ne songe pas qu'il y a pour les peuples une utilité morale d'un ordre fort supérieur, vers laquelle tendaient les législations de l'antiquité. La vue d'un tombeau n'apprend-elle donc rien ? Si elle enseigne quelque chose, pourquoi se plaindre qu'un roi ait voulu rendre la leçon perpétuelle ? Les grands monuments font une partie essentielle de la gloire de toute société humaine. À moins de soutenir qu'il est égal pour une nation de laisser ou de ne pas laisser un nom dans l'histoire, on ne peut condamner ces édifices qui portent la mémoire d'un peuple au-delà de sa propre existence, et le font vivre contemporain des générations qui viennent s'établir dans ses champs abandonnés. Qu'importe alors que ces édifices aient été des amphithéâtres ou des sépulcres ? Tout est tombeau chez un peuple qui n'est plus. Quand l'homme a passé, les monuments de sa vie sont encore plus vains que ceux de sa mort : son mausolée est au moins utile à ses cendres ; mais ses palais gardent-ils quelque chose de ses plaisirs ?

Sans doute, à le prendre à la rigueur, une petite fosse suffit à tous, et six pieds de terre, comme le disait Mathieu Molé[1], feront toujours raison du plus grand homme du monde ; Dieu peut être adoré sous un arbre, comme sous le dôme de Saint-Pierre ; on peut vivre dans une chaumière comme au Louvre : le vice de ce raisonnement est de transporter un ordre de choses dans un autre. D'ailleurs un peuple n'est pas plus heureux quand il vit ignorant des arts, que quand il laisse des témoins éclatants de son génie. On ne croit plus à ces sociétés de bergers qui passent leurs jours dans l'innocence, en promenant leur doux loisir au fond des forêts. On sait que ces honnêtes bergers se font la guerre entre eux pour manger les moutons de leurs voisins. Leurs grottes ne sont ni tapissées de vignes, ni embaumées du parfum des fleurs ; on y est étouffé par la fumée, et suffoqué par l'odeur des laitages. En poésie et en philosophie, un petit peuple à demi barbare peut goûter tous les biens ; mais l'impitoyable histoire le soumet aux calamités du reste des hommes. Ceux qui crient tant contre la gloire ne seraient-ils pas un peu amoureux de la renommée ? Pour moi, loin de regarder comme un insensé le roi qui fit bâtir la grande Pyramide, je le tiens au contraire pour un monarque d'un esprit magnanime. L'idée de vaincre le temps par un tombeau, de forcer les générations, les mœurs, les lois, les âges à se briser au pied d'un cercueil, ne saurait être sortie d'une âme vulgaire. Si c'est là de l'orgueil, c'est du moins un grand orgueil. Une vanité comme celle de la grande Pyramide, qui dure depuis trois ou quatre mille ans, pourrait bien à la longue se faire compter pour quelque chose.

Au reste, ces Pyramides me rappelèrent des monuments moins pompeux, mais qui toutefois étaient aussi des sépulcres ; je veux parler de ces édifices de gazon qui couvrent les cendres des Indiens au bord de l'Ohio. Lorsque je les visitai, j'étais dans une situation d'âme bien différente de celle où je me trouvais en contemplant les mausolées des Pharaons : je commençais alors le voyage, et maintenant je le finis. Le monde, à ces deux époques de ma vie, s'est présenté à moi précisément sous l'image des deux déserts où j'ai vu ces deux espèces de tombeaux : des solitudes riantes, des sables arides.

Nous abordâmes à Boulacq[1], et nous louâmes des chevaux et des ânes pour le Caire. Cette ville que dominent l'ancien château de Babylone[2] et le mont Moqattam, présente un aspect assez pittoresque, à cause de la multitude des palmiers, des sycomores et des minarets qui s'élèvent de son enceinte. Nous y entrâmes par des voiries et par un faubourg détruit, au milieu des vautours qui dévoraient leur proie. Nous descendîmes à la contrée des Francs[3], espèce de cul-de-sac dont on ferme l'entrée tous les soirs, comme les cloîtres extérieurs d'un couvent. Nous fûmes reçus par M...[a], à qui M. Drovetti avait confié le soin des affaires des Français au Caire. Il nous prit sous sa protection, et envoya prévenir le pacha de notre arrivée : il en fit en même temps avertir les cinq mamelucks français, afin qu'ils nous accompagnassent dans nos courses.

Ces mamelucks étaient attachés au service du pacha. Les grandes armées laissent toujours après elles quelques traîneurs : la nôtre perdit ainsi deux ou trois cents soldats qui restèrent éparpillés en Égypte[5]. Ils prirent parti sous différents beys, et furent bientôt renom-

---

a. Par la plus grande fatalité, le nom de mon hôte, au Caire, s'est effacé sur mon journal, et je crains de ne l'avoir pas retenu correctement, ce qui fait que je n'ose l'écrire. Je ne me pardonnerais pas un pareil malheur, si ma mémoire était infidèle aux services, à l'obligeance et à la politesse de mon hôte, comme à son nom[4].

més par leur bravoure. Tout le monde convenait que si ces déserteurs, au lieu de se diviser entre eux, s'étaient réunis et avaient nommé un bey français, ils se seraient rendus maîtres du pays. Malheureusement ils manquèrent de chef, et périrent presque tous à la solde des maîtres qu'ils avaient choisis. Lorsque j'étais au Caire, Mahamed-Ali-Pacha pleurait encore la mort d'un de ces braves. Ce soldat, d'abord petit tambour dans un de nos régiments, était tombé entre les mains des Turcs par les chances de la guerre : devenu homme, il se trouva enrôlé dans les troupes du pacha. Mahamed, qui ne le connaissait point encore, le voyant charger un gros d'ennemis, s'écria : « Quel est cet homme ? Ce ne peut-être qu'un Français » ; et c'était en effet un Français. Depuis ce moment il devint le favori de son maître, et il n'était bruit que de sa valeur. Il fut tué peu de temps avant mon arrivée en Égypte, dans une affaire où les cinq autres mamelucks perdirent leurs chevaux.

Ceux-ci étaient Gascons, Languedociens et Picards ; leur chef s'avouait le fils d'un cordonnier de Toulouse[1]. Le second en autorité, après lui, servait d'interprète à ses camarades. Il savait assez bien le turc et l'arabe, et disait toujours en français, *j'étions, j'allions, je faisions*[2]. Un troisième, grand jeune homme, maigre et pâle, avait vécu longtemps dans le désert avec les Bédouins, et il regrettait singulièrement cette vie. Il me contait que quand il se trouvait seul dans les sables, sur un chameau, il lui prenait des transports de joie dont il n'était pas le maître. Le pacha faisait un tel cas de ces cinq mamelucks, qu'il les préférait au reste de ses spahis : eux seuls retraçaient et surpassaient l'intrépidité de ces terribles cavaliers détruits par l'armée française à la journée des Pyramides. Nous sommes dans le siècle des merveilles ; chaque Français semble être appelé aujourd'hui à jouer un rôle extraordinaire : cinq soldats, tirés des derniers rangs de notre armée, se trouvaient, en 1806, à peu près les maîtres au Caire. Rien n'était amusant et singulier comme de voir

Abdallah de Toulouse prendre les cordons de son cafetan, en donner par le visage des Arabes et des Albanais qui l'importunaient, et nous ouvrir ainsi un large chemin dans les rues les plus populeuses. Au reste, ces rois par l'exil avaient adopté, à l'exemple d'Alexandre, les mœurs des peuples conquis; ils portaient de longues robes de soie, de beaux turbans blancs, de superbes armes; ils avaient un harem, des esclaves, des chevaux de première race; toutes choses que leurs pères n'ont point en Gascogne et en Picardie. Mais au milieu des nattes, des tapis, des divans que je vis dans leur maison, je remarquai une dépouille de la patrie: c'était un uniforme haché de coups de sabre, qui couvrait le pied d'un lit fait à la française. Abdallah réservait peut-être ces honorables lambeaux pour la fin du songe, comme le berger devenu ministre[1]:

Le coffre étant ouvert, on y vit des lambeaux,
L'habit d'un gardeur de troupeaux,
Petit chapeau, jupon, panetière, houlette,
Et, je pense, aussi sa musette.

Le lendemain de notre arrivée au Caire, 1er novembre, nous montâmes au château, afin d'examiner le puits de Joseph, la mosquée[2], etc. Le fils du pacha habitait alors ce château. Nous présentâmes nos hommages à Son Excellence, qui pouvait avoir quatorze ou quinze ans[3]. Nous la trouvâmes assise sur un tapis, dans un cabinet délabré, et entourée d'une douzaine de complaisants qui s'empressaient d'obéir à ses caprices. Je n'ai jamais vu un spectacle plus hideux. Le père de cet enfant était à peine maître du Caire, et ne possédait ni la Haute ni la Basse-Égypte. C'était dans cet état de choses, que douze misérables Sauvages nourrissaient des plus lâches flatteries un jeune Barbare enfermé pour sa sûreté dans un donjon. Et voilà le maître que les Égyptiens attendaient après tant de malheurs!

On dégradait donc, dans un coin de ce château, l'âme d'un enfant qui devait conduire des hommes; dans un autre coin, on frappait une monnaie du plus bas aloi.

Et afin que les habitants du Caire reçussent sans murmurer l'or altéré et le chef corrompu qu'on leur préparait, les canons étaient pointés sur la ville.

J'aimai mieux porter ma vue au-dehors, et admirer, du haut du château, le vaste tableau que présentaient au loin le Nil, les campagnes, le désert et les Pyramides. Nous avions l'air de toucher à ces dernières, quoique nous en fussions éloignés de quatre lieues[1]. À l'œil nu, je voyais parfaitement les assises des pierres et la tête du sphinx qui sortait du sable ; avec une lunette je comptais les gradins des angles de la grande pyramide, et je distinguais les yeux, la bouche et les oreilles du sphinx, tant ces masses sont prodigieuses !

Memphis avait existé dans les plaines qui s'étendent de l'autre côté du Nil jusqu'au désert où s'élèvent les Pyramides.

« Ces plaines heureuses qu'on dit être le séjour des justes morts, ne sont, à la lettre, que les belles campagnes qui sont aux environs du lac Achéruse, auprès de Memphis, et qui sont partagées par des champs et par des étangs couverts de blés ou de lotos. Ce n'est pas sans fondement qu'on a dit que les morts habitent là ; car c'est là qu'on termine les funérailles de la plupart des Égyptiens, lorsque après avoir fait traverser le Nil et le lac d'Achéruse à leurs corps, on les dépose enfin dans des tombes qui sont arrangées sous terre en cette campagne. Les cérémonies qui se pratiquent encore aujourd'hui dans l'Égypte, conviennent à tout ce que les Grecs disent de l'Enfer, comme à la barque qui transporte les corps ; à la pièce de monnaie qu'il faut donner au nocher, nommé Charon en langue égyptienne ; au temple de la ténébreuse Hécate, placé à l'entrée de l'Enfer ; aux portes du Cocyte et du Léthé, posées sur des gonds d'airain ; à d'autres portes, qui sont celles de la Vérité et de la Justice qui est sans tête[2]. »

Le 2 nous allâmes à Djizé et à l'île de Roda. Nous examinâmes le Nilomètre[3], au milieu des ruines de la maison de Mourad-Bey[4]. Nous nous étions ainsi beaucoup rapprochés des Pyramides. À cette distance, elles paraissaient d'une hauteur démesurée : comme on les apercevait à travers la verdure des rizières, le cours du fleuve, la cime des palmiers et des sycomores, elles avaient l'air de fabriques colossales bâties dans un magnifique jardin. La lumière du soleil, d'une douceur admirable, colorait la chaîne aride du Moqattam, les sables libyques, l'horizon de Sacarah, et la plaine des Tombeaux. Un vent frais chassait de petits nuages blancs vers la Nubie, et ridait la vaste nappe des flots du Nil. L'Égypte m'a paru le plus beau pays de la terre : j'aime jusqu'aux déserts qui la bordent, et qui ouvrent à l'imagination les champs de l'immensité.

Nous vîmes, en revenant de notre course, la mosquée abandonnée[1] dont j'ai parlé au sujet de l'El-Sakhra de Jérusalem, et qui me paraît être l'original de la cathédrale de Cordoue.

Je passai cinq autres jours au Caire, dans l'espoir de visiter les sépulcres des Pharaons ; mais cela fut impossible. Par une singulière fatalité, l'eau du Nil n'était pas encore assez retirée pour aller à cheval aux Pyramides, ni assez haute pour s'en approcher en bateau. Nous envoyâmes sonder les gués et examiner la campagne : tous les Arabes s'accordèrent à dire qu'il fallait attendre encore trois semaines ou un mois avant de tenter le voyage. Un pareil délai m'aurait exposé à passer l'hiver en Égypte (car les vents de l'ouest allaient commencer) ; or, cela ne convenait ni à mes affaires, ni à ma fortune. Je ne m'étais déjà que trop arrêté sur ma route, et je m'exposais à ne jamais revoir la France, pour avoir voulu remonter au Caire. Il fallut donc me résoudre à ma destinée, retourner à Alexandrie, et me contenter d'avoir vu de mes yeux les Pyramides, sans les avoir touchées de mes mains. Je chargeai M. Caffe d'écrire mon nom sur ces grands tombeaux, selon l'usage, à la première occasion[2] : l'on doit remplir tous les petits devoirs d'un pieux voyageur. N'aime-t-on pas à lire, sur les débris de la statue de Memnon, le nom des Romains qui l'ont entendue soupirer au lever de l'aurore ? Ces Romains furent comme nous *étrangers dans la terre d'Égypte*[1], et nous passerons comme eux.

Au reste, je me serais très bien arrangé du séjour du Caire ; c'est la seule ville qui m'ait donné l'idée d'une ville orientale, telle qu'on se la représente ordinairement : aussi figure-t-elle dans *Les Mille et Une Nuits*. Elle conserve encore beaucoup de traces du passage des Français : les femmes s'y montrent avec moins de réserve qu'autrefois ; on est absolument maître d'aller et d'entrer partout où l'on veut ; l'habit européen, loin d'être un objet d'insulte, est un titre de protection. Il y a un jardin assez joli, planté en palmiers avec des allées circulaires, qui sert de promenade publique[2] : c'est l'ouvrage de nos soldats.

Avant de quitter le Caire, je fis présent à Abdallah d'un fusil de chasse à deux coups, de la manufacture de Lepage[3]. Il me promit d'en faire usage à la première occasion. Je me séparai de mon hôte et de mes aimables compagnons de voyage. Je me rendis à Boulacq, où je m'embarquai avec M. Caffe pour Rosette. Nous étions les seuls passagers sur le bateau, et nous appareillâmes le 8 novembre à sept heures du soir.

Nous descendîmes avec le cours du fleuve : nous nous engageâmes dans le canal de Ménouf[4]. Le 10 au matin, en sortant du canal et rentrant dans la grande branche de Rosette, nous aperçûmes le côté occidental du fleuve occupé par un camp d'Arabes. Le courant nous portait malgré nous de ce côté, et nous obligeait de serrer la rive. Une sentinelle cachée derrière un vieux mur cria à notre patron d'aborder. Celui-ci répondit qu'il était pressé de se rendre à sa destination, et que d'ailleurs il n'était point ennemi. Pendant ce colloque, nous étions arrivés à portée de pistolet du rivage, et le flot courait dans cette direction l'espace d'un mille. La sentinelle, voyant que nous poursuivions notre route, tira sur nous : cette première balle pensa tuer le pilote qui riposta d'un coup d'escopette. Alors tout le camp accourut, borda la rive, et nous essuyâmes le feu de la ligne. Nous cheminions fort doucement, car nous avions le vent contraire : pour comble de guignon, nous échouâmes un moment. Nous étions sans armes ; on a vu que j'avais donné mon fusil à Abdallah. Je voulais faire descendre dans la chambre M. Caffe que sa complaisance pour moi exposait à cette désagréable aventure ; mais, quoique père de famille et déjà sur l'âge, il s'obstina à rester sur le pont. Je remarquai la singulière prestesse d'un Arabe : il lâchait son coup de fusil, rechargeait son arme en courant, tirait de nouveau, et tout cela sans avoir perdu un pas sur la marche de la barque. Le courant nous porta enfin sur l'autre rive ; mais il nous jeta dans un camp d'Albanais révoltés, plus dangereux pour nous que les Arabes[1], car ils avaient du canon, et un boulet nous pouvait couler bas. Nous aperçûmes du mouvement à terre ; heureusement la nuit survint. Nous n'allumâmes point de feu, et nous fîmes silence. La Providence nous conduisit, sans autre accident, au milieu des partis ennemis, jusqu'à Rosette. Nous y arrivâmes le 11 à dix heures du matin.

J'y passai deux jours avec M. Caffe et M. de Saint-Marcel, et je partis le 13 pour Alexandrie. Je saluai l'Égypte, en la quittant, par ces beaux vers :

Mère antique des arts et des fables divines,
Toi, dont la gloire assise au milieu des ruines
Étonne le génie et confond notre orgueil,
Égypte vénérable, où, du fond du cercueil,
Ta grandeur colossale insulte à nos chimères ;
C'est ton peuple qui sut, à ces barques légères
Dont rien ne dirigeait le cours audacieux,
Chercher des guides sûrs dans la voûte des cieux.
Quand le fleuve sacré qui féconde tes rives,
T'apportait en tribut ses ondes fugitives,
Et, sur l'émail des prés égarant les poissons,
Du limon de ses flots nourrissait tes moissons,
Les hameaux, dispersés sur les hauteurs fertiles,
D'un nouvel Océan semblaient former les îles ;
Les palmiers, ranimés par la fraîcheur des eaux,
Sur l'onde salutaire abaissaient leurs rameaux ;

Par les feux du Cancer Syène poursuivie,
Dans ses sables brûlants sentait filtrer la vie ;
Et des murs de Peluse aux lieux où fut Memphis,
Mille canots flottaient sur la terre d'Isis.
Le faible papyrus, par des tissus fragiles,
Formait les flancs étroits de ces barques agiles,
Qui, des lieux séparés conservant les rapports,
Réunissaient l'Égypte en parcourant ses bords.
Mais lorsque dans les airs la Vierge triomphante
Ramenait vers le Nil son onde décroissante,
Quand les troupeaux bêlants et les épis dorés
S'emparaient à leur tour des champs désaltérés
Alors d'autres vaisseaux, à l'active industrie,
Ouvraient des aquilons l'orageuse patrie.
. . . .

Alors, mille cités que décoraient les arts,
L'immense pyramide, et cent palais épars,
Du Nil enorgueilli couronnaient le rivage.
Dans les sables d'Ammon le porphyre sauvage,
En colonne hardie élancé dans les airs,
De sa pompe étrangère étonnait les déserts.
. . . .

Ô grandeur des mortels ! Ô temps impitoyable !
Les destins sont comblés : dans leur course immuable,
Les siècles ont détruit cet éclat passager
Que la superbe Égypte offrit à l'étranger[a].

J'arrivai le même jour, 13, à Alexandrie, à sept heures du soir.

M. Drovetti m'avait nolisé un bâtiment autrichien pour Tunis. Ce bâtiment, du port de cent vingt tonneaux, était commandé par un Ragusois ; le second

---

a. *La Navigation*, par M. Esménard[1].
Quand j'imprimais ces vers, il n'y a pas encore un an, je ne pensais pas qu'on dût appliquer sitôt à l'auteur ses propres paroles :
Ô temps impitoyable !
Les destins sont comblés !

(*Note de la troisième édition.*)

VI. Égypte

capitaine s'appelait François Dinelli, jeune Vénitien très expérimenté dans son art. Les préparatifs du voyage et les tempêtes nous retinrent au port pendant dix jours. J'employai ces dix jours à voir et à revoir Alexandrie.

J'ai cité, dans une note des *Martyrs*[1], un long passage de Strabon, qui donne les détails les plus satisfaisants sur l'ancienne Alexandrie; la nouvelle n'est pas moins connue, grâce à M. de Volney: ce voyageur en a tracé le tableau le plus complet et le plus fidèle. J'invite les lecteurs à recourir à ce tableau; il n'existe guère dans notre langue un meilleur morceau de description[2]. Quant aux monuments d'Alexandrie, Pococke, Norden, Shaw, Thévenot, Paul Lucas, Tott, Niebuhr, Sonnini et cent autres les ont examinés, comptés, mesurés. Je me contenterai donc de donner ici l'inscription de la colonne de Pompée[3]. Je crois être le premier voyageur qui l'ait rapportée en France[a].

Le monde savant la doit à quelques officiers anglais; ils parvinrent à la relever en y appliquant du plâtre.

Pococke en avait copié quelques lettres; plusieurs autres voyageurs l'avaient aperçue, j'ai moi-même déchiffré distinctement à l'œil nu plusieurs traits, entre autres, le commencement de ce mot Διοκ..., qui est décisif. Les gravures du plâtre ont fourni ces quatre lignes:

```
ΤΟ.         ΩΤΑΤΟΝ ΑΥΤΟΚΡΑΤΟΡΑ
ΤΟΝ ΠΟΛΙΟΥΧΟΝ ΑΛΕΞΑΝΔΡΕΙΑΣ
ΔΙΟΚ. Η. ΙΑΝΟΝ ΤΟΝ.        ΤΟΝ
ΠΟ.         ΕΠΑΡΧΟΣ ΑΙΓΥΠΤΟΥ
```

Il faut d'abord suppléer[4] à la tête de l'inscription le mot ΠΡΟΣ. Après le premier point, Ν ΣΟΦ; après le second, Λ; après le troisième, Τ; au quatrième, ΑΥΓΟΥΣ; au cinquième enfin, il faut ajouter ΛΛΙΩΝ. On voit qu'il

---

a. Je me trompais: M. Jaubert avait rapporté cette inscription en France avant moi. Le savant d'Ansse de Villoison l'a expliquée dans un article du Magasin Encyclopédique, VIIIe année, t. V, page 55. Cet article mérite d'être cité. Le docte helléniste propose une lecture un peu différente de la mienne. (Voir la note P, p. 572.)

n'y a ici d'arbitraire que le mot ΑΥΓΟΥΣΤΟΝ, qui est d'ailleurs peu important. Ainsi on peut lire :

ΠΡΟΣ
ΤΟΝ ΣΟΦΩΤΑΤΟΝ ΑΥΤΟΚΡΑΤΟΡΑ
ΤΟΝ ΠΟΛΙΟΥΧΟΝ ΑΛΕΞΑΝΔΡΕΙΑΣ
ΔΙΟΚΛΗΤΙΑΝΟΝ ΤΟΝ ΑΥΓΟΥΣΤΟΝ
ΠΟΛΛΙΩΝ ΕΠΑΡΧΟΣ ΑΙΓΥΠΤΟΥ

C'est-à-dire :
« Au très sage Empereur, protecteur d'Alexandrie, Dioclétien Auguste, Pollion, préfet d'Égypte. »

Ainsi, tous les doutes sur la colonne de Pompée sont éclaircis[a]. Mais l'histoire garde-t-elle le silence sur ce sujet ? Il me semble que, dans la Vie d'un des Pères du désert, écrite en grec par un contemporain, on lit que pendant un tremblement de terre qui eut lieu à Alexandrie toutes les colonnes tombèrent, excepté celle de Dioclétien.

M. Boissonade[1], à qui j'ai tant d'obligations, et dont j'ai mis la complaisance à de si grandes et de si longues épreuves, propose de supprimer le ΠΡΟΣ de ma leçon, qui n'est là que pour gouverner des accusatifs, et dont la place n'est point marquée sur la base de la colonne. Il sous-entend alors, comme dans une foule d'inscriptions rapportées par Chandler, Wheler, Spon, etc., ἐτίμησε, *honoravit*. M. Boissonade, qui est destiné à nous consoler de la perte ou de la vieillesse de tant de savants illustres, a évidemment raison.

J'eus encore à Alexandrie une de ces petites jouissances d'amour-propre dont les auteurs sont si jaloux, et qui m'avait déjà rendu si fier à Sparte. Un riche Turc, voyageur et astronome, nommé Aly-Bey el Abassy, ayant entendu prononcer mon nom, prétendit connaître mes ouvrages. J'allai lui faire une visite avec le consul. Aussitôt qu'il m'aperçut, il s'écria : *Ah, mon cher Atala,*

---

a. Quant à l'inscription, car la colonne est elle-même bien plus ancienne que sa dédicace.

et ma chère René! Aly-Bey me parut digne, dans ce moment, de descendre du grand Saladin. Je suis même encore un peu persuadé que c'est le Turc le plus savant et le plus poli qui soit au monde, quoiqu'il ne connaisse pas bien le genre des noms en français; mais *non ego paucis offendar maculis*[1][a].

Si j'avais été enchanté de l'Égypte, Alexandrie me sembla le lieu le plus triste et le plus désolé de la terre. Du haut de la terrasse de la maison du consul, je n'apercevais qu'une mer nue qui se brisait sur des côtes basses encore plus nues, des ports presque vides et le désert libyque s'enfonçant à l'horizon du midi : ce désert semblait, pour ainsi dire, accroître et prolonger la surface jaune et aplanie des flots : on aurait cru voir une seule mer dont une moitié était agitée et bruyante, et dont l'autre moitié était immobile et silencieuse. Partout la nouvelle Alexandrie mêlant ses ruines aux ruines de l'ancienne cité ; un Arabe galopant sur un âne au milieu des débris ; quelques chiens maigres dévorant des carcasses de chameaux sur la grève ; les pavillons des consuls européens flottant au-dessus de leurs demeures, et déployant, au milieu des tombeaux, des couleurs ennemies : tel était le spectacle[3].

Quelquefois je montais à cheval avec M. Drovetti, et nous allions nous promener à la vieille ville, à Nécropolis, ou dans le désert. La plante qui donne la soude couvrait à peine un sable aride ; des chakals fuyaient devant nous ; une espèce de grillon faisait entendre sa voix grêle et importune : il rappelait péniblement à la mémoire le foyer du laboureur, dans cette solitude où jamais une fumée champêtre ne vous appelle à la tente de l'Arabe. Ces lieux sont d'autant plus tristes, que les Anglais ont noyé le vaste bassin qui servait comme de jardin à Alexandrie : l'œil ne rencontre plus que du sable, des eaux et l'éternelle colonne de Pompée.

a. Voilà ce que c'est que la gloire ! on m'a dit que cet Aly-Bey était Espagnol de naissance, et qu'il occupait aujourd'hui une place en Espagne[2]. Belle leçon pour ma vanité ! — (*Note de la troisième édition.*)

M. Drovetti avait fait bâtir, sur la plate-forme de sa maison, une volière en forme de tente, où il nourrissait des cailles et des perdrix de diverses espèces. Nous passions les heures à nous promener dans cette volière, et à parler de la France. La conclusion de tous nos discours, était qu'il fallait chercher au plus tôt quelque petite retraite dans notre patrie, pour y renfermer nos longues espérances. Un jour, après un grand raisonnement sur le repos, je me tournai vers la mer, et je montrai à mon hôte le vaisseau battu du vent sur lequel j'allais bientôt m'embarquer. Ce n'est pas, après tout, que le désir du repos ne soit naturel à l'homme ; mais le but qui nous paraît le moins élevé, n'est pas toujours le plus facile à atteindre, et souvent la chaumière fuit devant nos vœux comme le palais.

Le ciel fut toujours couvert pendant mon séjour à Alexandrie, la mer sombre et orageuse. Je m'endormais et me réveillais au gémissement continuel des flots qui se brisaient presque au pied de la maison du consul. J'aurais pu m'appliquer les réflexions d'Eudore, s'il est permis de se citer soi-même :

« Le triste murmure de la mer est le premier son qui ait frappé mon oreille, en venant à la vie. À combien de rivages n'ai-je pas vu depuis se briser les mêmes flots que je contemple ici ? Qui m'eût dit, il y a quelques années, que j'entendrais gémir sur les côtes d'Italie, sur les grèves des Bataves, des Bretons, des Gaulois, ces vagues que je voyais se dérouler sur les beaux sables de la Messénie ! Quel sera le terme de mes pèlerinages ? Heureux si la mort m'eût surpris avant d'avoir commencé mes courses sur la terre, et lorsque je n'avais d'aventures à conter à personne[1]. »

Pendant mon séjour forcé à Alexandrie, je reçus plusieurs lettres de M. Caffe, mon brave compagnon de voyage sur le Nil. Je n'en citerai qu'une ; elle contient quelques détails touchant les affaires de l'Égypte à cette époque :

«Rosette, le 14 février[1] 1806.

«Monsieur,

«Quoique nous soyons au 14 du courant, j'ai l'honneur de vous écrire encore, bien persuadé qu'à la reçue de celle-ci vous serez encore à Alexandrie. Ayant travaillé à mes expéditions pour Paris, au nombre de quatre, je prends la liberté de vous les recommander, et d'avoir la complaisance, à votre heureuse arrivée, de vouloir bien les faire remettre à leur adresse.

«Mahamed-Aga[2], aujourd'hui trésorier de Mahamed-Ali, pacha du Caire, est arrivé vers le midi : l'on a débité qu'il demande cinq cents bourses de contribution sur le riz nouveau. Voilà, mon cher monsieur, comme les affaires vont de mal en pis.

«Le village où les mamelucks ont battu les Albanais, et que les uns et les autres ont dépouillé, s'appelle Neklé ; celui où nous avons été attaqués par les Arabes, porte le nom de Saffi.

«J'ai toujours du regret de n'avoir pas eu la satisfaction de vous voir avant votre départ ; vous m'avez privé par là d'une grande consolation, etc.

«Votre très humble, etc.

«L.-E. CAFFE.»

Le 23 novembre, à midi, le vent étant devenu favorable, je me rendis à bord du vaisseau avec mon domestique français. J'avais, comme je l'ai dit, renvoyé mon domestique grec à Constantinople. J'embrassai M. Drovetti sur le rivage, et nous nous promîmes amitié et souvenance : j'acquitte aujourd'hui ma dette.

Notre navire était à l'ancre dans le grand port d'Alexandrie, où les vaisseaux francs sont admis aujourd'hui comme les vaisseaux turcs ; révolution due à nos armes. Je trouvai à bord un rabbin de Jérusalem, un Barbaresque, et deux pauvres Maures de Maroc, peut-être descendants des Abencérages, qui revenaient du pèlerinage de la Mecque : ils me demandaient leur passage par charité. Je reçus les enfants de Jacob et de Mahomet au nom de Jésus-Christ : au fond, je n'avais pas grand mérite ; car j'allai me mettre en tête que ces malheureux me porteraient bonheur, et que ma fortune passerait en fraude, cachée parmi leurs misères.

Nous levâmes l'ancre à deux heures. Un pilote nous mit hors du port. Le vent était faible et de la partie du midi. Nous restâmes trois jours à la vue de la colonne de Pompée, que nous découvrions à l'horizon. Le soir du troisième jour nous entendîmes le coup de canon de retraite du port d'Alexandrie. Ce fut comme le signal de notre départ définitif ; car le vent du nord se leva, et nous fîmes voile à l'occident.

Nous essayâmes d'abord de traverser le grand canal de Libye ; mais le vent du nord, qui déjà n'était pas très favorable, passa au nord-ouest le 29 novembre, et nous fûmes obligés de courir des bordées entre la Crète et la côte d'Afrique.

Le 1er décembre, le vent, se fixant à l'ouest, nous barra absolument le chemin. Peu à peu il descendit au sud-ouest, et se changea en une tempête qui ne cessa qu'à notre arrivée à Tunis. Notre navigation ne fut plus qu'une espèce de continuel naufrage de quarante-deux jours ; ce qui est un peu long. Le 3, nous amenâmes toutes les voiles, et nous commençâmes à fuir devant la lame. Nous fûmes portés ainsi, avec une extrême violence, jusque sur les côtes de la Caramanie. Là, pendant quatre jours entiers, je vis à loisir les tristes et hauts sommets du Cragus, enveloppés de nuages. Nous battions la mer çà et là, tâchant, à la moindre variation du vent, de nous éloigner de la terre. Nous eûmes un moment la pensée d'entrer au port de Château-Rouge ; mais le capitaine, qui était d'une timidité extrême, n'osa risquer le mouillage. La nuit du 8 fut très pénible. Une rafale subite du midi nous chassa vers l'île de Rhodes ; la lame était si courte et si mauvaise, qu'elle fatiguait singulièrement le vaisseau. Nous découvrîmes une petite felouque grecque à demi submergée, et à laquelle nous ne pûmes donner aucun secours. Elle passa à une encablure de notre poupe. Les quatre hommes qui la conduisaient étaient à genoux sur le pont; ils avaient suspendu un fanal à leur mât, et ils poussaient des cris que nous apportaient les vents. Le lendemain matin nous ne revîmes plus cette felouque.

Le vent ayant sauté au nord, nous mîmes la misaine dehors, et nous tâchâmes de nous soutenir sur la côte méridionale de l'île de Rhodes. Nous avançâmes jusqu'à l'île de Scarpanto[1]. Le 10, le vent retomba à l'ouest, et nous perdîmes tout espoir de continuer notre route. Je désirais que le capitaine renonçât à passer le canal de Libye, et qu'il se jetât dans l'Archipel[2], où nous avions l'espoir de trouver d'autres vents. Mais il craignait de s'aventurer au milieu des îles. Il y avait déjà dix-sept jours que nous étions en mer. Pour occuper mon temps je copiais et mettais en ordre les notes de ce voyage et les descriptions des Martyrs. La nuit je me promenais sur le pont avec le second capitaine Dinelli[3]. Les nuits passées au milieu des vagues, sur un vaisseau battu de la tempête, ne sont point stériles pour l'âme, car les nobles pensées naissent des grands spectacles. Les étoiles qui se montrent fugitives entre les nuages brisés, les flots étincelants autour de vous, les coups de la lame qui font sortir un bruit sourd des flancs du navire, le gémissement du vent dans les mâts, tout vous annonce que vous êtes hors de la puissance de l'homme, et que vous ne dépendez plus que de la volonté de Dieu. L'incertitude de votre avenir donne aux objets leur véritable prix : et la terre, contemplée du milieu d'une mer orageuse, ressemble à la vie considérée par un homme qui va mourir[4].

Après avoir mesuré vingt fois les mêmes vagues, nous nous retrouvâmes le 12 devant l'île de Scarpanto. Cette île, jadis appelée Carpathos, et Crapathos par Homère, donna son nom à la mer Carpathienne. Quelques vers de Virgile font aujourd'hui toute sa célébrité[5] :

Est in Carpathio Neptuni gurgite vates
Caeruleus Proteus, etc.

Protée, ô mon cher fils! peut seul finir tes maux;
C'est lui que nous voyons, sur les mers qu'il habite,
Atteler à son char les monstres d'Amphitrite;
Pallène est sa patrie, et dans le même jour
Vers ces bords fortunés il hâte son retour.
Les Nymphes, les Tritons, tous, jusqu'au vieux Nérée,
Respectent de ce dieu la science sacrée;
Ses regards pénétrants, son vaste souvenir,
Embrassent le présent, le passé, l'avenir:
Précieuse faveur du dieu puissant des ondes,
Dont il paît les troupeaux dans les plaines profondes.

Je n'irai point, si je puis, demeurer dans l'île de Protée, malgré les beaux vers des Géorgiques françaises et latines. Il me semble encore voir les tristes villages d'Anchinates, d'Oro, de Saint-Hélie, que nous découvrions avec des lunettes marines dans les montagnes de l'île. Je n'ai point, comme Ménélas et comme Aristée, perdu mon royaume ou mes abeilles; je n'ai rien à attendre de l'avenir, et je laisse au fils de Neptune des secrets qui ne peuvent m'intéresser.

Le 12, à six heures du soir, le vent se tournant au midi, j'engageai le capitaine à passer en dedans de l'île de Crète. Il y consentit avec peine. À neuf heures il dit selon sa coutume: *Ho paura!* et il alla se coucher. M. Dinelli prit sur lui de franchir le canal formé par l'île de Scarpanto et celle de Coxo[1]. Nous y entrâmes avec un vent violent du sud-ouest. Au lever du jour, nous nous trouvâmes au milieu d'un archipel d'îlots et d'écueils qui blanchissaient de toutes parts. Nous prîmes le parti de nous jeter dans le port de l'île de Stampalie[2], qui était devant nous.

Ce triste port n'avait ni vaisseaux dans ses eaux, ni maisons sur ses rivages. On apercevait seulement un village suspendu comme de coutume au sommet d'un rocher. Nous mouillâmes sous la côte; je descendis à terre avec le capitaine[3]. Tandis qu'il montait au village, j'examinai l'intérieur de l'île. Je ne vis partout que des bruyères, des eaux errantes qui coulaient sur la mousse, et la mer qui se brisait sur une ceinture de rochers. Les anciens appelèrent pourtant cette île la Table des Dieux, Θεῶν τράπεζα, à cause des fleurs dont elle était semée. Elle est plus connue sous le nom d'Astypalée; on y trouvait un temple d'Achille. Il y a peut-être des gens fort heureux dans le misérable hameau de Stampalie, des gens qui ne sont peut-être jamais sortis de leur île, et qui n'ont jamais entendu parler de nos révolutions. Je me demandais si j'aurais voulu de ce bonheur; mais je n'étais déjà plus qu'un vieux pilote incapable de répondre affirmativement à cette question, et dont les songes sont enfants des vents et des tempêtes.

Nos matelots embarquèrent de l'eau; le capitaine revint avec des poulets et un cochon vivant. Une felouque candiote entra dans le port; à peine eut-elle jeté l'ancre auprès de nous, que l'équipage se mit à danser autour du gouvernail: *O Graecia vana!*

Le vent continuant toujours de souffler du midi, nous appareillâmes le 16 à neuf heures du matin[1]. Nous passâmes au sud de l'île de Nanfia[2], et le soir, au coucher du soleil, nous aperçûmes la Crète. Le lendemain 17, faisant route au nord-nord-ouest[3], nous découvrîmes le mont Ida; son sommet, enveloppé de neige, ressemblait à une immense coupole. Nous portâmes sur l'île de Cérigo, et nous fûmes assez heureux pour la passer le 18. Le 19, je revis les côtes de la Grèce, et je saluai le Ténare[4]. Un orage du sud-est s'éleva à notre grande joie, et en cinq jours nous arrivâmes dans les eaux de l'île de Malte. Nous la découvrîmes la veille de Noël; mais le jour de Noël même, le vent, se rangeant à l'ouest-nord-ouest, nous chassa au midi de Lampedouse. Nous restâmes dix-huit jours sur la côte orientale du royaume de Tunis, entre la vie et la mort. Je n'oublierai de ma vie la journée du 28. Nous étions à la vue de la Pantalerie[5]: un calme profond survint tout à coup à midi; le ciel éclairé d'une lumière blafarde était menaçant. Vers le coucher du soleil, une nuit si profonde tomba du ciel, qu'elle justifia à mes yeux la belle expression de Virgile: *Ponto nox incubat atra*[1]. Nous entendîmes ensuite un bruit affreux. Un ouragan fondit sur le navire, et le fit pirouetter comme une plume sur un bassin d'eau. Dans un instant la mer fut bouleversée de telle sorte que sa surface n'offrait qu'une nappe d'écume. Le vaisseau, qui n'obéissait plus au gouvernail, était comme un point ténébreux au milieu de cette terrible blancheur; le tourbillon semblait nous soulever et nous arracher des flots; nous tournions en tout sens, plongeant tour à tour la poupe et la proue dans les vagues. Le retour de la lumière nous montra notre danger. Nous touchions presque à l'île de Lampedouse. Le même coup de vent fit périr, sur l'île de Malte, deux vaisseaux de guerre anglais, dont les gazettes du temps ont parlé. M. Dinelli regardant le naufrage comme inévitable, j'écrivis un billet ainsi conçu: «F.-A. de Chateaubriand, naufragé sur l'île de Lampedouse, le 28 décembre 1806, en revenant de la Terre-Sainte.» J'enfermai ce billet dans une bouteille vide, avec le dessein de la jeter à la mer au dernier moment.

La Providence nous sauva. Un léger changement dans le vent nous fit tomber au midi de Lampedouse, et nous nous trouvâmes dans une mer libre. Le vent remontant toujours au nord, nous hasardâmes de mettre une voile, et nous courûmes sur la petite syrte. Le fond de cette syrte va toujours s'élevant jusqu'au rivage, de sorte qu'en marchant la sonde à la main, on vient mouiller à telle brasse que l'on veut. Le peu de profondeur de l'eau y rend la mer calme au milieu des plus grands vents; et cette plage, si dangereuse pour les barques des anciens, est une espèce de port en pleine mer pour les vaisseaux modernes.

Nous jetâmes l'ancre devant les îles Kerkeni, tout auprès de la ligne des pêcheries. J'étais si las de cette longue traversée, que j'aurais bien voulu débarquer à Sfax, et me rendre de là à Tunis par terre; mais le capitaine n'osa chercher le port de Sfax, dont l'entrée est en effet dangereuse. Nous restâmes huit jours à l'ancre dans la petite syrte, où je vis commencer l'année 1807. Sous combien d'astres, et dans combien de fortunes diverses, j'avais déjà vu se renouveler pour moi les années qui passent si vite ou qui sont si longues! Qu'ils étaient loin de moi ces temps de mon enfance où je recevais, avec un cœur palpitant de joie, la bénédiction et les présents paternels! Comme ce premier jour de l'année était attendu! Et maintenant, sur un vaisseau étranger, au milieu de la mer, à la vue d'une terre barbare, ce premier jour s'envolait pour moi, sans témoins, sans plaisirs, sans les embrassements de la famille, sans ces tendres souhaits de bonheur qu'une mère forme pour son fils avec tant de sincérité! Ce jour, né du sein des tempêtes, ne laissait tomber sur mon front que des soucis, des regrets et des cheveux blancs.

Toutefois nous crûmes devoir chômer sa fête, non comme la fête d'un hôte agréable, mais comme celle d'une vieille connaissance. On égorgea le reste des poulets, à l'exception d'un brave coq, notre horloge fidèle, qui n'avait cessé de veiller et de chanter au milieu des plus grands périls. Le rabbin, le Barbaresque et les deux Maures sortirent de la cale du vaisseau, et vinrent recevoir leurs étrennes à notre banquet. C'était là mon repas de famille! Nous bûmes à la France : nous n'étions pas loin de l'île des Lotophages, où les compagnons d'Ulysse oublièrent leur patrie : je ne connais point de fruit assez doux pour me faire oublier la mienne.

Nous touchions presque aux îles Kerkeni, les *Cercinae* des anciens. Du temps de Strabon il y avait des pêcheries en avant de ces îles, comme aujourd'hui. Les *Cercinae* furent témoins de deux grands coups de la fortune : car elles virent passer tour à tour Annibal et Marius fugitifs. Nous étions assez près d'Africa (*Turris Annibalis*), où le premier de ces deux grands hommes fut obligé de s'embarquer pour échapper à l'ingratitude des Carthaginois. Sfax est une ville moderne : selon le docteur Shaw, elle tire son nom du mot *Sfakouse*, à cause de la grande quantité de concombres qui croissent dans son territoire.

Le 6 janvier 1807, la tempête étant enfin apaisée, nous quittâmes la petite syrte, nous remontâmes la côte de Tunis pendant trois jours, et le 10 nous doublâmes le cap Bon, l'objet de toutes nos espérances. Le 11, nous mouillâmes sous le cap de Carthage. Le 12, nous jetâmes l'ancre devant la Goulette, échelle ou port de Tunis. On envoya la chaloupe à terre ; j'écrivis à M. Devoise[1], consul français auprès du bey. Je craignais de subir encore une quarantaine, mais M. Devoise m'obtint la permission de débarquer le 18. Ce fut avec une vraie joie que je quittai le vaisseau. Je louai des chevaux à la Goulette ; je fis le tour du lac et j'arrivai à cinq heures du soir chez mon nouvel hôte[2].

SEPTIÈME ET DERNIÈRE PARTIE

VOYAGE DE TUNIS
ET RETOUR EN FRANCE

Je trouvai chez monsieur et madame Devoise l'hospitalité la plus généreuse et la société la plus aimable : ils eurent la bonté de me garder six semaines au sein de leur famille ; et je jouis enfin d'un repos dont j'avais un extrême besoin. On approchait du carnaval, et l'on ne songeait qu'à rire, en dépit des Maures. Les cendres de Didon et les ruines de Carthage entendaient le son d'un violon français. On ne s'embarrassait ni de Scipion, ni d'Annibal, ni de Marius, ni de Caton d'Utique, qu'on eût fait boire (car il aimait le vin) s'il se fût avisé de venir gourmander l'assemblée. Saint Louis seul eût été respecté en sa qualité de Français ; mais le bon et grand roi n'eût pas trouvé mauvais que ses sujets s'amusassent dans le même lieu où il avait tant souffert.

Le caractère national ne peut s'effacer. Nos marins disent que, dans les colonies nouvelles, les Espagnols commencent par bâtir une église, les Anglais une taverne, et les Français un fort ; et j'ajoute une salle de bal. Je me trouvais en Amérique, sur la frontière du pays des Sauvages[1] : j'appris qu'à la première journée je rencontrerais parmi les Indiens un de mes compatriotes. Arrivé chez les Cayougas, tribu qui faisait partie de la nation des Iroquois, mon guide me conduisit dans une forêt. Au milieu de cette forêt, on voyait une espèce de grange ; je trouvai dans cette grange une vingtaine de Sauvages, hommes et femmes, barbouillés comme des sorciers, le corps demi-nu, les oreilles découpées, des plumes de corbeau sur la tête, et des anneaux passés dans les narines. Un petit Français poudré et frisé comme autrefois, habit vert pomme, veste de droguet, jabot et manchette de mousseline, raclait un violon de poche, et faisait danser *Madelon Friquet* à ces Iroquois. M. Violet (c'était son nom), était maître de danse chez les Sauvages. On lui payait ses leçons en peaux de castors et en jambons d'ours : il avait été marmiton au service du général Rochambeau, pendant la guerre d'Amérique. Demeuré à New York après le départ de notre armée, il résolut d'enseigner les beaux-arts aux Américains. Ses vues s'étant agrandies avec ses succès, le nouvel Orphée porta la civilisation jusque chez les hordes errantes du Nouveau-Monde. En me parlant des Indiens, il me disait toujours : « Ces messieurs Sauvages et ces dames Sauvagesses. » Il se louait beaucoup de la légèreté de ses écoliers : en effet, je n'ai jamais vu faire de telles gambades. M. Violet, tenant son petit violon entre son menton et sa poitrine, accordait l'instrument fatal ; il criait en iroquois : *À vos places !* Et toute la troupe sautait comme une bande de démons. Voilà ce que c'est que le génie des peuples.

Nous dansâmes donc aussi sur les débris de Carthage. Ayant vécu à Tunis absolument comme en France, je ne suivrai plus les dates de mon journal. Je traiterai les sujets d'une manière générale et selon l'ordre dans lequel ils s'offriront à ma mémoire. Mais, avant de parler de Carthage et de ses ruines, je dois nommer les différentes personnes que j'ai connues en Barbarie. Outre M. le consul de France, je voyais souvent M. Lessing, consul de Hollande : son beau-frère, M. Humberg[1], officier-ingénieur hollandais, commandait à la Goulette. C'est avec le dernier que j'ai visité les ruines de Carthage ; j'ai eu infiniment à me louer de sa complaisance et de sa politesse. Je rencontrai aussi M. Lear[2], consul des États-Unis. J'avais été autrefois recommandé en Amérique au général Washington. M. Lear avait occupé une place auprès de ce grand homme : il voulut bien, en mémoire de mon illustre patron, me faire donner passage sur un schooner des États-Unis. Ce schooner me déposa en Espagne, comme je le dirai à la fin de cet Itinéraire. Enfin, je vis à Tunis, tant à la légation que dans la ville, plusieurs jeunes Français à qui mon nom n'était pas tout à fait étranger. Je ne dois point oublier les restes de l'intéressante famille de M. Andanson[1].

Si la multitude des récits fatigue l'écrivain qui veut parler aujourd'hui de l'Égypte et de la Judée, il éprouve, au sujet des antiquités de l'Afrique, un embarras tout contraire par la disette des documents. Ce n'est pas qu'on manque de Voyages en Barbarie : je connais une trentaine de Relations des royaumes de Maroc, d'Alger et de Tunis. Toutefois ces Relations sont insuffisantes. Parmi les anciens Voyages, il faut distinguer l'*Africa illustrata* de Grammaye, et le savant ouvrage de Shaw[2]. Les *Missions* des Pères de la Trinité et des Pères de la Merci renferment des miracles de charité ; mais elles ne parlent point, et ne doivent point parler des Romains et des Carthaginois. Les Mémoires imprimés à la suite des Voyages de Paul Lucas ne contiennent que le récit d'une guerre civile à Tunis. Shaw aurait pu suppléer à tout, s'il avait étendu ses recherches à l'histoire ; malheureusement il ne la considère que sous les rapports géographiques. Il touche à peine, en passant, les antiquités : Carthage, par exemple, n'occupe pas, dans ses observations, plus de place que Tunis. Parmi les voyageurs tout à fait modernes, lady Montague[3], l'abbé Poiret[4], M. Desfontaines[5], disent quelques mots de Carthage, mais sans s'y arrêter aucunement. On a publié à Milan, en 1806, l'année même de mon voyage, un ouvrage sous ce titre : *Ragguaglio di alcuni Monumenti di Antichita ed Arti, raccolti negli ultimi Viaggi d'un dilettante*[a].

Je crois qu'il est question de Carthage dans ce livre : j'en ai retrouvé la note trop tard pour le faire venir

---

a. Voyez la Préface de la troisième édition[6].

d'Italie[1]. On peut donc dire que le sujet que je vais traiter est neuf, j'ouvrirai la route; les habiles viendront après moi.

Avant de parler de Carthage, qui est ici le seul objet intéressant, il faut commencer par nous débarrasser de Tunis[2]. Cette ville conserve à peu près son nom antique. Les Grecs et les Latins l'appelaient *Tunes*, et Diodore lui donne l'épithète de Blanche, Λευκὸν, parce qu'elle est bâtie sur une colline crayeuse: elle est à douze milles des ruines de Carthage, et presque au bord d'un lac dont l'eau est salée. Ce lac communique avec la mer, au moyen d'un canal appelé la Goulette, et ce canal est défendu par un fort. Les vaisseaux marchands mouillent devant ce fort, où ils se mettent à l'abri derrière la jetée de la Goulette, en payant un droit d'ancrage considérable.

Le lac de Tunis pouvait servir de port aux flottes des anciens; aujourd'hui une de nos barques a bien de la peine à le traverser sans échouer. Il faut avoir soin de suivre le principal canal qu'indiquent des pieux plantés dans la vase. Abulfeda marque dans ce lac une île qui sert maintenant de lazaret. Les voyageurs ont parlé des flamants ou phénicoptères qui animent cette grande flaque d'eau, d'ailleurs assez triste. Quand ces beaux oiseaux volent à l'encontre du soleil, tendant le cou en avant, et allongeant les pieds en arrière, ils ont l'air de flèches empennées avec des plumes couleur de rose.

Des bords du lac, pour arriver à Tunis, il faut traverser un terrain qui sert de promenade aux Francs. La ville est murée, elle peut avoir une lieue de tour, en y comprenant le faubourg extérieur, Bled-el-Had-rah. Les maisons en sont basses, les rues étroites, les boutiques pauvres, les mosquées chétives. Le peuple, qui se montre peu au-dehors, a quelque chose de hagard et de sauvage. On rencontre sous les portes de la ville ce qu'on appelle des *Siddi* ou des *Saints*: ce sont des négresses et des nègres tout nus, dévorés par la vermine, vautrés dans leurs ordures, et mangeant insolemment le pain de la charité. Ces sales créatures sont sous la protection immédiate de Mahomet. Des marchands européens, des Turcs enrôlés à Smyrne, des Maures dégénérés, des renégats et des captifs, composent le reste de la population.

La campagne aux environs de Tunis est agréable : elle présente de grandes plaines semées de blé et bordées de collines qu'ombragent des oliviers et des caroubiers. Un aqueduc moderne, d'un bon effet, traverse une vallée derrière la ville. Le bey a sa maison de campagne au fond de cette vallée[1]. De Tunis même, on découvre au midi les collines dont j'ai parlé. On voit à l'orient les montagnes du Mamélife[2] : montagnes singulièrement déchirées, d'une figure bizarre, et au pied desquelles se trouvent les eaux chaudes connues des anciens. À l'ouest et au nord, on aperçoit la mer, le port de la Goulette, et les ruines de Carthage.

Les Tunisiens sont cependant moins cruels et plus civilisés que les peuples d'Alger. Ils ont recueilli les Maures d'Andalousie, qui habitent le village de Tub-Urbo, à six lieues de Tunis, sur la Me-Jerdah[a]. Le bey actuel est un homme habile : il cherche à se tirer de la dépendance d'Alger, à laquelle Tunis est soumise depuis la conquête qu'en firent les Algériens en 1757. Ce prince parle italien, cause avec esprit, et entend mieux la politique de l'Europe que la plupart des Orientaux. On sait au reste que Tunis fut attaquée par saint Louis en 1270, et prise par Charles Quint en 1535. Comme la mort de saint Louis se lie à l'histoire de Carthage, j'en parlerai ailleurs. Quant à Charles Quint, il défit le fameux Barberousse, et rétablit le roi de Tunis sur son trône, en l'obligeant toutefois à payer un tribut à l'Espagne : on peut consulter à ce sujet l'ouvrage de Robertson[b]. Charles Quint garda le fort de la Goulette, mais les Turcs le reprirent en 1574.

Je ne dis rien de la Tunis des anciens, parce qu'on

---

a. La Bagrada de l'antiquité, au bord de laquelle Régulus tua le fameux serpent.
b. Histoire de Charles Quint, livre V.

va la voir figurer à l'instant dans les guerres de Rome et de Carthage.

Au reste on m'a fait présent à Tunis d'un manuscrit qui traite de l'état actuel de ce royaume, de son gouvernement, de son commerce, de son revenu, de ses armées, de ses caravanes. Je n'ai point voulu profiter de ce manuscrit ; je n'en connais point l'auteur ; mais, quel qu'il soit, il est juste qu'il recueille l'honneur de son travail. Je donnerai cet excellent Mémoire à la fin de l'Itinéraire[a]. Je passe maintenant à l'histoire et aux ruines de Carthage.

L'an 883 avant notre ère[2], Didon, obligée de fuir sa terre natale, vint aborder en Afrique. Carthage, fondée par l'épouse de Sichée, dut ainsi sa naissance à l'une de ces aventures tragiques qui marquent le berceau des peuples, et qui sont comme le germe et le présage des maux, fruits plus ou moins tardifs de toute société humaine. On connaît l'heureux anachronisme[3] de l'Énéide. Tel est le privilège du génie, que les poétiques malheurs de Didon sont devenus une partie de la gloire de Carthage. À la vue des ruines de cette cité, on cherche les flammes du bûcher funèbre ; on croit entendre les imprécations d'une femme abandonnée ; on admire ces puissants mensonges qui peuvent occuper l'imagination, dans des lieux remplis des plus grands souvenirs de l'histoire. Certes, lorsqu'une reine expirante appelle dans les murs de Carthage les divinités ennemies de Rome, et les dieux vengeurs de l'hospitalité ; lorsque Vénus, sourde aux prières de l'amour, exauce les vœux de la haine, qu'elle refuse à Didon un descendant d'Énée, et lui accorde Annibal, de telles merveilles, exprimées dans un merveilleux langage, ne peuvent plus être passées sous silence. L'histoire prend alors son rang parmi les Muses, et la fiction devient aussi grave que la vérité.

Après la mort de Didon, la nouvelle colonie adopta

---

a. Ce Mémoire méritait bien de fixer l'attention des critiques, et personne ne l'a remarqué[1].

un gouvernement dont Aristote a vanté les lois[1]. Des pouvoirs balancés avec art entre les deux premiers magistrats, les nobles et le peuple, eurent cela de particulier qu'ils subsistèrent pendant sept siècles sans se détruire : à peine furent-ils ébranlés par des séditions populaires et par quelques conspirations des grands. Comme les guerres civiles, source des crimes publics, sont cependant mères des vertus particulières, la république gagna plus qu'elle ne perdit à ces orages. Si ses destinées sur la terre ne furent pas aussi longues que celles de sa rivale, du moins à Carthage la liberté ne succomba qu'avec la patrie.

Mais comme les nations les plus libres sont aussi les plus passionnées, nous trouvons avant la première guerre Punique, les Carthaginois engagés dans des guerres honteuses. Ils donnèrent des chaînes à ces peuples de la Bétique dont le courage ne sauva pas la vertu ; ils s'allièrent avec Xerxès et perdirent une bataille contre Gélon, le même jour que les Lacédémoniens succombèrent aux Thermopyles. Les hommes, malgré leurs préjugés, font un tel cas des sentiments nobles, que personne ne songe aux quatre-vingt mille Carthaginois égorgés dans les champs de la Sicile, tandis que le monde entier s'entretient des trois cents Spartiates morts pour obéir aux saintes lois de leur pays. C'est la grandeur de la cause, et non pas celle des moyens, qui conduit à la véritable renommée, et l'honneur a fait dans tous les temps la partie la plus solide de la gloire.

Après avoir combattu tour à tour Agathocles en Afrique et Pyrrhus en Sicile, les Carthaginois en vinrent aux mains avec la république romaine. La cause de la première guerre Punique fut légère ; mais cette guerre amena Régulus aux portes de Carthage.

Les Romains, ne voulant point interrompre le cours des victoires de ce grand homme, ni envoyer les consuls Fulvius et M. Emilius prendre sa place, lui ordonnèrent de rester en Afrique, en qualité de proconsul. Il se plaignit de ces honneurs ; il écrivit au sénat, et le pria instamment de lui ôter le commandement de l'armée : une affaire importante aux yeux de Régulus demandait sa présence en Italie. Il avait un champ de sept arpents à Pupinium : le fermier de ce champ étant mort, le valet du fermier s'était enfui avec les bœufs et les instruments du labourage. Régulus représentait aux sénateurs que si sa ferme demeurait en friche, il lui serait impossible de faire vivre sa femme et ses enfants. Le sénat ordonna que le champ de Régulus serait cultivé aux frais de la république ; qu'on tirerait du trésor l'argent nécessaire pour racheter les objets volés, et que les enfants et la femme du proconsul seraient, pendant son absence, nourris aux dépens du peuple romain. Dans une juste admiration de cette simplicité, Tite-Live s'écrie[1] : « Oh ! combien la vertu est préférable aux richesses ! Celles-ci passent avec ceux qui les possèdent ; la pauvreté de Régulus est encore en vénération ! »

Régulus, marchant de victoire en victoire, s'empara bientôt de Tunis ; la prise de cette ville jeta la consternation parmi les Carthaginois ; ils demandèrent la paix au proconsul. Ce laboureur romain prouva qu'il est plus facile de conduire la charrue après avoir remporté des victoires, que de diriger d'une main ferme une prospérité éclatante : le véritable grand homme est surtout fait pour briller dans le malheur ; il semble égaré dans le succès, et paraît comme étranger à la fortune. Régulus proposa aux ennemis des conditions si dures, qu'ils se virent forcés de continuer la guerre.

Pendant ces négociations, la destinée amenait au travers des mers un homme qui devait changer le cours des événements : un Lacédémonien nommé Xanthippe vient retarder la chute de Carthage ; il livre bataille aux Romains sous les murs de Tunis, détruit leur armée, fait Régulus prisonnier, se rembarque et disparaît sans laisser d'autres traces dans l'histoire[a].

---

[a]. Quelques auteurs accusent les Carthaginois de l'avoir fait périr par jalousie de sa gloire, mais cela n'est pas prouvé.

VII. Tunis et retour en France

Régulus, conduit à Carthage, éprouva les traitements les plus inhumains; on lui fit expier les durs triomphes de sa patrie. Ceux qui traînaient à leurs chars avec tant d'orgueil des rois tombés du trône, des femmes, des enfants en pleurs, pouvaient-ils espérer qu'on respectât dans les fers un citoyen de Rome!

La fortune redevint favorable aux Romains. Carthage demanda une seconde fois la paix; elle envoya des ambassadeurs en Italie: Régulus les accompagnait. Ses maîtres lui firent donner sa parole qu'il reviendrait prendre ses chaînes, si les négociations n'avaient pas une heureuse issue: on espérait qu'il plaiderait fortement en faveur d'une paix qui lui devait rendre sa patrie.

Régulus, arrivé aux portes de Rome, refusa d'entrer dans la ville. Il y avait une ancienne loi qui défendait à tout étranger d'introduire dans le sénat les ambassadeurs d'un peuple ennemi: Régulus, se regardant comme un envoyé des Carthaginois, fit revivre en cette occasion l'antique usage. Les sénateurs furent donc obligés de s'assembler hors des murs de la cité. Régulus leur déclara qu'il venait, par l'ordre de ses maîtres, demander au peuple romain la paix ou l'échange des prisonniers.

Les ambassadeurs de Carthage, après avoir exposé l'objet de leur mission, se retirèrent: Régulus les voulut suivre; mais les sénateurs le prièrent de rester à la délibération.

Pressé de dire son avis, il représenta fortement toutes les raisons que Rome avait de continuer la guerre contre Carthage. Les sénateurs, admirant sa fermeté, désiraient sauver un tel citoyen: le grand-pontife soutenait qu'on pouvait le dégager des serments qu'il avait faits.

«Suivez les conseils que je vous ai donnés, dit l'illustre captif, d'une voix qui étonna l'assemblée, et oubliez Régulus: je ne demeurerai point dans Rome après avoir été l'esclave de Carthage. Je n'attirerai point sur vous la colère des dieux. J'ai promis aux ennemis de me remettre entre leurs mains si vous rejetez la paix; je tiendrai mon serment. On ne trompe point Jupiter par de vaines expiations, le sang des taureaux et des brebis ne peut effacer un mensonge, et le sacrilège est puni tôt ou tard.

«Je n'ignore point le sort qui m'attend; mais un crime flétrirait mon âme: la douleur ne brisera que mon corps. D'ailleurs il n'est point de maux pour celui qui les sait souffrir: s'ils passent les forces de la nature, la mort nous en délivre. Pères conscrits, cessez de me plaindre: j'ai disposé de moi, et rien ne me pourra faire changer de sentiment. Je retourne à Carthage; je fais mon devoir, et je laisse faire aux dieux.»

Régulus mit le comble à sa magnanimité: afin de diminuer l'intérêt qu'on prenait à sa vie, et pour se débarrasser d'une compassion inutile, il dit aux sénateurs que les Carthaginois lui avaient fait boire un poison lent avant de sortir de prison: «Ainsi, ajouta-t-il, vous ne perdez de moi que quelques instants qui ne valent pas la peine d'être achetés par un parjure.» Il se leva, s'éloigna de Rome sans proférer une parole de plus, tenant les yeux attachés à la terre, et repoussant sa femme et ses enfants, soit qu'il craignît d'être attendri par leurs adieux, soit que, comme esclave carthaginois, il se trouvât indigne des embrassements d'une matrone romaine. Il finit ses jours dans d'affreux supplices, si toutefois le silence de Polybe et de Diodore ne balance pas le récit des historiens latins. Régulus fut un exemple mémorable de ce que peuvent, sur une âme courageuse, la religion du serment et l'amour de la patrie. Que si l'orgueil eut peut-être un peu de part à la résolution de ce mâle génie, se punir ainsi d'avoir été vaincu, c'était être digne de la victoire.

Après vingt-quatre années de combats, un traité de paix mit fin à la première guerre Punique. Mais les Romains n'étaient déjà plus ce peuple de laboureurs conduit par un sénat de rois, élevant des autels à la Modération et à la Petite-Fortune: c'étaient des hommes qui se sentaient faits pour commander, et que l'ambition poussait incessamment à l'injustice. Sous un prétexte frivole, ils envahirent la Sardaigne, et s'applaudirent d'avoir fait, en pleine paix, une conquête sur les Carthaginois. Ils ne savaient pas que le vengeur de la foi violée était déjà aux portes de Sagonte, et que bientôt il paraîtrait sur les collines de Rome : ici commence la seconde guerre Punique.

Annibal me paraît avoir été le plus grand capitaine de l'antiquité : si ce n'est pas celui que l'on aime le mieux, c'est celui qui étonne davantage. Il n'eut ni l'héroïsme d'Alexandre, ni les talents universels de César ; mais il les surpassa l'un et l'autre comme homme de guerre. Ordinairement l'amour de la patrie ou de la gloire conduit les héros aux prodiges : Annibal seul est guidé par la haine. Livré à ce génie d'une nouvelle espèce, il part des extrémités de l'Espagne avec une armée composée de vingt peuples divers. Il franchit les Pyrénées et les Gaules, dompte les nations ennemies sur son passage, traverse les fleuves, arrive au pied des Alpes. Ces montagnes sans chemins, défendues par des Barbares, opposent en vain leur barrière à Annibal. Il tombe de leurs sommets glacés sur l'Italie, écrase la première armée consulaire sur les bords du Tésin, frappe un second coup à la Trébia, un troisième à Trasimène, et du quatrième coup de son épée il semble immoler Rome dans la plaine de Cannes. Pendant seize années il fait la guerre sans secours au sein de l'Italie ; pendant seize années, il ne lui échappe qu'une de ces fautes qui décident du sort des Empires, et qui paraissent si étrangères à la nature d'un grand homme, qu'on peut les attribuer raisonnablement à un dessein de la Providence.

Infatigable dans les périls, inépuisable dans les ressources, fin, ingénieux, éloquent, savant même, et auteur de plusieurs ouvrages, Annibal eut toutes les distinctions qui appartiennent à la supériorité de l'esprit et à la force du caractère, mais il manqua des hautes qualités du cœur : froid, cruel, sans entrailles, né pour renverser et non pour fonder des empires, il fut, en magnanimité, fort inférieur à son rival.

Le nom de Scipion l'Africain est un des beaux noms de l'histoire. L'ami des dieux, le généreux protecteur de l'infortune et de la beauté, Scipion a quelques traits de ressemblance avec nos anciens chevaliers. En lui commence cette urbanité romaine, ornement du génie de Cicéron, de Pompée, de César, et qui remplaça chez ces citoyens illustres la rusticité de Caton et de Fabricius.

Annibal et Scipion se rencontrèrent aux champs de Zama ; l'un célèbre par ses victoires, l'autre fameux par ses vertus : dignes tous les deux de représenter leurs grandes patries, et de se disputer l'empire du monde.

Au départ de la flotte de Scipion pour l'Afrique, le rivage de la Sicile était bordé d'un peuple immense et d'une foule de soldats. Quatre cents vaisseaux de charge et cinquante trirèmes couvraient la rade de Lilybée. On distinguait à ses trois fanaux la galère de Lélius, amiral de la flotte. Les autres vaisseaux, selon leur grandeur, portaient une ou deux lumières. Les yeux du monde étaient attachés sur cette expédition qui devait arracher Annibal de l'Italie, et décider enfin du sort de Rome et de Carthage. La cinquième et la sixième légions, qui s'étaient trouvées à la bataille de Cannes, brûlaient du désir de ravager les foyers du vainqueur. Le général surtout attirait les regards : sa piété envers les dieux, ses exploits en Espagne, où il avait vengé la mort de son oncle et de son père, le projet de rejeter la guerre en Afrique : projet que lui seul avait conçu contre l'opinion du grand Fabius ; enfin, cette faveur que les hommes accordent aux entreprises hardies, à la gloire, à la beauté, à la jeunesse, faisaient de Scipion l'objet de tous les vœux comme de toutes les espérances.

Le jour du départ ne tarda pas d'arriver. Au lever de l'aurore, Scipion parut sur la poupe de la galère de Lélius, à la vue de la flotte et de la multitude qui couvrait les hauteurs du rivage. Un héraut leva son sceptre, et fit faire silence :

«Dieux et déesses de la terre, s'écria Scipion, et vous, divinités de la mer, accordez une heureuse issue à mon entreprise! Que mes desseins tournent à ma gloire et à celle du peuple romain! Que, pleins de joie, nous retournions un jour dans nos foyers, chargés des dépouilles de l'ennemi; et que Carthage éprouve les malheurs dont elle avait menacé ma patrie!»

Cela dit, on égorge une victime; Scipion en jette les entrailles fumantes dans la mer: les voiles se déploient au son de la trompette; un vent favorable emporte la flotte entière loin des rivages de la Sicile.

Le lendemain du départ, on découvrit la terre d'Afrique et le promontoire de Mercure: la nuit survint, et la flotte fut obligée de jeter l'ancre. Au retour du soleil, Scipion, apercevant la côte, demanda le nom du promontoire le plus voisin des vaisseaux. «C'est le cap Beau», répondit le pilote. À ce nom d'heureux augure, le général saluant la Fortune de Rome, ordonna de tourner la proue de sa galère vers l'endroit désigné par les dieux.

Le débarquement s'accomplit sans obstacles; la consternation se répandit dans les villes et dans les campagnes; les chemins étaient couverts d'hommes, de femmes et d'enfants qui fuyaient avec leurs troupeaux: on eût cru voir une de ces grandes migrations des peuples, quand des nations entières, par la colère ou par la volonté du ciel, abandonnent les tombeaux de leurs aïeux. L'épouvante saisit Carthage: on crie aux armes, on ferme les portes; on place des soldats sur les murs, comme si les Romains étaient déjà prêts à donner l'assaut.

Cependant Scipion avait envoyé sa flotte vers Utique; il marchait lui-même par terre à cette ville dans le dessein de l'assiéger: Massinissa vint le rejoindre avec deux mille chevaux.

Ce roi Numide, d'abord allié des Carthaginois, avait fait la guerre aux Romains en Espagne; par une suite d'aventures extraordinaires, ayant perdu et recouvré plusieurs fois son royaume, il se trouvait fugitif quand

Scipion débarqua en Afrique. Syphax, prince des Gétules, qui avait épousé Sophonisbe, fille d'Asdrubal, venait de s'emparer des États de Massinissa. Celui-ci se jeta dans les bras de Scipion, et les Romains lui durent en partie le succès de leurs armes.

Après quelques combats heureux, Scipion mit le siège devant Utique. Les Carthaginois, commandés par Asdrubal et par Syphax, formèrent deux camps séparés à la vue du camp romain. Scipion parvint à mettre le feu à ces deux camps dont les tentes étaient faites de nattes et de roseaux, à la manière des Numides. Quarante mille hommes périrent ainsi dans une seule nuit. Le vainqueur, qui prit dans cette circonstance une quantité prodigieuse d'armes, les fit brûler en l'honneur de Vulcain.

Les Carthaginois ne se découragèrent point : ils ordonnèrent de grandes levées. Syphax, touché des larmes de Sophonisbe, demeura fidèle aux vaincus, et s'exposa de nouveau pour la patrie d'une femme qu'il aimait avec passion. Toujours favorisé du ciel, Scipion battit les armées ennemies, prit les villes de leur dépendance, s'empara de Tunis, et menaça Carthage d'une entière destruction. Entraîné par son fatal amour, Syphax osa reparaître devant les vainqueurs, avec un courage digne d'un meilleur sort. Abandonné des siens sur le champ de bataille, il se précipite seul dans les escadrons romains : il espérait que ses soldats, honteux d'abandonner leur roi, tourneraient la tête et viendraient mourir avec lui : mais ces lâches continuèrent à fuir ; et Syphax, dont le cheval fut tué d'un coup de pique, tomba vivant entre les mains de Massinissa.

C'était un grand sujet de joie pour ce dernier prince, de tenir prisonnier celui qui lui avait ravi la couronne : quelque temps après, le sort des armes mit aussi au pouvoir de Massinissa Sophonisbe, femme de Syphax. Elle se jette aux pieds du vainqueur.

« Je suis ta prisonnière : ainsi le veulent les dieux, ton courage et la fortune ; mais, par tes genoux que j'embrasse, par cette main triomphante que tu me permets de toucher, je t'en supplie, ô Massinissa, garde-moi pour ton esclave, sauve-moi de l'horreur de devenir la proie d'un Barbare. Hélas! il n'y a qu'un moment que j'étais, ainsi que toi-même, environnée de la majesté des rois! Songe que tu ne peux renier ton sang; que tu partages avec Syphax le nom de Numide. Mon époux sortit de ce palais par la colère des dieux; puisses-tu y être entré sous de plus heureux auspices! Citoyenne de Carthage, fille d'Asdrubal, juge ce que je dois attendre d'un Romain. Si je ne puis rester dans les fers d'un prince né sur le sol de ma patrie, si la mort peut seule me soustraire au joug de l'étranger, donne-moi cette mort: je la compterai au nombre de tes bienfaits. »

Massinissa fut touché des pleurs et du sort de Sophonisbe: elle était dans tout l'éclat de la jeunesse, et d'une incomparable beauté. Ses supplications, dit Tite-Live, étaient moins des prières que des caresses. Massinissa vaincu lui promit tout; et, non moins passionné que Syphax, il fit son épouse de sa prisonnière.

Syphax, chargé de fers, fut présenté à Scipion. Ce grand homme, qui naguère avait vu sur un trône celui qu'il contemplait à ses pieds, se sentit touché de compassion. Syphax avait été autrefois l'allié des Romains; il rejeta la faute de sa défection sur Sophonisbe. « Les flambeaux de mon fatal hyménée, dit-il, ont réduit mon palais en cendres; mais une chose me console: la furie qui a détruit ma maison est passée dans la couche de mon ennemi; elle réserve à Massinissa un sort pareil au mien. »

Syphax cachait ainsi, sous l'apparence de la haine, la jalousie qui lui arrachait ces paroles; car ce prince aimait encore Sophonisbe. Scipion n'était pas sans inquiétude; il craignait que la fille d'Asdrubal ne prît sur Massinissa l'empire qu'elle avait eu sur Syphax. La passion de Massinissa paraissait déjà d'une violence extrême: il s'était hâté de célébrer ses noces avant d'avoir quitté les armes; impatient de s'unir à Sophonisbe, il avait allumé les torches nuptiales devant les dieux domestiques de Syphax, devant ces dieux accoutumés à exaucer les vœux formés contre les Romains. Massinissa était revenu auprès de Scipion : celui-ci, en donnant des louanges au roi des Numides, lui fit quelques légers reproches de sa conduite envers Sophonisbe. Alors, Massinissa rentra en lui-même, et, craignant de s'attirer la disgrâce des Romains, sacrifia son amour à son ambition. On l'entendit gémir au fond de sa tente, et se débattre contre ces sentiments généreux que l'homme n'arrache point de son cœur sans violence. Il fit appeler l'officier chargé de garder le poison du roi : ce poison servait aux princes africains à se délivrer de la vie, quand ils étaient tombés dans un malheur sans remède : ainsi, la couronne, qui n'était point chez eux à l'abri des révolutions de la fortune, était du moins à l'abri du mépris. Massinissa mêla le poison dans une coupe, pour l'envoyer à Sophonisbe. Puis, s'adressant à l'officier chargé du triste message : « Dis à la reine que, si j'avais été le maître, jamais Massinissa n'eût été séparé de Sophonisbe. Les dieux des Romains en ordonnent autrement. Je lui tiens du moins une de mes promesses : elle ne tombera point vivante entre les mains de ses ennemis, si elle se soumet à sa fortune en citoyenne de Carthage, en fille d'Asdrubal, et en femme de Syphax et de Massinissa. »

L'officier entra chez Sophonisbe, et lui transmit l'ordre du roi. « Je reçois ce don nuptial avec joie, répondit-elle, puisqu'il est vrai qu'un mari n'a pu faire à sa femme d'autre présent. Dis à ton maître qu'en perdant la vie, j'aurais du moins conservé l'honneur, si je n'eusse point épousé Massinissa la veille de ma mort. » Elle avala le poison.

Ce fut dans ces conjonctures que les Carthaginois rappelèrent Annibal de l'Italie : il versa des larmes de rage, il accusa ses concitoyens, il s'en prit aux dieux, il se reprocha de n'avoir pas marché à Rome après la bataille de Cannes. Jamais homme, en quittant son pays pour aller en exil, n'éprouva plus de douleur qu'Annibal en s'arrachant d'une terre étrangère pour rentrer dans sa patrie.

VII. Tunis et retour en France

Il débarqua sur la côte d'Afrique avec les vieux soldats qui avaient traversé, comme lui, les Espagnes, les Gaules, l'Italie, qui montraient plus de faisceaux ravis à des préteurs, à des généraux, à des consuls, que tous les magistrats de Rome n'en faisaient porter devant eux. Annibal avait été trente-six ans absent de sa patrie : il en était sorti enfant ; il y revenait dans un âge avancé, ainsi qu'il le dit lui-même à Scipion. Quelles durent être les pensées de ce grand homme quand il revit Carthage, dont les murs et les habitants lui étaient presque étrangers ! Deux de ses frères étaient morts ; les compagnons de son enfance avaient disparu ; les générations s'étaient succédé : les temples chargés de la dépouille des Romains furent sans doute les seuls lieux qu'Annibal put reconnaître dans cette Carthage nouvelle. Si ses concitoyens n'avaient pas été aveuglés par l'envie, avec quelle admiration ils auraient contemplé ce héros qui, depuis trente ans, versait son sang pour eux dans une région lointaine, et les couvrait d'une gloire ineffaçable ! Mais quand les services sont si éminents qu'ils excèdent les bornes de la reconnaissance, ils ne sont payés que par l'ingratitude. Annibal eut le malheur d'être plus grand que le peuple chez lequel il était né ; et son destin fut de vivre et de mourir en terre étrangère.

Il conduisit son armée à Zama. Scipion rapprocha son camp de celui d'Annibal. Le général carthaginois eut un pressentiment de l'infidélité de la fortune ; car il demanda une entrevue au général romain, afin de lui proposer la paix. On fixa le lieu du rendez-vous. Quand les deux capitaines furent en présence, ils demeurèrent muets et saisis d'admiration l'un pour l'autre. Annibal prit enfin la parole :

« Scipion, les dieux ont voulu que votre père ait été le premier des généraux ennemis à qui je me sois montré en Italie, les armes à la main ; ces mêmes dieux m'ordonnent de venir aujourd'hui désarmé, demander la paix à son fils. Vous avez vu les Carthaginois campés aux portes de Rome : le bruit d'un camp romain se fait entendre à présent jusque dans les murs de Carthage. Sorti enfant de ma patrie, j'y rentre plein de jours; une longue expérience de la bonne et de la mauvaise fortune, m'a appris à juger des choses par la raison et non par l'événement. Votre jeunesse, et le bonheur qui ne vous a point encore abandonné, vous rendront peut-être ennemi du repos; dans la prospérité, on ne songe point aux revers. Vous avez l'âge que j'avais à Cannes et à Trasimène. Voyez ce que j'ai été, et connaissez, par mon exemple, l'inconstance du sort. Celui qui vous parle en suppliant, est ce même Annibal qui, campé entre le Tibre et le Teveron, prêt à donner l'assaut à Rome, délibérait sur ce qu'il ferait de votre patrie. J'ai porté l'épouvante dans les champs de vos pères, et je suis réduit à vous prier d'épargner de tels malheurs à mon pays. Rien n'est plus incertain que le succès des armes : un moment peut vous ravir votre gloire et vos espérances. Consentir à la paix, c'est rester vous-même l'arbitre de vos destinées; combattre, c'est remettre votre sort entre les mains des dieux. »

À ce discours étudié, Scipion répondit avec plus de franchise, mais moins d'éloquence : il rejeta, comme insuffisantes, les propositions de paix que lui faisait Annibal, et l'on ne songea plus qu'à combattre. Il est probable que l'intérêt de la patrie ne fut pas le seul motif qui porta le général romain à rompre avec le général carthaginois, et que Scipion ne put se défendre du désir de se mesurer avec Annibal.

Le lendemain de cette entrevue, deux armées, composées de vétérans, conduites par les deux plus grands capitaines des deux plus grands peuples de la terre, s'avancèrent pour se disputer, non les murs de Rome et de Carthage, mais l'empire du monde, prix de ce dernier combat.

Scipion plaça les piquiers au premier rang, les princes au second, et les triaires au troisième. Il rompit ces lignes par des intervalles égaux, afin d'ouvrir un passage aux éléphants des Carthaginois. Des vélites répandus dans ces intervalles devaient, selon l'occasion, se replier derrière les soldats pesamment armés, ou lancer sur les éléphants une grêle de flèches et de javelots. Lélius couvrait l'aile gauche de l'armée avec la cavalerie latine, et Massinissa commandait à l'aile droite les chevaux numides.

Annibal rangea quatre-vingts éléphants sur le front de son armée, dont la première ligne était composée de Liguriens, de Gaulois, de Baléares et de Maures; les Carthaginois venaient au second rang; des Bruttiens formaient derrière eux une espèce de réserve, sur laquelle le général comptait peu. Annibal opposa sa cavalerie à la cavalerie des Romains, les Carthaginois à Lélius, et les Numides à Massinissa.

Les Romains sonnent les premiers la charge. Ils poussent en même temps de si grands cris, qu'une partie des éléphants effrayés se replie sur l'aile gauche de l'armée d'Annibal, et jette la confusion parmi les cavaliers numides. Massinissa aperçoit leur désordre, fond sur eux, et achève de les mettre en fuite. L'autre partie des éléphants qui s'étaient précipités sur les Romains est repoussée par les vélites, et cause à l'aile droite des Carthaginois le même accident qu'à l'aile gauche. Ainsi, dès le premier choc, Annibal demeura sans cavalerie et découvert sur ses deux flancs: des raisons puissantes que l'histoire n'a pas connues, l'empêchèrent sans doute de penser à la retraite.

L'infanterie en étant venue aux mains, les soldats de Scipion enfoncèrent facilement la première ligne de l'ennemi, qui n'était composée que de mercenaires. Les Romains et les Carthaginois se trouvèrent alors face à face. Les premiers, pour arriver aux seconds, étant obligés de passer sur des monceaux de cadavres, rompirent leur ligne, et furent au moment de perdre la victoire. Scipion voit le danger et change son ordre de bataille. Il fait passer les princes et les triaires au premier rang, et les place à la droite et à la gauche des piquiers; il déborde par ce moyen le front de l'armée d'Annibal qui avait déjà perdu sa cavalerie et la première ligne de ses fantassins. Les vétérans carthaginois soutinrent la gloire qu'ils s'étaient acquise dans tant de batailles. On reconnaissait parmi eux, à leurs couronnes, de simples soldats qui avaient tué de leurs propres mains des généraux et des consuls. Mais la cavalerie romaine revenant de la poursuite des ennemis, charge par-derrière les vieux compagnons d'Annibal. Entourés de toutes parts, ils combattent jusqu'au dernier soupir, et n'abandonnent leurs drapeaux qu'avec la vie. Annibal lui-même, après avoir fait tout ce qu'on peut attendre d'un grand général et d'un soldat intrépide, se sauve avec quelques cavaliers.

Resté maître du champ de bataille, Scipion donna de grands éloges à l'habileté que son rival avait déployée dans les événements du combat. Était-ce générosité ou orgueil ? Peut-être l'une et l'autre ; car le vainqueur était Scipion, et le vaincu Annibal.

La bataille de Zama mit fin à la seconde guerre Punique. Carthage demanda la paix, et ne la reçut qu'à des conditions qui présageaient sa ruine prochaine. Annibal, n'osant se fier à la foi d'un peuple ingrat, abandonna sa patrie. Il erra dans les cours étrangères, cherchant partout des ennemis aux Romains, et partout poursuivi par eux ; donnant à de faibles rois des conseils qu'ils étaient incapables de suivre, et apprenant par sa propre expérience qu'il ne faut porter chez des hôtes couronnés ni gloire ni malheur. On assure qu'il rencontra Scipion à Éphèse, et que s'entretenant avec son vainqueur, celui-ci lui dit : « À votre avis, Annibal, quel a été le premier capitaine du monde ? — Alexandre, répondit le Carthaginois. — Et le second ? repartit Scipion. — Pyrrhus. — Et le troisième ? — Moi. — Que serait-ce donc, s'écria Scipion en riant, si vous m'aviez vaincu ? — Je me serais placé, répondit Annibal, avant Alexandre. » Mot qui prouve que l'illustre banni avait appris dans les cours l'art de la flatterie, et qu'il avait à la fois trop de modestie et trop d'orgueil.

Enfin, les Romains ne purent se résoudre à laisser vivre Annibal. Seul, proscrit et malheureux, il leur semblait balancer la fortune du Capitole. Ils étaient humiliés en pensant qu'il y avait au monde un homme qui les avait vaincus, et qui n'était point effrayé de leur grandeur. Ils envoyèrent une ambassade jusqu'au fond de l'Asie demander au roi Prusias la mort de son suppliant. Prusias eut la lâcheté d'abandonner Annibal. Alors ce grand homme avala du poison, en disant : «Délivrons les Romains de la crainte que leur cause un vieillard exilé, désarmé et trahi.»

Scipion éprouva comme Annibal les peines attachées à la gloire. Il finit ses jours à Literne, dans un exil volontaire. On a remarqué qu'Annibal, Philopœmen et Scipion moururent à peu près dans le même temps, tous trois victimes de l'ingratitude de leur pays. L'Africain fit graver sur son tombeau cette inscription si connue :

> INGRATE PATRIE,
> TU N'AURAS PAS MES OS.

Mais, après tout, la proscription et l'exil, qui peuvent faire oublier des noms vulgaires, attirent les yeux sur les noms illustres : la vertu heureuse nous éblouit ; elle charme nos regards lorsqu'elle est persécutée.

Carthage elle-même ne survécut pas longtemps à Annibal. Scipion Nasica et les sénateurs les plus sages voulaient conserver à Rome une rivale ; mais on ne change point les destinées des empires. La haine aveugle du vieux Caton l'emporta, et les Romains, sous le prétexte le plus frivole, commencèrent la troisième guerre Punique.

Ils employèrent d'abord une insigne perfidie pour dépouiller les ennemis de leurs armes. Les Carthaginois, ayant en vain demandé la paix, résolurent de s'ensevelir sous les ruines de leur cité. Les consuls Marcius et Manilius parurent bientôt sous les murs de Carthage. Avant d'en former le siège, ils eurent recours à deux cérémonies formidables : l'évocation des divinités tutélaires de cette ville, et le dévouement de la patrie d'Annibal aux dieux infernaux.

«Dieu ou déesse, qui protégez le peuple et la république de Carthage, génie à qui la défense de cette ville est confiée, abandonnez vos anciennes demeures ; venez habiter nos temples. Puissent Rome et nos sacrifices vous être plus agréables que la ville et les sacrifices des Carthaginois ! »

Passant ensuite à la formule de dévouement :

« Dieu Pluton, Jupiter malfaisant, dieux Mânes, frappez de terreur la ville de Carthage ; entraînez ses habitants aux enfers. Je vous dévoue la tête des ennemis, leurs biens, leurs villes, leurs campagnes ; remplissez mes vœux, et je vous immolerai trois brebis noires. Terre, mère des hommes, et vous, Jupiter, je vous atteste. »

Cependant les consuls furent repoussés avec vigueur. Le génie d'Annibal s'était réveillé dans la ville assiégée. Les femmes coupèrent leurs cheveux ; elles en firent des cordes pour les arcs et pour les machines de guerre. Scipion, le second Africain, servait alors comme tribun dans l'armée romaine. Quelques vieillards qui avaient vu le premier Scipion en Afrique, vivaient encore, entre autres, le célèbre Massinissa. Ce roi Numide, âgé de plus de quatre-vingts ans, invita le jeune Scipion à sa cour ; c'est sur la supposition de cette entrevue[a] que Cicéron composa le beau morceau de sa *République,* connu sous le nom du *Songe de Scipion.* Il fait parler ainsi l'Émilien à Lélius, à Philus, à Manilius et à Scévola :

« J'aborde Massinissa. Le vieillard me reçoit dans ses bras et m'arrose de ses pleurs. Il lève les yeux au ciel et s'écrie : "Soleil, dieux célestes, je vous remercie ! Je reçois, avant de mourir, dans mon royaume et à mes foyers le digne héritier de l'homme vertueux et du grand capitaine toujours présent à ma mémoire !"

« La nuit, plein des discours de Massinissa, je rêvai que l'Africain s'offrait devant moi : je tremblais saisi de respect et de crainte. L'Africain me rassura, et me transporta avec lui au plus haut du ciel, dans un lieu tout brillant d'étoiles. Il me dit :

---

a. Scipion avait vu auparavant Massinissa. Sa dernière entrevue n'eut pas lieu, car Massinissa était mort quand Scipion arriva à sa cour.

"Abaissez vos regards, et voyez Carthage : je la forçai de se soumettre au peuple romain ; dans deux ans vous la détruirez de fond en comble, et vous mériterez par vous-même le nom d'Africain que vous ne tenez encore que de mon héritage... Sachez, pour vous encourager à la vertu, qu'il est dans le ciel un lieu destiné à l'homme juste. Ce qu'on appelle la vie sur la terre, c'est la mort. On n'existe que dans la demeure éternelle des âmes, et l'on ne parvient à cette demeure que par la sainteté, la religion, la justice, le respect envers ses parents, et le dévouement à la patrie. Sachez surtout mépriser les récompenses des mortels. Vous voyez d'ici combien cette terre est petite, combien les plus vastes royaumes occupent peu de place sur le globe que vous découvrez à peine, combien de solitudes et de mers divisent les peuples entre eux ! Quel serait donc l'objet de votre ambition ? Le nom d'un Romain a-t-il jamais franchi les sommets du Caucase ou les rivages du Gange ? Que de peuples à l'orient, à l'occident, au midi, au septentrion, n'entendront jamais parler de l'Africain ! Et ceux qui en parlent aujourd'hui, combien de temps en parleront-ils ? Ils vont mourir. Dans le bouleversement des empires, dans ces grandes révolutions que le temps amène, ma mémoire périra sans retour. Ô mon fils, ne songez donc qu'aux sanctuaires divins où vous entendez cette harmonie des sphères qui charme maintenant vos oreilles ; n'aspirez qu'à ces temples éternels préparés pour les grandes âmes et pour ces génies sublimes qui, pendant la vie, se sont élevés à la contemplation des choses du ciel." L'Africain se tut, et je m'éveillai. »

Cette noble fiction d'un consul romain, surnommé le Père de la patrie, ne déroge point à la gravité de l'histoire. Si l'histoire est faite pour conserver les grands noms et les pensées du génie, et ces grands noms et ces pensées se trouvent ici[a].

Scipion l'Émilien, nommé consul par la faveur du

---

a. Ce Songe est une imitation d'un passage de *la République* de Platon.

peuple, eut ordre de continuer le siège de Carthage. Il surprit d'abord la ville basse, qui portait le nom de Mégara ou de Magara[a]. Il voulut ensuite fermer le port extérieur au moyen d'une chaussée. Les Carthaginois ouvrirent une autre entrée à ce port, et parurent en mer au grand étonnement des Romains. Ils auraient pu brûler la flotte de Scipion ; mais l'heure de Carthage était venue, et le trouble s'était emparé des conseils de cette ville infortunée.

Elle fut défendue par un certain Asdrubal, homme cruel qui commandait trente mille mercenaires, et qui traitait les citoyens avec autant de rigueur que les ennemis. L'hiver s'étant passé dans les entreprises que j'ai décrites, Scipion attaqua au printemps le port intérieur appelé le Cothon.

Bientôt maître des murailles de ce port, il s'avança jusque dans la grande place de la ville. Trois rues s'ouvraient sur cette place et montaient en pente jusqu'à la citadelle, connue sous le nom de Byrsa. Les habitants se défendirent dans les maisons de ces rues : Scipion fut obligé de les assiéger et de prendre chaque maison tour à tour. Ce combat dura six jours et six nuits. Une partie des soldats romains forçait les retraites des Carthaginois, tandis qu'une autre partie était occupée à tirer avec des crocs les corps entassés dans les maisons ou précipités dans les rues. Beaucoup de vivants furent jetés pêle-mêle dans les fossés avec les morts.

Le septième jour, des députés parurent en habits de suppliants ; ils se bornaient à demander la vie des citoyens réfugiés dans la citadelle. Scipion leur accorda leur demande exceptant toutefois de cette grâce les déserteurs romains qui avaient passé du côté des Carthaginois. Cinquante mille personnes, hommes, femmes, enfants et vieillards, sortirent ainsi de Byrsa.

Au sommet de la citadelle s'élevait un temple consacré à Esculape. Les transfuges, au nombre de neuf

---

[a]. Je ne ferai la description de Carthage qu'en parlant de ses ruines.

cents, se retranchèrent dans ce temple. Asdrubal les commandait; il avait avec lui sa femme et ses deux enfants. Cette troupe désespérée soutint quelque temps les efforts des Romains; mais chassée peu à peu des parvis du temple, elle se renferma dans le temple même. Alors Asdrubal, entraîné par l'amour de la vie, abandonnant secrètement ses compagnons d'infortune, sa femme et ses enfants, vint, un rameau d'olivier à la main, embrasser les genoux de Scipion. Scipion le fit aussitôt montrer aux transfuges. Ceux-ci pleins de rage, mirent le feu au temple, en faisant contre Asdrubal d'horribles imprécations.

Comme les flammes commençaient à sortir de l'édifice, on vit paraître une femme couverte de ses plus beaux habits, et tenant par la main deux enfants. C'était la femme d'Asdrubal. Elle promène ses regards sur les ennemis qui entouraient la citadelle, et reconnaissant Scipion: «Romain, s'écria-t-elle, je ne demande point au ciel qu'il exerce sur toi sa vengeance: tu ne fais que suivre les lois de la guerre; mais puisses-tu, avec les divinités de mon pays, punir le perfide qui trahit sa femme, ses enfants, sa patrie et ses dieux! Et toi, Asdrubal, Rome déjà prépare le châtiment de tes forfaits! Indigne chef de Carthage, cours te faire traîner au char de ton vainqueur, tandis que ce feu va nous dérober, moi et mes enfants, à l'esclavage!»

En achevant ces mots, elle égorge ses enfants, les jette dans les flammes et s'y précipite après eux. Tous les transfuges imitent son exemple.

Ainsi périt la patrie de Didon, de Sophonisbe et d'Annibal. Florus veut que l'on juge de la grandeur du désastre par l'embrasement qui dura dix-sept jours entiers. Scipion versa des pleurs sur le sort de Carthage. À l'aspect de l'incendie qui consumait cette ville naguère si florissante, il songea aux révolutions des empires, et prononça ces vers d'Homère en les appliquant aux destinées futures de Rome: «Un temps viendra où l'on verra périr, et les sacrés murs d'Ilion, et le belliqueux Priam, et tout son peuple.» Corinthe fut détruite la même année que Carthage, et un enfant de Corinthe répéta, comme Scipion, un passage d'Homère, à la vue de sa patrie en cendres. Quel est donc cet homme que toute l'antiquité appelle à la chute des États, et au spectacle des calamités des peuples, comme si rien ne pouvait être grand et tragique sans sa présence ; comme si toutes les douleurs humaines étaient sous la protection et sous l'empire du chantre d'Ilion et d'Hector !

Carthage ne fut pas plus tôt détruite, qu'un dieu vengeur sembla sortir de ses ruines : Rome perd ses mœurs ; elle voit naître dans son sein des guerres civiles ; et cette corruption et ces discordes commencent sur les rivages Puniques. Et d'abord Scipion, destructeur de Carthage, meurt assassiné par la main de ses proches ; les enfants de ce roi Massinissa qui fit triompher les Romains, s'égorgent sur le tombeau de Sophonisbe ; les dépouilles de Syphax servent à Jugurtha à pervertir et à vaincre les descendants de Régulus. « Ô cité vénale, s'écrie le prince Africain, en sortant du Capitole ! Ô cité mûre pour ta ruine, si tu trouves un acheteur ! » Bientôt Jugurtha fait passer une armée romaine sous le joug, presque à la vue de Carthage, et renouvelle cette honteuse cérémonie, comme pour réjouir les mânes d'Annibal ; il tombe enfin dans les mains de Marius et perd l'esprit au milieu de la pompe triomphale. Les licteurs le dépouillent, lui arrachent ses pendants d'oreilles, le jettent nu dans une fosse, où ce roi justifie jusqu'à son dernier soupir ce qu'il avait dit de l'avidité des Romains.

Mais la victoire, obtenue sur le descendant de Massinissa, fait naître entre Sylla et Marius cette jalousie qui va couvrir Rome de deuil. Obligé de fuir devant son rival, Marius vint chercher un asile parmi les tombeaux d'Hannon et d'Hamilcar. Un esclave de Sextilius, préfet d'Afrique, apporte à Marius l'ordre de quitter les débris qui lui servent de retraite : « Va dire à ton maître, répond le terrible consul, que tu as vu Marius fugitif assis sur les ruines de Carthage. »

«Marius et Carthage disent un historien et un poète, se consolaient mutuellement de leur sort; et, tombés l'un et l'autre, ils pardonnaient aux dieux[1].»

Enfin la liberté de Rome expire aux pieds de Carthage détruite et enchaînée. La vengeance est complète : c'est un Scipion qui succombe en Afrique sous les coups de César; et son corps est le jouet des flots qui portèrent les vaisseaux triomphants de ses aïeux.

Mais Caton vit encore à Utique, et avec lui Rome et la liberté sont encore debout. César approche : Caton juge que les dieux de la patrie se sont retirés. Il demande son épée; un enfant la lui apporte; Caton la tire du fourreau, en touche la pointe et dit : «Je suis mon maître!» Ensuite il se couche, et lit deux fois le dialogue de Platon sur l'immortalité de l'âme; après quoi il s'endort. Le chant des oiseaux le réveille au point du jour : il pense alors qu'il est temps de changer une vie libre en une vie immortelle; il se donne un coup d'épée au-dessous de l'estomac : il tombe de son lit, se débat contre la mort. On accourt, on bande sa plaie : il revient de son évanouissement, déchire l'appareil et arrache ses entrailles. Il aime mieux mourir pour une cause sainte, que de vivre sous un grand homme.

Le destin de Rome républicaine étant accompli, les hommes, les lois ayant changé, le sort de Carthage changea pareillement. Déjà Tibérius Gracchus avait établi une colonie dans l'enceinte déserte de la ville de Didon; mais sans doute cette colonie n'y prospéra pas, puisque Marius ne trouva à Carthage que des cabanes et des ruines. Jules César, étant en Afrique, fit un songe : il crut voir pendant son sommeil une grande armée qui l'appelait en répandant des pleurs. Dès lors, il forma le projet de rebâtir Corinthe et Carthage, dont son rêve lui avait apparemment offert les guerriers. Auguste, qui partagea toutes les fureurs d'une révolution sanglante, et qui les répara toutes, accomplit le dessein de César. Carthage sortit de ses ruines, et Strabon assure que de son temps elle était déjà florissante. Elle devint la métropole de l'Afrique, et fut célèbre par sa politesse et par ses écoles[1]. Elle vit naître tour à tour de grands et d'heureux génies. Tertullien lui adressa son Apologétique contre les Gentils. Mais toujours cruelle dans sa religion, Carthage persécuta les chrétiens innocents, comme elle avait jadis brûlé des enfants en l'honneur de Saturne. Elle livra au martyre l'illustre Cyprien, qui faisait refleurir l'éloquence latine. Arnobe et Lactance se distinguèrent à Carthage : le dernier y mérita le surnom de Cicéron chrétien.

Soixante ans après, saint Augustin puisa dans la capitale de l'Afrique ce goût des voluptés sur lequel, ainsi que le Roi-Prophète[2], il pleura le reste de sa vie. Sa belle imagination, touchée des fictions des poètes, aimait à chercher les restes du palais de Didon. Le désenchantement que l'âge amène, et le vide qui suit les plaisirs, rappelèrent le fils de Monique à des pensées plus graves. Saint Ambroise acheva la victoire, et Augustin, devenu évêque d'Hippone, fut un modèle de vertu. Sa maison ressemblait à une espèce de monastère où rien n'était affecté, ni en pauvreté, ni en richesse. Vêtu d'une manière modeste, mais propre et agréable, le vénérable prélat rejetait les habits somptueux, qui ne convenaient, disait-il, ni à son ministère, ni à son corps cassé de vieillesse, ni à ses cheveux blancs. Aucune femme n'entrait chez lui, pas même sa sœur, veuve et servante de Dieu. Les étrangers trouvaient à sa table une hospitalité libérale ; mais, pour lui, il ne vivait que de fruits et de légumes. Il faisait sa principale occupation de l'assistance des pauvres et de la prédication de la parole de Dieu. Il fut surpris dans l'exercice de ses devoirs par les Vandales, qui vinrent mettre le siège devant Hippone, l'an 431 de notre ère, et qui changèrent la face de l'Afrique.

Les Barbares avaient déjà envahi les grandes provinces de l'empire ; Rome même avait été saccagée par Alaric. Les Vandales, ou poussés par les Visigoths, ou appelés par le comte Boniface, passèrent enfin d'Espagne en Afrique. Ils étaient, selon Procope, de la race des Goths, et joignaient à leur férocité naturelle le fanatisme religieux. Convertis au christianisme, mais Ariens de secte, ils persécutèrent les catholiques avec une rage inouïe. Leur cruauté fut sans exemple : quand ils étaient repoussés devant une ville, ils massacraient leurs prisonniers autour de cette ville. Laissant les cadavres exposés au soleil, ils chargeaient, pour ainsi dire, le vent de porter la peste dans les murs que leur rage n'avait pu franchir. L'Afrique fut épouvantée de cette race d'hommes, de géants demi-nus, qui faisaient des peuples vaincus des espèces de bêtes de somme, les chassaient par troupeaux devant eux, et les égorgeaient quand ils en étaient las.

Genseric[1] établit à Carthage le siège de son empire : il était digne de commander aux Barbares que Dieu lui avait soumis. C'était un prince sombre, sujet à des accès de la plus noire mélancolie, et qui paraissait grand dans le naufrage général du monde civilisé, parce qu'il était monté sur des débris.

Au milieu de ses malheurs, une dernière vengeance était réservée à la ville de Didon. Genseric traverse la mer et s'empare de Rome[2] : il la livre à ses soldats pendant quatorze jours et quatorze nuits. Il se rembarque ensuite ; la flotte du nouvel Annibal apporte à Carthage les dépouilles de Rome, comme la flotte de Scipion avait apporté à Rome les dépouilles de Carthage. Tous les vaisseaux de Genseric, dit Procope, arrivèrent heureusement en Afrique, excepté celui qui portait les dieux. Solidement établi dans son nouvel empire, Genseric en sortait tous les ans pour ravager l'Italie, la Sicile, l'Illyrie et la Grèce. Les aveugles conquérants de cette époque sentaient intérieurement qu'ils n'étaient rien en eux-mêmes, qu'ils n'étaient que des instruments d'un conseil éternel. De là les noms qu'ils se donnaient de Fléau de Dieu, de Ravageur de l'espèce humaine ; de là cette fureur de détruire dont ils se sentaient tourmentés, cette soif du sang qu'ils ne pouvaient éteindre ; de là cette combinaison de toutes choses pour leurs succès, bassesse des hommes, absence de courage, de vertus, de talents, de génie : car rien ne devait mettre d'obstacles à l'accomplissement des arrêts du ciel. La flotte de Genseric était prête ; ses soldats étaient embarqués : où allait-il ? Il ne le savait pas lui-même. « Prince, lui dit le pilote, quels peuples allez-vous attaquer ? — Ceux-là, répond le Barbare, que Dieu regarde à présent dans sa colère. »

Genseric mourut trente-neuf ans après avoir pris Carthage. C'était la seule ville d'Afrique dont il n'eût pas détruit les murs. Il eut pour successeur Honoric, l'un de ses fils.

Après un règne de huit ans, Honoric fut remplacé sur le trône par son cousin Gondamond : celui-ci porta le sceptre treize années, et laissa la couronne à Transamond son frère.

Le règne de Transamond fut en tout de vingt-sept années. Ilderic, fils d'Honoric et petit-fils de Genseric, hérita du royaume de Carthage. Gélimer, parent d'Ilderic, conspira contre lui, et le fit jeter dans un cachot. L'empereur Justinien prit la défense du monarque détrôné, et Bélisaire passa en Afrique. Gélimer ne fit presque point de résistance. Le général romain entra victorieux dans Carthage. Il se rendit au palais, où, par un jeu de la fortune, il mangea des viandes même qui avaient été préparées pour Gélimer, et fut servi par les officiers de ce prince. Rien n'était changé à la cour, hors le maître ; et c'est peu de chose quand il a cessé d'être heureux.

Bélisaire[1] au reste était digne de ses succès. C'était un de ces hommes qui paraissent de loin à loin dans les jours du vice, pour interrompre le droit de prescription contre la vertu. Malheureusement ces nobles âmes qui brillent au milieu de la bassesse, ne produisent aucune révolution. Elles ne sont point liées aux affaires humaines de leur temps ; étrangères et isolées dans le présent, elles ne peuvent avoir aucune influence sur l'avenir. Le monde roule sur elles sans les entraîner ; mais aussi elles ne peuvent arrêter le monde. Pour que les âmes d'une haute nature soient utiles à la société, il faut qu'elles naissent chez un peuple qui conserve le goût de l'ordre, de la religion et des mœurs, et dont le génie et le caractère soient en rapport avec sa position morale et politique. Dans le siècle de Bélisaire, les événements étaient grands et les hommes petits. C'est pourquoi les annales de ce siècle, bien que remplies de catastrophes tragiques, nous révoltent et nous fatiguent. Nous ne cherchons point, dans l'histoire, les révolutions qui maîtrisent et écrasent des hommes, mais les hommes qui commandent aux révolutions, et qui soient plus puissants que la fortune. L'univers bouleversé par les Barbares ne nous inspire que de l'horreur et du mépris; nous sommes éternellement et justement occupés d'une petite querelle de Sparte et d'Athènes dans un petit coin de la Grèce.

Gélimer, prisonnier à Constantinople, servit au triomphe de Bélisaire. Bientôt après, ce monarque devint laboureur. En pareil cas, la philosophie peut consoler un homme d'une nature commune, mais elle ne fait qu'augmenter les regrets d'un cœur vraiment royal.

On sait que Justinien ne fit point crever les yeux à Bélisaire. Ce ne serait après tout qu'un bien petit événement dans la grande histoire de l'ingratitude humaine. Quant à Carthage, elle vit un prince sortir de ses murs pour aller s'asseoir sur le trône des Césars : ce fut cet Héraclius qui renversa le tyran Phocas. Les Arabes firent, en 647, leur première expédition en Afrique. Cette expédition fut suivie de quatre autres dans l'espace de cinquante ans. Carthage tomba sous le joug musulman en 696. La plupart des habitants se sauvèrent en Espagne et en Sicile. Le patrice Jean, général de l'empereur Léonce, occupa la ville en 697, mais les Sarrasins y rentrèrent pour toujours en 698; et la fille de Tyr devint la proie des enfants d'Ismaël. Elle fut prise par Hassan, sous le califat d'Abd-el-Melike. On prétend que les nouveaux maîtres de Carthage en rasèrent jusqu'aux fondements. Cependant il en existait encore de grands débris au commencement du neuvième siècle, s'il est vrai que des ambassadeurs de Charlemagne y découvrirent le corps de saint Cyprien. Vers la fin du même siècle, les Infidèles formèrent une ligue contre les chrétiens, et ils avaient à leur tête, dit l'histoire, les *Sarrasins de Carthage*. Nous verrons aussi que saint Louis trouva une ville naissante dans les ruines de cette antique cité. Quoi qu'il en soit, elle n'offre plus aujourd'hui que les débris dont je vais parler. Elle n'est connue dans le pays que sous le nom de Bersach, qui semble être une corruption du nom de Byrsa. Quand on veut aller de Tunis à Carthage, il faut demander la tour d'Almenare ou *la torre* de Mastinacès : *ventoso gloria curru*[1] !

Il est assez difficile de bien comprendre, d'après le récit des historiens, le plan de l'ancienne Carthage. Polybe et Tite-Live avaient sans doute parlé fort au long du siège de cette ville, mais nous n'avons plus leurs descriptions. Nous sommes réduits aux abréviateurs latins, tels que Florus et Velleius Paterculus, qui n'entrent point dans le détail des lieux. Les géographes qui vinrent par la suite des temps ne connurent que la Carthage romaine. L'autorité la plus complète sur ce sujet est celle du Grec Appien, qui florissait près de trois siècles après l'événement, et qui, dans son style déclamatoire, manque de précision et de clarté[2]. Rollin, qui le suit, en y mêlant peut-être mal à propos l'autorité de Strabon, m'épargnera la peine d'une traduction.

« Elle était située dans le fond d'un golfe, environnée de mer en forme d'une presqu'île, dont le col, c'est-à-dire l'isthme qui la joignait au continent, était d'une lieue et un quart (vingt-cinq stades). La presqu'île avait de circuit dix-huit lieues (trois cent soixante stades). Du côté de l'occident il en sortait une longue pointe de terre, large à peu près de douze toises (un demi-stade), qui, s'avançant dans la mer, la séparait d'avec le marais, et était fermée de tous côtés de rochers et d'une simple muraille. Du côté du midi et du continent, où était la citadelle appelée Byrsa, la ville était close d'une triple muraille, haute de trente coudées, sans les parapets et les tours qui la flanquaient tout à l'entour par d'égales distances, éloignées l'une de l'autre de quatre-vingts toises. Chaque tour avait quatre étages, les murailles n'en avaient que deux ; elles étaient voûtées, et dans le bas il y avait des étables pour mettre trois cents éléphants, avec les choses nécessaires pour leur subsistance, et des écuries au-dessus pour quatre mille chevaux, et les greniers pour leur nourriture. Il s'y trouvait aussi de quoi y loger vingt mille fantassins et quatre mille cavaliers. Enfin, tout cet appareil de guerre était renfermé dans les seules murailles. Il n'y avait qu'un endroit de la ville dont les murs fussent faibles et bas : c'était un angle négligé qui commençait à la pointe de terre dont nous avons parlé, et qui continuait jusqu'au port, qui était du côté du couchant. Il y en avait deux qui se communiquaient l'un à l'autre, mais qui n'avaient qu'une seule entrée, large de soixante-dix pieds, et fermée par des chaînes. Le premier était pour les marchands, où l'on trouvait plusieurs et diverses demeures pour les matelots. L'autre était le port intérieur, pour les navires de guerre, au milieu duquel on voyait une île nommée Cothon, bordée, aussi bien que le port, de grands quais, où il y avait des loges séparées pour mettre à couvert deux cent vingt navires, et des magasins au-dessus, où l'on gardait tout ce qui était nécessaire à l'armement et à l'équipement des vaisseaux. L'entrée de chacune de ces loges, destinées à retirer les vaisseaux, était ornée de deux colonnes de marbre, d'ouvrage ionique ; de sorte que tant le port que l'île représentaient des deux côtés deux magnifiques galeries. Dans cette île, était le palais de l'amiral ; et, comme il était vis-à-vis de l'entrée du port, il pouvait de là découvrir tout ce qui se passait dans la mer, sans que de la mer on pût rien voir de ce qui se faisait dans l'intérieur du port. Les marchands, de même, n'avaient aucune vue sur les vaisseaux de guerre, les deux ports étant séparés par une double muraille, et il y avait dans chacun une porte particulière pour entrer dans la ville sans passer par l'autre port. On peut donc distinguer trois parties dans Carthage : le port qui était double, appelé quelquefois Cothon, à cause de la petite île de ce nom : la citadelle, appelée Byrsa, la ville proprement dite, où demeuraient les habitants, qui environnait la citadelle, et était nommée Mégara[1]. »

Il ne resta vraisemblablement de cette première ville que les citernes publiques et particulières ; elles sont d'une beauté surprenante, et donnent une grande idée des monuments des Carthaginois ; mais je ne sais si l'aqueduc qui conduisait l'eau à ces citernes, ne doit pas être attribué à la seconde Carthage. Je me fonde, pour la destruction entière de la cité de Didon, sur ce passage de Florus : « *Quanta urbs deleta sit, ut de caeteris taceam, vel ignium morâ probari potest. Quippe per continuos XVII dies vix potuit incendium exstingui, quod domibus ac templis suis sponte hostes immiserant; ut quatenùs urbs eripi Romanis non poterat, triumphus arderet*[2]. »

Appien ajoute que ce qui échappa aux flammes fut démoli par ordre du sénat romain[3]. « Rome, dit Velleius Paterculus, déjà maîtresse du monde, ne se croyait pas en sûreté tant que subsisterait le nom de Carthage[4]. » *Si nomen usquàm maneret Carthaginis*.

Strabon, dans sa description courte et claire, mêle évidemment différentes parties de l'ancienne et de la nouvelle cité.

Καὶ Καρχηδὼν δὲ ἐπὶ χερρονήσου τινὸς ἵδρυται,…

« Carthage, environnée de murs de toutes parts, occupe une presqu'île de trois cents stades de tour, qu'elle a attachée à la terre ferme par un isthme de soixante stades de largeur. Au milieu de la ville s'élevait une colline sur laquelle était bâtie une citadelle appelée Byrsa. Au sommet de cette citadelle on voyait un temple consacré à Esculape, et des maisons couvraient la pente de la colline. Les ports sont au pied de Byrsa ainsi que la petite île ronde appelée Cothon, autour de laquelle les vaisseaux forment un cercle[5]. »

Sur ce mot Karchèdôn de l'original, j'observe, après quelques écrivains, que, selon Samuel Bochard, le nom phénicien de Carthage était Cartha-Hadath ou Cartha-Hadtha, c'est-à-dire la nouvelle ville. Les Grecs en firent Karchèdôn, et les Romains Carthage. Les noms des trois parties de la ville étaient également tirés du phénicien, Magara de magar, magasin, Byrsa de bosra, forteresse ; et Cothon de ratoun[1], coupure ; car il n'est pas bien clair que le Cothon fût une île.

Après Strabon, nous ne savons plus rien de Carthage, sinon qu'elle était devenue une des plus grandes et des plus belles villes du monde. Pline pourtant se contente de dire : *Colonia Carthago, magnae in vestigiis Carthaginis*. Pomponius Mela, avant Pline, ne paraît pas beaucoup plus favorable : *Jam quidem iterùm opulenta, etiam nunc tamen priorum excidio rerum, quàm ope praesentium clarior* ; mais Solin dit : *Alterum post urbem Romam terrarum decus*. D'autres auteurs la nomment la Grande et l'Heureuse : *Carthago magna, felicitate reverenda*[2].

La nouvelle Carthage souffrit d'un incendie sous le règne de Marc Aurèle ; car on voit ce prince occupé à réparer les malheurs de la colonie.

Commode, qui mit une flotte en station à Carthage, pour apporter à Rome les blés de l'Afrique, voulut changer le nom de Carthage en celui de *la ville Commodiane*. Cette folie de l'indigne fils d'un grand homme fut bientôt oubliée.

Les deux Gordiens, ayant été proclamés empereurs en Afrique, firent de Carthage la capitale du monde pendant leur règne d'un moment. Il paraît toutefois que les Carthaginois en témoignèrent peu de reconnaissance ; car, selon Capitolin, ils se révoltèrent contre les Gordiens, en faveur de Capélius. Zosime dit encore que ces mêmes Carthaginois reconnurent Sabinien pour leur maître, tandis que le jeune Gordien succédait dans Rome à Balbin et à Maxime. Quand on croirait, d'après Zonare, que Carthage fut favorable aux Gordiens, ces empereurs n'auraient pas eu le temps d'embellir beaucoup cette cité.

Plusieurs inscriptions rapportées par le savant docteur Shaw prouvent qu'Adrien, Aurélien et Septime

Sévère, élevèrent des monuments en différentes villes du Byzacium[1], et sans doute ils ne négligèrent pas la capitale de cette riche province.

Le tyran Maxence porta la flamme et le fer en Afrique, et triompha de Carthage comme de l'antique ennemie de Rome. On ne voit pas, sans frissonner, cette longue suite d'insensés qui, presque sans interruption, ont gouverné le monde depuis Tibère jusqu'à Constantin, et qui vont, après ce dernier prince, se joindre aux monstres de la Byzantine. Les peuples ne valaient guère mieux que les rois. Une effroyable convention semblait exister entre les nations et les souverains : ceux-ci pour tout oser ; celles-là pour tout souffrir.

Ainsi, ce que nous savons des monuments de Carthage, dans les siècles que nous venons de parcourir, se réduit à très peu de chose : nous voyons seulement par les écrits de Tertullien, de saint Cyprien, de Lactance, de saint Augustin, par les canons des Conciles de Carthage, et par les Actes des Martyrs, qu'il y avait à Carthage des amphithéâtres, des théâtres, des bains, des portiques. La ville ne fut jamais bien fortifiée ; car Gordien le Vieux ne put s'y défendre ; et, longtemps après, Genseric et Bélisaire y entrèrent sans difficulté.

J'ai entre les mains plusieurs monnaies des rois Vandales, qui prouvent que les arts étaient tout à fait perdus sous le règne de ces rois : ainsi il n'est pas probable que Carthage ait reçu aucun embellissement de ses nouveaux maîtres. Nous savons au contraire que Genseric abattit les églises et les théâtres ; tous les monuments païens furent renversés par ses ordres : on cite entre autres, le temple de Mémoire et la rue consacrée à la déesse Céleste : cette rue était bordée de superbes édifices.

Justinien, après avoir arraché Carthage aux Vandales, y fit construire des portiques, des thermes, des églises et des monastères, comme on le voit dans le livre des Édifices de Procope. Cet historien parle encore d'une église bâtie par les Carthaginois, au bord de la mer, en l'honneur de saint Cyprien. Voilà ce que j'ai pu recueillir touchant les monuments d'une ville qui occupe un si haut rang dans l'histoire : passons maintenant à ses débris.

Le vaisseau sur lequel j'étais parti d'Alexandrie étant arrivé au port de Tunis, nous jetâmes l'ancre en face des ruines de Carthage : je les regardais sans pouvoir deviner ce que c'était ; j'apercevais quelques cabanes de Maures, un ermitage musulman sur la pointe d'un cap avancé, des brebis paissant parmi des ruines ; ruines si peu apparentes, que je les distinguais à peine du sol qui les portait : c'était là Carthage.

> *Devictae Carthaginis arces*
> *Procubuêre, jacent infausto in littore turres*
> *Eversae. Quantum illa metûs, quantùm illa laborum*
> *Urbs dedit insultans Latio et Laurentibus arvis!*
> *Nunc passim, vix reliquias, vix nomina servans,*
> *Obruitur, propriis non agnoscenda ruinis*[1].

« Les murs de Carthage vaincue, et ses tours renversées gisent épars sur le rivage fatal. Quelle crainte cette ville n'a-t-elle pas jadis inspirée à Rome ; quels efforts ne nous a-t-elle pas coûtés lorsqu'elle nous insultait jusque dans le Latium et dans les champs de Laurente ? Maintenant on aperçoit à peine ses débris, elle conserve à peine son nom, et ne peut être reconnue à ses propres ruines ! »

Pour se retrouver dans ces ruines, il est nécessaire de suivre une marche méthodique. Je suppose donc que le lecteur parte avec moi du fort de la Goulette, lequel, comme on sait et comme je l'ai dit, est situé sur le canal par où le lac de Tunis se dégorge dans la mer. Chevauchant le long du rivage, en se dirigeant est-nord-est, vous trouvez, après une demi-heure de chemin, des salines qui remontent vers l'ouest, jusqu'à un fragment de mur assez voisin des Grandes Citernes. Passant entre les salines et la mer, vous commencez à découvrir des jetées qui s'étendent assez loin sous les flots. La mer et les jetées sont à votre droite ; à votre gauche, vous apercevez sur des hauteurs inégales beaucoup de débris; au pied de ces débris est un bassin de forme ronde assez profond, et qui communiquait autrefois avec la mer par un canal dont on voit encore la trace. Ce bassin doit être, selon moi, le Cothon, ou le port intérieur de Carthage. Les restes des immenses travaux que l'on aperçoit dans la mer, indiqueraient, dans ce cas, le môle extérieur. Il me semble même qu'on peut distinguer quelques piles de la levée que Scipion fit construire afin de fermer le port. J'ai remarqué aussi un second canal intérieur, qui sera, si l'on veut, la coupure faite par les Carthaginois, lorsqu'ils ouvrirent un autre passage à leur flotte.

Ce sentiment est directement opposé à celui du docteur Shaw, qui place l'ancien port de Carthage au nord et au nord-ouest de la péninsule, dans le marais noyé appelé *El-Mersa*, ou le havre[1]. Il suppose que ce port a été bouché par les vents du nord-est, et par le limon de la Bagrada. D'Anville, dans sa Géographie ancienne, et Bélidor[2], dans son Architecture hydraulique, ont suivi cette opinion. Les voyageurs se sont soumis à ces grandes autorités. Je ne sais quelle est à cet égard l'opinion du savant Italien dont je n'ai pas vu l'ouvrage[a].

J'avoue que je suis effrayé d'avoir à combattre des hommes d'un mérite aussi éminent que Shaw et d'Anville. L'un avait vu les lieux, et l'autre les avait devinés, si on me passe cette expression. Une chose cependant m'encourage : M. Humberg, commandant-ingénieur à la Goulette, homme très habile, et qui réside depuis longtemps au milieu des ruines de Carthage, rejette absolument l'hypothèse du savant anglais. Il est certain qu'il faut se défier de ces prétendus changements de lieux, de ces accidents locaux, à l'aide desquels on explique les difficultés d'un plan qu'on n'entend pas.

---

a. J'ai indiqué cet ouvrage plus haut.
Son opinion paraît semblable à la mienne[3]. Voyez la Préface de la troisième édition.

Je ne sais donc si la Bagrada a pu fermer l'ancien port de Carthage, comme le docteur Shaw le suppose, ni produire sur le rivage d'Utique toutes les révolutions qu'il indique. La partie élevée du terrain au nord et au nord-ouest de l'isthme de Carthage, n'a pas, soit le long de la mer, soit dans l'El-Mersa, la moindre sinuosité qui pût servir d'abri à un bateau. Pour trouver le Cothon dans cette position, il faut avoir recours à une espèce de trou qui, de l'aveu de Shaw, n'occupe pas cent verges en carré. Sur la mer du sud-est, au contraire, vous rencontrez de longues levées, des voûtes qui peuvent avoir été les magasins, ou même les loges des galères; vous voyez des canaux creusés de main d'hommes, un bassin intérieur assez grand pour contenir les barques des anciens; et, au milieu de ce bassin, une petite île[1].

L'histoire vient à mon secours. Scipion l'Africain était occupé à fortifier Tunis, lorsqu'il vit des vaisseaux sortir de Carthage, pour attaquer la flotte romaine à Utique (Tite-Live, liv. X). Si le port de Carthage avait été au nord, de l'autre côté de l'isthme, Scipion, placé à Tunis, n'aurait pas pu découvrir les galères des Carthaginois; la terre cache dans cette partie le golfe d'Utique. Mais si l'on place le port au sud-est, Scipion vit et dut voir appareiller les ennemis.

Quand Scipion l'Émilien entreprit de fermer le port extérieur, il fit commencer la jetée à la pointe du cap de Carthage (Appien). Or, le cap de Carthage est à l'orient, sur la baie même de Tunis. Appien ajoute que cette pointe de terre était près du port; ce qui est vrai, si le port était au sud-est; ce qui est faux, si le port se trouvait au nord-ouest. Une chaussée, conduite de la plus longue pointe de l'isthme de Carthage pour enclore au nord-ouest ce qu'on appelle l'*El-Mersa*, est une chose absurde à supposer.

Enfin, après avoir pris le Cothon, Scipion attaqua Byrsa, ou la citadelle (Appien); le Cothon était donc au-dessous de la citadelle : or, celle-ci était bâtie sur la plus haute colline de Carthage, colline que l'on voit entre le midi et l'orient. Le Cothon, placé au nord-ouest, aurait été trop éloigné de Byrsa, tandis que le bassin que j'indique est précisément au pied de la colline du sud-est.

Si je m'étends sur ce point plus qu'il n'est nécessaire à beaucoup de lecteurs, il y en a d'autres aussi qui prennent un vif intérêt aux souvenirs de l'histoire, et qui ne cherchent dans un ouvrage que des faits et des connaissances positives. N'est-il pas singulier que, dans une ville aussi fameuse que Carthage, on en soit à chercher l'emplacement même de ses ports, et que ce qui fit sa principale gloire, soit précisément ce qui est le plus oublié ?

Shaw me semble avoir été plus heureux à l'égard du port marqué dans le premier livre de l'Énéide. Quelques savants ont cru que ce port était une création du poète ; d'autres ont pensé que Virgile avait eu l'intention de représenter, ou le port d'Ithaque, ou celui de Carthagène, ou la baie de Naples ; mais le chantre de Didon était trop scrupuleux sur la peinture des lieux, pour se permettre une telle licence ; il a décrit dans la plus exacte vérité un port à quelque distance de Carthage. Laissons parler le docteur Shaw :

« L'*Arvha-Reah*, l'Aquilaria des anciens, est à deux lieues à l'est-nord-est de Seedy-Doude, un peu au sud du promontoire de Mercure : ce fut là que Curion débarqua les troupes qui furent ensuite taillées en pièces par Saburra. Il y a ici divers restes d'antiquités, mais il n'y en a point qui méritent de l'attention. La montagne située entre le bord de la mer et le village, où il n'y a qu'un demi-mille de distance, est à vingt ou trente pieds au-dessus du niveau de la mer, fort artistement taillée, et percée en quelques endroits pour faire entrer l'air dans les voûtes que l'on y a pratiquées : on voit encore dans ces voûtes, à des distances réglées, de grosses colonnes et des arches pour soutenir la montagne. Ce sont ici les carrières dont parle Strabon, d'où les habitants de Carthage, d'Utique et de plusieurs autres villes voisines, pouvaient tirer des pierres pour leurs bâtiments; et comme le dehors de la montagne est tout couvert d'arbres; que les voûtes qu'on y a faites s'ouvrent du côté de la mer, qu'il y a un grand rocher de chaque côté de cette ouverture, vis-à-vis laquelle est l'île d'Ægimurus, et que, de plus, on y trouve des sources qui sortent du roc, et des reposoirs pour les travailleurs; on ne saurait presque douter, vu que les circonstances y répondent si exactement, que ce ne soit ici la caverne que Virgile place quelque part dans le golfe, et dont il fait la description dans les vers suivants, quoiqu'il y ait des commentateurs qui ont cru que ce n'est qu'une pure fiction du poète :

> « *Est in secessu longo locus: insula portum*
> *Efficit objectu laterum, quibus omnis ab alto*
> *Frangitur, inque sinus scindit sese unda reductos.*
> *Hinc atque hinc vastae rupes, geminique minantur*
> *In caelum scopuli, quorum sub vertice latè*
> *Aequora tuta silent: tum sylvis scena coruscis*
> *Desuper, horrentique atrum nemus imminet umbrâ.*
> *Fronte sub adversâ, scopulis pendentibus antrum;*
> *Intus aquae dulces, vivoque sedilia saxo,*
> *Nympharum domus*[1], *etc.* »

À présent que nous connaissons les ports, le reste ne nous retiendra pas longtemps. Je suppose que nous avons continué notre route le long de la mer jusqu'à l'angle d'où sort le promontoire de Carthage. Ce cap, selon le docteur Shaw, ne fut jamais compris dans la cité. Maintenant nous quittons la mer, et tournant à gauche, nous parcourons, en revenant au midi, les ruines de la ville, disposées sur l'amphithéâtre des collines.

Nous trouvons d'abord les débris d'un très grand édifice, qui semble avoir fait partie d'un palais et d'un théâtre. Au-dessus de cet édifice, en montant à l'ouest, on arrive aux belles citernes qui passent généralement pour être les seuls restes de Carthage: elles recevaient peut-être les eaux d'un aqueduc dont on voit des fragments dans la campagne. Cet aqueduc parcourait un espace de cinquante milles, et se rendait aux sources de Zawan*a* et de Zungar. Il y avait des temples au-dessus de ces sources : les plus grandes arches de l'aqueduc ont soixante-dix pieds de haut ; et les piliers de ces arches emportent seize pieds sur chaque face. Les citernes sont immenses : elles forment une suite de voûtes qui prennent naissance les unes dans les autres, et qui sont bordées, dans toute leur longueur, par un corridor : c'est véritablement un magnifique ouvrage.

Pour aller des citernes publiques à la colline de Byrsa, on traverse un chemin raboteux. Au pied de la colline, on trouve un cimetière et un misérable village, peut-être le *Tents* de lady Montague*b*. Le sommet de l'Acropole offre un terrain uni, semé de petits morceaux de marbre, et qui est visiblement l'aire d'un palais ou d'un temple. Si l'on tient pour le palais, ce sera le palais de Didon ; si l'on préfère le temple, il faudra reconnaître celui d'Esculape. Là, deux femmes se précipitèrent dans les flammes, l'une pour ne pas survivre à son déshonneur, l'autre à sa patrie :

Soleil, dont les regards embrassent l'univers,
Reine des dieux, témoins de mes affreux revers,
Triple Hécate, pour qui dans l'horreur des ténèbres
Retentissent les airs de hurlements funèbres ;
Pâles filles du Styx ; vous tous, lugubres dieux,
Dieux de Didon mourante, écoutez tous mes vœux !
S'il faut qu'enfin ce monstre, échappant au naufrage,
Soit poussé dans le port, jeté sur le rivage ;
Si c'est l'arrêt du sort, la volonté des cieux,
Que du moins assailli d'un peuple audacieux,
Errant dans les climats où son destin l'exile,
Implorant des secours, mendiant un asile,
Redemandant son fils arraché de ses bras,
De ses plus chers amis il pleure le trépas !...
Qu'une honteuse paix suive une guerre affreuse !

a. On prononce dans le pays Zauvan.
b. Les *écuries des éléphants*, dont parle lady Montague, sont des chambres souterraines qui n'ont rien de remarquable.

*Qu'au moment de régner, une mort malheureuse
L'enlève avant le temps! Qu'il meure sans secours,
Et que son corps sanglant reste en proie aux vautours!
Voilà mon dernier vœu! Du courroux qui m'enflamme
Ainsi le dernier cri s'exhale avec mon âme.
Et toi, mon peuple, et toi, prends son peuple en horreur!
Didon au lit de mort te lègue sa fureur!
En tribut à ta reine offre un sang qu'elle abhorre!
C'est ainsi que mon ombre exige qu'on l'honore.
Sors de ma cendre, sors, prends la flamme et le fer,
Toi qui dois me venger des enfants de Teucer!
Que le peuple latin, que les fils de Carthage,
Opposés par les lieux, le soient plus par leur rage!
Que de leurs ports jaloux, que de leurs murs rivaux,
Soldats contre soldats, vaisseaux contre vaisseaux,
Courent ensanglanter et la mer et la terre!
Qu'une haine éternelle éternise la guerre!*

. . . .

*À peine elle achevait, que du glaive cruel
Ses suivantes ont vu partir le coup mortel,
Ont vu sur le bûcher la reine défaillante,
Dans ses sanglantes mains l'épée encor fumante*[1].

Du sommet de Byrsa l'œil embrasse les ruines de Carthage, qui sont plus nombreuses qu'on ne le pense généralement: elles ressemblent à celles de Sparte, n'ayant rien de bien conservé, mais occupant un espace considérable. Je les vis au mois de février; les figuiers, les oliviers et les caroubiers donnaient déjà leurs premières feuilles; de grandes angéliques et des acanthes formaient des touffes de verdure parmi les débris de marbre de toutes couleurs. Au loin je promenais mes regards sur l'isthme, sur une double mer, sur des îles lointaines, sur une campagne riante, sur des lacs bleuâtres, sur des montagnes azurées; je découvrais des forêts, des vaisseaux, des aqueducs, des villages maures, des ermitages mahométans, des minarets et les maisons blanches de Tunis. Des millions de sansonnets, réunis en bataillons, et ressemblant à des nuages, volaient au-dessus de ma tête. Environné des plus grands et des plus touchants souvenirs, je pensais à Didon, à Sophonisbe, à la noble épouse d'Asdrubal; je contemplais les vastes plaines où sont ensevelies les légions d'Annibal, de Scipion et de César; mes yeux voulaient reconnaître l'emplacement d'Utique: hélas! les débris des palais de Tibère existent encore à Caprée, et l'on cherche en vain à Utique la place de la maison de Caton! Enfin, les terribles Vandales, les légers Maures passaient tour à tour devant ma mémoire, qui m'offrait pour dernier tableau saint Louis expirant sur les ruines de Carthage. Que le récit de la mort de ce prince termine cet Itinéraire[1]: heureux de rentrer, pour ainsi dire, dans ma patrie, par un antique monument de ses vertus, et de finir au tombeau du Roi de sainte mémoire ce long pèlerinage aux tombeaux des grands hommes[2].

Lorsque saint Louis entreprit son second voyage d'outre-mer, il n'était plus jeune. Sa santé affaiblie ne lui permettait ni de rester longtemps à cheval, ni de soutenir le poids d'une armure; mais Louis n'avait rien perdu de la vigueur de l'âme. Il assemble à Paris les grands du royaume; il leur fait la peinture des malheurs de la Palestine, et leur déclare qu'il est résolu d'aller au secours de ses frères les Chrétiens. En même temps il reçoit la croix des mains du légat, et la donne à ses trois fils aînés.

Une foule de seigneurs se croisent avec lui: les rois de l'Europe se préparent à prendre la bannière, Charles de Sicile, Édouard d'Angleterre, Gaston de Béarn, les rois de Navarre et d'Aragon. Les femmes montrèrent le même zèle: la dame de Poitiers, la comtesse de Bretagne, Iolande de Bourgogne, Jeanne de Toulouse, Isabelle de France, Amicie de Courtenay, quittèrent la quenouille que filaient alors les reines, et suivirent leurs maris outre-mer.

Saint Louis fit son testament: il laissa à Agnès, la plus jeune de ses filles, dix mille francs pour se marier, et quatre mille francs à la reine Marguerite; il nomma ensuite deux régents du royaume, Matthieu, abbé de Saint-Denis, et Simon, sire de Nesle : après quoi il alla prendre l'oriflamme.

Cette bannière, que l'on commence à voir paraître dans nos armées, sous le règne de Louis le Gros, était un étendard de soie attaché au bout d'une lance : il était *d'un vermeil samit, à guise de gonfanon à trois queues, et avait autour des houpes de soie verte*. On le déposait en temps de paix sur l'autel de l'abbaye de Saint-Denis, parmi les tombeaux des rois, comme pour avertir que de race en race les Français étaient fidèles à Dieu, au prince et à l'honneur. Saint Louis prit cette bannière des mains de l'abbé, selon l'usage. Il reçut en même temps l'escarcelle[a] et le bourdon[b] du pèlerin, que l'on appelait alors *la consolation et la marque du voyage*[c] : coutume si ancienne dans la monarchie, que Charlemagne fut enterré avec l'escarcelle d'or qu'il avait l'habitude de porter lorsqu'il allait en Italie.

Louis pria au tombeau des martyrs, et mit son royaume sous la protection du patron de la France. Le lendemain de cette cérémonie il se rendit pieds nus avec ses fils, du palais de Justice à l'église de Notre-Dame. Le soir du même jour, il partit pour Vincennes, où il fit ses adieux à la reine Marguerite, *gentille, bonne reine, pleine de grand simplece*, dit Robert de Sainceriaux ; ensuite il quitta pour jamais ces vieux chênes, vénérables témoins de sa justice et de sa vertu.

« Mainte fois ai vu que le saint homme roi s'allait ébattre au bois de Vincennes, et s'asseyait au pied d'un chêne et nous faisait seoir auprès de lui, et tous ceux qui avaient affaire à lui venaient lui parler sans qu'aucun huissier leur donnât empêchement... Aussi plusieurs fois ai vu qu'au temps d'été le bon roi venait au jardin de Paris, vêtu d'une cotte de camelot, d'un surcot de tiretaine sans manche et d'un mantel par-dessus

---

a. Une ceinture.
b. Un bâton.
c. Solatia et indicia itineris.

de sandal noir, et faisait là étendre des tapis pour nous asseoir auprès de lui, et là faisait dépêcher son peuple diligemment comme au bois de Vincennes[a]. »

Saint Louis s'embarqua à Aigues-Mortes, le mardi 1er juillet 1270. Trois avis avaient été ouverts dans le conseil du roi avant de mettre à la voile : d'aborder à Saint-Jean-d'Acre, d'attaquer l'Égypte, de faire une descente à Tunis. Malheureusement saint Louis se rangea au dernier avis, par une raison qui semblait assez décisive.

Tunis était alors sous la domination d'un prince que Geofroy de Beaulieu et Guillaume de Nangis nomment Omar-el-Muley-Moztanca. Les historiens du temps ne disent point pourquoi ce prince feignit de vouloir embrasser la religion des chrétiens ; mais il est assez probable qu'apprenant l'armement des Croisés, et ne sachant où tomberait l'orage, il crut le détourner en envoyant des ambassadeurs en France, et flattant le saint roi d'une conversion à laquelle il ne pensait point. Cette tromperie de l'Infidèle fut précisément ce qui attira sur lui la tempête qu'il prétendait conjurer. Louis pensa qu'il suffirait de donner à Omar une occasion de déclarer ses desseins, et qu'alors une grande partie de l'Afrique se ferait chrétienne, à l'exemple de son prince.

Une raison politique se joignit à ce motif religieux : les Tunisiens infestaient les mers ; ils enlevaient les secours que l'on faisait passer aux princes chrétiens de la Palestine ; ils fournissaient des chevaux, des armes et des soldats aux soudans d'Égypte ; ils étaient le centre des liaisons que Bondoc-Dari entretenait avec les Maures de Maroc et de l'Espagne. Il importait donc de détruire ce repaire de brigands, pour rendre plus faciles les expéditions en Terre-Sainte.

Saint Louis entra dans la baie de Tunis au mois de juillet 1270. En ce temps-là un prince maure avait entrepris de rebâtir Carthage : plusieurs maisons nou-

---

[a]. Sire de Joinville.

velles s'élevaient déjà au milieu des ruines, et l'on voyait un château sur la colline de Byrsa. Les Croisés furent frappés de la beauté du pays couvert de bois d'oliviers. Omar ne vint point au-devant des Français ; il les menaça au contraire de faire égorger tous les chrétiens de ses États, si l'on tentait le débarquement. Ces menaces n'empêchèrent point l'armée de descendre ; elle campa dans l'isthme de Carthage, et l'aumônier d'un roi de France prit possession de la patrie d'Annibal, en ces mots : *Je vous dis le ban de Notre-Seigneur Jésus-Christ, et de Louis, roi de France, son sergent*. Ce même lieu avait entendu parler le gétule, le tyrien, le latin, le vandale, le grec et l'arabe, et toujours les mêmes passions dans des langues diverses.

Saint Louis résolut de prendre Carthage avant d'assiéger Tunis qui était alors une ville riche, commerçante et fortifiée. Il chassa les Sarrasins d'une tour qui défendait les Citernes : le château fut emporté d'assaut, et la nouvelle cité suivit le sort de la forteresse. Les princesses qui accompagnaient leurs maris débarquèrent au port ; et, par une de ces révolutions que les siècles amènent, les grandes dames de France s'établirent dans les ruines des palais de Didon.

Mais la prospérité semblait abandonner saint Louis, dès qu'il avait passé les mers ; comme s'il eût toujours été destiné à donner aux Infidèles l'exemple de l'héroïsme dans le malheur. Il ne pouvait attaquer Tunis avant d'avoir reçu les secours que devait lui amener son frère, le roi de Sicile. Obligée de se retrancher dans l'isthme, l'armée fut attaquée d'une maladie contagieuse, qui en peu de jours emporta la moitié des soldats. Le soleil de l'Afrique dévorait des hommes accoutumés à vivre sous un ciel plus doux. Afin d'augmenter la misère des Croisés, les Maures élevaient un sable brûlant avec des machines : livrant au souffle du midi cette arène embrasée, ils imitaient pour les chrétiens les effets du kansim ou du terrible vent du désert : ingénieuse et épouvantable invention, digne des solitudes qui en firent naître l'idée, et qui montre à quel point l'homme peut porter le génie de la destruction. Des combats continuels achevaient d'épuiser les forces de l'armée : les vivants ne suffisaient pas à enterrer les morts ; on jetait les cadavres dans les fossés du camp, qui en furent bientôt comblés.

Déjà les comtes de Nemours, de Montmorency et de Vendôme n'étaient plus ; le roi avait vu mourir dans ses bras son fils chéri le comte de Nevers. Il se sentit lui-même frappé. Il s'aperçut dès le premier moment que le coup était mortel ; que ce coup abattrait facilement un corps usé par les fatigues de la guerre, par les soucis du trône, et par ces veilles religieuses et royales que Louis consacrait à son Dieu et à son peuple. Il tâcha néanmoins de dissimuler son mal, et de cacher la douleur qu'il ressentait de la perte de son fils. On le voyait, la mort sur le front, visiter les hôpitaux, comme un de ces Pères de la Merci consacrés dans les mêmes lieux à la rédemption des captifs et au salut des pestiférés. Des œuvres du saint il passait aux devoirs du roi, veillait à la sûreté du camp, montrait à l'ennemi un visage intrépide, ou, assis devant sa tente, rendait la justice à ses sujets, comme sous le chêne de Vincennes.

Philippe, fils aîné et successeur de Louis, ne quittait point son père qu'il voyait près de descendre au tombeau. Le roi fut enfin obligé de garder sa tente : alors, ne pouvant plus être lui-même utile à ses peuples, il tâcha de leur assurer le bonheur dans l'avenir, en adressant à Philippe cette Instruction qu'aucun Français ne lira jamais sans verser des larmes. Il l'écrivit sur son lit de mort. Ducange parle d'un manuscrit qui paraît avoir été l'original de cette Instruction : l'écriture en était grande, mais altérée ; elle annonçait la défaillance de la main qui avait tracé l'expression d'une âme si forte.

«Beau fils, la première chose que je t'enseigne et commande à garder, si est que de tout ton cœur tu aimes Dieu. Car sans ce, nul homme ne peut être sauvé. Et garde bien de faire chose qui lui déplaise. Car tu devrais plutôt désirer à souffrir toutes manières de tourments, que de pécher mortellement.

« Si Dieu t'envoie adversité, reçois-la bénignement, et lui en rends grâce : et pense que tu l'as bien desservi, et que le tout te tournera à ton preu. S'il te donne prospérité, si l'en remercie très humblement, et garde que pour ce tu n'en sois pas pire par orgueil, ne autrement. Car on ne doit pas guerroyer Dieu de ses dons.

« Prends-toi bien garde que tu aies en ta compagnie prudes gens et loyaux, qui ne soient point pleins de convoitises, soit gens d'église, de religion, séculiers ou autres. Fuis la compagnie des mauvais, et t'efforce d'écouter les paroles de Dieu, et les retiens en ton cœur.

« Aussi fais droiture et justice à chacun, tant aux pauvres comme aux riches. Et à tes serviteurs sois loyal, libéral et roide de paroles, à ce qu'ils te craignent et aiment comme leur maître. Et si aucune controversité ou action se meut, enquiers-toi jusqu'à la vérité, soit tant pour toi que contre toi. Si tu es averti d'avoir aucune chose d'autrui, qui soit certaine, soit par toi ou par tes prédécesseurs, fais-la rendre incontinent.

« Regarde en toute diligence comment les gens et sujets vivent en paix et en droiture dessous toi, par espécial ès bonnes villes et cités, et ailleurs. Maintiens tes franchises et libertés, esquelles tes anciens les ont maintenues et gardées, et les tiens en faveur et amour.

« Garde-toi d'émouvoir guerre contre hommes chrétiens sans grand conseil, et qu'autrement tu n'y puisses obvier. Si guerre et débats y a entre tes sujets, apaise-les au plus tôt que tu pourras.

« Prends garde souvent à tes baillis, prévôts et autres officiers, et t'enquiers de leur gouvernement, afin que si chose y a en eux à reprendre, que tu le fasses.

« Et te supplie, mon enfant, que en ma fin, tu aies de moi souvenance, et de ma pauvre âme ; et me secoures par messes, oraisons, prières, aumônes et bienfaits, par tout ton royaume. Et m'octroie partage et portion en tous tes bienfaits, que tu feras.

« Et je te donne toute bénédiction que jamais père peut donner à enfant, priant à toute la Trinité du paradis, le Père, le Fils et le Saint-Esprit, qu'ils te gardent, et défendent de tous maux ; à ce que nous puissions une fois, après cette mortelle vie, être devant Dieu ensemble, et lui rendre grâce et louange sans fin. »

Tout homme près de mourir, détrompé sur les choses du monde, peut adresser de sages instructions à ses enfants ; mais quand ces instructions sont appuyées de l'exemple de toute une vie d'innocence ; quand elles sortent de la bouche d'un grand prince, d'un guerrier intrépide, et du cœur le plus simple qui fût jamais ; quand elles sont les dernières expressions d'une âme divine qui rentre aux éternelles demeures, alors heureux le peuple qui peut se glorifier en disant : « L'homme qui a écrit ces instructions était le roi de mes pères ! »

La maladie faisant des progrès, Louis demanda l'extrême-onction. Il répondit aux prières des agonisants avec une voix aussi ferme que s'il eût donné des ordres sur un champ de bataille. Il se mit à genoux au pied de son lit pour recevoir le saint viatique, et on fut obligé de soutenir par les bras ce nouveau saint Jérôme, dans cette dernière communion. Depuis ce moment il mit fin aux pensées de la terre, et se crut acquitté envers ses peuples. Eh, quel monarque avait jamais mieux rempli ses devoirs ! Sa charité s'étendit alors à tous les hommes : il pria pour les Infidèles qui firent à la fois la gloire et le malheur de sa vie ; il invoqua les saints patrons de la France, de cette France si chère à son âme royale. Le lundi matin, 25 août, sentant que son heure approchait, il se fit coucher sur un lit de cendres, où il demeura étendu les bras croisés sur la poitrine, et les yeux levés vers le ciel.

On n'a vu qu'une fois, et l'on ne reverra jamais un pareil spectacle : la flotte du roi de Sicile se montrait à l'horizon ; la campagne et les collines étaient couvertes de l'armée des Maures. Au milieu des débris de Carthage le camp des Chrétiens offrait l'image de la plus affreuse douleur : aucun bruit ne s'y faisait entendre ; les soldats moribonds sortaient des hôpitaux, et se traînaient à travers les ruines, pour s'approcher de leur roi expirant. Louis était entouré de sa famille en larmes, des princes consternés, des princesses défaillantes. Les députés de l'empereur de Constantinople se trouvèrent présents à cette scène: ils purent raconter à la Grèce la merveille d'un trépas que Socrate aurait admiré. Du lit de cendres où saint Louis rendait le dernier soupir, on découvrait le rivage d'Utique: chacun pouvait faire la comparaison de la mort du philosophe stoïcien et du philosophe chrétien. Plus heureux que Caton, saint Louis ne fut point obligé de lire un traité de l'immortalité de l'âme, pour se convaincre de l'existence d'une vie future: il en trouvait la preuve invincible dans sa religion, ses vertus et ses malheurs. Enfin, vers les trois heures de l'après-midi, le roi, jetant un grand soupir, prononça distinctement ces paroles: « Seigneur, j'entrerai dans votre maison, et je vous adorerai dans votre saint Temple[1] »; et son âme s'envola dans le saint Temple qu'il était digne d'habiter.

On entend alors retentir la trompette des Croisés de Sicile: leur flotte arrive pleine de joie et chargée d'inutiles secours. On ne répond point à leur signal. Charles d'Anjou s'étonne et commence à craindre quelque malheur. Il aborde au rivage, il voit des sentinelles, la pique renversée, exprimant encore moins leur douleur par ce deuil militaire que par l'abattement de leur visage. Il vole à la tente du roi son frère: il le trouve étendu mort sur la cendre. Il se jette sur les reliques sacrées, les arrose de ses larmes, baise avec respect les pieds du saint, et donne des marques de tendresse et de regrets qu'on n'aurait point attendues d'une âme si hautaine. Le visage de Louis avait encore toutes les couleurs de la vie, et ses lèvres même étaient vermeilles.

Charles obtint les entrailles de son frère, qu'il fit déposer à Montréal près de Salerne. Le cœur et les ossements du prince furent destinés à l'abbaye de Saint-Denis; mais les soldats ne voulurent point laisser partir avant eux ces restes chéris, disant que les cendres de leur souverain étaient le salut de l'armée. Il plut à Dieu d'attacher au tombeau du grand homme une vertu qui se manifesta par des miracles. La France qui ne se pouvait consoler d'avoir perdu sur la terre un tel monarque, le déclara son protecteur dans le ciel. Louis placé au rang des saints devint ainsi pour la patrie une espèce de roi éternel. On s'empressa de lui élever des églises et des chapelles plus magnifiques que les simples palais où il avait passé sa vie. Les vieux chevaliers qui l'accompagnèrent à sa première Croisade, furent les premiers à reconnaître la nouvelle puissance de leur chef : « Et j'ai fait faire, dit le sire de Joinville, un autel en l'honneur de Dieu et de monseigneur saint Loys. »

La mort de Louis, si touchante, si vertueuse, si tranquille, par où se termine l'histoire de Carthage, semble être un sacrifice de paix offert en expiation des fureurs, des passions et des crimes dont cette ville infortunée fut si longtemps le théâtre. Je n'ai plus rien à dire aux lecteurs ; il est temps qu'ils rentrent avec moi dans notre commune patrie[1].

Je quittai M. Devoise, qui m'avait si noblement donné l'hospitalité. Je m'embarquai sur le schooner américain[2], où, comme je l'ai dit, M. Lear m'avait fait obtenir un passage. Nous appareillâmes de la Goulette, le lundi 9 mars 1807, et nous fîmes voile pour l'Espagne. Nous prîmes les ordres d'une frégate américaine dans la rade d'Alger[3]. Je ne descendis point à terre. Alger est bâti dans une position charmante, sur une côte qui rappelle la belle colline du Pausilippe. Nous reconnûmes l'Espagne le 19, à sept heures du matin, vers le cap de Gatte, à la pointe du royaume de Grenade. Nous suivîmes le rivage, et nous passâmes devant Malaga. Enfin nous vînmes jeter l'ancre le Vendredi-Saint, 27 mars, dans la baie de Gibraltar.

Je descendis à Algésiras le lundi de Pâques[4]. J'en partis le 4 avril pour Cadix, où j'arrivai deux jours après, et où je fus reçu avec une extrême politesse par le consul et le vice-consul de France MM. Leroi et Canclaux[5]. De Cadix, je me rendis à Cordoue : j'admirai la mosquée, qui fait aujourd'hui la cathédrale de cette ville. Je parcourus l'ancienne Bétique, où les poètes avaient placé le bonheur. Je remontai jusqu'à Andujar, et je revins sur mes pas, pour voir Grenade[1]. L'Alhambra me parut digne d'être regardé, même après les temples de la Grèce. La vallée de Grenade est délicieuse, et ressemble beaucoup à celle de Sparte : on conçoit que les Maures regrettent un pareil pays.

Je partis de Grenade pour Aranjuez ; je traversai la patrie de l'illustre chevalier de la Manche, que je tiens pour le plus noble, le plus brave, le plus aimable, et le moins fou des mortels. Je vis le Tage à Aranjuez ; et j'arrivai le 21 avril à Madrid.

M. de Beauharnais[2], ambassadeur de France à la cour d'Espagne, me combla de bontés ; il avait connu autrefois mon malheureux frère[3], mort sur l'échafaud avec son illustre aïeul[a]. Je quittai Madrid le 24. Je passai à l'Escurial, bâti par Philippe II, sur les montagnes désertes de la Vieille-Castille. La cour vient chaque année s'établir dans ce monastère, comme pour donner à des solitaires morts au monde le spectacle de toutes les passions, et recevoir d'eux ces leçons dont les passions ne profitent jamais. C'est là que l'on voit encore la chapelle funèbre où les rois d'Espagne sont ensevelis dans des tombeaux pareils, disposés en échelons ; de sorte que toute cette poussière est étiquetée et rangée en ordre, comme les curiosités d'un muséum. Il y a des sépulcres vides pour les souverains qui ne sont point encore descendus dans ces lieux.

De l'Escurial je pris ma route par Ségovie ; l'aqueduc de cette ville est un des plus grands ouvrages des Romains ; mais il faut laisser M. de la Borde nous décrire ces monuments, dans son beau Voyage[4]. À Burgos, une superbe cathédrale gothique m'annonça l'approche de mon pays. Je n'oubliai point les cendres du Cid :

Don Rodrigue surtout n'a trait à son visage
Qui d'un homme de cœur ne soit la haute image,

---

a. M. de Malesherbes.

> *Et sort d'une maison si féconde en guerriers,*
> *Qu'ils y prennent naissance au milieu des lauriers.*
> *... Il adorait Chimène*[1].

À Miranda, je saluai l'Èbre qui vit le premier pas de cet Annibal, dont j'avais si longtemps suivi les traces.

Je traversai Vittoria et les charmantes montagnes de la Biscaye. Le 3 de mai, je mis le pied sur les terres de France : j'arrivai le 5 à Bayonne[2], après avoir fait le tour entier de la Méditerranée, visité Sparte, Athènes, Smyrne, Constantinople, Rhodes, Jérusalem, Alexandrie, le Caire, Carthage, Cordoue, Grenade et Madrid.

Quand les anciens pèlerins avaient accompli le voyage de la Terre-Sainte, ils déposaient leur bourdon à Jérusalem, et prenaient pour le retour un bâton de palmier : je n'ai point rapporté dans mon pays un pareil symbole de gloire, et je n'ai point attaché à mes derniers travaux une importance qu'ils ne méritent pas. Il y a vingt ans que je me consacre à l'étude au milieu de tous les hasards et de tous les chagrins, *diversa exilia et desertas quaerere terras*[3] : un grand nombre de feuilles de mes livres ont été tracées sous la tente, dans les déserts, au milieu des flots ; j'ai souvent tenu la plume sans savoir comment je prolongerais de quelques instants mon existence : ce sont là des droits à l'indulgence, et non des titres à la gloire. J'ai fait mes adieux aux Muses dans les Martyrs, et je les renouvelle dans ces Mémoires qui ne sont que la suite ou le commentaire de l'autre ouvrage. Si le ciel m'accorde un repos que je n'ai jamais goûté, je tâcherai d'élever en silence un monument à ma patrie ; si la Providence me refuse ce repos, je ne dois songer qu'à mettre mes derniers jours à l'abri des soucis qui ont empoisonné les premiers. Je ne suis plus jeune ; je n'ai plus l'amour du bruit ; je sais que les lettres, dont le commerce est si doux quand il est secret, ne nous attirent au-dehors que des orages : dans tous les cas, j'ai assez écrit, si mon nom doit vivre ; beaucoup trop, s'il doit mourir.

NOTES DE CHATEAUBRIAND

Page 202.   Note A

Voici la description que le père Babin fait du temple de Minerve :

« Ce temple, qui paraît de fort loin, et qui est l'édifice d'Athènes le plus élevé au milieu de la citadelle, est un chef-d'œuvre des plus excellents architectes de l'antiquité. Il est long d'environ cent vingt pieds, et large de cinquante. On y voit trois rangs de voûtes soutenues de fort hautes colonnes de marbre ; savoir, la nef et les deux ailes : en quoi il surpasse Sainte-Sophie, bâtie à Constantinople par l'Empereur Justinien, quoique d'ailleurs ce soit un miracle du monde. Mais j'ai pris garde que ses murailles par dedans sont seulement encroûtées et couvertes de grandes pièces de marbre, qui sont tombées en quelques endroits des galeries d'en haut, où l'on voit des briques et des pierres qui étaient couvertes de marbre

« Mais quoique ce temple d'Athènes soit si magnifique pour sa matière, il est encore plus admirable pour sa façon et pour l'artifice qu'on y remarque : *Materiam superabat opus.* Entre toutes les voûtes qui sont de marbre, il y en a une qui est la plus remarquable, à cause qu'elle est tout ornée d'autant de belles figures gravées sur le marbre, qu'elle en peut contenir.

« Le vestibule est long de la largeur du temple, et large d'environ quatorze pieds, au-dessous duquel il y a une longue voûte plate qui semble être un riche plancher, ou un magnifique lambris, car on y voit de longues pièces de marbre, qui semblent de longues et grosses poutres, qui soutiennent d'autres grandes pièces de même matière, ornées de diverses figures et personnages, avec un artifice merveilleux.

« Le frontispice du temple, qui est fort élevé au-dessus de ce vestibule, est tel que j'ai peine à croire qu'il y en ait un si magnifique et si bien travaillé dans toute la France. Les figures et statues du château de Richelieu, qui est le chef-d'œuvre des ouvriers de ce temps, n'ont rien qui approche de ces belles et grandes figures d'hommes, de femmes et de chevaux, qui paraissent environ au nombre de trente à ce frontispice ; et autant à l'autre côté du temple, derrière le lieu où était le grand autel du temps des Chrétiens.

« Le long du temple, il y a une allée ou galerie de chaque côté, où l'on passe entre les murailles du temple, et dix-sept fort hautes et fort grosses colonnes cannelées qui ne sont pas d'une seule pièce, mais de diverses grosses pièces de beau marbre blanc, mises les unes sur les autres. Entre ces beaux piliers, il y a le long de cette galerie une petite muraille qui laisse entre chaque colonne un lieu qui serait assez long et assez large pour y faire un autel et une chapelle, comme on en voit aux côtés et proche des murailles des grandes églises.

« Ces colonnes servent à soutenir en haut avec des arcs-boutants les murailles du temple, et empêchent par dehors qu'elles ne se démantèlent par la pesanteur des voûtes. Les murailles de ce temple sont embellies en haut, par dehors, d'une belle ceinture de pierres de marbre, travaillées en perfection, sur lesquelles sont représentés quantité de triomphes, de sorte qu'on y voit en demi-relief une infinité d'hommes, de femmes, d'enfants, de chevaux et de chariots, représentés sur ces pierres qui sont si élevées, que les yeux ont peine à en découvrir toutes les beautés, et à remarquer toute l'industrie des architectes et des sculpteurs qui les ont faites. Une de ces grandes pierres a été portée dans la Mosquée, derrière la porte, où l'on voit avec admiration quantité de personnages qui y sont représentés avec un artifice non pareil.

« Toutes les beautés de ce temple que je viens de décrire, sont des ouvrages des anciens Grecs païens. Les Athéniens, ayant embrassé le Christianisme, changèrent ce temple de Minerve en une église du vrai Dieu, et y ajoutèrent un trône épiscopal et une chaire de prédicateur qui y restent encore, des autels qui ont été renversés par les Turcs qui n'offrent point de sacrifices dans leurs mosquées. L'endroit du grand-autel est encore plus blanc que le reste de la muraille : les degrés pour y monter sont entiers et magnifiques. »

Cette description naïve du Parthénon, à peu près tel qu'il était du temps de Périclès, ne vaut-elle pas bien les descriptions plus savantes que l'on a faites des ruines de ce beau temple ?

Page 251. Note B

Cette citation faisait partie du texte dans les deux premières éditions.

« Cependant les capitaines et lieutenants du roi de Perse Darius, ayant mis une grosse puissance ensemble, l'attendoient au passage de la riviere de Granique. Si estoit nécessaire de combattre là, comme à la barriere de l'Asie, pour en gaigner l'entrée ; mais la plus part des capitaines de son conseil craignoient la profondeur de ceste riviere, et la haulteur de l'autre rive qui estoit roide et droite, et si ne la pouvoit-on gaigner ny y monter sans combatre : et y en avoit qui disoient qu'il falloit prendre garde à l'observance ancienne des mois, pour ce que les roys de Macédoine n'avoient jamais accoustumé de mettre leur armée aux champs le mois de juing, à quoy Alexandre leur respondit qu'il y remédieroit bien, commandant que l'on l'appellast le second mai. Davantage Parmenion estoit d'avis que pour le premier jour il ne falloit rien hasarder, à cause qu'il estoit desja tard, à quoy il lui respondit que "l'Hellespont rougiroit de honte, si luy craignoit de passer une riviere, veu qu'il venoit de passer un bras de mer", et en disant cela, il entra luy mesme dedans la riviere avec treze compagnies de gens de cheval, et marcha la teste baissée à l'encontre d'une infinité de traicts que les ennemis lui tirerent, montant contremont l'autre rive, qui estoit couppée et droitte, et, qui pis est, toute couverte d'armes, de chevaux et d'ennemis qui l'attendoient en bataille rangée, poulsants les siens à travers le fil de l'eau, qui estoit profonde, et qui couroit si roide, qu'elle les emmenoit presque aval, tellement que l'on estimoit qu'il y eust plus de fureur en sa conduite, que de bons sens n'y de conseil. Ce nonobstant il s'obstina à vouloir passer à toute force, et feit tant qu'à la fin il gaigna l'autre rive à grande peine et grande difficulté : mesmement pource que la terre y glissoit à cause de la fange qu'il y avoit. Passé qu'il fust, il fallut aussi tost combattre pesle mesle d'homme à homme, pour ce que les ennemis chargèrent incontinent les premiers passez, avant qu'ils eussent loisir de se ranger en bataille, et leur coururent sus avec grands cris ; tenants leurs chevaux bien joints et serrez l'un contre l'autre, et combatirent à coups de javelines premièrement, et puis à coups d'espée, après que les javelines furent brisées. Si se ruerent plusieurs ensemble tout à coup sur luy, pour ce qu'il estoit facile à remarquer et cognoistre entre tous les autres à son escu, et à la cueue qui pendoit de son armet, à l'entour de laquelle y avoit de costé et d'autre un pennache grand et blanc à merveilles. Si fut atteinct d'un coup de javelot au défault de la cuirasse, mais le coup ne perça point; et comme Roesaces et Spithridates, deux des principaux capitaines persians, s'adressassent ensemble à lui, il se détourna de l'un, et picquant droit à Roesaces, qui estoit bien armé d'une bonne cuirasse, luy donna un si grand coup de javeline, qu'elle se rompit en sa main, et meit aussi tost la main à l'espée, mais ainsi comme ils estoient accouplez ensemble, Spithridates, s'approchant de luy en flanc, se souleva sur son cheval, et luy ramena de toute sa puissance un si grand coup de hache barbaresque, qu'il couppa la creste de l'armet, avec un des costez du pennache, et y feit une telle faulsée, que le tranchant de la hache pénétra jusques aux cheveux: et ainsi comme il en vouloit encore donner un autre, le grand Clitus le prévint, qui lui passa un parthisane de part en part à travers le corps, et à l'instant mesme tumba aussi Roesaces, mort en terre d'un coup d'espée que lui donna Alexandre. Or pendant que la gendarmerie combattoit en tel effort, le bataillon des gens de pied macédoniens passa la riviere, et commencerent les deux batailles à marcher l'une contre l'autre: mais celle des Perses ne sousteint point courageusement ny longuement, ains se tourna incontinent en fuite, exceptez les Grecs qui estoyent à la soude du roy de Perse, lesquelz se retirerent ensemble dessus une motte, et demanderent que l'on les prist à mercy! Mais Alexandre donnant le premier dedans, plus par cholere que de sain jugement, y perdit son cheval qui luy fut tué sous luy d'un coup d'espée à travers les flancs. Ce n'estoit pas Bucéphal, ains un autre; mais tous ceulx qui furent en celle journée tuez ou blecez des siens le furent en cest endroit-là, pource qu'il s'opiniastra à combattre obstineement contre hommes agguerritz et desesperez. L'on dit qu'en ceste premiere bataille il mourut du costé des Barbares vingt mille hommes de pied, et deux mille cinq cents de cheval: du costé d'Alexandre, Aristobulus escrit qu'il y en eut de morts trente et quatre en tout, dont les douze estoyent gens de pied, à tous lesquels Alexandre voulut, pour honorer leur mémoire, que l'on dressast des images de bronze faittes de la main de Lysyppus: et voulant faire part de ceste victoire aux Grecs, il envoya aux Athéniens particulierement trois cents boucliers de ceulx qui furent gagnez en la bataille, et généralement sur toutes les autres despouilles, et sur tout le buttin feit mettre ceste très-honorable inscription : Alexandre, fils de Philippus, et les Grecs, exceptez les Lacédémoniens, ont conquis ce buttin sur les Barbares habitants en Asie. »

(Plutarque, *Vie des hommes illustres*, trad. Amyot, *Alexandre* XXIV-XXVIII/XVI)

Page 259.   Note C

Contrat passé entre le capitaine Dimitri et M. de Chateaubriand[a].

Διὰ τοῦ παρόντος γράμματος γείννεται δῆλον ὅτι ὁ κὺρ Χατζὶ Πολύκαρπος τοῦ Λαζάρου Χαβιαρτζὶς ὁποῦ ἔχει ναβλωμένην τὴν πολάκα ὀνόματι ὁ ἅγιος Ἰωάννης τοῦ Κ[αν]. Δημητρίου Στερίου ἀπὸ τὸ Βόλο μὲ 'Ωθωμανικὴν παντιέραν ἀπὸ ἐδὼ διὰ τὸν γιάφαν διὰ νὰ πιγαίνη τοὺς Χατζίδους Ρωμαίους, ἐσυμφώνισεν τὴν σήμερον μετὰ τοῦ μουσοῦ Σατῶ Μπριάντ μπεϊζαντὲς Φραντζέζος νὰ τοῦ δώσουν μέσα εἰς τὸ ἄνωθεν καράβι μίαν μικρὰν κάμαραν νὰ καθίσῃ αὐτὸς καὶ δύω του δούλοι μαζὶ, διὰ νὰ κάμη τὸ ταξίδι ἀπὸ ἐδῶ εἰς τὸ γιάφα, νὰ τοῦ δείδουν τόπον εἰς τὸ ὀτζάκη τοῦ καπιτάνιου νὰ μαγειρεύῃ τὸ φαγήτου, ὥσον νερον χρειαστεῖ κάθε φορὰν, νὰ τὸν καλοκιτάζουν εἰς ὥσον καιρὸν σταθεῖ εἰς τὸ ταξίδι, καὶ κατὰ πάντα τρώπον νὰ τὸν συχαριστίσουν χωρς νὰ τοῦ προξενηθῇ καμία ἐνώχλησις. διὰ νάβλον αὐτῆς τῆς κάμαρας ὁποῦ εἶναι ἡ ἀντικάμερα τοῦ καπιτάνιου, καὶ διὰ ὅλλαις ταῖς ἀνωθεν δούλευσαις ἐσυμφώνισαν γρόσους ἑπτακώσια ἥτι *L*: 700: τὰ ὁποιὰ ὁ ἄνωθεν μπεϊζαντες τὰ ἐμέτρησεν τοῦ Χατζὶ Πολικάρπου, καὶ αὐτὸς ὁμολογεῖ πῶς τὰ ἔλαβεν, ὅθεν δὲν ἔχει πλέον ὁ καπιτάνος νὰ τοῦ ζητᾶ τίποτες, οὔτε ἐδὼ, οὔτε εἰς τό γιάφαν, ὅταν φθάσει καὶ ἔχεινὰ ξεμπαρκαρισῇ. διὰ τοῦτο ὑπώσχεται τώσον ὁ ῥηθεὶς Χατζὶ Πολύκαρπος ναβλωκτὴς καθὼς καὶ ὁ Καπιτάνος νὰ φυλάξουν ὅλλα αὐτὰ ὁποῦ ὑπωσχέθικαν καὶ εἰς ἔνδυξιν ἀληθείας ὑπόγραψαν ἀμφώτεροι τὸ πάρον γράμμα καὶ τὸ ἔδωσαν εἰς χεῖρας τοῦ μουσοῦ Σατὸ Μριάντ, ὅπος ἔχει τὸ κύρος καὶ τὴν ἰσχὺν ἐν παντὶ καιρῷ καὶ τόπῳ. Κωνσταντινόπολ. $\frac{6}{18}$ σεπτεμβρίου 1806.

χατζη πολικαρπος λαζαρου βεβιονο[b].
καπηταν δημητρης στηρηο βεβηονο[c].

a. Ce contrat a été copié avec les fautes d'orthographe grossières, les faux accents et les barbarismes de l'original.
b. Signature de Polycarpe.
c. Signature de Démétrius.

[a] Ο καπιταν διμιτρις ηποσχετε μεταμενα ανεφ εξ εναντιας κερου να μιν σταθη περισσοτερο απο μιαν ημερα καστρι και χηου. ελαβον τον ναβα^{μν} γρο 700 ητι επτακοσια
χατζη πολικαρπο λαζαρου.

TRADUCTION DU CONTRAT PRÉCÉDENT[b]

« Par le présent contrat, déclare le Hadgi Policarpe de Lazare Caviarzi nolisateur de la polaque nommée St-Jean commandé par le capitan Dimitry Sterio de Vallo, avec pavillon ottoman pour porter les pellerins grecs d'ici à Jaffa, avoir aujourd'hui contracté avec M. de Chateaubriand, de lui céder une petite chambre dans le susdit bâtiment, où il puisse se loger lui, et deux domestiques à son service ; en outre il lui sera donné une place dans la cheminée du capitan pour faire sa cuisine. On lui fournira de l'eau quand il en aura besoin, et l'on faira tout ce qui sera nécessaire pour le contenter pendant son voyage, sans permettre qu'il lui soit occasioné aucune molestie tout le temps de sa demeure à bord. — Pour nolis de son passage, et payement de tout service qui doit lui être rendû se sont convenus la somme de piastres sept-cent n° 700 que M. Chateaubriant a compté audit Policarpe, et lui déclarer de les avoir reçu ; moyennant quoi le capitain ne doit et ne pourra rien autre demander de lui, ni ici, ni à leur arrivée à Jaffa, et lorsqu'il devra se débarquer.

« C'est pourquoi ils s'engagent, ce nolisateur et ce capitaine, d'observer et remplir les susdits conditions dont ils se sont convenûs, et ont signé tous les deux le présent contrat, qui doit valoir en tout temps, et lieu.

« Constantinopoli 6 septembre 1806.

« Hadgi Policarpe de Lazare
  Noligeateur

« Capitain Dimitry Acro.
    « Le susdit cap^e s'engage avec moi qu'il ne ne s'arrêtera devant les Dardanelles et Scio qu'un jour.
« Hadgi Policarpe de Lazare. »

---

a. Écrit de la main de Polycarpe.
b. Cette traduction barbare est de l'interprète franc, à Constantinople.

Page 276. Note D

Cette citation faisait partie du texte dans les deux premières éditions.

« En arrivant dans l'île, dit le fils d'Ulysse, je sentis un air doux qui rendait les corps lâches et paresseux, mais qui inspirait une humeur enjouée et folâtre. Je remarquai que la campagne, naturellement fertile et agréable, était presque inculte, tant les habitants étaient ennemis du travail. Je vis de tous côtés des femmes et des jeunes filles, vainement parées, qui allaient en chantant les louanges de Vénus se dévouer à son temple. La beauté, les grâces, la joie, les plaisirs, éclataient également sur leurs visages ; mais les grâces y étaient affectées : on n'y voyait point une noble simplicité et une pudeur aimable, qui fait le plus grand charme de la beauté. L'air de mollesse, l'art de composer leurs visages, leur parure vaine, leur démarche languissante, leurs regards qui semblent chercher ceux des hommes, leur jalousie entre elles pour allumer de grandes passions, en un mot, tout ce que je voyais dans ces femmes me semblait vil et méprisable : à force de vouloir plaire elles me dégoûtaient.

« On me conduisit au temple de la déesse : elle en a plusieurs dans cette île ; car elle est particulièrement adorée à Cythère, à Idalie et à Paphos. C'est à Cythère que je fus conduit. Le temple est tout de marbre ; c'est un parfait péristyle ; les colonnes sont d'une grosseur et d'une hauteur qui rendent cet édifice majestueux : au-dessus de l'architrave et de la frise sont, à chaque face, de grands frontons où l'on voit en bas-relief toutes les plus agréables aventures de la déesse. À la porte du temple est sans cesse une foule de peuples qui viennent faire leurs offrandes.

« On n'égorge jamais dans l'enceinte du lieu sacré, aucune victime ; on n'y brûle point, comme ailleurs, la graisse des génisses et des taureaux ; on n'y répand jamais leur sang : on présente seulement devant l'autel les bêtes qu'on offre, et on n'en peut offrir aucune qui ne soit jeune, blanche, sans défaut et sans tache : on les couvre de bandelettes de pourpre brodées d'or ; leurs cornes sont dorées et ornées de bouquets et de fleurs odoriférantes. Après qu'elles ont été présentées devant l'autel, on les renvoie dans un lieu écarté, où elles sont égorgées pour les festins des prêtres de la déesse.

« On offre aussi toutes sortes de liqueurs parfumées et du vin plus doux que le nectar. Les prêtres sont revêtus de longues robes blanches avec des ceintures d'or et des franges de même au bas de leurs robes. On brûle, nuit et jour, sur les autels, les parfums les plus exquis de l'Orient, et ils forment une espèce de nuage qui monte vers le ciel. Toutes les colonnes du temple sont ornées de festons pendants ; tous les vases qui servent aux sacrifices sont d'or : un bois sacré de myrtes environne le bâtiment. Il n'y a que de jeunes garçons et de jeunes filles d'une rare beauté qui puissent présenter les victimes aux prêtres, et qui osent allumer le feu des autels. Mais l'impudence et la dissolution déshonorent un temple si magnifique » (*Télémaque*).

(*Télémaque*, Livre IV, éd. Folio, p. 85-86.)

Page 357. Note E

Cette citation faisait partie du texte dans les deux premières éditions.

« Toute l'étendue de Jérusalem est environnée de hautes montagnes ; mais c'est sur celle de Sion que doivent être les sépulcres de la famille de David dont on ignore le lieu. En effet, il y a quinze ans qu'un des murs du temple, que j'ai dit être sur la montagne de Sion, croula. Là-dessus, le patriarche donna ordre à un prêtre de le réparer des pierres qui se trouvaient dans le fondement des murailles de l'ancienne Sion. Pour cet effet, celui-ci fit marché avec environ vingt ouvriers, entre lesquels il se trouva deux hommes amis et de bonne intelligence. L'un d'eux mena un jour l'autre dans sa maison pour lui donner à déjeuner. Étant revenus après avoir mangé ensemble, l'inspecteur de l'ouvrage leur demanda la raison pourquoi ils étaient venus si tard, auquel ils répondirent qu'ils compenseraient cette heure de travail par une autre. Pendant donc que le reste des ouvriers furent à dîner, et que ceux-ci faisaient le travail qu'ils avaient promis, ils levèrent une pierre qui bouchait l'ouverture d'un antre, et se dirent l'un l'autre : Voyons, s'il n'y a pas là-dessous quelque trésor caché. Après y être entrés, ils avancèrent jusqu'à un palais soutenu par des colonnes de marbre, et couvert de feuilles d'or et d'argent. Au-devant il y avait une table avec un sceptre et une couronne dessus : c'était là le sépulcre de David, roi d'Israël ; celui de Salomon, avec les mêmes ornements, était à la gauche, aussi bien que plusieurs autres rois de Juda de la famille de David, qui avaient été enterrés en ce lieu. Il s'y trouva aussi des coffres fermés ; mais on ignore encore ce qu'ils contenaient. Les deux ouvriers ayant voulu pénétrer dans le palais, il s'éleva un tourbillon de vent qui, entrant par l'ouverture de l'antre, les renversa par terre, où ils demeurèrent comme s'ils eussent été morts, jusqu'au soir. Un autre souffle de vent les réveilla, et ils entendirent une voix semblable à celle d'un homme, qui leur dit : *Levez-vous, et sortez de ce lieu*. La frayeur dont ils étaient saisis les fit retirer en diligence, et ils rapportèrent tout ce qui leur était arrivé au patriarche, qui le leur fit répéter en présence d'Abraham de Constantinople, le Pharisien, et surnommé le Pieux, qui demeurait alors à Jérusalem. Il l'avait envoyé chercher pour lui demander quel était son sentiment là-dessus ; à quoi il répondit, que c'était le lieu de la sépulture de la maison de David, destiné pour les rois de Juda. Le lendemain, on trouva ces deux hommes couchés dans leurs lits, et fort malades de la peur qu'ils avaient eue. Ils refusèrent de retourner dans le même lieu, à quel prix que ce fût, assurant qu'il n'était pas permis à aucun mortel de pénétrer dans un lieu dont Dieu défendait l'entrée ; de sorte qu'elle a été bouchée par le commandement du patriarche, et la vue en a été ainsi cachée jusqu'aujourd'hui. »

Cette histoire paraît être renouvelée de celle que raconte Josèphe au sujet du même tombeau. Hérode le Grand ayant voulu faire ouvrir le cercueil de David, il en sortit une flamme qui l'empêcha de poursuivre son dessein.

(Benjamin de Tudèle, *Itinerarium...* (Anvers, 1575), dans Bergeron, *Voyages faits en Asie dans les XIIe, XIIIe, XIVe et XVe siècles*, La Haye, 1735, col. 22-23.)

Page 362.   Note F

Cette citation faisait partie du texte dans les deux premières éditions.

« À peine, dit Massillon, l'âme sainte du Sauveur a-t-elle ainsi accepté le ministère sanglant de notre réconciliation, que la justice de son Père commence à le regarder comme un homme de péché. Dès lors il ne voit plus en lui son Fils bien-aimé, en qui il avait mis toute sa complaisance ; il n'y voit plus qu'une hostie d'expiation et de colère, chargée de toutes les iniquités du monde, et qu'il ne peut plus se dispenser d'immoler à toute la sévérité de sa vengeance. Et c'est ici que tout le poids de sa justice commence à tomber sur cette âme pure et innocente : c'est ici où Jésus-Christ, comme le véritable Jacob, va lutter toute la nuit contre la colère d'un Dieu même, et où va se consommer par avance son sacrifice, mais d'une manière d'autant plus douloureuse, que son âme sainte va expirer,

pour ainsi dire, sous les coups de la justice d'un Dieu irrité, au lieu que sur le Calvaire elle ne sera livrée qu'à la fureur et à la puissance des hommes. . . . .
. . . .

« L'âme sainte du Sauveur, pleine de grâce, de vérité et de lumière ; ah ! elle voit le péché dans toute son horreur ; elle en voit le désordre, l'injustice, la tache immortelle ; elle en voit les suites déplorables : la mort, la malédiction, l'ignorance, l'orgueil, la corruption, toutes les passions, de cette source fatale nées et répandues sur la terre. En ce moment douloureux, la durée de tous les siècles se présente à elle : depuis le sang d'Abel jusqu'à la dernière consommation, elle voit une tradition non interrompue de crimes sur la terre ; elle parcourt cette histoire affreuse de l'univers, et rien n'échappe aux secrètes horreurs de sa tristesse ; elle y voit les plus monstrueuses superstitions établies parmi les hommes : la connaissance de son Père effacée ; les crimes infâmes érigés en divinités ; les adultères, les incestes, les abominations avoir leurs temples et leurs autels ; l'impiété et l'irréligion devenues le parti des plus modérés et des plus sages. Si elle se tourne vers les siècles des Chrétiens, elle y découvre les maux futurs de son Église : les schismes, les erreurs, les dissensions qui devaient déchirer le mystère précieux de son unité, les profanations de ses autels, l'indigne usage des Sacrements, l'extinction presque de sa foi, et les mœurs corrompues du paganisme rétablies parmi ses disciples.

« Aussi cette âme sainte ne pouvant plus porter le poids de ses maux, et retenue d'ailleurs dans son corps par la rigueur de la justice divine, triste jusqu'à la mort, et ne pouvant mourir, hors d'état et de finir ses peines, et de les soutenir, semble combattre, par les défaillances et les douleurs de son agonie, contre la mort et contre la vie ; et une sueur de sang qu'on voit couler à terre, est le triste fruit de ses pénibles efforts : *Et factus est sudor ejus sicut guttae sanguinis decurrentis in terram*. Père juste, fallait-il encore du sang à ce sacrifice intérieur de votre Fils ? N'est-ce pas assez qu'il doive être répandu par ses ennemis ? Faut-il que votre justice se hâte, pour ainsi dire, de le voir répandre ? »

(Massillon, « Sermon pour le Vendredi Saint. Sur la Passion ».)

Page 362. Note G

Cette citation faisait partie du texte dans les deux premières éditions.

La destruction de Jérusalem, prédite et pleurée par Jésus-Christ, mérite bien qu'on s'y arrête. Écoutons Josèphe, témoin oculaire de cet événement. La ville étant prise, un soldat met le feu au Temple.

« Lorsque le feu dévorait ainsi ce superbe Temple, les soldats, ardents au pillage, tuaient tous ceux qu'ils y rencontraient. Ils ne pardonnaient ni à l'âge ni à la qualité : les vieillards aussi bien que les enfants, et les prêtres comme les laïques, passaient par le tranchant de l'épée : tous se trouvaient enveloppés dans ce carnage général, et ceux qui avaient recours aux prières n'étaient pas plus humainement traités que ceux qui avaient le courage de se défendre jusqu'à la dernière extrémité. Les gémissements des mourants se mêlaient au bruit du pétillement du feu qui gagnait toujours plus avant ; et l'embrasement d'un si grand édifice, joint à la hauteur de son assiette, faisait croire à ceux qui ne le voyaient que de loin, que toute la ville était en feu.

« On ne saurait rien imaginer de plus terrible que le bruit dont l'air retentissait de toutes parts : car, quel n'était pas celui que faisaient les légions romaines dans leur fureur ? Quels cris ne jetaient pas les factieux qui se voyaient environnés de tous côtés du fer et du feu ? Quelle plainte ne faisait point ce pauvre peuple qui, se trouvant alors dans le Temple, était dans une telle frayeur qu'il se jetait, en fuyant, au milieu des ennemis ! Et quelles voix confuses ne poussait point jusqu'au ciel la multitude de ceux qui, de dessus la montagne opposée au Temple, voyaient un spectacle si affreux ? Ceux même que la faim avait réduits à une telle extrémité que la mort était prête à leur fermer pour jamais les yeux, apercevant cet embrasement du Temple, rassemblaient tout ce qui leur restait de forces pour déplorer un si étrange malheur ; et les échos des montagnes d'alentour et du pays qui est au-delà du Jourdain redoublaient encore cet horrible bruit : mais quelque épouvantable qu'il fût, les maux qui le causaient l'étaient encore davantage. Ce feu qui dévorait le Temple était si grand et si violent, qu'il semblait que la montagne même sur laquelle il était assis brûlât jusque dans ses fondements. Le sang coulait en telle abondance, qu'il paraissait disputer avec le feu à qui s'étendrait davantage. Le nombre de ceux qui étaient tués surpassait celui de ceux qui les sacrifiaient à leur colère et à leur vengeance : toute la terre était couverte de corps morts ; et les soldats marchaient dessus pour suivre par un chemin si effroyable ceux qui s'enfuyaient. . . . .

« Quatre ans avant le commencement de la guerre, lorsque Jérusalem était encore dans une profonde paix et dans l'abondance, Jésus, fils d'Ananus, qui n'était qu'un simple paysan, étant venu à la fête des Tabernacles, qui se célèbre tous les ans dans le Temple, en l'honneur de Dieu, cria : "Voix du côté de l'orient ; voix du côté de l'occident ; voix du côté des quatre vents ; voix contre Jérusalem et contre le Temple ; voix contre les nouveaux mariés et les nouvelles mariées ; voix contre tout le peuple." Et il ne cessait point, jour et nuit, de courir par toute la ville en répétant la même chose. Quelques personnes de qualité, ne pouvant souffrir des paroles d'un si mauvais présage, le firent prendre et extrêmement fouetter. . . . .
. . . .

« Mais à chaque coup qu'on lui donnait, il répétait d'une voix plaintive et lamentable : "Malheur ! malheur sur Jérusalem !". . . . .

« Quand Jérusalem fut assiégée, on vit l'effet de ses prédictions. Et faisant alors le tour des murailles de la ville, il se mit encore à crier : "Malheur ! malheur sur la ville ! malheur sur le peuple ! malheur sur le Temple !" À quoi ayant ajouté, "et malheur sur moi !" une pierre poussée par une machine le porta par terre, et il rendit l'esprit en proférant ces mêmes mots. »

(Flavius Josèphe, *La Guerre des Juifs*, trad. Arnauld, Amsterdam, 1681, livre VI, chap. 28, p. 670-671, et chap. 31, p. 672.)

Page 363. Note H

« On verra, dit encore Massillon, le Fils de l'Homme parcourant des yeux, du haut des airs, les peuples et les nations confondus et assemblés à ses pieds, relisant dans ce spectacle l'histoire de l'univers, c'est-à-dire des passions ou des vertus des hommes : on le verra rassembler ses Élus des quatre vents, les choisir de toute langue, de tout état, de toute nation ; réunir les enfants d'Israël dispersés dans l'univers ; exposer l'histoire secrète d'un peuple saint et nouveau ; produire sur la scène des héros de la foi, jusque-là inconnus au monde ; ne plus distinguer les siècles par les victoires des conquérants, par l'établissement ou la décadence des empires, par la politesse ou la barbarie des temps, par les grands hommes qui ont paru dans

chaque âge, mais par les divers triomphes de la grâce, par les victoires cachées des justes sur leurs passions, par l'établissement de son règne dans un cœur, par la fermeté héroïque d'un fidèle persécuté. . . . .
. . . .

« La disposition de l'univers ainsi ordonnée ; tous les peuples de la terre ainsi séparés ; chacun immobile à la place qui lui sera tombée en partage ; la surprise, la terreur, le désespoir, la confusion, peints sur le visage des uns ; sur celui des autres la joie, la sérénité, la confiance ; les yeux des justes levés en haut vers le Fils de l'Homme d'où ils attendent leur délivrance ; ceux des impies fixés d'une manière affreuse sur la terre, et perçant presque les abîmes de leurs regards, comme pour y marquer déjà la place qui leur est destinée. »

(Massillon, « Sermon pour le premier dimanche de l'avent. Sur le jugement universel ».)

Page 365. Note I

Cette citation faisait partie du texte dans les deux premières éditions.

Bossuet a renfermé toute cette histoire en quelques pages : mais ces pages sont sublimes :

« Cependant la jalousie des pharisiens et des prêtres le mène à un supplice infâme ; ses disciples l'abandonnent ; un d'eux le trahit ; le premier et le plus zélé de tous le renie trois fois. Accusé devant le conseil, il honore jusqu'à la fin le ministère des prêtres, et répond en termes précis au pontife qui l'interrogeait juridiquement ; mais le moment était arrivé où la synagogue devait être réprouvée. Le pontife et tout le conseil condamnent Jésus-Christ, parce qu'il se disait le Christ, Fils de Dieu. Il est livré à Ponce Pilate, président romain : son innocence est reconnue par son juge, que la politique et l'intérêt font agir contre sa conscience : le Juste est condamné à mort : le plus grand de tous les crimes donne lieu à la plus parfaite obéissance qui fût jamais : Jésus, maître de sa vie et de toutes choses, s'abandonne volontairement à la fureur des méchants, et offre ce sacrifice qui devait être l'expiation du genre humain. À la Croix, il regarde dans les prophéties ce qui lui restait à faire ; il l'achève, et dit enfin : Tout est consommé.

« À ce mot, tout change dans le monde : la loi cesse, les figures passent, les sacrifices sont abolis par une oblation plus parfaite. Cela fait, Jésus-Christ expire avec un grand cri :

toute la nature s'émeut ; le centurion qui le gardait, étonné d'une telle mort, s'écrie qu'il est vraiment le Fils de Dieu ; et les spectateurs s'en retournent frappant leur poitrine. Au troisième jour il ressuscite ; il paraît aux siens qui l'avaient abandonné, et qui s'obstinaient à ne pas croire sa résurrection. Ils le voient, ils lui parlent, ils le touchent, ils sont convaincus...

. . . .

« Sur ce fondement, douze pêcheurs entreprennent de convertir le monde entier, qu'ils voient si opposé aux lois qu'ils avaient à lui prescrire, et aux vérités qu'ils avaient à lui annoncer. Ils ont ordre de commencer par Jérusalem, et de là de se répandre par toute la terre, pour instruire toutes les nations, et les baptiser au nom du Père, du Fils, et du Saint-Esprit. Jésus-Christ leur promet d'être avec eux jusqu'à la consommation des siècles, et assure par cette parole la perpétuelle durée du ministère ecclésiastique. Cela dit, il monte aux cieux en leur présence. »

(Bossuet, *Discours sur l'histoire universelle*, II, 19, « Jésus-Christ et sa doctrine ».)

Page 377. Note J

Cette citation faisait partie du texte dans les deux premières éditions.

« Voyant le roi, qui avoit la maladie de l'ost et la menaison comme les autres, que nous laissions ; se fut bien garanti s'il eût voulu ès grands gallées ; mais il disoit qu'il aimoit mieux mourir que laisser son peuple : il nous commença à hucher et à crier, que demourassions, et nous tiroit de bons garrots pour nous faire demeurer, jusqu'à ce qu'il nous donnât congé de nager. Or je vous lerray ici, et vous dirai la façon et manière comme fut prin le roi, ainsi que lui-même me conta. Je lui ouï dire, qu'il avoit laissé ses gens-d'armes et sa bataille, et s'étoit mis lui et messire Geoffroy de Sergine en la bataille de messire Gaultier de Châtillon, qui fesoit l'arrière-garde. Et étoit le roi monté sur un petit coursier, une housse de soie vêtue ; et ne lui demeura, ainsi que lui ni depuis oy dire, de tous ses gens d'armes, que le bon chevalier messire Geoffroy de Sergine, lequel le rendit jusques à une petite ville nommée Casel, là où le roi fut prin. Mais avant que les Turcs le pussent voir, lui oy conter que messire Geoffroy de Sergine le deffendoit en la façon que le bon serviteur deffend le ganap de son seigneur, de peur des mouches. Car toutes les fois que les Sarrasins l'approchoient, messire Geoffroy le deffendoit à grands coups d'épée et de pointe, et ressembloit sa force lui être doublée d'outre moitié, et son preux et hardi courage. Et à tous les coups les chassoit de dessus le roi. Et ainsi l'emmena jusqu'au lieu de Casel, et là fut descendu au giron d'une bourgeoisie qui étoit de Paris. Et là le cuidèrent voir passer le pas de mort, et n'espéroient point que jamais il pût passer celui jour sans mourir[a]. »

C'était déjà un coup assez surprenant de la fortune, que d'avoir livré un des plus grands rois que la France ait eus, aux mains d'un jeune soudan d'Égypte, dernier héritier du grand Saladin. Mais cette fortune qui dispose des empires, voulant, pour ainsi dire, montrer en un jour l'excès de sa puissance et de ses caprices, fit égorger le roi vainqueur sous les yeux du roi vaincu.

« Et ce voyant, le soudan qui étoit encore jeune, et la malice qui avoit été conspirée contre sa personne, il s'enfuit en sa haute tour, qu'il avoit près de sa chambre, dont j'ai devant parlé. Car ses gens même de la Haulequa lui avoient jà abattu tous ses pavillons, et environnoient cette tour, où il s'en étoit fui. Et dedans la tour il y avait trois de ses évêques qui avaient mangé avec lui, qui lui écrivirent qu'il descendît. Et il leur dit, que volontiers il descendroit, mais qu'ils l'assurassent. Ils lui répondirent que bien le feroient descendre par force, et malgré lui ; et qu'il n'étoit mye encore à Damiète. Et tantôt ils vont jeter le feu grégeois dedans cette tour, qui étoit seulement de perche de sapin, et de toile, comme j'ai devant dit. Et incontinent fut embrasée la tour. Et vous promets que jamais ne vis plus beau feu, ne plus soudain. Quand le sultan vit que le feu le pressoit, il descendit par la voie du Prael, dont j'ai devant parlé, et s'enfuit vers le fleuve ; et en s'enfuyant, l'un des chevaliers de la Haulequa le férit d'un grand glaive parmi les côtes, et il se jette à tout le glaive dedans le fleuve. Et après lui descendirent environ de neuf chevaliers, qui le tuèrent là dans le fleuve assez près de notre gallée. Et quand le soudan fut mort, l'un desdits chevaliers, qui avoit nom Faracataie, le fendit, et lui tira le cœur du ventre. Et lors il s'en vint au roi, sa main toute ensanglantée, et lui demanda : "Que me donneras-tu, dont j'ai occis ton ennemi qui t'eût fait mourir s'il eût vécu ?" Et à cette demande ne lui répondit onques un seul mot le bon roi saint Louis. »

---

a. Sire de Joinville.

Page 378. **Note K**

Cette citation faisait partie du texte dans les deux premières éditions.

Le tableau du royaume de Jérusalem, tracé par l'abbé Guénée, mérite d'être rapporté. Il y aurait de la témérité à vouloir refaire un ouvrage qui ne pèche que par des omissions volontaires. Sans doute l'auteur, ne pouvant pas tout dire, s'est contenté des principaux traits.

« Ce royaume s'étendait, dit-il, du couchant au levant, depuis la mer Méditerranée, jusqu'au désert de l'Arabie, et du midi au nord, depuis le fort de Darum au-delà du torrent d'Égypte, jusqu'à la rivière qui coule entre Bérith et Biblos. Ainsi, il comprenait d'abord les trois Palestines, qui avaient pour capitales : la première, Jérusalem ; la deuxième, Césarée maritime, et la troisième, Bethsan, puis Nazareth : il comprenait en outre tout le pays des Philistins, toute la Phénicie, avec la deuxième et la troisième Arabie, et quelques parties de la première.

« Cet État, disent les assises de Jérusalem, avait deux chefs seigneurs, l'un spirituel et l'autre temporel : le patriarche était le seigneur spirituel, et le roi le seigneur temporel.

« Le patriarche étendait sa juridiction sur les quatre archevêchés de Tyr, de Césarée, de Nazareth et de Krak ; il avait pour suffragants des évêques de Bethléem, de Lyde et d'Hébron ; de lui dépendaient encore les six abbés de Mont-Sion, de la Latine, du Temple, du Mont-Olivet, de Josaphat et de Saint-Samuel ; le prieur du Saint-Sépulcre, et les trois abbesses de Notre-Dame-la-Grande, de Sainte-Anne et de Saint-Ladre.

« Les archevêques avaient pour suffragants : celui de Tyr, les évêques de Bérith, de Sidon, de Panéas et de Ptolémaïs ; celui de Césarée, l'évêque de Sébaste ; celui de Nazareth, l'évêque de Tibériade et le prieur du Mont-Tabor ; celui de Krak, l'évêque du Mont-Sinaï.

« Les évêques de Saint-George, de Lyde et d'Acre avaient sous leur juridiction, le premier, les deux abbés de Saint-Joseph-d'Arimathie et de Saint-Habacuc, les deux prieurs de Saint-Jean-l'Évangéliste et de Sainte-Catherine du Mont-Gisart, avec l'abbesse des Trois-Ombres ; le deuxième la Trinité et les Repenties.

« Tous ces évêchés, abbayes, chapitres, couvents d'hommes et de femmes, paraissent avoir eu d'assez grands biens, à en juger par les troupes qu'ils étaient obligés de fournir à l'État.

Trois ordres surtout, religieux et militaires tout à la fois, se distinguaient par leur opulence ; ils avaient dans le pays des terres considérables, des châteaux et des villes.

« Outre les domaines que le roi possédait en propre, comme Jérusalem, Naplouse, Acre, Tyr et leur dépendance, on comptait dans le royaume quatre grandes baronnies : elles comprenaient, la première, les comtés de Jafa et d'Ascalon, avec les seigneuries de Rama, de Mirabel et d'Ybelin ; la deuxième, la principauté de Galilée ; la troisième, les seigneuries de Sidon, de Césarée et de Bethsan ; la quatrième, les seigneuries de Krak, de Montréal et d'Hébron. Le comté de Tripoli formait une principauté à part, dépendante, mais distinguée du royaume de Jérusalem.

« Un des premiers soins des rois avait été de donner un Code à leur peuple. De *sages hommes* furent chargés de recueillir les principales lois des différents pays d'où étaient venus les Croisés, et d'en former un corps de législation, d'après lequel les affaires civiles et criminelles seraient jugées. On établit deux cours de justice : la haute pour les nobles, l'autre pour la bourgeoisie et toute la roture. Les Syriens obtinrent d'être jugés suivant leurs propres lois.

« Les différents seigneurs, tels que les comtes de Jafa, les seigneurs d'Ybelin, de Césarée, de Caïfas, de Krak, l'archevêque de Nazareth, etc., eurent leurs cours et justices ; et les principales villes, Jérusalem, Naplouse, Acre, Jafa, Césarée, Bethsan, Hébron, Gades, Lyde, Assur, Panéas, Tibériade, Nazareth, etc., leurs cours et justices bourgeoises : les justices seigneuriales et bourgeoises, au nombre d'abord de vingt à trente de chaque espèce, augmentèrent à proportion que l'État s'agrandissait.

« Les baronnies et leurs dépendances étaient chargées de fournir deux mille cavaliers ; les villes de Jérusalem, d'Acre et de Naplouse en devaient six cent soixante-six, et cent treize sergents ; les cités de Tyr, de Césarée, d'Ascalon, de Tibériade, mille sergents.

« Les églises, évêques, abbés, chapitres, etc., devaient en donner environ sept mille ; savoir : le patriarche, l'église du Saint-Sépulcre, l'évêque de Tibériade, et l'abbé du Mont-Tabor, chacun six cents ; l'archevêque de Tyr et l'évêque de Tibériade, chacun cinq cent cinquante ; les évêques de Lyde et de Bethléem, chacun deux cents ; et les autres à proportion de leurs domaines.

« Les troupes de l'État réunies firent d'abord une armée de

dix à douze mille hommes : on les porta ensuite à quinze ; et quand Lusignan fut défait par Saladin, son armée montait à près de vingt-deux mille hommes, toutes troupes du royaume.

« Malgré les dépenses et les pertes qu'entraînaient des guerres presque continuelles, les impôts étaient modérés, l'abondance régnait dans le pays, le peuple se multipliait, les seigneurs trouvaient dans leurs fiefs de quoi se dédommager de ce qu'ils avaient quitté en Europe ; et Baudouin du Bourg lui-même ne regretta pas longtemps son riche et beau comté d'Édesse. »

(Abbé Guénée, « Idée du royaume de Jérusalem », *Recherches sur la Judée*, p. 231 *sq*.)

Page 382. Note L

Cette citation faisait partie du texte dans les deux premières éditions.

Je ne puis cependant m'empêcher de donner ici un calcul qui faisait partie de mon travail : il est tiré de l'Itinéraire de Benjamin de Tudèle. Ce Juif espagnol avait parcouru la terre, au treizième siècle, pour déterminer l'état du peuple hébreu dans le monde connu[a]. J'ai relevé, la plume à la main, les nombres donnés par le voyageur, et j'ai trouvé sept cent soixante-huit mille cent soixante-cinq Juifs dans l'Afrique, l'Asie et l'Europe. Il est vrai que Benjamin parle des Juifs d'Allemagne sans en citer le nombre, et qu'il se tait sur les Juifs de Londres et de Paris. Portons la somme totale à un million d'hommes ; ajoutons à ce million d'hommes un million de femmes et deux millions d'enfants, nous aurons quatre millions d'individus pour la population juive au treizième siècle. Selon la supputation la plus probable, la Judée proprement dite, la Galilée, la Palestine ou l'Idumée, comptaient, du temps de Vespasien, environ six ou sept millions d'habitants ; quelques auteurs portent ce nombre beaucoup plus haut : au seul siège de Jérusalem par Titus, il périt onze cent mille Juifs. La population juive aurait donc été, au treizième siècle, le sixième de ce qu'elle était avant sa dispersion. Voici le tableau tel que je l'ai composé d'après l'*Itinéraire* de Benjamin. Il est curieux d'ailleurs pour la géographie du moyen âge ; mais les noms des lieux y sont souvent estropiés par le voyageur : l'ori-

---

a. Il n'est pourtant pas bien clair que Benjamin ait parcouru tous les lieux qu'il a nommés. Il est même évident, par des passages du texte hébreu, que le voyageur juif n'a souvent écrit que sur des Mémoires.

ginal hébreu a dû se refuser à leur véritable orthographe dans certaines lettres ; Arias Montanus a porté de nouvelles altérations dans la version latine, et la traduction française achève de défigurer ces noms :

VILLES	JUIFS
Barcelone	4 chefs.
Narbonne	300
Bidrasch	3 chefs.
Montpellier	6 chefs.
Lunel	300
Beaucaire	40
Saint-Gilles	100
Arles	200
Marseille	300
Gênes	20
Lucques	40
Rome	200
Capoue	300
Naples	500
Salerne	600
Malfi	20
Bénévent	200
Malchi	200
Ascoli	40
Trani	200
Tarente	300
Bardenis	10
Otrante	500
Corfou	1
Leptan	100
Achilon	10
Patras	50
Lépante	100
Crissa	200
Corinthe	300
Thèbes	2 000
Egrifou	100
Jasbutérisa	100
Sinon-Potamon	40
Gardegin (quelques Juifs)	
Armilon	500
Bissine	100

VILLES	JUIFS
Séleucie	500
Mitricin	20
Darman	140
Canisthol	20
Constantinople	1 000
Doroston	100
Galipoline	200
Galas	50
Mytylen (une université)	
Giham	500
Ismos	300
Rodes	500
Dophros (assemblée de Juifs)	
Laodicée	200
Gébal	120
Birot	40
Sidon	20
Tyr	500
Akadi	100
Césarée	10
Luz	1
Bethgebarin	3
Torondolos (autrefois Sunam)	30
Nob	2
Ramas	3
Joppé	1
Ascalon	240
Dans la même ville, Juifs samaritains	300
Ségura	1
Tibériade	50
Timin	20
Ghalmal	50
Damas	3 000
Thadmur	4 000
Siha	1 500
Kelagh-Geher	2 000
Dakia	700
Hharan	700
Achabor	2 000
Nisibis	1 000
Gezir-Ben Ghamar	4 000

VILLES	JUIFS
Al-Mutsal (autrefois Assur)	7 000
Rahaban	2 000
Karkésia	5 000
Al-Jobar	2 000
Hhardan	15 000
Ghukbéran	10 000
Bagdad	1 000
Géhiaga	5 000
Dans un lieu à vingt pas de Géhiaga	20 000
Hhilan	10 000
Naphahh	200
Alkotsonath	300
Rupha	7 000
Séphitbib (une synagogue).	
Juifs qui habitent dans les villes et autres lieux du pays de Thema	300 000
Chibar	50 000
Vira, fleuve du pays d'Eliman (au bord)	3 000
Néasat	7 000
Bostan	1 000
Samura	1 500
Chuzsetham	7 000
Robard-Bar	2 000
Vaanath	4 000
Pays de Molhhaath (deux synagogues).	
Charian	25 000
Hhamdan	50 000
Tabarethan	4 000
Asbaham	15 000
Scaphas	10 000
Ginat	8 000
Samareant	50 000
Dans les montagnes de Nisbon, appartenant au roi de Perse, on dit qu'il y a quatre tribus d'Israël, savoir : Dan, Zabulon, Aser et Nephtali.	
Cherataan	500
Kathiphan	50 000
Pays de Haalam (les Juifs, au nombre de vingt familles).	
Île de Cheneray	23 000
Gingalan	1 000

VILLES	JUIFS
L'Ynde (une grande quantité de Juifs).	
Hhalavan	1 300
Kita	30 000
Misraim	2 000
Gossen	1 000
Al-Bubug	200
Ramira	700
Lamhhala	500
Alexandrie	3 000
Damiète	200
Tunis	40
Messine	20
Palerme	1 500
TOTAL	768 865

Benjamin ne spécifie point le nombre des Juifs d'Allemagne; mais il cite les villes où se trouvaient les principales synagogues; ces villes sont: Coblentz, Andernach, Caub, Creutznach, Bengen, Germersheim, Munster, Strasbourg, Mantern, Freising, Bamberg, Tsor et Reguespurch. En parlant des Juifs de Paris, il dit: *In quâ sapientium discipuli sunt omnium qui hodiè in omni regione sunt doctissimi.*

Page 390. Note M

Cette citation faisait partie du texte dans les premières éditions.

Josèphe parle ainsi du premier Temple:
« La longueur du Temple est de soixante coudées, sa hauteur d'autant, et sa largeur de vingt. Sur cet édifice, on en éleva un autre de même grandeur; et ainsi, toute la hauteur du Temple était de six vingts coudées. Il était tourné vers l'orient, et son portique était de pareille hauteur de six vingts coudées, de vingt de long et de six de large. Il y avait à l'entour du Temple trente chambres en forme de galeries, et qui servaient au-dehors comme d'arcs-boutants pour le soutenir. On passait des unes dans les autres, et chacune avait vingt coudées de long, autant de large, et vingt de hauteur. Il y avait au-dessus de ces chambres deux étages de pareil nombre de

chambres toutes semblables. Ainsi, la hauteur des trois étages ensemble, montant ensemble à soixante coudées, revenait justement à la hauteur du bas édifice du Temple dont nous venons de parler; et il n'y avait rien au-dessus. Toutes ces chambres étaient couvertes de bois de cèdre, et chacune avait sa couverture à part, en forme de pavillon; mais elles étaient jointes par de longues et grosses poutres, afin de les rendre plus fermes, et ainsi elles ne faisaient ensemble qu'un seul corps. Leurs plafonds étaient de bois de cèdre fort poli, et enrichis de feuillages dorés, taillés dans le bois. Le reste était aussi lambrissé de bois de cèdre, si bien travaillé et si bien doré, qu'on ne pouvait y entrer sans que leur éclat éblouît les yeux. Toute la structure de ce superbe édifice était de pierres si polies et tellement jointes, qu'on ne pouvait pas en apercevoir les liaisons; mais il semblait que la nature les eût formées de la sorte, d'une seule pièce, sans que l'art ni les instruments dont les excellents maîtres se servent pour embellir leurs ouvrages, y eussent en rien contribué. Salomon fit faire dans l'épaisseur du mur, du côté de l'orient, où il n'y avait point de grand portail, mais seulement deux portes, un degré à vis de son invention pour monter jusqu'au haut du Temple. Il y avait dedans et dehors le Temple des ais de cèdre, attachés ensemble avec de grandes et fortes chaînes, pour servir encore à le maintenir en état.

« Lorsque tout ce grand corps de bâtiment fut achevé, Salomon le fit diviser en deux parties, dont l'une nommée le Saint des Saints ou Sanctuaire, qui avait vingt coudées de long, était particulièrement consacrée à Dieu, et il n'était permis à personne d'y entrer; l'autre partie, qui avait quarante coudées de longueur, fut nommée le Saint-Temple, et destinée pour les sacrificateurs. Ces deux parties étaient séparées par de grandes portes de cèdre, parfaitement bien taillées et fort dorées, sur lesquelles pendaient des voiles de lin, pleins de diverses fleurs de couleur de pourpre, d'hyacinthe et d'écarlate...

« Salomon se servit, pour tout ce que je viens de dire, d'un ouvrier admirable, mais principalement aux ouvrages d'or, d'argent et de cuivre, nommé *Chiram*, qu'il avait fait venir de Tyr, dont le père, nommé Ur, quoique habitué à Tyr, était descendu des Israélites, et sa mère était de la tribu de Nephtali. Ce même homme lui fit aussi deux colonnes de bronze qui avaient quatre doigts d'épaisseur, dix-huit coudées de haut, et douze coudées de tour, au-dessus desquelles étaient des corniches de fonte, en forme de lis, de cinq coudées de hauteur.

Il y avait à l'entour de ces colonnes des feuillages d'or qui couvraient ces lis, et on y voyait pendre en deux rangs deux cents grenades, aussi de fonte. Ces colonnes furent placées à l'entrée du porche du Temple ; l'une nommée Jachim, à la main droite ; et l'autre, nommée Boz, à la main gauche...

« Salomon fit bâtir hors de cette enceinte une espèce d'autre temple d'une forme quadrangulaire, environné de grandes galeries ; avec quatre grands portiques qui regardaient le levant, le couchant, le septentrion et le midi, et auxquels étaient attachées de grandes portes toutes dorées ; mais il n'y avait que ceux qui étaient purifiés selon la loi, et résolus d'observer les commandements de Dieu, qui eussent la permission d'y entrer. La construction de cet autre temple était un ouvrage si digne d'admiration, qu'à peine est-ce une chose croyable ; car pour le pouvoir bâtir au niveau du haut de la montagne sur laquelle le Temple était assis, il fallut remplir, jusqu'à la hauteur de quatre cents coudées, un vallon dont la profondeur était telle qu'on ne pouvait la regarder sans frayeur. Il fit environner ce temple d'une double galerie soutenue par un double rang de colonnes de pierres d'une seule pièce ; et ces galeries, dont toutes les portes étaient d'argent, étaient lambrissées de bois de cèdre[a]. »

Il est clair par cette description que les Hébreux, lorsqu'ils bâtirent le premier Temple, n'avaient aucune connaissance des ordres. Les deux colonnes de bronze suffisent pour le prouver : les chapiteaux et les proportions de ces colonnes n'ont aucun rapport avec le premier dorique, seul ordre qui fût peut-être alors inventé dans la Grèce ; mais ces mêmes colonnes, ornées de feuillages d'or, de fleurs de lis et de grenades, rappellent les décorations capricieuses de la colonne égyptienne. Au reste, les chambres en forme de pavillons, les lambris de cèdre doré, et tous ces détails imperceptibles sur de grandes masses, prouvent la vérité de ce que j'ai dit sur le goût des premiers Hébreux.

Page 403.   Note N

Cette citation faisait partie du texte dans les deux premières éditions.

Le plus ancien auteur qui ait décrit la mosquée de la Roche,

---

[a]. *Histoire des Juifs*, trad. d'Arnaud d'Andilly (livre VIII, chap. 2).

est Guillaume de Tyr[a] : il la devait bien connaître, puisqu'elle sortait à peine des mains des Chrétiens, à l'époque où le sage archevêque écrivait son histoire. Voici comment il en parle :

« Nous avons dit, au commencement de ce livre, qu'Omar, fils de Calab, avait fait bâtir ce Temple, ... et c'est ce que prouvent évidemment les inscriptions anciennes, gravées au-dedans et au-dehors de cet édifice. . . . . »

L'historien passe à la description du parvis ; et il ajoute :

« Dans les angles de ce parvis il y avait des tours extrêmement élevées, du haut desquelles, à certaines heures, les prêtres des Sarrasins avaient coutume d'inviter le peuple à la prière. Quelques-unes de ces tours sont demeurées debout jusqu'à présent ; mais les autres ont été ruinées par différents accidents. On ne pouvait entrer ni rester dans le parvis sans avoir les pieds nus et lavés. . . . .

« Le temple est bâti au milieu du parvis supérieur ; il est octogone et décoré, en dedans et en dehors, de carreaux de marbre et d'ouvrages de mosaïque. Les deux parvis, tant le supérieur que l'inférieur, sont pavés de dalles blanches pour recevoir pendant l'hiver les eaux de la pluie qui descendent en grande abondance des bâtiments du Temple, et tombent très limpides et sans limon dans les citernes au-dessous. Au milieu du Temple, entre le rang intérieur des colonnes, on trouve une roche un peu élevée ; et sous cette roche il y a une grotte pratiquée dans la même pierre. Ce fut sur cette pierre que s'assit l'ange qui, en punition du dénombrement du peuple, fait inconsidérément par David, frappa ce peuple jusqu'à ce que Dieu lui ordonnât de remettre son épée dans le fourreau. Cette roche, avant l'arrivée de nos armées, était exposée nue et découverte ; et elle demeura encore en cet état pendant quinze années ; mais ceux qui dans la suite furent commis à la garde de ce lieu, la recouvrirent, et construisirent dessus un chœur et un autel, pour y célébrer l'office divin. »

Ces détails sont curieux, parce qu'il y a huit cents ans qu'ils sont écrits : mais ils nous apprennent peu de chose sur l'intérieur de la mosquée. Les plus anciens voyageurs, Arculfe dans Adamannus, Willibaldus, Bernard le Moine, Ludolphe, Breydenbach, Sanut, etc., n'en parlent que par ouï-dire, et ils ne paraissent pas toujours bien instruits. Le fanatisme des

---

a. Histoire des croisades (*Historia rerum in partibus transmarinis gestarum*), livre VIII, chap. 3.

Musulmans était beaucoup plus grand dans ces temps reculés qu'il ne l'est aujourd'hui, et jamais ils n'auraient voulu révéler à un Chrétien les mystères de leurs temples. Il faut donc passer aux voyageurs modernes, et nous arrêter encore à Deshayes[a].

Cet ambassadeur de Louis XIII aux Lieux-Saints refusa, comme je l'ai dit, d'entrer dans la mosquée de la Roche ; mais les Turcs lui en firent la description.

« Il y a, dit-il, un grand dôme qui est porté au-dedans par deux rangs de colonnes de marbre, au milieu duquel est une grosse pierre, sur laquelle les Turcs croient que Mahomet monta quand il alla au ciel. Pour cette cause, il [sic] y ont une grande dévotion ; et ceux qui ont quelque moyen fondent de quoi entretenir quelqu'un, après leur mort, qui lise l'Alcoran, à l'entour de cette pierre, à leur intention.

« Le dedans de cette mosquée est tout blanchi, hormis en quelques endroits, où le nom de Dieu est écrit en grands caractères arabiques. »

Ceci ne diffère pas beaucoup de la relation de Guillaume de Tyr. Le Père Roger[b] nous instruira mieux ; car il paraît avoir trouvé le moyen d'entrer dans la mosquée. Du moins voici comment il s'en explique :

« Si un Chrétien y entrait (dans le parvis du Temple), quelques prières qu'il fît en ce lieu, disent les Turcs, Dieu ne manquerait pas de l'exaucer, quand même ce serait de mettre Jérusalem entre les mains des Chrétiens. C'est pourquoi, outre la défense qui est faite aux Chrétiens, non seulement d'entrer dans le Temple, mais même dans le parvis, sous peine d'être brûlés vifs, ou de se faire Turcs, ils y font une soigneuse garde, laquelle fut gagnée de mon temps par un stratagème, qu'il ne m'est pas permis de dire, pour les accidents qui en pourraient arriver, me contentant de dire toutes les particularités qui s'y remarquent. »

Du parvis il vient à la description du Temple.

« Pour entrer dans le Temple, il y a quatre portes situées à l'orient, occident, septentrion et midi ; chacune ayant son portail bien élaboré de moulures, et six colonnes avec leurs pieds-d'estail et chapiteaux, le tout de marbre et de porphyre. Le dedans est tout de marbre blanc : le pavé même est de grandes tables de marbre de diverses couleurs, dont la plus

---

a. Deshayes, *Voyage du Levant*, troisième édition, 1645, p. 405.
b. Eugène Roger, *La Terre Sainte, ou description topographique des Saints-Lieux*, 1664, p. 112 et 116-117.

grande partie, tant des colonnes que du marbre, et le plomb, ont été pris par les Turcs, tant en l'église de Bethléem, qu'en celle du Saint-Sépulcre, et autres qu'ils ont démolies.

« Dans le Temple il y a trente-deux colonnes de marbre gris en deux rangs, dont seize grandes soutiennent la première voûte, et les autres le dôme, chacune étant posée sur son pied-d'estail et leurs chapiteaux. Tout autour des colonnes il y a de très beaux ouvrages de fer doré et de cuivre, faits en forme de chandeliers, sur lesquels il y a sept mille lampes posées, lesquelles brûlant depuis le jeudi au soleil couché jusqu'au vendredi matin ; et tous les ans un mois durant, à savoir au temps de leur ramadan, qui est leur carême.

« Dans le milieu du Temple, il y a une petite tour de marbre, où l'on monte en dehors par dix-huit degrés. C'est où se met le cadi tous les vendredis, depuis midi jusqu'à deux heures, que durent leurs cérémonies, tant la prière que les expositions qu'il fait sur les principaux points de l'Alcoran.

« Outre les trente-deux colonnes qui soutiennent la voûte et le dôme, il y en a deux autres moindres, assez proches de la porte de l'occident, que l'on montre aux pèlerins étrangers, auxquels ils font accroire que lorsqu'ils passent librement entre ces colonnes, ils sont prédestinés pour le paradis de Mahomet, et disent que si un Chrétien passait entre ces colonnes, elles se serreraient et l'écraseraient. J'en sais bien pourtant à qui cet accident n'est pas arrivé, quoiqu'ils fussent bons Chrétiens.

« À trois pas de ces deux colonnes il y a une pierre dans le pavé, qui semble de marbre noir, de deux pieds et demi en carré, élevée un peu plus que le pavé. En cette pierre il y a vingt-trois trous où il semble qu'autrefois il y ait eu des clous, comme de fait il en reste encore deux ; savoir à quoi ils servaient, je ne le sais pas : même les Mahométans l'ignorent, quoiqu'ils croient que c'était sur cette pierre que les prophètes mettaient les pieds lorsqu'ils descendaient de cheval pour entrer au Temple, et que ce fut sur cette pierre que descendit Mahomet lorsqu'il arriva de l'Arabie-Heureuse, quand il fit le voyage du Paradis, pour traiter d'affaires avec Dieu. »

Page 457. Note O

Cette note faisait partie du texte dans les deux premières éditions.

« Cependant la barque s'approcha, et Septimius se leva le premier en pieds qui salua Pompeius, en langage romain, du nom d'Imperator, qui est à dire, souverain capitaine, et Achillas le salua aussi en langage grec, et luy dit qu'il passast en sa barque, pource que le long du rivage, il y avoit force vase et des bans de sable, tellement qu'il n'y avoit pas assez eau pour sa galère ; mais en mesme temps on voyoit de loing plusieurs galères de celles du roy, qu'on armoit en diligence, et toute la coste couverte de gens de guerre, tellement que quand Pompeius et ceulx de sa compagnie eussent voulu changer d'advis, ils n'eussent plus sceu se sauver, et si y avoit d'avantage qu'en monstrant de se déffier, ilz donnoient au meurtrier quelque couleur d'exécuter sa meschanceté. Parquoy prenant congé de sa femme Cornelia, laquelle desjà avant le coup faisoit les lamentations de sa fin, il commanda à deux centeniers qu'ilz entrassent en la barque de l'Égyptien devant luy, et à un de ses serfs affranchiz qui s'appeloit Philippus, avec un autre esclave qui se nommoit Scynes. Et comme ja Achillas luy tendoit la main de dedans sa barque, il se retourna devers sa femme et son filz, et leur dit ces vers de Sophocle :

> *Qui en maison de prince entre, devient*
> *Serf, quoy qu'il soit libre quand il y vient.*

Ce furent les dernières paroles qu'il dit aux siens, quand il passa de sa galère en la barque : et pource qu'il y avoit loing de la galère jusqu'à la terre ferme, voyant que par le chemin personne ne lui entamoit propos d'amiable entretien, il regarda Septimius au visage, et luy dit : "Il me semble que je te recognois, compagnon, pour avoir autrefois esté à la guerre avec moy." L'autre lui feit signe de la teste seulement qu'il étoit vray, sans luy faire autre réponse ne caresse quelconque : parquoy n'y ayant personne qui dist mot, il prist en sa main un petit livret, dedans lequel il avoit escript une harengue en langage grec, qu'il vouloit faire à Ptolomæus, et se meit à la lire. Quand ilz vindrent à approcher de la terre, Cornelia, avec ses domestiques et familiers amis, se leva sur ses pieds, regardant en grande détresse quelle seroit l'issue. Si luy sembla qu'elle devoit bien espérer, quand elle aperceut plusieurs des gens du roy, qui se présentèrent à la descente comme pour le recueillir et l'honorer : mais sur ce poinct ainsi comme il prenoit la main de son affranchy Philippus pour se lever plus à son aise, Septimius vint le premier par derrière qui luy passa son espée à travers le corps, après lequel Salvius et Achillas desgainnèrent aussi leurs espées, et adonc Pompeius tira sa robe à deux mains au-devant de sa face, sans dire n'y faire aucune chose indigne de luy, et endura vertueusement les coups qu'ilz lui donnèrent, en souspirant un peu seulement ; estant aagé de cinquante-neuf ans, et ayant achevé sa vie le jour ensuivant celuy de sa nativité. Ceulx qui estoient dedans les vaisseaux à la rade, quand ilz aperceurent ce meurtre, jettèrent une si grande clameur, que l'on l'entendoit jusques à la coste, et levant en diligence les anchres se mirent à la voile pour s'enfouir, à quoy leur servit le vent qui se leva incontinent frais aussi tost qu'ilz eurent gaigné la haute mer, de manière que les Égyptiens qui s'appareilloient pour voguer après eulx, quand ils veirent cela, s'en déportèrent, et ayant coupé la teste en jettèrent le tronc du corps hors de la barque, exposé à qui eut envie de veoir un si misérable spectacle.

« Philippus son affranchy demoura toujours auprès, jusques à ce que les Égyptiens furent assouvis de le regarder, et puis l'ayant lavé de l'eau de la mer, et enveloppé d'une siene pauvre chemise, pource qu'il n'avoit autre chose, il chercha au long de la grève, où il trouva quelque demourant d'un vieil bateau de pescheur, dont les pièces estoient bien vieilles, mais suffisantes pour brusler un pauvre corps nud, et encore non tout entier. Ainsi comme il les amassoit et assembloit, il survint un Romain homme d'aage, qui en ses jeunes ans avoit esté à la guerre sous Pompeius : si lui demanda, "Qui es tu, mon amy, qui fais cet apprest pour les funérailles du grand Pompeius ?" Philippus luy respondit qu'il estoit un sien affranchy. "Ha, dit le Romain, tu n'auras pas tout seul cest honneur, et te prie, veuille-moy recevoir pour compagnon en une si saincte et si dévote rencontre, afin que je n'aie point occasion de me plaindre en tout et par tout de m'estre habitué en pays estranger, ayant, en recompense de plusieurs maulx que j'y ay endurez, rencontré au moins ceste bonne adventure de pouvoir toucher avec mes mains, et aider à ensepvelir le plus grand capitaine des Romains." Voilà comment Pompeius fut ensepulturé. Le lendemain Lucius Lentulus ne sachant rien de ce qui estoit passé, ains venant de Cypre, alloit cinglant au long du rivage, et aperceut un feu de funérailles, et Philippus auprès, lequel il ne recogneut pas du premier coup : si lui demanda : "Qui est celuy qui, ayant ici achevé le cours de sa destinée, repose en ce lieu ?" Mais soudain, jettant un grand soupir, il ajouta : "Hélas ! à l'adventure est-ce toi, grand Pompeius ?" Puis descendit en terre, là où tantost après il fut pris et tué. Telle fut la fin du grand Pompeius.

« Il ne passa guère de temps après que Cæsar n'arrivast en Égypte ainsi troublée et étonnée, là où lui fut la teste de

Pompeius présentée; mais il tourna la face arriere pour ne la point veoir, et ayant en horreur celuy qui la lui présentoit comme un meurtrier excommunié, se prit à plorer: bien prit-il l'aneau duquel il cachettoit ses lettres, qui luy fut aussi présenté, et où il y avoit engravé en la pierre un lion tenant une espée; mais il feit mourir Achillas et Pothinus: et leur roy mesme Ptolomæus ayant esté desfait dans une bataille au long de la rivière du Nil, disparut, de manière qu'on ne sceut onques puis qu'il étoit devenu. Quant au rhétoricien Theodotus, il échappa la punition de Cæsar: car il s'en fouit de bonne-heure, et s'en alla errant çà et là par le pays d'Égypte, estant misérable et haï de tout le monde. Mais depuis, Marcus Brutus après avoir occis Cæsar, se trouvant le plus fort en Asie, le rencontra par cas d'adventure, et après lui avoir fait endurer tous les tourments dont il se peut adviser, le feit finablement mourir. Les cendres du corps de Pompeius furent depuis rapportées à sa femme Cornelia, laquelle les posa en une siene terre qu'il avoit près la ville de Alba. »

(Plutarque, *Vie des hommes illustres*, « Pompée », trad. Amyot, CIX-CXII/LVIII,4 - LXXX.)

Page 477.   Note P

Fragment d'une Lettre de J. B. G. D'Ansse de Villoison, membre de l'Institut de France, au professeur Millin, sur l'inscription grecque de la prétendue colonne de Pompée[a].

Le professeur Jaubert vient de rapporter d'Alexandrie une copie de l'inscription fruste qui porte faussement le nom de Pompée. Cette copie est parfaitement conforme à une autre que j'avais déjà reçue. La voici avec mes notes et avec ma traduction.

```
1  ΤΟ. . . . .ΩΤΑΤΟΝΑΥΤΟΚΡΑΤΟΡΑ
2  ΤΟΝΠΟΛΙΟΥΧΟΝΑΛΕΞΑΝΔΡΕΙΑC
3  ΔΙΟΚ·Η·ΙΑΝΟΝΤΟΝ. . . . .ΤΟΝ
4  ΠΟ. . .ΕΠΑΡΧΟCΑΙΓΥΠΤΟΥ
```

Ligne première, ΤΟ. Il est évident que c'est l'article τόν.

Ibid., ligne première, ... ΩΤΑΤΟΝΑΥΤΟΚΡΑΤΟΡΑ. Il est également clair que c'est une épithète donnée à l'empereur Dioclétien; mais, pour la trouver, il faut chercher un superla-

---

a. *Magasin Encyclopédique*, t. V (1803), p. 54-60.

tif qui se termine en ώτατον, par un *oméga* (et non par un *omicron*, ce qui serait plus facile et plus commun), et ensuite qui convienne particulièrement à ce prince. Je crois que c'est ὁσιώτατον, *très-saint* : qu'on ne soit pas surpris de cette épithète ; je la vois donnée à Dioclétien sur une inscription grecque découverte dans la vallée de Tymbra (aujourd'hui *Thimbrek-Déré*), près la plaine de Bounar-Bachi, et rapportée par Lechevalier, n° I, p. 256 de son *Voyage dans la Troade*, seconde édition, Paris, an VII, in-8°. On y lit : ΤΩΝ ΟΣΙΩΤΑΤΩΝ ΗΜΩΝ ΑΥΤΟΚΡΑΤΟΡΩΝ ΔΙΟΚΛΗΤΙΑΝΟΥ ΚΑΙ ΜΑΞΙΜΙΑΝΟΥ ; c'est-à-dire, *de nos très-saints empereurs Dioclétien et Maximien*. Sur une autre inscription d'une colonne voisine, ils partagent avec Constance Chlore ce même titre, ὁσιώτατοι, *très-saints*, dont les empereurs grecs chrétiens du Bas-Empire ont hérité, comme je l'ai observé *ibidem*, p. 249.

Ligne 2, ΤΟΝ ΠΟΛΙΟΥΧΟΝ ΑΛΕΞΑΝΔΡΕΙΑC. C'est proprement *le protecteur, le génie tutélaire d'Alexandrie*. Les Athéniens donnaient le nom de πολιοῦχος à Minerve, qui présidait à leur ville et la couvrait de son égide. Voyez ce que dit *Spanheim*, sur le 53ᵉ vers de l'hymne de Callimaque, *sur les bains de Pallas*, pp. 668 et suiv., t. II, édition d'Ernesti.

Ligne 3, ΔΙΟΚ·H·ΙΑΝΟΝ. Le Λ et le T sont détruits ; mais on reconnaît tout de suite le nom de Dioclétien, ΔΙΟΚΛΗΤΙΑΝΟΝ.

Ibid., ligne 3, TON . . . TON. Je crois qu'il faut suppléer CEBACTON, *c'est-à-dire,* Auguste, τὸν σεβαστὸν... Tout le monde sait que Dioclétien prend les deux titres d'εὐσεβής et de σεβαστὸς, *pius Augustus*, sur plusieurs médailles, et celui de σεβαστὸς, AUGUSTE, sur presque toutes, notamment sur celles d'Alexandrie, et le place immédiatement après son nom. Voyez M. Zoëga, pp. 335 et suiv. de ses *Nummi Aegyptii imperatorii, Romae, 1787, in-4°*.

Quatrième et dernière ligne, ΠΟ. C'est l'abréviation si connue de Πόβλιος, Publius. Voyez Corsini, p. 55, col. I, *De notis Graecorum, Florentiae, 1749, in-folio*, Gennaro Sisti, p. 51 de son *Indirizzo per la lettura greca dalle sue oscurità rischiarata, in Napoli, 1758, in-8°*, etc., etc. Les Romains rendaient de même le nom de Publius par ces deux lettres, PV. Voyez p. 328 d'un ouvrage fort utile, et totalement inconnu en France, intitulé : *Notae et siglae quae in nummis et lapidibus apud Romanos obtinebant, explicatae*, par mon savant et vertueux ami, feu M. Jean-Dominique Coletti, ex-jésuite vénitien, dont je regretterai sans cesse la perte. Ses estimables frères, les doctes

MM. Coletti, les Aldes de nos jours, ont donné cet ouvrage classique à Venise, *1785, in-4º*.

Peut-être la lettre initiale du nom suivant, entièrement effacé, de ce préfet d'Égypte, était-elle un M, qu'on aura pu joindre mal à propos dans cette occasion, aux lettres précédentes ΠΟ. Alors on aura pu croire que ΠΟΜ était une abréviation de ΠΟΜΠΗΙΟC, Pompée, dont le nom est quelquefois indiqué par ces trois lettres, comme dans une inscription de Sparte, rapportée, nº 248, p. xxxviii des *Inscriptiones et Epigrammata graeca et latina, reperta à Cyriaco Anconitano*, recueil publié à Rome, *in-fol.*, en 1654, par Charles Moroni, bibliothécaire du cardinal Albani. Voyez aussi Maffei, p. 66 de ses *Siglae Graecorum Lapidariae, Veronae, 1746, in-8º*, Gennaro Sisti, l.c., p. 51, etc. Cette erreur en aurait engendré une autre, et aurait donné lieu à la dénomination vulgaire et fausse de *colonne de Pompée*. Les seules lettres ΠΟ suffisaient pour accréditer cette opinion dans ces siècles d'ignorance.

Quoi qu'il en soit de cette conjecture, les historiens qui ont parlé du règne de Dioclétien, ne m'apprennent pas le nom totalement détruit de ce préfet d'Égypte, et me laissent dans l'impossibilité de suppléer cette petite lacune, peu importante, et la seule qui reste maintenant dans cette inscription. Serait-ce Pomponius Januarius, qui fut consul, en 288, avec Maximien?

Je soupçonne, au reste, que ce gouverneur a pris une ancienne colonne, monument d'un âge où les arts fleurissaient, et l'a choisie pour y placer le nom de Dioclétien, et lui faire sa cour aux dépens de l'antiquité.

À la fin de cette inscription, il faut nécessairement sous-entendre, suivant l'usage constant, ἀνεθηκεν, ἀνέστησεν, ou τίμησεν, ou ἀφιέρωσεν, ou quelque autre verbe semblable, qui désigne que ce préfet a érigé, a consacré ce monument à la gloire de Dioclétien. L'on ferait un volume presque aussi gros que le recueil de Gruter, si l'on voulait entasser toutes les pierres antiques et accumuler toutes les inscriptions grecques où se trouve cette ellipse si commune, dont plusieurs antiquaires ont parlé, et cette construction avec l'accusatif, sans verbe. C'est ainsi que les Latins omettent souvent le verbe POSVIT.

Il ne reste plus qu'à tâcher de déterminer la date précise de cette inscription. Elle ne paraît pas pouvoir être antérieure à l'année 296 ou 297, époque de la défaite et de la mort d'Achillée, qui s'était emparé de l'Égypte, et s'y soutint pendant environ six ans. Je serais tenté de croire qu'elle est de l'an 302, et a rapport à la distribution abondante de pain que l'empereur Dioclétien fit faire à une foule innombrable d'indigents de la ville d'Alexandrie, dont il est appelé, pour cette raison, le génie tutélaire, le conservateur, le protecteur, πολιοῦχος. Ces immenses largesses continuèrent jusqu'au règne de Justinien, qui les abolit. Voyez le *Chronicon Paschale*, à l'an 302, p. 276 de l'édition de Ducange, et l'*Histoire secrète* de Procope, chap. xxvi, p. 77, édition du Louvre.

Je crois maintenant avoir éclairci toutes les difficultés de cette inscription fameuse. Voici la manière dont je l'écrirais en caractères grecs ordinaires cursifs; j'y joins ma version latine et ma traduction française:

Τὸν ὁσιώτατον αὐτοκράτορα,
Τὸν πολιοῦχον Ἀλεξανδρείας,
Διοκλητιανὸν τὸν σεβαστὸν,
Πόβλιος... ἔπαρχος Αἰγύπτου.

Sanctissimo imperatori,
Patrono conservatori Alexandriae,
Diocletiano Augusto,
Publius... praefectus Aegypto.

C'est-à-dire: Publius... (ou Pomponius), préfet d'Égypte, a consacré ce monument à la gloire du très-saint empereur Dioclétien Auguste, le génie tutélaire d'Alexandrie.

Ce 29 janvier 1803.

DOCUMENT

Le *Journal* de Julien

Le domestique et compagnon de Chateaubriand au cours de son voyage en Orient se nommait Julien Potelin (voir note 3, p. 88). Le 1ᵉʳ février 1826, il avait adressé à son ancien patron le journal qu'il avait lui-même tenu de son côté, et qu'il avait rédigé ensuite. Chateaubriand en utilisa des extraits lorsqu'il écrivit le livre XVIII de ses Mémoires *(sur cette «collaboration», voir Philippe Berthier, «Maître et serviteur ou le double registre du voyage»,* Bulletin de la Société Chateaubriand, *nº 41, 1999, p. 114-221). Mais le texte intégral ne fut publié qu'en 1904 par Honoré Champion. Nous reproduisons ici la version revue et corrigée sur le manuscrit, telle qu'elle a été établie par Maurice Regard pour la «Bibliothèque de la Pléiade.»*

NOTE DU VOYAGE
QUE J'AI FAIT AVEC M. DE CHATEAUBRIAND DE PARIS À JÉRUSALEM ET DE JÉRUSALEM À PARIS EN 1806 ET 1807, CONNU SOUS LE NOM DE JULIEN DANS QUELQUES PASSAGES DE SON «ITINÉRAIRE»

Nous sommes partis de Paris pour Lyon, le dimanche 13 juillet 1806, à trois heures après midi; nous y sommes arrivés le mardi 15 à sept heures du matin, ce qui fait quarante heures de route. Nous y sommes restés douze heures. Dans ce peu de temps j'ai parcouru la ville, que j'ai trouvée très belle, dont la plus grande partie des maisons y sont très bien bâties et avec des matériaux beaucoup plus durs que les nôtres de Paris, ce qui les rend plus solides et de plus longue durée, étant aussi moins étonné par le roulement des voitures, qui y sont en bien moins grande quantité, par l'usage que beaucoup de personnes très riches et comme il faut ont d'aller à pied. Quant aux édifices je n'ai vu que l'hôtel de ville qui est très grand, dont l'intérieur est fort bien distribué pour toute son administration. Nous sommes partis de Lyon le mardi à sept heures du soir. Nous avons été jusqu'à Suse, qui est environ à dix ou douze lieues de Turin, dont la route n'est qu'une chaîne de montagnes qui forment des précipices, de droite et de gauche, qui sont tout à la fois effrayants et curieux de voir les eaux percer, par différents endroits, des rochers, sur lesquels il se forme des nappes de glace. Et la chute abondante de ces eaux, qui tombent dans le ravin, lui donne un cours si rapide qu'elles submergent des pierres énormes, qui la met tout en mousse. Le bruit en est aussi effrayant. Ce qui est encore effrayant, c'est l'imprudence des postillons, qui vont au grand galop en descendant les montagnes, dont il n'y a que les voitures très solides qui puissent supporter ce train-là. Aussi vous trouvez toujours, au bas des grandes montagnes, un charron, et un serrurier en voitures, pour réparer ce qui peut se briser. Quant aux bois, je n'ai vu que des sapins. Le mont Cenis était très praticable pour les voitures. On y travaillait encore pour en élargir la route. Nous avons couché à Suse, et repartis le lendemain matin pour aller à Milan dont la route était plus douce et plus coulante. Nous avons passé par Turin, où nous y sommes arrêtés que pour y prendre une cantine. Je n'ai vu de la ville que les rues dans lesquelles nous avons passé, que j'ai trouvées très propres et belles, les maisons bien alignées et de même hauteur, et une superbe place où se réunit la troupe. Nous avons continué notre route, jusqu'à Milan, qui n'était pas moins belle, bordée de mûriers, de figuiers, des plaines de riz et de blés de Turquie. Malgré les grandes chaleurs qu'il faisait tout en était d'un vert de printemps. Nous y sommes restés une journée, que j'ai employée à me promener dans la ville, qui est très grande, et bien aérée par la largeur des rues et leur propreté. Une partie des trottoirs sont dallés en pierres de taille, assez éloignées de la chaussée pour ne pas craindre les éclaboussures des voitures. Nous sommes repartis de Milan, le lendemain, pour Venise. Toujours très belle route jusqu'à Fusine, qui est un endroit près du golfe de Venise, où il y a des gondoles qui attendent les voyageurs, pour les mener jusqu'à Venise, dont la traversée se fait en moins de trois heures. Nous y sommes arrivés le mercredi 23, à sept heures du soir. Ce qui fait dix jours et quatre heures employés de Paris à Venise. Nous y sommes restés cinq jours. L'on n'est pas étourdi des voitures ni des chevaux, car on ne fait usage ni de l'un ni de l'autre. Ce sont ces mêmes gondoles qui conduisent dans toute la ville, qui est bâtie sur pilotis dans le golfe. Cependant, l'on peut parcourir la ville à pied sec, par le moyen des ponts et quais qui y sont pratiqués, mais il faut faire beaucoup de chemin pour gagner les ponts, même que pour aller vis-à-vis chez soi. Comme ces gondoles ne sont pas très chères, n'étant menées que par un seul homme, fait que tout le monde peut s'en servir ; les personnes plus riches qui veulent aller plus vite, prennent plusieurs hommes. L'on peut tenir six personnes dans l'intérieur de la gondole, qui est en forme de caisse de voiture, en carré long, garnie de banquettes, et le pourtour du dehors drapé en drap noir, comme les corbillards de Paris. Il y en a de plus simples, comme des batelets pour les gros effets et provisions. Ces gondoles circulent dans la ville, comme les voitures dans Paris. Ce que j'ai trouvé désagréable, c'est l'odeur de marais, qui existe continuellement. Cela n'ôte rien de la beauté et de l'agrément de la ville, principalement la place Saint-Marc qui est la promenade de beaucoup de monde, bordée d'un très beau port et de superbes édifices comme palais et églises. Près le port, il y a une tour très élevée, du haut de laquelle on découvre toute la ville, et très loin en mer ; au bout de la place il y a un carré de galeries en forme de celles du Palais-Royal, tenant de même boutiques de luxe de tous genres de marchandises, ainsi que des cafés et jeux, mais n'étant pas si bien éclairés ni tenus avec la même élégance qu'à Paris. Les appartements des maisons de la ville sont très grands et vastes, en partie dallés en granit rougeâtre qui se lave tous les jours. Les auberges et hôtels garnis sont bien tenus, fort proprement, et bonne cuisine française. Ils ont l'usage de vous servir une assiette de fromage râpé avec le potage.

Nous sommes partis de Venise pour Trieste, le lundi 28 à dix heures du soir. Après avoir navigué environ six heures pour gagner terre, nous avons pris la poste avec ces chariots allemands ; à chaque relais il faut aussi changer de voiture, ce qui est désagréable de remettre tous ses effets d'une voiture dans l'autre. Nous sommes arrivés le mardi 29 à minuit, très fatigués par la dureté de ces voitures et mauvaise route. Le lendemain M. de Chateaubriand s'est occupé de chercher un bâtiment pour Smyrne. M. le consul français lui en a trouvé un, qui était un bâtiment marchand impérial, prêt à faire voile. Aussitôt nous nous sommes munis de ce qu'il nous fallait à bord pour notre coucher. Quant à la nourriture nous étions nourris par le capitaine. Je n'ai vu de la ville que le port, garni de beaucoup de bâtiments, ce qui m'a fait juger la ville très commerçante.

Nous nous sommes embarqués le vendredi 1er août; mais le vent n'étant pas favorable pour sortir du port, nous y sommes restés jusqu'au lendemain, à la pointe du jour, que le pilote du port est venu nous prévenir qu'il pouvait nous en sortir. Comme je n'avais jamais été sur mer je m'en faisais une idée plus dangereuse, n'en voyant aucun pendant deux jours. Mais le troisième, il s'élève une tempête, les éclairs, le tonnerre, enfin un orage terrible qui, aussitôt, a grossi la mer d'une force effrayante. Notre équipage n'était composé que de huit matelots, d'un capitaine, d'un officier, d'un pilote et d'un cuisinier et cinq passagers compris M. de Chateaubriand et moi, ce qui faisait en tout dix-sept hommes; alors, nous nous mîmes tous à aider aux matelots pour fermer les voiles, malgré la pluie qui nous a eu bientôt traversés, ayant ôté nos habits pour agir plus librement. Ce travail m'occupait à ne pas craindre autant le danger qui, à la vérité, est plus effrayant par l'idée qu'on se forme que d'y être exposé. Pendant deux jours les orages se sont succédé, ce qui m'a aguerri dans mes premiers jours de navigation, et sans en être incommodé. Le calme étant rétabli, M. de Chateaubriand, qui craignait que je ne sois malade en mer, me dit: «Me voilà rassuré sur votre santé, puisque vous avez bien supporté ces deux jours d'orage, vous pouvez vous tranquilliser pour tout autre contretemps.» Ce qui n'a pas eu lieu dans le reste de notre trajet jusqu'à Smyrne. Le 10, qui était un dimanche, M. de Chateaubriand fait aborder près d'une ville turque nommée Modon, où il a débarqué pour aller en Grèce. Dans les passagers qui étaient avec nous, il y avait deux Milanais qui allaient à Smyrne pour faire leurs états de ferblantier et fondeur d'étain. Dans les deux il y en avait un nommé Joseph, qui parlait assez bien la langue turque, à qui M. de Chateaubriand propose de venir avec lui comme domestique interprète, dont il fait aussi mention dans son itinéraire, disant que ce voyage ne serait que de quelques jours, comme il nous le dit en nous quittant, et qu'il rejoindrait le bâtiment à une île où nous devions passer dans quatre ou cinq jours, et qu'il nous attendrait dans l'île s'il arrivait avant nous. Comme M. de Chateaubriand trouvait en cet homme ce qui lui convenait pour ce petit voyage, il me laissa à bord pour continuer ma route jusqu'à Smyrne et avoir soin de tous nos effets. Il m'avait remis une lettre de recommandation près le consul français, en cas qu'il ne nous rejoigne pas. Ce qui est arrivé. Le quatrième jour nous sommes arrivés à l'île indiquée. Le capitaine est descendu à terre, et M. de Chateaubriand n'y était pas. Nous avons passé la nuit jusqu'à sept heures du matin. Le capitaine retourne à terre, pour prévenir qu'il était obligé de partir, ayant bon vent, et obligé de tenir compte de son trajet. De plus, il y avait un pirate qui cherchait à nous approcher, ce qui a forcé le capitaine de se mettre en défense ; il a fait charger ses quatre pièces de canon et fait monter sur le pont ses fusils, pistolets et armes blanches ; mais, comme le vent nous était avantageux, il nous a abandonnés. Nous sommes arrivés un lundi 18, à sept heures du soir, dans le port de Smyrne.

Comme il était trop tard, je ne suis descendu à terre que le lendemain matin, ce qui m'a fait grand plaisir de mettre le pied à terre ferme. Le capitaine me conduit chez le consul de France. Je lui remis la lettre de M. de Chateaubriand. Aussitôt il me fit conduire dans une auberge française, me disant qu'il était très fâché de ne pas avoir un logement commode pour recevoir M. de Chateaubriand, mais qu'il le priait, à son arrivée, de venir prendre ses repas chez lui. Le capitaine vient avec moi à l'auberge, comme c'était l'heure du dîner. Étant une table d'hôte, nous nous mîmes à table avec tout le monde, qui était environ de vingt personnes, composé de Grecs, d'Anglais et d'Italiens, dont les derniers parlaient français. Ils me firent beaucoup de questions, auxquelles je répondais avec prudence, me trouvant seul de Français avec différentes nations. Malgré cela, je faisais honneur au dîner, surtout ayant vécu en marin pendant dix-huit jours, nourriture à laquelle je n'étais pas habitué. Je retrouvais une table servie comme à Paris, ayant potage, bœuf, entrée, entremets, dessert, pain et vin à volonté, le tout très bien accommodé, à raison de trois francs par tête. Après le dîner, j'ai choisi un logement de deux chambres, fort propre et bon lit. Ensuite, j'ai retourné à bord avec le capitaine, pour rapporter tous nos effets à l'auberge. J'attendais M. de Chateaubriand de jour en jour, et il n'est arrivé que le 2 de septembre, ce qui fait, depuis le 10 août qu'il nous a quittés, jusqu'au 2 septembre qu'il est arrivé à Smyrne, vingt-trois jours d'absence, ce qui m'inquiétait beaucoup. D'après sa promesse de nous rejoindre au bout de quatre jours, il n'avait emporté que pour ce temps, peu de linge et d'argent. Pendant tout ce temps, je me suis promené dans toute la ville, que j'ai trouvée très agréable et commerçante, ayant un très beau port rempli de bâtiments de toutes nations, comme étant le centre des îles de l'Archipel, ce qui amène beaucoup d'étrangers. Outre cela, la ville est très peuplée, il y réside beaucoup de Français, de Grecs, de Juifs et les Turcs, qui sont le peuple du pays. Et chacun dans son quartier. Les Français tiennent dans l'horlogerie, orfèvrerie, bijouterie et autres marchandises de luxe, tiennent aussi les meilleures auberges, cafés et billards. Les Grecs sont employés dans les ouvrages de bâtiment, comme menuiserie et autres ouvrages en bois. Les Juifs sont les agents de commerce des Turcs. La classe ouvrière turque travaille beaucoup en serrurerie et ce qui concerne leurs chaussures, habillement, buffleterie et sellerie. Les maisons sont, en grande partie, légèrement bâties, construites avec des espèces de briques de terre séchée au soleil, et, de trois pieds en trois pieds de hauteur, des soliveaux en bois de sapin sur toute la longueur du mur, et couvertes en tuiles creuses. L'intérieur n'est qu'en bois, planchers et cloisons, il n'y a que les maisons des chefs, des consuls et les grands magasins qui sont bâtis très solidement, à ne pas craindre le feu comme toutes ces maisons-là. Toutes les boutiques qui se trouvent réunies dans un endroit qui se nomme bazar, ne sont aussi qu'en bois comme nos baraques de foire; mais il y a, de distance en distance, des magasins en forme de voûte de cave, qui ne craignent pas le feu. Alors, ils resserrent toutes leurs marchandises dans ces magasins lorsqu'il leur arrive quelque incendie qui est un de leurs fléaux. Un second, qui est la peste, particulièrement dans le quartier turc où les places sont remplies de toutes les ordures de la ville, jusqu'aux animaux qui y meurent. Les rues en sont fort étroites, dans lesquelles il y a pour ruisseau une rigole, pour égoutter les eaux qui, n'ayant pas assez de pente pour l'écoulement, fait qu'elles y séjournent et croupissent. Ce qui leur donne un mauvais air dans ce quartier-là. Les autres quartiers sont beaucoup plus propres et plus aérés, et sont moins sujets aux maladies. Un troisième encore à craindre, ce sont les avanies du peuple turc, qui se permet de venir chez vous pour piller, brûler et même tuer, dont on ne fait pas grande recherche contre les auteurs, à moins qu'on les arrête sur le fait; comme ce n'est pas envers leurs compatriotes qu'ils font ces sortes d'avanies, fait qu'ils ne s'en occupent pas autant. Je crois qu'elle serait plus peuplée si elle n'était pas aussi sujette à tant de fléaux. Cependant les Turcs font des patrouilles, nuit et jour, et ramassent ceux qui leur paraissent suspects, mais ils sont plus sévères pour les Grecs et les Juifs que pour les leurs. Quant aux Français, ils y avaient une très grande liberté, étant soutenus et dépendant de leur consul. Outre les patrouilles, il y a encore dans les rues et les carrefours, de distance en distance, sept à huit chiens qui en défendent le passage la nuit. Ces chiens sont nourris par tout le monde du quartier. Le jour, ils restent couchés, près l'un de l'autre, dans une place qu'ils adoptent, dont ils ne se dérangent pour personne, ni même pour les chevaux et chameaux, qui font le tour du peloton pour éviter de marcher sur eux. Ils sont si fidèles à leur poste qu'ils ne changent pas de quartier. S'il y en a qui vont dans d'autres, tous les autres chiens se jettent dessus ; ils les étranglent, s'ils n'ont pas la force de s'échapper.

Avant de quitter Smyrne, le maître de l'auberge a voulu me mener déjeuner dans une auberge turque, qu'il connaissait beaucoup. Nous sommes entrés dans une chambre très sombre, où il y avait pour tout meuble une natte assez propre au pourtour, et le milieu plus noir, qui est la place où l'on met les plats. Nous nous asseyons à la turque ; j'avais peine à ployer mes jambes de cette manière. Un quart d'heure après, un Turc nous apporte un plat sur lequel il y avait, dans le fond, une espèce de crêpe où il avait versé dessus des morceaux de mouton gros comme le pouce, rissolés au four, et remis par-dessus deux autres crêpes, qui étaient pour nous servir de pain. Comme l'on ne vous donne ni couteau, ni fourchette, vous vous servez du pouce et de deux doigts pour déchirer de la crêpe et prendre un morceau de viande que vous mangez. J'ai trouvé ce mets-là fort bon. Il ne vous donne à boire que de l'eau, et encore que lorsque vous en demandez ; après notre repas fait ainsi, nous sommes allés chez un autre Turc, qui vendait des boissons acides et sucrées et très fraîches, que j'ai trouvées plus agréables que du vin et, de là, au café, qu'on prend avec le marc et sans sucre. Mais ils vous en donnent lorsque vous en demandez, ce que j'ai fait, et je laissais aussi reposer un peu le café ; alors je prenais de bon café. Mais il y a dans la ville, pour toutes les autres nations, des cafés, des billards comme en France. Les promenades sont plus belles que dans beaucoup d'autres villes turques, qui n'ont que les cimetières garnis de cyprès. Les jardins sont aussi mieux plantés et cultivés, mais la plupart sont banaux, car chacun va s'y promener et prend les fruits qui lui conviennent ; aussi ne les mange-t-on pas très mûrs, excepté dans les jardins qui sont entièrement renfermés. Il y avait à cette époque raisins, figues, pêches, pommes, poires, melons et pastèques, qu'on nomme en France melons d'eau, mais qui n'y mûrissent pas comme dans le Levant. Les Turcs en font grand usage, même sans pain, cela leur donne à boire et à manger, par la quantité d'eau que ce fruit rend. Dans le cours de notre promenade, nous sommes entrés dans un de ces jardins turcs, mais, ne voulant pas agir comme font leurs concitoyens, nous avons aperçu un Turc qui était dans le sien, nous avons été lui demander à acheter une pastèque, il nous en a donné deux et n'a pas voulu recevoir d'argent; il avait avec lui un petit enfant d'environ cinq ans, à qui j'ai donné dix paras, qui peut valoir huit sols de France; le père ne s'y est pas opposé, ce qui m'a fait grand plaisir. Ils ont de l'eau douce très abondante, et par le moyen d'une roue garnie de petits seaux qui puisent l'eau dans la source. Cette roue, tournée par un cheval, en monte l'eau qui se verse dans un réservoir; après ils la font couler dans des tranchées pour arroser leurs jardins, dont les plantes et les arbres viennent très bien. Je suis resté dans cette ville depuis le 19 août jusqu'au 4 septembre, ce qui fait dix-sept jours et M. Chateaubriand deux jours. Nous sommes partis de Smyrne à minuit pour aller à Constantinople par terre, ce qui a forcé M. Chateaubriand de laisser chez M. le consul de Smyrne deux matelas, deux paires de draps et un oreiller, et un nécessaire qui nous servaient à bord du bâtiment qui nous avait amenés de Trieste à Smyrne, ne pouvant nous charger que de nos effets de corps, pour avoir moins de chevaux; il nous en a fallu sept, un pour M. Chateaubriand, un pour moi, un pour notre janissaire, un pour le domestique interprète, deux pour nos bagages, et un pour notre conducteur. Nous marchions à petites journées, tantôt le jour, tantôt la nuit, selon comme nos chevaux étaient fatigués, car il faisait très chaud, mais nous trouvions, environ de trois lieues en trois lieues, des rafraîchissements, tant pour nous que pour nos chevaux. Cette route étant pratiquée par les caravanes, il se trouve à cette distance des baraques, occupées par deux ou trois Turcs qui vendent des fruits selon la saison. Il y avait melon, pastèque et raisins, petits pains à l'usage du pays et, pour boisson, de l'eau très fraîche; il y avait aussi des bâches pleines d'eau pour les chevaux et les chameaux. Quant à notre nourriture, nous avions fait une bonne cantine à Smyrne, étant prévenus que les villages étaient loin l'un de l'autre. Nos chevaux avaient aussi la leur, qui était de la paille d'orge hachée et de l'orge. Nous marchions jusqu'aux endroits où se reposent les caravanes, qui est comme un camp. On met ses chevaux au piquet, près de soi. Nous avions pour notre coucher, M. Chateaubriand et moi, chacun deux couvertures piquées, que nous avions achetées à Trieste, l'une pliée en deux, sur laquelle nous couchions, et l'autre pour nous envelopper ; mais les nuits sont si fraîches que nos couvertures étaient mouillées, comme s'il avait plu ; mais aussi le premier rayon de soleil nous séchait. Enfin, après quelques jours de marche, nous arrivons dans un village assez fort ; on nous conduit dans un galetas tout à jour, garni de nattes pour tout meuble. Nous étendons nos couvertures, et nous y passons la nuit, sans être mieux que dans les camps de caravanes ; il y avait environ une cinquantaine de Turcs dans cette maison, qui couchaient sur de mauvaises nattes, dans le milieu de la cour et dans les corridors, entassés près l'un de l'autre comme des moutons parqués. Nous partons de très bonne heure de ce village, en ayant remonté notre cantine, mais, à peu de distance du village, je suis tout étonné de voir M. de Chateaubriand très en colère contre notre conducteur, dont j'ignorais la cause. Alors M. de Chateaubriand me dit qu'il était convenu avec le conducteur, à Smyrne, qu'il le mènerait dans les plaines de Troie chemin faisant, et que, dans ce moment, il s'y refusait, en disant que ces plaines étaient infectées de brigands ; dont M. de Chateaubriand n'en voulut rien croire, ni écouter personne. Comme je voyais qu'il s'emportait de plus en plus contre notre conducteur, je fais signe au conducteur de venir près de l'interprète et du janissaire, pour me dire ce qu'on lui avait dit des dangers qu'il avait à craindre ; il dit à l'interprète qu'on lui avait assuré qu'il fallait être en très grand nombre pour ne pas être attaqué dans ces plaines, le janissaire et l'interprète me dirent aussi qu'on leur avait dit la même chose. Alors, je vais dire à M. de Chateaubriand ce qu'ils m'avaient dit tous trois. Et, de plus, on leur dit que nous trouverons à une journée de marche un petit village où il y a une espèce de consul qui pourra nous instruire de la vérité. D'après ce rapport, M. de Chateaubriand se calme et nous continuons notre route jusqu'à cet endroit. Aussitôt arrivé, il va trouver ce consul qui lui dit tous les dangers qu'il courait, s'il persistait à vouloir aller, en si petit nombre, dans ces plaines. Alors M. de Chateaubriand a été obligé de renoncer à son projet et de continuer notre route pour Constantinople.

Nous sommes arrivés à un petit port où nous avons laissé notre équipage, tant hommes que chevaux, qu'il a payé généreusement. Il y avait des bateaux chargés de blé pour Constantinople. Nous nous embarquons dans un, avec nos effets, dont le trajet n'a été que d'une nuit. Nous sommes arrivés dans le port de Constantinople un dimanche, 14 septembre, ce qui nous a fait dix jours de route depuis Smyrne.

Nous sommes descendus dans une auberge française et, aussitôt arrivé, M. de Chateaubriand a été faire sa visite à M. l'ambassadeur qui était à cette époque M. le général Sébastiani, qui a été très fâché de ce que M. de Chateaubriand n'était pas descendu chez lui, et lui faisant mille instances pour y venir. M. de Chateaubriand n'a pas accepté, voulant être entièrement libre pour le peu de temps qu'il avait à rester à Constantinople, mais il a été y dîner les quatre jours que nous y sommes restés.

J'aurais bien voulu y rester plus longtemps, pour voir la ville plus amplement, surtout me trouvant avec tous Français attachés au service de M. l'ambassadeur; mais je n'ai vu que différents quartiers, surtout celui habité par les Français, qui est toujours le plus propre, le plus beau et le plus agréable des villes turques, car les autres quartiers habités par les Turcs ne sont pas mieux tenus dans les grandes villes que dans les petites. L'on y voit de plus beaux palais et de plus grands bazars, construits en bois, comme des baraques de foires, mais les marchandises plus belles et plus riches que dans les petites villes.

L'intérieur de Constantinople est très désagréable par sa pente vers le canal et le port, ce qui oblige de mettre dans toutes les rues qui y descendent, et très mal pavées, des retraites, très près l'une de l'autre, pour en retenir les terres que l'eau entraînerait. Il y a peu de voitures; les Turcs, ainsi que les autres nations, font plus usage des chevaux de selle; il y a dans le quartier français quelques chaises à porteurs pour les dames.

Il y a des chameaux et des chevaux de somme pour le transport des marchandises; il y a aussi des portefaix, qui sont des Turcs, ayant de très gros et longs bâtons, où ils peuvent se mettre cinq ou six à chaque bout et portent des charges énormes d'un pas régulier. Un seul homme porte aussi de très fortes charges; ils ont une espèce de torche qui leur prend depuis les épaules jusqu'aux reins; ils ont une si grande adresse d'équilibre qu'ils portent tous les paquets sans être attachés.

Avant de quitter Constantinople, M. l'ambassadeur a voulu promener M. de Chateaubriand sur le canal; alors il envoie faire préparer une très joli batelet avec huit rameurs pour faire cette promenade. Comme je me trouvais de la suite, je suis entré dans le même batelet, ce qui m'a procuré le plaisir de voir Constantinople dans son beau. Cette pente parsemée de cyprès et formant le fer à cheval en face du canal, donne un point de vue très agréable et très majestueux, par tous les palais qui y dominent. Il y a, sur un côté du canal, plusieurs superbes bâtiments à trois ponts, très bien sculptés et décorés en peinture, et beaucoup d'autres de différentes grandeurs, également sculptés et peints.

Nos quatre jours ainsi passés, [il] a fallu nous occuper de notre départ pour Jaffa, qui a été le jeudi 18 septembre, où nous nous sommes embarqués sur un bâtiment grec, où il y avait au moins, tant hommes que femmes et enfants, cent cinquante Grecs qui allaient en pèlerinage à Jérusalem ; ce qui causait beaucoup d'embarras dans le bâtiment, surtout étant divisés par famille et ménage, dont chaque ménage avait ses provisions et ustensiles de cuisine pour faire leur manger, qui se faisait sur le pont à la même heure. Comme étant obligé aussi de faire notre cuisine, j'attendais que toute la leur soit faite, pour être plus libre d'aller et de venir à la cuisine du capitaine, dont il était convenu avec M. de Chateaubriand de nous la prêter. J'avais de même, comme nos passagers, nos provisions et nos ustensiles de cuisine que j'avais achetés à Constantinople, joints à une autre provision, assez complète, que M. l'ambassadeur nous avait donnée, comme très beaux biscuits, jambon, saucisson, cervelas, vins de différentes espèces, rhum, sucre, citrons, jusqu'à du vin de quinquina contre la fièvre. Je me trouvais à la tête d'une provision très abondante que je ménageais et ne consommais qu'avec une très grande économie, sachant que nous n'avions pas que ce trajet-là à faire, et le tout était serré où aucun passager ne pouvait aller. Comme notre chambre était très petite et que nous ne pouvions y être qu'assis ou couchés, fait que nous étions presque toujours sur le bâtiment, près de nos provisions qui étaient dans notre quartier. Notre trajet, qui n'a été que de treize jours, m'a paru très long par toute sorte de désagréments et de malpropretés qui existaient dans le bâtiment, surtout pendant plusieurs jours de mauvais temps que nous avons eus qui rendaient les femmes et les enfants malades, vomissant partout, donnaient une odeur infecte au point d'abandonner notre chambre et coucher sur le pont, et nous y mangions aussi beaucoup plus proprement qu'ailleurs, ayant pris le parti d'attendre que tous nos Grecs aient fini leurs tripotages. Et même après le dîner de notre capitaine et de notre équipage, qui ne faisaient qu'une même table, alors je faisais notre dîner très librement, aidé par le domestique interprète que M. de Chateaubriand avait pris à Constantinople ; alors nous mangions avec meilleur appétit, surtout M. Chateaubriand et moi, car notre interprète, qui était Grec aussi, n'était pas plus susceptible sur la propreté que ses concitoyens avec lesquels souvent il mangeait ; ils m'ont même invité plusieurs fois à manger de leur cuisine, mais ne la trouvant pas bonne, je les remerciais. Cet interprète nommé Jean, dont M. Chateaubriand fait aussi mention dans son *Itinéraire*, profitait de l'ombre de la nuit pour donner de nos provisions à ses amis qui l'avaient régalé. Ce qui aurait beaucoup diminué nos provisions, si je ne m'en étais pas aperçu à temps ; mais aussitôt j'y ai mis ordre, de manière que cela n'est plus arrivé. Notre route se faisait toujours très lentement, par le dérangement que le capitaine faisait pour prendre des passagers dans les îles devant lesquelles nous passions. Outre cela [nous avions de] très mauvais marins, dont M. de Chateaubriand n'avait aucune confiance. Nous arrivons un matin de très bonne heure à Rhodes où il y avait un consul de France à qui il fait ses plaintes du peu de savoir du capitaine et du pilote. M. le consul lui dit qu'il en avait un qui avait déjà été à Jaffa deux fois, et qu'il en connaissait très bien la route. Alors, M. Chateaubriand le prend à son compte pour diriger la marche du bâtiment avec plus de sûreté. Les arrangements se sont faits en présence du capitaine et de son équipage. Après tout convenu, M. le consul nous a donné à dîner ; il y avait avec lui un des chefs de Rhodes qui a fait présent à M. de Chateaubriand d'un très beau chevreau, ce qui nous a fait de la viande fraîche pour continuer notre route que nous avons reprise aussitôt après le dîner. Au bout de quelques jours nous abordons au port de Jaffa, où l'on ne peut mouiller qu'à une lieue de terre. Comme il faisait nuit, le capitaine fait tirer un coup de canon pour nous annoncer. Ne voyant aucun signal de réponse, il n'a pas voulu jeter l'ancre où nous étions, il a préféré se mettre au large jusqu'au lendemain.

Quelle fut notre surprise, au jour, de voir notre capitaine, nos deux pilotes, ainsi que nos matelots, ne savoir plus où ils étaient ; ni la carte, ni la boussole ne pouvaient leur indiquer une route certaine ; il n'y a eu qu'après deux jours de navigation que le pilote de M. de Chateaubriand, qui était toujours en observation sur le haut du mât, a reconnu de très loin la terre de Jaffa ; alors le capitaine a fait faire voile sur la direction que le pilote lui assurait. Nous sommes arrivés en plein jour devant Jaffa où nous avons mouillé même de très loin à cause des écueils qui se trouvent très étendus en mer depuis terre.

Aussitôt que notre bâtiment fut en sûreté, M. de Chateaubriand envoie avec la chaloupe son pilote à terre, avec une lettre pour remettre aux religieux de Jaffa, pour les prier de nous envoyer un bateau pour descendre à terre, ce que firent aussitôt deux religieux qui sont venus nous prendre à bord du bâtiment. Comme les bateaux ne peuvent pas même approcher de terre par toutes ces roches qui en bordent le rivage, fait qu'il y a toujours des Arabes tout prêts pour vous porter jusqu'à terre sur leurs épaules, étant dans l'eau jusqu'aux reins ; aussi sont-ils presque nus, ils n'ont qu'un petit cotillon, comme les brasseurs de Paris.

Ce qui m'a étonné, c'est de les voir venir six pour me porter à terre et que deux pour M. de Chateaubriand, ce qui l'a amusé beaucoup de me voir porter comme une châsse. Je ne sais si ma mise leur a paru plus brillante que celle de M. de Chateaubriand, qui avait une redingote brune à boutons pareils, et moi une blanchâtre avec des boutons de métal blanc qui jetaient assez d'éclat par le soleil qu'il faisait, a pu leur causer cette méprise. Nous sommes entrés le mercredi 1er octobre chez les religieux de Jaffa, qui sont de l'ordre des Cordeliers, parlant latin et italien et très peu français ; ils nous ont très bien reçus et fait tout leur possible pour nous procurer tout ce qui nous était nécessaire.

Nous avons visité leur couvent, qui est très grand et vaste, et solidement bâti, ainsi que leur église, sur une hauteur en face du port, pouvant y voir tous les bâtiments qui peuvent y mouiller, quoique à une lieue de terre ; car ils nous dirent qu'ils avaient très bien entendu le coup de canon, et en avoir vu le feu, auquel ils n'ont pas répondu parce qu'il était trop tard et qu'ils nous croyaient restés et nous retrouver le lendemain matin et que nous étions plus près du port que le jour où nous y avons mouillé. Quant à nos autres pèlerins grecs, lorsqu'ils ont été transportés à terre, dont les femmes avaient peine à se décider à se laisser emporter par des hommes presque nus, [ils] ont été dans un couvent qui leur est destiné, où chaque ménage a une chambre qui donne sur une très grande terrasse où ils font leur cuisine ; ils attendent la permission du bey pour aller à Jérusalem, dont ils sont obligés de payer un droit pour faire leur pèlerinage. Nous avons resté à Jaffa jusqu'au vendredi 3, dont nous sommes partis pour Jérusalem et parcourir les environs, comme Bethléem, la mer Morte et le

Jourdain. Comme Bethléem se trouve entre Jaffa et Jérusalem, nous y sommes arrivés pour le coucher.

Les Pères du couvent nous ont très bien reçus et, le lendemain matin, ils nous ont menés voir la crèche, qui est très obscure, éclairée par environ douze lampes en argent garnies de leurs chaînes qui les tiennent suspendues dans le milieu de la voûte, brûlant nuit et jour. Il y a un autel sur la place même où est né Notre-Seigneur, orné comme les nôtres, où l'on y dit la messe tous les jours.

Ensuite ils nous ont menés voir leur couvent, qui est très grand et bien bâti, et très vaste. Après cela nous avons continué notre route pour Jérusalem, qui n'en est pas très éloignée ; nous y sommes arrivés le samedi 4 à trois heures après midi, dans le même moment que le pacha de Damas y arrivait avec environ douze cents hommes de troupe pour faire la perception de ses impôts sur les Arabes des déserts. Comme nous devions parcourir ces mêmes déserts, M. Chateaubriand a jugé à propos de les devancer, pour ne pas nous trouver dans leur guerre. Alors nous n'avons fait que dîner et partir de suite pour notre tournée. Notre caravane n'était que de seize hommes. M. de Chateaubriand, son domestique interprète et moi, ensuite un janissaire, un chef d'Arabes, un conducteur et dix Arabes à pied étant armés de bâtons ferrés et de fusils sans batterie, ils mettent le feu à la lumière du canon avec une mèche grosse comme une corde à pain de sucre, entourée à la crosse du fusil, se conservant toujours allumée sans se consommer beaucoup. Notre janissaire et notre chef d'Arabes étaient très bien armés, comme ils le sont toujours. M. de Chateaubriand n'avait qu'une paire de pistolets, ainsi que moi, et un fusil à deux coups que son interprète portait.

Comme il était cinq heures du soir lorsque nous avons quitté Jérusalem, nous avons marché toute la nuit dans des chaînes de montagnes, où les chevaux ne pouvaient aller que l'un après l'autre ; il y faisait si obscur qu'à peine si l'on pouvait voir la tête de son cheval ; mais, par l'habitude qu'ils ont de ces chemins-là et de bonnes jambes, il ne faut que les soutenir du bridon et les laisser aller à volonté, sans avoir rien à craindre, malgré les précipices qu'il y a de droite et de gauche. J'en ai vu la preuve par M. de Chateaubriand qui s'était endormi sur son cheval et a tombé sans se réveiller ; aussitôt son cheval s'est arrêté, ainsi que le mien qui le suivait. Je descends de suite de mon cheval pour en savoir la cause, car il m'était impossible de la voir à la distance d'une toise. Je vois M. de Chateaubriand tout à moitié endormi à côté de son cheval, dont il se trouve étonné de se trouver à terre, ce qui m'a assuré de suite qu'il ne s'était pas blessé, et par la tranquillité de son cheval; il n'a pas cherché à s'en éloigner, ce qui aurait été dangereux par les précipices qu'il y a. Pendant tout ce temps ceux qui étaient un peu en arrière nous ont rejoints; alors, nous avons continué notre route avec un peu plus de vitesse pour rattraper les autres qui étaient fort éloignés de nous, mais ils nous attendaient à la sortie des montagnes, étonnés de notre retard. Étant tous réunis nous continuons notre route. Nos Arabes à pied étaient toujours environ à cent pas devant nous; chemin faisant, nous apercevons une habitation qui était un couvent grec nommé Saint-Sabat; il y avait une vingtaine d'Arabes qui en gardaient l'entrée, comme cela se pratique dans tous ces environs, pour la sûreté de leurs couvents qui sont sujets à être pillés par les Arabes sauvages; ils s'opposèrent à notre passage avec les nôtres. Notre janissaire ainsi que notre chef d'Arabes ont voulu leur faire entendre raison, mais aucun n'a pu les gagner parce qu'ils voulaient que nous renvoyions les nôtres et qu'eux nous conduiraient dans leurs cantons. Ne voulant pas faire ce changement, nous étions tous décidés à passer de force, il y avait un des Pères grecs de ce couvent qui était sur une terrasse environ à trente pieds de haut, qui avait tout entendu la discussion; et lorsqu'il a vu que cela allait finir mal, il a parlé à ces Arabes et a descendu pour nous faire entrer dans le couvent, et nos Arabes sont entrés dans la cour, ce qui a apaisé toute querelle. Les autres Pères sont venus au-devant de nous; ils nous ont fait entrer dans une très belle et grande salle, ensuite ils nous ont fait apporter différents rafraîchissements et fruits confits; après cela, ils nous ont promenés par toute leur communauté et jardins, très bien tenus, quoique dans des déserts, et se procuraient tout ce qu'il faut pour l'aisance de la vie, ce qui m'a fait juger que tous ces messieurs-là, soit de telle religion et de telle nation que ce soit, sont les plus heureux des pays qu'ils habitent. Après notre visite de trois ou quatre heures, M. de Chateaubriand a fait ses générosités aux Pères du couvent et aux Arabes qui étaient à la porte, convenant qu'ils nous laisseraient nos mêmes Arabes pour nous conduire. Nous sommes arrivés à minuit sur les rivages de la mer Morte.

Nous sommes descendus de cheval pour les laisser reposer et manger, ainsi que nous, qui avions une assez bonne cantine que les religieux de Jérusalem nous avaient donnée. Après notre collation faite, nos Arabes vont à une certaine distance de nous pour écouter l'oreille sur terre s'ils entendaient quelque bruit et, nous ayant assuré que nous pouvions être tranquilles, alors chacun s'est abandonné au sommeil, quoique étant sur des cailloux. J'avais fait un très bon somme, quand M. de Chateaubriand est venu m'éveiller à cinq heures du matin, pour faire préparer tout notre monde à partir ; il avait déjà empli une bouteille de fer-blanc, tenant environ trois chopines, de l'eau de la mer Morte pour rapporter à Paris.

Cette mer est bien nommée par le calme que l'on m'a dit être toujours comme je la voyais. L'eau en est beaucoup plus âcre de sel que celle des autres mers. Elle reçoit les eaux du Jourdain sans s'étendre davantage.

Nous sommes arrivés au Jourdain à sept heures du matin, par du sable où nos chevaux entraient jusqu'aux genoux, et descendus dans des fossés qu'ils avaient peine à remonter. Nous en avons parcouru le rivage jusqu'à dix heures et, pour nous délasser, nous nous y sommes baignés très commodément, par l'ombre des arbrisseaux qui en bordent le rivage ; il aurait été très facile de passer de l'autre côté à la nage, n'ayant de large, à l'endroit où nous étions, environ quarante toises, ce qu'il n'aurait pas été prudent de faire car il y avait des Arabes qui cherchaient à nous rejoindre et en peu de temps se trouvent en très grand nombre. M. de Chateaubriand a empli sa seconde bouteille de fer-blanc d'eau du Jourdain et nous sommes repartis.

Comme nous étions en très petit nombre, nous allions tout en désordre pour qu'on ne puisse pas nous compter ; mais tout à coup notre désordre a été involontaire, par le cheval de notre janissaire qui a mis le pied sur un essaim de grosses mouches frelons qui, aussitôt, se sont mises après nous et nos chevaux, à ne pouvoir nous en défendre, car nous en avons été tous piqués, ainsi que nos chevaux qui galopaient à volonté, leur ayant lâché la bride sur le cou pour pouvoir nous servir de nos mains pour nous défendre. Comme nous étions en plaine et dans des sables, nous ne craignions pas les chutes, même moins que dans un manège. Elles ne nous ont abandonnés qu'après un quart d'heure de combat et par l'éloignement de leur nid.

Nous sommes arrivés à un petit village qui appartenait au chef d'Arabes qui était avec nous, où il nous fait faire à dîner par ses Arabes qui tuèrent aussitôt un chevreau qu'ils firent rôtir, et nous l'apportèrent au bord d'un beau courant d'eau vive, sous de grands arbres. Nous étions comme en partie de campagne ; nous avions, outre cela, notre cantine qui consistait en saucisson, fromage, pain et vin. Nous avons commencé par le chevreau, qui était très bon et que nous avons mangé avec appétit, sans être dégoûtés de la manière dont l'Arabe l'a dépecé, qui était avec ses doigts en prenant le bout des côtes et les déchirant entièrement sans rien couper, mais nous nous sommes servis de nos couteaux pour les parties les plus charnues. Ils nous avaient apporté aussi de leur pain qui est fait en espèce de galette que l'on rompt de même ; nous avons fait aussi usage de notre cantine. Après notre repas fait, nous nous sommes remis en marche, dont ils voulaient tous nous conduire jusqu'au premier village, en reconnaissance de la générosité de M. de Chateaubriand, qui n'a pas voulu, étant assez éloigné des Arabes sauvages pour n'avoir rien à craindre d'eux. Tous ces peuples-là sont très basanés, mais les femmes n'y sont pas voilées comme les femmes turques.

Nous étions encore très éloignés de Jérusalem. Vers les huit heures du soir nous sommes arrivés à un petit village où nous avons trouvé huit ou dix Arabes comme campés ; nous nous y sommes arrêtés pour reposer nos chevaux ; ils étaient à faire leur collation ; ils avaient de très beaux raisins, qu'ils nous ont offerts, que nous avons acceptés et mangés avec plaisir. Au bout d'une heure nous avons repris notre route. Environ à une lieue de Jérusalem nous avons rencontré les troupes du pacha qui allaient faire leur perception dans les déserts que nous venions de parcourir. Notre chef d'Arabes et notre janissaire ont été parler au commandant de la troupe pour nous faire connaître. Après ils ont continué leur chemin, ainsi que nous. Comme il faisait très nuit, je n'ai pas pu les bien distinguer. Ils étaient armés de lances et de fusils, et très mal vêtus. Nous ne l'étions pas mieux, car, avec nos robes d'Arabes par-dessus nos vêtements français, nous aurions effrayé tous honnêtes gens. Nous nous étions retirés sur le côté du chemin, dans des broussailles, jusqu'à ce qu'ils soient défilés, car ils tenaient toute la route qui est fort étroite et remplie d'une si grande quantité de pierres, que les chevaux ont beaucoup de peine à marcher, mais ayant de très bonnes jambes fait qu'ils s'en tirent très bien.

Nous sommes arrivés le lundi 6 à minuit à Jérusalem, très fatigués, ainsi que nos chevaux, depuis cinq heures du matin que nous étions partis de la mer Morte. Le lendemain nous avons été voir le Saint-Sépulcre, qui est dans une très belle église; il y a un côté pour les Pères du couvent, un pour les Grecs et un pour les Turcs. L'on n'y entre que les jours de grande fête, ou par permission du Père gardien pour les étrangers. Le Calvaire est dans la même enceinte, sur une hauteur, près de l'église, comme il y en a beaucoup d'autres sur lesquelles nous avons monté, où l'on [ne] voit de très loin que des terres en friches et pour tout bois des broussailles et arbustes rongés par les animaux. La vallée de Josaphat se trouve en dehors, au pied du mur de Jérusalem, qui est comme un fossé de remparts. Le couvent est très grand et très bien bâti, ayant de belles cours et de belles terrasses. Ils sont environ trente religieux pour répartir, de temps en temps, dans les couvents de la Terre-Sainte. Nous sommes repartis le vendredi 10 pour retourner à Jaffa, où nous sommes arrivés le samedi 11. J'ai été avec notre interprète voir les défenses de la ville, qui étaient restées toutes en ruine, telles que les Français les avaient mises lorsqu'ils y sont entrés, il y avait environ cinq ans, car ils ont peine à rétablir et encore plus à construire.

Nous en sommes repartis le jeudi 16 pour Alexandrie; nous avions encore de nos provisions de Constantinople et augmentées de ce que les religieux nous ont donné, nous assuraient des vivres pour quelque temps, et ayant ajouté au moins un demi-cent de grenades, qui nous a fait grand plaisir étant très mûres, ce qui rend ce fruit très agréable et rafraîchissant. Notre trajet n'a été que de quatre jours. Nous y sommes arrivés le lundi 20; nous avons descendu chez M. Roverti (*sic*, pour: Drovetti), consul français. Le 23, M. de Chateaubriand a parti, avec deux personnes de la connaissance de M. le consul, pour Le Caire et n'a emmené que son domestique interprète. Il m'a laissé, ayant un mouvement de fièvre par la fatigue que j'avais eue depuis quelque temps; il est revenu le 13 novembre, ce qui a fait trois semaines d'absence, dans lequel temps je me suis bien rétabli, et m'a retrouvé en bonne santé; il y est encore resté dix jours, ce qui m'a fait trente-quatre jours de résidence à Alexandrie, que j'ai employés à me promener, tant dans la ville qu'au dehors. On se promène aussi sur les maisons, qui sont presque toutes couvertes en terrasses pour en recevoir les eaux de pluie qui retombent dans des citernes de chaque maison; il se pratique aussi beaucoup de jardins pour fleurs et arbustes formant berceaux; il y a aussi des volières de différents oiseaux comme en France, c'est ce qui fait les jardins de ville où l'on va passer les soirées pour y prendre le frais. La ville est très grande, mais peu peuplée. Il y a des Français qui y tiennent des cafés, des auberges, de la bijouterie et menue mercerie.

Il y a aussi des Juifs qui font l'agiotage, comme partout où ils sont. Le peuple turc ne paraît pas très opulent. Il y a deux ports dont un vieux et un neuf, qui est le plus pratiqué. Il y a aussi une superbe place que les Français ont faite, et des remparts, ainsi que plusieurs moulins à vent à une demi-lieue de la ville.

Il y a la colonne de Pompée, qui est en granit rougeâtre, montée sur un massif de pierre de taille élevé de terre environ de quatre pieds et la colonne peut avoir, d'après ce qu'on m'a dit, quatre-vingt-seize pieds de haut sur vingt-cinq de pourtour.

Pour parcourir les dehors, il faut être plusieurs, car il y a des rôdeurs qui vous dépouillent lorsqu'ils voient que vous n'êtes pas en force, mais nous étions toujours cinq ou six avec chacun un fusil, comme chasseurs parce qu'il y a du gibier, principalement en oiseaux d'eau. Quand nous faisions de ces parties-là, nous prenions un âne de sur la place où ils sont en troupeaux, et qui vont comme des chevaux de selle ; il nous en coûtait chacun, pour une partie de la journée, sept à huit médins, qui font huit sols de France ; nous nous en servions aussi les dimanches, en partie de cavalcade, pour aller à la messe à une église catholique qui était à un quart de lieue de la ville. Malgré que je passais mon temps très agréablement je désirais notre départ, je voyais que nous entrerions dans la mauvaise saison et ne voyais aucun bâtiment en charge pour partir.

M. de Chateaubriand, qui ne désirait pas moins que moi de partir, ne savait quel parti prendre. Il fut obligé de noliser un bâtiment à son compte, dont le capitaine a eu beaucoup de peine à se décider. Enfin les conventions faites et le jour pris, je vais avec le cuisinier de M. le consul faire nos provisions pour M. Chateaubriand et moi, parce que Jean, notre interprète, est resté à Alexandrie pour retourner à Constantinople sur le premier bâtiment qu'il trouverait. Notre provision consistait de poules, œufs, beurre, riz, biscuits, viande fraîche, poires et raisins secs, vin, citrons, oignons, ail ; il nous restait encore de celles que M. le général Sébastiani nous avait données, comme jambon, saucisson, pains de sucre et rhum et environ une trentaine de cailles que M. Rovertie nous avait données. J'avais conservé mes ustensiles de cuisine, qui m'avaient servi depuis Constantinople jusqu'à Jaffa. Je calculais, pour notre consommation journalière, que nos provisions pourraient aller deux mois. M. Rovertie (voir *supra*, p. 596) conseillait à M. de

Chateaubriand de rester encore une huitaine de jours de plus parce qu'il devait arriver beaucoup de riz du Caire, et qu'il chargerait son bâtiment avantageusement qui n'était dans ce moment que presque sur son lest, dont il aurait tiré grand parti à Tunis, mais n'ayant pas voulu attendre plus longtemps, nous sommes partis avec le peu de charge qu'il y avait, assez cependant pour ne pas chavirer, le dimanche 23 novembre, avec tous les regrets de quitter toutes les personnes qui nous avaient si bien reçus.

Notre bâtiment était un bâtiment marchand impérial. Notre équipage était composé d'un capitaine, de deux officiers commandants et d'un pilote et de huit matelots. Nous avions pour passages six Turcs qui revenaient de la Mecque et M. de Chateaubriand et moi, ce qui fait en tout vingt personnes.

Dans les premiers jours nous avons été assez bien, mais cela n'a pas duré, car nous avons toujours eu mauvais temps et mauvais vent pour le reste du trajet. Nous avons été obligés pendant plusieurs jours à ne faire que virer de bord, pour ne pas trop nous écarter de notre destination, et même à nous mettre sous cape, en pliant toutes nos voiles, et baisser notre mât de perroquet.

Nous étions très près de l'île de Malte ; ce que nous avions à craindre [c'était] d'être aperçus par quelque bâtiment anglais qui aurait pu nous forcer d'aller à l'île de Malte, mais aucun n'est venu à notre rencontre. Comme notre équipage se trouvait très fatigué, et que le vent augmentait à ne pas nous être favorable, le capitaine, voyant sur la carte un mouillage nommé Querquigni duquel nous n'étions pas très éloignés, il fait faire voile dessus sans en prévenir M. de Chateaubriand, qui aussitôt qu'il a vu que nous approchions de ce mouillage, s'est fâché avec le capitaine de ne pas l'avoir consulté et qu'il devait continuer sa route ayant supporté de plus mauvais temps. Mais nous étions trop avancés pour reprendre notre route, et la prudence du capitaine a été très bien vue, car, cette nuit-là, le vent est devenu plus fort et la mer très mauvaise. Ayant été obligé de rester vingt-quatre heures de plus dans le mouillage, malgré cette preuve qui donnait raison au capitaine, M. de Chateaubriand lui en marquait toujours son mécontentement. Il y avait environ un mois que nous naviguions et il nous fallait encore sept ou huit heures pour arriver dans le port de Tunis. Dans le même instant le vent nous devient contraire et très violent, ce qui nous a forcés à nous mettre au large, et nous recule pour trois semaines sans pouvoir aborder le port.

C'est encore dans ce moment que M. de Chateaubriand faisait reproche au capitaine d'avoir perdu trente-six heures au mouillage ; il ne voulait toujours pas croire aux observations du capitaine, qu'il aurait pu nous arriver de plus grands malheurs, mais celui que je voyais était de voir baisser nos provisions et ne savoir quand nous arriverions.

Comme nous n'étions pas très éloignés d'une petite île qui se nomme Tempelia, le capitaine propose à M. de Chateaubriand de faire voile dessus, pour pouvoir remonter nos vivres, à quoi il ne s'est pas opposé, mais arrivés au port, il n'a pas voulu descendre à terre, nous ne sommes descendus que trois, le capitaine, un officier et moi. Cette île était occupée par des Grecs qui m'ont paru très gais et contents. Nous leur avons demandé ce qu'ils avaient à vendre pour nourriture, ils nous en font le détail, alors nous choisissons ce qu'il nous faut. Le capitaine a acheté deux cochons, deux moutons, des poules, des œufs, des fromages et du vin, et moi j'ai acheté deux petits cochons de lait, des poules, des œufs et du vin, nous avons payé chaque chose presque aussi cher qu'en France. Après notre marché fait et payé, ils n'ont pas voulu nous laisser partir sans déjeuner ; après, nous nous sommes promenés dans leur île qui est très bien cultivée, quoique le terrain ne soit que de monts de terre. Cette promenade m'a fait grand plaisir, car il y avait au moins cinq semaines que je n'avais mis pied à terre. Nous avions fait porter nos provisions à notre chaloupe, où deux matelots nous attendaient, et nous avons rejoint notre bâtiment. M. de Chateaubriand nous a paru un peu plus content ; il m'a fait différentes questions sur les habitants et comment était leur île. Je lui en fis le détail que le peu de temps m'a permis de voir, qu'ils étaient très actifs à leurs travaux de culture et les femmes aux soins de leurs ménages et de leurs bestiaux dont ils font commerce avec les voyageurs qui mouillent dans leur port. Nous sommes repartis le lendemain matin pour reprendre notre route sur Tunis, et le 11 janvier 1807 nous avons approché du port sans pouvoir y entrer ayant vent contraire. Nous nous sommes mis en rade jusqu'au lendemain où le vent nous a été un peu plus favorable, quoique la mer toujours très agitée, au point de ne pouvoir descendre une chaloupe pour aller à terre, et notre bâtiment en mouvement comme en pleine mer. Nous sommes restés dans cette position jusqu'au dimanche 18 ; il nous restait encore assez de provisions, même en rhum, sucre et citrons, malgré que nous en avions fait un grand usage.

Dans nos plus mauvaises nuits, que nous passions sans dormir, il y avait toujours en garde sur le pont un officier, le pilote et quatre matelots. Quand je voyais, à la fin du jour, que nous allions avoir une mauvaise nuit, nous montions sur le pont et, à minuit, je commençais à faire notre punch, ou plus tard quand le capitaine et un de ses deux officiers se trouvaient sur le pont, qui étaient comme deux sauvages et auxquels nous n'en voulions pas donner. Je commençais toujours à en donner à notre pilote et aux quatre matelots, ensuite à M. de Chateaubriand, à l'officier et moi; mais nous ne prenions pas cela aussi tranquillement que dans un café. Cet officier avait beaucoup d'usage et parlait très bien français, ce qui nous a été très agréable dans notre trajet et les sept jours que nous sommes restés dans le port d'où nous voyions celui de La Goulette et Tunis, qui en est à trois lieues. Enfin, nous sommes donc descendus le dimanche 18 à ce port de La Goulette, dont aussitôt on a fait savoir l'arrivée de M. de Chateaubriand à M. Doise (*sic*, pour: Devoise), consul de France à Tunis, qui, de suite, a envoyé son interprète et des chevaux pour y aller par terre; et nos bagages sont venus par mer sur un batelet qu'ils nomment sandalle.

Arrivés à l'hôtel, M. Doise a descendu recevoir M. de Chateaubriand et l'a conduit dans un logement fort propre et agréable, lui témoignant tout le plaisir qu'il avait de le recevoir. J'ai été aussi très bien reçu de la part de son monde.

M. Doise était un homme d'environ cinquante-cinq ans, très estimable et père de famille ayant quatre enfants, trois demoiselles et un garçon, dont les deux aînées étaient en pension à Paris, la troisième était à Tunis avec le petit garçon qui pouvait avoir cinq ans. La maman était encore jeune et tenant toujours très bonne société, et pour en augmenter le nombre, pour rendre les soirées plus récréatives à cause de M. de Chateaubriand, M. Doise donnait plus souvent à dîner, et à différents étrangers et aux consuls de chaque nation. Pendant notre séjour le carnaval est venu, ce qui a encore donné sujet à de plus grandes fêtes données par MM. les consuls qui en invitaient toujours M. de Chateaubriand.

Quoique ce fût dans l'hiver le temps était fort beau, nous n'avons eu que quelques jours de froid et giboulées comme à Paris sur la fin de mars; aussi il n'y a pas de cheminée dans les appartements, l'on se chauffe par le moyen d'une grande poêle qu'on remplit de braise bien allumée et qu'on couvre de cendres, ce qui la conserve toute la soirée qui se termine au plus tard à dix heures et ce ne sont que des voisins qui y restent jusqu'à cette heure-là, dont la communication se fait intérieurement, ou il faut être plusieurs pour être en sûreté et ne pas avoir loin pour gagner son logis. À la fin du jour toutes les boutiques se ferment et chacun rentre chez soi, de sorte que les rues deviennent désertes et qu'on ne peut rencontrer que de mauvais sujets, malgré qu'il se fasse des patrouilles. Notre quartier était un des plus sûrs, étant habité par tous les consuls de chaque nation. Dans le jour, j'allais avec plusieurs personnes promener, voir les maisons et jardins des premiers de la ville, principalement la maison et le jardin du bey que j'ai trouvé très beau et bien cultivé et planté à la française comme espaliers, arbres de plein vent de différents fruits et arbres et arbustes de fantaisie, et de différentes clôtures comme murs, fossés, haies de figues d'Inde et les maisons très bien bâties. Il y a de très belles plaines, les meilleures terres semées en blé, en orge, d'autres plantées en oliviers et, à cette époque, tout était avancé comme en France sur la fin d'avril. Plus près de la ville, il y a des jardins comme des marais, où il y a différents légumes. Les Juifs ont aussi un très grand terrain pour cimetière où ils vont, tous les samedis, laver et blanchir les dalles de pierre qui sont sur les tombeaux où sont enterrés leurs parents : là, ils prient et pleurent.

Enfin tout mon temps s'est passé sans ennui par toutes ces variétés qui m'étaient inconnues et de plus me trouvant avec toute personne qui avait l'usage français, cependant il existait en nous la douleur de savoir qu'aucune de nos nouvelles n'était encore parvenue à Mme de Chateaubriand et à ma femme.

Quoique ayant donné, à notre arrivée à Tunis, des lettres à un capitaine qui avait promis de les faire passer en France, quel fut notre étonnement de voir au bout de trois semaines ce bâtiment mouiller dans le port de Tunis, n'ayant pu aller à sa destination par le mauvais état dont il était, et nos lettres toujours dans les mains du capitaine, ce qui nous faisait désirer de partir, mais impossible. Enfin, le bâtiment a été rétabli avant que nous puissions partir, nous l'avons vu partir avec plaisir, espérant que nos lettres parviendraient, ce qui nous a tranquillisés, malgré cela, cherchant tous les moyens de partir le plus tôt possible. Cela n'aurait pas été si difficile si la guerre n'eût pas été entre les Algériens et les Tunisiens ; aucun bâtiment n'osait se mettre en mer, alors, il fallait attendre une occasion pour notre départ. Aussi nous allions souvent à la chambre d'observatoire de M. le consul où il y a un télescope avec lequel on voyait dans le port tout ce qui arrivait, et se passait, comme si on eût été à quarante pas, aussi nous a-t-il dit qu'il nous avait plaints sans nous connaître, voyant notre bâtiment si tourmenté, et sans pouvoir descendre à terre. Un jour nous apercevons qu'une frégate américaine vient mouiller dans le port et aussitôt que le capitaine fut débarqué, il vient voir M. Doise qui l'invite à dîner se trouvant au moment où l'on allait se mettre à table, ce qui a donné à M. de Chateaubriand la facilité de savoir sa marche, et s'il pouvait espérer qu'il puisse nous porter dans quelque port de l'Espagne. Au bout de plusieurs jours le capitaine lui en donne l'espoir, mais il fallait attendre qu'il ait fait différentes courses avant que de partir de Tunis. Pendant que la frégate faisait sa tournée il est arrivé un brick qui en dépendait, qui a été obligé d'attendre le retour de la frégate pour prendre les ordres du capitaine. Le moment de son arrivée, il fut décidé que la frégate n'irait que jusqu'à Alger, mais que le brick irait jusqu'à Malaga, après qu'il aurait été à l'île de Malte. Alors, la chose étant assurée, nous prenons patience jusqu'à son retour, qui a été le 3 mars et notre départ a été fixé le 9. Nous avons quitté Tunis le 5, ce qui nous a fait quarante-sept jours de résidence chez M. Doise qui n'a pas cessé, jusqu'à cette époque, de procurer à M. de Chateaubriand tout l'agrément possible, et m'ayant recommandé à ses gens je n'ai qu'à me louer de la manière qu'ils ont rempli les intentions de M. Doise envers moi ; aussi, nos adieux étaient mutuellement comme des adieux de famille.

Nous nous sommes embarqués sur une sandalle pour aller au port de La Goulette dont le trajet se fait en trois heures quand le vent est bon. Chemin faisant, je demande à M. de Chateaubriand s'il avait pris l'or qu'il avait mis dans le secrétaire de la chambre où il couchait, il me dit que non. Je fus obligé de retourner à Tunis, mais comme ces sandalles-là vont et viennent continuellement, l'on fait signe à la première que nous voyons de loin d'approcher ; aussitôt je monte dedans et retourne à Tunis chez M. Doise qui n'a pas été étonné de me revoir, sachant notre oubli.

Il était trop tard pour retourner au port de La Goulette, je ne suis parti que le lendemain matin à sept heures et, malheureusement, le vent nous est venu contraire et au lieu de trois heures pour faire le trajet nous en avons mis douze. Ce retard a inquiété beaucoup M. Chateaubriand ; il craignait qu'il me soit arrivé quelque chose, jugeant du mauvais temps qu'il faisait ; en me voyant, il fut rassuré.

Le 7 et le 8, nous nous sommes promenés dans les ruines de

Carthage où il se trouve encore quelques fondations à rase terre qui prouvent la solidité des monuments et aussi comme des distributions de bains qui se trouvent être submergés par la mer, il existe encore de très belles citernes et d'autres recomblées. Le peu d'habitants qui occupent ces contrées en cultivent les terres qui leur sont nécessaires, et ramassent différents marbres et pierres, ainsi que des médailles, qu'ils vendent aux voyageurs comme antiques. M. de Chateaubriand en a acheté pour rapporter en France. Le port de La Goulette est occupé par les surveillants du grand port et les magasiniers qui sont pour recevoir toutes les marchandises qui sont pour être embarquées et celles qu'on débarque du grand port ; il y entre aussi tous les bâtiments à grande réparation ; il y a pour ouvriers beaucoup d'esclaves de différentes nations, excepté des Français ; il y a aussi des forçats qui sont enchaînés deux à deux.

Le lundi 9 nous sommes partis pour rejoindre notre brick américain qui était au large dans le grand port, environ à une demi-lieue de celui de La Goulette.

Arrivé à bord le capitaine me fait donner un coin pour y mettre nos effets, car tout était bien rempli. Malgré cela il régnait une propreté à faire plaisir, tant dans l'intérieur qu'à l'extérieur du bâtiment. C'est un autre ordre et distribution que dans les bâtiments marchands. Il était fort de douze pièces de canon, soixante hommes pour les servir, environ vingt autres hommes d'équipage. Pour chef un capitaine, quatre officiers commandants, six aspirants et cinq officiers de santé, ce qui fait seize personnes, de plus huit domestiques. En passagers, un Turc de distinction, avec sa suite de dix personnes, et M. de Chateaubriand et moi, ce qui fait, en totalité, cent dix-huit hommes. Il y avait toujours sur le pont deux sentinelles pour en maintenir l'ordre et la police. Notre trajet a été de dix-huit jours. Le premier je fis connaissance avec le cuisinier, le valet de chambre et le domestique du capitaine qui, tous trois, parlaient très bien français, fait que je n'étais pas embarrassé pour demander ce que j'avais besoin et que le voyage m'a été plus agréable, malgré que notre bâtiment allait très vite en bon vent, car j'ai vu faire de quinze à vingt milles par heure. Cela n'a pas diminué les jours que nous avons mis, ayant eu des calmes qui nous ont retardés, pendant lesquels le capitaine faisait faire l'exercice à feu pour connaître les plus adroits. Pour l'artillerie on menait avec une chaloupe un tonneau qui reste sorti de moitié à fleur d'eau, sur lequel ils apointaient le canon, l'un d'entre eux en a traversé les deux fonds et, pour en prouver la vérité, l'on a été chercher le tonneau que j'ai vu. Pour la mousqueterie on mettait un carton comme dans les arquebuses, au bout du bâtiment. Pour le pistolet on en mettait un moins grand, et à moitié du bâtiment. Un autre jour, de même en calme, il se trouvait beaucoup de tortues planant sur la superficie de l'eau, le capitaine envoie un officier et plusieurs matelots pour en pêcher, ils les prenaient à la main comme s'ils ramassaient une pierre. En plusieurs fois ils en ont rapporté plus d'une centaine. Il y en avait qui pouvaient couvrir trois pieds carrés en superficie. Ce qui a nourri plusieurs jours l'équipage. Les chefs n'en mangeaient que le cou comme étant le plus délicat de l'animal et faisant de bon bouillon. Autre cause de retard, l'eau douce commençait à nous manquer, ainsi que le bois, et sachant que leur frégate était mouillée au port d'Alger, alors ils ont été la rejoindre pour se procurer ce qu'ils avaient besoin. Ce qui nous a tenus encore vingt-quatre heures.

M. de Chateaubriand dit au capitaine qu'il désirait débarquer au port de Malaga, mais le vent nous devenant contraire et étant plus avantageux pour Gibraltar, nous en prenons la route ; mais environ à une lieue du port je vois le capitaine qui fait monter sur le pont armes et munitions et démarrer les canons. J'ai d'abord cru que c'était pour se faire annoncer, mais quand j'ai vu six chaloupes canonnières qui cherchaient à nous envelopper et notre brick virer de bord pour tirer sur elles, je craignais quelque engagement de combat qui n'a pas eu lieu, car à la première bordée il en fit retirer trois et à la seconde les trois autres, de sorte que nous sommes entrés très tranquillement dans le port. Le capitaine dit à M. de Chateaubriand qu'il y avait environ un an qu'il avait éprouvé des vexations de leur part et qu'il avait juré de ne se laisser ni approcher, ni visiter que dans le port, qui aussitôt sont venus pour cela, mais n'ayant pas fini notre quarantaine qui s'annonce par un drapeau jaune, ils se sont contentés de parler au capitaine de dans leurs chaloupes, et tous les jours ils venaient de même et cela m'a donné le temps de voir Gibraltar, qui est un rocher énorme en pleine mer, dont la ville est au pied, et des bâtiments de guerre au pourtour. Le détroit est à la portée de canon des terres d'Espagne.

Le cinquième jour, à six heures du matin, le capitaine fait descendre une chaloupe du bâtiment, dans laquelle nous sommes partis du port de Gibraltar à la faveur d'un très grand brouillard qui nous mettait à l'abri de toute surveillance ; et, après environ quatre heures de navigation, nous sommes entrés dans le port d'Algésiras où nous sommes restés très longtemps sans mettre pied à terre, ne pouvant entrer dans la ville sans avoir visité nos papiers qu'ils passent au vinaigre avant que de les porter à leurs administrations, ensuite au consul français qui est venu pour recevoir M. de Chateaubriand et l'engager à venir chez lui, ce qu'il n'a pas accepté préférant d'aller dans une auberge pour être plus libre. Nous avions avec nous un Espagnol, garde-vallon qui était dans notre bâtiment partant de Tunis ; dans le cours de notre trajet, il me dit qu'il allait en Espagne. Comme il parlait un peu français, j'en ai fait part à M. de Chateaubriand qui l'a adopté jusqu'à Cadix, en le défrayant de sa dépense de route, et nous a servi d'interprète jusque-là.

Nous sommes restés à Algésiras depuis le lundi 30 mars, jusqu'au samedi 4 avril que nous en sommes repartis pour Cadix. Comme nous avions plus d'effets qu'il nous en fallait pour être à cheval ou en voiture, malgré que M. de Chateaubriand avait donné au capitaine et différents officiers de notre brick américain des peaux de lion, de tigre et de panthère qu'il avait achetées à Tunis, dont il n'en a rapporté qu'une de lion et une de tigre à Paris, il m'a dit aussi de donner aux matelots qui nous ont conduits à Algésiras mes ustensiles de cuisine et le reste de nos provisions.

Après ce débarras, nous visitons ce qu'il nous restait et ne prenons que ce qui nous était absolument nécessaire et nous faisons deux malles du reste, que nous laissons chez M. le consul, pour les faire parvenir par eux à Paris, qui ne sont arrivées que deux mois après notre retour.

Il nous a fallu cinq chevaux, un pour M. de Chateaubriand, un pour moi, un pour notre garde-vallon, un pour notre conducteur et un pour nos effets. Notre route n'a pas été très commode, ayant pris par des chemins de traverse où nous avions beaucoup de montagnes et de rivières à passer et plusieurs d'un courant très rapide, mais en mettant nos chevaux de front, les uns contre les autres, ils se soutenaient de manière à les passer avec moins de danger. Nous sommes arrivés à Cadix le lundi 6. Aussitôt M. de Chateaubriand me charge de lui trouver un bon cabriolet de poste. Je demande à la maîtresse de l'hôtel garni où nous étions descendus quelques renseignements pour cet objet ; comme veuve, elle avait un homme de confiance qu'elle me donne pour venir avec moi ;

il parlait très bien espagnol et français, étant natif de Paris qu'il avait quitté à l'âge de dix ans et il en avait environ vingt-cinq. Satisfait de trouver une occasion de pouvoir donner de ses nouvelles à sa famille dont il n'en avait eu aucune depuis sa désertion, fait qu'il a mis tout le zèle possible à m'être utile. Nous sommes allés chez plusieurs selliers et carrossiers, je ne tenais pas à l'élégance de la voiture mais bien à la commodité et à la solidité. Ce n'est qu'après beaucoup de recherches, que nous en avons trouvé une, mais fort chère, comme font partout les marchands de profiter avec les étrangers des occasions de vente forcée, il a bien fallu la prendre au dernier prix qu'il me la laissait qui était de tant de réaux, évalués à mille francs de France. Mon emplette faite, M. de Chateaubriand fixe notre départ au jeudi 9, ce qui nous a fait que trois jours de résidence à Cadix que j'ai un peu parcouru. Les rues en sont fort belles et larges, un très beau parc d'artillerie, et un très grand port, où il arrive et part beaucoup de bâtiments qui en fait tout le commerce. Il y a aussi une très belle cathédrale, fort riche, ainsi que toutes les autres églises.

Nous sommes descendus au port pour gagner celui de Sainte-Marie, dont la traversée se fait environ en trois heures de temps. Nous y avons dîné et repartis aussitôt, ayant fait mettre deux chevaux de poste à notre cabriolet, de plus un bidet au domestique interprète que M. de Chateaubriand avait pris à Cadix, qui nous servait de courrier. Nous avons été jusqu'à un petit village qui se nomme Endoucas (*sic*, pour: Andujar) où nous n'avons fait que coucher, qui était le premier depuis Cadix. Le lendemain nous sommes allés à Grenade avec des chevaux de selle parce que les chemins n'étaient pas praticables pour une voiture. Nous avons couché en route où il y avait au moins une trentaine de moines qui faisaient un tapage et une débauche qu'aucun militaire n'aurait faits. Nous étions relégués dans une petite chambre, avec chacun un matelas sur le carreau, sur lesquels nous nous sommes couchés tout habillés et sans quitter nos armes. Nous sommes partis le lendemain de fort bonne heure, mais tous ces messieurs étaient déjà partis, il y avait [à] croire qu'ils ne s'étaient pas couchés. Nous sommes arrivés à Grenade dans l'après-midi où nous nous sommes reposés jusqu'au lendemain, car nous étions très fatigués de notre route et de notre mauvais coucher. Nous sommes allés voir l'Alhambra et autres édifices élevés sur des rochers d'une hauteur immense.

Nous avons visité aussi les couvents et leurs églises qui sont toujours remplies de richesses, car il n'y a pas un mourant, tel pauvre qu'il soit, qui ne laisse quelque don à l'église. Il y a aussi, dans les rochers qui bordent la montagne qu'il faut monter pour aller à l'Alhambra, des espèces de caveaux pratiqués dans ces rochers, de distance en distance, occupés chacun par un ermite. Toute notre journée a été occupée à parcourir tous ces endroits-là, car nous sommes rentrés fort tard à notre auberge et très fatigués, mais comme nous étions très bien ayant bonne chère et bon lit, la nuit a suffi pour nous délasser et nous sommes repartis à sept heures du matin coucher dans le même pays que nous avions couché en allant, mais dans une autre auberge qui n'était pas meilleure, et, en général, il ne s'en trouve de bonnes que dans les grandes villes ; aussi n'y voyage-t-on qu'à grands frais, étant obligé d'avoir son cuisinier, ses ustensiles de cuisine et son lit. Enfin, nous sommes repartis à six heures du matin et nous sommes arrivés de très bonne heure à Endoucas (voir *supra*, p. 606) où nous n'avons resté que pour y coucher ; nous avons repris des chevaux de poste et continué notre route pour Madrid. Chemin faisant, nous nous sommes arrêtés à Aranjuez qui est à huit ou dix lieues de Madrid, où il y a un très beau château et jardins grands et majestueux et toutes les promenades fort agréables. Le roi y réside très souvent. Et nous sommes arrivés à Madrid le mardi 21. J'ai été voir le château dont j'ai trouvé que la façade du côté des cours ressemblait à celle du château de Versailles donnant sur la cour de marbre, mais moins grand et moins élevé. Les jardins sont très beaux, bien percés et plantés et aussi moins grands. Quant à la ménagerie, il n'existait qu'un seul ours noir très beau. Les promenades publiques sont très agréables ainsi que la ville ayant de très belles et grandes rues et beaucoup de beaux édifices et de belles églises, les maisons sont aussi très bien bâties, élevées de deux à trois étages, et bien distribuées, il y a beaucoup de personnes à équipages, les voitures ne sont pas très élégantes et ni les attelages. Pour une voiture à quatre roues et son timon il y a deux mulets attelés avec des traits de corde et le cocher mène en postillon, ce qui n'a pas fort bonne mine, ainsi que sa livrée coiffée d'un chapeau à trois cornes dont les bords retombent sur la forme, cela ne leur paraît pas ridicule étant tous de même. Le peuple commence à y être plus propre, plus laborieux, le territoire mieux cultivé et plus en rapport. Le 23, M. de Chateaubriand voulut partir, mais il n'y avait pas d'établissement de poste à cette époque. Comme depuis Cadix il n'y avait que des muletiers qui louaient tout à la fois mulets et voitures à quatre roues, alors notre cabriolet nous devenait inutile, ce qui a forcé M. de Chateaubriand à chercher à le vendre ; mais n'en trouvant qu'un très bas prix, en raison qu'on n'en fait pas grand usage à Madrid, il a préféré le laisser à quelqu'un de connaissance pour en avoir un meilleur prix. Alors, il a fait prix avec un muletier pour jusqu'à Bayonne ; il y avait six mulets à la voiture, conduits par deux conducteurs, dont un est toujours à pied et l'autre sur le siège, alternativement chacun leur tour. Lorsqu'il y a quelque détour à prendre le conducteur à pied va devant les mules pour leur indiquer le tour qu'elles ont à faire, et celui qui est sur le siège pour les prévenir et aller grand train, il les nomme toutes, et au dernier nom où il dit « arriva cavaillot », elles partent au galop, sans un coup de fouet, à croire qu'elles vont se jeter dans les fossés qui sont très profonds à droite et à gauche de la route.

Nous nous sommes arrêtés en passant à l'Escurial, qui est environ à six lieues de Madrid, où il y a un monastère immense, dont la plus grande partie est l'église, et est occupé par un très grand nombre de moines et l'autre partie par le roi et sa cour. C'est un des monastères le plus grand et le plus beau de l'Espagne. L'église en est aussi la plus belle et la plus riche, tant en tableaux, ornements et argenterie. Nous sommes arrivés à Bayonne le mardi 5 mai, ce qui nous a fait environ douze jours de route depuis Madrid. Nous y sommes restés quatre jours. J'ai trouvé la ville fort belle et commerçante, avec une très forte citadelle où travaillent beaucoup de déserteurs traînant le boulet, mais n'ayant pas de ces mines de forçats ; ils étaient frais, bien portants et proprement vêtus. Après avoir pris leurs repas, ils attendent l'heure de relevée en jouant aux cartes et aux palets ; le matin, lorsqu'ils arrivent à l'ouvrage, on les entend de loin par le bruit qu'ils font avec leur boulet qui est au bout d'une chaîne environ de trois à quatre pieds de long, rivée à une ceinture qui leur fait le tour du corps, fermée avec un cadenas ; lorsqu'ils roulent des terres à la brouette, en revenant à vide, ils y mettent leurs boulets.

Nous sommes repartis le samedi 9 pour Bordeaux ayant pris la poste avec un cabriolet de renvoi ; nous avons passé à Pau et à Tarbes, où nous nous sommes détournés pour aller voir les eaux de Barèges et nous sommes arrivés à Bordeaux le lundi 18, très fatigués et chacun un mouvement de fièvre qui s'est passé après deux ou trois jours de repos. J'ai profité du peu de temps qu'il me restait pour voir la ville qui m'a paru très grande et bien peuplée, ayant de très belles places, boulevards et très belles promenades au dehors et un beau port.

Nous en sommes repartis le mardi 26 pour Paris ayant passé par Angoulême, Tours et arrivés le jeudi 28 à Blois où nous avons couché. Le lendemain je me suis promené dans la ville que j'ai trouvée fort agréable, ayant de belles fontaines et un superbe pont tant par sa longueur que par sa largeur. Le 31 nous avons continué notre route jusqu'à Orléans où nous sommes restés deux jours. Ensuite nous avons fait notre dernier coucher à Engerville et nous sommes arrivés à Paris le 5 juin 1807 à trois heures après midi.

DOSSIER

CHRONOLOGIE

1768. Naissance, à Saint-Malo, le 4 septembre, de François-René de Chateaubriand, dixième (et dernier) enfant de René de Chateaubriand (1718-1786) et Apolline de Bedée (1726-1798). Enfance et adolescence en Bretagne.
1786. À dix-huit ans, Chateaubriand entre au service, comme sous-lieutenant au régiment de Navarre. Dans les années suivantes, il bénéficie de congés fréquents : il est présenté à la Cour, se frotte au milieu littéraire parisien et assiste au début de la Révolution.
1791. *Avril-décembre :* voyage en Amérique.
1792. Chateaubriand regagne la Bretagne, où il se marie. Après un séjour à Paris au printemps, il se décide à émigrer, et va rejoindre le camp des Princes. Il participe au siège de Thionville où il est blessé ; il est ensuite démobilisé, après Valmy.
1793-1800. Gravement malade, le chevalier de Chateaubriand réussit à gagner Jersey, puis Londres. Il restera sept ans en Angleterre. C'est là qu'il publie, en mars 1797, son premier livre : *Essai historique sur les révolutions.* En 1798, il termine la première version des *Natchez,* avant de commencer la rédaction du *Génie du christianisme.*
1800-1802. Rentré en France et radié de la liste des émigrés, Chateaubriand publie successivement *Atala* (avril 1801) et le *Génie du christianisme* (avril 1802). Immense succès.

Octobre 1802 : voyage dans le midi de la France. Chateaubriand contemple pour la première fois, à Marseille, la Méditerranée.

1803. Seconde édition du *Génie du christianisme*, dont le Premier consul accepte la dédicace. Le 4 mai, Chateaubriand est nommé Premier Secrétaire de Légation à Rome, où il arrive le 27 juin. Ses relations avec le cardinal Fesh, son chef de poste, vont être difficiles.
Novembre-décembre : dégoûté de la carrière diplomatique et affecté par la mort, le 4 novembre, de son amie Pauline de Beaumont, il demande à quitter Rome, et songe à entreprendre des *Mémoires* : il a trente-cinq ans.
1804. Après une brève excursion à Naples, Chateaubriand regagne Paris à la fin du mois de janvier.
3 mars : publication, dans le *Mercure de France*, de sa « Lettre au Citoyen Fontanes sur la campagne romaine ».
21 mars : exécution du duc d'Enghien. Le lendemain, Chateaubriand adresse à Talleyrand sa lettre de démission du poste de ministre de France dans le Valais qu'on venait de lui attribuer.
Printemps : reprise de la vie commune avec sa femme, venue le rejoindre à Paris. Poursuite de sa liaison avec Mme de Custine qui semble avoir commencé au printemps de 1803, avant son départ pour Rome.
10 novembre : mort à Paris de sa sœur, Lucile de Chateaubriand.
Décembre : Les Martyrs de Dioclétien, commencés au mois de juin, atteignent le livre IV.
1805. La rédaction des *Martyrs de Dioclétien* avance. Le livre VI (le « récit d'Eudore ») est achevé au mois de juin.
Août-septembre : séjour en Auvergne, puis dans les Alpes de Savoie et sur les bords du Léman (visite à Coppet). Excursion, depuis Lyon, jusqu'à la Grande-Chartreuse.
1806. Publication, dans le *Mercure de France* du 1er février, de « Voyage au Mont-Blanc et réflexions sur les paysages de montagnes ». Chateaubriand y exprime pour la première fois son désir de voir la Grèce et la Judée.
8 février : il annonce à Chênedollé son intention de se rendre en Espagne, où séjournent Natalie de Noailles et son frère Alexandre de Laborde.
Juin : dernier séjour au château de Fervacques et rupture avec Delphine de Custine.

VOYAGE EN ORIENT

13 juillet: Chateaubriand quitte Paris en voiture, avec sa femme et son domestique Julien Potelin. Les voyageurs passent par Nevers, Lyon, Turin, Milan, Vérone et Padoue. Ils parviennent à Venise au soir du 23 juillet.
24-28 juillet: séjour à Venise.
29 juillet: Chateaubriand qui a laissé la veille sa femme à Venise, arrive à Trieste un peu avant minuit.
31 juillet: il trouve à embarquer, avec Julien, sur un navire autrichien en partance pour Smyrne, qui appareillera le surlendemain.
2-10 août: en mer. Le dimanche 10, Chateaubriand décide de prendre terre à Modon (Methoni), laissant Julien poursuivre son voyage. Ils se retrouveront à Smyrne le 2 septembre.
11 août: entrevue, à Coron (Koroni), avec le consul Vial qui donne au voyageur des indications pratiques pour traverser la Morée (ou Péloponnèse).
12-19 août (Itinéraire: 12-23 août): de Coron à Athènes. Passage attesté à Mistra (Sparte) et Argos. Arrivée à Athènes le 19[1].
19-22 août (Itinéraire: 23-26): séjour à Athènes chez le consul Fauvel.
23-29 août (Itinéraire: 26-29): arrivé dans la nuit du 22 au 23 au village de Keratia (à une vingtaine de kilomètres du cap Sounion), Chateaubriand y demeure presque une semaine, terrassé par un accès de fièvre.
29 août: Chateaubriand quitte Keratia. Bivouac le soir au cap Sounion, où son navire est passé quinze jours plus tôt.
30 août-2 septembre: traversée de la mer Égée, par Zea (Kea ou Keos), Tino (Téos) et Chio, jusqu'à Smyrne où Chateaubriand retrouve Julien, arrivé le 18 août précédent.
2-4 septembre: séjour à Smyrne que les voyageurs quittent dans la soirée du 4 pour Menemen.
5-13 septembre: Chateaubriand est obligé de gagner

---

1. De Coron à Athènes, la chronologie du voyage aussi bien que son itinéraire font problème: voir Introduction, p. 16-17.

Constantinople par voie de terre sans pouvoir visiter le site de Troie.

13-18 septembre : séjour à Constantinople.

18-30 septembre : traversée de Constantinople à Jaffa, avec relâche à Çeşme (nuit du 22 au 23) et à Rhodes, le 25.

1er octobre : débarquement à Jaffa.

4 octobre : arrivée à Jérusalem, le jour de la Saint-François.

5-6 octobre : visite matinale de la basilique de la Nativité à Bethléem, puis descente jusqu'à la mer Morte, en passant par Mâr-Saba. Le lendemain, exploration des rives du Jourdain, puis retour à Jérusalem, par Jéricho.

7-12 octobre : séjour à Jérusalem, au couvent de Saint-Sauveur.

13 octobre : retour à Jaffa.

16-21 octobre : traversée de Jaffa à Alexandrie.

23-31 octobre : Chateaubriand remonte le Nil, depuis Rosette jusqu'au Caire.

1er-8 novembre : séjour au Caire.

8-13 novembre : difficile redescente du Nil jusqu'à Rosette, et retour à Alexandrie. Le voyageur est obligé de patienter encore une dizaine de jours avant de pouvoir reprendre la mer. Cette période correspond au début du Ramadan, auquel il ne semble prêter aucune attention.

23 novembre 1806-12 janvier 1807 : longue et périlleuse traversée pour gagner la Tunisie (voir le détail dans les notes correspondantes du texte).

1807. *18 janvier :* après une quarantaine de quelques jours à la Goulette, Chateaubriand arrive enfin à Tunis, où il restera jusqu'au 4 mars.

5-8 mars : préparatifs de réembarquement sur un navire de guerre américain. La veille du départ, Chateaubriand visite les ruines de Carthage.

9-30 mars : traversée de la Goulette à Algésiras, avec escales à Alger et à Gibraltar. Le 23, la comtesse de Noailles arrive à Séville, en compagnie de Hyde de Neuville, pour suivre les exercices de la Semaine Sainte.

Avril 1807 : Chateaubriand retrouve en Andalousie Natalie de Noailles, fidèle au rendez-vous qu'elle lui avait fixé (Grenade, 12-13 avril). Ils séjournent ensemble à

Aranjuez, puis, par Madrid et Burgos, Chateaubriand regagne seul la France.

Mai: arrivé à Bayonne le 5, le voyageur ne semble guère pressé de retrouver ses foyers. Il vagabonde dans les Pyrénées (Pau, Tarbes, Barèges), séjourne une semaine à Bordeaux, multiplie les étapes (Blois, Orléans). Il arrive enfin à Paris le 5 juin.

4 juillet: le *Mercure de France* publie un article dans lequel Chateaubriand dénonce avec virulence le despotisme impérial.

1er août: nouvel article intitulé: « Quelques détails sur les mœurs des Grecs, des Arabes et des Turcs ».

Août-septembre: Chateaubriand est dépossédé du *Mercure*, qui, sur ordre de Fouché, fusionne avec la *Revue philosophique* (ancienne *Décade*). On lui signifie une interdiction de séjour à Paris (mais il obtiendra de nombreuses dérogations à cette mesure au cours des années suivantes).

Octobre: installation des Chateaubriand à la Vallée-aux-Loups (commune de Châtenay). Ce sera leur domicile jusqu'en 1814.

Novembre: Les Martyrs de Dioclétien deviennent *Les Martyrs, ou le Triomphe de la religion chrétienne*.

1808. *17 mars:* Fontanes est nommé grand maître de l'Université.

Avril: achèvement des *Martyrs*.

Août: Chateaubriand passe un mois à Méréville, dans la Beauce, chez Natalie de Noailles.

Cette année-là, Girodet exécute son portrait.

1809. *28 janvier:* Armand de Chateaubriand, cousin germain de François-René, arrêté sur les côtes du Cotentin où il se trouvait en mission de renseignement pour le compte du gouvernement anglais, est incarcéré à Paris.

27 mars: mise en vente des *Martyrs*. La censure a exigé de nombreuses coupures sur épreuves.

31 mars: traduit devant un tribunal militaire et condamné à mort, Armand de Chateaubriand est fusillé, malgré de pressantes interventions de son cousin auprès de Fouché et de Napoléon lui-même.

Avril-mai: Les Martyrs reçoivent un accueil mitigé. Campagne de presse hostile; Fontanes et Guizot prennent la défense du livre.

Automne : Chateaubriand prépare une nouvelle édition avec un commentaire destiné à justifier son entreprise.

1810. *29 janvier :* troisième édition des *Martyrs*, avec un *Examen* et des *Remarques* dans lesquelles sont cités des passages du futur *Itinéraire*.
Février-mars : rédaction des *Aventures du dernier Abencérage*, version romancée des amours de Grenade. Ce récit ne sera pas publié avant 1826.
Juin-juillet : Chateaubriand rassemble la documentation nécessaire pour compléter son *Itinéraire*, qui sera terminé au mois de septembre, à la Vallée-aux-Loups.
Décembre : le texte est corrigé, à la demande de la Censure.

1811. *20 février :* Chateaubriand est élu (de justesse) membre de la seconde classe de l'Institut (Académie française).
26 février : publication de l'*Itinéraire de Paris à Jérusalem*.
Avril : Chateaubriand renonce à prononcer son discours de réception, qui a suscité la colère de Napoléon.
Mai : il commence une tragédie biblique, *Moïse*.

1812. *Janvier :* rupture définitive avec Natalie de Noailles.
Avril : troisième édition de l'*Itinéraire*, soigneusement revue et corrigée.
Mai : achèvement de *Moïse*.
Octobre : Chateaubriand commence la rédaction des *Mémoires de ma vie* (livre I).

1813. Vie recluse à la Vallée-aux-Loups. Chateaubriand continue la rédaction des *Mémoires de ma vie* (livre II) et songe à entreprendre une Histoire de la France.

1814. *31 mars :* entrée des Alliés à Paris. Abdication de Napoléon.
5 avril : Chateaubriand publie une brochure en faveur de Louis XVIII : *De Buonaparte, des Bourbons et de la nécessité de se rallier à nos princes légitimes*.
8 juillet : Chateaubriand est nommé ambassadeur en Suède, poste qu'il ne rejoindra jamais.
27 novembre : publication des *Réflexions politiques*, qui sont bien accueillies par le roi.

1815. *20 mars :* retour de Napoléon à Paris. Chateaubriand et sa femme suivent Louis XVIII à Gand. La bataille de Waterloo leur ouvre de nouveau la route de la capitale.
28 juin : seconde Restauration. Ministère Talleyrand-Fouché. Chateaubriand est nommé ministre d'État

(9 juillet), pair de France (17 août) et membre du Conseil privé (17 septembre). Il portera désormais le titre de vicomte.

1816. Chateaubriand se comporte de plus en plus comme le porte-parole de la majorité «ultra» hostile au ministère.
Juillet-août: rédaction de *La Monarchie selon la Charte.*
5 septembre: la Chambre «introuvable» est dissoute. Chateaubriand se hâte de publier sa brochure, avec un *post-scriptum* vengeur. Le livre est aussitôt saisi par la police, et son auteur destitué de son titre de ministre d'État.

1817. Année de difficultés financières pour Chateaubriand, qui cherche acquéreur pour la Vallée-aux-Loups et procède à la vente de sa bibliothèque (28 avril-1er mai).
Juillet-août: rédaction du livre III des *Mémoires de ma vie.*
Décembre: Du système politique suivi par le ministère.

1818-1820. Chateaubriand anime *Le Conservateur*, organe des ultras.

1820. *13 février:* assassinat du duc de Berry.
20 février: second ministère Richelieu, sans Decazes.
Mai: découverte de la Vénus de Milo.

1821. Chateaubriand ambassadeur à Berlin, où il séjourne du 11 janvier au 16 avril.
Insurrection des Grecs de la Morée et des Îles, avec le soutien de la Russie.

1822. Chateaubriand ambassadeur à Londres.
Proclamation, à Épidaure, de la Grèce indépendante.
Incendie, par Canaris, de la flotte du Capitan-Pacha. Terribles représailles (massacres de Chio).
Octobre-décembre: Chateaubriand participe au Congrès de Vérone.

1823. Nommé ministre des Affaires étrangères dans le gouvernement Villèle (28 décembre 1822), Chateaubriand pousse à une intervention française en Espagne: succès militaires, et diplomatiques.

1824. *19 avril:* mort de Byron au siège de Missolonghi.
6 juin: Chateaubriand est brutalement renvoyé du ministère.
16 septembre: mort de Louis XVIII.

1825. *Avril:* chute de Missolonghi.

29 mai: sacre de Charles X.

Ibrahim Pacha dévaste la Morée. Campagne de presse, en France et en Angleterre, en faveur des insurgés. Chateaubriand participe au Comité de soutien et publie sa *Note sur la Grèce*, qui aura plusieurs éditions.

1826. *30 mars:* signature du contrat Ladvocat pour les *Œuvres complètes* où figure l'*Itinéraire*, suivi de la *Note sur la Grèce*.

1827. Vive campagne de Chateaubriand en faveur de la liberté de la presse.

Juin: Athènes, défendue par les volontaires du colonel Fabvier, tombe à son tour.

20 octobre: la flotte ottomane est anéantie dans la rade de Navarin par une escadre franco-anglaise.

2 décembre: démission de Villèle après des élections défavorables.

15 décembre: inauguration, au Louvre, du musée égyptien.

1828. *5 janvier: Le Moniteur* annonce la formation du nouveau ministère (Martignac).

Un corps expéditionnaire français occupe la Morée, sous les ordres du général Maison.

3 juin: évincé du ministère Martignac, Chateaubriand est nommé ambassadeur auprès du Saint-Siège.

9 octobre: arrivée à Rome de Chateaubriand, accompagné de sa femme.

Novembre: Chateaubriand rédige un *Mémoire* sur la situation en Orient, qu'il envoie à son ministre.

1829. *10 février:* mort du pape Léon XII. Son successeur, élu le 31 mars par le conclave, prendra le nom de Pie VIII.

30 août: la formation du ministère Polignac entraîne la démission de Chateaubriand.

Par le protocole de Londres, le sultan accepte de reconnaître une Grèce indépendante, dans un cadre limité. Après une période de luttes intestines, celle-ci deviendra une monarchie, sous un prince bavarois, et Athènes sera choisie comme capitale en 1834. Chateaubriand devra attendre 1843 pour recevoir une décoration du nouveau royaume (ordre de Saint-Sauveur), et 1889 pour avoir sa rue à Athènes.

1830. Chateaubriand travaille à des *Études historiques*, malgré la faillite de son éditeur Ladvocat.

7 août: Chateaubriand prononce à la tribune de la

Chambre des pairs un dernier discours dans lequel il refuse de reconnaître la légitimité du régime de Juillet.

APRÈS 1830

Redevenu un homme privé, Chateaubriand continuera de jouer un rôle politique à la tête du parti légitimiste. Mais la grande affaire de cette période sera la rédaction des *Mémoires d'outre-tombe*, achevés en 1840, mais retouchés jusqu'à la fin.
4 juillet 1848 : mort de Chateaubriand.

BIBLIOGRAPHIE

ÉDITIONS DE RÉFÉRENCE

Itinéraire de Paris à Jérusalem (...), édition critique par Émile Malakis, The Johns Hopkins Press, Baltimore-Londres-Paris, 2 vol., 1946.
Journal de Jérusalem, notes inédites publiées par Georges Moulinier et Amédée Outrey, Librairie Eugène Belin, 1950.
Itinéraire de Paris à Jérusalem, texte établi, présenté et annoté par Maurice Regard, dans *Œuvres romanesques et voyages*, tome II, Gallimard, «Bibliothèque de la Pléiade», 1969.

HISTOIRE DU TEXTE

Jean Mourot, «Réflexions sur quelques variantes de l'*Itinéraire*», R.H.L.F., novembre-décembre 1968, p. 953-980.
Jean-Claude Berchet, «Les enseignements du *Journal de Jérusalem*», dans *Sortir de la Révolution. Casanova, Chénier, Staël, Constant, Chateaubriand. Manuscrits de la Révolution III*, études réunies et présentées par Béatrice Didier et Jacques Neefs, «Manuscrits modernes», Saint-Denis, Presses Universitaires de Vincennes, 1994, p. 237-257.

AUTRES ŒUVRES DE CHATEAUBRIAND

Essai historique sur les révolutions et *Génie du christianisme*, texte établi, présenté et annoté par Maurice Regard, Gallimard, «Bibliothèque de la Pléiade», 1978.

Atala, René, Les Aventures du dernier Abencérage, édition présentée et annotée par Jean-Claude Berchet, GF-Flammarion, 1996.

Les Martyrs de Dioclétien, version primitive des *Martyrs*, édition critique avec une introduction par Béatrice d'Andlau, Librairie classique Eugène Belin, 1951.

Les Martyrs, ou le Triomphe de la religion chrétienne, texte établi, présenté et annoté par Maurice Regard, dans *Œuvres...*, «Bibliothèque de la Pléiade», t. II, 1969.

Mémoires d'outre-tombe, nouvelle édition critique établie, présentée et annotée par Jean-Claude Berchet, «La Pochothèque», Le Livre de Poche, 2 vol., 2003-2004. C'est à cette édition que nous renvoyons. Elle a été précédée par une version «allégée» parue dans «Le Livre de Poche Classique» (2001-2002, 4 vol.).

Correspondance générale, textes établis et annotés par Pierre Riberette, en cours de publication chez Gallimard (6 volumes parus depuis 1977).

Voyage en Italie, dans *Œuvres...*, «Bibliothèque de la Pléiade», t. II, 1969.

COMMENTAIRE

1. Ouvrages de synthèse sur Chateaubriand

Sainte-Beuve, *Chateaubriand et son groupe littéraire* (1860), nouvelle édition annotée par Maurice Allem, Garnier, 1948.

Pierre Moreau, *Chateaubriand*, Hatier, collection «Connaissance des Lettres», 1967 (édition de 1956 revue et mise à jour).

Jean Mourot, *Le Génie d'un style. Chateaubriand...*, 2ᵉ édition revue et corrigée, A. Colin, 1969 (1960).

Jean-Pierre Richard, *Paysage de Chateaubriand*, Le Seuil, 1967.

Jean-Paul Clément, *Chateaubriand politique*, textes choisis, présentés et annotés, Hachette, collection « Pluriel », 1987.
Jean-Marie Roulin, *Chateaubriand. L'Exil et la gloire*, Champion, 1994.
Ghislain de Diesbach, *Chateaubriand*, biographie, Perrin, 1995.
Béatrice Didier, *Chateaubriand*, Ellipses, 1999.
Marc Fumaroli, *Chateaubriand, poésie et terreur*, De Fallois, 2003.

2. Études critiques sur le voyage en Orient

Avramiotti, *Alcuni cenni critici... sul viaggio in Grecia del signor Chateaubriand*, Padoue, Bettoni, 1816, trad. fr. par Alice Poirier, Presses universitaires de France, 1929.
P. Garabed Der-Sahaghian, *Chateaubriand en Orient*, Venise, Saint-Lazare-Imprimerie Arménienne, 1914.
Amédée Outrey, « Le voyageur », dans *Chateaubriand. Le Livre du centenaire*, Flammarion, 1949, p. 37-58.
Jean-Marie Carré, *Voyageurs et écrivains français en Égypte* (1932), deuxième édition revue et corrigée, Le Caire, I.F.A.O., 1956 (sur Chateaubriand, voir le tome I, p. 169-194).
Fernande Bassan, *Chateaubriand et la Terre Sainte*, Presses universitaires de France, 1959.
Roland Mortier, « Un virtuose des ruines : Chateaubriand », dans *La Poétique des ruines en France*, Genève, Droz, 1974, p. 170-192.
Denise Brahimi, *Arabes des lumières et Bédouins romantiques*, Le Sycomore, 1982.
Francesco Fiorentino, *Dalla Geografia all'Autobiografia : Viaggiatori francesi in Levante*, Padoue, Antenore, 1982.
Jean-Claude Berchet, « De Paris à Jérusalem ou le voyage vers soi », *Poétique*, n° 53, 1983, p. 91-108.
Jean-Claude Berchet, *Le Voyage en Orient. Anthologie des voyageurs français dans le Levant au XIXe siècle*, Robert Laffont, collection « Bouquins », 1985.
Jean-Claude Berchet, « *Et in Arcadia ego !* Un topos néoclassique », *Romantisme*, n° 51, 1986, p. 85-104.
Marie Blain-Pinel, *La Mer et le Sacré chez Chateaubriand*, Albertville, Claude Alzieu éditeur, 1993.
Jean-Claude Berchet, « Chateaubriand et le despotisme oriental », *Dix-huitième siècle*, n° 26, 1994, p. 391-421.
Sarga Moussa, « Chateaubriand en Orient : le voyage comme

affirmation de soi », dans *La Relation orientale*, Klincksieck, 1995, p. 27-58.

Philippe Antoine, *Les Récits de voyage de Chateaubriand*, Champion, 1997.

« *L'instinct voyageur* ». *Creazione dell'io e scittura del mondo in Chateaubriand*, a cura di Filippo Martellucci, Unipress, 2001 (voir en particulier les articles de Hans Peter Lund et Patrizio Tucci).

3. Les principales sources de Chateaubriand

Nous ne signalons ici que les titres les plus fréquemment utilisés par Chateaubriand (en dehors des classiques latins et grecs), en indiquant par un astérisque les ouvrages qu'il possédait dans sa bibliothèque de la Vallée-aux-Loups (voir Marcel Duchemin, « La Bibliothèque de Chateaubriand », dans *Chateaubriand. Essais de critique et d'histoire littéraire*, Librairie Vrin, 1938, p. 387-431).

Anthologies ou collections
* Bongars (Jacques), *Gesta Dei per Francos*, Hanoviae, 1611 (recueil de textes sur les croisades).
* Boucher de La Richarderie (Gilles), *Bibliothèque universelle des voyages*, Paris, Treuttel et Würtz, 1806, 6 vol. in-8°.
* *Lettres édifiantes ou curieuses écrites des Missions étrangères* publiées par Querbeuf, Paris, 1780-1783, 26 vol. in-12°.
* Abbé Prévost, *Histoire générale des voyages*, abrégée et rédigée sur un nouveau plan par La Harpe, Paris, 1780-1786, 23 vol. in-8°, fig. et atlas in-4°.
* Rollin (abbé Charles), *Histoire ancienne*, Paris, 1758-1764, 14 vol. in-12° (1re éd. 1731-1738).
* Rollin (Charles) et Crevier (Jean-Baptiste), *Histoire romaine*, Paris, 1758-1768, 16 vol. in-12° (1re éd. 1738-1748).

Grèce, Turquie
* Barthélemy (Jean-Jacques, abbé), *Voyage du jeune Anacharsis en Grèce*, Paris, chez De Bure, 1788, 7 vol. in-8° et 1 atlas in-4° (Chateaubriand possédait la version in-8° de 1789).
* Chandler (Richard), *Voyages dans l'Asie Mineure et en Grèce faits... dans les années 1764, 1765 et 1766*, trad. et notes par Servois et Barbié du Bocage, chez Arthus-Bertrand et Buisson, 1806, 3 vol. in-8°.

Choiseul-Gouffier (comte de), *Voyage pittoresque de la Grèce*, t. I (1782), II (1809), et III (1822), grand in-folio.
* Guys (Pierre-Augustin), *Voyage littéraire de la Grèce, ou Lettres sur les Grecs anciens et modernes*, Paris, chez la Veuve Duchesne, 1783, 4 vol. in-8° (1re éd. 1771).
La Guilletière (Guillet de Saint-Georges), *Lacédémone ancienne et nouvelle*, Paris, J. Ribou, 1676, 2 vol.
Pouqueville (François), *Voyage en Morée et à Constantinople*, Paris, Gabon, 1805, 3 vol. in-8°.
* Spon (Jacob) et Wheler (George), *Voyage... de Grèce et du Levant*, Lyon, Antoine Cellier, 1678, 3 vol. in-12°.
Tournefort (Joseph Pitton de), *Relation d'un Voyage du Levant*, Lyon, 1717, 3 vol. in-8°.

Terre Sainte
* Josèphe (Flavius), *Histoire de la guerre des Juifs*, trad. par Robert Arnaud d'Andilly, Amsterdam, 1681 (1re éd. Paris, 1668). (Édition moderne de *La Guerre des Juifs* : traduction de Pierre Savinel, Minuit, 1976.)
Joinville : *Mémoires du sire de Joinville, ou Histoire de Saint Louis IX enrichie de nouvelles observations et dissertations par Charles du Fresne, sieur du Cange*, 1668. Nombreuses rééditions.
Nau (Père Michel), *Voyage nouveau de la Terre Sainte*, Paris, 1726 (1re éd. 1679).
Volney (Constantin-François Chassebœuf, dit), *Voyage en Syrie et en Égypte pendant les années 1783, 1784 et 1785*, Paris, chez Volland et Desenne, 1787 (réédition par Jean Gaulmier, La Haye, Mouton, 1959).

Égypte et Barbarie (Maghreb ottoman)
Denon (Vivant), *Voyage dans la Basse et la Haute Égypte*, Paris, Didot, An X (1802), 1 vol. in-4° et 1 atlas grand in-folio de 141 planches.
* Norden (Frédéric Louis), *Voyage d'Égypte et de Nubie*, avec des notes, par L. Langlès, Paris, Didot, 1795-1798, 6 vol. in-4° (3 de texte, 3 de planches et cartes).
La 1re édition (posthume) a paru, en français, à Copenhague, en 1755.
Savary (Claude-Étienne), *Lettres sur l'Égypte*, Paris, Onfroi, t. I (1785), II et III (1786), 3 vol. in-12°.
* Shaw (Thomas), *Voyages dans plusieurs provinces de la Barbarie et du Levant*, La Haye, 1743, 2 vol. in-4° avec figures.

NOTES

Page 53.

1. Dans A, B et C, le titre est plus développé : *Itinéraire de Paris à Jérusalem et de Jérusalem à Paris, en allant par la Grèce, et revenant par l'Égypte, la Barbarie et l'Espagne.*

Page 55.

1. Dans A et B, cette préface est intitulée : AVERTISSEMENT. Dans B, elle est précédée par un « Avis sur cette seconde édition / La rapidité avec laquelle la première édition de l'Itinéraire s'est écoulée, ne m'a pas laissé le temps de revoir le texte de cette seconde édition avec autant de soin que je l'aurais désiré. J'ai cependant corrigé plusieurs fautes considérables, notamment dans le morceau sur les ruines de Sparte ; (...) j'ai fait disparaître quelques erreurs de dates et de noms qui m'étaient échappées dans le cours d'un long travail. »

2. Outre les classiques du voyage que sont devenus, depuis Montesquieu, Tavernier et Chardin, Chateaubriand se réfère ici à des voyageurs contemporains. Le Prussien Alexandre de Humboldt (1769-1859) venait de se rendre célèbre par le voyage qu'il avait réalisé, de 1799 à 1804, en compagnie du Français Bonpland, en Amérique du Sud (Orénoque). Il en tira plusieurs ouvrages de géographie et de sciences naturelles, pour la plupart imprimés à Paris. À partir de 1808, il se lia avec Chateaubriand qui consacrera des pages très élogieuses à son *Voyage aux régions équinoxiales du nouveau continent* dans *Le Conservateur* (66e livraison, décembre 1819). Le voyageur écossais Mungo Park (1771-1806) fut, à la fin du XVIIIe siècle, le premier explorateur du Niger. Il se noya dans les rapides de Boussa lors de sa dernière expédition sur le fleuve en 1806. Enfin Richard Chandler (1738-1810) fut un archéologue

réputé qui travailla en Orient, de 1764 à 1766, pour le compte de la Société des Dilettanti. Ses *Travels in Asia minor* (Oxford, Clarendon Press, 1775) et ses *Travels in Greece* (*ibidem*, 1776) furent publiés en français sous un titre unique, et enrichis de nombreuses notes par Servois et Barbié du Bocage, qui faisaient état des recherches récentes: *Voyages dans l'Asie mineure et en la Grèce* (...), par le Dr Richard Chandler, Membre de la Société des Antiquaires de Londres. À Paris, chez Arthus-Bertrand et Buisson, 1806, 3 vol. in-8°. C'est un des ouvrages de référence de Chateaubriand pour la première et la deuxième partie de son livre.

Page 56.

1. Cette phrase résulte dans C de la correction du texte initial qui avait suscité quelques sarcasmes: «Quand je n'aurais fait que déterminer l'emplacement de Lacédémone...»
2. Pour ne pas surcharger la présente édition, nous avons dû supprimer cette longue introduction, suivant en cela le conseil donné par Chateaubriand lui-même. Elle comporte un mémoire sur Athènes et Sparte depuis le début de notre ère, et un autre sur les traditions chrétiennes de Jérusalem. Leur principal intérêt réside dans les indications bibliographiques qu'on y trouve: voir édition Regard, p. 712-767.
3. Allusion probable à Rousseau qui, lui, avait «des choses à cacher».

Page 57.

1. Il a fallu supprimer, dans le cadre de cette édition, les opuscules en question qu'on trouvera réunis, sous le titre de «Pièces justificatives», dans la Pléiade, p. 1215-1298. Ce sont successivement: un *Itinéraire de Bordeaux à Jérusalem* composé au IVe siècle et publié (en latin) dans un recueil collectif de 1735; une *Dissertation sur l'étendue de l'ancienne Jérusalem* par M. d'Anville (Prault, 1747); enfin un *Mémoire sur Tunis* communiqué en manuscrit à Chateaubriand (voir la note 1 de la p. 494). Nous avons en revanche retenu les citations, regroupées en note à la suite du texte à partir de 1812, et numérotées de A à P (voir *infra* p. 543 à 575).
2. Les informations concernant ces diplomates, qui furent les hôtes de Chateaubriand au cours de son voyage, seront fournies au fur et à mesure de leur apparition dans le récit.
3. Jean-François Boissonade (1774-1857), alors critique au *Journal des Débats*, est déjà un helléniste apprécié. Nommé professeur de littérature grecque à la Sorbonne en 1809, il passera au Collège de France en 1828. Il avait communiqué à Chateaubriand des corrections et des suggestions pour la

5ᵉ édition du *Génie du christianisme* (Ballanche, 1808), ainsi que des informations pour les *Remarques* de la troisième édition des *Martyrs* (1810). Néanmoins une brouille avait failli éclater entre les deux hommes au moment de la correction de ces épreuves : le témoignage public de gratitude donné ici par Chateaubriand et renouvelé p. 478 vaut réparation.

Page 58.

1. Les relations sont alors au beau fixe entre Chateaubriand et le jeune historien qui avait publié, dans *Le Publiciste* des 30 mai, 10, 15 et 18 juin 1810, un compte rendu élogieux des *Martyrs*. Voir en particulier la lettre que Chateaubriand adresse à Guizot le 15 septembre 1810 pour le remercier de son entremise à propos des traductions des textes arabes et turcs qu'il désire faire reproduire dans son livre.

2. Malte Conrad Brunn (1775-1826), dit Malte Brun, géographe danois installé à Paris depuis 1802, écrivait aussi dans les *Débats*.

3. Louis-Mathieu Langlès (1763-1824), orientaliste français, fondateur et administrateur de la nouvelle École des langues orientales.

4. Cf. p. 542.

5. Saint-Victor : ce personnage deviendra, sous la Restauration, un ennemi politique de Chateaubriand et, sous le pseudonyme de René de Mersenne, contestera la véracité du *Voyage en Amérique* lors de sa publication.

6. Allusion à la polémique qui a suivi la publication des *Martyrs*.

7. Cymodocée : personnage des *Martyrs*.

Page 59.

1. Cette précision apparaît seulement dans C. Au début de 1810, Fontanes avait publié des « Stances adressées à M. de Chateaubriand après *Les Martyrs* », qui furent reproduites dans le *Journal de Paris* du 25 janvier, dans la *Gazette de France* du 26, et dans le *Mercure de France* du 3 février 1810.

Page 60.

1. Voir p. 57, note *a*.

2. Le Père Felice *Caronni*, religieux barnabite. Voir p. 491, note 6.

3. Voir p. 490, note 1.

Page 61.

1. *Énéide*, I, 630 : « C'est parce que je sais ce qu'est le malheur que j'ai appris à secourir les misérables », dit la reine de Carthage, Didon, à Énée naufragé.
2. Voir p. 251, note 3.
3. *Esprit des lois*, livre X, fin du chapitre 13.
4. Le critique visé est A.-L. Millin, dans son compte rendu du *Magasin encyclopédique* (Année 1811, II, p. 445-468). La même erreur avait été relevée dans le *Journal de l'Empire*.

Page 62.

1. *Kiervansera* : transcription fantaisiste de caravansérail. Pour kan, voir p. 92, note 1.

Page 63.

1. Toujours Millin, *loc. cit.*, p. 448. Aaron Arrowsmith (1750-1824) est alors le plus réputé des géographes anglais. Le passage incriminé se trouve p. 248-249.

Page 64.

1. Dans cette édition, les pages 122-123.
2. Voir p. 138, note 1.
3. Le Tasse, *Jérusalem délivrée*, chant VII, 3. Sur ces mentions du Jourdain, voir p. 429, note 1.

Page 66.

1. Les archives locales ont permis de rectifier le nom de la signataire que Chateaubriand a mal lu dans la lettre de sa correspondante : Belin de *Nau*.
2. Voir *infra*, p. 282.
3. *Énéide*, III, 337 : « Mais toi, quels vents, quels destins ont dirigé ta course ? »
4. Cette carte est reproduite par Malakis dans son édition (t. I, p. 145).
5. Ce fragment figure en appendice du livre en question. Cet ouvrage de Joseph-Philippe Rehfues fut publié en français en 1811 dans une traduction due à Guizot, par qui Chateaubriand a pu en avoir connaissance.

Page 67.

1. La *Chronique* catalane de Ramon Muntaner, rédigée au XIVe siècle, fut imprimée à Valence en 1558, puis à Barcelone en 1562. Elle ne sera traduite en français qu'en 1827, lorsque Buchon la publiera dans sa collection des *Chroniques nationales* (t. V et VI).

Page 68.

1. En 1826, Chateaubriand prépara la dernière édition de son *Itinéraire* pour prendre place dans le cadre de ses *Œuvres complètes*, dont il forma les tomes VIII, IX et X (juin, septembre et octobre 1826).

2. Le voyage d'outre-mer : c'est ainsi qu'on désigne, au Moyen Âge, le pèlerinage de Jérusalem : voir la citation de Joinville p. 76 et p. 532.

3. Le *Voyage en Syrie et en Égypte pendant les années 1783, 1784, et 1785*, de Volney, a été publié à Paris en 1787, et maintes fois réédité. Bien que ne partageant pas les convictions rationalistes et anticléricales de son auteur, Chateaubriand le cite souvent avec estime. Il a été réédité par Jean Gaulmier (Mouton, 1959).

4. Les avenues : les abords.

Page 69.

1. Lady Hester Stanhope (1776-1839), nièce de William Pitt, avait quitté la Grande-Bretagne en 1810 pour voyager en Orient, avant de se fixer au Liban vers 1814. Elle ne connaissait pas encore en France la douteuse célébrité qui sera la sienne après la publication du *Voyage en Orient* de Lamartine (1835). Mais dans un *Voyage fait dans le Levant en 1816 et 1817*, qui date précisément de 1826, Firmin Didot avait déjà évoqué sa personnalité excentrique (p. 283 *sq.*). De son côté, Chateaubriand pouvait disposer de bonnes informations grâce à Marcellus, qui avait été son collaborateur à Londres en 1822, peu de temps après avoir rencontré la « Circé du désert ».

2. Le succès des panoramas se développe sous la Restauration. En avril 1819, Chateaubriand avait consacré, dans *Le Conservateur* (t. III, 30e livraison, p. 177-183), un article au « Panorama de Jérusalem » exécuté par le peintre Pierre Prévost (1764-1823), en le confrontant avec des passages de son *Itinéraire*.

3. La guerre de libération des Grecs. Au mois de mars 1821, ils avaient déclenché, avec le soutien de la Russie, une insurrection générale contre le pouvoir ottoman, puis proclamé leur indépendance à Épidaure, le 13 janvier 1822. Mais la réaction de Constantinople fut impitoyable. Une terrible répression dans les îles (le tableau de Delacroix, « Les massacres de Chio », a été présenté au Salon de 1824), suivie de la reconquête sanglante de la Morée par Ibrahim Pacha, le fils de Mehemet Ali, entraînèrent un mouvement européen de solidarité avec les insurgés au printemps de 1825. À Paris, un comité grec se chargea de coordonner les initiatives de soutien. Ancien

ministre des Affaires étrangères (1823-1824), Chateaubriand fut un de ses membres les plus actifs (voir *Mémoires d'outre-tombe*, XXVIII, 9 ; éd. Berchet, « Pochothèque », t. II, p. 144). Outre ses interventions dans la presse, il publia au mois de juillet 1825 une *Note sur la Grèce*, qu'il augmenta au fil des rééditions successives (décembre 1825, mars 1826), et qu'il inséra en juin 1826 dans le tome VIII de ses *Œuvres complètes*, donnant ainsi à son *Itinéraire* une actualité inattendue.

4. Chateaubriand avait déjà développé cette idée de la juste ingérence comme ministre, devant la Chambre des députés, le 25 février 1823, pour justifier notre intervention en Espagne.

Page 70.

1. Harmodius et Aristogiton : tyrannicides athéniens du VIe siècle. Thucydide a raconté leur histoire (*Guerre du Péloponèse*, VI, 56) qu'à la suite de Barthélemy, Chateaubriand avait reprise dans son *Essai historique sur les révolutions* (1re partie, chap. 11).

Page 71.

1. Firman : voir p. 92, n. 2.

Page 72.

1. Pour ne pas surcharger la présente édition, nous avons sacrifié ces textes de circonstance, également omis par Regard dans son édition de la Pléiade. On pourrait du reste compléter le dossier avec les articles publiés par Chateaubriand dans le *Journal des Débats :* « De la cause des Hellènes » (23 octobre 1825) ; « Sur les lettres de deux Grecs » (7 décembre 1825) ; « De la clôture de la session » (19 juillet 1826) ; « Des négociations relatives à la Grèce » (11 octobre 1826). Ils ont été recueillis au tome XXVI des *Œuvres complètes* chez Ladvocat. Enfin, au printemps de 1829, Chateaubriand, alors ambassadeur à Rome, a rédigé un mémoire sur les conséquences diplomatiques de la crise grecque dont les *Mémoires d'outre-tombe* nous ont conservé le texte (XXIX, 13 ; éd. Berchet, « Pochothèque », t. II, p. 227-248).

PREMIÈRE PARTIE

Page 75.

1. C'est à la fin de son premier séjour à Rome que Chateaubriand avait conçu le plan de ce qui allait devenir *Les Martyrs*, et qui avait commencé par être un roman historique intitulé : *Les Martyrs de Dioclétien*. Du printemps de 1804 à la fin de 1805, il en avait rédigé à peu près huit livres qui se terminaient avec le dramatique épisode de Velléda. Mais dans cette version, il avait choisi la Crète pour servir de cadre au début de son intrigue. Or, les aléas de la navigation ne lui permirent pas de visiter cette île au cours de son voyage ; si bien qu'au retour, il transposa la rencontre des jeunes gens, le repas chez Lasthénès et le récit de son fils en Messénie et en Arcadie, pour utiliser les paysages qu'il avait pu voir.

2. « Il y adore à genoux le grand Sépulcre et acquitte son vœu » : c'est la conclusion de la *Jérusalem délivrée* (XX, 144).

Page 76.

1. Raoul de Coucy, Raoul de Nesle, Gaucher de Chastillon, Simon de Montfort : noms illustres de la chevalerie « historique ». Tous se croisèrent, sauf Raoul de Nesle.

2. Les *Mémoires du sire de Joinville, ou Histoire de S. Louis IX, enrichie de nouvelles observations et dissertations par Charles du Fresne, sieur du Cange*, ont été maintes fois réédités depuis le XVIIe siècle. Comme à son habitude, lorsqu'il cite, Chateaubriand condense et modernise le texte original.

3. Sur le calendrier et les péripéties du voyage, voir la chronologie. Notons que, dans le texte au moins, Chateaubriand voyage seul. Il ne mentionne pas la présence à ses côtés de Mme de Chateaubriand, qui accompagna son mari jusqu'à Venise.

4. Voir le *Voyage en Italie* (éd. Regard, « Bibliothèque de la Pléiade », p. 1427-1436) et, pour le trajet de 1806, les témoignages de Joubert, de Mme de Chateaubriand et de Julien.

5. On trouvera des informations précieuses sur ce séjour dans René Dollot, « Chateaubriand à Venise et à Trieste », *Le Correspondant*, 10 novembre 1929, p. 399-424. Le *Mercure de France* du 16 août 1806 (t. XXV, p. 314-315) publia un fragment de lettre de Chateaubriand, daté « Trieste, 30 juillet », dans laquelle le voyageur évoquait Venise avec beaucoup de désinvolture, et qui suscita dans la société locale une vive indignation (voir *Correspondance générale*, Gallimard, 1977, t. I,

p. 338-339 et les notes p. 639-641). En reprenant dans ce paragraphe le texte en question, Chateaubriand en atténue les termes.

Page 77.

1. Mme de Chateaubriand demeura seule à Venise où Ballanche la rejoignit le 1ᵉʳ août. Ils regagnèrent aussitôt la France ensemble.

2. Cf. Chandler, t. I, p. 11 : « La côte semblait en mille endroits parsemée de paillettes d'argent ; c'étaient les lumières des maisons, au-dessus desquelles on distinguait celle du phare. Nous entendions distinctement, par intervalles, les cloches des églises et des couvents, dont le son nous inspirait une douce mélancolie. » En avril 1806, les ordres monastiques avaient été abolis en Italie et les couvents supprimés. Mais le P. Garabed Der-Sahagian signale que la congrégation arménienne qui occupait la petite île de Saint-Lazare avait obtenu le privilège de conserver son établissement et de continuer à y célébrer des offices.

3. *Exode*, XXII, 20.

4. Aquilée fut dévastée par le Goth Alaric en 410, puis détruite par Attila en 452.

5. Midi : lapsus probable pour : minuit (voir le témoignage de Julien, *infra*, p. 581). Chateaubriand passa 48 heures à Trieste, les 30 et 31 juillet 1806. Si nous en croyons son article du 4 juillet 1807 dans le *Mercure*, il trouva le temps de rendre hommage, dans la basilique de San Giusto, à la dépouille mortelle des filles de Louis XV, Mesdames Adélaïde et Victoire. Mais après la violente réaction du gouvernement impérial à cette allusion « royaliste », il préféra la faire disparaître dans le texte de 1811.

6. Armand-Louis-Maurice Séguier (1770-1831), ancien officier et homme de lettres, avait été nommé consul à Trieste le 9 avril 1806. De 1816 à 1830, il sera Consul général à Londres, où Chateaubriand le retrouvera en 1822 et où il mourra en 1831.

Page 78.

1. Le voyage est donc tributaire de bien des incertitudes, ce que paraissent avoir oublié les critiques qui ont incriminé le peu de temps passé par Chateaubriand dans les champs de ruines. Celui-ci écrivait lui-même dans sa lettre à Bertin (voir note 5, p. 76) : « Je trouve en arrivant ici un vaisseau autrichien qui part à l'instant même pour Smyrne ; il me déposera en Crète ou à Athènes, d'après les vents. Dans tous les cas, je

serai, à Smyrne même, en lieu de poursuivre ma route vers Athènes ou Jérusalem, selon les circonstances. »

2. Ce que confirme Séguier dans sa dépêche au ministre des Affaires étrangères : « Il part ce soir pour Smyrne sur un bateau autrichien. » Si Chateaubriand est allé chercher à Trieste un navire étranger, c'est pour échapper au blocus que la marine anglaise faisait peser en Méditerranée sur le pavillon français.

3. Première rédaction (1811) : « ... l'empire des tempêtes ou plutôt le pouvoir de les apaiser ».

4. Empereur germanique sous le nom de François Ier, le chef de la Maison de Habsbourg avait dû prendre, depuis la création de la Confédération du Rhin, le titre d'empereur d'Autriche et le nom de François II.

Page 80.

1. « Cependant Herminie sous les ombres épaisses... »
2. Virgile, *Géorgiques*, I, 302-304 : « L'hiver les convie à des réjouissances et dissipe leurs soucis ; ainsi quand les barques, chargées à couler, ont enfin touché le port, les matelots joyeux placent sur leurs poupes des couronnes de fleurs. » Pour Théocrite, voir *Idylles*, XI (« Le Cyclope ») : passage déjà cité dans le *Génie du christianisme*, II, 3, 6 ; p. 701-702.

Page 81.

1. Voir Jean-Baptiste Lechevalier, *Voyage de la Troade, fait dans les années 1785 et 1786*, Paris, Dentu, an X (1802), t. I, p. 24.
2. Procope, livre VIII, chap. XXII, 20-21.
3. *Odyssée*, chant V, 281 : « Elle semblait un bouclier sur la mer brumeuse. »
4. Strabon, I, 2, 18.
5. En réalité, Chateaubriand ne cite pas ici Homère, mais condense le passage de Lechevalier mentionné à la note 1.
6. *Télémaque*, livre I (éd. Jacques Le Brun, Folio, p. 34).

Page 82.

1. *Télémaque*, livre VI (éd. cit., p. 138).
2. *Odyssée*, chant VI, 100-101.
3. *Énéide*, III, 301-305.
4. Voir éd. Regard, « Bibliothèque de la Pléiade », p. 112 et 301.
5. Ovide, *Amours*, III, 6, 17 : « Prodiges auxquels les anciens poètes sont parvenus à nous faire croire ».

Page 83.

1. Ces divers noms sont empruntés à Coronelli (*Description géographique et historique de la Morée reconquise par les Vénitiens*, Paris, Claude Barbin, 1687, p. 57) et à Grasset Saint-Sauveur, qui fut consul de France à Corfou de 1781 à 1798. Le tome I de son *Voyage historique, littéraire et pittoresque dans les îles et possessions ci-devant vénitiennes du Levant* (Paris, an VIII) a fourni à Chateaubriand la matière et les références des paragraphes qui suivent.

Page 84.

1. Erreur de transcription pour : Sosipatre.

Page 85.

1. Mézeray raconte, dans son *Histoire de France*, que *trois* poiriers croissaient sur le champ de bataille.
2. Cette histoire se trouve dans les *Chroniques* de Froissart (livre IV, chap. 75) : le lévrier familier du roi le quitta un jour pour aller faire fête au duc de Lancastre, comme s'il avait le pressentiment de sa prochaine accession au trône. Il est opposé à Argos, le chien demeuré fidèle à Ulysse.
3. « Zacynthe couverte de forêts » (*Énéide*, III, 270) : épithète reprise à Homère : ὑλήεντι Ζακύνθῳ (*Odyssée*, chant I, 246).
4. Robert Guiscard (1015-1085) venait de battre une flotte vénéto-byzantine lorsqu'il mourut à Céphalonie, âgé de 70 ans.

Page 86.

1. Chandler (t. III, p. 427) les appelle des « sources de goudron ».
2. Les *Voyages de Sr de Villamont* ont été publiés à Paris sous le règne de Henri IV.
3. Pylos est, dans Homère, la patrie du sage Nestor qui y accueille Télémaque (*Odyssée*, chant III) ; de son côté, Thucydide a raconté la capitulation des Spartiates à Sphactérie et leur massacre par les Athéniens en 425 avant J.-C.
4. Dans le *Mercure de France* du 1er août 1807, ce débarquement est daté du 11. Chateaubriand a peut-être rectifié en fonction des notes de son domestique, lequel parle du dimanche 10 août (voir *infra*, p. 582).

Page 87.

1. « Les Turcs sont campés en Europe » : c'est en vain que nous avons cherché cette « belle expression » dans les œuvres contemporaines de Bonald. Serait-elle de Chateaubriand lui-même ? Elle ne ferait que rendre de manière plus frappante la

pensée de celui qui avait écrit dans ses «Discours politiques sur l'état actuel de l'Europe» (1801): «Les Turcs (sont) les seuls de tous les *croyants*, avec quelques hordes de petits Tartares, qui se soient établis en Europe» (*Œuvres* de Louis de Bonald, Paris, Le Clere, 1847, t. II, p. 486).

Page 88.

1. Les voyageurs anglais contemporains, cités par Malakis (t. I, p. 167), donnent une description beaucoup moins négative de la demeure de Mehmet Aga, parlent de «pretty garden», etc.

2. Ce que confirme Edward Dodwell, qui se trouvait dans les parages quelques mois plus tôt: «Very active measures were taken about this time by the Porte, for the suppression of the formidable bands of robbers who infested the Morea», écrit-il (*A Classical and Topographical Tour through Greece during the years 1801, 1805 and 1806*, Londres, Rodwell and Martin, 1819, t. II, p. 374). Mais, selon lui, le Pacha se serait contenté de faire appel au clergé de la province pour dissuader les habitants de prêter leur aide à ces hors-la-loi. Ce qui aurait suffi à les éloigner.

3. De Julien Potelin, qui accompagna en Orient Chateaubriand, nous ne savons à peu près que ce que nous en apprend son acte de décès: natif de Reims, il est mort le 26 décembre 1832 dans un hospice parisien (les Incurables), où il avait été admis sur la recommandation de son ancien patron. Il était âgé de 75 ans. Le 1er février 1826, il avait mis à la disposition de son maître le «petit journal» de leur voyage commun (on le trouvera en appendice de ce volume). On ignore pour quelle raison, à près de cinquante ans, il avait été engagé pour une expédition de ce genre.

Page 89.

1. Ce paragraphe est constitué par une sorte de développement négatif, destiné à prouver, par accumulation de pseudo-érudition qu'il n'y a *rien* à dire. C'est du reste un procédé cher à Chateaubriand, sans qu'on sache s'il faut le prendre au second degré, comme un pastiche du discours «savant».

Page 90.

1. Voir *Iliade*, IX, 152.
2. Chateaubriand, qui recopie ici Coronelli (voir note 1, p. 83), multiplie les erreurs de transcription: Mahomet II pour *Bajazet* II, 1498 pour *1493*.
3. Voir la *Relation du sieur de Pellegrin dans le royaume de Morée*, Marseille, 1722.

Page 91.

1. C'est en 1770 que les Russes firent leur première incursion en Méditerranée orientale et qu'ils essayèrent en vain de soulever la Morée. Les hostilités contre le sultan se poursuivirent jusqu'au traité de Kainarci. Le diplomate, poète et historien de Catherine II, Claude-Carloman de Rulhière (1735-1791) consacre à cette guerre une partie de son *Histoire* de la Pologne qu'il laissa inachevée et qui ne fut publiée qu'en 1807. Sur Choiseul-Gouffier, voir p. 96, n. 5.
2. Lesse: graphie ancienne, mais usuelle, pour: laisse.
3. Schall: cette orthographe anglaise atteste que le châle est encore un objet exotique en 1811. Le mot désigne en Orient une large bande de laine ou de soie qu'on porte en turban ou en ceinture. À la fin du XVIIIe siècle commence à se répandre, en Angleterre puis en France, la mode des châles de Cachemire, importés des Indes, qui deviendront, jusqu'au Second Empire, un ornement des plus recherchés du costume féminin.

Page 92.

1. Le kan, ou *khan*, est une auberge ou un relais de poste, qui comporte en général une fontaine et une cour intérieure pouvant abriter aussi bien les bêtes que les gens.
2. Le firman est un document officiel, muni du sceau des autorités, servant de permis de circuler ou de passeport.
3. Le pilau, ou pilaw, ou pilaf, est le plat principal du repas «à la turque»: mélange de riz et de viande rôtie, diversement assaisonné (voir p. 115-116).

Page 93.

1. Les esquines ou squines sont une variété de plantes grimpantes (*smilax*): arbrisseaux à baies, pourvus de fleurs à ombelles.

Page 94.

1. Capitan-pacha: amiral ottoman.
2. Dans *Les Martyrs*, où ce passage est cité (19e remarque sur le livre I), Chateaubriand avait commencé par écrire: «Mon guide, en me montrant ces arbres, me les nommait *parissa*.» En effet, le nom du cyprès, en grec moderne est bien: *(ku) parissia*. Le voyageur a sans doute préféré revenir à la forme savante dans la version définitive de son récit.
3. Chateaubriand semble confondre ici deux passages du livre X des *Métamorphoses*. Dans le premier (v. 120 *sq.*), Ovide raconte comment Cyparissus, «le plus beau des habitants de *Ceos*», fut transformé en cyprès après avoir tué par mégarde

son cerf favori. Dans le second, un peu plus loin, il évoque la métamorphose de Hyacinthe, dont le père Amyclas avait fondé Amyclées.

4. Ces notations de couleur ne figurent pas encore dans la version des *Martyrs* (1810).

5. Chérif: descendant du Prophète, par Fatima sa fille. Par extension: saint personnage.

6. Cf. *Les Martyrs* (*loc. cit.*): «nous mîmes une heure pour arriver de ce cimetière turc à Coron.» Malakis cite (t. I, p. 177-178) le récit du voyageur anglais William Leake qui suivit la même route le 30 avril 1805 (mais ne publia ses *Travels in the Morea* qu'en 1830). Confrontation intéressante.

7. Esprit Vial, né à Antibes, avait été vice-consul à Chio, avant de passer plusieurs mois dans les prisons turques tandis que le général Bonaparte faisait campagne en Orient. Le 20 juin 1802, il avait été nommé consul en Morée, avec résidence à Coron, qu'il quittera peu après le passage de Chateaubriand. Après un long congé en France, il rejoindra son poste en 1809, mais cette fois à Patras.

Page 95.

1. Le Dauphinois Alexandre-Maurice Blanc de La Nautte, comte d'Hauterive (1754-1830), avait commencé par être oratorien, comme Fouché. Entré dans la diplomatie, il avait accompagné Choiseul-Gouffier dans son ambassade de Constantinople (voir la note 5, p. 96). Éphémère titulaire du consulat de New York (1792-1793), il regagna la France sous le Directoire et ne tarda pas à devenir, comme chef de division au ministère des Relations extérieures, le principal collaborateur de Talleyrand. Il recevra le titre de comte en 1809.

2. Échelles: nom employé, dans le Levant, pour désigner les débarcadères sur pilotis utilisés pour décharger les marchandises (italien: *scala*; turc: *iskele*). Par extension: les ports marchands soumis à la souveraineté ottomane, où la France avait des postes consulaires.

3. Voir note 1, p. 119.

4. Liste hétéroclite, puisqu'elle associe un nom de montagne (sur le Calathion, voir Pausanias, II, 143) à des noms de villes par ailleurs très distantes les unes des autres.

5. Chateaubriand utilise pour sa démonstration la carte de la Messénie dressée par Barbié du Bocage pour le *Voyage du jeune Anacharsis*. Il distingue à juste titre Coron de Coroné, situé plus au nord. En réalité, Coron, ou Koroni, a remplacé Asiné, entre Colonidès et le cap Acritas.

Page 96.

1. Erreur de transcription de Coronelli pour : 1533.
2. Vertot : dans son *Histoire des Chevaliers hospitaliers*, édition de 1737, t. IV, p. 30.
3. Giacomo Diedo : voir sa *Storia della Reppublica di Venezia*, 1751, t. III, p. 379.
4. Le marquis de Courbon, seigneur de Pierrelatte, né en 1650 à Châteauneuf-du-Rhône, fut tué en 1688 au siège de Négrepont.
5. Marie-Gabriel de Choiseul-Gouffier (1752-1817), disciple de Barthélemy, avait en effet commencé à Coron, en avril 1776, le voyage dans les îles grecques et en Asie mineure qui le rendit célèbre. Ce fut le travail de toute une équipe : exploration des sites antiques, relevés de plans et inscriptions, dessin des ruines, études de mœurs, etc. Le tome I de son *Voyage pittoresque de la Grèce*, superbement illustré, fut publié en 1782. Académicien à trente ans, le comte de Choiseul-Gouffier fut alors nommé ambassadeur à Constantinople (1784-1791), puis émigra en Russie. Il ne rentra en France qu'en 1802 pour préparer la publication du tome II de son *Voyage* (1809). Mais le troisième ne paraîtra qu'après sa mort.

Page 97.

1. Cette périphrase désigne la Messénie dont Aristomène fut le libérateur légendaire, au VIIe siècle, contre les Spartiates. C'est Pouqueville qui avait affirmé que «plusieurs de ces villayétis sont la propriété des sultanes et affermés à Constantinople même à des adjudicataires privés» (*Voyage en Morée et à Constantinople*, 1805, p. 234).
2. Le nom moderne de *Voulcano* porté par le mont Ithome semble induire une confusion avec le Vésuve (*Voyage en Italie*, éd. Regard, «Bibliothèque de la Pléiade», p. 1465). Il en diffère au contraire par un sommet unique, assez escarpé de surcroît.
3. La première version de ce passage (19e remarque sur le livre I des *Martyrs*) donne : «le 14 août» (troisième édition, 1810).

Page 98.

1. Selon Avramiotti, ce Nissi inconnu doit être identifié avec la plaine de Stényclare, dont Chateaubriand parle un peu plus loin, «où les Messéniens commandés par Aristomène vainquirent après un sanglant combat les Lacédémoniens».
2. Vayvode : nom slave utilisé dans la région des Balkans pour désigner aussi bien un gouverneur de province qu'un «maire» de village.

Page 99.

1. Le chapitre L du *Jeune Anacharsis* introduit le thème de la Messénie malheureuse : « Xénoclès, (...) adressant la parole à son fils : "Prenez votre lyre, dit-il, et chantez ces trois élégies conservées dans notre famille (...) pour soulager leur douleur et perpétuer le souvenir des maux que votre patrie avait essuyés." Le jeune homme obéit, et commença de cette manière : "Bannis de la Grèce, (...) nous ne tenions aux hommes que par la stérile pitié qu'ils daignaient quelquefois accorder à nos malheurs." »
2. Car il suscite les convoitises des peuples moins bien pourvus. Cf. Montesquieu, *Esprit des lois*, XVIII, 3 : « La plupart des invasions se font dans les pays que la nature avait faits pour être heureux. »
3. Voir Plutarque, *Philopoemen*. Alors qu'il avait délivré la ville de Messène du tyran Nabis (XX/XII, 4-6), le chef de la ligue achéenne fut, à la fin de sa vie, capturé par le Messénien Dinocrate, de la faction romaine, et empoisonné dans son cachot (XXXI-XXXV/XVIII-XX). Mais les autres Grecs indignés ramenèrent en grande pompe ses cendres à Mégalopolis, en Arcadie.
4. Malgré la déclaration contraire (« Cette description de la Messénie est de la dernière exactitude. Elle est faite sur les lieux mêmes »), la topographie de ce passage demeure confuse. C'est que Chateaubriand utilise des sources livresques (Pausanias, Barthélemy), éléments déjà élaborés, pour une géographie poétique, dans *Les Martyrs* (voir éd. Regard, Pléiade, p. 108 et remarques correspondantes, p. 504-506).

Page 100.

1. Le poète Thamyris ayant osé défier les Muses, celles-ci le privèrent de la vue, si bien qu'il laissa tomber sa lyre dans le Balyra, avant que son âme passe dans le corps du rossignol (*Iliade*, chant II, 595-600, Platon, *République*, X, 620).
2. Déjà *Les Martyrs* évoquaient « Andanies, témoin des pleurs de Mérope », en se référant à Pausanias. Mais la reine de Messénie doit surtout sa célébrité à la tragédie éponyme de Voltaire (1743) dont Chateaubriand cite quelques vers (III, I, 627-628).
3. Tyrtée : poète grec du VIIe siècle avant J.-C. dont les élégies belliqueuses avaient entraîné les bataillons spartiates à la victoire. Dans son *Essai historique sur les révolutions* (1re partie, chap. XXIII), Chateaubriand en avait cité des fragments (« rien de plus beau, de plus noble ») en les comparant à la *Marseillaise*.

Page 101.

1. « On appelait Herméum en Grèce certains défilés de montagnes » (1re remarque sur le livre XIV des *Martyrs*).
2. Sans doute le défilé qui mène au col de Makri-Plaghi.
3. Cf. La Bruyère : « Il n'y a point de patrie dans le despotique » (*Caractères*, X, 4, « Du Souverain, ou de la République »).

Page 102.

1. Chateaubriand insiste plus que les autres voyageurs sur le délabrement des « auberges » de la Morée, pour des raisons idéologiques : il lui importe de montrer dans le régime ottoman le type même du mauvais gouvernement.

Page 103.

1. Comme le rappelle Pausanias (VIII, 27). Avramiotti commente avec indignation : « Ô Profanation ! Ces noms vénérables ne suffisent pas à lui faire faire un détour de même pas une heure (...). Il y aurait vu (...) quelques ruines majestueuses » (éd. Poirier, p. 10). Des voyageurs anglais contemporains ont visité les ruines de Mégalopolis, mais ils ont publié leur relation après celle de Chateaubriand : Dodwell en 1819, Leake en 1830.
2. Ce bois de chênes, mentionné aussi par Leake, renvoie peut-être à Pausanias (VIII, 11). On retrouve un vautour au livre XIV des *Martyrs*, dans la description de la Laconie.
3. Voir *Anacharsis*, LII. Mais Chateaubriand recopie Barthélemy en oubliant que le jeune Anacharsis voyage en Grèce au ive siècle *avant* Jésus-Christ, comme le souligne malicieusement Garabed Der-Sahaghian : « Il a des chances singulières ; il trouve intact ce qui était déjà détruit au temps de Pausanias. Il a suivi trop fidèlement Anacharsis en oubliant les intervalles du temps. Cet anachronisme convenait moins au voyageur qu'au poète. » Néanmoins, selon le témoignage de Pouqueville et de Leake, ces chemins escarpés existaient toujours au xixe siècle.
4. La Table dite de Peutinger (épigraphiste du xvie siècle qui fut le premier à en révéler le contenu) est une carte des voies romaines telles qu'elles existaient au iiie siècle de notre ère.
5. Nicolas Bergier (1567-1623), érudit rémois, est surtout connu par son *Histoire des grands chemins de l'Empire romain* (1622), demeuré un ouvrage de référence en la matière.

Page 104.

1. Linus est un poète légendaire de Thrace, souvent associé à Orphée. Fils de Calliope, muse de la poésie épique, il aurait eu pour père Apollon lui-même (voir Virgile, *Églogues*, IV, 56).

2. Pour le texte intégral de cette chanson en vogue au XVIIIe siècle, voir Malakis, t. I, p. 193.

3. Voir les «Entretiens sur la musique» qui constituent le chapitre XXVII du *Voyage du Jeune Anacharsis*. En réalité, les exemples cités par Chateaubriand sont des mélodies «modernes» importées en Grèce continentale ou dans les îles à la suite des multiples échanges maritimes avec Marseille ou Venise (voir plus loin, p. 229, note 1).

Page 105.

1. Le texte de Virgile (*Églogues*, X, 32-33) est exactement: «*Soli cantare periti / Arcades*»: «Vous seuls savez chanter, Arcadiens.»
2. Chanson en vogue du XVIIe siècle: voir Spon, t. II, p. 55.
3. Spahis: corps de cavalerie turque, rival des janissaires.

Page 106.

1. *Voyage en Morée...*, t. I, p. 69-72.
2. Drogman: interprète officiel.
3. Le 14 août 1806 tombe un jeudi. Or, Pouqueville nous apprend que c'est ce jour-là que le Pacha préside son Conseil hebdomadaire (t. I, p. 55). Cela suffirait à expliquer qu'il ne soit pas accessible sur-le-champ. Pourquoi, du reste, devrait-il être à la disposition du voyageur?

Page 107.

1. Les *papas* (ou popes) sont des membres du clergé orthodoxe. En revanche le terme de *patriarche* est impropre. En résidence à Tripolis il y avait seulement un évêque, suffragant du *métropolite* de Mistra.
2. Allusion au passage où Virgile nous montre Hector apparaissant à Énée pendant son sommeil (*Énéide*, II, 277): *Squalentem barbam et concretos sanguine crines* («La barbe souillée et les cheveux englués de sang»).

Page 108.

1. Supposition absurde, due à un passage mal interprété de Pouqueville (t. I, p. 52). En réalité, avaient le droit de rester assis en présence du Pacha tous les titulaires de charges importantes: le Mufti, le cadi, etc.
2. Ils sont au contraire de rigueur pour tous les hôtes de marque, ainsi que la pipe et le sorbet.
3. Délis: cavalier de la garde ordinaire du Pacha. Celle-ci, selon Avramiotti, avait des privilèges, et une pareille punition aurait été considérée comme un abus de pouvoir.

Page 109.

1. «Hélas! Fugitives coulent les années» (Horace, *Odes*, II, 14, 1-2).
2. Coron: lapsus pour: Modon. Chateaubriand semble prendre ici le mot *sangiac* dans le sens de «gouverneur», comme chez Coronelli: «Le sangiac de Morée est toujours un ministre qualifié et de considération. (...) Il faisait sa résidence à Modon» (*Description*..., p. 32). En réalité le terme désigne alors soit un lieu de casernement pour des unités militaires, soit déjà, comme aujourd'hui, une circonscription administrative. Le *pachalik* est une province gouvernée par un *pacha*.

Page 110.

1. Chateaubriand a reproduit ce document dans ses *Mémoires* (XVIII, 3; éd. Berchet, «Pochothèque», t. I, p. 813-814).
2. Cette basilique byzantine de Paléo Épiskopi (ou Nicli) avait été construite, selon Avramiotti, avec les vestiges du temple de Minerve-Aléa. Mais celui-ci se trouvait un peu plus loin, près du village de Tégea.
3. Boustrophédon: ancienne écriture grecque dans laquelle les lignes se succèdent alternativement de gauche à droite et de droite à gauche, comme les sillons tracés par une charrue.

Page 111.

1. Voir p. 168, note 1.
2. Indication topographique obscure. Au sortir de Tripolizza, la direction pour se rendre à Mistra est au sud-est. Il est possible que Chateaubriand reproduise à contresens une de ses sources (par exemple La Guilletière, *Lacédémone ancienne et nouvelle*, t. I, 1676, p. 94).

Page 112.

1. La distance qui sépare Tripolizza de Mistra ne dépasse pas une quinzaine de lieues (environ 67 km).
2. Un des kans mentionnés, celui de Krevata, était tenu par une famille grecque de Mistra.
3. Avramiotti a pris en ces termes la défense de ces établissements: «Quoi qu'il en dise, les aubergistes turcs sont très obligeants, du fait de leur intérêt, du fait aussi de leur hospitalité naturelle. En outre, il est facile de trouver immédiatement de la volaille et du riz; et il y a toujours pour les *Suruci* des olives, du beurre, des œufs et du fromage; on apprête aussitôt le pain sous les cendres, et les vignobles des alentours de ces kans offrent un vin excellent» (p. 19).

Page 113.

1. Ibraïm-Bey: Avramiotti a mis en doute la réalité de ce personnage, sous prétexte qu'il ne connaissait personne de ce nom à Mistra. Il y a peut-être eu confusion de la part de Chateaubriand, mais Garabed Der-Sahaghian suggère une autre explication: «Cette maison idéale, où le riche et le mendiant se sentent égaux, ne peut être qu'un kan.» En le transformant ainsi en demeure particulière, le voyageur aurait soit péché par ignorance, soit voulu donner à ses lecteurs un «exemple édifiant» destiné à illustrer les «préceptes charitables du Coran».

Page 114.

1. C'est-à-dire: reviens vainqueur, ou mort. Cette phrase aurait été prononcée par Gorgo, fille de Cléomène et femme de Léonidas.
2. Dans la nuit du 16 au 17 août 1806, on était en période de nouvelle lune, à trois jours du premier quartier. Le mince croissant que Chateaubriand a pu apercevoir se coucha environ une heure après la tombée de la nuit, dans un ciel étincelant.

Page 115.

1. La petite centaurée, ou érythrée, plante à fleurs roses ou blanches, servait autrefois de fébrifuge.
2. La centaurée devait bien son nom au centaure Chiron, qui avait enseigné la médecine à Achille (*Iliade*, XI, 832) et qui avait une réputation de guérisseur.
3. Le turban vert est le signe distinctif des chérifs, ou descendants du Prophète.

Page 116.

1. *Voyage en Grèce de Xavier Scrofani, sicilien, fait en 1794 et en 1795*, Paris et Strasbourg, Treuttel et Würtz, An IX-1801, t. I, p. 120.

Page 117.

1. Sclabochôrion: ou Slavokôrion (Sklavokori chez Leake), à environ deux heures au sud de Mistra.

Page 118.

1. C'était le cas pour les ruines ou inscriptions découvertes à Amyclées au XVIIIe siècle, et disparues au début du XIXe. Voir à ce sujet le témoignage de sir William Gell, cité par Malakis (t. I, p. 211-212). Sur Eurotas et Onga, voir *infra*, p. 406, n. 1.

Page 119.

1. Les habitants du Magne avaient été élevés à la dignité de « républicains » patriotes par le *Voyage de Dimo et Nicolo Stephanopoli en Grèce pendant les années V et VI*, Guilleminet, An VIII. Pouqueville considérait lui aussi qu'ils faisaient de la résistance contre le pouvoir ottoman. Pour les autres, au nombre desquels se compte Chateaubriand, c'étaient de vulgaires pirates, ou brigands de grand chemin. Voir un état de la question dans mon article : « *Et in Arcadia ego!* », *Romantisme*, n° 51, 1986, p. 85-104.

2. Fontaine : au sens ancien de : source.

3. Voir p. 143.

Page 120.

1. Voir p. 116, note 1.

Page 121.

1. La description la plus complète de la ville turque de Mistra se trouve dans Pouqueville, t. I, p. 170-172.

Page 122.

1. Avramiotti juge sans indulgence la mise en scène auto-ironique qui va suivre : « M. de Chateaubriand monte à ce château et commence là ses grimaces de pitre. Il se débat et entre en fureur parce que son guide ne lui répond pas comme il faut, (…) préparation en vue de nous faire croire le lendemain qu'il aurait le premier retrouvé la position de Sparte, alors que chaque paysan sait qu'elle se trouve là où est maintenant Magoula. »

Page 123.

1. Lapsus pour : 2 milles.

Page 127.

1. Non seulement Chateaubriand néglige les autres édifices byzantins de Mistra, mais il ne consacre à la métropole que quelques lignes condescendantes et superficielles (par exemple, Saint-Dimitri a huit dômes, et non pas sept). Il ne fait que suivre le goût de son époque. Ainsi, dans un article publié par *Le Moniteur* du 5 avril 1811, Alexandre de Laborde écrit, à propos de la « barbare » architecture des Byzantins : « La tradition de ce système grossier acquit toute sa force sous Justinien (…). On vit alors partout de ces dômes ornés de mosaïques, de ces lourdes voûtes en plein-cintre, soutenues par de petites colonnes. »

Page 128.

1. C'est du moins ce qu'affirme Pouqueville (t. I, p. 344).
2. Constantin Stamaty a été immortalisé, avec toute sa famille, par Ingres, dans un admirable dessin qui est aujourd'hui au musée du Louvre. Ce Grec, né vers 1763 à Constantinople, était venu en France à la veille de la Révolution pour y poursuivre des études de médecine, avant de se voir confier par le Directoire des missions diplomatiques et commerciales en Italie. En 1801, il fut envoyé à Rome où, devenu vice-consul à Civitavecchia, il résidera jusqu'à sa mort en 1817. C'est là qu'il fit la connaissance de Chateaubriand qui accepta de devenir le parrain de son premier enfant, une petite... Atala, née le 11 août 1803.
3. Cette traduction a paru à Venise en 1805.

Page 129.

1. Horace, *Épodes*, VI, 5-6 : « le Laconien fauve, dont la force est amie des bergers ». Cette citation, comme beaucoup des suivantes, semble provenir de La Guilletière, *Lacédémone ancienne et nouvelle*, t. I, 1676.
2. Voir p. 85, note 2.
3. *Odyssée*, chant XIII, 412 (et La Guilletière, I, 89).

Page 130.

1. En réalité Chateaubriand se réfère à la « Topographie de Sparte et de ses environs » établie en juillet 1783 par Barbié du Bocage pour le *Voyage du Jeune Anacharsis* (voir *infra*, p. 132, note 2, et p. 133).

Page 131.

1. « Qu'ils puissent ajouter de belles actions à une vie conforme au bien » (La Guilletière, I, 247).
2. Pausanias : roi de Sparte qui commandait les Grecs à la bataille de Platées (479 avant J.-C.). Mis en accusation quelques années plus tard, il se réfugia dans le temple en question, où ses compatriotes le laissèrent mourir de faim.

Page 132.

1. « Si je puis vaincre nue, qu'en est-il avec des armes ? » (Ausone, *Épigrammes*, XVIII : *In Venerem armatam*).
2. Reprise de la nomenclature de Pausanias (XIII, 15), telle qu'elle est inscrite sur le plan de Barbié du Bocage, et que Chateaubriand applique à peu près au hasard à ce qu'il a sous les yeux.
3. Dans une ville grecque, le Lesché est un lieu de réunion,

parfois orné de peintures. Le Plan du *Jeune Anacharsis* indique celui des Crotanes, non loin du théâtre; et le Poecile, au sud-est de la citadelle.

4. Plataniste : terrain ombragé de platanes où les jeunes Spartiates faisaient du sport.

5. Alcman : ce poète du VIIe siècle avant J.-C., né à Sardes, passait pour avoir inventé le lyrisme choral.

6. Cryptie : une des institutions initiatiques les plus mystérieuses de Sparte. Selon Platon, les garçons devaient apprendre à se dissimuler et à devenir «invisibles». Selon Plutarque, ils devaient, à certaines périodes de leur éducation, se cacher le jour, et la nuit, surprendre des ilotes pour les massacrer.

7. Épisode raconté par Théocrite, *Idylles*, XVIII, 39-48.

Page 133.

1. Virgile, *Géorgiques*, II, 485-487 : «Où sont les campagnes que le Sperchius arrose, et le Taygète où les vierges de Laconie conduisent leur danse orgiaque?»

Page 134.

1. Dans *Hélène*, vers 493.
2. La référence est, cette fois, à Stace (*Thébaïde*, IV, 227).
3. *Phédon*, XXXV b.
4. Les Tyndarides : nom patronymique des enfants de Léda, épouse de Tyndare. Certains (les traditions divergent) auraient été engendrés par Jupiter, métamorphosé en cygne. Le terme désigne ici le couple des Dioscures, Castor et Pollux, devenus des demi-dieux et protecteurs de Sparte. Dans une de ses *Odes* (II, 20), Horace imagine qu'après sa mort, il deviendra lui-même un cygne qui portera la renommée du poète vers les peuples les plus lointains.

Page 135.

1. Pouqueville parle au contraire du charme de cette île «où, de nos jours, on va fumer, prendre du café, et rêver quelquefois agréablement. Qu'on se la représente couverte à son centre de platanes, et bordée de saules pleureurs et de cytises, qui se réfléchissent dans les eaux, tandis que des touffes de lauriers, de rosiers et arbres à soie disséminés, réjouissent la vue et parfument les airs» (*Voyage en Morée...*, t. I, p. 178).

2. C'est une idée sur laquelle Chateaubriand est souvent revenu, depuis la «Lettre à M. de Fontanes sur la campagne romaine». Voir *Mémoires*, XXXV, 16; éd. Berchet, «Pochothèque», t. II, p. 614.

Page 136.

1. Cf. *Odyssée*, chant IV, 130-135.
2. Il est indiqué, dans le *Voyage du jeune Anacharsis*, à peu de distance du théâtre, au sud-ouest.

Page 137.

1. Dans la 22e remarque sur le livre XIV des *Martyrs*, qui est une première rédaction de ce passage, Chateaubriand avait commencé par écrire : « J'ai cherché longtemps cette tombe, un *Pausanias* à la main. Il y a dans cet endroit six grands monuments aux trois quarts détruits. Je les interrogeais inutilement, pour leur demander les cendres du vainqueur des Perses. »
2. S'il y a là une allusion (flatteuse) à Napoléon, comme le pensent certains éditeurs, il faut avouer qu'elle est bien alambiquée. Le passage comporte en outre des inexactitudes. Nulle part Fourmont ne parle du cippe en question. Par ailleurs, Plutarque, comme Pausanias, ont localisé le tombeau de Lysandre en Béotie.

Page 138.

1. Prétention quelque peu excessive, même après correction du texte initial : « J'aurai fixé l'emplacement de cette fameuse cité. J'aurai, pour ainsi dire, retrouvé tant de ruines immortelles : un simple pêcheur... » (A et B).
2. Plutarque, *Lycurgue*, LIV (XXV, 4).
3. Ce chiffre, qui fixerait la date de la fondation de Sparte à 1737 avant J.-C., est incompréhensible.

Page 139.

1. Patrocle (*Iliade*, chant IX, 206 *sq.*).
2. Voir *Odyssée*, chant XXIV, 206 *sq.*
3. C'est-à-dire un exercice physique avant le repas : sur Denys, tyran de Syracuse et le « brouet noir » de Sparte, voir *Anacharsis*, chap. XLVIII.
4. Virgile, *Églogues*, VIII, 108 : « Rêves qu'on se forge soi-même » (quand on aime).

Page 140.

1. À partir de prémisses analogues, la « Lettre à M. de Fontanes sur la campagne romaine » arrivait à une conclusion différente (*Voyage en Italie*, p. 1486-1487).
2. Virgile, *Géorgiques*, I, 497 : le poète évoque la surprise du laboureur à venir, lorsque sa charrue exhumera les ossements plus grands que nature des héros du passé.

3. Pour le trajet de Sparte à Argos, la 1ʳᵉ remarque sur le livre XV des *Martyrs* donne une chronologie sensiblement différente : « Des ruines de Sparte, je partis pour Argos sans retourner à Misitra (...). Nous traversâmes l'Eurotas à l'entrée de la nuit (...). À une heure du matin, nous arrivâmes au sommet d'une haute montagne (...). Nous arrivâmes à deux heures du matin à un gros village appelé Saint-Pierre (...). Nous changeâmes de chevaux à Saint-Pierre, et prîmes le chemin de l'ancienne Cynurie. Vers les trois heures de l'après-midi, le guide nous cria que nous allions être attaqués (...). Nous entrâmes dans les monts Parthénius, et nous descendîmes au bord d'une rivière dont le cours nous conduisit jusqu'à la mer. (...) Du point où nous étions parvenus, il y avait encore trois heures de marche jusqu'à Argos (...). La nuit vint, le guide se trompa de route, nous nous perdîmes dans les rizières inondées (...). J'étais au lever de l'aurore à Argos. »

Page 141.

1. Hypothèses fantaisistes qui ont sans doute leur origine dans la carte de la Laconie du *Jeune Anacharsis :* mais Chateaubriand écorche certains noms (le Loenus pour : l'Œnus) et calcule mal les distances.
2. Lapsus pour : Saint-Pierre (Hagios Petros), bien identifié dans le texte de 1810 (voir p. 140, note 3). Ce village se trouve à une vingtaine de kilomètres de la mer.
3. Méléagre : le beau chasseur du sanglier de Calydon, auquel Cymodocée compare Eudore (*Martyrs*, p. 126 et *Remarques* p. 519), a donné lieu à de nombreuses représentations plastiques sans que nous puissions dire avec certitude à laquelle se réfère ici Chateaubriand.

Page 143.

1. Ce jardin ne figure pas dans le texte de 1810. Il est en revanche signalé par Pouqueville (t. I, p. 492).

Page 144.

1. Pélopides : la progéniture de Pélops, héros éponyme du Péloponèse, c'est-à-dire Atrée, Thyeste et leur descendance (les Atrides).
2. Lapsus pour : 1766.
3. Palamide : forteresse ou *kastro* qui protège Nauplie. À moins que Chateaubriand ne songe ici à la citadelle qui domine Larissa.
4. Pausanias, II, 24.
5. *Énéide*, II, 513-514 : « Il y avait un immense autel et, juste à côté, un très vieux laurier dont les branches inclinées

enveloppaient de leur ombre les Pénates. » C'est ainsi que commence le récit du massacre de Priam par Pyrrhus.

Page 145.

1. On le trouve rapporté dans Gibbon, *History of the Decline and Fall of the Roman Empire*, chapitre XXII (édition « Bouquins », t. I, p. 630). Mais Chateaubriand a mal recopié la référence de celui-ci : XXXV au lieu de XXV.

2. *Description de la Morée...*, p. 50-52.

3. « Tout est vanité » (*Ecclésiaste*, I, 2).

4. Jean-Denis Avramiotti (1770-1835) était né à Zante, alors possession vénitienne. Si Chateaubriand a pu le prendre pour un Italien, c'est parce qu'ils se sont entretenus dans cette langue et que son hôte avait poursuivi une partie de ses études à Padoue, avant de revenir exercer la médecine dans son pays. Après avoir séjourné à Tripolizza en 1802, il demeura quelque temps à Argos. Chateaubriand avait apporté à son intention une lettre de recommandation de Jean-Baptiste Fornetti, premier drogman au consulat de Coron, ainsi qu'une autre du consul Vial.

5. Voir Pouqueville, t. I, p. 508. Avramiotti rectifiera plus tard avec aigreur : il ne se trouvait pas à Nauplie lors du passage de Pouqueville, mais à Coron ; en outre : « Il est vrai qu'il opéra ma petite-fille (...) comme il est vrai que deux jours après elle en mourut. »

6. Avramiotti fut très mortifié de constater qu'il avait été considéré par Chateaubriand comme un Italien « exilé » en Grèce et sa réaction fut très vive : « Par ces assertions hardies, je ne sais si je dois appeler M. de Chateaubriand menteur ou insolent. Moi désirer Venise, Venise ma patrie ? Je suis grec de religion et de nationalité (*sic*, en 1816), et j'habite la Grèce. Je suis né à Zante où j'ai ma maison et mes livres, et chaque fois que l'amour de la patrie me tourmente fortement, je vais revoir dans mon île mes parents et mes amis. » Par légèreté, ou simplement pour introduire une référence virgilienne, Chateaubriand avait touché un point sensible. Le médecin irascible allait devenir un partisan décidé de la renaissance hellénique et fonder à Athènes, où il ne tarda pas à se retirer, la Société des Philomuses. Il ne tenait donc pas à ce que son « patriotisme » grec fût mis en doute.

7. Voir *Énéide*, X, 782 : ... « *et dulcis moriens reminiscitur Argos.* » Le guerrier Antor qui avait suivi en Italie non pas Énée, mais Évandre, y trouve la mort pour ainsi dire par hasard : « Et en mourant il se remémore sa chère Argos. »

8. Épisode rappelé par Plutarque, et par Pausanias (I, 13).

Page 146.

1. Voir *Odyssée*, chant IV, v. 524-527 ; et surtout Eschyle, *Agamemnon*, v. 82.

2. Selon Avramiotti, Chateaubriand céda à ses instances et demeura un jour de plus à Argos.

3. Est-ce cette phrase maladroite qui déclencha la rancœur du docteur Avramiotti ? Toujours est-il qu'il répliqua par une brochure venimeuse contre son hôte éphémère, dans laquelle il cherchait à discréditer ses compétences de voyageur : *Alcuni cenni critici sul viaggio in Grecia del signor F.-A. de Chateaubriand*, Padoue, Bettoni, 1816 ; trad. fr. par Alice Poirier, P.U.F., 1929. — Sous la signature de Millin, les *Annales encyclopédiques* en publièrent un compte rendu (1817, t. II, p. 159-166 et t. III, p. 372-377), qui rendait hommage au savoir du médecin archéologue, non sans minimiser la portée de ses critiques. Dans le compte rendu du *Voyage dans le Levant* de Forbin qu'il publia peu après dans *Le Conservateur*, Chateaubriand mentionna «cette petite brochure grecque traduite en italien à Padoue» où M. Avramiotti avait «distillé sa vengeance». On lui laissera, comme il se doit, le dernier mot sur cette affaire ; il fut recueilli à Londres, en 1822, par Marcellus : «Ce médecin rancunier et pointilleux ne m'a fait grâce de rien. Il a poursuivi mes rêves un à un : quand j'errais dans les ruines avec l'ombre d'Agamemnon, il voulait me faire mesurer des pierres. Il s'attachait à tous mes pas comme un compagnon incommode ; et dans mon souvenir, je le compare aux sangsues dont il faisait provision, pour ses malades, dans les marais de Lerne» (Marcellus, *Chateaubriand et son temps*, p. 438).

4. Qui la métamorphosa en vache : Ovide, *Métamorphoses*, livre I, 584 *sq.*

5. Pausanias (II, 18) les énumère en ordre inverse, puisque son itinéraire va dans le sens opposé (de Mycènes à Argos).

6. Inséré dans le *Voyage* de Chandler.

7. Ces références sont fournies par une note de Barbié du Bocage (Chandler, t. III, p. 470, note 175).

Page 147.

1. Chandler, à la suite de Pausanias (II, 16), parle de quatre-vingts guerriers.

2. Il est connu aujourd'hui sous le nom de «trésor d'Atrée». Bartholdy a été le premier à décrire le site en détail dans son *Voyage en Grèce fait dans les années 1803 et 1804* (Paris, 1807, t. I, p. 267-269) ; mais sa description ne ressemble guère à celle de Chateaubriand.

3. « La grande pierre qui est au sommet ayant été enlevée par quelque accident, il croit qu'il y avait là une coupole qui donnait de la lumière » (Avramiotti, trad. Poirier, p. 42).

Page 148.

1. Le *Voyage* de Bartholdy comporte une description, ainsi qu'une gravure, de ce qu'il appelle, avec Avramiotti, la « porte des Lions » (t. I, p. 259-260).
2. Strabon (VIII, 6, 2 et 11) à propos de Tirynthe, et Pausanias (II, 16).
3. Petit-Radel : dans un article publié dans le *Magasin encyclopédique* (1810, t. III, p. 342 *sq.*) sur les constructions cyclopéennes.
4. Cf. *Mercure de France* (1807) : « C'était un enfant tout nu, le corps exténué par la faim, le visage défiguré par la misère, qui nous a montré, dans un désert, les portes tombées de Mycènes et le tombeau d'Agamemnon. »
5. Pausanias, II, 16.
6. Dès 1807, une note du *Mercure* signalait : « Nous avons découvert un autre tombeau à Mycènes, peut-être celui de Thyestes ou de Clytemnestre (voyez Pausanias). Nous l'avons indiqué à M. Fauvel. » Bartholdy parle lui aussi de ces tombes.
7. Texte original (1811) : « pour fixer l'emplacement des ruines de Sparte, et découvrir... » (voir note 1, p. 138). Avramiotti se raille de cette emphase : « Ces souterrains, je les ai vus en 1803, et il n'y a point de bouvier ni de berger qui ne les connaisse parce qu'ils ont l'habitude d'y chercher les animaux qui s'y égarent » (p. 44-45).

Page 149.

1. C'est la raison pour laquelle, dans ce passage, le voyageur ne renvoie qu'à des sources livresques.
2. Lépante (Naupacte) a donné son nom à la célèbre bataille navale qui se déroula au large de Patras le 7 octobre 1571, et au cours de laquelle la flotte de la Sainte-Ligue écrasa une flotte turque de deux cents galères. Cette victoire, plus symbolique que décisive, fut le premier coup de semonce lancé à la domination ottomane en Méditerranée.

Page 150.

1. On trouve cette indication dans Chandler (t. III, p. 474, note 192).
2. Lors de la prise de la ville par les Romains en 146 avant Jésus-Christ.
3. Déduction absurde. Spon écrit : « pas seulement quatre

fois plus »; ce qui signifie que les colonnes avaient une hauteur inférieure à quatre fois leur diamètre.

Page 151.

1. Je ne sais où Chateaubriand est allé chercher cette référence au « diamètre du tiers ». On a toujours calculé les proportions idéales des colonnes antiques en fonction du rapport entre leur hauteur et le diamètre de leur base.

2. Le Roy, *Ruines des plus beaux monuments de la Grèce*, Paris, Louis-François Delatour, 1758 ; voir la seconde édition, 1770, t. II, p. 28, planche XI. Voir également James Stuart, *Antiquities of Athens* (1794), tome III.

3. Soit une hauteur de sept fois leur diamètre. Voir Pline, *Histoire naturelle*, XXXVI, 56 ; et Vitruve, IV, 1, 28.

4. Ces onze colonnes appartenaient à un temple dédié à Apollon qui se dressait sur une petite éminence rocheuse au-dessus de la Fontaine Pirène, au centre de la ville antique et à un mille environ de la mer. En 1806, elles étaient encore debout, mais « noyées » dans les constructions de la bourgade où Chateaubriand passa la nuit. Un peu plus tard, le propriétaire du terrain en détruisit quatre pour se faire construire une maison. Dès 1816 ne subsistaient plus que les sept encore visibles aujourd'hui.

5. Successivement Denys le jeune, tyran de Syracuse (où il avait invité Platon), et Lucius Mummius.

6. Le chapitre LXIII du *Jeune Anacharsis*, référence probable de Chateaubriand, est intitulé : « Denys, roi de Syracuse à Corinthe. Exploits de Timoléon ». Sur le Corinthien Timoléon qui, au milieu du IVe siècle, libéra Syracuse, voir Plutarque. La triste fin du tyran Denys, revenu à Corinthe pour y vivre comme un simple particulier, a frappé Chateaubriand qui lui a consacré quelques chapitres de son *Essai historique sur les révolutions* (seconde partie, IX-XII).

7. *Odyssée*, chant V, v. 306-312. Ce sont les plaintes que profère Ulysse lorsqu'il se trouve une nouvelle fois en butte à la colère de Poséidon.

Page 152.

1. Laïs compte parmi les plus fameuses courtisanes qui faisaient la réputation de Corinthe, et chez qui les riches étrangers de passage pouvaient laisser une grosse partie de leur avoir. Ce qui avait donné lieu au proverbe : « Tout le monde ne peut pas se permettre de visiter Corinthe. »

2. Saint Paul. Avec le souvenir de ce personnage essentiel des origines du christianisme, une étape décisive est franchie dans la progressive transformation du voyage en pèlerinage

Le paragraphe dans son ensemble repose sur un montage de citations des *Épîtres aux Corinthiens*.

Page 153.

1. Chateaubriand avait commencé par indiquer, dans une remarque sur le livre XV des *Martyrs* (1810): « Nous quittâmes Corinthe à trois heures du matin. » Selon Avramiotti, le voyageur aurait quitté Argos le 21 août au matin et seulement traversé Corinthe. Le trajet entre Argos et Corinthe exigeait à peu près sept heures.

2. Grand-garde ou Derven: poste militaire servant à la fois de poste frontière et de péage. Son existence est confirmée par Fauvel (cité dans Chandler, t. III, p. 456, note 112) et par Avramiotti, p. 52: « La route passe par les monts Onéius et Géranien, et elle fut ouverte en 1715 par Ali Pacha, pour y conduire ses nombreuses troupes à la conquête de la Morée. Il organisa alors, à deux milles de Mégare et à huit de Corinthe, un grand-quartier appelé Derven. » Mais il semble confondre ici le mille romain (environ 1 500 m) et la lieue française (environ 4 500 m). La distance qui sépare Corinthe de Mégare est à peu près de 43 km (une dizaine de lieues).

Page 154.

1. Inaugurés en 582 avant Jésus-Christ, les Jeux Isthmiques se déroulaient au printemps, tous les deux ans; ils étaient placés sous le patronage de Poséidon.

2. La Fontaine, « Les Deux Amis » (*Fables*, VIII, 11, v. 21-23).

3. Plutarque, *Thésée*, X (VIII, 3). C'est le surnom du brigand Sinis.

Page 155.

1. Allusion à Homère, *Odyssée*, chant VI, v. 17-19.

2. Pausanias, I, 40. Mais en réalité ladite fontaine ne se trouve pas à Mégare.

Page 156.

1. Voir Pausanias, I, 40-43.
2. Voir Ovide, *Métamorphoses*, VI, 412-674.
3. « Telle Philomèle gémissante… » (*Géorgiques*, IV, 511 *sq.*).
4. La Fontaine, « Philomèle et Progné » (*Fables*, III, 15).

Page 157.

1. Voir Ovide, *Métamorphoses*, VIII, 8-20. Anecdote reprise par Chandler, t. III, p. 191.

2. En réalité livre IV. La source est Plutarque, *Phocion*,

LI (XXXVII). Chateaubriand a cité le passage dans la 17ᵉ remarque sur le livre IV des *Martyrs* (éd. Regard, p. 538). On y retrouve le contresens traditionnel qui attribue à «une dame de Mégare» (une «dame Mégarique» selon Amyot) les soins rendus à la dépouille de Phocion. Selon Anne-Marie Ozanam («Quarto», p. 1385), ce serait la femme de Phocion lui-même.

3. Cf. la première rédaction (1ʳᵉ remarque sur le livre XV des *Martyrs*): «Tandis que je songeais que Virgile, visitant aussi la Grèce, fut arrêté dans ce lieu par la maladie dont il mourut, on vint me prier d'aller visiter une malade.»

Page 158.

1. Pouqueville a raconté ses tribulations (t. I, p. 151 *sq.*).

2. Chateaubriand avait commencé par écrire (1ʳᵉ remarque sur le livre XV des *Martyrs*): «Nous couchâmes à Mégare. Nous n'en partîmes que le lendemain à deux heures de l'après-midi. Vers les cinq heures du soir, nous arrivâmes...» Ce calendrier me semble plus conforme à la distance qui sépare Éleusis de Mégare (une vingtaine de kilomètres), qu'Avramiotti évalue à trois heures et demie de route.

3. Chateaubriand a sans doute été frappé par cette note de Barbié du Bocage dans Chandler (t. III, p. 455, note 107): «On les appelle aussi poules de Perse, mais à tort. Quelques-uns leur donnent le surnom de *Cunu*. Elles viennent de la Virginie (...). Il existe de cette sorte de poule dans une très petite ville voisine de Rastadt, dans la Souabe, nommée Steinstadt; ce qui donne lieu à une plaisanterie de la part des habitants de Rastadt qui disent que si les poules de Steinstadt avaient des queues, elles ne pourraient pas se tourner dans la ville, tant celle-ci est petite et étroite.»

4. Référence approximative à *Odyssée*, chant IX, v. 94-97.

Page 159.

1. *Banquet des Savants*, VII, 295 e.

2. Eschyle, *Les Sept contre Thèbes*, v. 42-43: cité par Longin et traduit par Boileau (*Traité du sublime*, XIII).

3. Le paragraphe est, dans sa quasi-totalité, une reprise de Chandler (t. III, p. 188).

4. La plaine de Thria, sur la bordure septentrionale du golfe de Salamine.

Page 160.

1. Avramiotti révèle le nom de ce personnage, devenu professeur à Athènes après avoir reçu à Naples une assez bonne instruction littéraire. C'est une occasion pour lui de prendre

la défense de ses compatriotes : « Leurs œuvres sortent chaque jour des presses et montrent à quel point, en dépit de leur malheur, vit et fleurit leur génie. Il serait trop long de donner les noms de tous ces savants, de parler des efforts qu'ils ont fournis, des écoles qu'ils ont fondées, de leurs sociétés littéraires (...). Étonnez-vous donc de ce qu'a fait le Grec au milieu du plus dur esclavage et pensez à ce qu'il pourrait faire s'il avait des lois justes et cette liberté qu'il sait apprécier et pour laquelle il affronte les plus graves dangers (*op. cit.*, p. 57-58). Chateaubriand se sentira du reste obligé de faire en quelque sorte amende honorable. Dans une note de la réédition, en 1826, de son *Essai historique sur les révolutions* (1re partie, chap. LXV), après avoir cité ce passage, il ajoutera : « Le Grec aujourd'hui ne fait plus de goudron, à moins que ce ne soit pour les vaisseaux de Miaulis et de Canaris. Colouri a repris pour lui le nom de Salamine. Il connaît maintenant les monuments de sa race. Devenu antiquaire dans sa patrie, il a fouillé le champ de ses aïeux, déterré leur renommée et retrouvé la statue de la Gloire. Pour creuser cette terre féconde, il n'a eu besoin que du fer d'une lance. »

2. Colouri : ce nom moderne de Salamine désigne un gâteau en forme de fer à cheval.

Page 161.

1. Cf. la note 100 dans Chandler (t. III, p. 454) : « Ce buste a été embarqué dernièrement par lord Elgin, pour être transporté en Angleterre ; mais les artistes et les antiquaires ont à regretter qu'il ait été enlevé de sa place, car le vaisseau qui le portait, a fait naufrage auprès de Cérigo. » Voir la description de ce buste colossal un peu plus loin.

2. Publiés dans le *Magasin encyclopédique*, VIIIe année, t. I, p. 308 *sq*.

3. *Anacharsis*, chap. LVIII.

Page 162.

1. Coraï, Kodrika : figures emblématiques de la « renaissance hellénique » au début du XIXe siècle, déjà mentionnés par Chandler (t. III, p. 436, note 6) comme faisant partie des « Athéniens modernes éclairés ». Le philologue Adamantinos Koraïs, né à Smyrne en 1748, fit des études de médecine à Montpellier, avant de se fixer à Paris où il mourra en 1833. Auteur de nombreuses traductions et éditions de textes en grec moderne, il avait publié en 1803 un *Mémoire sur l'état actuel de la civilisation dans la Grèce*.

Page 163.

1. Citation, adaptée pour la circonstance, de Racine (*Athalie*, I, 4, v. 323-326), déjà présente dans le *Génie du christianisme* (2ᵉ partie, livre IV, chap. 5).
2. C'est-à-dire au moment du voyage de Chandler, à la veille de la guerre russo-turque de 1770.

Page 164.

1. Le pavillon français a été remplacé par le pavillon anglais.
2. Voir Plutarque, *Alcibiade*, LXXI (XXXIV, 3-7).
3. À partir de là, le trajet de Chateaubriand suit de près celui de Chandler (t. III, p. 170-173), mais en sens inverse, ce qui amène certaines confusions topographiques.

Page 165.

1. Formule qu'on est bien obligé aujourd'hui de prendre au second degré. On a en effet retrouvé les lettres que le consul Fauvel adressa le 30 septembre 1806 à Talleyrand et au comte de Choiseul-Gouffier (voir ci-dessous), pour leur donner des nouvelles du voyageur qu'ils lui avaient recommandé. Or, il leur apprend que Chateaubriand est arrivé à Athènes le 19 août et qu'il en est reparti dans la nuit du 22 au 23. Voici pour la chronologie.

Mais dans sa lettre à Choiseul-Gouffier, Fauvel se montre plus précis : « Il est arrivé ici le 19 août par mer, venant d'Épidaure où il s'est embarqué après avoir traversé la Morée, il a touché à Égine. Son séjour ici n'a pas été aussi long que je le désirais ; il était pressé de se rendre à son bâtiment qui lui avait donné rendez-vous à Zéa ; aussi le plaisir qu'il goûtait à voir Athènes était empoisonné par l'inquiétude. Les grandes chaleurs n'ont pas permis non plus de mettre à profit le court séjour qu'il a fait ; il n'a pu faire aucune excursion hors du territoire d'Athènes (...). Nous n'avons pas eu le temps d'aller à Marathon ni à Éleusis » (texte publié par Louis Hogu dans la *R.H.L.F.*, t. XIX, 1912, p. 632-633).

Il est difficile de récuser ce témoignage qui prouve que, dès 1810 (*Remarques* sur le livre XV des *Martyrs*), Chateaubriand aurait élaboré une mise en scène propre à donner toute son importance à son « arrivée » à Athènes : procédé littéraire destiné à dramatiser la scène, mais aussi à faire profiter son lecteur des nombreuses sources qu'il avait à sa disposition : nous avons pu constater que la séquence Argos-Corinthe-Mégare-Éleusis est une des plus livresques de son *Itinéraire*.

Page 167.

1. *De Natura rerum*, VI, 1-4: «La première à faire connaître les moissons, jadis, aux mortels infortunés, ce fut Athènes, la ville si fameuse. C'est elle qui leur procura une nouvelle vie en leur imposant des lois; elle qui fut la première à leur dispenser les douces consolations de la vie.»

2. Cicéron, *Ad Quintum fratrem*, I, 1, 27: «*Cum vero ei generi hominum praesimus, non modo in quo ipsa sit, sed etiam a quo ad alios pervenisse putetur humanitas, certe iis eam potissimum tribuere debemus, a quibus accepimus.*» Traduction peu précise, comme souvent chez Chateaubriand.

3. *Lettres* de Pline, I, 8, 24.

4. «Nous nous sommes assis et nous avons pleuré» (*Psaumes*, CXXXVII, 1).

Page 168.

1. Sur Louis-François-Sébastien Fauvel (1753-1838), on possède une étude ancienne mais approfondie de Philippe Legrand (*Revue archéologique*, 1897). Après avoir longtemps résidé à Athènes, où il gérait le consulat de France, ce collaborateur et ami de Choiseul-Gouffier, devenu un archéologue réputé, préféra se retirer, à la fin de sa vie, à Smyrne, où il continuera de recevoir la visite des voyageurs français (Joseph Michaud en 1830, Lamartine en 1833), qui ont tous évoqué son souvenir avec sympathie.

2. Voir la note 5 de la page 96.

3. Voir éd. Regard, «Bibliothèque de la Pléiade», p. 713 *sq.*

Page 169.

1. Cette partie du *Voyage pittoresque de la Grèce* ne verra jamais le jour.

2. Dans son *Voyage littéraire de la Grèce*, ou *Lettres sur les Grecs anciens et modernes* (1re édition: 1771), Pierre-Augustin Guys étudie les mœurs et les usages des Grecs modernes en confrontant sans cesse les observations faites sur le terrain avec des sources littéraires anciennes. Il en résulte une vision «continuiste» de la civilisation hellénique qui cherche à prouver que, malgré trois siècles de domination ottomane, les Grecs sont demeurés semblables à leurs ancêtres et qu'ils ont su préserver leur identité culturelle.

3. «Moi aussi je suis peintre!» Ce fut, dit-on, la réaction du Corrège, devant la *Sainte Cécile* de Raphaël. Montesquieu avait repris la formule (*Anch'io son' pittore*) dans la préface de son *Esprit des lois*.

4. Chacun y mit apparemment du sien, de sorte que les

choses se passèrent beaucoup mieux qu'à Argos. Confronté à un érudit qui est aussi un artiste, Chateaubriand le traite en homme du monde (de *son* monde).

Page 170.

1. La première remarque sur le livre XV des *Martyrs* est plus explicite : « On nous enseigna la maison de M. Fauvel, qui demeure près du portique d'Hadrien, dans le voisinage du Poecile et de la rue des Trépieds. » Cette maison que Fauvel habitait encore en 1806, servait depuis le milieu du XVIIIe siècle de résidence au consul de France. Attenante à la maison du Voïvode, elle touchait au portique de l'Agora romaine (que Chateaubriand désigne un peu plus loin comme « restes d'un temple antique »). Sur le côté opposé de la rue du Poecile, se trouvait la maison de la famille Roque : voir Stuart, *Antiquities of Athens*, 1762, planche XV.

2. Dans une lettre du 17 mars 1823 à son ancien hôte, devenu ministre, Fauvel lui rappellera « la fenêtre d'où vous aviez tant de plaisir à considérer l'Acropole ».

Page 171.

1. Sur le miel de Chamonix, voir le *Voyage au Mont-Blanc* (1805); sur celui de Kırkağaç, voir *infra*, p. 248-249.

2. Exemple du « système » de Guys, contre lequel le lecteur a été mis en garde un peu plus haut.

3. Voir la note 3 de la p. 228.

4. Nicolas Roque, originaire de Carcassonne, et établi comme courtier de change à Athènes de 1793 jusqu'à sa mort en 1815. Il semble avoir été en charge, à une certaine époque, du consulat de Patras. Son fils Phocion, devenu citoyen hellénique, se fera connaître comme écrivain et comme diplomate du nouveau royaume de Grèce.

Page 172.

1. Le chef des eunuques noirs : Le Kislar Aga.

2. En effet, William Gell et Edward Dodwell voyageaient en Grèce cette année-là.

3. Peut-être Féodor Ivanovitch, dessinateur au service de lord Elgin.

Page 173.

1. En réalité le portique de l'ancienne agora, terminé et dédicacé sous Auguste, bien visible sur les gravures anciennes. Chateaubriand le mentionne du reste comme tel un peu plus loin (*infra*, p. 198).

2. *Actes des Apôtres*, XVII, 21 : « Or tous les Athéniens et

tous les étrangers qui demeuraient à Athènes ne passaient tout leur temps qu'à dire ou à entendre dire quelque chose de nouveau » (trad. Sacy).

3. Phidias et Ictinus : respectivement sculpteur et architecte du Parthénon.

Page 174.

1. Cette localisation nous semble farfelue, aujourd'hui que nous sommes habitués à donner le nom de Lycabette à la colline escarpée qui domine Athènes au nord-est. Mais sa situation est encore incertaine pour les archéologues contemporains de Chateaubriand, qui le confondent parfois avec la colline des Muses (au nord de laquelle se trouve effectivement la Pnyx). Ainsi Chandler : «(Athènes) renfermait dans son enceinte le Pnyx, derrière lequel était le mont Lycabettus » (t. II, p. 437). C'est probablement lui qui est responsable de cette erreur.

2. Avramiotti exprime un avis opposé : « Tout au contraire, ce déblaiement a été pratiqué par Gian-Battista Lusieri, excellent architecte et peintre, aux frais de milord Aberdeen, personnage de beaucoup de talent et de connaissances. »

Page 175.

1. C'est ce qu'affirme Barthélemy, à la suite de Plutarque, *Thémistocle*, XXXVIII (XIX, 6).
2. Structure rhétorique analogue dans Scrofani, t. II, p. 117-118 : « C'est donc ici, me disais-je en moi-même, que... », etc.
3. *Guerre du Péloponnèse*, I, 70.

Page 176.

1. Premier livre des *Rois* (I *Samuel*), II, 6 : « C'est le Seigneur qui ôte et qui donne la vie, qui conduit aux enfers et qui en retire » (trad. Sacy).
2. « Le nom de ce personnage était Caius Julius Antiochus Philopappus, qui vivait sous Trajan » (Chandler, t. II, p. 479). C'était le petit-fils du roi Antiochus IV Épiphane.

Page 177.

1. C'est le dernier appel à la prière de la journée. Il est lancé par un *muezzin*, et non par un « prêtre » ou un « imam » ; il est vrai que Chateaubriand avait commencé par écrire : « ce derviche » !
2. Voir aussi Pline, *Histoire naturelle*, X, 63.
3. *Jérémie*, VIII, 7.

Page 178.

1. En réalité le 20 (voir la note 1 de la page 165).

Page 179.

1. Ces chiffres sont empruntés à Spon (t. II, p. 143).
2. Cette définition du métope (espace compris entre chaque triglyphe de la frise dorique, souvent orné de sculptures, mais parfois laissé nu, ou *lisse*) est pour le moins originale, et ne semble correspondre à aucune source connue. Voir néanmoins la fonction de la coulisse dans sa pose, p. 184.
3. C'est encore Spon qui avait proposé cette datation pour les sculptures des frontons, qu'il avait été le premier à dessiner au XVIIe siècle (t. II, p. 146-147). La question sera résolue, dans le sens que suggère la note de Chateaubriand, par Ennio Quirinio Visconti. Après les avoir vues à Londres, il démontra que les sculptures des frontons appartenaient bien au même atelier que celles de la frise (*Mémoire sur les ouvrages de sculpture du Parthénon*, 1818).
4. Ces boucliers dorés auraient été offerts par Alexandre après la bataille du Granique.

Page 180.

1. C'est néanmoins celle-ci qui a prévalu.
2. C'est Chateaubriand qui a raison (voir la note 4 de cette même page).
3. Au milieu du XVIIIe siècle : voir Jean-François Séguier, *Dissertation sur (...) la Maison carrée de Nîmes*, Paris, 1759.
4. Ce sera chose faite à la fin du XIXe siècle seulement : les lettres que fixaient les clous en question composaient une inscription en honneur de Néron (*The Classical Review*, X, 1896, p. 222).

Page 182.

1. Ces considérations, qui témoignent de connaissances techniques assez précises, ne sont pas gratuites. Elles introduisent à un jugement esthétique global, que reprendra Renan : la Grèce a fondé son art sur un principe de rationalité harmonieuse.

Page 183.

1. « *Quod non fecerunt Barbari, fecerunt Barberini* » : « Ce que les Barbares ont épargné, les Barberini se sont chargés de le détruire », disait-on à Rome pour stigmatiser les destructions massives qui préludèrent à la construction du palais Barberini.

2. Ce tombeau du roi de Mysie, à Halicarnasse, figurait parmi les «merveilles du monde». Ses pierres servirent à édifier, au xve siècle, le château des Chevaliers de Rhodes, encore visible aujourd'hui à Bodrum.

Page 184.

1. Thomas Bruce, lord Elgin (1766-1841), avait été envoyé comme ambassadeur extraordinaire du gouvernement anglais auprès de la Sublime Porte en 1799. Amateur averti, il profita de la conjoncture, défavorable à la France, pour faire déposer en toute impunité les sculptures du Parthénon (bas-reliefs de la frise et des métopes, figures des frontons), et pour les faire expédier en Angleterre. Ce «travail» fut exécuté de 1801 à 1805 par une équipe internationale. Après son retour définitif à Londres (1806), lord Elgin exposa cette prestigieuse collection dans son musée privé de Park Lane, avant de la revendre au British Museum en 1816. Lors de son passage à Athènes en août 1806, Chateaubriand vit donc le Parthénon à peu près tel que nous le voyons aujourd'hui du moins pour ce qui est de ses vestiges antiques. Le monument se trouvait alors encombré de constructions adventices qui ont disparu depuis; et les tambours de maintes colonnes gisaient encore sur le sol. Il lui faudra attendre sa propre ambassade de 1822 à Londres pour admirer enfin les œuvres de Phidias.

2. Lusieri : voir note 2, p. 174.

Page 186.

1. Glacé : terme technique à multiples emplois et dont le sens global est : rendre une surface lisse et luisante. Chateaubriand renvoie ici à une acception propre à la peinture, pour désigner une surface déjà peinte, lorsqu'elle est recouverte par une autre couleur transparente et brillante.

Page 187.

1. Voir *Odyssée*, chant XIII, v. 217-218.

Page 188.

1. On a parfois été surpris par ce chiffre élevé, que ne semble justifier aucune dépense somptuaire. Sans vouloir entrer dans le détail, incontrôlable, de son budget, on rappellera la générosité «maladive» de Chateaubriand et les dons considérables qu'il fit à diverses institutions charitables de Terre Sainte, sans oublier sa répugnance à marchander, redoutable en Orient (voir p. 117 le passage où un notable de Mistra se scandalise de cette habitude de payer sans discuter).

2. Le texte original de 1811 comporte ici une phrase sup-

plémentaire : « Mais aussi, je ne mériterai jamais d'être changé en chien noir, pour mon ingratitude. » Ce qui renvoie au conte des *Mille et Une Nuits* intitulé : « Histoire du second vieillard et des deux chiens noirs », qui dans la traduction de Galland se termine ainsi : « Avec cela (les mille sequins), mon frère, vous pourrez oublier la perte que vous avez faite. »

3. C'est-à-dire après la sieste.

Page 189.

1. Voir Pausanias, I, 19.

Page 191.

1. En réalité le 21.
2. Homère, *Iliade*, chant II, v. 556.
3. Racine, *Phèdre*, II, 5, v. 647-649.

Page 192.

1. Si nous en croyons sa correspondance, Fauvel tenait beaucoup à cette « découverte ». Sur le tombeau de Thémistocle, voir *Anacharsis*, XII.

Page 193.

1. Plutarque, *Thémistocle*, LVIII (XXXII, 5-6). Chateaubriand cite la traduction de Dacier (Paris, 1778, t. I, p. 328), dont il utilise les notes dans le paragraphe qui précède.

2. Cf. Pausanias, I, 28 : « Vers la partie maritime du Pirée est un endroit qu'on appelle Phréattys, où les bannis qui à leur retour se trouvent accusés de quelque nouveau crime, plaident leur cause à bord de leur vaisseau, devant les juges qui sont sur le rivage. » La traduction Larcher que Chateaubriand utilise comporte ici la note suivante : « *Phréattys* : du mot grec φρεαττύς, qui signifie un puits » (t. I, p. 201). À son habitude, Chateaubriand pratique une condensation des textes.

3. *Actes des Apôtres*, XVII, 23. De passage à Athènes, saint Paul, interrogé sur sa doctrine par « quelques philosophes épicuriens et stoïciens », leur aurait déclaré : « Ayant regardé en passant les statues de vos dieux, j'ai trouvé même un autel sur lequel il est écrit : AU DIEU INCONNU. C'est ce Dieu que vous adorez sans le connaître que je vous annonce. »

Page 194.

1. Strabon, IX, 1, 15 ; et Pline, VII, 37. Cités par Spon, t. II, p. 233.

2. Gaspari : divers membres de cette famille levantine ont occupé des postes consulaires à Athènes au XVIIIe siècle.

3. Ce mémoire, mentionné dans Chandler (t. II, p. 540,

note 17), a été publié dans le *Magasin encyclopédique*, 7ᵉ année, t. VI, p. 523 *sq*.

Page 195.

1. Aphorisme attribué à Buffon par Hérault de Séchelles dans son *Voyage à Montbard* (Paris, an IX). Pour le peintre russe, voir p. 172, note 3.
2. Voir les éléments de la discussion dans Chandler, t. II, p. 555, note 103.

Page 196.

1. Dans *Œdipe à Colone*.
2. Plutarque, *Solon*, LXV (XXXII, 1-2).

Page 197.

1. Reprise de Chandler (t. II, p. 532), de même que la citation qui termine le paragraphe.
2. En réalité du 22 août.

Page 198.

1. Voir Chandler, t. II, p. 421 ; qui renvoie à Pausanias, I, 17, 50.
2. Voir p. 173, note 1.

Page 199.

1. Dans la seconde moitié du ivᵉ siècle avant notre ère.
2. Chateaubriand recopie dans ce paragraphe une note de Chandler (t. II, p. 557, note 111). Architecte, Jacques-Guillaume Legrand (1743-1807) avait exposé ce modèle au mois de septembre 1802.

Page 201.

1. *Lacédémone ancienne et moderne*, t. II, p. 591-592.
2. Le père Babin : sa *Relation de l'état présent de la ville d'Athènes* a été publiée à Lyon en 1674.

Page 203.

1. Couleurs locales : au xviiiᵉ siècle, cette expression relève du vocabulaire technique de la peinture. C'est une de ses premières apparitions dans un texte littéraire.

Page 204.

1. Voir p. 260, note 2.

Page 205.

1. Cette lettre de Fauvel à Choiseul-Gouffier, reproduite en partie dans Alice Poirier, *Les Idées artistiques de Chateaubriand*, P.U.F., 1930, p. 451, porte la date du 22 août 1806. Elle atteste que Chateaubriand a bien quitté Athènes dans la nuit du 22 au 23 août.

2. Voir *Genèse*, XXI, 16. Renvoyée par Abraham, Agar abandonne son fils Ismaël sous un arbre et le quitte en disant: au moins, «je ne verrai point mourir mon enfant».

Page 206.

1. Comme dans la fable du «Pot-au-lait» (La Fontaine, *Fables*, VII, 10).
2. Le 23.

Page 207.

1. *Iliade*, chant XVIII, v. 207: «Comme on voit sortir d'une ville assiégée une fumée qui monte vers le ciel...»
2. On trouve dans les papiers de Fauvel des indications sur les températures à Athènes. Ainsi, pour la journée du 21 juillet 1806, il a noté: 27 degrés Réaumur (soit près de 30° centigrades).
3. Au tome XVIII (1753), p. 201-211. Joseph-Bernard de Chabert (1724-1805) avait accompagné, comme astronome, la mission de Choiseul-Gouffier en Orient.

Page 208.

1. Chanson populaire qui deviendra, sous la Restauration, un air à la mode: «Vive Henri IV, vive ce roi vaillant», etc.
2. Cette date, qui succède au 27, semble incohérente comme la fièvre qui dévore le voyageur! En réalité, nous sommes au contraire en train de revenir à la chronologie véritable des événements: arrivé à Kératia le 23 août, Chateaubriand, malade, y est resté presque une semaine, comme le confirme un peu plus loin la date qui figure en tête de la réponse de Fauvel.

Page 210.

1. Faut-il comprendre, dans ce style un peu apprêté de version grecque, un bateau avec un équipage de quatre hommes? Mais un peu plus loin, Chateaubriand parle de «trois mariniers».
2. Voir *infra*, p. 228.

Page 211.

1. Plutus, du grec *Ploutos*: argent, qu'on extrayait des mines du Laurion.

Page 212.

1. Cf. *Génie du christianisme*, 3ᵉ partie, V, 4 : « Effet pittoresque des ruines ».

Page 214.

1. « Il est doux, lorsque la mer est grosse et que les rafales soulèvent les flots, de rester sur le rivage, à regarder en spectateur les affres de ses semblables » (*De Natura rerum*, II, v. 1-2).
2. Les déclamations « républicaines » en faveur de la liberté.
3. Bonald, Molé, peut-être Fontanes.
4. La guerre de 1770.

Page 216.

1. Vedette : tour de guet.

Page 217.

1. Cf. Corneille, *Cinna*, II, 1, v. 521 : « Le pire des États c'est l'État populaire. »
2. Cicéron, *Tusculanes*, V, 27. C'est la référence à laquelle renvoie Barthélemy dans son chapitre LI : « Défense des lois de Lycurgue ; cause de leur décadence ».
3. Nabis fut tyran de Sparte de 206 à 192 avant J.-C., et son principal adversaire fut Philopoemen.

Page 218.

1. Chateaubriand ne cessera de prôner la nécessité politique de la « noble ambition ». Elle inspirera plus tard sa politique étrangère ; en 1811 elle semble justifier celle du grand Empire.
2. C'est-à-dire : à présent que vous êtes vaincus, vous êtes bien obligés de faire des phrases (alors que les Spartiates avaient érigé le laconisme en vertu nationale). La citation des *Morales* de Plutarque est fournie par La Guilletière.

Page 219.

1. Le parallèle entre Athènes et Sparte est un *topos* rhétorique qui remonte au moins à Thucydide. Mais Chateaubriand me semble lui donner une orientation « actuelle » qu'il est possible de lire comme une mise en garde contre les excès du militarisme napoléonien.
2. Ce mot de Jules César a été rapporté par Appien (*Guerres civiles*, II, 13, 88) et par Dion Cassius (*Histoire romaine*, XLII, 14).

Page 220.

1. Les Maïnotes : voir p. 119, note 1.
2. Le pessimisme exprimé à cette époque par Chateaubriand contraste avec les enthousiasmes du premier philhellénisme (qu'on rencontre chez un Choiseul-Gouffier ou un Pouqueville). La brutale répression du mouvement émancipateur de 1769-1770, soutenu par Catherine II, a laissé, en particulier dans le Péloponèse, des séquelles que le voyageur de 1806 juge indélébiles.
3. Les Ottomans, aux XIVe et XVe siècles.
4. Classification paradoxale, plus idéologiques que géographique. Chateaubriand range les Turcs dans la catégorie définie par Montesquieu (puis Mme de Staël) des peuples du Midi, enclins par nature — selon la théorie des climats — au despotisme. Celle même où un Voltaire aurait plutôt tendance à ranger les Grecs de Byzance.

DEUXIÈME PARTIE

Page 226.

1. Pierre Belon : Chateaubriand mentionne la seconde édition, qu'il possédait. La première date de 1553.
2. Lapsus jamais corrigé pour : le 30 août.
3. Selon le Journal de Julien (voir *infra*, p. 583), celui-ci aurait mouillé à Zéa le 14 août, et serait reparti le lendemain.
4. Ou plutôt *Pengalo*. Sur cette intéressante famille, qu'il rencontra en 1818, voir P. E. Laurent, *Recollections of a Classical Tour through various parts of Greece, Turkey and Italy*, Londres, 1821.

Page 227.

1. Sans doute un lapsus pour Alcinoüs (*Odyssée*, chant VIII). Aristonoüs est mentionné un peu plus loin (voir p. 232, note 1).
2. Strabon, X, 5, 6. Repris par Tournefort, Dapper, Barthélemy, etc.
3. Aristée : allusion à un épisode des *Géorgiques* (IV, 317 *sq.*).

Page 228.

1. On trouve une biographie de Simonide dans *Anacharsis*. Voir aussi *Essai historique sur les révolutions* (1re partie, chap. XXII)

2. Cette anecdote, que rappellent à la fois Cicéron (*De Oratore*, II, 86) et Quintilien (XI, 2, 11-16), a inspiré une fable à La Fontaine : « Simonide préservé par les Dieux » (*Fables*, I, 14).

3. Voir Horace, *Satires*, I, 2, v. 101 : « Les tissus de Cos te laissent voir (une femme) comme si elle était nue. » Cf. Tibulle, *Élégies*, II, 3, 53 et II, 4, 29.

4. Vent tissu : cf. Guys, *Voyage littéraire de la Grèce*, t. I, p. 512 : « gaze légère que les Poètes appellent un *tissu de vent* ».

5. Pitton de Tournefort, *Voyage du Levant*, Lyon, 1717, t. I, p. 129.

Page 229.

1. *Ut ut sol sol la la sol / fa fa mi mi ré ré ut* : air populaire du XVIIIe siècle sur lequel Mozart a composé de célèbres variations.

Page 230.

1. Vent largue : allure se rapprochant du vent arrière.
2. Cette formule ne semble pas désigner, à proprement parler, les courants alternatifs bien connus qui se produisent plusieurs fois par jour dans le canal qui sépare la Béotie de Chalcis, et qu'on appelle « Euripe », mais vise leur répercussion dans le nord des Cyclades.
3. La Fontaine, « Le corbeau voulant imiter l'aigle » (*Fables*, II, 16).
4. « Que crains-tu ? C'est César que tu transportes » : Plutarque, *César*, XLIX (XXXVIII, 5).
5. Une felouque était un petit bâtiment, rarement ponté, gréé de deux voiles latines, avec des mâts légèrement inclinés en avant. Elle pouvait avancer aussi bien à la rame qu'à la voile. Hydra était alors un port actif, et le restera jusqu'au milieu du XIXe siècle.

Page 231.

1. Dans la douzième *Étude*, Bernardin de Saint-Pierre montre un voyageur parti chercher très loin une terre qui lui fasse oublier ses malheurs, et qui finit par la trouver à Naxos où il a été rejeté par une tempête.
2. Dans une lettre à M. Laliaud, datée de Bourgouin, le 5 octobre 1768. Cette lettre avait été publiée pour la première fois en 1801 (édition Didot des *Œuvres* de Rousseau, t. XX, p. 159).
3. Embouquer (un canal) : pénétrer dans son « embouchure ».

Page 232.

1. Nouvelle à prétention édifiante dont la première édition remonte à 1699 et dont le texte a été classé par les éditeurs modernes parmi les «fables et opuscules pédagogiques» de Fénelon: voir *Œuvres*, «Bibliothèque de la Pléiade», t. I, p. 248-258.

Page 233.

1. Louis Baudrand, *Dictionnaire géographique et historique* et Ferrarius (Filippo Ferrari), *Lexicon geographicon*, Paris, F. Muguet, 1670, 3 vol. in-4°.
2. Elle se borne à donner une appréciation sur ses qualités musicales: «From the lyre, or from any miserable fiddle or guitar they touch, they only draw the most abominable discordant sounds, they accompany a kind of bawling, which they fancy is singing» (Elisabeth Craven, *A Journey through the Crimea to Constantinople*, Vienne, 1800, p. 349).
3. Nouveau lapsus pour: le 1er septembre.
4. Autrefois, les îles Onussae.
5. Imbat: la brise de mer.

Page 234.

1. Voir p. 226, note 3.
2. Jean-Charles-Marie Choderlos de Laclos (1738-1808), frère aîné du célèbre auteur des *Liaisons dangereuses*, avait été nommée consul de France à Smyrne le 23 mars 1793.

Page 235.

1. Voir le détail dans le Journal de Julien (*infra*, p. 586): «Deux matelas, deux paires de draps et un oreiller, et un nécessaire qui nous servaient à bord du bâtiment qui nous avait amenés de Trieste à Smyrne.»
2. Le comte de Peysonnel (1727-1790) fut longtemps titulaire, à la suite de son père, du consulat de Smyrne. Il a publié des *Lettres* (...) *contenant quelques observations relatives aux Mémoires qui ont paru sous le nom de M. le baron de Tott* (Paris, 1785).
3. James Dallaway, *Constantinople ancienne et moderne...*, trad. André Moellet, Paris, Denné, an VII-1799. Voir le résumé donné par Boucher de La Richarderie, t. II, p. 141-165.
4. *Voyage pittoresque de la Grèce*, t. I, p. 200-201.

Page 237.

1. En 1402.
2. Dans Boucher de La Richarderie, *loc. cit.*, p. 162-163.

Page 238.

1. Cf. *Mémoires d'outre-tombe*, VIII, 4: «À Smyrne, le soir, la nature dort comme une courtisane fatiguée d'amour» (éd. Berchet, «Pochothèque», t. I, p. 407).
2. Leroi était une célèbre maison de mode sise au 89 de la rue de Richelieu.
3. En réalité le 4 (septembre).
4. Au nord de Smyrne, sur le rivage opposé du golfe qu'il était plus aisé de traverser que de contourner par voie de terre. Le port de Menemen a disparu au cours du XIXe siècle, peu à peu ensablé par les alluvions du Gediz.
5. «Comme il était changé» (différent de celui que j'avais connu). Cette exclamation échappe à Énée lorsqu'il rappelle le souvenir de la nuit où, après sa mort, Hector lui apparut en songe (*Énéide*, II, v. 274).

Page 239.

1. Horace, *Art poétique*, v. 142: «*Qui mores hominum multorum vidit et urbes.*»
2. Dans la nuit du 4 au 5 septembre. Chateaubriand ne semble vouloir retenir de Smyrne que son côté cosmopolite. Il ne souffle mot, par exemple, du Pont des Caravanes (sur le Mélès, précisément) où les voyageurs romantiques iront chercher des sensations exotiques à bon marché. C'est une fois arrivé à Menemen qu'il transporte soudain le lecteur, comme dans un rêve, au milieu des *Mille et Une Nuits*: le contraste aura été habilement ménagé!

Page 240.

1. Blé grué: réduction de grains de blé en gruau.
2. *Turbidus Hermus*: aujourd'hui le Gediz. C'est Virgile qui parle du «*auro turbidus Hermus*» (*Géorgiques*, II, 137). Mais c'est plutôt son affluent le Pactole qui avait la réputation de rouler des pépites aurifères qui firent la fortune du roi de Lydie, Crésus.

Page 241.

1. Magnésie du Sipyle; aujourd'hui Manisa.
2. C'est en effet dans la plaine hyrcanienne que les légions romaines, sous la conduite de Scipion, remportèrent une victoire décisive sur les troupes du roi de Syrie Antiochus III (190 avant J.-C.). Deux siècles plus tôt, le roi de Sparte Agésilas II avait mené dans la même région, au débouché du Pactole, une brillante expédition contre les Perses de Tissapherne (396 avant J.-C.).

3. Mélésigène : fils du Mélès, ou fils de Mélès ? Quoi qu'il en soit, ce nom désigne Homère.

Page 242.

1. Attribuée à Hérodote, cette *Vie d'Homère* figure à la suite de son *Histoire* dans la traduction de Larcher, « nouvelle édition revue, corrigée et considérablement augmentée », Paris, Crapelet, an XI-1802. Pour le passage en question, voir t. VI, p. 167-168.
2. Probable lapsus à partir du texte de Choiseul-Gouffier, que Chateaubriand suit de près : « On se trouve sur les bords du Pythicus, rivière beaucoup plus forte que le Xanthus, et qu'on passe sur un pont de pierres. » Sinon, il faudrait comprendre : en aval.

Page 243.

1. En réalité le lendemain 6 septembre.
2. Cette frise appartenait au portique du temple dédié à Athéna Polias.
3. Chateaubriand utilise, pour cette description, le « Plan de la ville de Pergame » qui orne le deuxième volume du *Voyage* de Choiseul-Gouffier (voir la note suivante et p. 96, note 5). Il se trompe parfois dans les orientations, mais conserve, du panorama qu'il a vu, une impression vive et juste.
4. Le tome II du *Voyage pittoresque de la Grèce* porte la date de 1809.

Page 244.

1. « Que le peuple romain soit mon héritier. » Cette référence au testament du dernier roi de Pergame se trouve dans Choiseul-Gouffier (t. II, p. 25), qui renvoie à Florus, II, 20.
2. Flavius Attale, préfet de Rome sous Honorius : Alaric le fit revêtir de la dignité impériale à la veille de son entrée dans Rome en 409, avant de le destituer quatre ans plus tard.
3. Le 7.
4. Cf. le *Journal* de Julien qui situe une chute du même genre dans la vallée du Cédron (*infra*, p. 592).
5. Somma : gros village situé à une quarantaine de kilomètres de Pergame, entre Kinik et Kırkağaç.
6. Adramytti : ancienne Adramytion ; aujourd'hui Edremit.

Page 245.

1. Kırkağaç occupe un petit bassin agricole à cinquante kilomètres au levant de Pergame : en se dirigeant de ce côté, au lieu de faire route vers le nord-est, Chateaubriand et son

escorte se rapprochaient de la grande route continentale qui relie Smyrne à Bursa.

2. La reprise mécanique de cette formule déjà présente à la page précédente révèle un «dérapage» du récit. En effet, dans le texte autorisé, deux des journées consécutives se voient attribuer la même date (6 septembre), de surcroît inexacte. En réalité, Chateaubriand a quitté la Somma au matin du 8 septembre.

Page 246.

1. Julien ne semble pas avoir assisté à cette scène.

Page 247.

1. Entendu: compris.

Page 248.

1. Régal: bakchich ou cadeau (*regalo*, en italien).
2. C'est-à-dire pour recevoir les coups de fouet destinés à «désenchanter Madame Dulcinée» (allusion à un épisode de *Don Quichotte*, 2e partie, chap. XXXV).

Page 249.

1. Cf. p. 63.
2. C'est encore Chateaubriand qui transcrit le moins mal le nom de *Gelembe* (prononcer: Guélembé). Ancienne Calendos (non loin de Stratonicée du Caïque), ce fut jusqu'au XIXe siècle un centre caravanier, à une vingtaine de kilomètres de Kırkağaç.

Page 250.

1. Chateaubriand a déjà cité une fois cette «strophe touchante» (empruntée à une ode de Gresset) dans le compte rendu du «Printemps d'un proscrit» de Michaud, qu'il a publié dans le *Mercure de France* du 12 février 1803 (23 pluviôse an XI).
2. Le 9.
3. Pour *Gölcük* (Gueuldjuk). Si nous faisons abstraction du réseau routier mis en place au XXe siècle, le chemin suivi par Chateaubriand est assez simple: il remonte la vallée du Bakır jusqu'à Gelembe; puis à travers les montagnes de Gölcük (Gölcük dağları), il gagne le bassin du Kozan.
4. Sans doute Çağış (Tchahich), à une vingtaine de kilomètres de Balikesir.
5. Kurugölcik (ou Kurugölcük?) se trouve à une vingtaine de kilomètres au nord de Gelembe, avant la montée vers Çağış.

6. Le 10 septembre.
7. Manda-Fora : sur les cartes du début du XXe siècle, ce village apparaît sous le nom de Mendehora. Il est situé entre Çağış et Kapsut.
8. Emir-Capi : peut-être *Demirkapı*, la Porte de fer, entre Mendehora et Susurluk : « La porte de fer est un méchant caravansérail abandonné dans une de ces vallées, sur un ruisseau qui coule vers le levant » (Tournefort). On pourrait le situer dans les parages de Kepsut.

Page 251.

1. Cf. Pascal, *Pensées* : « Le dernier acte est sanglant, quelque belle que soit la comédie en tout le reste. On jette enfin de la terre sur la tête et en voilà pour jamais » (éd. Le Guern, p. 154).
2. Aujourd'hui Susurluk (Soussourlouk).
3. En réalité le Simay Çayı, qui traverse Susurluk du sud au nord, correspond au Rhyndacos antique. Le Granique est en général identifié, aujourd'hui, avec le Çan Çayı, qui coule à une centaine de kilomètres plus à l'ouest, et va se jeter lui aussi dans la mer de Marmara. Voir la discussion du problème dans la préface de 1812 (*supra*, p. 61-63).
4. C'est au bord du Granique que se déroula, au mois de juin 334 avant J.-C., la fameuse bataille où Alexandre remporta sur les troupes de Darius III Codoman une victoire décisive, lors de son entrée en Asie Mineure.

Page 252.

1. Le léopard est la troisième Bête de la vision de Daniel (VII, 6).
2. *Isaïe*, XXIII (oracle contre Tyr).
3. « Son royaume sera brisé et partagé aux quatre vents du ciel, mais non pas au profit de sa descendance » (*Daniel*, XI, 4). Chateaubriand a recueilli toutes ces références sur Alexandre dans Sainte-Croix, *Examen critique des historiens d'Alexandre*, 2e édition, an XIII-1804.

Page 253.

1. Peut-être *Çeltikçi* (Tcheltiktchi), aujourd'hui Çeltikköy ?
2. Le 12.
3. Ulubat Gölü.

Page 254.

1. Malte-Brun : le premier volume date de 1809.

Page 255.

1. Le 13.
2. Une île : Imralı Ada.
3. Notation exacte : la nouvelle lune devait atteindre son premier quartier quatre jours plus tard.
4. Le 14.
5. San Stefano, où sera signé le traité du 3 mars 1878. Aujourd'hui Yesilköy.

Page 256.

1. Le sultan Selim III venait de faire construire à Zeytin Burnu une importante fabrique de poudre.

Page 257.

1. À propos de Constantinople, Chateaubriand se contente, dans le *Journal de Jérusalem*, de renvoyer à Lechevalier et au « tableau qu'il fait de cette ville lorsqu'on y arrive par mer », le jugeant « si exact » qu'il ne laisse « rien à dire après lui ». Voici le passage qu'il se propose alors de citer (*Voyage de la Propontide et du Pont-Euxin*, Paris, Dentu, an VIII, t. II, p. 195-196) :

« À l'instant où le navigateur double l'extrémité du promontoire (la pointe du sérail) pour entrer dans le port, il laisse à sa droite Chalcédoine et Scutari sur les rivages de l'Asie. Il découvre en face le canal du Bosphore, semblable à un large fleuve bordé d'agréables collines. À sa gauche enfin, il aperçoit le plus enchanteur de tous les tableaux. Une forêt de mâts couvre le vaste bassin qu'il a sous les yeux. Mille vaisseaux de toutes les nations y sont à l'abri des tempêtes. Dix mille bateaux élégants et légers le parcourent dans tous les sens, pour satisfaire aux besoins des habitants, à l'activité du commerce, et à l'approvisionnement de la ville.

« Deux collines qui servent de bordure à ce tableau vivant et animé, se prolongent fort avant dans l'intérieur du continent. Les monuments qui couvrent leurs pentes, sont entremêlés de peupliers et de cyprès, à travers lesquels s'élèvent des mosquées à larges coupoles, surmontées de globes dorés, et ces hauts minarets qui rappellent si bien les colonnes triomphales qu'ils ont remplacées et qui les égalent au moins en élégance, s'ils ne les égalent pas en majesté. »

Mais en définitive, il a préféré lui substituer une description de son propre cru.

Page 258.

1. Cette page ahurissante est un concentré de tous les fantasmes de la génération de Chateaubriand à propos du despo-

tisme oriental. Pour y parvenir, le voyageur a dû éliminer de ses notes toute notation pittoresque au profit des imprécations idéologiques. On trouvera un aperçu sommaire de son emploi du temps dans le *Journal de Jérusalem* et dans celui de Julien.

2. Pour les contemporains de Chateaubriand (Potocki, Castellan, Forbin, Marcellus, Lamartine), voir Jean-Claude Berchet, *Le Voyage en Orient*, p. 429-473.

3. Le palais de France : situé dans le quartier de Galata, au même endroit qu'aujourd'hui.

4. À 34 ans, le général corse Horace Sébastiani (1772-1851) avait déjà derrière lui une double carrière militaire et diplomatique. Ce brillant officier avait accompli en 1801 une première mission auprès du sultan, dont le résultat avait été le traité de Paris (25 juin 1802) qui normalisait les relations entre la République française et la Sublime Porte. Il avait ensuite voyagé dans le Levant pour étudier les moyens de ne pas laisser à la Grande-Bretagne le champ libre en Méditerranée. Enfin, au mois de juin 1806, il avait été nommé ambassadeur à Constantinople où il était installé depuis un mois.

5. Ces firmans ont été étudiés par Malakis (*Romanic Review*, XXIII, 1932, p. 111-116) et reproduits dans son édition (t. I, p. 374-375).

Page 259.

1. Voir le journal de Julien, *infra*, p. 588-589.

2. Quelques semaines avant de quitter Paris, Horace Sébastiani avait épousé Fanny de Coigny.

3. C'est le 9 juin 1807, quatre jours après le retour de Chateaubriand, qu'on annonça son décès à Paris.

4. « Ensevelis à Troie la funeste, tes restes sont demeurés au bout du monde, dans une terre étrangère » (Catulle, LVIII, 99-100).

Page 260.

1. Arrivé le matin du 14, Chateaubriand est donc resté quatre jours sur les rives du Bosphore.

2. Au début du mois de septembre, à Andrinople (Edirne), des milices rebelles avaient proclamé un nouveau sultan, et avaient commencé à lancer des incursions à quelques lieues de la capitale.

3. Monté sur le trône en 1789, Selim III fut en effet déposé quelques mois plus tard par les Janissaires hostiles à ses velléités réformatrices, puis assassiné et remplacé par Mustapha IV, qui régna un an à peine avant de subir le même sort.

TROISIÈME PARTIE

Page 261.

1. Julien et leur nouvel interprète, le Grec Jean (voir p. 267).
2. Sur la promiscuité à bord, voir le Journal de Julien, *infra*, p. 589.

Page 262.

1. Dans les *Confessions* (VII, 7 et X, 33), saint Augustin se contente de suggérer que lorsqu'il écoute les hymnes liturgiques chantés à Milan, il éprouve un plaisir coupable, parce que moins fondé sur leur contenu que sur leur beauté intrinsèque.
2. Observation identique dans le *Journal de Jérusalem*, p. 12. Marcellus a contesté la présence de ces moulins; mais il a vu le site de Troie en 1820 seulement. En revanche des moulins sont bien visibles dans le *Voyage* de Lechevalier (Atlas, pl. XVII : le dessin de cette gravure est emprunté au voyageur anglais J. B. S. Morritt, et date de 1794 ; les moulins sont au nombre de 6) et dans celui de Choiseul-Gouffier (t. II, p. 208, pl. XIX ; les moulins sont au nombre de 9), publié en 1809. Rappelons que le texte de Chateaubriand a paru pour la première fois dans le *Mercure de France* du 1ᵉʳ août 1807.

Page 263.

1. Citation de Virgile (*Énéide*, chant II, 21).
2. *Odyssée*, chant XXIV, v. 80-84. Ces vers sont également cités par Lechevalier (t. II, p. 331) et par Choiseul-Gouffier (t. II, p. 307), mais Chateaubriand a recours à sa propre traduction.
3. En réalité, le contrat prévoyait une escale, qui ne devait pas dépasser un jour, à *Kastro* (voir la note C, p. 547-548). Or, selon le *Journal de Jérusalem*, le bateau mouilla bien au château des Dardanelles le 21 à 6 heures du matin : mais le voyageur, malade, resta couché. Du reste, pour atteindre le site de Troie, il aurait fallu faire escale à Koum Kale.

Page 264.

1. Voir *Énéide*, II, v. 255-256 : « ... *tacitae per amica silentia lunae / Litora nota petens* » ; « Par un clair de lune complice qui éclairait notre route silencieuse, nous nous dirigions vers le rivage familier. » Ainsi la flotte grecque gagne de nuit le rivage de Troie, afin de prendre la ville par surprise.

2. Dans *Les Troyennes*, dont Chateaubriand cite un passage (acte III, scène 1), dans la traduction un peu retouchée du Père Brunoy (*Théâtre des Grecs*, édition de 1787, t. VIII, p. 59).

Page 266.

1. Voir Guys, *Voyage littéraire de la Grèce*, 3ᵉ édition revue et corrigée, 1783. La treizième lettre du premier volume traite des diverses danses populaires (p. 160-186); elle est suivie par une «Lettre de Mme Chénier sur les danses grecques» (p. 187-210). Voir aussi la planche qui orne la p. 160 : «Branle grec à la campagne» ou celle du *Voyage* de Choiseul-Gouffier : «Danse grecque à Paros» (t. I, pl. 33). Malgré cette abondance de références, Chateaubriand hésite à identifier celles qu'il a vues; le *Journal de Jérusalem*, p. 17, témoigne de son incertitude.

2. Virgile, *Géorgiques*, IV, 526 : «Ah! malheureuse Eurydice, appelait-elle encore de sa bouche expirante.» Voir aussi Ovide, *Métamorphoses*, XI, 55 *sq.*: «Les membres de la victime sont dispersés çà et là; tu reçois, ô Hèbre, sa tête et sa lyre; et alors, nouveau miracle, emportée au milieu du courant, sa lyre fait entendre je ne sais quels accents plaintifs; sa langue privée de sentiment murmure une plaintive mélodie et les rives y répondent par de plaintifs échos. Maintenant ces débris quittent le fleuve de la patrie pour la mer... qui les dépose sur le rivage de Lesbos» (éd. Folio, p. 352).

3. Selon le *Journal de Jérusalem*, p. 18-20, Chateaubriand manifesta, dans cette occasion, un esprit de décision qui mérita la reconnaissance du capitaine et des passagers.

Page 267.

1. C'est le 5 juillet 1770 qu'une flotte russe composé de neuf vaisseaux de ligne et de six frégates, et commandée par Orlov, le favori de Catherine II, écrasa, dans la baie de Çeşme, en face de Chio, une flotte ottomane très supérieure en nombre.

Page 268.

1. Une fois encore, Chateaubriand abrège un passage du *Journal de Jérusalem* (p. 21), où il avait commencé par se montrer avec complaisance à son avantage.

2. *Télémaque*, livre XI.

Page 269.

1. Le *Journal de Jérusalem* rapporte p. 22-23, une discussion qui avait eu lieu la veille à bord et qui avait révélé la totale incapacité du capitaine à déterminer leur position. C'est grâce

à Chateaubriand que le navire arriva à passer sans encombre entre Cos et Bodrum, puis à doubler la presqu'île de Cnide.

2. Lazarre Magallon (1768-1815), consul de France à Rhodes, était le fils de Charles Magallon (1741-1820), qui avait longtemps occupé le consulat de France à Alexandrie.

3. Août 1681.

4. Allusion au Colosse de Rhodes, envers lequel le *Journal de Jérusalem* exprime un dédain manifeste : « Un peuple commerçant, un colosse entre les jambes duquel passaient des vaisseaux grecs qui étaient des barques », ne sauraient « offrir à mon esprit qu'un objet trivial » (p. 23). Dans la version imprimée, Chateaubriand adoucit les termes, en même temps qu'il rectifie une erreur archéologique.

5. Honorius : lapsus pour Héraclius, empereur byzantin qui régna de 610 à 641.

Page 270.

1. Successivement : Vincenzo Coronelli, *Isola di Rodi*, Venise, 1688 (résumé dans Boucher de La Richarderie, t. IV, p. 423) ; O. Dapper, *Description exacte des îles de l'Archipel...*, Amsterdam, 1703 ; Savary, *Lettres sur la Grèce*, Paris, Onfroi, 1788 (lettres XII et XIII) ; Choiseul-Gouffier, *Voyage pittoresque de la Grèce*, t. I, 1782.

2. Cf. le *Journal de Jérusalem*, plus explicite : « Ici je retrouve les mœurs de mes aïeux et de ma patrie (...). C'est ici le séjour de la loyauté et de l'honneur : là des chevaliers de France (...) défendirent la chrétienté contre les efforts du croissant (...). J'avoue que les larmes me sont venues aux yeux en voyant partout des écussons sculptés sur les murailles. »

3. « Sur mon chemin, je retrouve une petite Troie, une reproduction de Pergame » (*Énéide*, III, 359-351).

4. Cette chapelle, desservie par des Capucins, avait été construite en 1743 et subsista jusqu'en 1849. Elle se trouvait dans le faubourg de Neokhori, derrière la « pointe des moulins ».

5. C'était en réalité un bas-relief de pierre peinte, de la fin du XVe siècle. Découvert en 1693 dans les ruines de Sainte-Marie de la Victoire, il avait été pieusement conservé par les Franciscains. Le *Journal de Jérusalem* parle de « monument curieux » ; c'est devenu un « tableau » dans le texte imprimé.

Page 271.

1. Non loin de la porte Saint-Paul.

2. Voir la note 4 de la page 269.

3. Le mont Philéremos, au pied duquel se trouvait la ville antique de Ialysos.

Page 272.

1. Le cap Chélidonia ou *Gelidonya*, aujourd'hui Yardimci. Il est appelé plus haut le cap de la Chimère, parce que situé à proximité (une vingtaine de kilomètres) de la ville de *Chimaera*.

Page 273.

1. Ce paragraphe ne figure pas dans le *Journal de Jérusalem*.
2. Cf. *Journal de Jérusalem*, p. 30 : « À 6 heures, le vent d'ouest, remplacé bientôt par le mistral a soufflé. »
3. Saint-Épiphane ou *Arnaouti*, à la pointe occidentale de Chypre.

Page 274.

1. Une belle lune de treize jours. Le *Journal de Jérusalem* amorçait ici un développement sur la mémoire qui a disparu de la version imprimée : « En la voyant entre les mâts agités, elle me rappelait (...). Ce souvenir de la terre sur la mer avait des charmes, etc. Réflexions. La [nue] <lune> fugitive, la voile fugitive emportant l'homme encore plus fugitif qu'elle. »
2. Cf. *Journal*, p. 31 : « Samedi 27. Autre malheur : nous avons manqué Chypre malgré notre pilote et nous sommes tombés dix lieues sous le vent du côté de l'Égypte. Dieu veuille que nous reprenions notre route et que nous abordions sains et saufs à quelque port de Syrie. Avec de tels marins, nous pourrions bien ne jamais voir Jafa ! »
3. C'est-à-dire : avions-nous Chypre sur notre droite (au sud) ou sur notre gauche (au nord) ?

Page 275.

1. Lire : *Anamur, Cormakiti*.
2. Cf. *Journal*, p. 41 : « Dimanche 28. Nous avons eu enfin, ce matin au lever du soleil, connaissance de Chypre qui nous reste à gauche à dix ou douze lieues. Nous sommes donc dans la vraie route. Mais le calme est survenu. »
3. Cf. *Journal*, p. 32 : « Une espèce de petit oiseau grisâtre et roussâtre qui ressemble assez à un rossignol (que) les matelots ont pris, tué et jeté à la mer avant que j'aie pu le voir (...). Ensuite deux hochequeues (...). Enfin une hirondelle... » *Hochequeue* est le nom populaire de la bergeronnette.
4. Édition Regard, p. 277 : « En voyant se suspendre à nos mâts des hirondelles fatiguées, nous étions tentés de les interroger touchant notre patrie. Elles avaient peut-être voltigé autour de notre demeure, et suspendu leurs nids à notre toit. »
5. Le passage correspondant du *Journal* est à la fois plus

développé et plus personnel. Cf. *Mémoires*, III, 10 ; éd. Berchet, « Pochothèque », t. I, p. 214.

Page 276.

1. Édition Regard, p. 375. Dans la première et la seconde édition (1811), Chateaubriand avait placé ici un passage de *Télémaque* qu'il a renvoyé à la fin du volume dans les éditions ultérieures (voir la note D).
2. *Énéide*, I, 415-417 : « Elle-même (la déesse) traverse le ciel pour retourner à Paphos. Elle est contente de revoir sa demeure et son temple où, en son honneur, cent autels brûlent l'encens de Saba, tandis que s'exhale le parfum des fraîches guirlandes de fleurs. »
3. Un gentilhomme français : Guy de Lusignan.
4. Mariti, *Voyages dans l'île de Chypre, la Syrie et la Palestine, avec l'histoire générale du Levant*, Paris, 1791.
5. Caloyers : moines Basiliens qui formaient la partie la plus instruite du clergé orthodoxe.

Page 277.

1. Le *Journal* évoque, p. 36, « une sorte de *sainte horreur* », expression qui relève alors du registre du sublime.
2. Hugues le Grand : comte de Vermandois, mort à Tarse en 1102, âgé de 45 ans.

Page 278.

1. La Montagne bourbonnaise, que Chateaubriand ne distingue pas des monts de la Madeleine (entre Vichy et Roanne). Chateaubriand avait traversé cette région en allant de Clermont à Lyon (août 1805).
2. Dans la nuit du 30 septembre au 1er octobre, la lune se leva un peu après minuit.

Page 279.

1. Ruines du sérail ottoman élevé sur le promontoire de Césarée, là où Saint Louis avait édifié un château.
2. La chronologie de cette journée du 2 octobre suit de très près celle du *Journal* (voir p. 37 à 42).
3. Rumb : nom donné à chacune des trente-deux divisions de la rose des vents : chaque quart en comporte huit, de 11°15'.
4. Les risques du débarquement à Jaffa sont mentionnés dans tous les guides, jusqu'au début du XXe siècle : « Les exigences des marines modernes ne permettent pas de donner le nom de port au chenal à demi ensablé que forme une ligne de brisants parallèle au quai de débarquement (...). Ce sont de fortes barques qui servent au transport des passagers et des

bagages. Lorsque la mer est mauvaise, il y aurait danger à affronter la passe du chenal» (*Syrie-Palestine*, «Les Guides Bleus», Hachette, 1932, p. 554).

Page 280.

1. Allusion à Volney que le *Journal* avait mentionné de manière explicite à propos du départ de Constantinople : « Nous sommes environ cent quatre-vingt-dix passagers tant hommes que femmes et enfants. Jusqu'à présent, je ne remarque point le désordre dont parlent les voyageurs et surtout Volney» (p. 9). Voir le *Voyage en Égypte et en Syrie*, édition Gaulmier, p. 336.

Page 281.

1. Le couvent des Franciscains, «très grand et vaste, et solidement bâti», dit Julien (*infra*, p. 591), se trouvait sur la hauteur qui surplombe le port. Reconstruit à la fin du XIXe siècle sur les fondations du XVIIe, son clocher domine toujours la vieille ville. La maison de bois que mentionne Chateaubriand («bâtie sur pilotis et devant le port», précise le *Journal*, p. 53) est sans doute une construction provisoire. Jaffa avait beaucoup souffert lors du siège de 1775, et plus récemment lors de la prise de la ville par les troupes françaises, en mars 1799.
2. Dans la quatrième partie du *Génie du christianisme* (livre III, 5 et IV, 2), Chateaubriand évoque les «missions du Levant», mais ne cite ni les missions franciscaines de Terre Sainte, ni les établissements des Capucins fondés par le Père Joseph, du temps de Richelieu.
3. Le Père François Muñoz, né en Andalousie vers 1747, exerça successivement son ministère à Chypre, puis en Palestine, où il devait mourir le 23 août 1820. Il avait pu évoquer une dernière fois le souvenir de son « ami » Chateaubriand avec le vicomte de Marcellus alors de passage dans la Ville Sainte. Voir le témoignage de celui-ci dans Berchet, *Le Voyage en Orient*, p. 613-615.

Page 282.

1. Nouvelle allusion à Volney qui écrit à propos du Procureur (espagnol) des Missions de Terre Sainte : « Il a des interprètes particuliers comme un consul, sa table, ses janissaires ; seul des Francs, il monte à cheval dans Jérusalem, et marche escorté par des cavaliers ; en un mot il est, après le motsallam, la première personne du pays » (*Voyage...*, p. 339).

Page 283.

1. «Voici à quoi ressemble le monde pour les moines: même lorsque la mer gronde, la surface des eaux leur semble toujours calme. Tout est tranquille pour les âmes sereines.»
2. III *Rois* (I *Rois*), V.
3. *Job*, XLI, 23.
4. *Job*, XXXVIII, 10.
5. *Psaumes*, CXIV, 3.
6. *Isaïe*, XIX, 1.
7. *Isaïe*, XXIII, 8.
8. *Isaïe*, XXIII, 1, et XXIV, 10 et 13.
9. Ce paragraphe, saturé de réminiscences bibliques, semble donner la réplique au début de la première partie (p. 80 *sq.*): ainsi se trouve actualisé, dans le récit de voyage, le parallèle inscrit dans le *Génie du christianisme*, entre la Bible et Homère.

Page 284.

1. Le Tasse, *Jérusalem délivrée*, XX, 28. Le Tasse situe la rencontre sous les murs de Jérusalem. Chateaubriand la replace là où se déroula vraiment la bataille du 12 août 1099.
2. Jean-Baptiste Rousseau, *Odes*, III, 5.

Page 285.

1. Droits de Caffaro: les droits de passage.
2. Sur Djezzar, le «Boucher», voir *infra*, p. 289-290.
3. Cette flatterie indirecte envers le pouvoir impérial se substitue à un passage du *Journal* (p. 51) qui avait une orientation bien différente: «Demain nous partirons pour la Cité-Sainte où le pacha de Damas a dû entrer aujourd'hui pour lever le tribut en faisant tournée (...). Au seul bruit de sa marche, Jérusalem est déserte, chacun fuit dans les villages voisins, dans les montagnes, tremblant pour sa fortune et pour sa vie. Tels sont les dignes fruits d'un gouvernement militaire et les résultats admirables du pouvoir absolu.»

Page 286.

1. La Hougue. Dans les premières éditions (1811-1822), la note continuait en ces termes: «On peut voir à ce sujet de très beaux vers dans le poème de *la Navigation*.» Sur Esménard, voir la note 1 de la page 476.
2. Les douze paragraphes qui suivent (jusqu'à: «J'attendais avec impatience...») ne figurent pas dans le *Journal*. Pour le détail des sources de cette nomenclature un peu lassante, on pourra se reporter à Malakis, t. II, p. 29-34.

Page 288.

1. « À cinq lieues de là se trouve *Gapha*, autrefois *Japho*, que d'autres appellent *Joppe*, située au bord de la mer. Il n'y demeure qu'un seul Juif et celui-ci exerce le métier de teinturier. »
2. Joinville : édition Du Cange, 1785, t. I, p. 252 et note 71, que Chateaubriand utilise. La citation se trouve au t. II, p. 118.

Page 289.

1. Toutes ces références proviennent de la *Bibliothèque universelle des voyages*, de Boucher de La Richarderie.
2. Volney, p. 249-265 et 344.
3. Eau fraîche : anglicisme (*fresh water*) pour : eau douce. Sur ce phénomène, lié au régime des pluies et au fonctionnement de la nappe phréatique sur la plaine côtière, voir *Bulletin de la Société Chateaubriand*, n° 9, 1965-1966, p. 59.

Page 290.

1. Le *Journal* date du « 3 octobre, 6 heures du soir » les notes prises une fois arrivé à Ramleh.

Page 291.

1. Figuier de Pharaon : autre nom du sycomore.
2. Buissons de nopals : figuiers de Barbarie.
3. Cf. Volney, p. 343.
4. Mariti, *Voyages...*, t. II, p. 225-226. La citerne, ainsi que le petit sanctuaire voisin (un « marabout » à coupole), devaient se situer près du village de Yazour, à une dizaine de kilomètres de Ramlé.
5. Rama ou Ramlé : à ne pas confondre avec Rama, près de Bethléem (*infra*, p. 302).

Page 292.

1. La citerne dite de sainte Hélène date en réalité de la fondation de Ramlé, au VIIIe siècle.
2. Ce fut en réalité dès le début un lieu de culte musulman (la « mosquée blanche »). La tour carrée, qui lui servait aussi de minaret, fut achevée au début du XIVe siècle. Enfin, les arcades en ruines entouraient une cour donnant accès à une espèce de souterrain, soutenu par des piliers carrés et considéré, depuis le XVIe siècle, comme abritant la sépulture des Quarante (martyrs pour les chrétiens, compagnons du Prophète pour les musulmans).
3. Chateaubriand mentionne ce tableau dans le *Voyage en Italie* (*Œuvres*, édition Regard, « Bibliothèque de la Pléiade », t. II, p. 1455-1456).

4. Formulation trop elliptique pour être intelligible. Selon la tradition locale, qui identifie Ramlé avec Arimathie, la chapelle du couvent des Franciscains, fondé par le duc de Bourgogne Philippe le Bon, avait été construite sur les vestiges de la maison de Nicodème, dont saint Jean nous apprend (XIX, 39) qu'avec son compatriote Joseph, il avait enseveli le corps de Jésus. Or, ce saint personnage aurait ensuite sculpté une image miraculeuse du Crucifié. Parvenue par la suite en Italie, cette précieuse relique avait été conservée à la cathédrale de Lucques sous le nom de *Volto Santo* ou Saint Vou (Sainte Face). Comme le prouve le *Journal* (p. 57), Chateaubriand avait prévu de citer à ce propos le grand antiquaire italien Muratori, sans doute pour confirmer les assertions de ses hôtes. On trouve aussi mention de cette légende dans Pococke.

5. Le couvent a été restauré au début du siècle dernier. Les guides de cette époque (ainsi le *Baedeker*, 1912) y localisent une «chambre de Napoléon», souvenir de son passage en 1799.

Page 293.

1. Dans le *Journal*, ce panorama se découvre depuis la tour des Quarante.

2. Idumée : au sens propre, le désert situé au sud de la Judée, de Gaza à Pétra.

3. «Un sénateur appelé Joseph, homme vertueux et juste» (*Luc*, XXIII, 50).

4. *Actes des Apôtres*, IX, 32-34.

Page 294.

1. Abou-Gosh : de Chateaubriand à Lamartine, en passant par Marcellus, les voyageurs ont rendu célèbre le nom du chef de la tribu bédouine «gardienne» du passage vers Jérusalem, qui est devenu celui du village de Saint-Jérémie (voir Lamartine dans Berchet, *Le Voyage en Orient*, p. 637).

2. Larron : fausse étymologie répandue par la tradition cléricale. Le nom de ce village dérive en réalité de *Turo* ou *Touron*, arabisé en *El Atroun*, de là *Latroun* : il désignait la tour ou le château édifié là par les Templiers au XIIe siècle.

3. Sans doute le défilé de Ouâdi Ali, ou «Porte de la vallée».

4. Une lune de 21 jours, entrant dans son dernier quartier.

Page 295.

1. Le village de Saint-Jérémie, ou Abou Gosh ou El Qariya. Il offrait encore, il y a quelques années, un aspect pittoresque, avec ses vieilles maisons cubiques à coupoles, sa belle église romane construite au XIIe siècle par les Hospitaliers sur une

piscine romaine, enfin sa jolie fontaine ombragée. On a longtemps considéré ce lieu, jadis occupé par un poste militaire de la Dixième Légion, comme étant Emmaüs.
2. Voir *Exode*, II, 16-17.

Page 296.

1. Victor Hugo a rappelé le souvenir de ce passage dans une strophe du poème XL des *Orientales*, dédié à Napoléon («Lui»): «Les petits enfants, l'œil tourné vers nos rivages, / Sur un tambour français règlent leurs pas sauvages.»
2. I *Rois* (I *Samuel*), XVII, 40.

Page 297.

1. Ce col marque la ligne de partage des eau entre le bassin du Jourdain et celui de la Méditerranée (altitude: 818 m).
2. *El-Cods*: c'est le nom arabe de Jérusalem.
3. Chateaubriand utilise dans cette note des textes déjà cités dans *Les Martyrs* (livre XVII, 12ᵉ remarque). Les textes latins proviennent du recueil des *Gesta Dei per Francos*.

Page 298.

1. Le Tasse, *Jérusalem délivrée*, chant III, strophe 3: «Voici qu'on voit apparaître Jérusalem, voici soudain toutes les mains tendues vers Jérusalem, voici que mille voix unanimes se font entendre pour saluer Jérusalem.»
2. Début de la strophe 5: «Au grand plaisir que cette première vision insinua doucement dans les cœurs, succéda un profond recueillement.»
3. Voir *Matthieu*, XXIV, 2; et *Luc*, XIX, 44.

Page 299.

1. Porte des Pèlerins: la porte de Jaffa.
2. Monastère des Pères latins: le couvent de Saint-Sauveur, alors siège de la Custodie de Terre Sainte.

Page 300.

1. Cf. *Journal*, p. 63: «Il a été décidé que je partirais ce soir même pour Bethléem, que je me rendrais demain au Jourdain, dimanche 5, avec une escorte arabe; que je reviendrais le lundi, et qu'alors, avant de visiter les Lieux-Saints, je montrerais les firmans.» Ce départ précipité explique que Julien a placé Bethléem avant Jérusalem dans son itinéraire.
2. Chateaubriand a longtemps cru qu'il était né un 4 octobre, confondant ainsi le jour de son anniversaire (4 septembre 1768) et celui de sa fête. C'est pourquoi il a toujours célébré la Saint-François avec une ferveur particulière.

3. «Tu enfanteras dans la douleur» (*Genèse*, III, 16).
4. *Athalie*, III, 7, v. 1119 (prononcé par Joad).

Page 301.

1. C'est beaucoup dire à propos de la campagne de Syrie, que Chateaubriand jugera de manière plus sévère dans ses propres *Mémoires*: voir livre XIX, chap. 16 (éd. Berchet, «Pochothèque», t. I, p. 911-926).
2. Horaire confirmé par le *Journal*.
3. Voir p. 282, note 1.
4. Confusion avec la porte de Jaffa. Cf. *Journal*, p. 64: «Nous sommes sortis de Jérusalem à cinq heures du soir par la même porte par laquelle nous étions entrés le matin; puis tournant au midi...»
5. Saint-Élie: situé à un peu plus de cinq kilomètres de la ville, ce couvent appelé aussi Mâr Elyâs, avait été fondé par le métropolite Élias, et conserva longtemps son tombeau. La tradition avait fini par confondre ce personnage avec le prophète Élie.

Page 302.

1. C'est Chateaubriand qui a raison. Il ne subsiste à peu près rien aujourd'hui de ce monument, que le nom du lieu-dit.
2. Rama: Beit Djala.
3. Citation faite par saint Matthieu (II, 18) du prophète Jérémie (XXXI, 15), à propos du massacre des Innocents: «Un grand bruit a été entendu dans Rama; on y a ouï des plaintes et des cris lamentables: c'est Rachel pleurant ses enfants, et ne voulant pas recevoir de consolation, parce qu'ils ne sont plus» (trad. Sacy). En réalité, dans la Vulgate, le texte de Jérémie présente une légère différence avec celui de Matthieu: «*Vox in excelso audita est...*» Chateaubriand avait discuté la question dans le *Génie du christianisme* (II, 2, 6). En localisant ici Rama «dans la montagne», il lui apporte une solution ingénieuse.

Page 303.

1. C'est dans la basilique de la Nativité que Baudouin fut couronné roi de Jérusalem, le 25 décembre 1101.
2. Volney, p. 341. En particulier: «Ce village (...) est assis sur une hauteur, dans un pays de coteaux et de vallons, qui pourrait devenir très agréable. C'est le meilleur sol de ces cantons; les fruits, les vignes, les olives, les sésames y réussissent très bien; mais la culture manque, comme partout ailleurs.»
3. Elle fut construite par Constantin au IVe siècle, puis agrandie par Justinien. Malgré de nombreuses restaurations,

elle représente, avec Sainte-Sophie, un des plus anciens sanctuaires du monde chrétien qui soit encore debout. C'est un édifice de plan basilical à cinq nefs, précédé par un narthex et qui se termine par trois absides cruciformes. La suppression des divisions intérieures lui a restitué, dans la seconde moitié du XXe siècle, son ampleur primitive.

4. Ces mosaïques furent mises en place au XIIe siècle, sur ordre de Manuel Comnène. Elles ont subi une minutieuse restauration à la fin du siècle dernier.

Page 304.

1. C'est à Rome, en 1803, que Chateaubriand a rencontré Jean-Baptiste Séroux d'Agincourt (1730-1814), ancien fermier général reconverti dans l'histoire de l'art médiéval. La publication de son monumental ouvrage (6 vol. in-f°), commencée en 1811, ne se terminera qu'en 1823. Sur ses relations avec Chateaubriand, voir mon étude, dans *Chateaubriand et les arts*, recueil publié sous la direction de Marc Fumaroli, Éditions de Fallois, 1999, p. 57-81.

Page 306.

1. Évangile de Luc, II, 4-7 (trad. Sacy).
2. Évangile de Matthieu, II, 1-2 et 9-11 (trad. Sacy).
3. Voir des indications plus précises dans Malakis, t II, p. 68-69.

Page 307.

1. Neret, dans *Lettres édifiantes*, édition de 1780, t. I, p. 416-417.
2. *Matthieu*, II, 16-18 (trad. Sacy).

Page 308.

1. Saint Jérôme est mort à Bethléem en 420, dix ans après la prise de Rome par Alaric.
2. «Celle qu'engendra Scipion», etc.
3. Ou presque: Paule est morte en 404; sa fille Eustochie quinze ans plus tard, en 419.

Page 309.

1. Sophocle, *Philoctète*, v. 234-235; avec la traduction de La Harpe (1781).
2. Sur le Père Clément, voir informations supplémentaires dans le *Journal de Jérusalem*, p. 71.

Page 310.

1. *Psaumes*, CXXXVI, 1 : « Au bord du fleuve de Babylone nous nous sommes assis et nous avons pleuré en regrettant Sion. »
2. Racine, *Esther*, I, 2, v. 141.
3. Le dimanche 5 octobre 1806.
4. Abraham : erreur de transcription pour : Jacob. La source de ce paragraphe se trouve dans E. Roger, *La Terre Sainte*..., Paris, 1664, p. 204. Mais la toponymie de ce livre est assez fantaisiste. Selon le R. P. Abel (Guide Bleu *Syrie-Palestine*, 1932, p. 613), à un kilomètre au nord-est du village de Beit Sâhûr, dont auraient été originaires les bergers de Noël, se trouvaient les ruines de la chapelle du *Gloria in excelsis* et, un peu plus loin, près de vestiges byzantins exhumés en 1859, une grotte assez grande qu'on appelait le « parc à moutons » (Siyar El Ghanem).

Page 311.

1. *Luc*, II, 8-14 (trad. Sacy).
2. Chateaubriand avait commencé par écrire : « dorique » (*Journal*, p. 74).

Page 312.

1. Le *Journal de Jérusalem* place ici une partie des considérations sur les Arabes nomades que le texte imprimé a préféré reporter après la description de la mer Morte.
2. Encaissé dans le ravin du Cédron dont il domine le lit, entouré de falaises remplies de grottes érémitiques, maintes fois remanié, le couvent de Saint-Saba ou *Mâr Saba* se présente encore aujourd'hui comme une impressionnante forteresse, massive et solitaire. Il fut fondé au Ve siècle par un ermite originaire de Cappadoce.
3. On dispose de trois versions antérieures de cette escarmouche : *Journal de Jérusalem*, p. 77-79 ; *Mercure de France* du 1er août 1807 ; 6e remarque sur le livre XIX des *Martyrs* (1810).

Page 313.

1. Couvents de Scété : en Basse Égypte, dans le désert libyque.

Page 314.

1. Mâr Saba a connu au VIIIe et au IXe siècle une vie intellectuelle intense, avec la présence de Jean Damascène, Étienne le Thaumaturge, Cosmas et Étienne les Mélodes, etc.

2. En réalité celles des quarante-quatre martyrs massacrés par les Perses de Chosroès en 614, autrefois célébrés, dans la liturgie catholique, le 16 mai. Dans *Les Martyrs* (livre XIX, 6e remarque), il est déjà question de « trois ou quatre cents têtes de mort » ; cette fois, le chiffre initial a été multiplié par cent.

3. Au livre XI des *Martyrs*.

Page 315.

1. Voici une description introduite selon les règles, et pour laquelle a été choisie une heure idéale : celle où le soleil couchant, situé dans le dos du spectateur, illumine en face de lui les montagnes qui forment la bordure orientale de la mer Morte.

Page 316.

1. Ammon, comme son frère Moab, est né des relations incestueuses entre Loth et ses filles (*Genèse*, XIX, 31-38).

Page 317.

1. Voir *Exode*, XVII, 13 et *Psaumes*, LXIII, 2 (le soleil brûlant qui provoque la soif des Hébreux dans le désert); *Job*, IX, 26 et *Jérémie*, XLIX, 22 (aigle impétueux); *Marc*, XI, 12-22 (le figuier stérile maudit par Jésus).

Page 318.

1. Pococke, *Voyages en Orient*, t. III, p. 104.

2. C'est après ce paragraphe que se situe, dans le *Journal*, le récit de la veillée autour du cheikh que Chateaubriand a préféré ensuite réunir à ses considérations générales sur les Arabes (*infra*, p. 330-333). En revanche, les observations scientifiques qui suivent ne figurent pas dans les notes de voyage.

3. Cf. *Journal*, p. 89 : « qui [venaient battre] <avaient envahi> le rivage ». Le phénomène demeure obscur. Quoi qu'il en soit, le bruit implique des poissons encore en vie, et non pas pris dans le sel.

4. Cette information a sa source dans Busching, « Mémoire sur le lac Asphaltite ou la mer Morte », *Annales des voyages*, V (1808), p. 35. Elle ne figure pas encore dans la troisième édition des *Martyrs* (1810).

Page 319.

1. C'est encore là une information toute récente. Le voyageur allemand U. J. Seetzen avait séjourné à Jérusalem du 12 avril au 25 mai, puis du 23 novembre au 13 décembre 1806, avant de se rendre en Arabie. Il venait de publier un article

circonstancié que Chateaubriand utilise: «Voyages sur les confins de l'Arabie et de la Palestine», *Annales des voyages*, VII (1810), p. 137 *sq*. La mention des escargots se trouve p. 187.

2. Dans une note (p. 25) du texte de Busching mentionné à la note 4 de la page précédente.

Page 320.

1. «Vers les trois heures», précise Malakis (t. II, p. 67).
2. Le *Journal* continue en ces termes: «La surface du lac était très pure, du plus brillant azur, et répétait toutes les étoiles...» Ces notations lumineuses ont disparu de la version imprimée.
3. Opposition analogue dans le *Journal*, p. 90: «Le lac étincelait, la vallée du Jourdain était de la plus belle couleur purpurine, mais une si riche apparence ne servait qu'à mieux faire sentir la désolation du fond.»
4. Ula-Degnisi: Ula Denizi.
5. C'est le cas de Volney, qui mentionne aussi la fréquence des secousses sismiques dans la région (*Voyage*..., p. 165).
6. Le lac Fusin se trouve en Italie centrale. Chateaubriand songe peut-être au lac Lucrin ou au lac Averno, proches du Monte Nuovo, et qu'il a vus lors de son séjour à Naples en 1804.

Page 321.

1. Voir p. 318, note 4. C'est encore Busching que Chateaubriand utilise dans la suite du texte, ainsi que les notes de Malte-Brun.
2. *Deutéronome*, XXIX, 23, et *Sagesse*, X, 6: «Le feu tombant sur les cinq villes.»

Page 323.

1. Le Voyage de M. Seetzen: il ne verra le jour dans sa version intégrale qu'en 1854, à Berlin: *Reisen durch Syrien, Palästina, Phönicien, die Transjordan-Länder, Arabia Petraea und Unter-Aegypten*.
2. Au livre V des *Histoires*, consacré à la Judée du temps de Titus, Tacite évoque la mer Morte (chapitres 6 et 7), mais il ne mentionne ce fruit singulier que de manière très générale. En ce qui concerne Flavius Josèphe, voir sa *Guerre des Juifs*, IV, 8, 4.
3. *Énéide*, VI, 278.
4. Les références de ce paragraphe, ainsi que du suivant, proviennent de Busching, article cité, p. 37-38.

Page 324.

1. Seetzen, article cité, p. 187-188.
2. Ce serait donc, pour Chateaubriand, une espèce de citronnier.
3. Lapsus jamais corrigé pour: le 6 (au lever du jour).
4. Toutes les versions concordent sur ces difficultés de progression: *Journal*, p. 94: «Après deux heures d'une fatigue inouïe nous parvînmes à une espèce de petit bois»; *Martyrs*: «Nous cheminâmes pendant deux heures avec une peine excessive dans des dunes de sable, et des couches de sel.» Cf. Julien, *infra*, p. 594.

Page 326.

1. Jean de La Roque, *Voyage de Syrie et du Mont-Liban*, Amsterdam, 1723. C'est de là (t. I, p. 247-280) que proviennent les informations de Chateaubriand sur le Jourdain.

Page 327.

1. Le *Journal* ajoute, p. 98: «Quelques fauvettes de marais chantaient agréablement dans le bocage; (...) on ne saurait croire combien ce chant avait de charme dans ce désert.»
2. Le 1er décembre 1820, Chateaubriand offrira cette bouteille à la duchesse de Berry en vue du baptême de son fils. Dans une ode écrite en avril 1821 à cette occasion (*Odes*, livre I, IX, strophes 13 à 15), Victor Hugo célébrera le «nouveau Tobie» (voir citation et commentaire dans Bernard Degout, *Le Sablier renversé*, Champion, 1997, p. 223-225 et note 128).

Page 328.

1. Dans le *Journal*, p. 102, Chateaubriand considère cette réaction comme un effet «de la renommée que la bravoure française a laissée dans le désert». On ne saurait donc réduire ce genre de phrase au simple souci de se concilier la censure impériale: elle semble traduire au contraire un patriotisme sincère.
2. Cf. *Journal*, p. 102: «Nous avons essayé quelque temps de nous cacher en passant entre les dunes de sable, mais nous avons bientôt découvert une troupe de douze à quinze hommes au bord du Jourdain, qui nous avaient découverts et dont nous fixions les regards.»

Page 329.

1. Comme le dit la Bible: «J'ai poussé mes branches... comme les plants de rosiers de Jéricho» (*Ecclésiastique*, XXIV, 18); «Jéricho qui est la ville des palmes» (*Deutéronome*, XXXIV, 3).

Quatrième partie

2. «... Un pont naturel sur lequel je me suis assis» (*Journal*, p. 104).

Page 330.

1. Le développement qui commence ici regroupe certaines notations éparses dans le *Journal*.
2. Cf. *Journal*, p. 43 et 76.

Page 331.

1. *Job*, XXXIX, 24-25.

Page 332.

1. C'est un caractère que ne possède pas le passage, par ailleurs si animé, que Volney consacre à la passion des Bédouins pour les contes (*Voyage...*, p. 210).
2. *Genèse*, XXI, 20-21 : «Ismaël demeura loin des agglomérations (...). Il fixa son séjour dans le désert de Pharan».
3. On trouve une amorce de ce parallèle dans Volney, *loc. cit.*, p. 210-211.

Page 333.

1. Cf. *Journal*, p. 105 : «Nous avons repris la route de Jérusalem par la route la plus fréquentée.»

Page 334.

1. Confirmé par Julien, *infra*, p. 595.

QUATRIÈME PARTIE

Page 335.

1. Comme on va le voir, Chateaubriand a passé plus de temps qu'il ne le dit au couvent même de Saint-Sauveur, que ce soit dans sa cellule, ou dans la bibliothèque des Franciscains. Ce fut le cas le mardi 7 octobre : «J'ai passé toute la journée dans ma chambre à mettre en ordre ces notes et à apprendre des Pères l'état de leurs affaires avec le Pacha» (*Journal*, p. 106).
2. Le *Journal* (p. 106-107) et *Le Mercure* du 1er août 1807 sont plus circonstanciés sur les démêlés en question, mais ne concordent pas sur les chiffres.
3. En réalité le lendemain, mercredi 8 octobre, «au lever du soleil» selon le *Journal* (p. 108).

Page 336.

1. Les 11 et 12 octobre 1808, un très grave incendie détruisit en effet le Saint-Sépulcre (voir *Les Martyrs*, livre XVII, remarque 16). Ce furent les Grecs orthodoxes et les Arméniens qui se chargèrent, en 1810, de la reconstruction des parties hautes du vénérable édifice, ainsi que du petit édicule de marbre qui, sous la coupole effondrée, avait abrité le Tombeau. Cette coupole ne fut elle-même refaite, sur armature de fer, que sous le Second Empire (1868). Les diverses communautés chrétiennes de Jérusalem se partageaient alors les «parties» du sanctuaire, qui a retrouvé une relative unité à la fin du XXe siècle seulement. C'est dire que le Saint-Sépulcre actuel ne ressemble guère à celui qu'a vu Chateaubriand, ce qui confère un intérêt particulier à son témoignage.

2. Beaucoup de leurs ouvrages lui étaient accessibles grâce à la *Bibliothèque universelle* de Boucher de La Richarderie. Il en avait acquis lui-même un certain nombre, comme le prouve le catalogue de sa bibliothèque en 1817, publié par Marcel Duchemin. Le couvent de Saint-Sauveur possédait enfin des livres anciens ou rares, comme Quaresmius, que Chateaubriand ne manqua pas de consulter. Il en résulte une érudition impressionnante, mais forcément hâtive.

Page 337.

1. Initialement, Chateaubriand avait prévu un autre ouvrage de référence: «Il me serait impossible de rendre de cette curieuse église un compte plus clair au lecteur que celui que le Père Nachet (*sic*, pour: Néret) nous a laissé. Je vais donc le transcrire ici» (*Journal*, p. 108). Cette «Lettre du Père Néret au Père Fleuriau», que le texte mentionne un peu plus loin, faisait partie du recueil des *Lettres édifiantes*. En définitive, il a préféré avoir recours à un diplomate de profession: Deshayes, *Voyage du Levant fait par le commandement du Roy*, Paris, 1624. Dans ce volume, la description du Saint-Sépulcre occupe une cinquantaine de pages; elle renvoie à un état des lieux antérieur de 185 ans au passage de Chateaubriand.

Page 338.

1. Pour ne pas surcharger la présente édition, on a renoncé à reproduire ici la dissertation de d'Anville: voir édition Regard, «Bibliothèque de la Pléiade», p. 1239-1278.

Page 340.

1. La rotonde de Rome: le Panthéon.
2. Voir p. 336, note 1.

Page 342.

1. Voir p. 292, note 4.

Page 345.

1. Les orthodoxes profitèrent des restaurations entreprises en 1810 pour faire disparaître ces sépultures qui rappelaient le souvenir des Croisés. Chateaubriand est le dernier voyageur à les avoir vus.

Page 346.

1. Aujourd'hui, le premier escalier, conduisant à la chapelle du Golgotha, a été remplacé par un autre qui débouche dans le «vestibule» du Saint-Sépulcre. Le second, qui mène à la chapelle souterraine de Sainte-Hélène, ne «descend» pas «sous le Calvaire»; il est situé dans le prolongement oriental du chœur des Grecs.

2. Chateaubriand se trompe. La basilique construite par Constantin fut incendiée en 614 par les Perses, puis encore démolie en octobre 1009 par le calife fatimide Hakem. Ce sont les Croisés qui édifièrent une nouvelle église au XIIe siècle: elle fut consacrée le 15 juillet 1149, cinquante ans après la prise de Jérusalem par Godefroy de Bouillon.

Page 347.

1. Ce monument, que nous connaissons par des gravures anciennes, a été remplacé par un autre «catafalque» de marbre, de facture beaucoup moins sobre.

2. Les Arméniens: en réalité les Coptes, qui la construisirent au XVIe siècle puis la rétablirent en 1811, après une intervention personnelle de Mehmet Ali auprès du sultan.

3. F. Quaresmius, *Historica, theologica et moralis Terrae Sanctae Elucidatio*. Ce gros travail latin publié à Anvers en 1639 est une des principales sources de Chateaubriand en ce qui concerne Jérusalem.

Page 348.

1. Argyropile: Romain III Argyros, qui régna de 1028 à 1034 à Constantinople.

Page 349.

1. Chateaubriand est attaché à cette thèse insoutenable (voir p. 346, note 2), dans laquelle il est conforté par certaines de ses sources: ainsi Jean Doubdan, *Le Voyage de la Terre-Sainte*, Pierre Bienfait, 3e éd., 1666, p. 80-84.

2. C'est le 2 octobre 1187 que Saladin réussit à reprendre

la ville, que se disputèrent ensuite chrétiens et musulmans jusqu'au milieu du XIIIe siècle, avant la reconquête définitive par les Ayoubites.

Page 350.

1. I *Corinthiens*, XV, 55 : « Mort, où est ta victoire ? Mort, où est ton aiguillon ? »

Page 351.

1. Contre le mur méridional du chœur se trouvaient en réalité les sépultures des successeurs de Baudouin Ier : Baudouin III, Amaury Ier, Baudouin IV le Lépreux et Baudouin V (voir la note de Chateaubriand p. 345). Dans le *Journal*, p. 112, ces « rois chevaliers » sont appelés « les descendants, les enfants de ce Bouillon... ».
2. Itinéraire de la Passion, que jalonnent les quatorze « stations » du Chemin de la Croix. On trouve une première description de la *Via Dolorosa* dans la troisième édition des *Martyrs* (livre XVII, 22e remarque).

Page 352.

1. Arrêt apocryphe que cite en particulier Doubdan.
2. En réalité saint Bonaventure. La source de la double citation qui suit est : Nau, *Voyage nouveau de la Terre Sainte*, Paris, 1726, p. 139-140.
3. Selon le témoignage de *Jean*, XIX, 25.

Page 353.

1. *Luc*, XXIII, 26 (trad. Sacy).
2. *Luc*, XVI, 19-22 (trad. Sacy).
3. Voir Nau, *op. cit.*, p. 141-142.
4. *Luc*, XXIII, 27-28 (trad. Sacy).

Page 354.

1. Le responsable de cette étymologie fantaisiste est Nau, p. 143.
2. Le *Journal* ne conserve aucune trace de ce « parcours ». En réalité, Chateaubriand se contente de reprendre le chapitre XXII du *Voyage* de Nau : « Des autres lieux de dévotion qu'on voit à Jérusalem ». Mais il élague son texte, en ayant soin de ne pas retenir ce qui ressemble trop à des traditions cléricales « obscurantistes ».

Page 355.

1. Restaurée avec soin dans les années 1970, Sainte-Anne est une des plus belles églises franques de Palestine (première

moitié du XIIe siècle). Rendue à la France par le sultan Abdul Medjid après la guerre de Crimée, elle fut remise à la congrégation des Pères blancs en 1878. On y a dégagé depuis les vestiges de la piscine probatique. Église, couvent et jardin sont toujours placés, en principe, sous la protection du pavillon français.

2. L'église des Arméniens : c'est un intéressant édifice cruciforme à coupoles qui, dans ses parties les plus anciennes, remonte au XIIIe siècle.

3. Pour cette journée du 7 octobre (voir p. 335, note 3), le *Journal* fournit un horaire plus crédible. Après avoir visité en détail le Saint-Sépulcre, le voyageur serait revenu vers deux heures après midi au couvent de Saint-Sauveur pour se restaurer et se reposer. Puis, « le soir, à 4 heures (...) je montai à cheval pour faire le tour de la ville et aller au mont des Oliviers ».

Page 356.

1. Ben-Hinnon : c'est-à-dire Gehennon ou Géhenne.

2. Le bâtiment connu sous le nom de Cénacle a une origine assez obscure. Au Moyen Âge, on y avait localisé la « maison de Marie, mère de Jean surnommé Marc » (*Actes des Apôtres*, XII, 12), vite confondu avec le deuxième évangéliste. C'est là que se serait déroulée la dernière Cène (*Marc*, XIV, 12-16). Divers sanctuaires se succédèrent en ce lieu jusqu'au moment où les Franciscains le restaurèrent en faisant élever, au XIVe siècle, la jolie salle gothique encore visible aujourd'hui. Ils furent chassés en 1447. C'est alors que les musulmans installèrent au rez-de-chaussée un cénotaphe, associé à une mosquée, qui fut considéré à partir de cette époque comme le tombeau de David, et suscita une fervente dévotion populaire. Néanmoins, jusqu'en 1948, ni les chrétiens ni les juifs ne pouvaient y pénétrer ; si bien que Chateaubriand doit se contenter de citer des références livresques.

Page 357.

1. Benjamin de Tudèle : rabbin et voyageur du XIIe siècle. Né à Tudela, en Navarre espagnole, il visita, de 1165 à 1173, les pays de la Méditerranée orientale, pour y enquêter sur la situation des communautés juives, et sur les ressources du commerce. Voir la référence de son *Itinéraire* dans la note E, à la suite de la citation. Voir aussi la note L, p. 560.

2. Le *Journal* situe la piscine de Siloë en contrebas du mont Sion, là où se réunissent la vallée de la Géhenne et celle de Josaphat.

3. Voir en réalité *Isaïe*, VIII, 6.

4. Voir *Isaïe*, XII, 3 : « Vous puiserez avec joie des eaux des fontaines du Sauveur. »

5. Milton, *Paradise Lost*, I, 10-12.

6. Delille : dans sa traduction du *Paradis perdu* (1805), I, v. 9-12 et 17-21.

Page 358.

1. Jean-Baptiste Rousseau, *Odes*, livre I. Vers déjà cités dans *Génie du christianisme*, IV, 1, 3 (édition Regard, p. 898). La source est *Isaïe*, XXXVII, 10-20.

2. « (Ils parlaient encore lorsque) Rachel arriva avec les brebis de son père » (*Genèse*, XXIX, 9 ; trad. Sacy).

3. Porte Sterquilinaire ou des Maghrébins. Voir *infra*, p. 384 et 386.

4. Cf. *Journal*, p. 130 : « Ce nom de Josaphat rappelle à la fois des idées sublimes et terribles. C'est là que David composa ses beaux cantiques de la Pénitence. Bible. » Dans la suite du paragraphe, Chateaubriand louvoie entre Nau et Doubdan, et adopte un ordre différent de celui du *Journal*.

Page 359.

1. *Joël*, III, 2 : « J'assemblerai tous les peuples, et je les amènerai dans la vallée de Josaphat où j'entrerai en jugement avec eux » (trad. Sacy).

Page 360.

1. Cette enceinte fut reconstruite sous le règne de Soliman le Magnifique, de 1538 à 1542.

2. IV *Rois* (II *Rois*), XXIII, 13.

Page 361.

1. Cette église souterraine comporte un porche à arcades, puis un escalier monumental à voûte rampante, descendant jusqu'à une espèce de crypte en forme de transept terminé par une double abside. Au-dessus de cette crypte construite par Mélisandre, fille de Baudouin II, se trouvait une abbaye bénédictine que fit raser Saladin.

2. *Matthieu*, XXVI, 39 : « Mon père, s'il est possible, faites que ce calice s'éloigne de moi » (trad. Sacy).

Page 362.

1. Voir Quaresmius, *op. cit.*, t. II, p. 301.

Page 363.

1. Expression que Chateaubriand emprunte peut-être à Pascal: voir *Pensées*, Brunschvicg, VIII, 587 (éd. Le Guern, fr. 274); mais qui remonte à saint Paul: I *Corinthiens*, I, 18-25.
2. Le *Pater noster*. Référence à *Luc*, XI, 1-2 (trad. Sacy).

Page 364.

1. Les deux paragraphes qui précèdent sont une démarcation du Père Nau, qui se réfère lui-même à Tertullien et à Job Ludolph (orientaliste allemand du XVIIe siècle).

Page 365.

1. Cf. *Journal*, p. 134: «De là j'ai été visiter au nord de la ville les tombeaux des Rois, mais je remets à parler ailleurs de ces antiquités grecques pour ne pas mêler le sacré avec le profane.»
2. *Ibid.*: «Nous sommes rentrés dans Jérusalem à la nuit (...), ayant fait dans trois heures et demie le tour entier de Jérusalem.»
3. *Ibid.*: «Le lendemain de cette journée si bien employée...» Au-dessus, Chateaubriand avait commencé à écrire: «Mercredi 8 octobre». Il a ensuite remplacé «mercredi» par «jeudi», mais oublié de corriger la date. Il faut lire: le 9 octobre.
4. Chateaubriand va développer cette histoire de Jérusalem à partir de Roger et de Doubdan. Pour le détail des sources, voir Malakis, t. II, p. 120-127.
5. *Tobie*, XIII, 11 et 13: «Jérusalem, cité de Dieu (...), tu brilleras d'une lumière éclatante, et tu seras adorée de tous les peuples» (trad. Sacy).

Page 366.

1. *Jérémie*, XXVI, 18. Le texte exact de la Vulgate est au futur (*arabitur, erit*), et non à l'imparfait: «Sion se labourera comme un champ, Jérusalem sera réduite en un monceau de pierres» (trad. Sacy).

Page 368.

1. Voir p. 382, note 1. La présente note vise le compte rendu publié par le *Journal de Paris* du 11 mars 1811 (cité par Malakis, t. II, p. 457-458).
2. «Que son sang retombe sur nous et sur nos enfants» (*Matthieu*, XXVII, 25).

Page 371.

1. Quatrième partie, livre V, chapitre 3. Un intérêt nouveau pour les Croisades se développe au début du XIXe siècle, en liaison avec le succès du «genre» troubadour. En attendant sa monumentale *Histoire des Croisades*, qui commencera de paraître à partir de 1812, Joseph Michaud avait publié un «Tableau historique des trois premières Croisades», destiné à introduire au roman de Mme Cottin, *Mathilde* (1805).

2. Sur cette théorie des justes représailles, voir *Génie*, IV, 5, 4 (éd. Regard, p. 1019).

Page 372.

1. Chiffres incompréhensibles: de 637 (entrée du calife Omar dans Jérusalem) et 1099 (prise de la ville par les Croisés), on ne compte que 462 ans.

Page 373.

1. En 641, sur ordre du calife Omar.
2. Le Père Mainbourg: dans son *Histoire des Croisades* (Paris, S. Mabre-Cramoisy, 1675-1676, 2 vol., in-4°).
3. Bonald, *Théorie du pouvoir politique et religieux* (1796), 1re partie, IV, 2; 2e partie, V, 2.
4. Robertson, *Histoire du commerce des Anciens aux Indes orientales*, trad. Suard, Paris, 1771 (ouvrage que Chateaubriand possédait dans sa bibliothèque). Même idée et même référence dans *Génie*, IV, 6, 9, p. 1062.

Page 374.

1. Voir p. 284, note 1.
2. *Ibid.*, note 2. Le passage du moine Robert est cité dans les *Gesta Dei per Francos*: «*Ut ventus aquilo dissipat nubes, et immissus turbo aggeres stipularum, sic nostri dissipabant alas et cuneos fugentium*»; c'est un vague écho de *Proverbes*, XXV, 24: «*Ventus aquilo dissipat pluvias*» («Le vent du nord dissipe la pluie»).

Page 376.

1. Reprise en 1191 par Richard Cœur-de-Lion, Acre demeura, pour un siècle encore, la capitale du royaume franc de Palestine.

Page 378.

1. Voir *infra*, p. 381, note 2 et p. 382, note 1.

Page 379.

1. 1516 : et non pas *1716*, coquille reproduite dans toutes les éditions.
2. Le jeudi 9 octobre (voir p. 365, note 3). La citadelle ou «château» est un ensemble fortifié, adossé au rempart, non loin de la porte de Jaffa. Dans son état actuel, il date de la période mamelouke (XIVe siècle).
3. Dans le *Journal*, p. 137-138, le panorama, beaucoup plus développé, est «pris» depuis le mont des Oliviers.

Page 380.

1. II *Samuel* (II *Rois*), XI, 2.
2. Versets détachés des *Psaumes*. Respectivement : VI, 2 ; LI, 3 ; CII, 4 et 7 ; CXXX, 1 (numérotation de la Bible de Jérusalem).
3. Pierre Belon, *Les Observations de plusieurs singularités et choses mémorables trouvées en Grèce et en Asie*, 2e édition, 1555, p. 142.

Page 381.

1. Barbarie : c'est le nom qu'on donne alors au Maghreb ottoman (les régences de Tripoli, Tunis et Alger).
2. Antoine Guénée (1717-1803), professeur au collège du Plessis et membre de l'Académie des Inscriptions (1778). Dans son principal ouvrage, mentionné un peu plus loin et publié en 1769, il a tenté de réfuter les attaques de Voltaire contre la Bible.

Page 382.

1. Sous le titre de «Recherches sur la Judée», les Mémoires de Guénée ne parurent en effet qu'en 1808 (*Histoire de l'Académie des Inscriptions et Belles-Lettres*, L, p. 142-246). Voir aussi note K.
2. Maison de Pilate : à son emplacement se trouve aujourd'hui la Maison des Dames de Sion.

Page 383.

1. Voir Nau, p. 230.
2. La face nord.
3. La «Dissertation sur l'étendue de l'ancienne Jérusalem» de d'Anville figure parmi les *Pièces justificatives* des éditions anciennes que nous avons été obligés de sacrifier. Voir édition Regard, «Bibliothèque de la Pléiade», p. 1239-1278.

Page 384.

1. Cf. *Journal*, p. 143 : « La ville a sept portes » (les noms sont laissés en blanc) ; puis : « On prétend que trois rues principales divisent la ville : (...) la rue du château de David qui court nord et sud, et la rue du bazar et celle du Chemin de la Croix qui règnent est et ouest ; je les ai parcourues sans pouvoir les reconnaître. » Dans la nomenclature qui va suivre, les incertitudes de la toponymie arabe sont accrues par un certain nombre de coquilles de la tradition éditoriale qu'il nous est arrivé de corriger.

2. Les deux transcriptions sont fautives, comme celle de Nau qui écrit en réalité (p. 68) : *Bad el Khalil*. La transcription exacte étant : *Bab-el-Khalil*.

Page 387.

1. Selon la version intégrale du *Voyage* de Seetzeen (1854), le patriarche grec de Jérusalem se nommait Anthimos, et séjournait alors à Constantinople.

2. Selon le Père Der-Sahaghian, le patriarche arménien était, à cette époque, Théodore III (1799-1819) et il était originaire de Van. Du reste, le *Journal de Jérusalem* ne mentionne aucune de ces visites. Si elles ont bien eu lieu, il est probable que Chateaubriand a été reçu par des dignitaires ecclésiastiques de moindre importance.

Page 388.

1. Voir p. 319, note 1.

Page 391.

1. Cent cinquante *pas* : lapsus commis dans la transcription de Nau, p. 92. Le réservoir aujourd'hui comblé de Birket Israïl mesure 110 × 38 mètres. Il fut longtemps confondu avec la piscine probatique des Évangiles (*Jean*, V, 2), qu'on localise désormais auprès de Sainte-Anne.

2. *Jean*, V, 12 (trad. Sacy).

Page 392.

1. Le *Journal* parle, à plus juste titre, de « colonnes ioniques », qui sont au nombre de seize. Dans ce paragraphe et dans le suivant, Chateaubriand avait par inadvertance interverti les noms de Zacharie et Absalon. Nous les avons rétablis à leur place légitime pour que la description correspondante soit intelligible.

2. Sous les premiers Machabées : c'est-à-dire vers le milieu du IIe siècle avant Jésus-Christ. On aurait plutôt tendance

aujourd'hui à dater ces monuments, longtemps connus sous le nom de «Tombeaux des Juges», de la période hérodienne.

Page 393.

1. On retrouve cette référence au style «mêlé» de la Renaissance française, à la même époque, dans le Discours de réception de Chateaubriand à l'Académie. Cette image symbolise à ses yeux la réunion indispensable, dans la France nouvelle, des hommes du passé et des hommes du présent.
2. Cet hypogée date du Iᵉʳ siècle de notre ère.

Page 395.

1. «Achaz s'endormit avec ses pères, et fut enseveli dans la ville de David» (IV *Rois* (II *Rois*), XVI, 20; trad. Sacy).
2. Flavius Josèphe, historien juif du Iᵉʳ siècle. On lui doit en particulier les *Antiquités judaïques* et la *Guerre des Juifs* (*De Bello Judaico*).

Page 396.

1. *Antiquités judaïques*, XIII, 11.
2. «(Pour être vu) par tous ceux qui navigueraient sur la mer» (I *Maccabées*, XIII, 29).
3. *Antiquités judaïques*, XX, 2.
4. *Guerre des Juifs*, V, 13.
5. Gedoyn: auteur de la traduction de Pausanias que Chateaubriand utilise (Paris, 1797). La première édition de cette traduction date de 1733.

Page 397.

1. Pausanias, VIII, 16.
2. *Guerre des Juifs*, V, 31.

Page 398.

1. Hérode le Tétrarque: Hérode Antipas, fils du précédent. C'est au cours de son long règne que vécut le Christ.
2. Hérode Antipas mourut dans la métropole des Gaules en 39. Voir Josèphe, *Antiquités*, XVIII, 3-9; et Strabon, XVI, 2, 46 (références de Chateaubriand, que nous complétons).

Page 399.

1. *Voyage pittoresque de la Syrie, de la Poenicie, de la Palestine et de la Basse Égypte, ouvrage divisé en trois volumes contenant environ trois cents planches, gravées sur les dessins et sous la direction du citoyen Cassas*, etc. Paris, an VII (1799). Ce monumental ouvrage in-f° comporte de nombreuses gravures des tombeaux en question: voir 3ᵉ livraison, pl. 1 à 5;

17ᵉ livraison, pl. 6 (reproduite dans *Journal*, p. 152). Sur Cassas, on pourra consulter le catalogue de la double exposition de Cologne et de Tours (édition bilingue) : *Louis-François Cassas (1756-1827), dessinateur et voyageur*, Mayence, Philipp von Zabern, 1994. Parmi les illustrations, voir le tombeau de Zacharie (p. 179) ; le plan et élévation du Sépulcre des Rois (p. 182-183), etc.

2. Luigi Mayer, *Views in Palestine…*, Londres, 1804 (texte anglais et français).

3. Hypothèse formulée par Boucher de La Richarderie, t. IV, p. 412.

Page 400.

1. À la fin du Iᵉʳ siècle avant notre ère.
2. Lapsus pour : troisième.
3. « Rendez à César ce qui est à César, et à Dieu ce qui est à Dieu » (*Matthieu*, XXII, 21).

Page 401.

1. Ou plutôt : *Qoubbet-es-Sakhra*, « Dôme de la Roche », élevé à la fin du VIIᵉ siècle.

Page 402.

1. *Actes des Apôtres*, III, 2-9.

Page 403.

1. Cette hypothèse est absurde, mais elle est révélatrice des incertitudes qui règnent depuis le milieu du XVIIIᵉ siècle sur les origines respectives et les relations historiques entre les architectures byzantines (ou néogrecques), arabes et gothiques (voir les notes suivantes). Le Dôme du Rocher a un caractère spécifique : son unique modèle semble avoir été un édifice élevé au IVᵉ siècle sur le mont des Oliviers, pour commémorer une autre Ascension (celle du Christ), et qui fut ruiné en partie par les Perses peu avant la conquête arabe.

Page 404.

1. C'est au Xᵉ siècle que le calife Omeyyade Abd-el-Rahman III fit construire le palais de Medina Azahara.
2. Cette thèse fut en particulier défendue par Alexandre Lenoir, le conservateur du musée des Monuments français, dans un article publié par *Le Moniteur* du 3 février 1809 : « De l'introduction en France de l'architecture arabe appelée improprement gothique ».
3. Voir p. 304, note 1.

Page 405.

1. Voir en particulier un article publié par *Le Moniteur* du 5 avril 1811, et consacré à la défense de cette thèse. Alexandre de Laborde (1773-1842) était le fils du banquier Jean-Joseph de Laborde, guillotiné sous la Terreur. Il avait recouvré en 1797 le domaine familial de Méréville, dans la Beauce, aménagé avant la Révolution par Hubert Robert et Bélanger, et y avait reçu Chateaubriand au mois de juillet 1805. Celui-ci avait noué à cette occasion des relations étroites avec sa sœur Natalie, qui vivait alors séparée de son mari le comte Charles de Noailles, et pour laquelle il ne devait pas tarder à éprouver une violente passion. Laborde se consacrait alors à la publication, chez Didot Aîné, de son *Voyage pittoresque et historique de l'Espagne*, dont les 4 volumes in-folio, richement illustrés, se succédèrent de 1806 à 1820.
2. Ni le journal de Julien ni celui de son maître ne font mention de la moindre visite à Sainte-Sophie, du reste alors interdite, comme toutes les mosquées, à des non-musulmans.
3. Cette thèse a été soutenue par le comte de Caylus dans un de ses mémoires : « De l'architecture ancienne », *Histoire de l'Académie des Inscriptions et Belles-Lettres*, XXIII, p. 286-319. Voir aussi dans ce sens Thomas Maurice, *Indian Antiquities*, Londres, 1800-1801, t. III, p. 129.

Page 406.

1. Chateaubriand cite, mais interprète mal un passage de Barthélemy, XLI : « Sur la porte sont gravés en caractères très anciens ces mots : Eurotas ROI DES ICTEUCRATES À ONGA. Ce prince vivait environ trois siècles avant la guerre de Troie. » Onga ne désigne pas un lieu ; c'est le nom de la divinité, phénicienne ou égyptienne, à qui est dédicacé le temple en question. Voir à ce sujet p. 118.
2. Formule paradoxale lorsqu'on additionne tous les monuments de la Jérusalem franque vus et mentionnés par Chateaubriand.
3. Voir p. 345.
4. Allusion à un passage des *Jardins* de Jacques Delille dans lequel le Tahitien Poutaveri exilé à Paris embrasse en pleurant un arbre du Jardin du Roi qui lui rappelle sa patrie.
5. Mausolées gothiques : par leur date plus que par leur style. En effet, selon les témoignages anciens (descriptions ou gravures), c'étaient des édicules dans le goût antique, avec un fronton triangulaire supporté par quatre colonnes torses.

Page 407.

1. « Qui parmi nous répugnerait à être enseveli là où le corps de Dieu a déjà été enseveli ? » (*Jérusalem délivrée*, chant II, 86).
2. Cf. *Journal*, p. 144 : « Les monuments turcs consistent (...) en des fontaines, des bazars et des mosquées ; les fontaines sont ici taries... ; les bazars ne sont que des voûtes grossières (...), mais les mosquées sont assez élégantes. »

Page 408.

1. *Athalie*, I, 1, v. 7.
2. *Ibid.* ; III, 7, v. 1142-1158.
3. En réalité le vendredi 10 octobre.

Page 409.

1. Nouveau lapsus pour : vingt *pas*.

Page 410.

1. « Alors qu'il était riche, il s'est rendu pauvre pour l'amour de nous » (II *Corinthiens*, VIII, 9).
2. Émile Malakis a retrouvé, dans les années 1930, cette porte chez un tailleur. Le nom de Lombard y est suivi du chiffre 99. Le *Journal* donne lui aussi des dates qui ne sont guère plus précises.

Page 411.

1. Les voyageurs anciens ne sont en général pas avares de détails sur la vie quotidienne. Ils ennuient Chateaubriand qui, la plupart du temps, préfère les ignorer. Dans ce passage, au contraire, il cherche à faire la preuve ironique de son savoir-faire en la matière. Il en résulte cette énumération moliéresque, à la limite du pastiche.

Page 413.

1. Bucéphale : c'est le nom qu'Alexandre avait donné à son cheval.
2. Le Jeudi Saint.

Page 414.

1. Les comptes qui suivent, avec leur orthographe fantaisiste ou leurs fautes de transcription, aboutissent parfois à du pur charabia, que nous avons tenté de réduire dans la mesure du possible. Voir Malakis, t. II, p. 172-174.

Page 415.

1. Ciohadari: terme incompréhensible. Peut-être: Cioè (c'est-à-dire) + ?

Page 416.

1. Mucaro: de *mukâr*, muletier ?

Page 417.

1. Chavas: domestique en livrée qu'on emploie à faire des courses, porter des messages, accueillir les visites, etc.

Page 418.

1. Abou Gosh, de Saint-Jérémie.

Page 420.

1. Chateaubriand recopie ici le texte du Père Roger si vite qu'il en saute la moitié, au détriment du sens : « Frère Conrad d'Alis eust la tête tranchée, et son corps jetté dans la mer. Frère Barthélemy (...). Frère Jean d'Ethéo (...) fut crucifié avec six clous dans la ville du Caire. Frère Jean de Naples fut taillé en pièces par le bacha de Gaza. »

Page 423.

1. La réalité de ces interventions et leur efficacité trouvent une éclatante confirmation dans une lettre adressée à Paris par le général Sébastiani le 18 octobre 1807 : « La Porte vient de me donner des firmans que les Religieux de la Terre Sainte sollicitaient en vain depuis plusieurs années. Il s'agissait de faire rendre à leur établissement les sommes qui leur ont été extorquées depuis dix ans, de leur procurer la liberté d'enterrer leurs morts et surtout de faire exiler le Mufti de Jérusalem qui est depuis longtemps leur persécuteur. Toutes ces demandes ont été faites par moi au nom de Sa Majesté et elles ont été accordées par le Sultan aussitôt qu'il a eu connaissance de la protection que l'Empereur accorde aux Monastères de la Terre Sainte. »

2. Le texte des premières éditions comporte ici une phrase supplémentaire, qui visait probablement Volney : « Comment concevoir qu'un homme de talent, qui se pique d'idées indépendantes, puisse se plaire à calomnier l'infortune ? » Chateaubriand a préféré la supprimer à partir de la troisième édition.

CINQUIÈME PARTIE

Page 425.

1. En réalité le samedi 11 octobre. Chateaubriand continue de produire un emploi du temps décalé, après avoir «sauté» le premier jour de son séjour à Jérusalem (voir p. 335, note 1). La porte en question est aujourd'hui la porte de Damas.
2. *Jérusalem délivrée*, chant. III, strophe 55.
3. Chateaubriand se réfère en général à la traduction de Charles-François Lebrun, édition de 1780; mais il lui arrive parfois de la rectifier.

Page 426.

1. *Jérusalem délivrée*, III, 55-57.
2. *Ibid.*, III, 64-65.

Page 427.

1. *Ibid.*, II, 5.
2. Page 361 de la présente édition.
3. *Jérusalem délivrée*, II, 29.

Page 428.

1. *Ibid.*, VI, 97.
2. *Ibid.*, VI, 103-107.

Page 429.

1. Le Jourdain est nommé à trois reprises dans la *Jérusalem délivrée*, mais dans un autre contexte: III, 57; VII, 3; XIII, 67. Cette inadvertance avait été signalée par le *Journal de Paris* du 15 mars 1811. La réponse de Chateaubriand figure dans la préface de la troisième édition (*supra*, p. 64).
2. «Nous parvînmes enfin au lieu où jadis tomba le feu du ciel» (*Jérusalem*, X, 61).
3. «Pluton a vidé ses abîmes et toute la nuit de son royaume s'est échappée des grottes du Tartare» (*Jérusalem*, IX, 15).

Page 430.

1. *Jérusalem*, X, 4-28.
2. *Ibid.*, X, 31.
3. *Ibid.*, XI, 10.
4. Plutarque, *Alcibiade*, LXX-LXXI (XXXIV).
5. Textes recueillis dans Bongars, *Gesta Dei per Francos* (Hanovre, 1611).

6. «Dans le fossé ne se trouvait ni vase marécageuse (le lieu ne s'y prête pas), ni eau stagnante» (*Jérusalem*, XI, 34).

Page 431.

1. «Non loin de là, au flanc de la colline, jaillissait en murmurant un petit ruisseau» (*ibid.*, XII, 67).
2. «Dans le ciel ne brille aucune étoile bienfaisante» (*ibid.*, XIII, 53).

Page 433.

1. *Ibid.*, XIII, 54-63.
2. *Ibid.*, XIV, 32-33.
3. *Ibid.*, XV, 9-16.

Page 434.

1. *Ibid.*, XVII, 1.
2. Nau, *op. cit.*, p. 69-70.

Page 435.

1. *Jérusalem*, XVIII, 100.
2. *Ibid.*, II, 59.
3. Georges-François Berthereau (1732-1794), bénédiction de la Congrégation de Saint-Maur, avait entrepris de réunir des extraits des historiens orientaux des Croisades. Ce recueil ne sera pas publié avant la fin du XIXe siècle.

Page 436.

1. *Jérusalem*, XIX, 2-26.

Page 440.

1. Extrait qui se trouve dans Bongars, *Gesta Dei per Francos*. À son habitude, Chateaubriand resserre parfois un peu le texte, mais sa traduction est assez fidèle.
2. *Les Martyrs*, XVII, éd. Regard, «Bibliothèque de la Pléiade», p. 381. Au livre XVII, Cymodocée contemple les portes de bronze du Saint-Sépulcre, sur lesquelles sont représentés les exploits des Croisés à venir.

Page 441.

1. Les huit paragraphes qui suivent connurent une première publication dans le *Mercure de France* du 1er août 1807. Dans le *Journal* (p. 155), ce développement commence par une invitation explicite à relire ce que dit Volney du gouvernement des Turcs et que Chateaubriand juge «excellent». Voir en particulier Ire partie, chap. VII, § 1 (édition Gaulmier, p. 112), et seconde partie, chap. XII (p. 361-367).

Page 443.

1. Miri : impôt foncier (voir Volney, *loc. cit.*, p. 127).

Page 444.

1. Où il passa le reste de la journée du 11.

Page 445.

1. C'est ainsi que le *Journal* présente aussi les choses ; mais Chateaubriand y ajoute qu'il fut « à regret » obligé de refuser la proposition des Pères, à la fois par modestie, et parce que la législation alors en vigueur en France lui aurait interdit de recevoir une « décoration » étrangère sans autorisation préalable du gouvernement (p. 180-183). Ces explications étaient par avance destinées au public de son futur livre. Or, une fois revenu à Paris, le voyageur fut détrompé de son erreur. Il pouvait dès lors avouer la vérité : il avait bel et bien été armé chevalier du Saint-Sépulcre le dimanche 12 octobre 1806, comme le prouvent les témoignages rassemblés par Malakis (t. II, p. 198, note 56) et par Amédée Outrey (*Journal*, p. 182, note 1). Néanmoins, il semble que ce fut à sa demande et sur la recommandation pressante du général Sébastiani. Comme le dit le voyageur allemand Seetzen, qui séjourna à Jérusalem du 23 novembre au 15 décembre 1806, mais qui ne publia son écrit que beaucoup plus tard (voir p. 323, note 1) : « Chateaubriand a visité Jérusalem au cours de cet été. Il s'y est notamment fait armer chevalier du Saint-Sépulcre avec un grand cérémonial, et a essayé de répondre à l'honneur qui lui était réservé en faisant au couvent un don important » (*Reisen...*, t. II, p. 205).

2. Cf. *Journal*, p. 180 : « Dimanche 12 — J'allai entendre la messe au Saint-Sépulcre et me prosterner encore devant le tombeau de J.-C. Retourné au couvent, je dis adieu aux Pères (...). Ils voulurent me faire un honneur (...) que j'aurais accepté avec [plaisir] <respect> dans toute autre circonstance. » La cérémonie, que Chateaubriand décrit avec exactitude, a donc eu lieu le dimanche après-midi, juste avant son départ de Jérusalem.

Page 446.

1. Sa croix de chevalier, avec le sceau de cire rouge de la Custodie de Terre Sainte, fut exposée en 1969 à la Bibliothèque nationale, ainsi que le certificat délivré en cette occasion à Julien Potelin pour la piété et la dévotion qu'il avait manifestées au cours de son pèlerinage (voir Catalogue Chateaubriand, 1969, n°s 224 et 225).

2. Suivent huit versets des *Lamentations* de Jérémie : I, 1, 4, 12 ; II, 8, 9, 11, 13, 15. La traduction est celle de Lemaître de Sacy.

Page 447.

1. La « description générale » qui commence ici, annoncée p. 446, faisait directement suite, dans le *Journal*, à celle de la citadelle (voir p. 379, note 3). Ce morceau a été publié pour la première fois dans le *Mercure de France* du 4 juillet 1807.

Page 449.

1. Souvenir déformé de Bossuet : « Les mains élevées à Dieu enfoncent plus de bataillons que celles qui frappent » (*Oraison funèbre de Marie-Thérèse d'Autriche*, dans *Oraisons funèbres*, Folio, 2004, p. 229). Bossuet développe dans ce passage le thème du pouvoir de la prière, en prenant exemple sur Moïse.
2. *Athalie*, III, 7, v. 1159-1160 (suite du fragment cité p. 408).
3. Prophétie maintes fois reprise dans la Bible, comme celle de la ruine de Jérusalem. Mais la malédiction divine ne vise pas le peuple juif dans son ensemble ; elle est réservée à ceux qui ne veulent pas se soumettre à la loi du Seigneur. Voir à ce sujet la réflexion de Bossuet, *Discours sur l'histoire universelle*, seconde partie, chap. XX et XXI.
4. Cf. p. 381-382.

Page 450.

1. Voir p. 336, note 1.

Page 451.

1. Promesse de Gascon, comme Chateaubriand devra le reconnaître par la suite : voir *Mémoires*, XL, 5 ; éd. Berchet, « Pochothèque », t. II, p. 891.

SIXIÈME PARTIE

Page 453.

1. Elfy Bey (El Alfi) et son rival Ibrahim Bey (El Bardissi) avaient déjà combattu contre les Français de Bonaparte. Pour ce qui est du nouveau pacha du Caire, nommé par la Porte le 9 juillet 1805, il ne tardera pas à se faire connaître sous le nom de Méhémet Ali.
2. Le mercredi 15 octobre.

3. Saïque : bâtiment de charge à deux mâts, sans beaupré, ni misaine, ni perroquets.

4. Louis-Mathieu Langlès (1763-1824), orientaliste réputé et administrateur de la nouvelle École des langues orientales, où il enseignait le persan.

5. Voir le fac-similé dans Malakis, t. II, p. 207.

Page 455.

1. Alexandre Pillavoine (1756-1838), nommé en octobre 1802 commissaire pour les relations commerciales à Acre, avait dû patienter plus de trois ans avant de pouvoir rejoindre son poste, le 14 juin 1806.

Page 456.

1. Serait-ce un membre de la famille Damien, dont il est question p. 285 ?
2. Cette fois, le calendrier du narrateur et celui de Julien finissent par se rejoindre.
3. Voir p. 433, note 3.

Page 457.

1. Polycrate, tyran de Samos au VIe siècle, avait jeté dans la mer un anneau, pour sacrifier quelque chose à la Fortune qui lui avait jusqu'alors constamment souri, et dont il craignait un soudain caprice. Mais il le retrouva peu après dans un poisson qu'on venait de lui apprêter. La Fortune ne voulait pas de son sacrifice volontaire et le reste de sa vie ne fut plus qu'une suite de calamité. Voir Hérodote, *Histoires*, III, 40-42.

2. Amorce des réflexions sur la vie du marin que Chateaubriand développera dans ses *Mémoires* (VI, 2 ; éd. Berchet, « Pochothèque », t. I, p. 321-327).

3. En réalité Damiette a succédé à la ville antique de Tamiathis. En revanche, le site de Péluse, où Pompée fut assassiné en 48 avant J.-C., se trouve sur la rive orientale du canal de Suez, à une trentaine de kilomètres au sud-est de Port-Saïd. C'est dire que le « golfe de Damiette » doit être entendu au sens large, afin de pouvoir rappeler le souvenir du vaincu de Pharsale.

Page 458.

1. *Boğaz* ou détroit (en turc) est le nom donné au passage que, pour gagner la mer, le Nil est obligé de se frayer à travers les bancs de sable et de limon qui forment la Bouche de Rosette.

Page 460.

1. Bernardino Drovetti (1776-1852), originaire de Livourne, avait alors trente ans. Officier entré au service de la France, il était arrivé en Égypte avec la mission de Lesseps (voir p. 461, note 3). Napoléon venait de le nommer consul général à Alexandrie, où il demeura en fonction jusqu'en 1829. Diplomate, explorateur, archéologue, il deviendra bientôt un égyptologue averti dont le musée du Louvre et celui de Turin se partagent aujourd'hui les collections. Beaucoup de voyageurs de la Restauration ont rendu hommage à son exceptionnelle personnalité (Forbin, Marcellus, etc.).

2. Érudition : c'est-à-dire archéologie ou géographie historique.

3. Les lettres du Père Sicard, supérieur de la Mission du Caire de 1712 à 1726, ont été recueillies dans les *Lettres édifiantes*. Le *Voyage d'Égypte et de Nubie* du danois Norden date de 1755. Mais Chateaubriand possédait une édition plus tardive « avec des notes et des additions tirées des auteurs anciens et modernes, et des géographes arabes, par M. Langlès » (Paris, 1795-1798, 6 vol. in-4º, dont 3 de planches et de cartes), ainsi que les *Voyages dans plusieurs provinces de la Barbarie et du Levant* de Shaw (La Haye, 1743, 2 vol. in-4º, avec figures). Enfin Carsten Niebuhr, *Voyage en Arabie et autres pays circonvoisins*, Amsterdam, 1776.

4. Les dessins de M. Denon : ils illustrent son *Voyage dans la Basse et la Haute Égypte*, publié en 1802 (2 vol. in-fº, avec un atlas de 141 planches).

Page 461.

1. Les planches et les notices recueillies dans la monumentale *Description de l'Égypte*, Imprimerie nationale, 1809-1828.

2. Le livre XI.

3. Mathieu de Lesseps (1774-1832) avait été envoyé en Égypte comme commissaire de la République au moment du rétablissement des relations diplomatiques entre la France et la Turquie. En 1806, on venait de le nommer consul général à Livourne. En 1809, il sera envoyé à Corfou. C'est le père de Ferdinand de Lesseps, auquel on doit le canal de Suez.

4. Gerbe : sans doute une mauvaise transcription pour *djerme* : petit bâtiment à voile particulier à Alexandrie, et utilisé pour la navigation côtière ou celle du delta.

5. Le 24 octobre.

Page 462.

1. La bataille livrée à Mansourah par Saint Louis le 8 février 1250 fut désastreuse pour les Français, et suivie par la captivité du roi. Au contraire, la bataille des Pyramides, le 21 juillet 1798, avait été la première victoire de Bonaparte en Orient.
2. Pierre-Emmanuel Mazières de Saint-Marcel (1752-1827) occupa le consulat de Rosette de 1803 à 1811.
3. Louis Caffe, gros négociant du Caire, avait été membre du Diwwan, créé le 25 juillet 1798 par Bonaparte pour se concilier les notables de la cité. Il continuera de correspondre avec Chateaubriand après le retour de celui-ci en France (voir *Mémoires d'outre-tombe*, XVIII, 3; éd. Berchet, «Pochothèque», t. I, p. 817).
4. Georges Castriota, dit Scanderberg (Iskander Bey), fut un «patriote» albanais contemporain de la conquête ottomane au XVe siècle. Il remporta de nombreuses victoires contre les troupes du sultan de 1444 à sa mort en 1467.

Page 463.

1. Drage : le texte de Choiseul-Gouffier (t. I, p. 6) est «drap». Nous ignorons les raisons de cette altération : simple coquille ?
2. Savary : au tome I de ses *Lettres sur l'Égypte* (Paris, Onfroi, 1785). Sa description voluptueuse des jardins de Rosette avait en particulier eu beaucoup de succès (voir ci-dessus, introduction, p. 22-23) : voir extraits dans Berchet, *Le Voyage en Orient*, p. 823-828.
3. C'est Volney qui est ici visé. Dans son propre *Voyage en Égypte*, publié deux ans plus tard, il multiplia les critiques envers son devancier, jugé trop «romanesque» et peu crédible sur le plan scientifique.
4. Le delta est alors en pleine effervescence. Les milices albanaises du pacha du Caire doivent faire face à de multiples incursions de la part des Bédouins, dirigés par Elfy Bey, soutenu par les Anglais. Le texte du *Mercure de France* (4 juillet 1807) continue ainsi : «Les paysans qui n'ont pu se résoudre à quitter leurs champs, ont renoncé à élever une famille. L'homme qui naît dans la décadence des empires, et qui n'aperçoit dans les temps futurs que des révolutions probables, pourrait-il en effet trouver quelque joie à voir croître les héritiers d'un aussi triste avenir ? Il y a des époques où il faut dire avec le prophète : "Bien heureux sont les morts !"»

Page 464.

1. Ce sont les institutions, et non pas le climat, qui font la différence entre les peuples. Chateaubriand reprend à son compte la thèse soutenue par Volney contre Montesquieu.

Page 465.

1. Diodore de Sicile, *Histoire universelle*, I, 51, 2. Chateaubriand cite la traduction de Terrasson (1737-1744) qu'il possédait (Duchemin, n° 305) : ici, t. I, p. 150-152.
2. Au second livre de *Télémaque* (édition Folio, p. 46).

Page 466.

1. Pierre-Valentin Faydit (1640-1709), auteur de la *Télémacomanie* (1700). Il est déjà cité dans le *Génie du christianisme*, où Chateaubriand lui consacre une note sévère (éd. Regard, note LX, p. 1259-1260).
2. Citation de Boileau, *Art poétique*, II, 94 : « Un sonnet sans défauts vaut seul un long poème. »
3. *Télémaque*, livre II (édition citée, p. 53).

Page 467.

1. Bossuet, *Discours sur l'histoire universelle*, 3ᵉ partie, chap. III (*Œuvres*, « Bibliothèque de la Pléiade », p. 965).
2. Bernadin de Saint-Pierre a exprimé une idée voisine dans les *Études de la nature* (1784) : « Un tombeau est un monument placé à la limite de deux mondes. »
3. Diodore de Sicile, *loc. cit.*, p. 111-112. Déjà cité dans *Les Martyrs* (livre XI, 38ᵉ remarque).

Page 468.

1. Propos prêté par Mathieu Molé à son illustre ancêtre le Président Molé, pendant la Fronde. Il figure dans un « Éloge de Molé » placé en tête des *Essais de morale et de politique* qu'il publia en 1805 et dont Chateaubriand rendit compte dans le *Mercure de France* du 21 décembre 1805.

Page 469.

1. Au début du XIXᵉ siècle, Le Caire est encore éloigné du Nil. Le village de Boulaq, qui lui servait de port, était séparé de la ville par des terrains incultes et par des plantations de palmiers.
2. Château de Babylone : on appelait ainsi les murailles de construction romaine du quartier copte (*Ksar-esh-Chamah*), au Vieux Caire. J'ignore pourquoi Chateaubriand donne ce nom à la citadelle construite par Saladin, au XIIᵉ siècle, sur la bordure occidentale du Moqattam.

3. La contrée des Francs : le quartier du Mouski, proche du bazar.

4. Ce personnage se nommait Félix Mengin, et c'était le futur gendre de Louis Caffe. Il publiera en 1823 une *Histoire de l'Égypte sous le gouvernement de Mohammed Ali*, dédiée à Chateaubriand, alors ministre des Affaires étrangères. Au tome I, p. 247, de son ouvrage, il rappelle leur rencontre du Caire : « Je fus assez heureux pour lui faire accepter un logement chez moi, et pour l'accompagner à l'obélisque et sur les ruines de Matarych, au puits de Joseph, et dans tous les lieux qui peuvent exciter la curiosité des voyageurs. »

5. Voir Gabriel Guémard, *Aventuriers mamelucks en Égypte*, Alexandrie, 1928.

Page 470.

1. Il est identifié par Guémard avec un certain Dereau, qui « commandait alors la petite-garde française du grand-pacha ». Plus précisément : Jacques Durau, natif de Haute-Garonne, réduit en esclavage après le départ des Français, puis racheté par le pacha, qui le baptisa Abdallah de Toulouse.

2. Peut-être le Gascon Pierre Gary, avec qui Marcellus, en 1820, parlera encore le patois de leur enfance, non sans rappeler le souvenir de Chateaubriand (voir Berchet, *Le Voyage en Orient*, p. 846-847).

Page 471.

1. La Fontaine, « Le Berger et le roi » (*Fables*, X, 9), dont Chateaubriand cite les vers 66-69.

2. La vieille mosquée de Qalaoun, que remplacera bientôt celle de Méhémet Ali. Une autre curiosité de la citadelle est le puits de Joseph, creusé dans le rocher à plus de 80 mètres de profondeur. Il doit son nom à une confusion établie entre le fils de Jacob et Saladin (*Youssef Salah-el-Din*).

3. Cet adolescent est le futur Ibrahim Pacha, que rendront célèbre les guerres ultérieures de Morée et de Syrie. C'est Chateaubriand lui-même qui le précise dans la seconde édition de la *Note sur la Grèce* (1825), où il cite ce passage (voir Malakis, t. I, p. 31).

Page 472.

1. À la suite de Chateaubriand, beaucoup de voyageurs du XIXe siècle ont essayé de voir les Pyramides depuis la citadelle du Caire sans y parvenir. Ainsi Flaubert, en décembre 1849 (époque où la pollution est encore à peu près nulle), déclare la chose impossible « même en plein soleil ». Néanmoins, le guide Joanne *Orient* affirme, sous la responsabilité du

Dr Émile Isambert: «Au dernier plan, tout au fond de l'horizon, la vue rencontre la masse encore imposante, même à cette distance de 4 lieues, des pyramides de Gizeh (...) et de Saqqarah, qui se détachent sur le fond rougeâtre du désert» (seconde édition, 1878, p. 311a).

2. Diodore de Sicile, I, 96, 7; édition citée, t. I, p. 205.

3. Le Nilomètre était un ensemble de constructions installé depuis le VIIIe siècle à la pointe méridionale de Roda: avec en particulier un bassin au milieu duquel se trouvait une colonne octogonale pour mesurer la hauteur des crues du Nil.

4. Mourad-Bey: le chef des Mamelucks, adversaire acharné des Français en 1798, mort de la peste en avril 1801.

Page 473.

1. La mosquée construite par Amr ou Amrou, lieutenant du calife Omar, près du vieux Caire, est la plus ancienne de la ville. Elle présente le type de la mosquée primitive, offrant, comme à Cordoue, une forêt de colonnes et de portiques, surmontés par des arceaux entrecroisés.

2. Mission dont il semble qu'il se soit acquitté, si nous en croyons le témoignage de Marcellus, de passage au Caire en 1820.

Page 474.

1. Voir note 3, p. 77.

2. Le jardin Rossetti. À cette époque, le futur Ezbekieh est encore un terrain vague, une sorte de marécage.

3. Lepage: armurier parisien réputé.

4. Le canal de Ménouf relie alors, en aval du Caire, la branche orientale du Nil à la branche occidentale.

Page 475.

1. La présence de ces dangereuses factions sur les bords du Nil est confirmée par une dépêche de Drovetti, en date du 12 novembre 1806: «(Elfy-Bey) compte, aussitôt après la retraite des eaux, mettre à exécution son projet de ravager le Delta et toutes les provinces de la Basse-Égypte. Les Bédouins à la suite de son armée commencent déjà à troubler la navigation du Nil. M. de Chateaubriand, voyageur français, a dû soutenir à son retour du Caire une fusillade assez vive» (cité par Jean-Marie Carré, *Voyageurs et écrivains français en Égypte*, seconde édition, Le Caire, 1956, t. I, p. 184).

Page 476.

1. Joseph-Alphonse Esménard (1769-1811) faisait partie de la petite équipe qui, sous les auspices de Lucien Bonaparte et

la direction de Fontanes, avait, au mois de juin 1800, relancé le *Mercure de France*. Il sera, comme Chateaubriand, un collaborateur régulier de la revue. De 1801 à 1805, comme secrétaire de Villaret de Joyeuse, il avait accompagné à Saint-Domingue la flotte de transport des troupes du général Leclerc. Ce séjour fut mis à profit pour composer un long poème descriptif en huit chants intitulé *La Navigation* (dont Chateaubriand cite un fragment du chant I). De retour en France, il fut chargé, au ministère de la Police, du Bureau des pièces de théâtre, poste auquel il ajouta, en février 1810, celui de Censeur à la Direction de l'Imprimerie et de la Librairie. C'était donc un homme à ménager. Il avait publié dans le *Mercure* des 13 mai et 3 juin 1809 un compte rendu favorable des *Martyrs* et Chateaubriand, qui avait avec lui des relations cordiales, le cite volontiers (voir ci-dessus, p. 286, note 1). Esménard trouva la mort en Italie, dans un accident de voiture, en 1811 : ce qui explique la note de la troisième édition (1812).

Page 477.

1. *Les Martyrs*, livre XI, 24ᵉ remarque (éd. Regard, p. 608-610).
2. Voir édition Gaulmier, p. 25-27, et Berchet, *Le Voyage en Orient*, p. 819-820.
3. La colonne dite de Pompée était, avec les « aiguilles de Cléopâtre », à peu près la seule curiosité archéologique de la ville.
4. Les restitutions possibles concernent les épithètes de Dioclétien (lignes 1 et 3), ainsi que le nom du « dédicateur » (ligne 4) :
— ligne 1 : ὁσιώτατον (admis par tous) ;
— ligne 3 : σεβαστὸν (d'Ansse de Villoison) ; ἀνίκητον (*Corpus inscriptionum graecarum* de Boeckh, Berlin, 1853 ; et W. Dittenberger, *Orientis Graeci inscriptiones selectae*, Leipzig, 1905) ;
— ligne 4 : la lecture reste aléatoire : Po[blios], Po[mponios] ou Po[mpéios] (plus conforme au nom traditionnel du monument).

Ainsi, aucune des lectures que propose Chateaubriand ne fut retenue par les épigraphistes. Voir le dernier état de la question dans : Giovanella Cresci Marrone, « Chateaubriand epigrafista », *Studi francesi*, janvier-avril 1983, p. 82-87.

Page 478.

1. Voir p. 57, note 3.

Page 479.

1. Horace, *Art poétique* (*Épîtres*, II, 3), v. 351-352 : « Je ne me formaliserais pas pour si peu. »
2. Aly-Bey : de son vrai nom Domingo Badia y Leyblich, ce Catalan né à Barcelone en 1767 fut un aventurier qui, sous le prétexte de voyages scientifiques, remplissait en réalité des missions de renseignement pour le compte du gouvernement espagnol. C'était le cas du périple méditerranéen au cours duquel il rencontra Chateaubriand. Il passera plus tard au service de Louis XVIII, avant de mourir à Damas, en 1818, empoisonné, dit-on, par les Anglais.
3. De passage à Alexandrie en 1785, Cassas exécuta une série de dessins du plus vif intérêt qui, malgré leur date (antérieure de vingt ans), peuvent donner une idée assez exacte de la ville et du site qu'a vus Chateaubriand : voir le catalogue cité *supra* (p. 399, note 1), p. 196-206 et 226.

Page 480.

1. *Les Martyrs*, livre X (éd. Regard, p. 265).

Page 481.

1. Lapsus jamais corrigé pour : novembre.
2. Dans les trois premières éditions, Chateaubriand avait « accroché » à ce nom la note suivante : « Le chef des Albanais Mahamed Aga, frappé de l'éclat d'une grande renommée, avait ajouté à son nom celui de l'Empereur. »

Page 483.

1. Scarpanto ou Carpathos, dans les Sporades, entre Rhodes et la Crète.
2. C'est-à-dire qu'il double la Crète par le nord.
3. Dinelli : Chateaubriand rappellera le souvenir de ce sympathique marin dans un passage retranché des *Mémoires d'outre-tombe* (voir éd. Berchet, « Pochothèque », t. II, p. 1407).
4. Cf. *Génie du christianisme*, Ire partie, V, 12 (édition Regard, p. 591).
5. Virgile, *Géorgiques*, IV, 387-388. La traduction est celle de Delille (*Géorgiques françaises*, IV, 387-398).

Page 484.

1. Coxo : sans doute Kassos.
2. Stampalie : Astypalia entre Cos et Santorin.
3. Voir Julien, *infra*, p. 599. Sous le nom de Tempelia, Julien place par erreur ce mouillage entre les îles Kerkeni (Querquigni) et Tunis.

Page 485.

1. En fonction de ce qui précède, on attendrait plutôt : le 14. À partir de là, il faut avouer que la chronologie se brouille.
2. Île de Nanfia : Anafi.
3. Inadvertance pour : sud-sud-ouest.
4. Le Ténare : le cap Matapan, pointe méridionale du Péloponnèse.
5. La petite île de Pantelleria, au large du cap Bon.

Page 486.

1. « Une nuit ténébreuse recouvre la mer » (*Énéide*, I, 89).

Page 488.

1. Jacques-Philippe Devoize (1745-1832) avait commencé sa carrière comme vice-consul à Lattaquié (Syrie), où il avait hébergé Cassas en route vers Palmyre (hiver 1784-1785). Nommé en 1791 consul général à Tunis, il fut révoqué en 1796, puis réintégré dans son poste, qu'il occupa jusqu'en 1819. Il avait épousé en 1804 la mère de ses cinq enfants, Françoise Guillet, originaire comme lui du Dauphiné. Au moment du passage de Chateaubriand, ses filles étaient en pension à Paris (où il avait perdu, un an plus tôt, son fils aîné). Mais il avait encore auprès de lui ses plus jeunes fils : Antoine, né en 1802 ; Adolphe, né en 1803. La « maison » du diplomate comporte alors une vingtaine de personnes, domestiques compris. Comme beaucoup de ses collègues, Devoize possédait à La Marsa, près du site de Carthage, une résidence de campagne où son hôte fut sans doute accueilli.

2. Du 23 novembre 1806 au 18 janvier 1807, la traversée Alexandrie-Tunis avait été de 56 jours.

SEPTIÈME PARTIE

Page 489.

1. Cette anecdote sera reprise dans le *Voyage en Amérique* et dans les *Mémoires d'outre-tombe* (VII, 2 ; éd. Berchet, « Pochothèque », t. I, p. 361). Sur *Madelon Friquet*, voir édition Regard, p. 1741.

Page 490.

1. Lessing et Humberg : noms déformés. Le consul de Hollande se nommait *Nyssen*, et son beau-frère *Homberg*. Ce der-

nier descendait de Guillaume Homberg, premier médecin de Louis XIV.

2. Tobias Lear (1762-1816), ancien secrétaire de Washington, alors consul général des États-Unis à Alger, venait de débarquer à Tunis pour négocier un traité de commerce avec le bey Hamouda.

Page 491.

1. Allusion probable à Jean-Baptiste *Adanson*, né à Paris en 1732. Élève au collège des Jeunes de Langues, ce fut un excellent arabisant, mais aussi un naturaliste et un égyptologue amateur. Toute sa carrière se déroula en effet en Orient, où il fut successivement drogman (interprète), puis vice-consul, en Syrie (au moment du voyage de Volney qui le cite), ensuite à Alexandrie puis au Caire, enfin à Tunis où sa mort était survenue au mois de septembre 1803, laissant sa veuve presque sans ressources. Sur le plan personnel, il avait connu quelques déboires : à Saïda, sur ordre du pacha auprès duquel il avait été chargé de porter les réclamations de la France, il avait subi une sévère bastonnade, qui lui laissa de durables infirmités ; par ailleurs, son mariage avec une Levantine ne fut pas une réussite. Il avait exécuté des «vues» aquarellées de sites égyptiens ou tunisiens que Chateaubriand a peut-être eues sous les yeux lors de son passage à Tunis. En outre, il avait sans doute rencontré, quelques mois plus tôt, son fils Charles-Louis Adanson, né en 1767, et qui occupa, de novembre 1802 à juin 1816, le poste de chancelier-interprète (drogman) à notre ambassade de Constantinople. Mais, à cette époque, le personnage le plus connu de cette «intéressante famille» est le frère aîné de Jean-Baptiste : Michel Adanson, né en 1727 et qui venait de décéder à Paris le 3 août 1806. Ce botaniste estimé, membre de l'Académie des sciences, puis de l'Institut, avait séjourné très jeune en Afrique (1748-1754) et en avait rapporté une *Histoire naturelle du Sénégal* (1757).

2. T. Shaw, *Voyages dans plusieurs provinces de la Barbarie et du Levant*, La Haye, 1743, 2 vol. in-4° (Duchemin n° 283).

3. *Lettre de lady Montague pendant ses premiers voyages en Europe, en Asie et en Afrique*, trad. par P. H. Anson, Paris, 1805.

4. Jean-Louis Marie Poiret, *Voyage en Barbarie*, Paris, 1789.

5. Les relations des Voyages de René Desfontaines ont été recueillies par Dureau de la Malle en 1838 seulement. Mais dès août 1784, le *Journal des Savants* avait publié un compte rendu de la mission du botaniste dans la régence de Tunis.

6. Voir p. 60 et n. 2. Chateaubriand cite ici le titre de la seconde partie de l'ouvrage du P. Felice Caronni.

Page 492.

1. Au mois de novembre 1810, dans une lettre à Beuchot, Chateaubriand le cite encore comme un ouvrage qu'il aurait besoin de se procurer de toute urgence. Il semble avoir pu le trouver puisqu'il figurait en 1817 dans sa bibliothèque (voir Duchemin n° 264).

2. À propos de Tunis, Chateaubriand se contente de démarquer Shaw, dont les informations remontaient à 1727! La même année que son *Itinéraire*, Thomas MacGill publiera une description de la ville et des fortifications de La Goulette dans son *Account of Tunis* (Glasgow, 1811).

Page 493.

1. Le palais du Bardo.
2. Mamélife: à la suite de Desfontaines, Chateaubriand désigne par ce nom le Djebel Bou Kornine, dont le double sommet (dit «les deux mamelles») domine, au sud-est du golfe de Tunis, le site thermal de *Hammam-Lif*, ou «Bains du nez».

Page 494.

1. Note de la troisième édition. Ce «Mémoire sur Tunis» fait partie des «Pièces justificatives» que nous avons renoncé à reproduire: voir l'édition Regard, p. 1281-1298. Il aurait été rédigé en 1788 par Antoine Nyssen et actualisé par Chateaubriand.

2. La longue séquence historique qui commence ici a suscité la réprobation ironique de certains critiques. Il y a là un incontestable remplissage de seconde main destiné à étoffer le troisième volume de 1811. La source principale suivie par Chateaubriand est Rollin: *Histoire ancienne des Égyptiens, des Carthaginois, des Babyloniens, etc.*, édition de 1764, 14 vol. in-12°; et *Histoire romaine*, édition de 1754, 16 vol. in-12° (Duchemin n° 301 et n° 318).

3. Dans la chronologie des historiens antiques, trois siècles séparaient Énée (la guerre de Troie) de Didon.

Page 495.

1. *Politique*, livre II, chap. XI, 1-16. La référence à Aristote se trouve déjà dans Rollin, *Histoire ancienne*, t. I, p. 201.

Page 496.

1. Là encore, Chateaubriand suit Rollin (*Histoire romaine*, t. IV, p. 113), mais il attribue à Tite-Live une citation qu'il faut rendre à Valère Maxime, IV, 4: «*De paupertate laudata*».

Page 515.

1. Citation de Lucain, *De Bello civili*, chant II, v. 92-93 : « *Solatia fati Carthago Mariusque tulit / Pariterque jacentes ignovere deis.* » La Harpe avait donné de ce passage une traduction célèbre : « Et ces deux grands débris se consolaient entre eux. »

2. Les sources sont désormais : Eusèbe, Lenain de Tillemont et Fleury (*Histoire ecclésiastique*), Procope (*Histoire des Vandales*), enfin Gibbon.

Page 516.

1. David : voir p. 380, note 1.

Page 517.

1. Genséric régna sur les Vandales de 428 à 477.
2. En 455.

Page 518.

1. Bélissaire, général byzantin du VIe siècle au service de Justinien, et célébré par Procope, était devenu au XVIIIe une sorte de personnage-culte, symbole de la noire ingratitude des souverains. Disgracié après une longue suite de victoires, emprisonné, peut-être aveuglé, il aurait fini par être exilé et obligé de mendier son pain. Ce thème « philosophique » popularisé par un roman de Marmontel (1767) devait aussi être illustré par des peintres comme David.

Page 520.

1. « Gloire qui va au gré du vent » (Horace, *Épîtres*, II, 1, 177).
2. Ces références proviennent soit de Shaw, soit du *Grand Dictionnaire géographique et critique* de Bruzen de La Martinière (Paris, 1739-1741).

Page 522.

1. Rollin, *Histoire ancienne*, t. I, p. 553-556, et *Histoire romaine*, t. VIII, p. 339-342.

2. « On peut établir quelle importance avait la ville détruite pour ne pas parler du reste, grâce à la durée du feu. Dix-sept jours ininterrompus furent à peine suffisants pour éteindre un incendie que les ennemis avaient de leur propre mouvement communiqué à leurs maisons et à leurs temples. Ils voulaient que les Romains, puisqu'on ne pouvait les empêcher de prendre la ville, vissent au moins leur triomphe se consumer dans les flammes. »

3. Appien, *Guerres puniques*, VIII, 20, 135.
4. Velleius Paterculus, I, 12.
5. Strabon, XVII, 3, 4. La référence se trouve dans Shaw, mais Chateaubriand utilise sa propre traduction.

Page 523.

1. *Kathoun* ou *kathon*, selon les sources.
2. Toutes ces citations, fournies par Shaw, témoignent du prestige de la nouvelle Carthage dans les premiers siècles de notre ère.

Page 524.

1. Byzacium : ce fut le nom qu'on donna sous Dioclétien au nord de la Tunisie actuelle (ancienne *Africa*).

Page 525.

1. Citation de Sannazar, *De Partu Virginis* (1526), II, 214-219. Ces vers proviennent de Shaw qui les a lui-même empruntés à Guez de Balzac. Sannazar est un poète napolitain du XVIe siècle qui prolongea la tradition de la poésie latine.

Page 526.

1. El-Mersa : aujourd'hui La Marsa.
2. Bernard Forest de Bélidor (1693-1761), ingénieur militaire français, auteur de plusieurs ouvrages de référence (artillerie, fortifications, hydraulique).
3. Caronni se réclame lui aussi de Homberg, mais il situe le port de Carthage dans les parages de Dermach.

Page 527.

1. C'est la conclusion suggérée par Chateaubriand qui a prévalu : on situe aujourd'hui les ports de la ville punique au sud-est de la colline de Byrsa. Le voyageur ne cache pas sa dette envers Homberg, mais c'est à lui que la postérité associera le souvenir de cette « découverte ». Un demi-siècle plus tard, lorsqu'il se documente pour *Salammbô* (1862), c'est encore à Chateaubriand que se réfère Flaubert pour localiser les ports de Carthage.

Page 529.

1. Virgile, *Énéide*, I, 163-172 : « Dans un profond retrait du rivage, se trouve un lieu abordable : une île y forme un port en le protégeant de ses flancs où toute la houle venue du large se brise, avant de refluer en mille ondulations sinueuses. De chaque côté, des falaises gigantesques et des cimes jumelles menacent le ciel. Sous leur escarpement et sur une large éten-

due, les flots tranquilles font silence. De plus, en surplomb, une couronne de bosquets agite ses feuilles et un bois noir laisse tomber son ombre mystérieuse. En face, sous des roches suspendues, une grotte abrite des eaux douces et des sièges de pierre vive: c'est la demeure des nymphes.»

Page 531.

1. *Énéide*, IV, 607-627 et 663-665; traduction Delille, IV, 887-918 et 975-978.

Page 532.

1. Les sources de ce récit sont: Joinville, *Histoire de saint Louis* (...) *enrichie de nouvelles observations et dissertations historiques*, par Charles Dufresne, sieur Du Cange (1668); mais aussi Velly, *Histoire de France* (1770-1771). Pour le détail de leur utilisation, voir Malakis, t. II, pages 293-301.
2. Selon la préface au tome XXII de ses *Œuvres complètes* (Ladvocat, 1828), Chateaubriand aurait songé à consacrer à Saint Louis une tragédie «romantique», après avoir terminé *Moïse*. De son côté, Mme de Staël, dans la lettre qu'elle lui envoya le 30 mars 1811 pour le remercier de son livre, se montra très sensible à ce récit de la mort de Saint Louis.

Page 539.

1. *Psaumes*, V, 8.

Page 540.

1. Chateaubriand aurait pu, à Tunis, embarquer sur un navire neutre à destination de Marseille. Mais à peine arrivé, il avait confié à Joubert: «Enfin me voilà sauvé, puisque trois ou quatre jours de vent favorable suffisent pour me porter en Italie ou en Espagne.» Il avait même ajouté ce *post-scriptum* explicite: «Écrivez-moi un mot poste restante à Madrid sans en rien dire à personne» (*Correspondance*, t. I, p. 402-403). C'est qu'il avait donné rendez-vous en Espagne à Natalie de Noailles.
2. Le schooner (ou brick) *Enterprise*, capitaine David Porter. Ce vaisseau de guerre de la marine américaine devait conduire à Algésiras le nouvel ambassadeur de Tunisie en Espagne Sidi Soliman Mellimelli. Chateaubriand fut accepté officieusement comme autre passager civil.
3. La frégate *Constitution* se trouvait à Alger avec une petite escadre sous les ordres du commandant Hugh C. Campbell. Les États-Unis étaient en train de négocier une convention avec les Régences barbaresques à propos de la piraterie.
4. Donc le 30 mars. Le 14, le *Mercure de France* avait

publié une «correspondance» de Constantinople qui signalait la présence du voyageur à Tunis. Sur le séjour de Chateaubriand en Espagne au cours de ce printemps 1807, la mise au point la plus claire est celle de Pierre Christophorov: «Le voyage de Chateaubriand en Espagne», *Mélanges* (...) *Carré*, Paris, Didier, 1964.

5. Jean-Jacques-Sébastien Leroy, né en 1747, était consul à Cadix depuis 1801. Le comte de Canclaux y exerçait depuis 1804 les fonctions de sous-commissaire des Relations commerciales.

Page 541.

1. Grenade: c'est là que Chateaubriand retrouva Mme de Noailles, le 12 ou le 13 avril 1807. Celle-ci arrivait de Séville, où elle avait suivi les cérémonies de la Semaine Sainte et passé les fêtes de Pâques.

2. Le marquis François de Beauharnais (1756-1846), beau-frère de Joséphine et ancien député à la Constituante, entré dans la diplomatie sous le Consulat.

3. Jean-Baptiste de Chateaubriand, né le 23 juin 1759, avait été guillotiné le 22 avril 1794. C'était donc le treizième anniversaire de son exécution.

4. Voir p. 405, note 1. Alexandre de Laborde était le frère de la comtesse de Noailles, qui voyageait avec lui en Espagne pour le seconder dans la réalisation de cette entreprise.

Page 542.

1. À une citation de la scène 1 du *Cid* (v. 29-32), succède un hémistiche du vers 1533 qu'on pourrait interpréter comme une «déclaration» indirecte.

2. Pour la suite du voyage et leur commune arrivée à Paris le 5 juin 1807, on se reportera au récit de Julien (*infra*, p. 608-609), que Chateaubriand abrège dans ses *Mémoires* (XVIII, 3; éd. Berchet, «Pochothèque», t. I, p. 812).

3. (Les dieux nous ont obligés) «à nous exiler au loin sur des terres désertes» (*Énéide*, III, 4).

Cartes

La Méditerranée orientale.

Le Péloponnèse, Athènes, les Cyclades.

Introduction de Jean-Claude Berchet 7
Note sur le texte 51

ITINÉRAIRE DE PARIS À JÉRUSALEM
ET DE JÉRUSALEM À PARIS

Préface de la première édition 55
Préface de la troisième édition 60
Préface de l'édition des œuvres complètes 68

PREMIÈRE PARTIE. *Voyage de la Grèce* 75

DEUXIÈME PARTIE. *Voyage de l'Archipel, de l'Anatolie et de Constantinople* 225

TROISIÈME PARTIE. *Voyage de Rhodes, de Jafa, de Bethléem et de la mer Morte* 261

QUATRIÈME PARTIE. *Voyage de Jérusalem* 335

CINQUIÈME PARTIE. *Suite du voyage de Jérusalem* 425

SIXIÈME PARTIE. *Voyage d'Égypte* 453

SEPTIÈME PARTIE. *Voyage de Tunis et retour en France*   489

Notes de Chateaubriand   543

DOCUMENT

Le *Journal* de Julien   577

DOSSIER

Chronologie   613
Bibliographie   622
Notes   627
Cartes :
   La Méditerranée orientale   728
   Le Péloponnèse, Athènes, les Cyclades   730
   La Palestine et l'Égypte   732

*Composition Interligne
Impression Bussière
à Saint-Amand-Montrond, le 13 mai 2005
Dépôt légal : mai 2005
Numéro d'imprimeur : 052020/1.*
ISBN 2-07-041516-3./*Imprimé en France.*

96304